I0592237

Paul Nerrlich

Arnold Ruges Briefwechsel und Tagebuchblätter aus den Jahren 1825 -

1880

Erster Band: 1825 - 1847

Paul Nerrlich

Arnold Ruges Briefwechsel und Tagebuchblätter aus den Jahren 1825 - 1880
Erster Band: 1825 - 1847

ISBN/EAN: 9783743398702

Hergestellt in Europa, USA, Kanada, Australien, Japan

Cover: Foto ©Raphael Reischuk / pixelio.de

Manufactured and distributed by brebook publishing software (www.brebook.com)

Paul Nerrlich

Arnold Ruges Briefwechsel und Tagebuchblätter aus den Jahren 1825 -

1880

Einer Gesätze sind Gott, sie verstehen sich alle die Freiheit;
Aber ein feines Gesetz richten die Menschen ins Werk.

Arnold Ruge.

Arnold Ruges

Briefwechsel und Tagebuchblätter

aus den Jahren 1825—1880.

Herausgegeben

von

Paul Nerrlich.

Erster Band 1825—1847.

Mit einem Porträt.

———— ✦ ————

Berlin.

Weidmannsche Buchhandlung.

1886.

Vorrede.

—

Ein nicht nur hochgestellter, sondern auch hochstehender Freund Arnold Ruges hat diesen mir gegenüber einen der liebenswürdigsten und geistreichsten Briefschreiber unserer Litteratur genannt. Dieses Urteil wird durch die vorliegenden Briefe vollkommen gerechtfertigt; ihr Gesamteindruck aber verlangt noch eine Ergänzung desselben. Ruge war nicht gekommen, den Frieden zu bringen, sondern das Schwert. Die Klinge, welche er mit kräftiger Hand und sicheren Auges führt, ist eine furchtbar scharfe; voll Feuereifer und Leidenschaft stürmt er hinein ins feindliche Lager. Mit unerbittlicher Konsequenz zeigt er den Widerstreit einer einzelnen Erscheinung mit dem in ihm selbst lebenden Ideale, und dies Ideal beherrscht ihn so ausschließlich, daß er auch den Freund nicht verschont, sobald dieser nicht gleichen Schritt mit ihm selbst zu halten im stande ist. Wenn ich nun, vor die Alternative gestellt, entweder durch Ausmerzung der Polemik jeglichen Anstoß zu vermeiden, oder Ruge überall seine Urteile frank und frei aussprechen zu lassen, mich, soweit dies möglich war, für letzteres entschieden habe, so bedarf dies wohl kaum einer Rechtfertigung. Entweder sind die von Ruge Angegriffenen in der That nur ephemere Größen, deren Nichtigkeit bereits die besten der Zeitgenossen erkannt haben, oder denen sicher von der unparteiisch richtenden Nachwelt der leere Flitterstaat, welcher ihre Jammergestalt umkleidet, für immer abgerissen werden wird. Dann aber ist keines von Ruges Worten zu missen, und entferne es sich auch noch so weit von dem, was der Menge gefällt. Oder es handelt sich um wirklich bedeutende

I*

Männer. Aber auch dann wird uns Ruges Kritik nicht unwillkommen
sein; denn falls wir ihr beipflichten, dient sie zur Vervollständigung
des Bildes, welches in uns von dem Beurteilten lebt, im andern Falle
giebt sie Beiträge zur Charakteristik des Urteilenden.

Wie Ruges einflußreichstes Wirken der Zeit vor 1848 angehört, so
erregt auch der Briefwechsel dieser Periode ein besonderes Interesse.
Leider ist der größte Teil der zur Zeit der Hallischen und Deutschen
Jahrbücher an Ruge gerichteten Briefe durch H. Köchly, welchem sie
Ruge bei seiner Uebersiedelung nach Paris anvertraut hatte, verloren
gegangen; allein einerseits gehören die Briefe von Ruge aus jener
Zeit zu seinen vorzüglichsten, andererseits verdanke ich Herrn Sanitätsrat
Richard Ruge in Berlin die wertvollen, im Jahre 1838 an seinen
Vater gerichteten und ehedem im Besitze des Rittergutsbesitzers Herrn
Echtermeyer auf Cunnersdorf befindlichen Briefe. Aber auch die mit
1848 beginnende und den zweiten Band bildende Korrespondenz dürfte
nicht hinter den Erwartungen zurückbleiben. Es findet sich hier nicht
nur eine bedeutende Anzahl von Briefen hervorragender Zeitgenossen,
sondern auch die Briefe Ruges charakterisieren wiederum treffend seine
Zeit und bezeichnen die von der Zukunft einzuschlagenden Pfade; ich erinnere nur, um von Politik und Religion nicht zu sprechen, an die Ab-
fertigungen des schon damals grassierenden Neukantianismus und der auf
die Engländer zurückgehenden Richtungen.

Jedem einzelnen, welcher mich bei meiner Arbeit gefördert hat, an
dieser Stelle zu danken, ist unmöglich; nur einiger weniger kann ich
gedenken. Durch die Gewogenheit Sr. Excellenz des Herrn Ministers
von Goßler habe ich die in den Akten des Kgl. Preußischen Kultusministeriums befindlichen Briefe Ruges an Altenstein erhalten. Die
Herren Konsul Julius Fröbel in Algier, Reichstagsabgeordneter
Ludwig Bamberger, Geh. Oberregierungsrat Bonitz, Wirklicher
Geh. Legationsrat L. Bucher, Frau Professor Fanny Lewald-Stahr,
die Herren Professor K. L. Michelet, Geh. Oberregierungsrat J. Rösing,
Geh. Regierungsräte C. Rößler und E. Zeller in Berlin, Geh. Rat
Kuno Fischer in Heidelberg, Professoren R. Haym und A. Kirchhoff,
sowie Geh. Regierungsrat A. Fr. Pott in Halle, Professoren F. Rühl
in Königsberg, M. Carriere in München, Fr. Th. Vischer in Stuttgart, sowie viele andere haben mir teils ihre eigene Korrespondenz mit

Ruge bereitwillig zur Disposition gestellt, teils mich in meinen Nach-
forschungen nach anderen Briefen mit Rat und That wirksam unterstützt;
Herr Oberlehrer G. Ellger in Berlin endlich hat sich der Mühe
unterzogen, die Korrekturbogen zu lesen, und wichtige Beiträge zu den
Anmerkungen geliefert.

Wie aber soll ich nun Ruges Familie, insbesondere seiner Gattin,
Frau Agnes Ruge in Brighton, meinen Dank abstatten? Sie haben
mir, hochgeehrte Frau, von Anfang an uneingeschränktes Vertrauen
entgegengebracht; Sie haben keinen Schritt, keine Mühe gescheut, um
das Werk auch Ihrerseits zu fördern. Die Briefe Ruges geben Zeugnis
davon, was alles Sie Ihrem Gatten gewesen, wie Sie in guten und
bösen Tagen als sein getreuer und nie den Mut verlierender Kamerad
ihm zur Seite gegangen sind. Möge die Aufnahme des vorliegenden
Buches Ihnen einigermaßen Ersatz für so manches Ungemach, welches
das Schicksal Ihnen bereitet hat, bieten!

Berlin, den 25. Oktober 1885.

Der Herausgeber.

Zusätze und Berichtigungen.

S. 3, A. 1. Herr Medizinalrat Ruge ist inzwischen nach Heidelberg übergesiedelt.
S. 4, A. 2. Arnoldine ist 1838 gestorben.
S. 15, Z. 17 v. u. statt „Bidung" l. „Bildung."
S. 92, A. 1. K. Ph. Fischer ist 1885 gestorben.
S. 93, Z. 8 v. u. vor „aufs" fehlt „[mich]."
S. 97, Z. 22 statt „jungenhafter Aussagen" l. „jungenhaftes Aussagen."
S. 98, Z. 16 statt „beabsicht" l. beabsichtigt.
S. 133, Z. 8 v. u. vor „Mühe" fehlt „[für]."
S. 159, A. 4. Der erwähnte Aufsatz ist unter dem Titel „Kritik der christlichen oder „„positiven"" Philosophie" von Feuerbach selbst in den 1. Band der sämtlichen Werke (S. 128 ff.) aufgenommen worden, welcher dem Herausgeber erst später zugänglich wurde.
S. 164, Z. 8 vor „Hand" fehlt „[die]."
S. 175, Z. 19 statt „das" l. „dies."
       Z. 24 hinter „vorne" fehlt „so."
S. 191, Z. 17 statt „dit" l. „die."
S. 203, Z. 12 v. u. statt „Staußische" l. „Straußische."
S. 209, Z. 19 statt „an;" l. „;"
S. 220, Z. 5 v. u. statt „Hof," l. „Hoff."
S. 227, Z. 2 statt „hört," l. „hört,)."
S. 230, Z. 7 v. u. statt „Ihre ist" l. „Ihrige."
S. 235, Z. 15 hinter „und" fehlt „[so]."

Inhalt.

VIII

Zweiter Abschnitt.

Die Hallischen und die Deutschen Jahrbücher. 1838—1842.

Dritter Abschnitt.
Wanderleben. 1843—1847.

Einleitung.

Ihr mögt euch noch so sehr sträuben und stemmen, wider den Stachel könnt ihr nicht löken. Die durch Heine, Feuerbach und Ruge interpretierte Hegelsche Philosophie ist nicht nur die Konsequenz unserer gesamten philosophischen Entwickelung und der Schlüssel zum Verständnis eines Lessing, Herder, Goethe, Schiller und Jean Paul: wie das Christentum einige seiner wichtigsten Lehren und Institutionen dem Platonismus verdankt, so wird sich auch aus dem Hegelianismus die neue Religion entwickeln. Vor dem Gedanken einer Aufhebung des Alten schreckt nur der zurück, welcher seine Augen nicht zum Sehen, seine Denkkraft nicht zum Denken benützt. Aufheben heißt ja, wie bereits Hegel bemerkt hat, nicht nur vernichten, sondern auch aufbewahren. Das Neue nimmt das Wahre und Unvergängliche des Alten in sich auf; es scheidet nur die Schlacken aus und wäre ohne das Alte undenkbar. Gegenwärtig findet ihr überhaupt auf dem weiten Erdenrund keinen einzigen, der schlechtweg Christ wäre, sondern immer nur katholische oder protestantische oder sich zu irgend einer kleineren Gemeinschaft bekennende Christen. Man zählt im ganzen 439 Millionen; 306 Millionen davon gehören der griechischen und römischen Kirche an. Gesetzt nun, es gelänge jemandem, diese 306 Millionen, sowie alle nichtprotestantischen Sekten zum Protestantismus zu bekehren, das heißt also doch, dasjenige Christentum, zu welchem sich weitaus die meisten seiner Anhänger bekennen, aufzuheben, welcher Protestant möchte darob zürnen? Im Gegenteil, die Aufhebung des Katholizismus, insbesondere des römischen, wäre eines der wichtigsten, segensreichsten Ereignisse der Weltgeschichte, denn der Katholizismus ist der furchtbarste Feind des modernen Staates, und er muß dies sein, wenn er sich nicht selbst aufgeben will. Aber wer sind denn die Prote-

ftanten? Haben ſich auch hier nicht die verſchiedenſten, zum Teil einander
bitter bekämpfenden Parteien gebildet? ſtehen hier nicht die, welche einer
ſtarren Orthodoxie huldigen, auf der einen und die ſogenannten Frei-
ſinnigen auf der andern Seite in zwei Heerlagern gegenüber? Es ergiebt ſich alſo ſofort die Aufgabe, mit jenen Katholiken zuſammen entweder die eine dieſer Parteien aufzuheben, ſo daß die andere als Sieger
triumphiert, oder etwas Neues, ein Drittes zu finden, und dies Dritte
müßte dann wiederum eine beſtimmte Form des Alten ſein oder etwas
abſolut Neues.

Daß die ſtrengere Richtung die übrigen jemals auf ihre Seite ziehen
könne, iſt ebenſo unmöglich, als daß die Geſchichte unſerer letzten hundert
Jahre von irgend jemandem aus der Welt geſchafft werde.

Unſere heutige Orthodoxie zeigt, ſoweit ſie in Betracht kommt, ein
gar ſeltſames Antlitz. Noch Strauß konnte ſich gegen die Halben und
die Ganzen erheben; heut ſind die einflußreichſten Nachfolger Hengſtenbergs, deren Name ſo ſicher in der Geſchichte fortleben wird, als der des
Berliner Profeſſors oder, wollt ihr einen anderen Namen, als der
des Hamburger Hauptpaſtors, nicht die, welche auf Hengſtenbergs
Worte ſchwören und in ſeinem Sinne wirken möchten, ſondern die, gegen
welche Strauß den gleichen Vorwurf der Halbheit erheben würde, wie
ſeiner Zeit gegen Daniel Schenkel. Die eine, wichtigſte Hälfte des
Chriſtentums, die Theorie, das Dogma, gehört heutzutage auch für dieſe
Orthodoxen thatſächlich, ſo wenig ſie dies zugeben werden, zu den Abia-
phoris. Nicht mehr in den ſtillen Hallen der Wiſſenſchaft, oder von den
Kanzeln herab, oder in gelehrten Journalen wird ihr Evangelium am
lauteſten und erfolgreichſten gepredigt, ſondern in den Bierhallen; ohne
des quod licet Jovi zu gedenken, haben ſie „praktiſches Chriſtentum"
zu ihrem Feldgeſchrei erwählt. Was aber iſt eine Praxis ohne Theorie?
Wer es beklagt, daß die Theorie erſchüttert, ihre Fundamente ins Wanken
geraten ſind, der ſollte doch nicht die Reſultate der modernen Kultur
ohne weiteres ignorieren und ſich friſchweg in die Praxis ſtürzen, ſondern
gegen diejenigen Feinde, welche die Theorie gefährdet haben, auf dem
einzigen Felde, wo ſie überhaupt anzugreifen ſind, ſich wappnen: auf dem
der Wiſſenſchaft und Kunſt. Hier aber gilt es, eine feſtgeſchloſſene Phalanx zu durchbrechen; denn es ſteht hier nicht nur der große Leſſing,
ſondern neben ihm erheben ſich unſere Dichterheroen, unſere Philoſophen,
die geſamte auf Hegel folgende Entwickelung bis zu den Dichtern vom
„Grünen Heinrich" und von „Auch Einer" und bis zu dem Geſchichts-
ſchreiber der neueren Philoſophie. Jene Orthodoxie ignoriert nun aber

so sehr ihre wichtigste Aufgabe, die christliche Weltanschauung, wie sie ihren vollkommensten Ausdruck im Apostolischen Symbolum und den übrigen Bekenntnißschriften unserer Kirche gefunden hat, gegen diese Phalanx zu verteidigen, daß sie die Flinte einfach ins Korn wirft und sich auf wissenschaftliche Fragen nicht mehr einläßt. Statt zu widerlegen, benunziert sie; statt den Menschen für seine wahre Heimat, den Himmel, vorzubereiten, kümmert sie sich um die allerprofansten Dinge von der Welt. Was würden wohl die Apostel und Kirchenväter sagen, wenn sie derartigen Bierhallenchristenversammlungen beiwohnten? Würden sie wirklich in den Leitern derselben ihre Nachfolger erblicken, würden sie sich nicht vielmehr mit Unwillen von ihnen wegwenden, da sie ja immer nur für Schätze sorgen, welche Motten und Rost fressen? Doch noch ein zweites ist von Belang. Es verbündet sich diese Richtung mit den Katholiken zum Kampfe gegen den modernen Staat. Eine so große Aufgabe auch diesem Staate noch übrig geblieben ist: so ist er doch in den letzten Jahren um ein ungeheures Stück der Lösung derselben näher gekommen, denn er hat von Territorien und Rechten Besitz ergriffen, welche früher ausschließlich Eigentum der Kirche waren, und zu denen der Staat niemals sein Auge zu erheben gewagt hat. Gegen diese Macht und Herrschaft des Staates nun kämpfen in Wahrheit diejenigen an, welche für die eifrigsten Beschützer desselben gelten wollen: ihr Ideal ist nicht der moderne Staat, sondern Hierarchie und immer wieder Hierarchie; die Freundschaft, welche sie dem Staate entgegenbringen, ist eines der gefährlichsten Danaergeschenke, und wollte der Staat ihnen zur Verwirklichung ihrer Ideale die Hand reichen, so würde er damit die Art an seine eigenen Wurzeln legen.

Wie aber steht es nun mit den Liberalen, werden diese die Katholiken und Orthodoxen besiegen? Doch wollen diese überhaupt siegen? Ist nicht ihr Wahlspruch das Wort des großen Preußenkönigs, daß jeder nach seiner Façon selig werden kann, und ihr A und O die Lessingsche Toleranz? Doch da möchte ich an das si duo faciunt idem, non est idem erinnern. Was dem einen Zeitalter eine wichtige Entdeckung, ein Fundamentalsatz ist, kann schon wenige Jahrzehnte später eine Trivialität, ein überwundener Standpunkt sein. Und so kann denn unmöglich jemand, welcher die auf Lessing folgenden Heroen kennt und verehrt, heutzutage noch in den Bahnen des vorigen Jahrhunderts wandeln. Zwischen den Orthodoxen und Liberalen steht freilich die gigantische Gestalt eines Lessing, immerhin aber verkennen die einen so gut wie die andern gerade unser Jahrhundert. Toleranz und Religiosität sind zwei einander

ausſchließende Begriffe; am Ende des 19. Jahrhunderts noch jeden nach
ſeiner Façon ſelig werden laſſen heißt nichts, als jeden nach ſeiner Façon
einen Ignoranten ſein laſſen. Religion iſt Pathos, Begeiſterung, Ent=
flammtſein, Durchbrungenſein des ganzen Menſchen. Der Religiöſe ſucht,
wo er nur kann, Proſelyten zu machen; der, welcher ſeine Überzeugungen
nicht teilt, wandelt ihm im Dunkeln, und es iſt ſeine heiligſte Aufgabe,
dieſem das Licht zu bringen. Die Religion iſt nach der Vorſtellung
unſerer Liberalen Privatſache. Das mag zur Not für einige Gebildete
genügen — mit dem von Strauß empfohlenen Rezepte können freilich
auch dieſe nichts anfangen — was aber wird, frage ich, aus der Jugend,
aus dem Volke? Können auch dieſe nach ihrer Façon ſelig werden?

Es fehlt den Liberalen der Mut des letzten Wortes; ihre Verſuche,
die Übereinſtimmung ihrer Anſichten mit den Anfängen der Kirche nach=
zuweiſen, erinnern an die Ableitung von Fuchs aus alopex oder an
jene Bilder, welche auf Grund der Darwinſchen Theorie ein beliebiges
Tier in einen beliebigen Menſchen verwandeln. Was alles geben die
Liberalen nicht preis! Von all der Herrlichkeit und Großartigkeit des
alten Glaubens iſt ihnen nicht viel mehr geblieben als die Moral und
ein kraftloſer, unfruchtbarer, toter Deismus.

Bewundernswert iſt allerdings die hohe Stufe, welche die chriſtliche
Moral erreicht hat, beſonders wenn wir ſie mit der antiken, alſo heid=
niſchen, vergleichen: wir verdanken dem Chriſtentum das wunderbare
Wort von der Feindesliebe. Allein leſt nur bei Feuerbach das Kapitel
„Der Widerſpruch zwiſchen Glaube und Liebe," und ihr werdet finden,
daß der Liebe bei weitem nicht die dominierende Stellung eingeräumt iſt,
als man gewöhnlich annimmt. Es handelt ſich immer nur um die auf
den Glauben gegründete Liebe; die Bibel begnadigt freilich durch die
Liebe, aber ſie verdammt durch den Glauben. Die Liebe iſt nur die
exoteriſche, der Glaube die eſoteriſche Lehre; die chriſtliche Liebe iſt par=
tikular, ſie ſoll aber univerſal ſein. Dieſe Moral hat ferner da, wo ſie
konſequent iſt, lediglich die Seligkeit im Jenſeits zu ihrem Endzweck; der
Dualismus iſt auch für die Moral verhängnisvoll geworden, und die
klaſſiſche Form der chriſtlichen Gemeinſchaft iſt allein die Kirche, und
zwar die katholiſche Kirche, nicht aber der Staat, am wenigſten der
moderne Staat. Geſetzt endlich, die Moral ſei noch ſo vollkommen, ſo
wird doch immerhin, wenn ihr dem Religiöſen nichts weiter bietet, ſeine
Sehnſucht nicht geſtillt. Er will Metaphyſiſches, will die Löſung des
Welträtſels, will ſich und das Univerſum erkennen. Damit ſind wir
zu dem zweiten der vorher angedeuteten Punkte gelangt, dem Deismus.

Der Gott der Liberalen ist alles andre eher, denn der Gott der Bibel. Dieser ist ein lebendiger, kräftiger, durch Wunder und Zeichen seine Herrlichkeit manifestierender und droben über den Wolken thronender Gott. Die Liberalen dagegen brauchen ihren Gott immer nur als Notbehelf, als asylum ignorantiae, da, wo sie mit ihrem Denken zu Ende sind. Sie können·sich ohne ihn die Entstehung der Welt nicht erklären; er muß die erste Ursache sein. Doch damit lösen sie eines der schwierigsten Probleme, das der Kausalität, auf eine allzu wohlfeile Art. Kant hat diese Frage in der transszendentalen Analytik beantwortet, ebenso folgt aus seiner Lehre von der Beharrlichkeit der Substanz die Unmöglichkeit einer Schöpfungstheorie. Oder, wollt ihr mit dem von Kant aufgefahrenen schweren Geschütz nichts zu thun haben, so lest Fr. Th. Vischer, welcher den Glauben an die Wirklichkeit eines Einzelnen, der zugleich absolut ist, eine logische Verwirrung, einen furchtbaren Widerspruch nennt, oder lest Kuno Fischer, welcher von eben diesem Glauben zeigt, daß er eine völlig undialektische Vorstellung und durch Hegel radikal widerlegt sei. Ihr gleicht in der That jenen Indern, welche die Welt auf dem Rücken eines Elephanten ruhen lassen, darum aber, worauf nun dieser Elephant selbst stehe, sich keinerlei Sorgen machen; ihr vertauscht nur das eine Unerklärliche mit einem andern.

Hat sich nun herausgestellt, daß weder die Nachfolger Schleiermachers durch die Hengstenbergs, noch diese durch jene bekehrt werden können, so stehen wir unmittelbar vor dem Gedanken eines Dritten. Daß diese Synthese nicht eine neue Form des Bestehenden, sondern etwas absolut Neues ist, kann nach dem Bisherigen keinem Zweifel unterliegen.

Religion ist das Verhältnis des Menschen zu seinem wahren Wesen, ist Selbstkenntnis. Religion hat denselben Inhalt wie Philosophie, nur ihre Form ist eine andere. Religion ist die Philosophie der Vielen, Philosophie die Religion der Wenigen; jene ist exoterisch, diese esoterisch. Überall, wo eine bestimmte Religion in ihrer höchsten Blüte steht und den Bedürfnissen der edelsten Geister genügt, hat die Philosophie neben ihr keinen Platz; der erste Philosoph ist allemal der erste Ketzer: es bereitet sich mit dem Erwachen der Philosophie — denken wir nur an Cartesius — ein Umschwung vor. Als obersten Satz der neuen Philosophie können wir hinstellen: „Der sein Wesen erkennende und dieser Erkenntnis gemäß handelnde Mensch ist frei;" eben dieser Satz ist auch der Kardinalsatz der neuen Religion. Nicht jedoch von Abschaffung, sondern von Aufhebung des Bestehenden war vorher die Rede. Ihr braucht euch, ich wiederhole es, vor dem Gedanken einer Aufhebung in dem vorher angegebenen Sinne nicht zu entsetzen. Es wird euch nichts genommen, was ihr wirklich noch habt; sondern einmal täuscht ihr euch über eure Habe, sodann aber wird euch noch weit mehr gegeben, als ihr wirklich besitzt. Nur eine völlig unhistorische Betrachtungsweise kann unsere Kultur nicht aus dem Christentum, sondern dem sogenannten klassischen, in Wahrheit aber barbarischen Altertum ableiten. Das Christentum betont zum erstenmal mit aller Energie, daß das Universum von einem einzigen Wesen nicht nur geschaffen sei, sondern auch regiert werde; schon hierin unterscheidet es sich auch von dem partikularistischen Judentum, dessen Gott nur Lokal= und Nationalgott ist. Dieses Wesen ist sodann ein von der Natur wesentlich verschiedener, ihr biametral entgegengesetzter Geist: der universale Monotheismus wird sofort zum Dualismus. Dieser Dualismus gehört zu den wichtigsten Faktoren des Christentums. Er hat die Wunder zur notwendigen Konsequenz und macht zur wahren Heimat des Menschen das Jenseits, die Erde zum Jammerthal; und nur durch Kasteiungen, Weltflucht, Klosterleben bereitet sich der Christ wahrhaft auf seine Heimat vor. Das jetzt so beliebte Schlagwort vom christlichen Staate ist eine contradictio in adiecto; die allein mögliche und Gott wohlgefällige Form ist die katholische Kirche, und auch diese ist nur eine dem Weltlauf und Weltleben, wie sie nun einmal sind, zugestandene Konzeßion. Doch all unser Bemühen um Aufhebung dieses Dualismus zwischen Himmel und Erde, Schöpfer und Geschöpf wäre erfolglos, wenn nicht Gott selbst in Jesus Mensch geworden, dieser menschgewordene Gott für uns gestorben wäre und wir durch den Glauben an diesen Opfertod erlöst würden. Erst mit der Idee der Gottessohnschaft, die nur schwache und unzureichende Analogieen in der Vergangenheit hatte, war dem Christentum sein endgültiger Sieg über das Heidentum gesichert; sie ist eine der tiefsten, erhabensten, großartigsten Ideen, welche nur je die Weltgeschichte bewegt haben, und nichts zeigt deutlicher die Dürre, Öde und Unfruchtbarkeit des Liberalismus, als daß er mit dieser Idee so gar nichts anzufangen weiß. Von diesem einen Satze: „Dieser eine Mensch ist frei und absolut, denn er ist Gottes Sohn,“ bis zu jenem andern: „Alle Menschen sind frei und absolut“ ist scheinbar nur ein einziger Schritt, und es leuchtet jetzt ein, inwiefern wir behaupten konnten, daß von der christlichen Wahrheit nichts verloren gehe. Allein die Menschheit hat immerhin fast neunzehn Jahrhunderte gebraucht, um diesen Schritt vorzubereiten, und derselbe scheidet die beiden einzigen Zeitalter, in welche die Geschichte des Menschengeschlechts sich gliedert: das der Unfreiheit von dem der Freiheit.

Derjenige wird die neue Religion gründen und damit eine Zeit lang alle Philosophie entbehrlich machen, welcher auf Grund jenes Satzes das Universum in einer Form vor uns aufbaut, die auch dem Volke und den Unmündigen den Zutritt zu dem gewaltigen Baue ermöglicht. Werde ich nicht mißverstanden, so möchte ich sagen: wir brauchen eine neue, allgemein gültige Dogmatik, ein neues, aber nicht mehr wie bei Hegel esoterisches System, einen offiziell anerkannten und eingeführten Codex und Kanon. Das Befremdliche hiervon schwindet, wenn wir uns vergegenwärtigen, daß es sich bei der Religion so wenig als bei irgend einer Wissenschaft um ein fertiges Absolutes handelt, das ein für allemal unabänderlich existiert und Gültigkeit·hat. Jener Satz von der Freiheit und noch so manche andre durch Hegel und seine Nachfolger erwiesene Sätze sind allerdings nicht wieder zu vernichtende Fermente; mag aber auch die Menschheit noch so viele Tausende von Jahren bestehen: sie wird diese Fermente immer noch vollkommener formen, edler anwenden und ihre Wirksamkeit bis aufs Einzelnste ausdehnen können. An Stagnation ist nicht zu denken; das Absolute verwirklicht sich immer nur im Relativen, das Ewige im Zeitlichen; nicht eine einzelne Station, sondern der ganze Weg, die gesamte Entwickelung ist, wie auch Kuno Fischer so treffend gezeigt hat, das Wahre. Denken wir doch an die übrigen Wissenschaften! Die verschiedenen Zeitalter betrachten einen Kriegshelden, einen Denker oder Dichter verschieden nach dem jedesmaligen Stande der Forschung und dem erreichten eigenen Standpunkte; gibt es deshalb nicht zu einer bestimmten Zeit ein sozusagen offiziell anerkanntes Urteil? Sollte das Volk, die Frauen und Kinder deswegen überhaupt nichts von jenen Helden erfahren, weil sich das Urteil dermaleinst ändern und berichtigt werden kann? Die Naturwissenschaft ferner löst heute ein Problem auf eine bestimmte Weise, und auf Grund dieser Lösung sind allerlei praktische Einrichtungen getroffen, Maschinen gebaut u. s. w. Nun aber ist es sehr wohl denkbar, daß hundert Jahre später alles dies als unvollkommen erkannt wird; sollen wir deshalb die Hände in den Schoß legen? Genau so ist es mit der Religion. Schafft nur erst einmal das relativ Beste; es wird schon anerkannt und offiziell werden; vergeßt nur vor allem die thörichte Geschichte vom verschleierten Bilde zu Sais und seid davon überzeugt, daß, wenn Lessing nach Hegel gelebt hätte, er sein Wort vom Suchen und Nichtfindenwollen der Wahrheit sicherlich nicht ausgesprochen haben würde.

Doch schon längst höre ich den Vorwurf: „Du machst es ähnlich wie die Orthodoxen, du stellst Behauptung gegen Behauptung, ohne sie zu beweisen;" längst schon ertönt die Frage: „Was in aller Welt hat

dies mit dem Ruge schen Briefwechsel zu thun?" Nur gemach —
ein Blick auf die mit Lessing beginnende Entwickelung wird zeigen,
daß unsere Forderung der neuen Religion nur die unabweisbare Konsequenz dieser Entwickelung ist; was aber Ruge betrifft, so ist dieser nicht
nur einer der drei großen und unsterblichen Vorläufer des zu erwar-
tenden Messias, sondern nimmt als Nachfolger der beiden andern das
Problem da auf, wo es diese verlassen haben; in ihm also hat diese Entwickelung ihren Höhepunkt und vorläufigen Abschluß erreicht: die Theorie
wird nach ihm von der Praxis abgelöst, und es folgen 1848 und Fürst
Bismarck.

Nimmermehr wird, wie sich dies auch neuerdings wieder gezeigt hat,
derjenige das Geheimnis unserer klassischen, mit Lessing beginnenden
Dichtung enträtseln, welcher sie aus sich selbst zu erklären unternimmt,
statt sie als Vorstufe der neuesten Philosophie anzusehen.

Lessing ist der erste, welcher die Zeit eines neuen, ewigen Evan-
geliums verkündet hat. Das dreifache Alter der Welt ist ihm keine leere
Grille; er sieht es voraus, daß der neue Bund dereinst ebenso antiquirt
sein werde, als es der alte bereits ist. Sein Nathan soll den Gläubigen
ihren Glauben an die Evidenz und Allgemeinheit ihrer Religion er-
schüttern; ebenso spricht Falk den Wunsch aus, daß es in jedem Staate
Männer gebe, welche dem Vorurteile ihrer angeborenen Religion nicht
unterliegen. Der oberste Richterstuhl ist derjenige der Vernunft, vor
ihrem Forum hat auch die Offenbarung ihre Sache zu führen. Die Bibel
ist nicht die Religion: es war eine Religion, ehe eine Bibel war; die
Bibel kann verloren gehn, und die Religion bleibt doch. Vielleicht zu
Lessings größten Thaten gehört es, daß er in der Entwickelung, welche
auf das biblische Zeitalter folgte, nicht nur Verirrung und Abfall sieht
und die Protestanten tadelt, wenn sie den Beweis für die Wahrheit der
christlichen Religion so führen, als ob die Katholiken durchaus keinen
Anteil daran hätten. Nicht die Schrift, sondern die Regula fidei ist ihm
der Fels, auf welchem die Kirche Christi erbaut ist; nicht das erste, sondern
die vier ersten Jahrhunderte der christlichen Kirche sind ihm die wichtigsten.

Die erste und unvollkommenste Form, in welcher das neue Evangelium von der Autonomie der Vernunft und Erlösung des Menschen
durch sich selbst auftrat, war die Sturm- und Drangperiode und deren
Sentimentalität. Jetzt zum ersten Mal ging, um auch hier wieder Vischers
Worte zu brauchen, der Menschheit das Bewußtsein von der Unendlichkeit
des Ich auf; die freie Subjektivität ward errungen, aber noch blieb alles
krankhaft und gestaltlos; es genügte der innern subjektiven Unendlichkeit

keine Existenz, der absolute Abel des Subjekts ward gewußt und ausgesprochen, aber der Mensch schämte sich der Welt, des Staats und der
Geschichte. Dieses Ringen des auf sich selbst gestellten und in sich selbst
Hülfe suchenden Menschen hat Goethe in vollendeten Kunstwerken dargestellt; er führt zugleich über die Sentimentalität hinaus und zeigt, soweit dies vor Hegel möglich ist, die Wege zur Erreichung des Zieles, zur
wahren Freiheit. Schiller hat mit seiner Unterscheidung, als sei er
selbst der sentimentale und Goethe der naive Dichter, viel Unheil ange-
richtet. Wenn einer, so sucht Goethe die verlorene Natur, und die
Tragik eines Werther, Meister, Tasso und Faust ist eben dieser Verlust.
Goethe selbst ist, wie seine Helden, von Haus aus Spiritualist und
Idealist; es wohnt aber noch eine zweite Seele in seiner Brust: der
Realismus; Goethes Leben ist ein fortwährender Kampf dieses Realisten
mit dem Idealisten, und so stehen sich auch in seinen Dichtungen Werther
und Albert, Meister, Therese, Werner und andere, Tasso und Antonio,
Faust und Mephistopheles gegenüber. „Ich habe von Jugend auf die
Augen meines Geistes mehr nach Innen gerichtet als nach Außen," mit
diesen Worten Meisters charakterisiert sich Goethe selbst ebenso gut als
mit jenen des Fräulein von Klettenberg, dieses ins Weibliche übersetzten
Faust: „Ich war zu sehr gewöhnt, mich mit mir selbst zu beschäftigen,
die Angelegenheiten meines Herzens und meines Gemüts in Ordnung
zu bringen." Wenn es endlich im Meister heißt: „Derjenige, dessen Geist
nach einer moralischen Kultur strebt, hat alle Ursache, seine feinere Sinnlichkeit zugleich mit auszubilden, damit er nicht in Gefahr komme, von
seiner moralischen Höhe herabzugleiten, indem er sich den Lockungen einer
regellosen Phantasie übergibt und in den Fall kommt, seine edlere Natur
durch Vergnügungen an geschmacklosen Tändeleien, wo nicht an etwas
Schlimmerem, herabzuwürdigen" — so wird mit diesen Worten nicht nur
das Thema des Meister, sondern der gesamten Goetheschen Dichtung,
insbesondere des Faust ausgesprochen. Die erste Antwort also auf die
Frage: „Wie kann der Mensch frei sein? wie kann der auf sich selbst
Gestellte zum innern Frieden gelangen, erlöst werden?" lautet: „Wenn
er den einseitigen, vom Christentum her überkommenen Spiritualismus
überwindet." Doch wodurch gelingt ihm dies? Goethe antwortet: „Durch
die That." „Im Anfang war die That," ruft Faust mit Fichte. Das
erste und letzte am Menschen ist Thätigkeit, heißt es im Meister. Der
Weisheit erster und letzter Schluß ist, verkündet wiederum Faust, daß der
sich Freiheit wie Leben verdient, der sie sich täglich erobern muß. Dies
und tausend andre goldene Worte sind Variationen eines und desselben

Gedankens. Auch die zweite der von Goethe gegebenen Antworten ist echt Fichtisch. Erst die Menschheit zusammen ist der wahre Mensch. Alles liegt im Menschen und muß ausgebildet werden, aber nicht in einem, sondern in vielen. Alle Helden Goethes leiden entsetzliche Qualen, weil sie das rechte Verhältnis des empirischen Ich zum reinen nicht zu finden im stande sind. Sie alle fordern das Unmögliche von sich und wollen die letzten Enden aller Dinge in ihrem Geiste zusammenfassen; was der ganzen Menschheit zugeteilt ist, in ihrem eignen Selbst genießen, ihr Wohl und Weh auf ihren eignen Busen häufen. Sie begehen den Fehlschluß von ihren Wünschen auf ihre Kräfte; die ins Unendliche greifenden Arme ihres Geistes werden daher nur zu bald zerschmettert. Über diese allgemeinen Hinweise auf den Realismus, die Thätigkeit und die gesamte Menschheit ist nun aber Goethe nicht hinausgekommen. So nahe er auch der Lösung des Problems gekommen, so muß er doch wehmutsvoll als Summe der Weisheit die Forderung bekennen, daß wir entsagen und, um allen particellen Negationen auszuweichen, uns ein für allemal im ganzen resignieren sollen.

Was unsere klassische Dichtung geahnt und vorbereitet, hat unsere klassische Philosophie geschaut und ausgerichtet. Von Kants Inauguraldissertation durch die Wissenschaftslehre und Naturphilosophie hindurch bis zu dem Hegelschen Satze: „Die Weltgeschichte ist der Fortschritt im Bewußtsein der Freiheit" ist die Philosophie mit einer Konsequenz fortgeschritten, die nur noch in der Entwickelung von Sokrates zu Aristoteles und von Cartesius zu Leibniz ihr Analogon hat. Das Bewußtsein freilich, daß diese Philosophie den Bruch mit der Vergangenheit bedeute und eine völlig neue Weltanschauung sei, ist uns erst allmählich aufgegangen; ja so wenig Kant in Fichte seinen wahren Nachfolger erkannt hat, so wenig würde selbst Hegel in denjenigen, welche der überraschten Welt den Berliner Hofphilosophen als einen der furchtbarsten Ketzer aller Zeiten offenbart haben, — ich erinnere hier nur an das Ultimatum „Die Posaune des jüngsten Gerichts über Hegel den Atheisten und Antichristen" — seine getreuesten Jünger zu erblicken im stande gewesen sein. Dies aber sind, wie schon bemerkt, Heine, Feuerbach und Ruge; als Heines Vorgänger, wenn auch nicht als Hegels unmittelbarer Schüler ist Börne, als Feuerbachs Vorgänger Strauß anzusehen. Sie alle bewegen sich zunächst, und zwar Börne, ohne daß er es weiß, um die Centralsonne Hegels und wirken in dessen Geiste; ihre Fortbildung des Philosophen wird aber sofort zur Kritik, und bereits Heine erkennt die Notwendigkeit des Überganges

von Philosophie in Religion. Es ist etwas Hohes und Herrliches um
unsere Klassiker; fragt ihr aber, welches sind die Leitsterne der uns unmittelbar bevorstehenden Entwickelung, so werden wir auf jenes Fünfge=
stirn zurückblicken müssen.

Goethes Poesie schildert lediglich die Herzenskämpfe des Individuums,
nie ist für einen Dichter der Mensch weniger zoon politikon gewesen als
für Goethe. Diese zu ihrer Zeit durchaus notwendige Einseitigkeit wird
schon durch Schiller und den gewaltigen, wie ein Janus an der
Scheide zweier Zeiten stehenden Jean Paul ergänzt; die allerschärfste
Opposition aber erfährt sie durch Ludwig Börne. Wie Lessing, so er=
wartet auch Börne den neuen Messias, ein drittes Testament; sein
Pathos ist aber im Gegensatze zu Goethe das politische, und dies be=
herrscht ihn so lebhaft, daß er nicht nur Goethe mit ungerechten, kaum
glaublichen, Vorwürfen überhäuft, sondern sich überhaupt gegen die
ausschließliche Pflege von Kunst und Wissenschaft erhebt. Er erklärt die
Zeit der Theorie für vorüber, die der Praxis für gekommen; die
Mauer zwischen Wissenschaft und Leben sei zu zerstören; nicht schreiben
mehr will er, nur kämpfen. „Die Freiheit ist die Ehre der Völker,"
setzt er mit Schiller und Jean Paul auf sein Panier; sie wird
aber, fügt er hinzu, niemals von Fürsten geschenkt, man muß sie rauben.
Wollten die Völker nur an ihr eigenes Recht glauben, so würde ihnen
bald die Welt gehören. Börne stellt mit seinem ausschließlich politi=
schen Pathos der Goetheschen Einseitigkeit eine neue gegenüber; doch
niemand wird ihn deswegen tadeln, welcher weiß, daß nur dann die
Synthese möglich, wenn der These die Antithese rein und scharf gegen=
über getreten ist. Zudem muß jedes neue Prinzip, man denke nur
an die ersten Christen, bis zur Ungerechtigkeit schroff auftreten, um sich
überhaupt Geltung zu verschaffen; Mitwelt und Nachwelt sorgen schon
dafür, daß alle die rauhen Kanten und Ecken fein säuberlich abgeschliffen
werden. So wird auch unserm Börne der unvergängliche Ruhm bleiben,
als ein makelloser Charakter, ein tapferer Rufer im Streite, ein in
grimmem Zorn und heiliger Liebe erglühender Tribun seinem Volke die
Fahne vorangetragen zu haben.

Ist Börne heutzutage fast verschollen, so ist Heine fast überall ver=
kannt. Und doch hat jener Saint=Simonist, welcher Heine für den
ersten Kirchenvater der Deutschen erklärte, ebenso Recht wie Arnold
Ruge, welcher ihn den freiesten Deutschen nach Goethe nannte. Aber
nur Geduld, auch deine Zeit, du bewundernswerter Genius, wird kommen;
du kannst in dem Bewußtsein ruhen, daß fast immer nur diejenigen dich

geringschätzen, welchen auch die Werke Hegels, deines großen Lehrers,
ein mit sieben Siegeln verschlossenes Buch sind. Du hast oftmals gefehlt,
es ist wahr; allein wie jedes Genie, so bist auch du nicht mit demselben
Maße zu messen wie die Alltagsmenschen. Wo viel Licht, da ist auch
viel Schatten. Wer wollte den Schatten in Goethes Leben ableugnen,
wen aber dürfte dies hindern, sich der Segnungen des von ihm aus-
strömenden Lichtes zu erfreuen? Einen Lichtbringer aber haben wir in dir,
Heinrich Heine, zu ehren, wie nur in wenigen. Schon der Jüngling
erklärt, daß ihm die Poesie am Ende doch nur eine schöne Nebensache
sei; nicht Dichterruhm und die Krönung auf dem Kapitol ist sein Ehrgeiz, sondern er wünscht, daß ihm als braven Soldaten im Befreiungs-
kriege der Menschheit bereinst ein Schwert auf den Sarg gelegt werde.
Heine hat zum ersten Male die Freiheit für die Religion der neuen Zeit
erklärt. Wie Börne kämpft auch er gegen Goethe, aber er ist weiter-
blickend, vielseitiger, tiefer, denn er ist, soweit er dies als Dichter sein
kann, der geniale Interpret unsers größten Philosophen. Auch ihm liegt
das Politische am Herzen: er verlangt eine Konstitution und Abschaffung
von Adel und Junkertum; er will, daß die Freiheit auch in die Massen
übergehe und nicht bloß Mensch, sondern Volk werde; er verkündet, daß
man in Deutschland nach seinem Tode mit Wort und Schwert für die
Republik kämpfen werde. Allein Heine befindet sich hier nicht selten im
Widerspruche mit sich selbst; wir vernehmen ebenso drastische Wendungen,
welche ihn als echten Aristokraten offenbaren; die politischen Staatsformen
sind ihm nur Mittel, er würde im Notfalle auch vor dem Absolutismus
nicht zurückscheuen. Sehr richtig nennt er vielmehr sein Streben mehr
ein philosophisches als politisch-revolutionäres; nicht die Form der Gesellschaft, sondern ihre ganze Tendenz will er beleuchten. Und hierin
beruht seine Größe. Er hat, wie er selbst sagt, dem Geistesweltumsegler
Hegel seine Geheimnisse abgelauscht; Hegel ist ihm der größte Philosoph
Deutschlands seit Leibniz. Ein gar wunderbares, einzig in seiner Art
bastehendes Büchlein ist es, die 1834 erschienenen Beiträge zur Geschichte
der Religion und Philosophie in Deutschland; sie sind allerdings das
Programm der neuesten Zeit. Das Christentum, Luther, Lessing,
Kant und sie alle, die auf diesen Sokrates der neuen Zeit folgen,
werden mit einer Meisterschaft charakterisiert, daß auch die gelehrteste
Geschichtsschreibung ihr Gebäude nur auf dem von Heine gelegten Grunde
errichten kann. Heine, nicht Feuerbach, ist der erste, welcher, auf dem
von Lessing eingeschlagenen Pfade fortschreitend, dem Katholizismus als
dem konsequenten Christentume sein historisches, ich betone historisches Recht

zurückgiebt. Er erkennt als die Grundidee des Christentums den Dualismus von Geist und Natur, als seine Absicht die Vernichtung der
Sinnlichkeit. Das Mönchsleben ist ihm die reinste Blüte der christlichen
Idee. Die Aufgabe der neuen Zeit findet er demnach in der Rehabilitation
der Materie; wir nahen, prophezeit er, dem Ende der christlichen Fasten-
zeit, das rosige Weltalter der Freude bricht leuchtend herein. Der
Deismus ist ihm die Religion der Knechte; wir sind ihr aber entwachsen,
und nachdem Luther zum ersten Male die Ansprüche der Materie
legitimiert und den Himmel auf Erden zu bringen gesucht hat, nachdem
Lessing als Johannes der Vernunftreligion, deren Messias wir auch nach
Heine noch erwarten, aufgetreten ist, hat Kant als der deutsche
Robespierre den Deismus für immer gestürzt. „Im Menschen kommt
die Gottheit zum Selbstbewußtsein.... Aber dies geschieht nicht in den
einzelnen und durch den einzelnen Menschen, sondern in und durch die
Gesamtheit der Menschen.... Von der ganzen Menschheit kann man
mit Recht sagen: sie ist eine Inkarnation Gottes." Mit diesen Sätzen
spricht Heine die tiefsten Gedanken der deutschen Philosophie aus. Von
dieser Erklärung des Hegelschen Satzes von der Freiheit bis zur letzten
und endgültigen ist nur ein Schritt, und diesen thun Ludwig Feuerbach
und Arnold Ruge. Heine knüpft mit jenem Satze wieder an den weisesten
unserer Dichter, an Goethe, an; was ihn aber unterscheidet, ist, daß er
die hieraus sich ergebenden Konsequenzen gezogen hat. Aus diesen Doktrinen,
sagt er, haben sich revolutionäre Kräfte entwickelt, die nur des Tages
harren, wo sie hervorbrechen; es wird ein Stück in Deutschland aufgeführt werden, wogegen die französische Revolution nur wie eine harmlose
Idylle erscheinen möchte. Er prophezeit die Emanzipation der ganzen
Welt, die große Weltrevolution, den Zweikampf der Besitzlosen mit den
Aristokraten des Besitzes. Der Gedanke geht der That voraus wie der
Blitz dem Donner, und so werden auch nicht nur Elsaß und Lothringen,
sagt Heine, das ganze Europa wird sich an Deutschland anschließen,
wenn wir die Franzosen in der That überflügeln, wie wir dies schon im
Gedanken gethan haben.

Zwischen Heine und Feuerbach steht Strauß mitten inne. „Die
unmittelbaren Wirkungen seines Hauptwerkes, dessen Grundgedanke und
treibendes Prinzip übrigens bereits von Heine ausgesprochen ist, sind
die ungeheuersten gewesen: wie ein Sturmwind hat der 27jährige
Jüngling alle Hütten und Baracken der Theologie, in welchen sich Fleder-
mäuse und Unken und Ratten und allerlei seltsam Getier angesiedelt
hatten, vom Erdboden hinweggefegt. Allein ich glaube, daß mit diesem

einen unmittelbaren Erfolge auch seine Bedeutung erschöpft ist. Strauß war ein eminentes kritisches Talent und ein ausgezeichneter, ebenso vielseitiger wie gründlicher Gelehrter, nur zu bald aber schlagen die Wogen der Weltgeschichte über den Köpfen derjenigen zusammen, die nichts weiter als Talente und Gelehrte sind: es erheben sich mächtigere auf ihren Schultern. Ein derartig Mächtigerer ist der Weise von Bruckberg.

Wie Börne wandelt auch Feuerbach einsam seine Straße und behält unverrückt, ohne nach rechts und links zu schauen, sein erhabenes, einziges Ziel im Auge; auch er ist einseitig, aber auch hier ist Einseitigkeit Größe. Wem sollten hierbei nicht jene herrlichen Worte einfallen, mit denen Kuno Fischer die gewaltige Einförmigkeit wie den grandiosen Mangel eines Fichte feiert; wer sollte nicht jener Charakteristik Feuerbachs gedenken, die uns Gottfried Keller giebt, wenn er von der eintönig erregten, klassisch monotonen, aber leidenschaftlichen Sprache des großen Gottesfreundes redet? Wie für Börne die Politik, so ist für Feuerbach die Religion das Centrum, dem all sein Denken und Wollen zustrebt; er verfolgt dasselbe Ziel wie Heine, erringt hierbei aber glänzendere, erfolgreichere Siege, denn er ist in die strahlende Rüstung der Wissenschaft gehüllt.

Schon Lessing hatte sich mit Unwillen von jenen „neumodischen Geistlichen" als schalen Köpfen abgewendet, welche Theologen viel zu wenig und Philosophen lange nicht genug sind; ebenso waren für Heine die düstern, blutrünstigen Zeloten sympathischer gewesen, als die toleranten Amphibien des Glaubens und Wissens, jene Religionsdilettanten, welche für ihre Kirche schwärmen, ohne ihren Dogmen einen strengen Gehorsam zu widmen, und mit den heiligen Symbolen liebäugeln, aber keine ernsthafte Ehe eingehen wollen. Wie diese seine großen Vorgänger, so bonnert auch Feuerbach gegen das dissolute, charakterlose, belletristische und kokette Christentum der Modernen. Er erklärt nur den Glauben für den wahren, wo die Glaubensdifferenz in aller Schärfe wirkt, und Fanatismus ist ihm nichts als der energisch wirkende, seinem Wesen gemäß ungehindert sich entfaltende und bethätigende Glaube. Der Unterschied zwischen dem Glauben der Bibel und dem der späteren Jahrhunderte ist nur der zwischen Keim und Pflanze, und es ist nur die Charakterlosigkeit, der gläubige Unglaube der neuen Zeit, der sich hinter die Bibel versteckt und die biblischen Aussprüche den dogmatischen Bestimmungen entgegensetzt. Feuerbachs That ist nun, den Gegensatz des Göttlichen und Menschlichen wissenschaftlich als einen illusorischen erwiesen, als das Geheimnis des absoluten Geistes den endlichen, subjektiven offenbart zu haben. „Der notwendige Wendepunkt der Geschichte," sagt er, „ist dieses offene Bekenntnis und Eingeständnis, daß .... der Mensch kein andres Wesen als absolutes Wesen denken .... und verehren kann als das Wesen der menschlichen Natur." Damit scheint die wahre Freiheit erreicht; auf diesen einen Feuerbach'schen Satz hin hat unsre Entwickelung seit Lessing gestrebt, und nur derjenige darf diesen Satz leugnen, welcher unsere letzten hundert Jahre aus der Geschichte zu streichen den Mut hat. Doch Feuerbach hat nur einen Moment, nämlich so lange als er jenen Satz aussprach, die einmal erreichte Höhe behauptet. Schon seine berühmten Sätze „Das Geheimnis der Theologie ist die Anthropologie" und „Die Grunddogmen des Christentums sind realisierte Herzenswünsche" lassen die Möglichkeit einer irrigen Deutung zu, und Feuerbach selbst hat diesen Irrtum wirklich begangen Es ergeht ihm ähnlich wie den Goethe'schen Helden: er weiß das rechte Verhältnis zwischen dem empirischen und absoluten Ich nicht zu finden. Er analysiert, in dieser einen Beziehung mehr von Schleiermacher als Hegel beeinflußt, immer nur die subjektive Seite oder vielmehr eine bestimmte Richtung der subjektiven Seite der Religion. Er ist, um es kurz zu sagen, überall da psychologisch, wo er metaphysisch sein müßte; er betont das Ethische; dies aber schwebt hier wie überall, wo die metaphysische Grundlage fehlt, in der Luft. Eben dies hindert auch Feuerbach, die Notwendigkeit einer geschichtlichen Entwickelung vom Unvollkommenen zum Vollkommenen zu begreifen; er hat nur das Gewordene im Sinne, verkennt aber, daß auch die Vorstufen geschichtlich berechtigt sind. Er erklärt, und hierbei könnte er allerdings sagen, daß er nur der konsequentere Hegel sei, die Religion für das von Geschlecht zu Geschlecht forterbende Fideikommiß der ursprünglichen Roheit, Barbarei und Abergläubischkeit, für die erste, darum kindliche, volkstümliche, unfreie Natur= und Selbstanschauung der Menschen, für eine grundverderbliche Illusion. Er giebt so sehr alles Objektive und Metaphysische preis und ignoriert so sehr die Existenz eines Kant und Hegel, daß er den barsten Sensualismus predigt, und daß sich alle jene seichten Köpfe um ihn scharen, welche mit ebensoviel Arroganz als Ignoranz den alleinseligmachenden Glauben an die Materie ausschreien. Feuerbach ist auf diese Weise einmal die notwendige Folge unserer ganzen Entwickelung, sodann aber stellt er sich auch wieder in die schroffste Opposition zu derselben. Es entsteht also die Aufgabe einer Ausgleichung, einer Synthese zwischen Feuerbach und der bisherigen Entwickelung. Die Lösung dieser Aufgabe ist das Verdienst Arnold Ruges.

In Ruge erreicht die von Hegel ausgegangene Bewegung vorläufig ihren Abschluß. Er ist das Ende unserer Theorie und bildet den
Übergang zur Praxis. Er ist der eigentliche Vater von 1848 und eben
damit der Vorgänger von Bismarck; er verhält sich zu unserer Revolution ähnlich wie Rousseau und Voltaire zur französischen; mit derselben geschichtlichen Notwendigkeit aber, mit welcher auf 1789 das Genie
eines Napoleon gefolgt ist, erscheint als der legitime Erbe von 1848
das Genie eines Bismarck.

Ruge hat sich im geraden Gegensatze zu Strauß entwickelt, aber
auch die Vergleichung mit Feuerbach ergiebt eine größere Differenz als
Übereinstimmung. Wie Minerva dem Haupte Jupiters als blühende
Jungfrau in voller Waffenrüstung entsprang, so überraschte auch der
jugendliche Tübinger Repetent die Welt mit seiner epochemachenden That.
Er hat sich beklagt, daß er späterhin immer nur der Verfasser des Lebens
Jesu genannt würde; in der That aber ist dieser Anfang seiner Laufbahn
zugleich ihr Höhepunkt, und er hat nichts wieder geschrieben, — auch die
Glaubenslehre tritt zurück — was diesem Erstlingswerke vergleichbar.
Die Hauptthat Feuerbachs, das Wesen des Christentums, ist zwar
durch eine Anzahl hochbedeutender Schriften vorbereitet worden; bereits
von der ersten derselben aber, den unvergleichlichen „Gedanken über Tod
und Unsterblichkeit," gilt das ex ungue leonem: schon hier tritt
Feuerbach der Hegel'schen Lehre mit genialer Selbständigkeit gegenüber. Ganz anders Ruge. In seiner ersten, bis zur Gründung der
Hallischen Jahrbücher reichenden Periode hätte niemand den Titanen der
vierziger Jahre vermuthet. Er begann, nachdem er eifrigst das sogenannte klassische Altertum studiert und eine Übersetzung des Ödipus auf
Kolonos geschrieben hatte, mit dem Trauerspiele „Schill und die Seinen,"
und von diesen Bahnen entfernte er sich auch in den folgenden Jahren
nur wenig. Die Platonische Ästhetik, die an Stephan Schütze gerichteten „Sechs Briefe über das Lächerliche," sowie die „Neue Vorschule
der Ästhetik" sind ausgezeichnete, echt wissenschaftliche, den tiefen und
scharfen Denker verkündende Werke, nirgends jedoch findet sich auch nur
die leiseste Spur dessen, was ihn später bewegte. Aber auch die
Hallischen Jahrbücher haben sich bei allem Aufsehen, welches sie
gleich anfangs erregten, erst allmählich ihre geschichtliche Bedeutung
erobert. Ihr Prinzip war, wie dies Ruge selbst treffend bezeichnet hat,
die Selbstentwickelung der Idee; sie folgten der Entwickelung nicht bloß
als Zuschauer, sondern waren die Entwickelung selbst, die bewußte Praxis
der historischen Dialektik. Niemals, weder vorher noch nachher, hat ein

Journal existiert, welches gleichzeitig den Anforderungen der strengsten
Wissenschaft genügte und dabei doch eben diese Wissenschaft vermöge
der klaren und durchsichtigen Form in die weitesten Kreise verbreitete.
Die Hallischen Jahrbücher haben nicht bloß die Praxis vorbereitet, sie
sind ihr, um die Heinesche Wendung zu gebrauchen, wie der Blitz dem
Donner vorangegangen. Sie haben nicht bloß die Forderung aufgestellt,
daß die Philosophie Religion werden muß, sondern sie sind selbst der
erste und bedeutsamste Schritt auf diesem Wege. Hegel war nicht selten
in den schärfsten Widerspruch mit seinem eigenen Prinzip geraten, und
zwar vornehmlich in der Religions- und Rechtsphilosophie. Die Jahrbücher haben diesen Widerspruch aufgezeigt und aufgelöst; sie sind die
erschöpfendste Kritik Hegels, welche noch aufgetreten, denn sie haben
ihn aus seinem eigenen, unantastbaren und unvergänglichen Prinzipe
berichtigt. Allerdings knüpft sich die Kritik der Religionsphilosophie in
erster Linie an den Namen Feuerbach. Allein einmal hat dieser selbst
oft genug anerkannt, was er Ruge verdankt. Seine eigene Feder, bekennt er, sei widerspenstig; er bedürfe immer eines besonderen Antriebes,
er gehe schwer vom Innern zum Außern. „Ich bin dem Ruge dafür
dankbar," so lesen wir in einem 1840 an Chr. Kapp gerichteten Briefe,
daß er mich stimuliert und veranlaßt hat zur Aussprache und Fortbildung
von Gedanken, die außerdem nicht an den Tag gekommen wären."
Sodann ist vorher auf die historische Schranke Feuerbachs hingewiesen
worden; während nun Feuerbach später den philosophisch überhaupt
nicht produktiven Strauß zum Materialismus mit fortreißt, nimmt
Ruge das Unvergängliche, was Feuerbach geschaffen, in sich auf, vergißt
aber dabei Hegel nicht und wird so die Versöhnung beider. Was aber
das Allerwichtigste ist: Ruge hat die andere Seite Hegels, die von
Feuerbach völlig ignorierte Rechtsphilosophie kritisiert, er ist mit einem
Worte Politiker. Unsere nachklassische Periode kehrt hiermit an ihrem
Ende scheinbar wieder zum Anfange, zu Börne, zurück. Doch welch'
ungeheurer Unterschied! Kein geringerer als der zwischen Eichel und
Eichbaum! Die Begriffe Politik, Staat, Freiheit haben inzwischen eine
ganz andere Bedeutung und Geltung gewonnen; sie sind durch das
Fegefeuer der Philosophie hindurchgegangen und treten uns als wieder-
geboren, in jugendlicher Kraft und Schöne strahlend entgegen. Für Ruge
sind Politik und Religion identische Begriffe. Er knüpft an Hegels:
„Der Staat ist die Wirklichkeit der sittlichen Idee" an und sucht
nach diesem Ideale die Gegenwart umzugestalten. Diese Umgestaltung
ist freilich eine ungeheure Umwälzung, die ungeheuerste unserer

Geschichte, die Erfüllung von Heines Prophezeiungen. Nach Hegel wie nach Ruge muß das Religiöse seine Sonderexistenz neben dem Sittlichen aufgeben, es ist vom Sittlichen nicht mehr geschieden. Nun aber ist die Form jener Sonderstellung die Kirche. Also ist der Schluß unabwendbar: Die Kirche hat in Zukunft neben dem Staate keinen Platz mehr; es handelt sich jetzt um die Omnipotenz, den Ausbau des freien und allein souveränen Staates. In niemandem hat dies Ideal so deutlich gelebt als in Arnold Ruge, unsere künftige Entwickelung wird daher wieder und immer wieder an Ruge anzuknüpfen haben. Und doch muß ich gerade jetzt noch einen zweiten Kranz niederlegen, nämlich am Grabe meines Heidelberger Lehrers, des unvergeßlichen Richard Rothe. Nicht Ruge, sondern Rothe gebührt der Ruhm, jenen Satz vom vollendeten Staate, welcher die Kirche schlechthin ausschließt, zuerst ausgesprochen zu haben. Der Professor der Theologie und Geheime Kirchenrat Richard Rothe hat zuerst die Kirche als eine viel zu enge und beschränkte Form für den unendlich reichen und mannigfaltigen Inhalt des religiösen Lebens erklärt. Diese eine That wird seinen Namen länger in der Geschichte fortleben lassen als seine Ethik, mit welcher Rothe, so großartig auch ihre Anlage und Durchführung ist, doch deswegen von vornherein Schiffbruch leiden mußte, weil er Unmögliches, nämlich die Vereinigung von Nichtzuvereinigendem, versucht hat. Ist nun aber auch Ruge die Priorität jener epochemachenden Entdeckung abzusprechen, so schmälert dies seinen Ruhm ebenso wenig, als wenn sich herausstellt, daß der allgemein als solcher anerkannte Erfinder der Buchdruckerkunst oder irgend einer Maschine irgendwelchen Vorläufer gehabt hat. Rothe hat mit seinem Funde nichts anzufangen gewußt, weil er nie aus dem Banne der Theologie herauskam; sein Ideal lag ihm in einer unabsehbaren Ferne, und so verkannte er die Gegenwart und gerade die größten seiner Zeitgenossen.

Sehen wir nun, wie Ruge zu seiner Entdeckung gelangt ist.

Die erste Fehde, welche die Hallischen Jahrbücher zu bestehen hatten, galt den katholischen und protestantischen Jesuiten: einem Görres, Leo u. a. Schon hier erscheint Ruge trefflich gerüstet und sucht die Feinde mit wuchtigen Stößen aus dem Sattel zu heben. Diese hatten freilich die unmittelbar folgende Entwickelung richtiger beurteilt. „Wir haben eine Revolution zu erwarten," so hatte der hallische Löwe gebrüllt, „wir haben eine preußische Revolution zu erwarten, wir haben die preußische Revolution von der Jung-Hegelschen Rotte zu erwarten."

Dem gegenüber führte nun Ruge aus, daß das Reich der Sittlichkeit in Preußen zu einer bewundernswerten Wirklichkeit gediehen sei, daß erst eine allgemeine Verunreinigung, eine große Schuld über Volk und Regierung kommen müsse, bevor solch' eine Blutwäsche notwendig sei, und daß es Leo und seinen Gesellen niemals gelingen werde, Preußen und seinen König zu ihrem unfreien Prinzip zu bekehren. Aus dem Christentum, meint Ruge, können wir ja nicht hinaus, die Philosophie bestreitet weder die biblische noch die bogmatische Wahrheit. Auch im folgenden Jahre baut Ruge seine kühnsten Hoffnungen zunächst immer noch auf Preußen. In dem bemerkenswerten, eine Zeit lang Strauß zugeschriebenen Aufsatze „Streckfuß und das Preußentum" verkündet er freudig, daß Preußen allerdings bereinst seine welthistorische Aufgabe erfüllen werde, nämlich Haupt und Mittelpunkt des europäisch bedeutenden, freien Deutschlands zu werden. Für die nächste Zukunft aber zeigen sich ihm schwarze Schatten. Preußen hat, sagt er, in den Karlsbader Beschlüssen, in dem Verharren beim Absolutismus, in dem Anschluß an Oesterreich viel mehr verloren, als es in allen Schlachten des siebenjährigen Krieges dem katholischen Staate, seinem Feinde, abgewonnen hat. Und so droht es auch jetzt, von sich selbst und dem protestantischen Prinzipe abzufallen und katholisch zu werden. Ruge kritisiert scharf die absolute Monarchie und die Beamtenhierarchie, welche immer nur Diener, Unterthanen und Laien, immer nur ein Gewordnes und stabile, wenn auch noch so verrottete Zustände kenne. Fast gleich= zeitig mit diesem Aufsatze erschien das berühmte, von Ruge und Echtermeyer gemeinschaftlich verfaßte Manifest „Der Protestantismus und die Romantik." Dasselbe inauguriert die zweite Periode der Jahr= bücher, die der schrofferen Opposition. Die letzten fünfzig Jahre werden hier als Rückfall von der Aufklärung und als Restauration des Christen= tums kritisiert; die Wirkung war um so einschneidender, als „die roman= tische oder christliche Geistesverdunkelung" in der That alles beherrschte und jeder nur in seinen eigenen Busen zu greifen brauchte, um sich selbst als Romantiker zu erkennen. Mit der Thronbesteigung Friedrich Wilhelms IV. wuchsen die Schwierigkeiten für Ruge. Bereits im Februar 1840 hatte er die Möglichkeit erörtert, daß die fortschreitende Reaktion eine Revolution erzeugen könne; bald wird die Sprache ent= schiedener, und, was das Wichtigste ist, jetzt erscheint auch der Name Hegels immer mehr und mehr im Vordergrunde. „Die Flut des un= sichtbaren Geistes," ruft Ruge aus, „steigt über alle Dämme, Deiche und Nachtwächterposten, fließt über das Land und quer durch die eigenen

Köpfe der Schreier, ohne daß sie es gewahr werden, bis zu dem Augen=
blicke, wo dieses Fluidum die ganze Welt neu baut und nach sich ge=
staltet." Er erinnert an die Katastrophen in Frankreich und Spanien
und stellt als die Eine Vernunft das la liberté sans phrase hin; er
erklärt die allseitige Erfüllung von 1789 für die Aufgabe der Zeit. Aber
auch jetzt noch glaubt er ohne Wanken an die preußische Mission.
Die freie deutsche Großmacht ist das Problem der gegen=
wärtigen Geschichte, Preußen aber der problematische, der noch nicht
ausgesprochen, sondern nur der Möglichkeit nach welthistorisch entscheidende
Staat, und die neue Epoche verlangt nichts Geringeres, als die Aus=
bildung Preußens zu einer freien, germanischen Großmacht. Es fehlt
nicht an tiefen Blicken in die Erscheinungen und Forderungen der un=
mittelbaren Gegenwart. So zeigt Ruge schon jetzt, wie auch späterhin
vielfach, mit Evidenz die Krebsschäden Englands und warnt Preußen,
sich blindlings von Österreich und Rußland ins Schlepptau nehmen zu
lassen. Energischer aber und mit Feuereifer erfaßt er die allgemeinen Ideen.
Nur dann, verkündet er, wird es Preußen gelingen die höchsten welthistorischen
Ehren zu erringen, wenn es in der Verwirklichung der geistigen Freiheit
zur politischen die unabweisliche Aufgabe unsers Jahrhunderts erblickt.
Alles kommt auf die Stellung zu Hegel an. Wer die Freiheit vertilgen
will, sagt Ruge, der fange damit an, die Philosophie, diese Sonne des
deutschen Geistes, vom deutschen Himmel zu nehmen. Er prophezeit, die
Philosophie werde zur Gesinnung, die Gesinnung zum Charakter und der
Charakter zur That werden. Ohne den Inhalt der kritischen Philosophie
unserer Zeit sei keine Gesinnung und keine That ihrer Freiheit gewiß.
Schon jetzt ist Ruges Verhältnis zu dieser Philosophie das freieste. Er
erblickt in Hegels Definition des Staats als der Wirklichkeit der sittlichen
Idee das die Welt verjüngende und erlösende Prinzip; aber er versichert
zugleich, daß es ebenso wenig einen absoluten Philosophen als Dichter
gäbe. Wir erreichen das Absolute oder die Freiheit nur in der Geschichte.
Der Trunkenheit des absoluten Systems folgt das System der geschicht=
lichen Freiheit, die bewußte Darstellung der wirklichen und die allgemeine
Forderung der zu verwirklichenden Freiheit. Mit der Erklärung endlich,
daß es ebensowenig eine absolute Religion als Philosophie gebe, daß
vielmehr Religion die gewissenhafte Hingabe des Subjekts an die gewußte
Idee sei, bringt Ruge zum ersten Male die Religion vor sein Forum
und bereitet damit seine große That, die Gleichsetzung von Religion und
Politik, vor. So wird denn auch das Jahr 1841 mit der Erklärung er=
öffnet, das Orakel unserer Zeit sei die Revolution der europäischen

Menschheit. Das Prinzip, um das sich jetzt alles drehe, sei die Autonomie des Geistes, und zwar im Wissenschaftlichen die Fortbildung des Rationalismus, im Staatlichen des Liberalismus. Alle geschichtlichen Völker werden sich die politische Reform erkämpfen, indem die Theorie und das Bewußtsein ihres befreienden Inhaltes sich immer energischer aller Gemüter bemächtigt und dann sowohl in innern Kämpfen als in einem gründlichen Prinzipienkriege das neue Weltalter erreicht werde. Doch hiermit hat Ruge einen heißen Boden betreten; eine so kühne Sprache konnte die herrschende Romantik unmöglich dulden, und so kommt denn schon jetzt die Katastrophe immer näher. Der Anfang vom Ende war, daß die Jahrbücher nach Sachsen auszuwandern und dort unter verändertem Titel zu erscheinen gezwungen wurden. Ehe wir sie jedoch dahin begleiten, werfen wir noch einen flüchtigen Blick auf die übrigen Reformvorschläge Ruges, welche ihm natürlich nur neue und mächtige Feinde schufen.

So angelegentlich es Ruge selbst am Anfange seiner Laufbahn darum zu thun war, als akademischer Lehrer zu wirken, so erkennt er doch bald, nicht nur daß seine wahre Bestimmung ein anderes Feld sei, sondern er sieht auch all den grotesken Figuren, an welchen die Universitäten so reich waren, hinter die Coulissen und glaubt dort Tücke und Neid, Aufgeblasenheit und Armseligkeit, Staub und Moder zu entdecken, wo die draußen Stehenden eitel Herrlichkeit und Gold und Glanz anstaunten. Die Jahrbücher brachten von Zeit zu Zeit von verschiedenen, meist ungenannten Mitarbeitern ausgezeichnete Kritiken der einzelnen Universitäten, welche für alle Zeiten als wertvolle Beiträge zur Geschichte der damaligen Hochschulen gelten müssen. Sie sind unparteiisch und ohne jegliche Rücksicht geschrieben; von einem fundamentalen Gegensatze aber ist noch nicht die Rede. Eine andere Sprache führte Ruge selbst, wenn sich ihm die Gelegenheit bot. Schon Wienbarg hatte die studierende Jugend Züchtlinge gelehrter Werkanstalten genannt, deren Studium die Sklaverei sei; er hatte in den Universitäten Widerstände der Bewegung erblickt, die als solche aus dem Wege geräumt werden müßten. So lernt denn auch Ruge gar bald die Verachtung begreifen, mit welcher die Gelehrten und namentlich die Universitätsprofessoren mitunter von den Verwaltungsbehörden behandelt würden. Er findet auf den Universitäten den Einfluß derer am größten, welche den wahren Interessen der Wissenschaft am fernsten und den pfiffigen Praktiken des gemeinen Lebens am nächsten ständen. Die Universitäten scheinen ihm charakterlos geworden; wie zur Zeit Lessings falle der Schwerpunkt des neuen Weltsystems außer ihrer beschränkten Sphäre. Vor allem trübselig ist es mit den einzelnen Zweigen der philosophischen Fakultät bestellt. Ruge hat, allerdings nach dem Vorgange Heines, aber auch hier nicht sklavisch nachbetend, sondern aus seiner eigenen, freien Individualität heraus, den Zusammenhang der altdeutschen Studien mit der Romantik erkannt und sie unter diesem Gesichtspunkte siegreich bekämpft. Er erhebt sich gegen den „altdeutschen Kram" und zeigt, wie diese Studien, rühmliche Ausnahmen natürlich abgerechnet, die verstocktesten Feinde der Freiheit erzeugt und aus der mittelalterlichen Gesinnung ein reaktionäres System gemacht haben; er donnert gegen die Verkehrtheit, „die rohsten Naturknollen, wie das teutonische Geschlecht von Anno „„frisch, frei, fröhlich, fromm,""" als Götterbilder in die deutsche Ruhmeshalle zu stellen."

Im Zusammenhange hiermit steht der unsinnige Dante- und Shakespearekultus. Den Italiener findet er altscholastisch, unpoetisch, abstrus und ungenießbar; es scheint, meint er, als habe er seine göttliche Komödie, gerade wie Goethe den zweiten Teil des Faust, nur geschrieben, um den Leuten die übermäßige Vorliebe für die Poesie auszutreiben. Ebenso erklärt er es für Superstition, Shakespeare als absoluten Dichter zu proklamieren und ihn mit Haut und Haaren, unbedingt und ohne Abzug, als Götzen aufzustellen. Manches schwache Gehirn irre, durch Lessing verleitet, noch heute ohne Ziel und Kompaß in den Shakespeareschen Urwäldern umher. Aber auch jede andere ungeschulte und dem Zufall überlassene Fachgelehrsamkeit ist Ruge ein Greuel; wie in so manchem andern, so erweist er sich auch in seiner Polemik wider die sogenannten klassischen Philologen als würdigen Nachfolger Jean Pauls. Wie der Verfasser des „Lobes der Dummheit," so tadelt auch Ruge die Philologen, daß sie sich nicht um den Inhalt der Alten als solchen kümmern, und daß der antiquarische Gesichtspunkt oft genug nur bloße gelehrte Neugierde sei, keineswegs der Trieb nach wertvollem Wissen. Bei dem minutiösesten Fleiß sei doch die hohle Phrasenphilologie mit ihrem numerus rhetoricus und ihren stelzfüßigen Hyperbeln nichts als der ausgebildetste Dilettantismus, und die Eitelkeit, Codices zu entdecken oder doch wenigstens gesehen zu haben, sei ein wenig beneidenswerter Ruhm. Die Philologen mit ihrer sogenannten reinen Gelehrsamkeit, die aber der Erkenntnis der Prinzipien entbehre und auf einem Mangel an Kopf beruhe, gehörten ebenfalls zu jenen Gelehrten, welche an der Begeisterung die Gelehrsamkeit und an der Befreiung des Herzens den Staub ihrer Hörsäle vermissen. Aber auch die Juristen — von den Theologen ist selbstverständlich nicht erst zu sprechen — entgehen nicht dem Strafgerichte des jugendlichen Feuergeistes. Haben sie doch den

alten Sauerteig des unfreien Staates und des beschränkten Glaubens
am unmittelbarsten zu kultivieren, verdummen doch Studium und Praxis
der Juristerei auf gleiche Weise und bringen noch nebenbei den Bettel-
stolz auf dieses Nichts von Freiheit, auf diesen Mangel alles wahren
Rechtes hervor. Die ganze positive Gesetzgebung, heißt es späterhin, sei
im Interesse der willkürlichen Herrschaft des Despotismus zu stande
gekommen, die Erfüllung unserer Zeit sei daher zugleich der Tod der
jetzigen Juristerei. Ruge trug sich demnach allen Ernstes eine Zeit lang
mit dem Gedanken, eine neue Universität zu gründen, deren einzige
Fakultät die philosophische sei, daneben sollten Seminarien für das
praktische Leben errichtet werden. Doch alles dies waren nur kleine
Scharmützel gegenüber den Kämpfen, welche mit der Übersiedelung nach
Sachsen entbrannten.

Inzwischen war Herwegh aufgetreten, gleichzeitig Feuerbachs
„Wesen des Christentums" erschienen. In dem Herausgeber der „Gedichte
eines Lebendigen" begrüßte Ruge den Apostel der neuen Zeit. Jetzt
wird, sagt er, die Philosophie selbst religiös, sie glaubt an den welt=
beherrschenden Gedanken, tritt aus ihrer eigenen Form, der aristokratischen
Selbstgenügsamkeit einer abgeschlossenen, schwer zugänglichen Wissenschaft
heraus und ergießt sich mit der Wärme der Beredsamkeit über die
weiten Kreise des entgeistigten Lebens. Die politische Freiheit, ganz
und ohne Abzug, ist die Religion und Poesie unserer Zeit; das Geheimnis
der Philosophie wird jetzt rücksichtslos ausgeplaudert; die Welt wird das
Wunder der Aufklärung in höherer Form wiederholen, sie wird Wunder
thun im Denken: sie wird in Masse denken. Ruge schreibt jetzt die
unvergleichliche Kritik der Hegelschen Staatslehre, von der er nachmals
mit Recht sagen konnte, daß sie 1848 vorweg genommen hat. Er zeigt,
wie allerdings der Hegelsche Staat ein glücklicherweise ungeborenes Un=
geheuer ist, zu dessen Erfindung sich der Polizeistaat, das Gelüste der
Umkehr und die Sophistik des größten Meisters in der Dialektik verbinden
mußte. Trotzdem ist ihm Hegel im Grunde der freieste Deutsche, der
deutscheste Deutsche; er ist nur richtig zu verstehen, aus seinem eigenen
Prinzip heraus zu kritisieren, um in ihm die Basis für die Zukunft zu
erkennen. Das oberste Prinzip ist jetzt Freiheit des Menschen oder
Restauration des Sklaven; es handelt sich um die Überwindung des
Christentums aus seinem eigenen, dem humanen Prinzip; nicht mehr um
Philosophie und Christentum, sondern um Philosophie oder Christentum. Die
alte Form der Religion ist der christliche Glaube oder das alte Christen=
tum, die neue Religion das realisierte Christentum oder der Humanismus.

Wie ein Manifest die neue Periode der Jahrbücher inauguriert hatte, so ist auch ein Manifest, die Selbstkritik des Liberalismus, der Triumph- und Schlachtgesang, welcher die Zeitschrift ihrem Untergange entgegenführen sollte. Ruge definiert den Liberalismus als ein rein theoretisches und passives Verhalten in der Politik, als die Freiheit eines Volkes, welches in der Theorie stecken geblieben ist. Die philosophische Befreiung ist keine, weil sie nur neben dem Privatstaate herläuft, die Probleme der Zeit müssen aber im Besitze des Volkes und für das Volk sein, um ein wirkliches Leben in dieser Welt zu führen. Bisher war die Form nur exclusiv, also unwahr. Die wahre Form ist der Hebel des Archimedes, welcher die Welt aus ihren Angeln hebt. Die Entdeckung der wahren Form ist die Überschreitung des theoretischen Geistes und damit des Liberalismus in seiner edelsten, der philosophischen Gestalt. Die wahre Form wird Religion sein und mit unwiderstehlicher Gewalt die Welt bewegen und umgestalten. Ruge verlangt mit einem Worte die Auflösung des Liberalismus in Demokratismus.

Die Antwort auf dieses Manifest war die Unterdrückung der Jahrbücher. Damit werden aber die Schwingen des mächtig kreisenden Adlers so wenig gelähmt, daß er jetzt erst seinen kühnsten Flug wagt. Die Deutsch-französischen Jahrbücher zwar waren die erste Schlacht, welche Ruge verlor, bald aber rüstete sich der unermüdliche Streiter zu neuem Kampfe, und die „Studien und Erinnerungen aus den Jahren 1843 bis 45" sowie die im 9. Bande der Werke gesammelten Briefe, vor allem die Polemik gegen den Kommunismus, sind als der Höhepunkt seiner Entwickelung anzusehen. Immer näher und näher, lauter und lauter ertönen die Donner der herannahenden Revolution. Den Inhalt der Hegelschen Philosophie bestimmt Ruge — und führt damit aus, was Herder gewollt — als Humanismus, die Methode als Kritik, und zwar revolutionäre Kritik. Der Dialektik der logischen Kategorieen folgt jetzt die Dialektik der realen Kategorieen, der Forderung des Begriffes Mensch folgt der Anspruch des realen Menschen, sich geltend zu machen und von sich aus die Welt zu gestalten. Diese reale Dialektik ist die Auflösung der geschichtlich konstituierten Gegensätze; früher hießen sie Katholizismus und Protestantismus, jetzt Christentum und Humanismus, Reaktion und Revolution. Allmählich neigt sich nun auch Ruge, zum ersten Mal, soviel ich sehe, bei Gelegenheit von L. Blancs Geschichte der zehn Jahre, den Franzosen zu, ohne dabei, so wenig wie dies auch Heine gethan hat, die Schranken Frankreichs zu verkennen. Er bleibt aber hierbei nicht stehen, sondern wird Kosmopolit. Verächtlich erscheint ihm die Nation, die mit

ihrem Freiheits- und Selbstgefühle nicht über den Patriotismus hinaus=
kommt. Seine Losung ist jetzt die Aufhebung nicht des Christentums,
sondern des Patriotismus in Humanismus. Diese Auflösung ist keine
andere als die des Dialekts in die Kultursprache; sie ist die Freiheitsfrage
der neuesten Geschichte. Der Patriotismus ist das Prinzip der vereinzelten,
differenten Volksindividualitäten, der rohen Volksgeister, die beständig
gegen einander im Harnisch sind. Es muß aber ein menschliches Prinzip
alle Kulturvölker in einen großen Bund vereinigen; es muß der Universal=
staat, in dem alle Völker nur Provinzen sind, gegründet werden.

Also schrieb Ruge 1847 an Prutz; die erste Antwort auf diesen
Brief war die Bewegung des folgenden Jahres, die zweite die Erscheinung
Bismarcks. Woran liegt es nun, daß Ruge selbst jenes große Jahr
wohl vorbereitet hat, aber auf den Gang der Ereignisse, als einmal die
Bewegung begonnen hatte, so wenig Einfluß geübt hat? Woran liegt
es, daß jene Zeit so wenig seinen Idealen entsprach, und daß ihr Fürst
Bismarck gefolgt ist?

Die erste dieser Fragen wird jeder beantworten können, welcher von
der Palme keine Weintrauben, vom Weinstock keine Datteln verlangt.
Ruge konnte seine Ideale so wenig verwirklichen, als Rousseau und
Voltaire, wenn sie 1789 in voller Manneskraft erlebt hätten, irgend
welche hervorragende Rolle gespielt haben würden. So eindringlich
Ruge auf die Umwandlung der Theorie in Praxis bringt, so ist er doch
schließlich bei eben dieser Forderung stehen geblieben; organisatorisch
und reformatorisch einzugreifen war ihm ebenso wenig gegeben, als
Blücher ein Lehrbuch der Strategie schreiben konnte. Was nun seine
Ideale betrifft, so sind die der letzten Periode allerdings bis heute nicht
erfüllt worden; wie aber steht es mit denen des Anfangs der Jahr=
bücher? Ruge kann mit Stolz gerade auf diesen Anfang zurückblicken,
denn haben wir es nicht erreicht, was er damals prophezeit hat, die freie
deutsche Großmacht, Preußen als das Haupt und den Mittelpunkt des
europäisch bedeutenden, freien Deutschlands? Aber auch was 1848 an=
belangt, so sind vorerst die Erfolge dieses Jahres ungeheure und segens=
reiche, wenn man nur dabei Deutschlands und Europas Vergangenheit
im Auge hat, nicht aber die unmittelbare Verwirklichung des von der
Philosophie geforderten Ideales verlangt. Aufhebung der Censur, Preß=
freiheit, Konstitution sind allerdings nicht die volle Erfüllung dieses
Ideales; sind wir aber nicht damit demselben um ein Beträchtliches näher
gerückt? Sodann kann überhaupt dasjenige, was Ruge erstrebt, niemals
von einer Massenbewegung, vom Volke als solchem, von irgend einer

Versammlung oder irgend einem Parlamente erreicht werden. Ruge hat 1845 Gervinus heftig angegriffen, daß dieser sich nur wenig von der damaligen religiös-politischen Bewegung versprach, weil es an einer großen Persönlichkeit fehle. So gerechtfertigt auch Ruges Urteil über Gervinus in allem übrigen ist, so hat letzterer doch hier in diesem einen Punkte den Nagel auf den Kopf getroffen. Alles wirklich Große und vor allem das, was Bestand haben soll, kann immer nur dem Kopfe eines einzelnen Genies entspringen. Dieses Genie kann und wird von Geistern zweiten Ranges, von Aposteln, gefördert und unterstützt werden, immer aber nur so, daß auch diese selbstthätig für sich, als freie, auf eigene Hand und nach eigener Entschließung wirkende Individualitäten handeln. Nichts ist lehrreicher als eine Vergleichung von 1517 und 1789. Luther sprach allerdings nur aus, was seine Zeit bewegte, und er fand überall den lebhaftesten Wiederhall; nur deswegen aber ist die Reformation aus den unscheinbaren Anfängen zu so Gewaltigem emporgewachsen und nicht ihrem furchtbaren Feinde, dem Katholizismus, unterlegen, weil Luther alle seine Zeitgenossen um einiges mehr denn um Haupteslänge überragte. Hat denn nun 1789 ein derartiges Genie zum Führer gehabt? Sind die ungeheuren Thaten und Erfolge Napoleons etwa anders zu erklären, als daß sein Genie die Ideen von 1789 aufgriff? ist nicht andererseits sein tragischer Untergang lediglich die Folge davon, daß er jenen Ideen untreu wurde und ins Mittelalter, in die Romantik zurück= fiel? Genau so steht es mit 1848. Ruge giebt selbst als das Ver= hängnis dieser Zeit ein doppeltes an: sie habe es nicht einmal bis zum Versuche einer Republik gebracht und habe das Christentum vollständig aus dem Spiele gelassen. Wer aber sollte hier die Führung übernehmen? Diese Aufgabe überstieg selbst die Kräfte eines Ruge; war aber einer der übrigen ihr gewachsen, oder war vollends etwas vom Plenum der Paulskirche oder irgend einem Plenum zu erwarten? Auch Bismarck gegenüber gilt: „Was ist, das ist vernünftig.“ Hegel ist, allerdings nicht ohne eigene Schuld, vielfach wegen dieses Satzes angegriffen worden, und doch gehört er als eine Anwendung des suum cuique zu seinen tiefsinnigsten, wahrsten, folgenschwersten. Und so zeigt denn von allem, was Ruge nach 1848 geschaffen hat, nichts deutlicher seine Größe, als daß er bereits 1866, und zwar wohlgemerkt vor Königgrätz in jenem berühmten, am 23. Juni geschriebenen und zuerst in der Nationalzeitung veröffentlichten Manifeste die welthistorische Mission Bismarcks erkannt hat und für dieselbe mit jugendfrischem Enthusiasmus eingetreten ist. Bismarck ist allerdings, ich wiederhole es, der legitime Erbe von 1848; unter den gegebenen Ver=

hältniſſen, und zwar nicht bloß Preußens und Deutſchlands, ſondern Europas, war ein anderer Weg als der von ihm eingeſchlagene abſolut unmöglich; wer alſo wollte dieſes Genie tabeln, wenn es verlangt, daß wir andern uns vor ihm beugen und ſeiner Führung vertrauen? Freilich muß ſich auch Bismarck zu dem humani nihil a me alienum puto bekennen, und ſo manches gehört weniger zu ſeiner welthiſtoriſchen Miſſion. Es iſt überhaupt für jemanden, der von unſern Philoſophen und von Heine, Feuerbach und dem Ruge der vierziger Jahre herkommt, dieſes ſich vor Bismarck Beugen eine nicht ſo ohne weiteres zu löſende Aufgabe — denn ebenſo feſt als das Firmament ſteht für dieſen der Satz, daß nach Bismarck, vielleicht früher, vielleicht ſpäter, ein neues, gewaltigeres, univerſaleres Genie auftritt, welches die Ideale jener Männer voll und ganz, nicht bloß für Deutſchland, ſondern für Europa, verwirklicht, welches die letzten Konſequenzen von Hegels Religions- und Rechtsphiloſophie zieht und den Satz von der Freiheit des Menſchen zum oberſten Prinzip ſeiner Praxis erhebt. Aber auch hier heißt es: hic Rhodus, hic salta! So lange ein ſolches Genie noch nicht erſchienen, iſt die Verwirklichung jener Ideale zwar zu wünſchen und von jedem nach ſeiner Kraft zu erſtreben, aber nicht zu erwarten. Seid ihr aber Zeitgenoſſen eines anderen, einzig beſtehenden Genies, welches die Erfüllung der Sehnſucht eurer Väter iſt, nun wohl, ſo wird gerade kein sacrificio del intelletto von euch gefordert, wenn ihr überall da, wo es wirklich im Sinne ſeiner hiſtoriſchen Miſſion handelt, es anerkennt und ihm dankt.

Erster Abschnitt.

Die Vorbereitungszeit.

1825 — 1837.

1825—1831.

1.

An Ludwig Ruge.[1]

Kolberg, ben 13. Juli 1825.

Mein lieber Ludwig,

Ich wünsche Dir viel Glück zu Deinem ersten Geburtstage, welchen Du außer dem Vaterhause verlebst. Jetzt hast Du angefangen allein zu gehen, sei hurtig, fliehe die Trägheit, rüstig bei den Spielen, fleißig bei den Büchern. Was Vater Dir sagt, befolge genau. Er liebt Dich und bedenkt nur Dein Bestes. Du nennst doch Pastor Gildemeister[2] auch Vater, und wirst also wohl wissen, daß ich ihn eben meinte, wenn ich von Vater sprach. Vater und Mutter werden gewiß oft an Dich schreiben, so pflegten sie es mit mir auch zu machen. Die Briefe von ihnen hebe Dir sorgfältig auf, und lies sie bisweilen wieder. Vielleicht kann ich Dich noch in Langenhanshagen[3] besuchen.

Grüße Julius und Wilhelm von mir.

Leb wohl.

Grüße Pastor Gildemeister, Deinen neuen Vater, ebenfalls von Deinem Dich liebenden Bruder

Arnold.

An Ludwig Ruge
in Langenhanshagen.

---

[1] Bruder von Arnold, geb. 1. Juli 1812, jetzt Medizinalrat in Berlin.

[2] Auch Arnold war da in Pension gewesen; vgl. A. Ruge: Aus früherer Zeit. Berlin 1862. (A. f. Z.) I S. 154 ff.

[3] Ruge selbst berichtet a. a. O., daß das Dorf vier Meilen hinter Stralsund gelegen sei, eine starke Meile von Barth.

2.

An Julie Ruge.[1])

Kolberg, ben 25. October 1826.

Meine Julie,

Du, Dina unb bie Kleine,[2]) Ihr alle habt mich beschenkt unb freunb=
lich bedacht.[3]) Wenn ich so an Euch erinnert werde, baß Ihr mit
Euren Sorgen unb Berathungen um mich in herzlicher Liebe beschäftigt
vor meine Seele tretet, bann lebe ich boppelt. Ich banke es Euch von
Herzen . . . . .

Du liebe Seele, wie hat mich Dein Brief gerührt, unb wie sehr
achte ich Deine Bestrebungen unb Deinen schönen Glauben babei. Er
werbe Dir gesegnet, er werbe es auch ben lieben Schwestern, in beren
Herz Du ihn pflanzen wirst. Komme ich frei, unb werbe, so Gott will,
Lehrer ber Jugend, unb babei mein eigener Herr, gewiß wirb bann jebe
von Euch, beren Verhältniß unb Alter es erlaubt, mir eine wahre
Helferin sein können — boch was benke ich an solche Dinge, ehe sie ba
sinb. — Aber, liebe Julie, ber Mensch muß in einer Familie gelebt, zu ihr
gehört haben, um ein Mensch zu sein, unb bie Familie muß sein, wie
bie unsere ist, unb barum kann ich niemanden glücklicher preisen, als wer
eine solche Jugend verlebte, wie ich baheim, wer solche Erinnerungen
bewahrt, von solcher Liebe gefesselt ist; . . . . unb wenn ich bieß bebenke, soll
ich bann nicht von ber Zukunft, von einer möglichen, von einer wahr-
scheinlichen Vereinigung mit Euch reben — boch genug.

O meine Lieben, seib alle wacker unb freubig, so werbet Ihr Schönes
unb Gutes schaffen, unb zu schaffen immer tüchtiger, je mehr ber Leiben
unb Mühen Ihr überwindet. Gesundheit, Wiedersehn unb Vertraun,
bies gebe Gott unb geb' es balb, was uns bavon fehlet, so wollen wir
nicht lässig seine Gaben nutzen für ein gebiegenes Glück. Mit Liebe
Dein treuer

, Arnolb.

---

[1]) Arnolbs jüngere Schwester; sie starb noch in ben zwanziger Jahren zu
Franzburg in Pommern.
[2]) Arnolbine bie ältere, Luise bie jüngere Schwester; jetzt verheiratete sich
an ben Prebiger Rödiger in Halle unb starb 1835; biese an ben Orientalisten Rödiger
unb starb 1851.
[3]) Am 13. September war Ruge 24 Jahre alt geworben.

3.

An Julie Ruge.

Kolberg, ben 12. Juni 1827.

Liebes Julchen, nicht unwichtig war mir das, was mir Eure Briefe immer verschwiegen hatten, was ich aber wohl erschloß, nun durch Reinhold[1]) bestätigt finde. Reinhold hat mir erzählt, was Ihr wirket, wie Ihr lebet, wen Ihr sehet, kurz, wie Ihr Euch gegenseitig beglückt. Julie! Du darfst froh sein — Du wirst es sein, wirst leicht erkennen, daß das Glück nicht außer uns ist, daß wir es uns schaffen durch Gutsein, und daß keine Gabe Gottes dankenswerther ist, als die Gelegenheit zur Tugend. Ich ermahne Dich nicht, denn ich kenne Dich — aber schätzest Du Dein Glück? Woher dieser Trübsinn? Oder ich verkenne Dich, es ist kein Trübsinn, ist jene ernste Stimmung bessen, der die Oberfläche verließ und sein Streben auf das Innere, das Wahre richtete; aber dieser Ernst ist Lust, ist frohe Lust. Was ist alles Glück jener bunten Narrheit verunzierter Mädchen, die nichts als Kindisches oder Niedriges kennen gegen das Bewußtsein rechtes ernstes, teutsches jungfräulichen Sinnes und Strebens. O liebe Julie, wie bist Du glücklich! — Aber der Schwermuth ist wie Blei an den Armen des Rüstigen und geziemet nur der Unklarheit und verwirrten Gefühlen. Ich habe Erfahrungen, und ich will sie Dir nicht vorenthalten. Nicht jetzt, nicht im Gefängnisse habe ich über diesen Seelenzustand Erfahrung gemacht, sondern zuerst in Langenhanshagen und bann in Halle! In Halle, als ich ankam,[2]) und meine bisherigen Freunde sich zu den Tadelwürdigen wandten, daß ich [sie] meiner unwürdig achtete, als ich keine neue sah, und nicht wußte, ob die Wissenschaft mich befriedigen könne in meiner Sehnsucht. Aber nicht länger als einige Wochen war ich in dieser thörichten Verfassung. Da faßte ich Vertrauen zu mir und zu andern, und erwartete ruhig, was die Vorträge der Lehrer mir bieten würden. Ich fand Freunde, die ich hochachten mußte, ich sahe, wozu die Wissenschaft dienen müsse und was sie gewähre, ich wurde fähig, den Grund meines Lebensglückes zu legen; nicht des äußern, nein, des Glückes, das ewig mein ist und niemand mir geben oder nehmen kann, als ich selbst; ich habe es genannt und Du kennst es. — Jede Umgebung gewährt die

---

[1]) Jüngerer Bruder, † 1881 zu Berlin.
[2]) Ostern 1821, f. A. f. Z. II 4.

Mittel des wahren Glücks und vielleicht die schlechtere am meisten, denn das rechne ich zum Glück, wenn der gute Mensch eine solche nach sich bilden kann, denn daraus folgt ein Bewußtsein, das von keinem andern aufgewogen wird, und in diesem ist ja die wahre Freude. — Noch thörichter war die Richtung auf das Düstre, in die ich in L[angenhanshagen] gerieth: Nur einsam wollte ich sein, mitten in der Nacht ging ich in die düstersten Lauben, dort dachte ich an alles, was ich Trauriges wußte, von Gilbem[eister] glaubte ich nicht recht gekannt zu sein, sogar eine Liebschaft wollte mir nicht vom Stapel laufen (natürlich weil ich kein Wort sagte, sondern nur mit Blicken redete und der Gegenstand ein Kind und so dumm, als ich verrückt war) ja (was meinst Du?) ich glaubte, der Körper hindere den Geist nur am Glücke, und ob es nicht gut wäre, seiner los zu werden, daran dachte ich oft genug — dann kam ich wieder zur Besinnung: Eine Krankheit (eigentlich nur eingebildet, ich warf einige Male etwas Blut aus) brachte mich zu einer Erklärung mit Gilbemeister. Ich sagte ihm zwar kein Wort von meinen Träumereien, aber ich sahe doch, daß er es freundlich mit mir meinte, er lobte meinen Fleiß, und nun war die Arbeit das wirksame Heilmittel, oder vielmehr war der Zweck es, den ich durch die Arbeit erreichen wollte. — Doch hiermit ist alles gezeigt, was ich zeigen wollte . . . . Leb' herzlich wohl . . . . u. s. w. . . . . .

Vom 12. September 1827.

Wenn Schliemanns[1]) Nachrichten wahr sind, so werdet Ihr froh um mich und ich um Euch, aber ich hätte es besser verschwiegen, weil ich nur an eine langsame Freude glaube; aber daran glaube ich auch desto fester: Froh werden wir uns wiedersehn. — Habt Ihr Geduld, wie ich, und Du, o Liebe, folge vor allem meinem Beispiel, die Stunde nicht zu schelten, sondern froh zu verbrauchen, wie sie ist, und sie bringt Liebes, wenn man es hinein denkt und dichtet. Und wenn Du mich nicht selbst siehst, so siehst Du mich doch jeden Tag, wenn Du Dich siehst, und ich bin immer so ganz Dein, wie Du Dich selbst hast. Lebewohl!

---

[1]) Schliemann war mit Runge zusammen im Anfange des Jahres 1825 von Berlin nach Kolberg geschickt worden (vgl. A. f. Z. III 102); er wurde im Mai 1829 entlassen und wurde späterhin Physikus, Amtsarzt und Sanitätsrat zu Ribnitz.

4.

Kolberg, ben 15. Februar 1828.

An Ludwig Ruge.

Du liegst mir sehr am Herzen, mein geliebter Bruder, aber ich bin wohlgemut, wenn ich Deiner gedenke; denn ich hoffe ja, daß Du mit rechtem Eifer jedem Guten und jedem Schönen nachjagst, welches dem rüstigen Knaben erreichbar ist in der Liebe seiner Genossen, in der Auszeichnung unter den Besseren, in dem Lobe der Lehrer und in der Freude seiner Lieben. Du bist jetzt in den Jahren, wo der Mensch allmälig fähig wird, seinen Willen selbst zu richten, weil er vieles versteht, was ihm noch vor kurzem dunkel war; Du wirst aber leicht das rechte Ziel nehmen, wenn Du die guten Gewohnheiten von Hause her öfter bedenkst, und nichts thust, was Du nicht Vatern und Mutter und mich mit ansehen lassen möchtest. Ich würde Dir mehr über die verschiedenen Absichten, die man bei den Leuten findet, und dar=über, welche zu loben sind, welche nicht, sagen, wenn ich genau wüßte, wie weit Deine Einsicht gediehen ist, und nicht leider so wenig mit Dir bekannt wäre; das aber will ich Dir nicht verschweigen, daß Du Dir wenig Sorge darum zu machen hast, was Du einmal **werden** willst, aber alle Tage überlegen mußt, was Du jetzt bist, und wenn Du findest, daß Dich unter Deinen Genossen jemand übertrifft, sei es durch Fleiß, sei es durch Kenntnisse, sei es in einem verständigen Betragen, so ist es sogleich ganz gewiß, daß Du nicht so bist, wie Du sein mußt. Wenn Du mich verstehst und die Kraft hast, Deinen Willen auszuführen, so habe ich dies nicht umsonst gesagt: Du wirst jetzt nichts versäumen, damit Dir nachher nichts fehlt. Deine Zukunft hängt von Deinem gegenwärtigen Treiben ab, und in diesem sowie für Dein ganzes Leben brauchst nur das unsterbliche Wort vor Augen zu haben, ganz zu dem Deinigen zu machen, welches Klopstock ausspricht:

Ist etwa ein Lob, ist etwa eine Tugend, dem trachtet nach! [1]

und Du hast das Glück jetzt gleich und in jeder Lage in Zukunft so lange Du so gesinnt bist. — Ich kann es nicht unterlassen, Dich hier=auf hinzuweisen, was mich im Innersten ergreift, wenn ich es denke, ich

---

[1] Ungenaues Citat von Philipper 4, 8.

kann es barum nicht unterlaffen, weil ich Dich liebe, und Dich mir so
denke, wie ich Dich wünsche. Sei ein mutiger, eifriger Jüngling, und
unter den Tüchtigen der Beste, Thränen der Sehnsucht mögen Dir
fließen, wenn Du die Trefflichen siehst, und ihnen zu gleichen sei die
Aufgabe Deines Lebens —

. . . . Ich bin mit treuer Liebe Dein Bruder

Arnold Ruge.

5.

An Hänisch.[1]

Kolberg, den 10. September 1828.

Hochzuverehrender Herr Regierungsrath!

Erlauben Sie, daß ich über Sophokles einiges zu unserm Gespräch
hinzufüge, wobei ich Sie gleich bitte, einigen Widerspruch gegen her-
gebrachte Meinungen nicht für unbescheiden zu halten, indem ja alles,
was einen kritischen Anstrich hat, sich der Absprecherei nicht enthalten
kann. Ich muß aber von vorn herein dagegen protestiren, als gehörte
ich zu denen, die das Geschäft des Kritisirens für das Höchste gelten
lassen, vielmehr es giebt Thaten des Friedens, der Stubirstube namentlich, die sich zu der Kritik verhalten wie die Staats- oder Kriegsregierung
zu der Kannegießerei. Weder die sich ewig wiederholende Krittelei über
den Werth der Alten noch den Schmarotzerruhm durch Emporranken an
ihnen (so nennt der Stralsunder Director[2]) den einzig möglichen Ruhm
der Spätgeborenen; und Johannes v. Müller z. E. ist ihm weiter nichts
als ein Affe von Tacitus u. s. w.) weder das eine noch das andre kann

---

[1] Friedrich Wilhelm Hänisch, ehedem Auditeur unter Gneisenau, war damals
Regierungs- und Kriegsrat in Kolberg und starb 1840. Er suchte das Los der
Gefangenen möglichst zu erleichtern und stellte ihnen seine Bibliothek zur Verfügung.
Ruge rühmt ihm trotz mancherlei Abweichungen von seinen eigenen Ansichten gründliche Humanität nach und bekennt, daß sich „ein wahres Liebesverhältnis zu dem
eigentümlichen Manne gebildet habe" (vgl. A. f. Z. III 176 ff. u. 225). 1830 widmete
ihm Ruge die Uebersetzung des Oedipus in Kolonos (vgl. A. Ruge sämtl. Werke,
2. Aufl. Mannheim 1848. Band 10). Die Briefe an und von Hänisch verdanke
ich seinem Enkel, Herrn Rechtsanwalt Dr. Hänisch in Berlin, sowie Herrn Karl
Zaucke in Koniz.

[2] Furchau, vgl. A. f. Z. I 284 ff.

ich sonderlich achten, auch achtet es kein Mensch, sondern der arme Grammatikus begräbt sich, indem er sich ans Licht gebiert, denn wenn seines Gleichen noch ein paar Jahrhunderte von ihm reden, so ist das nicht zu verwundern, indem sie sich damit selbst ehren. Indem ich nun so von dem, was in meinem Fache (sofern es handwerksmäßig bleibt) das Höchste ist, spreche, stelle ich nur eine ganz einfache unbestreitbare Thatsache auf, und es soll gar nicht heißen, daß ich Bentley[1]) und seines Gleichen nicht in ihrer Art für groß hielte, sondern nur, daß sie bei dem undankbarsten Kärrnergeschäft, was gedacht werden kann, sind. Sie sehen, daß ich nicht ein bischen philologisch überspannt bin, wenn ich es dennoch nicht wie der Fuchs mache und die Weintrauben für sauer erkläre 2c. Vielmehr meine ich, daß jeder sein Geschäft mit dieser Ironie begleiten muß, um in dem geziemenden Gleichgewicht zu bleiben, und wenn dies keine Bescheidenheit wäre, ist es doch wenigstens keine Anmaßung.

Nun spreche ich von unserm Sophokles. Er hat die Schlacht von Salamis gesehen, wie wir die von Leipzig, er hat von Leonidas Ruhm gehört, wie wir von Schill, Scharnhorst und Körner, er genoß den Ruhm seiner Nation, wie wir gegenwärtig den der unsrigen. Man sagt, er tanzte bei der Siegesfeier um den Altar mit den erlesenen Knaben (480). So wuchs er heran mit der unsterblichen Glorie seines Griechenlandes, und so war er begeistert, daß er selbst ihm einen ewigen Kranz flocht. Er wurde gefeiert als der erste Sänger des begeisternden Dionysos, und er wurde alt, nachdem er die würgenden Dreißig, aber auch den Helden Thrasybulos gesehen hatte (403). Da am Abend seines Lebens schlug aus der Sehnsucht der Erinnerung und der begeisternden Hoffnung der Gegenwart jene Flamme der Vaterlandsliebe zusammen, die nach 2000 Jahren aus dem vollendeten Lobgesange noch uns leuchtet: Er dichtete den Oedipus auf Kolonos. Wen ergreift nicht jener herrliche Chorgesang, und er müßte gesungen, müßte auf unser Vaterland gesungen werden, dann wäre er uns, was er den Jünglingen, den Männern und Greisen von Athen war, die den Vätern gleichen wollten, die sich bewährt hatten, und die zu den Rettern der Hellenen gehörten! Es ist ein großer Gedanke das Vaterland verherrlichen: Sophokles hat es verherrlicht; es ist des Jünglings mächtigster Sporn ein Dichterpreis, der es würdig preiset: Sophokles hat es so gepriesen: Das ist der Oedipus in Kolonos. Darum verehren wir in ihm jenes Gefühl, welches von Hektor bis auf Canning und Ludwig von Wittelsbach, von Homer bis auf Klopstock,

---

[1]) Richard Bentley (1662—1742), durch kritischen Scharfsinn hervorragender Philolog, Professor in Cambridge.

Schiller und Göthe jeden Trefflichen durchdrang, und hier gerade ist es das nächste Bewegende . . . .

Mit dem Dichter Sophoklos hat es diese Bewandtniß. Er ist gegen Aeschylos der gebildetere Geschmack, gegen den Fuscher Euripides der Meister, gegen Homer der Geistesverwandte und das concentrirte Bild, gegen Göthe der weniger reiche (wenn man eine seiner Tragödien kennt, so kennt man sie gewissermaßen alle) bisweilen durch tiefe und zweck- mäßige Oekonomie übertroffene. Aeschylos ist bombastisch, affectirt im Hochtrabenden, wie dies auch ergötzlich in den Fröschen von Aristophanes zu lesen ist.[1]) Seine weitläuftigen Erzählungen ungehöriger Dinge (die Irrfahrten der Jo im Prometheus,[2]) die Beschreibung der feindlichen Schilde in den 7 vor Theben[3]) 2c.) zeigen den Dialog als im Entstehen zwischen den langen, oft sehr tief gedachten, vollendeten Chören (den Erinnyengesang hat Schiller in den Kranichen übersetzt).[4]) Diese Chöre am Bacchusfest sind alt, eine durchgebildete Dichtung. Dagegen ist Aeschylos Dialog und ganze dramatische Anlage oft zweckwidrig und geschmacklos, grade als wären es Studien des werdenden attisch dramatischen Dichter- genius, der durch Sophokles jene herrliche Vollendung darstellen sollte. Den Euripides hat Aristophanes verdienter Maßen bearbeitet.[5]) Darum hat Göthe mit der Iphigenie auch ganz richtig gezeigt, nicht wie Euripides es gemacht hat, sondern wie er es hätte machen müssen . . . . Da nun aber eine solche Kultur in die neuern Philologen gekommen ist, so würden

---

[1]) Aeschylus wird κομποφακελορρήμων, prunkbündelwortartig, genannt; 1004 f. ferner redet der Chorführer den Aeschylus an:

„Auf, der Du von allen Hellenen zuerst aufthürmtest erhabene Phrasen
Und dem tragischen Spiel Pomp gabst und Kothurn, auf, öffne die brausende
Schleuse!" (Droysen.)

[2]) V. 641 ff.

[3]) Des Tydeus 368—371, des Kapaneus 412—415 2c. In dem siebenfachen Bericht des Boten wird jedesmal auch der Schild des feindlichen Heerführers be- schrieben.

[4]) Vgl. Aeschyl. (Eum. 309 ff. (nach Hermann):

„Wir rühmen uns schnellen, gerechten Gerichts.
Denn welcher die Hand schuldrein sich bewahrt,
Auf den niemals stürzt unsere Wuth,
Gramlos durchwallt er sein Leben;
Wer aber wie der dort frevelbewußt
Die blutigen Hände verheimlicht,
Da treten wir laut als Zeugen der Schuld
Den Erschlagenen auf u. s. w." (Droysen.)

[5]) Der zweite Teil der „Frösche" enthält einen Wettstreit zwischen Aeschylus und Euripides. Aeschylus geht zwar aus demselben als unbedingter Sieger hervor, doch werden auch seine Schwächen nicht verschwiegen.

manche den Sophokles in einem ganz modernen Rock schon leiden können, wenn nur der Schneider darnach ist, ferner würden viele gebildete Männer, die grade nicht griechisch stammeln, eine solche Lektüre mit Geist und Sachkritik treiben, und endlich die freundlichsten, durch unmittelbares Gefühl meist sehr competenten Richter im Gebiet des Schönen, die Frauen, gehörten zu seinem Publikum. Das ist nicht lächerlich. Die Verse: Wohl dem, der ohne Schuld und Fehle 2c., die Schiller aus den Eumeniden übersetzt hat, sind in aller Munde und von Männern und Frauen verstanden. Der letztern giebt es genug, die zu solchen Dingen gebildet und bennoch nicht verbildet sind, und namentlich sehe ich nicht ein, was für große Schwierigkeiten einige antike Namen und dergleichen machen; ich sollte doch meinen, nicht viel mehr als W. Scott sein hochländisches Kauberwelsch, welches den Dudelsack der ganzen vornehmen Welt in den Mund gegeben hat. Ich will den achtbaren Ritter damit durchaus nicht verachten, der so viel ausgerichtet hat, daß die Damen sich in seine Plaids kleiden, und ein Mann wie Luden ihn für das Studium der englischen Geschichte empfahl, beides sind testimonia ab hoste, denn er ist ein weißes Männchen und ein Bellettrist, und in der einen Qualität den Schönen, in der andern den Professoren verhaßt.

Brunck,[1]) der immer von verrückt und absurd spricht und auch in der That oft genug Recht hat, äußert in seiner Vorrede zum Sophokles den zuversichtlichen Gedanken, daß seine gut straßburger lateinische, aus Prosa und Dichtung aller Jahrhunderte zusammengestoppelte Uebersetzung — mehr der Scholien als — des Sophokles, daß eine solche Altflickerarbeit eine Idee von Sophokles geben könnte, wenn man sie allein läse (!?). Der gelehrte Herr hat offenbar nur an den gelehrten Genuß gedacht, den ein Commentar gewähren kann. Ins Lateinische kann Sophokles nur von einem Römer übersetzt werden, und der müßte auch noch allerhand Tugenden haben, namentlich kein verseßner Grammatikus 2c. sein. Seine Uebersetzung behält aber immer noch etwas sophokleisches. . . . . .

Ich empfehle mich und meinen Freund L. S[chliemann] Ihnen und den lieben Ihrigen.

Arnold Ruge.

———

———

¹) Richard Fr. Ph. Brunck (1729—1803), französischer Hellenist in Straßburg, gab den Sophokles zuerst 1786 in 2 Bd., dann 1789 in 3 Bd. heraus.

6.

An Hänisch.

Triebsees,[1]) den 19. Januar 1830.

Lieber Herr Regierungsrath,

Die größeren Unfälle sind schonend an mir vorüber gegangen, sonst freilich mußte mir noch im Angesicht des Triebseeer Thores das Pferd in eine tiefe Grube fallen und beide Fehmern zerbrechen; um halb neun waren wir einen Pistolenschuß von Vaters Hause und erst um 10 hatten wir uns durch den Schnee durchgearbeitet;[2]) die Thür war verschlossen und alles schon in den Federn: aber, wie sich von selbst versteht, meine Ankunft machte die Nacht wieder zum Tage. — Hier in Vorpommern finde ich alles beim Alten. Die Leute sind auf Essen und Trinken gerichtet und dadurch meistens von großer Länge und bedeutendem Umfang; es ist ein glücklich Land, wo selbst die Verkündiger des Himmels am ersten nach dem Wohlstande auf Erden trachten. Sie werden mir's ohne Versicherung glauben, daß ein solches Leben ein Genuß ist, und daß hier nur selten ein verkehrter Melancholist die Reden des hungrigen Sokrates vermißt. Wann ich aber wieder weiter und wie weit wandern werde, darüber habe ich noch nichts beschließen wollen, nur das Eine ist mir allerdings klar geworden, daß ich die weitaussehenden Pläne immer gegen kürzere fahren lasse, weil Vater schwächer ist, wie ich glaubte. Auf ein Jährchen indeß soll mirs immer nicht ankommen, und München ist und bleibt das gelobte Land. —

.... Es ist hier schwierig zu Büchern zu gelangen und fast ebenso schwierig sie zu gebrauchen, so daß ich immer deutlicher einsehe, wie sehr unsre Tendenz mit dem Familienleben im Widerspruch steht. Hierin aber muß man wohl den guten Genius um Hülfe bitten und weniger beschließen als erleben. Wenn ich aber dessen gedenke, was ich gleich schon erlebt habe, so muß ich finden, daß Sie mich fast allzu gütig geduldet haben. Denn wenn ich mich nicht mit allem Fleiß der Philisterei accommodire und meine Meinung zurückhalte, so fahren sie alle Augenblicke zurück, als wenn sie den Zitteraal anfaßten. Ich gehe aber ganz und gar nicht darauf aus die Mohren zu waschen, denn sonst könnte es ihnen einfallen, mich für schwarz zu erklären u. s. w.

---

[1]) Pommersche Stadt an der mecklenburgischen Grenze; Ruge's Vater war dort Stadtsekretär geworden.

[2]) Den ausführlichen Bericht dieser Reise giebt Ruge A. s. Z. III 220 ff.

Ihnen wünsche ich viel Freude im ruhigen Genuß jener göttlichen Quellen, die Sie zu schöpfen lieben, und empfehle mich Ihrer Liebe und dem freundlichen Andenken der Ihrigen.

Arnold Ruge.

Herrn Regierungsrath Hänisch
in Kolberg.

————

7.

An Hänisch.

Stralsund, den 3. März 1830.

Lieber Herr Regierungs-Rath,

Das in beifolgendem Blatt angekündigte Stück[1] konnte ich Ihnen wegen Mangel einer Reinschrift nicht mittheilen, als ich noch dort war, und darüber zu reden hatte ich in der That nicht den Muth, da Sie mir unverholen erklärten, daß Sie Sich für das Poetische nicht inter= essirten. Der Geschmack und das Interesse sind vielseitig, und ich glaube allerdings, daß grade diese Dichtung ihr Publicum finden wird . . . .

Ich hatte die Absicht eine Abschrift des Stücks nach Berlin ein= zusenden, um allen etwanigen Besorgnissen zuvorzukommen. Es fehlt mir aber eben eine geeignete Abschrift, und ich werde mich damit begnügen dem Herrn Geh. Rath v. Kamptz[2] das Anerbieten zu machen, daß ich ein Manuscript einschicken will, wenn es nicht genug sein sollte, daß ich es der Censur in Berlin unterwerfe, denn es ist mir darum zu thun, auch den Schein einer Opposition zu vermeiden, da wo keine ist und keine sein soll.

Ihnen und den lieben Ihrigen

empfehle ich mich zu freundlichem Andenken

Arnold Ruge.

————

[1] Schill und die Seinen. Trauerspiel. Stralsund 1830. Vgl. A. f. Z. III 166.
[2] K. A. Chr. H. v. Kamptz (1769—1849) war damals Direktor im Kultus= ministerium, wurde 1830 Justizminister; von 1817—1824 war er Direktor des Polizeiministeriums gewesen; vgl. die Scene zwischen ihm und Ruge in Köpenik A. f. Z. III S. 82 f.

N. S.

Wegen des Oedipus habe ich an Göttling[1]) geschrieben. Er billigt das Unternehmen, findet die zugesandte Probe artig und lesbar und will die Uebersetzung der dortigen Universitäts=Buchhandlung empfehlen.

Herrn Regierungsrath Hänisch
  Hochwohlgeboren
    in Kolberg.

        8.

An den König von Preußen.

Allerdurchlauchtigster,
  Großmächtigster König,
  Allergnädigster König und Herr!

Ew. Majestät

  Haben allergnädigst geruht, diejenigen Theilnehmer an dem Jünglingsbunde, welche der Nationalkokarde für verlustig erklärt sind, nach 6 Monaten zur Anstellung wieder zu befähigen. Ermuthigt durch diese Milde, wage ich in diesem 6ten Monat seit meiner Entlassung von der Festung Kolberg das allerunterthänigste Gesuch um Wiederherstellung und Anstellungsfähigkeit in Ew. Majestät Staaten; als woran ich zwar nicht durch den ersten Paragraphen des gedruckten Urtels des Oberlandsgerichts zu Breslau,[2]) wol aber durch ein Studienjahr in Jena[3]) in der verbotenen Zeit behindert bin. Es ist aber in dieser Beziehung actenmäßig ermittelt, daß grade damals mein Vater plötzlich verarmte, daß ich nur von dem Studenten Simon[4]) und nur in Jena die Mittel zum Fortstudiren erhalten konnte, und daß ich nur, nachdem ein Exceptions=Gesuch bei dem Ministerium Ew. Majestät abschläglich beschieden worden, durch diese fortdauernde drückende Lage gezwungen, die Universität Jena bezog.

---

[1]) Karl Wilhelm Göttling (1793—1869), Philolog und Altertumsforscher, war seit 1822 außerord. Professor in Jena und Ruges Lehrer gewesen; vgl. A. f. Z. III 289 ff.

[2]) Dasselbe hatte Ruge und dessen Freunde im Jahre 1826 „wegen Teilnahme an einer verbotenen, das Verbrechen des Hochverrats vorbereitenden geheimen Verbindung und deren Verbreitung" zu einer 15jährigen Gefangenschaft verurteilt. Vgl. A. f. Z. III 99.

[3]) Vgl. A. f. Z. II 244.

[4]) Eduard Simon aus Hamburg; später Arzt zu Frauenfeld im Thurgau. Vgl. a. a. O. II 233, III 382.

Indem ich Ew. Majestät allergnädigster Berücksichtigung dieses Sach-
verhältniß zu unterstellen und darauf mein allerunterthänigstes Gesuch
um Wiederherstellung zu stützen wage, verharre ich

Berlin, ben 10. Juni 1830.
Unterwasserstraße Nr. 8
parterre rechts.

mit der tiefsten Ehrfurcht
Ew. Majestät
allerunterthänigster Knecht
Arnold Ruge
Philol. cand.

9.

An Hänisch.

Halle, ben 18. Juni 1831.

Lieber Herr Regierungsrath,

Es ist mir eine schmerzliche Erfahrung, baß Sie troß meinen wieder-
holten Zuschriften unb der Uebersenbung bes Debicationsexemplares vom
Debipus, wozu ich Ihnen aus Jena nochmals schrieb, mich gänzlich aus
Ihrem Gebächtnisse ausgestrichen zu haben scheinen. Ich habe bekanntlich
ber Verbinbung mit Ihnen nicht nur bie Abwenbung roher Eingriffe,
sonbern, was mehr ist, ben Gang meiner Bibung, welchen ich jetzt noch
billige, zu banken, ich glaubte baher in einem Verhältniß zu Ihnen zu
stehen, welches keineswegs burch bie Entfernung aufgelöst werben müßte;
wenn ich nun aber auch nicht einmal auf bie Zusenbung bes Debipus
eine Antwort bekommen habe, so muß ich wohl besorgt werben, unb
glaube barüber keinen Tabel zu verbienen, baß ich mich vorläufig
erkunbige, wie Sie es aufnehmen würben, wenn ich Ihnen ein Exemplar
vom Schill zuschickte, wobei ich ausbrücklich bemerke, baß bies längst geschehen sein würbe, wenn ich nicht auf Antwort wegen bes Debipus hätte
warten zu müssen geglaubt.

.... Jetzt existire ich hier als Hülfslehrer beim Paedag. reg.[1]) unb
kann zu Johannis ober höchstens Michaelis baselbst angestellt werben,
wenn ich es nicht vorziehe, bie veniam zu erlangen zu suchen, was nach
bieser inhaltsschweren Jahresfrist wohl nicht mehr möglich sein bürfte.
Ich benke nämlich, baß bie gute unschäbliche Natur ber stubenticosen
Rebellionspläne von 1821 jetzt zur Genüge bargethan ist, ba ja ber Hase

---

[1]) Seit Ostern, vgl. A. f. 3. III 330 ff.

ganz wo anders im Pfeffer liegt, als in antiquirten Studententräumen
und Redensarten.

Uebrigens sind Sie dem Lande der Cholera und des Krieges[1]) viel
näher als wir, und ich bin ordentlich besorgt um das alte Kolberg, das
mir, wie ich merke, doch lieber geworden ist, als ich auf dem Lauenburger Thor vermuthete. Antworten Sie mir ja, damit ich wenigstens
die Freude habe einen durchstochenen Brief zu bekommen, wenn er auch
noch so hartherzige Gedanken enthalten sollte.

.... In diesem Augenblick bin ich beschäftigt: „Grundzüge der
Platonischen Aesthetik" zu schreiben, die ich vielleicht drucken lasse und
zur Dissertation bei Gelegenheit der Nostrification gebrauche.

Wenn nicht die Cholera dazwischen kommt, reise ich Michael nach
Pommern und zwar auch um deswillen nicht ungern, weil ich in Berlin
allerhand zu fragen gedenke ....

Ganz der Ihrige

Dr. Arnold Ruge.

10.

An Johannes Schulze.[2])

Hochwohlgeborener

Hochzuverehrender Herr Geheimerath,

In der Ueberzeugung, daß es bei Ihrer Stellung im Staat und zu
den ämterfuchenden Gelehrten der Nation nicht leicht, nicht nützlich und
vielleicht auch unverschämt sei, sich Ihnen ohne Weiteres mit irgend einem
Büchelchen vorzustellen, gedacht' ich Ihnen lieber unbekannt zu bleiben,
bis mir Göttling bei meinem letzten 9 monatlichen Aufenthalt in Jena
für den Fall einer Reise nach Berlin seine Empfehlung versprach. Die
Reise schneidet mir die Krankheit[3]) ab. Ich erlaube mir daher, Ihnen
statt meiner zwei Repräsentanten,[4]) die von der Ansteckung nichts zu

---

[1]) Rußland; Ruge hat den 1829 durch den Frieden von Adrianopel beendeten
Krieg Rußlands gegen die Türkei im Sinne.

[2]) Johannes Schulze (1786—1869) leitete seit 1818 das höhere Schulwesen in
Preußen, gab 1833 Hegels Phänomenologie heraus.

[3]) Die Cholera; am 14. Nov. 1831 fiel ihr Hegel zum Opfer.

[4]) Schill und die Sophollesübersetzung.

fürchten haben, mit dem hoffentlich empfehlenden Briefe meines Freundes vorzustellen. Sie haben aber noch eine andre Entschuldigung sowohl ihrer Erscheinung als ihrer Mängel, nämlich ihren Geburtsort, die Festung Kolberg. Denn ohne Zweifel werden der Herr Geheimerath Eingeborenen der getreuen Stadt Kolberg den Zutritt nicht versagen, eine gewisse Unpolitur aber jenen arktischen, Gegenden, wo nicht grade die hellste Sonne der Wissenschaft scheint, zu Gute halten. Wenn ich bei der Gelegenheit von mir selbst reden dürfte, so habe ich dort fünf Jahre die alten Schriften, besonders die Griechen, gelesen, den Plan zu einer Uebersetzung des Sophokles und nach längerem Studium der platonischen Philosophie auch Entwürfe für eine philosophisch brauchbare Uebertragung der rein philosophischen aristotelischen Schriften gefaßt, die ich jetzt eher verwegen als ehrenwerth finden möchte. Denn ich sehe nun wohl, daß wir doch im Grunde alle zu dem Nährstande gehören. Dennoch beunruhigen mich jene litterarischen Pläne, sobald ich davon abgezogen werde, wie böse Geister, und werfen mich in eine innere Zerrissenheit, die viel schlimmer ist als das Staatsgefängniß in Kolberg. Ich habe mich daher kurz und gut entschlossen, mich mit aller Kraft auf den akademischen Weg zu werfen und die historische Philologie und die alte Philosophie zum Hauptaugenmerk zu nehmen. Wenn ich mich dabei Ihrer gütigen Theilnahme erfreuen dürfte, so ginge wohl alles besser; erlauben Sie mir daher, daß ich Ihnen nach der Habilitation die Abhandlung über das Schöne beim Plato, worüber ich disputiren werde, zuschicke und bei der wirklich ausgeführten Reise nach Berlin mich Ihnen selbst vorstelle.

Mit der aufrichtigsten Hochachtung

Halle, den 16. September 1831.

Dr. Arnold Ruge.

11.

An Johannes Schulze.

Hochwohlgeborner
Hochzuverehrender Herr Geheimer Rath,

Erlauben Sie mir die Uebersendung meiner Habilitationsschrift, der platonischen Aesthetik.[1] Ew. Hochwohlgeboren gütige Aeußerungen über den Oedipus in Kolonos, den ich früher die Ehre hatte Ihnen zuzuschicken, geben mir die Hoffnung, daß Sie auch im vorliegenden Falle mit nachsichtigem Urtheil meine Bestrebungen berücksichtigen werden; und Sie würden mich sehr glücklich machen, wenn Sie ein solches Stubium der griechischen Philosophie für erfolgvoll hielten. Die ästhetischen Studien sind eine geraume Zeit der Mittelpunkt meiner Bestrebungen gewesen, und ich war auch noch darauf gerichtet, als ich vorzugsweise die platonische Philosophie studirte. Gegenwärtig bin ich der Mythologie und Griechischen Geschichte zugewandt. Zu lesen gedenke ich im nächsten Semester: „über die satirische Kunst mit besonderer Rücksicht auf die Griechen und Römer" und als Hauptcollegium: „die Mythologie".

Dazu aber bin ich genöthigt, Ew. Hochwohlgeboren ganz besondere Güte in Anspruch zu nehmen:

Ende Dezember habe ich mich mit einem Colloquium nostrificirt und den letzten December pro facultate disputirt.[2] Der Bericht der Fakultät ist günstig, allein unglücklicherweise noch nicht abgegangen, während der Druck des Katalogs der Lectionen in 8 Tagen vor sich geht. Ew. Hochwohlgeboren ist nun bekannt, wie mich frühere Verwicklungen um viele Jahre zurückgesetzt, wie dies zwar nicht ohne Nutzen für meine Bildung gewesen, nun aber doch im 30 sten Jahr die höchste Zeit ist, auf ein angemessenes Fortkommen zu denken, so daß mir ein halbes Jahr Verlust und der Ausfall meiner Vorlesungen aus dem Katalog sehr schmerzlich sein würde. Der Herr Professor Meier[3] ist so gütig gewesen, mir die Auskunft anzurathen, Ew. Hochwohlgeboren gütige Meinung darüber

---

[1] Sie war Niemeyer und Göttling zugeeignet.

[2] Vgl. A. f. Z. III 350.

[3] Meier, M. H. E. (1796—1855), seit 1825 Professor der Philologie und Direktor des philologischen Seminars in Halle.

zu erbitten, ob die Vorlesungen wohl vorläufig mit in das Verzeichniß aufgenommen werden könnten mit dem Vorbehalt einer ausdrücklichen Genehmigung Seitens Eines hohen Ministerii zur wirklichen Abhaltung derselben. Im günstigen Falle würde dann der Herr Professor Meier als Redacteur des Katalogs die Verantwortung der vorläufigen Aufnahme übernehmen, wie er denn auch die Güte gehabt, sich zu erbieten, mir die oben angeführten Thatsachen als strenge der Wahrheit gemäß zu bezeugen.

Halle, den 26. Februar 1832.

Mit ausgezeichneter Hochachtung

Ew. Hochwohlgeboren

unterthäniger

Dr. Arnold Ruge.

12.

Auguste Düffer an Karoline Nietzsche.[1]

Halle, den 5. März 1832.

Endlich, mein theures Linchen, ist auch die Freude bei uns eingekehrt; theile sie mit uns, wie Du leider so oft den Schmerz mit uns gefühlt hast. Louise ist Braut,[2] und eine so glückliche, selige Braut, daß alles, was wir in dieser Beziehung wünschen konnten, in Erfüllung gegangen ist. Ihr Verlobter ist der Doctor Ruge, ein eben so geistvoller als von Seiten des Herzens trefflicher Mann. Elf Tage nur dauerte die Bekanntschaft zwischen ihm und Louise, da hatten die Herzen sich schnell gefunden, und er stimmte so ganz mit dem Ideal überein, das sich Louise immer von ihrem künftigen Mann gemacht hatte, daß sie bei seiner am 11ten Tage erfolgten Bewerbung auch nicht einen Augenblick mit ihrer Einwilligung geschwankt hat. Wir hatten schon immer von diesem Doctor Ruge, als von einem an Geist und Herz gleich ausgezeichneten Manne

---

[1] Beides Töchter des Pastors Hering aus dem Thüring'schen; erstere verheiratet an den Professor der Medicin Düffer in Halle, letztere, die Mutter von Ruges zweiter Gattin, an den Kammerrat Nietzsche in Dresden.

[2] Luise Düffer, geb. 1809, eine Tochter aus Düffers erster Ehe. Unter den Briefen Ruges an Ritschl findet sich folgendes Billet:

Entre nous!

Luise Düffer.

Arnold Ruge.

Halle, den 29. Februar 1832.

sprechen hören, aber trotz dem, daß er der intimste Freund von Niemeyers war,[1]) wollte es der Zufall nie so lenken, daß wir seine Bekanntschaft gemacht hätten. Er ist nämlich schon länger als ein Jahr hier in Halle, um hier die akademische Laufbahn zu betreten, das heißt, um in der Folge Professor der Philologie zu werden. Endlich vor Weihnachten trafen wir ihn einmal bei der Kanzlerin, und Louise, die immer nach dem vielen Erzählen gewünscht hatte, diesen viel erwähnten Ruge einmal zu sehn, fand sich recht befriedigt von dieser ersten Bekanntschaft. Wir sahn ihn aber nicht wieder, bis endlich an den seltsamsten kleinsten Fäden dies unzerreißbare Band sich anknüpfte.[2]) Es war am 10ten Febr: als Louise zur Kanzlerin ging .... Bei dieser Gelegenheit klagte Louise der Kanzlerin die Verlegenheit, in der wir uns befänden über den Polterabend der Minna Senf. Es sollte da durchaus ein kleines Festspiel aufgeführt werden, aber alle dazu gethanen Vorschläge waren unausführbar und abgeschmackt. Hier nun tritt Ruge zufällig ein, und da er Dichter und Schriftsteller ist, so sagt die Kanzlerin: Kein Mensch kann Euch da besser aus der Noth helfen als der Doctor Ruge, und mit ihrer gewohnten Lebendigkeit setzt sie hinzu: Ich werde ihn heute Abend Deiner Mutter mitbringen, da können wir alles überlegen. So kam er denn; am andern Morgen schon brachte er ein allerliebstes Festspiel, das er in wenigen Stunden gedichtet hatte; die Proben der Aufführung gaben die passendste Veranlassung, daß er während der darauf folgenden Woche seinen Besuch täglich wiederholte. Die Überzeugung, wie gerade er so ganz passend für Louisen seyn würde, gewann ich sehr schnell, und Du kannst wohl denken, in welcher Spannung auch ich für mein Theil diese Zeit durchlebte. Es schien mir ein paar Tage lang, als ob Ruges Aufmerksamkeiten mehr einem andern jungen Mädchen aus der Gesellschaft gälten, als Louisen, und so lange kam ich wirklich nicht zu Gute. Er näherte sich aber Louisen immer mehr und mehr; am 29ten mußte ich zu einem Termin ins Landgericht gehn, und Louise und Ruge hatten ihre Zeit so gut wahrgenommen, daß ich bei meiner Zuhausekunft ein glückliches Brautpaar fand ....

Mit den innigsten Grüßen an Euch alle

Ewig

Deine treue Schwester Auguste.

13.

An Hänisch.

Halle, den 13. März 1832.

Lieber Herr Regierungsrath,

Seit Sylvester bin ich habilitirt. Die platonische Aesthetik, welche ich Ihnen mitschicke, habe ich als Habilitationsschrift mitbenutzt.

Seit dem 29ᵗᵉⁿ Februar bin ich verlobt mit Luise Düffer, Tochter des verstorbenen Prof. Düffer. Meine Braut hat diesen Winter etwas getränkelt, und der Arzt findet es wünschenswerth, daß wir nach der Hochzeit, die indessen noch nicht fest bestimmt ist, nach Nizza oder Marseille reisen, so daß freilich diese Ehehaften den Sommervorlesungen den Krieg erklären. Die Vortrefflichkeit des Mädchens und der Umstand, daß keine äußeren Hindernisse der Verbindung im Wege stehen und dann alle die Hoffnungen auf diesen Frühling und das schöne Frankreich machen mich sehr glücklich, und es ist mir eine ganz besondere Freude, es Ihnen zu sagen.

Hochachtungsvoll

der Ihrige

Dr. A. Ruge.

———

14.

Von Hänisch.

Sr. Wohlgeboren
Dem Herrn Dr. A. Ruge.

Sie haben mich wiederum mit zwei Erzeugnissen Ihres fruchtbaren Geistes beschenkt und hätten wohl erwarten können, daß ich auf den mir im vorigen Jahre durch die jungen Herren Schröder übermachten „Schill" etwas von mir hätte hören lassen. Um so höher muß ich es Ihnen anrechnen, daß Sie sich doch nicht haben abhalten lassen, mir die Platonische Aesthetik zu senden. Was Schill und die Seinen anbetrifft, so würde ich, hätten Sie mich vor der Arbeit über diesen Helden als Helden eines Trauerspiels befragt, nicht dazu gerathen haben. Ich stand ihm sehr nahe, und wenn ich damit auch nicht sagen will, daß ich eben deßhalb ihn mehr in seinen Schwächen gesehen und weniger bewundernswerth gefunden habe als Andere, die ihn aus der Ferne kennen lernten, so scheint es mir, als ob der Held eines Drama wenigstens so lange im Schooße der kühlen Erde ruhen müßte, bis das Menschliche an ihm vergessen wäre. Die Zeitgenossen werden durch die Personalien abgehalten,

sich mit dem Dichter zu erheben; dies versetzt sie in eine unbehagliche
Stimmung. Schill hat unläugbare Verdienste um die gute Sache; er
überschätzte indessen sein Verdienst, vielleicht weniger auf eigenen als
fremden Antrieb. Es war dies damals eine sehr bewegte Zeit, und ich
habe darin Erfahrungen gesammelt, die nur Wenige zu sammeln
Gelegenheit haben. — Der so sehr verunglimpfte Lücabou [sic] war ein
rechtschaffener Mann und braver Officier, ihm ist die Erhaltung der Feste
bis zur Ankunft von Gneisenau zu verdanken,[1] und doch hatte er bei
seinen vorgerückten Jahren noch mit Krankheiten zu kämpfen. Was hat
es geholfen, daß, nach strenger Untersuchung seines Benehmens als
Commandant, vom Tage der Einschließung der Festung bis zu seiner Ab-
lösung durch Gneisenau, seine Unbescholtenheit, seine Verdienstlichkeit anerkannt und ihm als ein öffentliches Anerkenntniß noch die Ernennung
zum General zu Theil wurde? Doch ich komme zu weit ab von dem,
was ich sagen wollte, und füge nur noch hinzu, daß die Manen Schills
alle Ursache haben, sich bei Ihnen zu bedanken.

Die Platonische Aesthetik bekundet ein fleißiges Studium des Plato
und Begeisterung für das Schöne. Es wird Ihnen nicht fehlen, daß Sie
auf der betretenen Bahn bei redlichem Willen und Ausdauern [sich] dem
Ziele immer mehr nähern werden, welches Sie sich ohne Zweifel selbst wol
nicht so nahe gesteckt haben werden. Meine herzlichsten und besten Wünsche
werden Sie immer begleiten, und ich mit den Meinigen werden stets
den lebhaftesten Antheil an Ihrem Wohl und Wehe nehmen. Deshalb
haben wir uns denn auch über die Nachricht von Ihrer Verlobung und
bevorstehenden ehelichen Verbindung sehr gefreut. Sie werden, wie ich
Ihnen dies hier schon voraussagte, gewiß noch reichlichen Ersatz für das
widrige Geschick finden, welches Sie in den besten Jahren hierher nach
Kolberg verschlagen hatte. Sie werden Sich vielleicht noch davon über=
zeugen, daß diese Jahre nicht fehlen durften, um aus Ihnen das zu
machen, was Sie aus sich machen wollen und was aus Ihnen noch
werden soll. Dies Letztere müssen Sie einem Manne nicht übel nehmen,
der seiner Liebe zu einem unabhängigen „Vorwärts" manches Opfer
gebracht hat, und nun nach zurückgelegtem 50ten Jahre und dem Bewußtsein redlicher Pflichterfüllung doch merkt, daß er sich eine zu große Aufgabe gestellt hat. [Schluß fehlt.]

---

[1] Loucabou mußte am 29. April 1807 das Kommando in dem belagerten
Kolberg an Gneisenau abgeben, nachdem er sich am 13. März die Schanze auf dem
Hohenberge hatte nehmen lassen.

Der Privat-Docent bei der Universität in Halle, Dr: Ruge, hat die Absicht, im Monat Juni c. eine Reise nach Italien, namentlich nach Venedig, Florenz und Rom, anzutreten, von welcher er sich für seine wissenschaftlichen Zwecke, deren Gegenstand hauptsächlich Alterthümer, Geschichte und Archäologie sind, einen reichen Gewinn verspricht. Ew: Hochwohlgeboren beehre ich mich von dem Vorhaben des p. Ruge Kenntniß zu geben, und ersuche Dieselben ganz ergebenst, diesem jungen Gelehrten, welcher sich durch eine tüchtige philologische und philosophische Bildung auszeichnet und zu sehr erfreulichen Hoffnungen berechtigt, zur Erreichung seiner wissenschaftlichen Zwecke geneigtest behülflich sein zu wollen, wodurch Dieselben mich zu verbindlichstem Danke verpflichten werden.

Genehmigen Ew: Hochwohlgeboren die erneuerte Versicherung meiner Denenselben gewidmeten ausgezeichnetesten Hochachtung und Ergebenheit.

Berlin, den 2. Mai 1832.

Altenstein.

An
den Königlichen Geheimen Legations-Rath
und Minister-Residenten,
Herrn Dr: Bunsen
Hochwohlgeboren
8,662. zu Rom.

16.

Luise Ruge an Karoline Nietzsche.

Halle, den 5. Juny 1832.

.... Ach, liebe Tante, Du glaubst nicht, was für ein vortrefflicher Mensch Ruge ist,[1] wie er so ganz dem Vater würde gefallen haben, er ist auf der einen Seite so gut, weich und liebevoll, und hat doch auf der andern wieder einen festen, kräftigen, männlichen Sinn, klaren Verstand und ist hier ordentlich berühmt wegen seines Witzes und Humor, wie es die

---

[1] Die Vermählung hatte am 25. Mai, bem Geburtstage von Ruges Vater, stattgefunden; s. a. a. O. 365.

klugen Leute nennen. Wie freue ich mich, wenn Du ihn kennen lernst, mit meinem lieben Onkel aber wird er bald wegen der Politik in Streit gerathen, denn Ruge war in seinen Studentenjahren ein Haupt-Rädelsführer bei den demagogischen Umtrieben (hat auch deshalb sechs Jahr auf der Festung gesessen, was ich Dich aber dringend bitte, dem Onkel zu verschweigen, weil der sonst gleich ein übles Vorurtheil gegen ihn haben würde) und hat diese Grundsätze zum Theil noch beibehalten, und ich weiß, daß diese denen des Onkels gerade entgegen sind . . . .

Abieu, meine Herzens-Tante, noch tausend Dank und tausend Grüße.

Deine Louise.

17.

Florenz, den 2. August 1832.

Lieber Ritschl, Jetzt sind wir endlich wirklich in Italien.[2]) Ich gehörte nicht zu denen, die es für ein Bedürfniß oder für eine Vervollständigung ihres Daseins ausgeben, über die Alpen zu kommen, im Gegentheil, das eintönige Geschrei der Ruinenkrämer und „die Begeisterung auf klassischem Boden" waren mir von jeher fast in derselben Art zuwider wie die Reden der Turner „von dem was Noth thut." Dennoch that mir zuletzt jede Minute leid, die wir in der Schweiz oder sonst versäumten, weil man doch mit jedem Schritt gespannter wird auf die Vergleichung des Wirklichen mit den Phantasieen der Individuen, die man aus Büchern kennt. Mit einem Schlage ist dies nicht möglich, nur habe ich mir immer insgeheim das Geständniß thun müssen, daß Mailand und Genua doch zuletzt nicht mehr thun wollten, als entsprechende deutsche Städte auch vermöchten. Ganz umgekehrt ist es hier, und wenn man von der Spitze der Wasserscheide mit einem Luftschiff bis über diese Stadt fliegen könnte, so müßte man seine kühnsten Erwartungen in jeder Beziehung übertroffen sehn, ohne vorher auch nur zu Zweifeln zu

---

[1]) Fr. W. Ritschl (1806—1876), Philolog, hatte 1829 in Halle promovirt und sich habilitirt, wurde 1832 ebenda außerordentlicher Professor. Die Briefe an R. verdanke ich der gütigen Vermittelung des Herrn Prof. Dr. Otto Ribbeck in Leipzig. Im ersten Bande von dessen Biographie Ritschls (Leipzig 1879) finden sich nicht nur höchst wertvolle Mittheilungen über das damalige akademische Leben in Halle überhaupt, sondern auch (S. 72 ff.) ein Beitrag von Ruge selbst, insbesondere über sein Verhältniß zu Ritschl; vgl. auch A. f. Z. III 353 ff.

[2]) Ueber die Reise bis Florenz vgl. A. f. Z. III 365 ff.

kommen. Es mag gut sein, wenn man von vornherein mitten im
Glauben ist, die künstlerischen Studien bringen auch nothwendig dazu
(ich wußte fast nichts von Bildern und Statuen); dennoch ist es wahr,
daß grade hier viele Gelegenheit zu jener phantastischen Verführung ist,
die hinter dem Schreibtisch, wie die Schulmeister in den Programmen,
immer nicht genug Superlative finden kann und den allgemeinen Fluch
der enkomischen Dichtungsart auf das arme Schlachtopfer von Reise-
beschreibung ladet, daß sie verdächtig wird. So war ich nicht unbefangen,
im Gegentheil, ich hielt mich weder für jung genug, um durch Reminiscenzen
Herzklopfen, noch für gelehrt genug, um durch Entdeckung einer neuen
Welt die gewöhnlichen Schauer der Entzückung zu bekommen; und vollends
Abentheuer, verliebte und andere, waren weder zu erwarten noch zu
wünschen. Was sollte aus mir werden, wenn ich nun den großen
Herzen, Friebländern, [1]) Göthen u. s. w. nicht nachfühlen konnte?! Ich
muß Dir gestehn, daß ich mehr Angst als Hoffnung hatte, aber ich bitte
Dich, verrath' es keinem Menschen, denn wer mag gern in dem Ruf
eines Stockfisches stehn? Lieber wäre es mir, wenn alle Leute fest und
steif glaubten, daß ich wie ein Hofhahn auf alle Zäune hätte fliegen
mögen und krähen: „Beneidet mich u. s. w." Ich habe Dir aber schon
gesagt, daß es mit Florenz eine eigene Bewandtniß hat, wovon die
nächste Wirkung die ist, daß meine Angst vorüber und mein Gewissen
im Stande ist, die ungemessensten Lobsprüche der höchstbegnadigten Reise-
beschreiber zu genehmigen und zu unterschreiben. Sobald ich Frieb-
länders Buch wieder in die Finger kriege, bin ich entschlossen, drunter zu
schreiben: ut supra in actis Dr. A. Ruge . . . . Die beiden großen
Gallerieen seh' ich alle Tage, und da geht natürlich Vieles an mir vor,
was Allen begegnet, z. B. Ich sehe furchtbar viel und begreife herzlich
wenig, höre 100 Maler nennen und nicht 3 oder 4 kann ich bis jetzt
erkennen. Raphael, Carlo Dolce und etwa noch Correggio und Rubens,
nicht weil sie so berühmt, sondern weil sie durch mir bekannt gewordene
Eigenthümlichkeit auffällig sind. Auch Tizian kenn' ich wohl, vielleicht
am leichtesten. Aber das ist noch eine sehr geringe Aussicht auf endliches
Verständniß, das doch so viele andre Leute haben oder zu haben vor-
geben. Die Sache steht mit mir ungefähr so, daß ich mich nicht erinnere,
mehr als drei Raphaelische und 2 Tizianische Bilder für völlig verständlich gehalten zu haben . . . .

---

[1]) Ludw. Herm. Friebländer, Prof. in Halle, hatte 1819 u. 1820 in Leipzig
„Ansichten von Italien während einer Reise in den Jahren 1815 und 16" herausgegeben.

Den 3ten Sept. Sehr ärgerlich geht es mir mit allen Bekannt=
schaften, die einem doch tausend Fingerzeige geben könnten, um zu Ein=
sichten zu gelangen, wie sie bei uns nicht eben zugänglich sind. Ein
italienischer Maler ist mir bekannt, aber ich habe noch keinen Weg zu
eigennütziger Unterhaltung entdeckt und muß auch gestehn, daß ich ihn
im Verdacht eines bloßen Praktikers habe. Bildhauer kenn' ich nicht,
deutsche Künstler auch nicht .... Das Alles erwartete ich indessen von
vornherein und setze alle Hoffnung auf Thorwaldsen, an den Göttling
mir Briefe gegeben hat; Gerhard[1]) ist nicht in Rom, sondern jetzt in
Triest; auch habe ich keine Hoffnung auf ihn gehabt — vielleicht sehr
mit Unrecht, da er doch unstreitig viel weiß und in Rom Wunderdinge
für so unwissende Zugvögel wie unser eins thun könnte. Noch schlechter
gehts mit den Ministerialempfehlungen. Der Gesandte ist nach
Wiesbaden gereis't; der Sekretair eine ablige, selbstgefällige Meerkatze,
historisch und kunstkennerisch gebildet, wie er sagt, aber im Gesicht ab=
scheulich gemißbildet. Wir können uns gegenseitig nicht verbauen, be=
sonders da ich es nicht so zu machen weiß, daß der junge Herr mit
meinen guten Qualitäten so wohlfeil bekannt wird, wie ich mit den
seinigen ....

Den 10 September.

.... Ich will gleich anfangen, als würd' ich durch Göthes lang=
weilige italienische Perrücke inspirirt:

Ich habe Dir schon geschrieben, viele Kunstwerke wären mir völlig
unverständlich. Das will sich nicht ändern, und ich komme auf die
Alternative: Entweder habe ich nicht den Schlüssel zum Heiligthum, oder
viele sogenannte Kunstwerke sind gar keine. Die Analogie mit der Poesie
spräche wohl für das Letztere, aber ich habe hier nicht dasselbe Recht
oder nicht dieselbe Anmaßung .... Mit allen mythologischen und ge=
schichtlichen Vorstellungen, die weder eine Begeisterung in sich haben,
noch eine solche erzeugen können, weiß ich gar nichts zu machen, so z. B.
der todte Christus, der geschundene Marsyas, alle Grablegungen und
Abnahmen vom Kreuz, alle Hinrichtungen, alle Priapen und bloß geilen
Satyrn, die Erweckungen vom Tode, Christus mit dem Zinsgroschen,
was eine bloße Politesse gegen die Pharisäer ist, der ersoffene Kaiser

---

[1]) Eduard Gerhard (1795—1867), Archäolog; er begründete 1829, nach dem
Aufenthalte des Kronprinzen von Preußen in Rom, unter Mitwirkung Bunsens u. a.
das Archäologische Institut.

Friedrich pp. — wenn diese Sachen noch so energisch dargestellt, die Lage der Betreffenden, ihre Gemüthsbewegungen noch so deutlich und wahr sind — es bleibt mir völlig unmöglich, eine Freude oder eine Theilnahme zu haben, und zwar aus dem Grunde, weil ich meine, daß alle von gemeinen Gesichtspunkten ausgehen und keinen Blick nach dem überhimmlischen Ort zulassen. Wozu die Handwerksmeisterschaft? Was geht es mich an, daß dieser oder jener malen kann, was man auch ohne seine Fertigkeit sieht, oder gar bedeutungslose Absurditäten bis ins Einzelne zurecht legt? Es giebt ein Raphaelsches Bild im Pitti, welches die Vision des Hesekiel vorstellt, mit aller Energie des Ausdrucks, die nur irgend lebende Ungeheuer der Art haben könnten, und mit solcher Vollendung des Einzelnen, daß alle Maler übermäßig davon entzückt sind, unterdessen bleibt die Frage übrig: aber was ist es denn? nichts. Wie kann es ergreifen? nur als Kunststück. Ich weiß es wahrhaftig nicht anders. Es kommt mir vor, als wenn einer eine ganze Komödie voller der schönsten Verse machte, über die niemand lachen und für die nur die Metriker sich interessiren könnten . . . .

Dein

A. Ruge.

— — —

18.

An Ritschl.

Rom, den 28. October 1832.

Wie sehr die Ereignisse und mit welcher Tücke sie mit mir spielen, wirst Du wohl gehört haben. In Florenz schien es nöthig, den Aufenthalt abzukürzen, theils um für Rom und Neapel noch einige Zeit zu gewinnen, denn zum December wollten oder mußten wir wieder in Halle sein; auch fing Luise an, sehr unzufrieden mit der schönen Stadt zu werden, weil wir keinen Umgang finden konnten und die Dinge nicht mehr neu zu sein schienen, und was ich vergeblich versicherte, es würde noch vieles übersehen sein, war ebenfalls eine Antiquität geworden. Wir reis'ten daher mit Aufopferung einer Woche und einigen Geldes und vieler Kultur hierher. Gleich die erste Woche sahen wir mit großer Ungeduld die antiquità, wie man's hier nennt, d. h. die Ruinen, die allerdings die Neugier am meisten reizen. Weiter aber sind wir leider noch in diesem Augenblick nicht gekommen, denn seit Ende September plagt uns alle beide das Fieber und in seinem Gefolge noch ärgeres

Ungemach), und kaum wird es möglich sein, daß Luise diesen letzten Octobersonntag etwas mit in die Villa Borghese fahren darf, um doch einige Fetzen der langen Octoberbelustigungen zu haben . . . .

Dein Ruge.

Herrn Professor Ritschl
 Wohlgeb.
D. G.   Halle.

19.

An Ritschl.

Rom, den 23. Nov. 1832. Corso No. 92 primo piano.

Alter guter Kerl.

. . . . Ich weiß, lieber Kerl, daß Du mich noch nicht vergessen hast und auch wohl aushalten wirst, bis wir uns nach den Osterferien wiedersehn, aber ich muß gestehn, daß es mir sehr drückend ist, nichts von Dir unmittelbar zu hören, da doch Du grade so sehr alle die Seiten an Dingen und Menschen kennst, die mich interessiren, und dann will ich doch auch wissen, ob ichs Dir mit meinen Briefen recht gemacht habe, oder ob Du noch spezielle Sachen wissen willst, nach denen ich mich besonders umsehn müßte. Für Dich hab' ich Zeit genug und Verbindung hier in Rom genug. In Florenz gings in der letzten Beziehung, wie ich Dir geschrieben, nicht besonders. Der Gesandte war nicht da, der maulaffige Sekretair ist nur sein Privatsekretair, wie ich hier höre, und hat wohl lieber im Inkognito seinen Nimbus, als in der Freundlichkeit seine wahre Gestalt zeigen wollen . . . . Wegen der lingua Toscana hab' ich eine Zeit lang alle Abende die Prosa (Komödie) besucht. Das Theater del Cocomero (nach der Gasse) war ausgezeichnet, und der erste italienische Komiker, Vestris, ist ein Mensch von solchem Genie, daß er bisweilen aus seiner Rolle einen Humor entwickelt, der manchen Poeten aus seinem eigenen Stück wie ein homerischer Gott überrascht haben würde. Für das Einzelne ist hier natürlich nicht Raum genug. Die unreifen Gedanken und ersten Eindrücke, die mich in der Gallerie anfielen und wovon ich Dir einige nicht verschwiegen habe, werden sich hier vielleicht modificiren. Wenigstens macht sich hier die ganze Sache mit mehr Methode. Zuerst bin ich häuslich eingerichtet und kann daher öfter ganz allein ausgehen, um die angemessenen Leute, die ich hier kenne, zu treffen, was in Florenz nicht ohne Luisens große Noth ging . . . . Dann sind hier folgende Leute, mit denen ich bekannt bin: Vollard,[1]) Privatsecretair des Prinzen Heinrich von Preußen. Er ist äußerst lebhaft, interessirt sich eifrig für das Künstlerische und Nationale in Rom, wo er seit 15 lebt. Dabei malt er auch recht artige Landschaften, ohne weiter viel Wesens und Aufhebens von „Schönheit, Bläue, Farbenglanz, Campagnenlinien, Ruinenreiz" u. s. w. zu machen. Er gefällt mir ungemein, und ich wünschte nur soviel zeichnen zu können und auf seiner Stufe des Dilettantismus zu stehn. Von ihm macht den Uebergang zu den Künstlern der hannöversche Gesandte Kestner,[2]) ein einfacher höchst umgänglicher und liebenswürdiger Mann, ein wenig künstlerisch enragirt, der höchst charakteristisch, auch schön porträtirt und ganz in Kunst und Alterthum vergraben, fortwährend mit dem Pinsel in der Hand getroffen wird. Ich stehe mich gut mit ihm und habe schon sehr viel bei ihm gesehn, obgleich noch lange nicht Alles, denn er ist so reich an Merkwürdigkeiten, daß ein förmliches Studium dazu gehört, um sich nur in seinen Zimmern zu orientiren. Er ist ein alter Junggesell, und so angenehm als ein solcher leben kann, lebt er gewiß mit seiner Freude an Rom, an den Alterthümern und der Kunst. Er wohnt im 2ten Stock, wo Thorwaldsen im ersten sein Studium hat. Durch ihn und Riepenhausen[3]) kann ich zu Thorwaldsen kommen, der jetzt seit 8 Tagen wieder hier ist, den ich aber noch nicht gesehen habe. Die hiesigen Künstler, unter denen die deutschen, wenn man Thorwaldsen dazu rechnet, doch wohl die respectabelsten sind, haben die verschiedensten Ansichten, die deutschen scheinen aber in sehr vielen Punkten wesentlich einstimmig zu sein. Davon hört man schon durch die genannten zwei Männer manches, und es soll mich interessiren, etwas mehr noch dahinter zu kommen. Kestner ist zum Theoretisiren aufgelegt und thut es auf eine interessante Weise. Am besten ist es, wenn man sie unter sich zusammengerathen hört, was mir freilich erst einmal gelungen ist. Vieles von dieser hier verbreiteten Philosophie über Kunst und Alterthümer findet sich in dem Bunsenschen Buch über Rom[4]) wieder, so daß diese Mysterien sich mir wohl ganz enthüllen werden. Kestner hat mich

[1]) S. A. f. Z. III 431.

[2]) Ein Sohn der Goethe'schen Lotte; Ruge war ihm durch Göttling empfohlen; s. a. a. O. 380. 427 ff.

[3]) Johannes Riepenhausen (1788—1860), Maler, lebte mit seinem Bruder Franz seit 1807 in Rom, gehörte anfänglich zur neuromantischen Schule, wendete sich dann später dem historischen Fache zu.

[4]) Beschreibung der Stadt Rom, 3 Bde. Stuttgart 1839—43.

mit Bunsen bekannt gemacht. Bunsen[1]) ist ein Mann von vielem Geist und Urtheil und in den Alten, wie es scheint, ungemein belesen. Er steuert für meinen Geschmack etwas zu sehr auf das Stockphilologische hin und hat ewig mit Editionen und Texten zu thun, die ich nun zu meinem größten Aerger alle kennen soll, besonders diejenigen, die seit seiner Abwesenheit erschienen sind. Denn hier erfährt man nichts, weils keinen Buchhandel giebt. Uebrigens ist er unbedingter Verehrer von Niebuhr und will immer nur für einen Dilettanten in der Philologie gelten, welche Bescheidenheit mir große Gewissensbisse macht, denn mir klebt der verwunschene Titel nun einmal an wie Pech . . . . Bunsen hat nun das antiquarische Treiben der hiesigen Deutschen unter seiner Leitung. Du wirst von dem förmlich organisirten Institut durch die Annali dell' Instituto di Correspondenza Archeologica Einiges wissen. Er hat mich eingeladen den Sitzungen beizuwohnen. Gerhard, die Seele dieses Treibens, ist jetzt abwesend und wird durch einen privat-gelehrten Jüngling, Namens Kellermann,[2]) der sich mit den Steinschriften ganz besonders befaßt, vertreten. Von Bunsen wäre viel zu lernen, wenn man recht familiär mit ihm werden könnte. Er kennt das Land und die Stadt bis in den Boden hinein, versteht sich auf Steine und Pflanzen und hat soviel gesehen und beobachtet, wie Niebuhr nur immer gethan, denn sie standen sich so genau, daß der eine vom andern alles erfuhr,[3]) und seitdem ist er nicht müßig gewesen. Ich habe eine weit vortheilhaftere Meinung von ihm bekommen, seit ich sein gutes nobles Gesicht gesehen und die humoristische Superiorität, die ganz ohne An-spruch in Gesellschaft der Uebrigen zum Vorschein kommt . . . . Ich muß gestehn, daß es mich ärgert, von meinen Schreibereien nicht wenig-stens das Ding über den Platon mitgenommen zu haben, da ichs nament-lich bei Bunsen, der nun einmal ein so enragirter Bücherjäger ist, auch einiges vom Platon weiß, sehr gut brauchen könnte. Das Buch über Rom ist nicht von ihm allein,[4]) wie Du weißt, also sehr buntscheckig. Ich habe es jetzt in Händen und ärgere mich besonders über Gerhard, gegen den ich, schon ehe ich dies Geschreibe gesehen hatte, eine eigne Abneigung hegte. Wahrscheinlich ist er mündlich viel genießbarer. Im Buche über die römischen Antiken[5]) schwafelt er ganz unausstehlich, gelehrt

---

[1]) Chr. K. J. Frhr. v. Bunsen (1791—1860) war von 1824—1838 Gesandter in Rom.

[2]) Olaus Kellermann (1805—1837) aus Kopenhagen, Philolog und Archäolog, Bibliothekar des Archäologischen Instituts.

[3]) Niebuhr war von 1816—1823 Gesandter in Rom.

[4]) Ein anderer Mitarbeiter war Platner.

[5]) Gerhard gab von 1827 an heraus: „Antike Bildwerke".

ja, aber so timib, so schwebend, so verworren, und so ohne honette Ein-
theilung und deutsche bestimmte Gedanken, daß man sich's umschreiben
möchte, um's nachher zu capiren. Ich habe keine Lust, Taschenspielercien
im Stil zu bewundern, wenn ich was erfahren will, und doch wieder ist
am Ende manches brin, so geh' ich denn immer wieder an den sauren
Apfel. Man wird Gerhard wahrscheinlich in Berlin beim Museum[1])
behalten, wenigstens einige Zeit, um die Vasen und, was sonst noch dort
niemand versteht, zu ordnen. Ich werde ihn also hier nicht sehn und
das ist in der That ein großer Verlust. — Bedeutend ist dann noch der
Maler Riepenhausen für mich. Der Mann ist höchst solide und einfach, fast etwas zu sehr zurückhaltend, aber sehr freundlich gegen mich
und auf eine höchst wünschenswerthe Weise gebildet. Er versteht die
Antike vollkommen, wie man dies aus seinen Zeichnungen nach den
Gemählden des Polygnotos,[2]) die Pausanias beschreibt, sehen kann. Er
geht mit mir in die Gallerien und verhilft mir zu Kupferwerken und
Büchern, so daß ich von dieser Seite nun im Gange bin, um die Erfahrung zu machen, wie viel Sinn ich für die Plastik habe und welche
Einsichten ich gewinnen kann. Denn daß ich dem Strome folgen sollte,
ohne selbst zu schwimmen, wäre mir ganz ärgerlich. Uebereinstimmung
ist auch wohl hier nicht möglich, aber das muß sich lernen lassen, ob die
Absicht bis ins Einzelne hineindringt und ob das Technische tadellos ist
oder fehlerhaft. Ob eine Absicht, die zu billigen, drin ist, ob die Idee
was werth ist, welche es ist, alles das ist mir ohne Weiteres zur Hand;
aber jenes andere, was sie innere Erkenntniß der plastischen Schönheit
nennen, (und damit genug) find' ich bisweilen so zweifelhaft, daß ich im
Innern mit großen Autoritäten in der wüthendsten Opposition bin, wo
Andre gleich beifallen. Vielleicht gebe ich zuviel auf den geistigen Ausdruck, vielleicht die Andern nicht genug, aber sie versteh'n sich aufs
Technische, und wir rohen Nordländer, die nie was Schönes nackt oder
nie das Nackte schön sehen, wir haben es freilich schlimm, besonders
wenn wir nicht zeichnen. Riepenhausen versorgt mich mit Lessing,
Winkelmann, Kupferwerken u. s. w.; mehrere Sachen von ihm, andre von
Thorwaldsen, sieht man in seinem Studio. Morgen gehn wir in den
Vatican. Auch in die Villa Albani will ich ihn mal mitzuschleppen
suchen. Diese habe ich nicht gründlich genug gesehen. Es sind 3—4
schöne Jupitersstatüen dort, die mich damals am meisten interessirten,

---

[1]) Gerhard wurde 1837 Archäolog am Museum zu Berlin, später Professor an
der Universität.

[2]) 1805 von ihm und seinem Bruder herausgegeben.

weil man immer nur von dem einen berühmten Kopf hört .... Bei der
Gesandtschaft habe ich noch einen sehr liebenswürdigen Mann, den
Sekretär v. Sybow, kennen gelernt.¹) Er ist in meinem Alter, vielleicht
jünger und noch fast mehr, wie das ganze übrige Personal, von einer
frommen Teintüre, die er zwar nicht ungeschickt zeigt, aber doch sehn
läßt. So hatt' ich ihn in Frascati nur einige Minuten gesprochen, als
ich ihn später hier im Caffé greco wieder traf und erkannte. Aber sein
ganzes liebevolles und freundliches Wesen führte mich unwiderstehlich
auf die Verwechslung seines Berufs mit dem heiligen, und ich begeisterte
ihn einmal übers andre, in der sichern Meinung, er sei der Gesandschafts=
prediger. Er nahm es durchaus nicht übel, und nur gelegentlich, als er
eine Karte abgab, sah ich meinen Irrthum ein. In der Politik ist er
natürlich ein Anhänger der Theokratie, die durch den Gesalbten des Herrn
die Herzen Israels regiert, und der besseren Nüance der Absolutisten ....
Niemeyer, Max, Rosenberger und Rosenkranz sage viele Grüße. Ich
bin jetzt wieder in jeder Beziehung aus dem Pech. Mit treuer Liebe
Dein Ruge. NB. Bald hätt' ich die Hauptsache vergessen: Viele viele
Grüße von meiner Frau.

Herrn Professor Ritschl
    Wohlgeboren.
Durch Güte.

20.

An Ritschl.

Rom, den letzten Januar 1833.

Lieber guter Kerl, Dein Brief ist mir eine rechte Erquickung
gewesen. Denn ich fing schon an, die Wirkung der Zeit auf Dein be=
wegliches Gemüth zu fürchten, und immer überrascht es mich, wenn ich
einmal einen alten Freund redlich aushalten sehe. Ich habe darin auf
der Reise wieder Erfahrungen nach beiden Seiten gemacht, eine aber
war vor allen traurig. Vielleicht habe ich Dir bisweilen von dem Maler
Disteli²) gesagt. Den besuchten wir mit wirklich großer Aufopferung
von Bequemlichkeit, nachdem wir den ganzen Tag gereis't waren, noch

---

¹) Vgl. A. f. Z. III 432.
²) Martin Disteli (1802—1844), einer der genialsten Karikaturenzeichner.
Ruge hatte ihn in Jena kennen gelernt; über seine berühmten Zeichnungen im
Karzer zu Jena vgl. A. f. Z. II 302; vgl. auch: Ruge, Der Maler Martin Disteli
in Olten in der Schweiz. Deutsche Jahrb. 1841 Nr. 49 ff.

spät Abends weit über Land. Der Mondschein war schön und die
Gegend auch, ja beides sogar freundlich, er aber in seinem Innern so
im Widerspruch mit allen meinen Hoffnungen und mit der guten Stimmung, in der wir ihn aufsuchten, daß ich mich nicht zwingen konnte,
meine Pläne, die ich mit ihm hatte, vorzubringen. Seine Verhältnisse
sind sehr ungünstig und hatten ihn zu solcher Apathie niedergedrückt, daß
er mir völlig unzugänglich war. Ich kenne seinen störrigen Charakter,
und da er sich nun einmal drauf gesetzt hat, gegen alles kalt und
apathisch zu sein, weil ihn großes Unglück von mehreren Seiten getroffen hat, so ist jeder Versuch zu einer Restauration der alten Freundschaft jetzt völlig unmöglich gewesen. Dich dagegen hoffe ich wiederzufinden, fast wie ich Dich verließ, nur berühmter und mächtiger, sonst
mit allen Deinen Lastern und Tugenden. Mit der Vatikana und allen
Pfiffen und Kniffen, die dort angewendet werden und anzuwenden sind,
wird Dich Kellermann, den Du hier noch vorfindest, aufs Beste bekannt
machen.... Am besten wär's für Dich, im Januar Dich durch Schnee,
Eis und Gebirgswirbelwinde bis in dieses Thal hindurchzuarbeiten, das
Karneval zuerst ordentlich mitzunehmen und dann mit dem Frühjahr
loszuarbeiten.... Wenn Du frei vom Fieber bleibst, so möchtest Du
aber wohl weit weniger als ich gegen die Häuserkälte empfindlich sein,
und Deine trockene, wenig germanische Constitution möchte Dir hier
besser zu statten kommen, als mir mein barbarisches Fett und die
pommerschen Schultern.... Von Bunsen hat mich meine Krankheit
und mein Geschmack fast ganz fern gehalten. Schlimm hätt' ich es auch
wirklich bei näherer Bekanntschaft, weil er vom lieben Gott sowohl als
von Lord Grey[1]) eine ganz entgegengesetzte Ansicht zu haben scheint und
für mich nichts gefährlicher ist, als mit Respectspersonen zu disputiren....
Letzten Donnerstag war eine sehr glänzende Soirée bei ihm. Donners-
tags ist nämlich offnes Haus für Preußen und Engländer. Die
Engländer erhoben sich aber bald und zogen auf ein Signal wie die
Zugvögel hinter einander her mit dem Geschrei: good night! das sie
aber kaum an einen bestimmten richteten. Uebrigens schwelgeten die
Herren und die Damen in Kunstgenuß, ja in dem einen Saal steht sogar
ein „frommes orgelähnliches Instrument", das auch ein wildes Thier
auf bessere Gedanken bringen müßte, geschweige denn so gebildete Reisende,

---

[1]) Charles Grey (1764—1845), englischer Staatsmann, seit 1830 an der Spitze
eines Whig-Ministeriums, erwirkte 1832 nach langem Kampfe die Annahme seines
Entwurfes zur Reform des Parlamentes.

wie die in Rom versammelten. Diese Societäten gehören zu dem
Sehenswürdigen, wie sich ein routinirter Reisender ausdrücken würde,
ebenso Bunsens ganze Wohnung, die hoch oben auf dem Pallast Caffarelli
von der Höhe des Capitols nach allen Seiten höchst romantische und
höchst interessante Aussichten hat . . . .

Dein

A. Ruge.

21.

An seinen Vater.[1]

Venedig, den 11. Mai 1833.

Lieber Vater,

Florenz hat uns etwas länger aufgehalten, als wir dachten, dennoch
siehst Du, wir sind jetzt stark auf der Rückreise und schon wieder unter
den Fittigen des deutschen Vogels. Gestern kamen wir des Nachmittags
an.[2] Wir waren die Nacht durch gefahren, weil wir in Ferrara einen
so unverschämten Wirth fanden, daß ich gar nicht mit ihm Handels eins
werden konnte, was mir sonst noch nirgends als in Neapel begegnet ist.
Die letzte Poststation nach Venezia ist eine Wasserpost. Von Mestre
durch das Marschland auf der eingedeichten Brenta, die oben braun
und stinkend, unten aber weniger pfuhlmäßig ist, ruderten uns 4 Leute
in einer Postgondel nach den Lagunen, die große Aehnlichkeit mit dem
Bobben haben, denn sie sind ein untiefes Binnenwasser, das nur gewisse
Fahrkanäle für ordentliche Schiffe hat. Gleich hier sieht man allenthalben Forts und Häuser unmittelbar über dem Wasserspiegel zu beiden
Seiten, und grade vor sich die Masse der Stadt, welche den ganzen
Horizont mit den beiden Armen, die von jenem Körper ausgehen, ein-
spannt. Dies ist aber natürlich nur scheinbar. Denn in Wahrheit geht
der lange, schmale Inselbamm wie ein großer Bogen hinter der Stadt
herum und ist durch starkes Gemäuer gegen die See abgedeicht. Diese
Mauer kenne ich selbst noch nicht; denn der Schlingel von Barcarole
will 20 Franken für eine solche Recognoscirungsfahrt haben, was ich bis
jetzt noch zu theuer finde. Man kommt hier immer mit dem Gedanken

[1] Ruges Vater war Verwalter der Güter des Grafen Brahe auf der Halbinsel
Jasmund gewesen und hatte sich 1804 das Landgut Bisdamitz bei Stubbenkammer ge-
pachtet. Er starb 1834 im Alter von 68 oder 69 Jahren.
[2] Zum folgenden vgl. A. s. L. III 459 ff.

an, dies sei eine in Verfall gerathene Herrlichkeit, und glaubt dies denn auch gleich den Häusern und den Gondeln anzusehn. Denn alles sieht traurig aus, alle Gondeln theerschwarz und alle Häuser schwarz und schmutzig mit abgefressener Bekleidung. Hierin aber soll es, wie ich höre, nie anders gewesen sein, und diese ungeheuer reiche Stadt hat immer ein so schlechtes Aeußere gehabt, weil das Meerwasser keinen Kalk und keine Farbe duldet. Uebrigens kann man sich nur freuen, daß dieser nichtswürdige Freistaat gefallen ist, der eigentlich, so lang er diesen Namen führte, wenigstens seit dem Jahr 1300, ein völliger Sklavenstaat war und erst durch Napoleon zu einer Regierung mit honetteren Grund-sätzen kam. Der alte Dogen- oder Marcuspallast mit dem Gerichtsstübchen der 10 und der 3 Staatsinquisitoren, den licht- und luftlosen Gefäng-nissen, den unterirdischen Henkerstätten, alles dies sind scheußliche Denk-mäler des langen Tigerregiments, unter dem so viele geseufzt und ge-blutet und an dem jeder Versuch zur Rettung der Menschenehre viele Jahrhunderte lang systematisch gescheitert. In seinen Handelsschicksalen hat übrigens Venedig viel Aehnlichkeit mit Stralsund, und das Todte, von dem so viel geredet wird, ist hier nicht anders, wie dort. Der Platz ist immer noch bedeutend, aber der Verfall freilich noch ärger, obgleich kein Mensch lebt, der die eigentliche Blüthe zu schätzen wüßte, denn ich bin überzeugt, daß man so etwas, um es [zu] kennen, mit eignen Augen sehn muß. — Wir haben auf unsrer ganzen Reise von Rom her das beste Glück gehabt: das beste Wetter, gute Stimmung und völlige Gesundheit. Wir nahmen nach Florenz zurück einen andern Weg, als wir gegangen waren. Dieser letzte ist sehr schön. Den ersten Tag kömmt man durch das schöne Tiberthal in die Appeninen. Die Berge waren in der Nähe und Ferne blau wie der Himmel und die Thäler unbeschreiblich lieblich, bis wir höher kamen und große Felsenmassen enge Schluchten bildeten. Man sieht tief unter sich die Nera, in die der Velino ungeheuer hoch herab-stürzt durch ein Felsenbette, welches ihm die alten Römer ausgehauen haben, weil er früher durch Ueberschwemmungen viel Schaden anrichtete. Dieser Wasserfall ist nicht so tobend und hat weniger Wasser wie der Rheinfall; aber der Fluß ist doch keineswegs klein und die Höhe gar nicht zu vergleichen. Es war des Morgens, und so schien die Sonne grade mitten in den Staub hinein, der die ganze große Schlucht aus-füllt, und machte 2 schöne Regenbogen. Wir hielten uns hier ziemlich lange auf .... Die Witterung ist herrlich, und da wir immer nordwärts steuern, so haben wir noch immer Frühling. Im Februar blühten die Mandeln in Neapel, die andern Bäume schlugen aus, die Bohnen dufteten

aus den Gärten, und junge Erbsen kamen zu Tisch. Als wir wieder
nach Rom kamen, war der ganze schöne Frühling da, und die ganze, sonst
öde Campagna ein Wiesen- und Kornteppich; die Rinder, welche den
Winter überlebt, wateten bis an die Knöchel im Grase, jetzt sahn wir erst,
wie herrlich dieses Land ist. Wir machten eine sehr angenehme Partie
nach dem Monte cavo, wo der Tempel des lateinischen Jupiters gestanden,
und wo wir so helles Wetter hatten, daß wir Elba rechts und Ischia
und Prociba in der neapol. Bucht links sahen, eine unglaubliche Strecke.
Hier sind nur 3 ob. 4 Gärten, ein öffentlicher, den Napoleon angelegt hat,
ein botanischer und der des Vicekönigs beim Markusplatz .... Ich muß
gestehn, daß die Reise und ihre guten Resultate, bis jetzt weniger von
unserer Weisheit, als von einem eigenen günstigen Geschick geleitet, immer
mehr Erfreuliches zeigen, je weiter wir nach Hause kommen. Von Wien
schreibe ich vielleicht wieder. Jetzt ade.

Dein Arnold.

22.

An Ritschl.

Halle, den 4. Juli 1833.

Lieber Vielvermißter

Guter Kerl, Schon in Wien hörte ich von Deinem unglückseligen
Glück; es hat mir einen dicken Strich durch die Rechnung gemacht. [1]
Hier endlich angelangt, ich glaube am 13. Juni, fand ich denn auch
Alles bestättigt, was ich gefürchtet. Unsere Unterredungen sind mir durch
nichts zu ersetzen und Deine Freundschaft wird mir diese Entfernung und
die fremde Umgebung ebenfalls genug beschneiden. Wär's doch nur Jena
geworden, und wenn der alte Schlingel stirbt, [2] so solltest Du Dich doch
drum bewerben. Es ist zu traurig für meine Vorurtheile, Dich unter
diesen Wasserpolacken und so fern von dem litterarischen Mittelpunkt zu
wissen, ja und wenn ich gar darnach frage, mit wem Du verkehrst, so
kommt mein eigner Dünkel mit ins Spiel und ich meine, Du müßtest
gegen hier traurig dran sein. Ich wenigstens bin es. Denn wenn auch

---

[1] Ritschl war im April ausserord. Professor in Breslau geworden. Vgl. Ribbeck
a. a. O. 97.

[2] Nach dem Briefe an Preller vom 21. Mai 1838 könnte damit der 1772 geborene Philolog H. K. A. Eichstädt gemeint sein. Dazu stimmt auch das scharfe
Urteil, welches Ange über die von Eichstädt geleitete Jenaer Litteraturzeitung fällte;
vgl. A. f. Z. IV 448 ff.

Niemeyer[1]) bicht neben mir wohnt, es fehlt uns immer der dritte. Und will man endlich die arme Philologie beklagen, so ist sie ja mit Dir so gut als zu Grabe getragen. Wüster, formloser Wulst hat das alte elegante Handwerk besiegt, und ich selbst? — werde bald unsäglich modern erscheinen und so troß meines Hasses jenen Bestrebungen, wenn ich je eine Beziehung zu ihnen kriege, eher förderlich sein. Ja wenn Du hier wärst und es kämen hunderte zu mir gelaufen, so würde ich ihnen alle 8 Tage 2 mal einprägen, daß Du der einzige Philolog in Halle seist, was ja auch wahr wäre, denn jetzt ist keiner drin. Man sagt, es gäbe keine Lateiner mehr, weil Du keine mehr zurichtest. Ob es für die Welt nöthig sei, welche zu haben, fragt sich, für die jetzige Einrichtung der Schulen ist es gewiß ein Unglück, daß sie aussterben. Niemeyer klagt alle Tage, daß die Reisigianer[2]) aussterben.[3]) —

Nun habe ich auf der andern Seite so mancherlei gehört, wie Du Dich hier gewunden und gekreuzigt hast, daß ich gestehn muß, Dir war ein solches Ereigniß gewiß nothwendig; aber, lieber alter Kerl, wann sehn wir uns nun wieder, und wie soll ich es aushalten, daß mir alle meine besten Hoffnungen zu Wasser werden?....

Wie bist Du mit meinem letzten Brief aus Rom zufrieden und wann reisest Du nach Italien? Schieb es nur so lange auf, daß wir mal Compagnie machen können.... Du glaubst nicht, wie nothwendig einem grade in Italien ein Genosse ist. Meine Frau hat mir die beste Gesellschaft geleistet, aber es fanden sich auch tausend Hindernisse, so z. B. die Wasserfahrten, beim Baden und Klettern, und die ganze Ausflucht nach Sikelien und Griechenland unterblieb natürlich bloß um Luisen ihretwillen. Ich bin indessen nicht ungenügsam und muß gestehn, daß ich Alles, selbst Neapel, herzlich satt gekriegt habe, nur Rom nicht, und wenn Du gehst, so denke, daß alles Geld, was Du vor der Porta del Popolo ausgiebst, rein verschwendet ist, sofern es dazu dienen könnte, Deinen Aufenthalt in Rom zu verkürzen. Ich sehe aber wohl ein, daß Deine jetzige Stellung Dich noch fürs Erste nicht aus Weggehen denken läßt....

Dein Ruge.

Herrn Professor Ritschl
   Wohlgeboren
      in Breslau.

---

[1]) Hermann Agathon Niemeyer (1802—1851), seit 1829 Director der Franke=schen Stiftungen in Halle; vgl. A. f. J. III 204. IV 521.
[2]) Chr. K. Reisig (1792—1829), vgl. Ritschl, kl. philol. Schriften Bd. V. 95 ff.
[3]) Vgl. zum bisherigen Echtermeyer, die Universität Halle (Hallische Jahrbücher 1838 S. 687 f.).

23

An Ritschl.

Halle, den 10. August 1833.

Gewiß haſt Du von Roſenberger[1]) Alles gehört. Ich ſelbſt war
bis jetzt gradezu außer Stande, meine Leiden auch noch zu beſchreiben.
Schon ihre bloße Exiſtenz hat mir ſo viel Blut in die Lungen getrieben,
daß es oben herausquillt und ich von den Feldſcheeren fürchterlich ge=
ſchunden werde, um mir die nöthige Beſinnung wiederzugeben. Jetzt
bin ich denn auch wirklich wieder zu einer Art von Ruhe gekommen.
Die Krankheit meiner armen Frau iſt weniger grauſam, als den 28—29.
Juli; ſie ſelbſt hat die heiterſte Stimmung und die entſchiedenſte Hoff=
nung, fühlt ſich auch körperlich behaglich, und ich habe mich allmälig in
das Nothwendige gefunden. Freilich iſt es ſehr ſchwer, eine ſolche Wiſſen=
ſchaft mit ſich herumzutragen und am allerſchlimmſten, ſie mit jenen
Hoffnungen und mit meinen eignen von vor 8 Wochen zuſammenzuhalten;
aber Du weißt, man gewöhnt ſich auch in den peinlichſten Zuſtand hin=
ein. Mir ſelbſt fehlt körperlich nicht viel mehr. Ich kann nicht ſchlafen,
habe Fieber und werfe etwas Blut aus .... Wie viel gäbe ich darum,
wenn ich Dich hier hätte! Echtermeyer[2]) kömmt faſt täglich, und ich
gehe dann mit ihm ſpazieren, Roſenberger ſeh' ich gar nicht, Nie=
meyer hat viel zu thun, ſonſt iſt er immer noch mein beſter Troſt. So
bin ich auf das Waiſenhaus beſchränkt, und die Zeit iſt wohl nicht fern,
wo ich es in Halle nicht länger aushalte, zumal da die Univerſität offen=
bar im Sinken iſt. Ob ich Glück machen werde mit dem Leſen? Es
fehlt nichts, als daß ich das erſtemal keine Zuhörer kriege, um auch
damit in Oppoſition zu kommen. Ohnehin iſt es mir von jeher einerlei
geweſen, wie und von wem die liebe Jugend inſtruirt wird. Denn zu=
letzt muß ſich doch jeder ſelbſt helfen, und der eifrigſte Schüler iſt immer
der größte Ochſe. Dies Verhältniß hat nur Widerwärtiges, und nirgends
tritt die menſchliche Natur ſo in ihrer ganzen Nichtswürdigkeit heraus,
als theils in dem Abhören und Unterwürfigſein, theils in der Oppoſition
gegen das eigne Fundament. Nur das Eine könnte mir erfreulich
ſcheinen, wenn das einzelne Traurige durch die Maſſe verdeckt würde

---

[1]) Otto Aug. Roſenberger, geb. 1806; ſeit 1832 Profeſſor der Mathematik und
Aſtronomie in Halle.

[2]) Theodor Echtermeyer (1805—1844) war ſeit 1831 Lehrer am Pädagogium in
Halle; vgl. A. f. Z. III 336 ff. Adolf Stahr, kleine Schriften (Berlin 1871)
Band I, 395 ff.

und das ganze Geschäft mehr auf ein Anregen und Hindeuten ohne Ein-
prägung der wohlfeilen Realien hinausliefe.

Aber, wie gesagt, ich weiß noch nicht, wie sich's macht, und wenn es
sich schlecht macht, so mag es immerhin an mir liegen, da mir leider die
Ehre des Erfolgs grade in diesem Augenblick völlig gleichgültig ist.
Warum kann ich nicht mehr mit Herzklopfen an einen Ruhm, wie der
Luden'sche ist, denken, und warum ist mir auf dem Rütli jetzt nicht mehr
viel anders zu Muthe, als auf der Klauswiese in Giebichenstein? Das
Phantastische ist von der ledernen Wirklichkeit unterjocht. So ein
Gelehrtenruhm ist keinen Groschen werth und die ganze Schweiz mit
ihrer Freiheit nicht mehr, als Mellin mit den Stadtverordneten. Doch
genug — ich will Dich nicht anstecken.

Deine Vergleichung des Harpocration wird wohl zu Neujahr zu
Stande kommen oder zu Ostern, eher — das kann ich nicht versprechen . . . .

Vergiß mich in meinem Elende nicht. Wir werden uns wieder
sehn, wenn wir nur noch einige Jahre aushalten — was allerdings die
Frage ist. Ich bin indessen nicht gesonnen, Dich glauben zu machen, daß
ich ganz krank sei. Wie gesagt, es geht mir jetzt wieder ziemlich, und
das Bischen Fieber, das mich im Schlafe stört, wird mich nicht gleich
umbringen. Behalte mich lieb, alter Kerl, wir wollen unser möglichstes
thun, der Entfernung zu trotzen.

Von ganzem Herzen

Dein Auge.

Herrn Professor Friedr. Ritschl
Wohlgeboren
in Breslau.

24.

An Ritschl.

Halle, den 20. Oct. 1833.

Lieber braver Kerl,

Von Dir bin ichs nun gewiß, daß Du mir gut bist und nicht von
dieser oder jener Grille Deine Meinung abhängen läßt, und so kannst
Du auch meiner immer gewiß sein. Aber hier mache ich mit Rosenberger eine ganz traurige Erfahrung. Ich habe mir nämlich eingebildet,

in einem gewissen Verhältnisse mit ihm zu stehn; es ist wahr, ich habe
es mir nur eingebildet, aber es ist doch fatal, so hinterher mit kaltem
Wasser übergossen zu werden. Ich hielt und halte ihn für eine honette
Natur, ich glaubte, es sey kein Hinderniß vorhanden, gut mit ihm zu
stehn und ihm allmählig immer näher zu kommen, allein jetzt weis't
es sich —

den 12. Nov. 1833.

Lieber Ritschl, Luisens Krankheit und Tod haben meinen Brief
an Dich, wie Du siehst, unterbrochen. Ich bin auch ein wenig brust-
krank und war die erste Zeit körperlich unfähig, so sehr es mir auch
Bedürfniß ist, grade mit Dir jetzt zu verhandeln. Nicht daß ich nicht
sitzen und schreiben könnte, aber grade dies kann ich nicht denken und
schreiben, ohne körperlich darunter zu leiden. Mir ist sehr öde zu Muth,
und obgleich ich nun wohl sehe, daß Rosenberger, von dem ich oben
schrieb, grade nur wegen Luisens Krankheit ganz aus meinem Hause
weggeblieben ist, so ist es doch ein großer Unterschied zwischen ihm und
Dir, zwischen einem äußerlichen und innerlichen Verhältniß, obgleich es
nun wieder möglich wird, daß wir zusammenkommen. Dir hätt' ich
vieles zu sagen und zu klagen, und Du würdest mir eine Verdoppelung
meiner selbst sein .... Von Dir weiß ich, daß Du es wenigstens begreiflich
findest, wenn ich sie in jeder Beziehung über alle Frauen stelle, die mir
bekannt geworden sind. Sie war in Italien, soweit ich es begriff, gesund
die ganzen drei Wintermonate, und ich war überglücklich in dem Gefühle,
wie sehr ihr ganzer Körperbau und sein geistiger Ausdruck eine vollendete Schönheit darstellte; je näher wir den plastischen Idealen waren,
desto deutlicher und begeisternder. Du kannst mir leicht mißtrauen, aber
es ist wahrlich unmöglich, daß ihr geistiges Wesen in einem weniger vollkommenen Körper zur Erscheinung hätte kommen können. Ihre Krankheit
war kein organischer Fehler, kein Fehler des Organismus, so weit dieser
geistiger Ausdruck ist. Wenn ich es könnte, ich kaufte mir Danneckers
Ariadne. — So weit ist die Erinnerung heiter und schön, im Grunde
auch in geistiger Rücksicht, aber davon kann ich doch jetzt noch nicht reden
ohne die allerempfindlichste Aufregung. Du weißt es übrigens, wie sie
war von Gemüth und Geist, wenn Du es auch nicht ganz so wissen
solltest, als ich selbst, wie sehr sie mich liebte ....

Das Lesen hat Gutike[1]) mir verboten, ich fühl' es auch selbst, daß

---

[1]) Arzt in Halle, nachmals Schwiegervater des Historikers Max Dunker.

ich nicht mal im Stande bin, eine längere Geschichte zu erzählen und noch weniger vorzulesen ....

Du hast mir versprochen, mich nicht zu verlassen, thue es nicht, halte mir Wort. Ich sitze den ganzen Tag wie im Gefängniß und mag mit dem Gesindel, welches die Mehrzahl ist, nichts zu thun haben.....

Leb wohl und bleib mir und Deinem Glauben an mich treu, wie ich es mit Dir mache.[1)]

Dein Ruge.

25.

An seine Mutter.[2)]

Dresden, den 5. April 1836.

Liebe Mutter,

Dein Brief hat mir sehr angenehme Nachrichten gebracht in dem Berliner Briefe und in der Aussicht, ... den Herrn von Lindenau[3)] in Altenburg, über welches ich zurückreise, da es nur ½ Meile um ist, zu treffen .... Ich knüpfe viele hübsche Pläne an diesen reizenden Ort und die gute Gesellschaft, die ich dort finde. Auch mit meinem Buche werd' ich jetzt fertig[4)] und will sogleich an zu drucken fangen, wenn ich wieder eingetroffen bin. Den 15ten Abends oder den 16ten früh kommen wir an, über Merseburg .... Ich bin freilich um 100 Thlr. zu kurz gekommen ....

> Die Münze rollte hie und dort,
> Und hascht' ich sie an einem Ort,
> Am andern war sie fort.

Eh' ich nun zu einem erklecklichen Avancement komme, was doch am Ende nicht ausbleiben wird, muß ich etwas civiler leben, und nicht alle Ferien werd' ich nach Dresden und Altenburg reisen können, so gut es im Grunde auch wäre. Des Menschen Noth sind seine Wünsche; nur

---

[1)] Der nächste Brief an Ritschl ist vom 7. April 1834. Ruge macht Ritschl u. a. den Vorschlag, mit ihm und Prof. Asverus aus Jena nach Marseille zu reisen.

[2)] Ruges Mutter war die Tochter eines Bäckers Wilken in Bergen und starb im Oktober 1847 in Leipzig, 72 Jahr alt; vgl. A. f. J. 1 36 ff.

[3)] Sächsischer Minister; Ruge nennt ihn später, als er von seiner Uebersiedelung nach Dresden erzählt (A. f. J. IV 524), seinen aufrichtigen Freund und entschiedenen Beschützer und vergleicht ihn mit Altenstein.

[4)] Die 1837 in Halle erschienene „Neue Vorschule der Aesthetik".

der ist frei, der seine Noth zu seinem Wunsche macht. Ich muß gestehn, daß ich mich, nun meine Arbeiten anfangen Erfolg zu haben und eine größere Aussicht nach mehreren Seiten sich aufthut, diese und die übrige Noth ganz wünschenswerth finde. Man würde zu gar keiner Wissenschaft und zu gar keinem Charakter kommen, wenn man nicht durch Menschen und Gegenstände geplagt würde, und es mag wohl viel besser sein, daß mein Vermögen sich um den 5ten Theil vermindert, als wenn es sich ver= vierfacht oder verfünffacht hätte. Euch geht es nun, versteht sich), gleich mit mir. Ihr habt Eure Noth zu Eurem Wunsch zu machen, und es muß eine Anspannung der Kraft bei der Jugend erfolgen, die ihr zu einem Ertrage als Ruhm und Glück ausschlägt .... Du selbst, liebe Mutter, hast genug zu thun und zu sorgen für alle Deine Kinder, die mancherlei Dummheiten machen, mich selbst, wie Du ja schreibst, nicht ausgenommen, und dann gar für Deine Enkelchen. Vergiß es nur nicht, daß auch ich keineswegs im Hafen bin, sondern noch immer tapfer heranmuß, um nicht zu Grunde zu gehn, denn dies sind die Jahre der besten Thaten, später wird's wenig. Vergiß es also nur nicht, wie viele eigentlich Du mit Deiner Sorge zu begleiten und wie vielen Du mit guten Wünschen beizustehn hast. Bis jetzt bin ich für die unversorgten noch die Angel, um die sich ihr Schicksal dreht. Sie müssen mich mit Gutheit und Tapferkeit einölen, damit ich nicht knarre. Auf Rosen will ich sie nicht betten, denn die Welt ist eine Tretmühle, in der niemand seine Beine still haben kann. Es ist also auf die richtige Bewegung zu halten und stets zu hoffen, daß jedes tapfer den alten Drachen der widerstrebenden Natur und Materie angreift und überwältigt. Da ich einmal in die Weisheit hineingerathen bin, so will ich doch auch den alten Satz wiederholen: daß Du nichts lieberes und besseres und segens= reicheres für alle thun kannst, als wenn Du meine Versehen übersiehst, damit ich, der ich doch die Vernunft und der König des Hauses Nr. 1730 nebst Garten hinter der Mauer bin, auch unweigerlichen Einklang der untergeordneten Vernunft mit meiner königlichen finde. Ich bin nun mal in des Fürsten Metternich System und denke auf nichts, als auf völlige Ruhe von allen Revolutionen in meinem Staate. Darin mußt Du mir Tag und Nacht beistehn, mich also nie compromittiren, sondern höchstens unter 4 Augen rüsseln. Nun, das thust Du auch im Grunde schon: der Brief ist unser zu uns.

Dann um nun die Quellen der Weisheit, die mir freilich sehr von Herzen kommen und nie versiegen werden, so lang' ich lebe, zu schließen, laß Dir erzählen: Am Ostertage, Richards 3tem Vierteljahr Geburtstag,[1]) hat er ein Zähnchen gekriegt. Er kennt mich schon ganz wieder und kommt am liebsten zu mir. Er ist dick und stark und furchtbar tapfer. Wenn er sich auch noch so sehr schlägt und stößt, verzieht er doch keine Miene. Er zieht lieber selbst seinen großen Wagen, als daß er sich ziehen läßt, und hat ganz gewaltige Kraft in den Armen . . . . Ich freue mich unbeschreiblich über den braven Kerl und denke viel Spaß an ihm zu haben . . . .

Dein Arnold.

Der
Frau Secretärin Ruge
    Wohlgeboren
        in Halle.

--- ---- ----

26.

An Altenstein.[2])

Hochwohlgeborner Freiherr,
Hochgebietender Herr Staatsminister,
Gnädiger Herr,

Im Jahre 1832 hatte ich die Ehre, Ew. Excellenz „die platonische Aesthetik" zu überreichen, eine Schrift, die sich auf diesem Felde der philosophischen Litteratur mit Anerkennung behauptete, mir selbst aber die Vergünstigung erwarb, an hiesiger Universität als Privatbocent auftreten zu dürfen. Nachdem ich darauf über ein Jahr auf eine Reise in Italien verwendet und mir auf eigne Kosten die mir sehr wichtige Anschauung und Studium der antiken und modernen Kunstschätze dortiger Museen erworben, fing ich damit an, die Aesthetik in ihrem ganzen Umfange aus dem Gesichtspunkte der Hegelschen Philosophie vorzutragen.

--- ---- ----

[1]) Ruge hatte sich am 12. August 1834 mit Agnes Nietzsche, der am 23. Juni 1814 geborenen Tochter des Kammerrats Nietzsche, verlobt, am 20. Oktober vermählt; ihr erster Sohn Richard war im Juli 1835 geboren.

[2]) A. f. B. IV 476 berichtet Ruge von der Audienz, welche ihm Altenstein zur Zeit seiner Fehde mit Leo gewährt hatte. Der Minister äußerte hierbei: „So lange ich lebe, soll die wissenschaftliche Discussion frei sein, und dem Denken, welches das Höchste ist, soll nichts verwehrt sein. Vgl. Arnold Ruges Sämtliche Werke II 117.

Darauf las ich Logik und Metaphysik zuerst an hiesiger Universität in der Gestalt und Vollständigkeit, welche diese Disciplin durch Hegel gewonnen, während man früherhin der Meinung war, diese Wissenschaft sei in ihrer ganzen Strenge zu schwierig für die Studenten.

Ein Publikum über das Komische verschaffte mir zahlreiche Zuhörer und veranlaßte mich zur Abfassung der Schrift

Neue Vorschule der Aesthetik: Das Komische,

welche ich Ew. Excellenz zu gnädiger Berücksichtigung hiemit zu überreichen die Ehre habe.

Während dieser Arbeit, die mich das vorige und dieses laufende Semester anhaltend beschäftigte, bin ich zugleich mit Vorlesungen über die Rechtsphilosophie und mit logischen und ästhetischen Conversatorien in einer von mir gegründeten philosophischen Gesellschaft vorgeschritten, dergestalt daß ich die Methode practisch zum Bewußtsein zu bringen suchte. Ich habe damit einem wesentlichen Bedürfniß entsprochen und die Schwierigkeiten namentlich des Logischen für die Anfänger in diesem Studium durch anhaltende Bemühung beseitigt, hoffe auch mit diesen Bestrebungen in Zukunft noch erfolgreicher fortzufahren.

Diesen kurzen Bericht meiner Thätigkeit bei der Hallischen Universität hab' ich Ew. Excellenz vorlegen zu müssen geglaubt und zugleich mit der Ueberreichung des so eben die Presse verlassenden Buches eine geneigte nähere Kenntnißnahme meiner Wissenschaftlichkeit vermitteln wollen, indem ich

das unterthänigste Gesuch vortrage, wegen der von mir angedeuteten Bemühungen und Leistungen mich in eine nähere Beziehung zu der hiesigen Universität zu setzen durch die Verleihung des Prädicats eines außerordentlichen Professors der Philosophie.

Einer gnädigen Berücksichtigung Ew. Excellenz entgegensehend verharre ich in aller Unterthänigkeit

als Ew. Excellenz ganz gehorsamster Diener
Dr. Arnold Ruge
Privatdocent an der vereinigten
Friedrichs Universität Halle-Wittenberg.

Halle, den 4. September 1836.[1])

---

[1]) Aus Brief 28 ergiebt sich, daß der vorliegende und folgende Brief früher geschrieben sind.

27.

An Johannes Schulze.

Hochwohlgeborner
Hochzuverehrender Herr Geheimer Rath,

Das dritte Mal in diesem Semester bitt' ich mit diesem Briefe um Vergebung und lege zugleich die längst versprochene Arbeit über einen bisher noch nicht gehörig erörterten ästhetischen Gegenstand vor. Ich habe das Buch „Neue Vorschule der Aesthetik" genannt aus dem doppelten Grunde, weil es einmal dieselben Gegenstände umfassen mußte, die Jean Paul in seiner Vorschule der Aesthetik abhandelt, und sodann, weil es diese Zwittergestalt des Schönen, welches das Komische, Witz und Humor ist, auf diese Weise wirklich in die richtige Stellung zu dem Idealbegriff bringt, wie ich dies in dem Buche selbst ausgeführt zu haben mir schmeichle. Ich bitte Sie, verehrter Herr Geheimer Rath, dem Büchelchen eine freundliche Aufnahme angedeihen zu lassen, und dürfte mir wohl erlauben Sie zu benachrichtigen, daß Hinrichs[1]) die Societät für w[issenschaftliche] K[ritik] um Zutheilung des Buches zur Recension für die Jahrbücher bittet. Weiße[2]) in Leipzig, der gewöhnlich die ästhetischen Sachen kritisirt, hat darin stark angegriffen werden müssen und ist wesentlich auf einem überwundenen Standpuncte, so daß seine Kritik wohl nur als Reaction auftreten dürfte, wenn es überhaupt zur Kritik käme, da diese wunderlichen Leute alle Ruhe der Discussion verlieren und sich in formloser oder vielmehr formal roher Polemik ergehen, statt zu kritisiren.

Zu gleicher Zeit bitte ich um Ihre gütige Mitwirkung in meiner Avancements-Angelegenheit. Ich habe Sr. Excellenz einen kurzen Bericht meiner bisherigen Thätigkeit überreicht in der Art, wie ich in meinem vorigen Briefe Ihnen meine Verhältnisse vorzulegen die Ehre hatte, und sodann um die außerordentliche Professur in der philosophischen Fakultät nachgesucht. Sie kennen diese ganze Sache genau, Sie werden Sich gewiß auch von dem übersandten Buche eine gütige Einsicht in den Fortschritt meiner Studien geben lassen, und ich hoffe, Sie mit der ganzen Haltung

---

[1]) H. Fr. W. Hinrichs (1794—1861), seit 1824 Professor der Philosophie in Halle, Anhänger Hegels.
[2]) Chr. H. Weiße (1801—1866) hatte sich 1823 habilitiert; 1830 war sein „System der Aesthetik ꝛc." erschienen; später fiel er noch vollständiger von Hegel ab und suchte im Anschluß an das christliche Dogma den Theismus zu begründen.

biefer Unterfuchung, die in der eigentlichen Entwicklung ftreng methodifch fortzufchreiten fucht, mir freundlichft geneigt zu machen.

Entfchuldigen Sie meine ganze Art und Weife, mit der ich Ihnen vertrauungsvoll genaht, und geftatten Sie mir die Verficherung
meiner aufrichtigften Hochachtung

Dr. Arnold Ruge.

Halle, den 4. September 1836.

28.

An feine Gattin.

Baireuth, den 4. September 1836.

Mein vortrefflichfter Nants. Wir find fchon hier und ein unfägliches Ende von Halle fort, dabei etwas dufelig und hungrig. Die Fahrt ift fonft gut von Statten gegangen.... Zunächft erreichten wir Hof, das vielbedachte und befprochne. Sonntag, Kirche, Stille. Wir müffen Päffe vifiren laffen und Hammelbraten effen. Unterdeffen wird pro= menirt durch verfchiedene Gaffen und Jean Pauls efelsgraues 2ftöckiges Haus befehn. Die Stadt ift grade heut vor 13 Jahren abgebrannt und jetzt ganz neu. Wir geriethen in die Kirche aufs Chor, der Paftor predigte vor einer fehr hübfchen Gemeinde der hübfcheften Frauen und jungen und alten Männer. Der Paftor, ein alter, dicker, feifter Superintendent, der fchon manchen Gänfebraten verzehrt haben mag, war grade daran, zur Dankbarkeit gegen Gott zu ermahnen. Ich war im Staubmantel und ftand hinter dem Pfeiler, aber dennoch fiel es diefer und jenem auf; allein wir betrugen uns fo anftändig, daß man uns freien Abzug ge= ftattete, als wir genug gehört. Höchft erbaut von der freundlichen neuen Kirche und den vielen fchönen Höferinnen, unter denen Pott[1] gewiß fein Lottchen fuchte, kehrten wir heim und fanden Hof ebenfo freundlich, als feine Bewohner. Von Hof mußten wir viel Berge paffiren: das Vor=

---

[1] Aug. Fr. Pott, geb. 1802, jetzt Profeffor und Geh. Regierungsrat in Halle, war bereits 1833, als feine Etymologifchen Forfchungen zu erfcheinen begannen, Profeffor der allgemeinen Sprachwiffenfchaft in Halle geworden. Derfelbe hat die Freundlichkeit gehabt, dem Herausgeber brieflich mitzutheilen, daß die in vorliegendem und in den folgenden Briefen gefchilderte Reife in Ruges eigenem Wagen unternommen wurde, fowie daß fie im Röffli zu St. Gallen eine Unterredung mit dem 1809 aus Schweden vertriebenen Könige Guftav Adolf IV. gehabt haben. Von dem oben= erwähnten Lottchen hatte Pott, wie Ruge vorher an der von uns ausgelaffenen Stelle berichtet, im Traume, als er während der Fahrt eingefchlafen war, gefprochen.

gebirge des Fichtelgebirges; dann kam das Fichtelgebirge selbst, in dem der Ochsenkopf als ein schopfsttruppiger Vordermann, der Kornberg als eine schöne blaue Melone auf einer noch dunkleren Fruchtschüssel, dann Vorgebirge und zuletzt der Schneeberg, der uninteressanteste Absenker, uns interessirte. Viele Bächelchen in sehr schönen, grünen, frischen Thälerchen, große Kühe mit Glocken, sonst lebernes Gebirge ohne Fels und tüchtiges Wasser, lauter kleines Zirkel- und Schnörkelwesen. Hier fichtelt es schwarz voller Fichten und Nadeln, die Halle und unsre Oefen heizen. Die musikalischen preußischen Postillone haben aufgehört; grobe, gar nicht oder schlecht blasende sitzen vorn und sind wenig amüsant. Wir kamen nach Baireuth einen großen Berg heruntergeschleift, in ein weites Frucht= land, kesselartig flach — Wiesen und voller Kühe und Hirten. Eine schlafende Hirtin war vortrefflich und anständigst hingestreckt. Es ist heiß und ganz südlich; dann die Stadt: die schönste, weiß gepflasterte, üppig gebaute: eine reizende Stadt und Leute. Gut' Nacht!

Den 5ten Mittags in Amberg, 18 Stund' hinter Baireuth, 36 Meilen vom guten Nants, dem vortrefflichen Feindel und den braven, selignetten und weisen Leuten des Hinterhauses. Ungeheuer geschlafen in Baireuth, zwar nur von 10—4, aber dachsig fest. Schmidt[1]) fiel in Schlaf wie ein alter Pfeifendeckel: klapp, weg war [er]. Pott stammelte noch einige sanft gekaute Worte, gab mir seine Pfeife und hatte das Tägliche ge= seguet; ich selbst schrieb mit furchtbarer Anstrengung bis an das obige: „Gute Nacht", war zu faul die Fenster nachzusehn, ließ eins halb offen, fiel ins Bett und erschrak, als der Markeur pochte, denn ich war zweifel= haft, ob ich wirklich schon geschlafen hatte, so ganz zusammengeschrumpft kam mir das Bischen Nacht vor. Ich machte daher sogleich die Er= findung, mich soviel als möglich liegend anzuziehn, dann kam der Kaffee, und es war keine Rettung mehr vor dem Aufstehn: so sträubt man sich zum Leben wie zum Tode. Aber da ich doch von Leben und Lebendig= keit rede: welch' eine Barbarei haben wir in Baireuth begehen müssen, halb 7 angekommen und um 4 fort, und dennoch kein schönerer Ort, keine bessere Leute, alles Leben und Lebenslust: wenn Du es einmal sähest, Du hieltest Dresden für eine Vorstadt nicht fein genug. Das muß eine glänzende Residenz gewesen sein, und dann ist dabei ein Sommerschloß und Garten: die Eremitage, wo Jean Pauls Romane vielfältig spielen,

---

[1]) Maximilian Fr. Chr. Schmidt (1802—1841), 1830 Inspektor am Pädago= gium, seit 1833 Rektor der lat. Hauptschule und Condirektor der Frankeschen Stiftungen.

die wir fast zu spät im Dunkel, als Alles schon hereinströmte, noch be=
sahen . . . .

Regensburg hinter der Donau, Abends zwischen 12—1 Uhr am
6ten, also 46 Meilen von Halle. Ich kann immer noch nicht loskommen
von dem hübschen Baireuth, nur daß wir dort Abends gottlos harte
Beefsteaks zu essen kriegten. Baireuth liegt hinter dem Fichtelgebirge,
und nun meinten wir Ruhe vor Bergen zu haben, das war aber nicht
der Fall, alle Augenblicke fiepste der Hemmschuh, es gab aber auch
herrliche Aussichten und gutes Wetter. Wir fühlten uns, wie neu=
geboren, als wir an die Luft kamen, und reis'ten mit angenehmen Ge=
sprächen, in denen wir uns künstlerisch vernünftiger machten und aller=
hand Weises entdeckten. Darauf kamen uns drei Damen von Preußen
entgegen und wechselten mit uns die Pferde. Ich befahl dem Postillon,
so zu halten, daß wir den Anblick der Damen nicht verlören: denn
konnte nicht Lottchen darunter sein? er that es aber nicht und nun
konnten wir nur indirect mit ihnen verkehren . . . . Schwanendorff war
dann ein interessanter Ort wegen der Frau Postmeisterin, ganz in Gala
und mit einer güldenen Kette, ohne viele Zähne, aber mit Haaren auf
den Zähnen, eine Dame, die ihren duseligen Gemal ganz vollständig er=
setzte, selbst aber in den Jahren war, wo man weniger durch Liebreiz,
als durch Vernunft zu herrschen sucht. Sie führte uns einen jeden an
seinen Bierkrug durch einen Wald von abgerupftem Hopfen, welchen die
Kinder aus der Stadt von seinen Dolden sonderten und diese in Körbe
thaten. Man sah die Bierfabrik. Wir tranken pflichtgemäß, denn daß
einem das Zeug schmecken könnte, weder wenn man durstig noch wenn
man hungrig ist, begreif ich nicht . . . . Nun fing es an zu regnen . . .
und nun schliefen wir uns nach Regensburg hinein, und ich hörte Pott,
der draußen saß und nicht schlafen konnte, nur zuweilen ausrufen: „Das
ist der Regen!" so heißt der Fluß, und alle Augenblick rief er wieder:
„Das ist der Regen!" wo ich denn jedesmal dachte: „Na, halt Du nur aus,
wie ich (auch) auch gethan;" er hatt' es aber immer mit den vielen Brücken
und Flüssen zu thun. Die Stadt hab' ich natürlich noch nicht gesehn,
obgleich ich mitten drin bin. Nur das eine wissen wir, daß sie so voller
Fremde steckt, daß uns „das goldene Kreuz" nicht aufnehmen konnte und
dies zwar sehr bedauerte, uns aber doch in die drei Helme schickte. Alt,
altmodisch, reichsstädtisch, höflich, gut. Gute Nacht! Mein liebes Nants,
schlaf recht süß, wenn Dich nicht grade der Junge herausquäkt; es ist 1 Uhr.
Pott sitzt im Hemde neben mir und studirt noch die Beschreibung von Regens=
burg und die Karte und Pläne mit den verschiedenen Armen des Regens

unb der Donau, die wir so oft passirt haben. Morgen wollen wir die Stadt und die Walhalla besehen, wo der König die berühmten Deutschen aufstellt, und uns Plätze belegen . . . .

Nun nochmals gute Nacht und schlaf wohl und träume vom

Rugs.

_____

29.

An seine Gattin.

Burghausen, zwischen Landshut und Salzburg, den 7. Sept. 1836. Abends nach dem Kapphahns Essen.

Mein liebes vortreffliches Frauchen,

Als ich den letzten Brief schloß, wollt' ich eben zu Bett gehn und hatte von Regensburg noch nichts gesehen. Jetzt ist der zweite Tag seitdem, und wir sind unsäglich geographisch und sonst gelehrt geworden. Das kann Dich freilich wenig interessiren, denn die Dinge bleiben immer dieselben, wie sie 1000 mal beschrieben sind; aber es begegnet guten Kumpanen immer was besonderes, denn sie sehn auch an dem Alten Neues.

Regensburg gefiel mir schlecht, so von Ansehn, Häuser und Gassen, der Anstrich ist weder alt noch neu: dennoch war einiges Interessante darin, z. E. daß König Ludwig den Dom, der auch weder alt noch neu war, nun ganz alt machen läßt, und daß der Fürst Taxis einen bessern Stall für seine Pferde als für sich hat, sowohl in Regensburg als in Donaustaufen, zum Zeichen, wie er die Welt ansieht: Die Welt, meine Herrn, ist die Reitbahn im Großen, d. h. Thurn und Taxis sein Stall und Reitbahn. Wir machten den Arabern, Engländern, Polen u. s. w. unsre Aufwartung. Geputzte Sklaven lasen ihren Dreck in Körbe, und Stallmeister in Livrée bestiegen die Herren Rosse; man führte uns auf einen Balkon, der Stallmeister grüßte und bat uns, uns zu bedecken; sobann ritt er göttlich auf herrlichen, hochwohlgeborenen Pferden und amüsirte uns trotz seinem Herrn, dessen rothsammtne Loge gegenüber war. Aus dem Stall gingen wir in die Kirchen, wo die Menschen, die gemartert werden, viele scheußliche Gemälde beim heiligen Emmerhahn ausfüllen,

4

er selbst à la tête.[1]) Aus der Kirche in die Remise des Postmeisters
Fürsten Thurn und Taxis, die nicht von Stroh ist; aber dem armen
Teufel ist seine Frau gestorben, die nur einmal in dem besten Schlitten
gefahren ist. Zu all' diesen Gängen gehört noch die Promenade, wo wir
einigen Athem schöpften . . . .

Nun war Essenszeit herangekommen, und sobann rutschten wir nach
dem Dorf Donaustaufen, neben welchem auf einem herrlichen Vorberge,
der das Donau-Ufer bildet, die Walhalla, ein Ehrentempel für die berühmten Deutschen, gebaut wird.[2]) Im schönsten Sonnenschein leuchten
wir den steilsten Weg hinauf, waren sehr glücklich, sahen die schönste
Aussicht, die ungeheuren Säulen und den glänzenden Saal der Unsterblichen für 8 ggr. Entrée; nun, wir sind drin gewesen: ein Loos, das
wahrscheinlich noch mehrere Leute nach uns haben werden; denn wo soll
der Himmel seinen Raum herkriegen für die Menge der großen Todten?
Indessen der Tempel ist vollständig ohne seines Gleichen und eine wahrhaft erquickende Idee, die ungeheuer weit über die deutschen Fluren
mit seinen weißen Marmorstufen leuchten wird, denn diese werden den
ganzen Abhang bis halb an den Fluß bedecken. Der Bau lehrt uns
wieder bauen: ich will nur wünschen, daß sie 's nicht irgendwo versehn[3])
und in ihren 10 Jahren wirklich zu Stande kommen.

In Landshut war's artig, reinlich wie Jena und auch sonst so.
Die Universität ist eine Schule geworden.[4]) Schmidt ging in die Klassen
und freute sich, daß er mal wieder Schulluft roch: dann sollte ich dem
Pedell 6 xr geben und versuchte es auch: aber ßt er nahm halt nix!
Die Leit sind hie z' Land guet und gaar nit intressirt. Als mir am
andre Tag aufg'stiege war ummer 6 herum, ists guet Wetter g'wes't und
habe wir uns die Stadt ang'schaut. Dann fuhren wir fort und hatten
einen angenehmen Tag durch Potts Abenteuer mit der schönen Therese,
des Postmeisters Nichte in Neumarkt, wo wir eine Weile auf Pferde
warteten und hübsche Leute fanden. Therese war allerdings eine
große, naive und sehr hübsche Brünette, die Kultur hatte und Potten
ganz eroberte.

---

[1]) Die St. Emmeranskirche, auf dem gleichnamigen Platze; der „Tod des heil.
Emmeran" ist von Sandrart und befindet sich auf dem Hochaltar.

[2]) Der Grundstein war 1830 gelegt worden, die Einweihung fand
1842 statt.

[3]) Die Deutschen Jahrbücher brachten 1842 (No. 257 ff.) eine vernichtende Kritik
von König Ludwigs „Walhalla-Genossen".

[4]) Sie war 1826 nach München verlegt worden.

Neumarkt, den 7. September 1836.

Die Kutsche rollt, das Posthorn tönt,
Es rollt und bläs't von hinnen;
O wär' ich hier doch eingewöhnt,
Die Huld mir zu gewinnen,
Womit ein flüchtig liebes Bild
Mein Aug' und meine Seel' erfüllt!

Denn von der nächsten Station Altoettingen schickte er ihr obige
Verse, und wir fuhren mit diesem Ereigniß hieher, sahen die Alpen hier
zuerst, als der Regen herunter war, und blieben hier, um sie morgen vollständig zu sehen, denn es wird wohl klar sein, und Salzburg liegt so
dicht vor uns, daß es nach 2 Stunden zum Vorschein kommen muß....

Salzburg, den 8. September, Morgens.

Gestern bis Mittag fuhren wir hieher und hatten das schönste
Reisewetter. Die Alpen kamen zum Vorschein, nur die ganz weißen,
hintersten hohen Häupter waren noch nicht sichtbar. Schmidt wurde sehr
heimlich selig und pfiff immer Liederchen in sich hinein, ganz leise und
fein, was ich sonst noch gar nicht von ihm gehört habe. Er wurde fast
illegitim, denn für seine Stellung schickt sich doch das Pfeifen noch
weniger als für mich, und Du weißt, wie übel Dein Vater dies Manöver
aufgenommen hatte, als er noch am Hochzeitsmorgen deswegen gegen
mich loszog....

Salzburg wäre ein hübscher Ort, wenn er in der civilisirten Welt
läge und man Halle und Leipzig hier haben könnte. Es giebt viele
reizende Eckchen, Plätzchen, Oerterchen den herrlichen Bergen gegenüber,
sonst imponirt es lange nicht so wie Genua oder Neapel, obgleich einige
mehr Geschrei davon haben machen wollen. Aber um hier ein Vierteljahr zu leben und sich recht in der Gebirgsluft und unter liebenswürdigen Leuten zu erholen, dazu ist es ganz gemacht....

———

30.

An seine Gattin.

Salzburg, den 9. Sept. 1836, Abends 8 Uhr.

Liebes Herzensfrauchen, das hätt' ich nicht gedacht, daß ich so
unaufhörlich an Dich schreiben würde; aber es ist mir ein rechtes

Bedürfniß: weiß ich doch nur Dich ganz getreu und mein und um so
mehr, je fremder die Umgebung wird. Du wirst an meine Reisegefährten
denken, die doch ein Stück Halle sind; aber Du wirst es Dir auch sehr
leicht sagen können, daß sie nicht von meiner Sorte sind. Asverus,[1]
Niemeyer und dergleichen freie Seelen sind selten. Schmidt ist eine
gedrückte Natur, die Schulmeisterei läßt ihn auch hier nicht los ....
Pott mag sich wohl noch machen: es ist aber zweifelhaft, ob er nicht
mehr Neigung zu Schmidt hat als zu mir; es ist wirklich noch nicht entschieden, ob die Reise mich ihm nähern oder mich von ihm entfernen
wird. Schmidten wird sie mich wohl schwerlich nähern; denn es scheint
mir sehr entschieden, daß er auch hier ein Philister sein und bleiben
werde, während ich wirklich neugierig war, ob er nicht auf Reisen eine
gewisse Genialität entwickeln werde. Es müssen noch wenigstens 100
Generationen vergehen, ehe sein Geschlecht die Geistesfreiheit erreichen
kann, die den Menschen zu seiner Wahrheit erhebt, und vielleicht ist es
unmöglich, daß sie dieselbe jemals erreicht. Die Berge sind den Teufel
nichts nutz, wenn sie in der Seele des Philisters spiegeln, der mit halber
Kultur zu viel aus ihnen machen will, während er im Grunde nichts aus
ihnen macht, und nur in dem unbestimmten Gefühl eines Außerordentlichen sich gehoben und wohl fühlt .... Wer aus dem platten Lande kommt,
dem imponiren die Berge; wer aber nur in den Bergen gehaus't hätte,
dem würde das platte Land wieder imponiren, zumal mit Ueppigkeit und
Reichthum der Städte. Die Berge reinigen die Luft: es athmet sich
leichter, man fühlt sich gesünder und muthiger, es ist eine Luftzeche und
ein Lichtgenuß, wenn Gletscher und Schneeberge da sind. So sind die
Menschen hier dicker, größer, gesünder; das Vieh ist viel größer und
lebensfroher, die Kühe wie Bullen so mächtig; alles die Bergluft, der
Quell der Frische, der Ströme, die wieder die kräftigen Kräuter und
Pflanzen zeugen. So ist das erste Erhebende der Berge dieses Gefühl
der Gesundheit und des Wohlseins ganz körperlich, und erst das Weitere
ist das Ungewohnte, das Außerordentliche und für die gebildete Ueber-
legung die sogenannte große Natur, die sich mächtig und leuchtend her=
vorthut, so aber auch erst die Quellen ihrer eignen Lebendigkeit aufthut.
Mich interessirt es ganz besonders, wenn ich die stürzenden Bäche aus
Felsen hervor und herüber, die wirbelnden klaren Gletscherbäche sehe;
dies ist das Leben dieses Todten, und je höher die Spitzen in den

---

[1] Gustav Asverus, Professor der Rechte in Jena; Ruge widmete ihm 1837 als
„seinem Freunde und guten Genossen" die Neue Vorschule der Aesthetik.

Himmel steigen und im Eise erstarren, desto brausender öffnen ihre Gletscher die Ströme des Lebens und Gedeihens . . . .

Ich sehne mich schon nach Euch und freue mich sehr auf den Winter, wo eine gute Zeit aufgehn soll, wenn der liebe Gott uns Alles so werden läßt, wie es sich anlegt. Ich fange den Brief nochmals von vornen an.

Salzburg, den 9. September 1836.

Liebes gutes Nants. Laß Dir meine Geschichten nicht zur Langeweile werden. Sie wären ja verloren, wenn ich sie nicht mittheilte. Der gestrige angenehme Gesellschafter ist heute Morgen bei der Visite, was ich wohl dachte, lebern und hypochonder gewesen. Mir ist es lieb, daß ich seine bessere Seite allein habe. Sodann hieß es, die Damen hätten mich, stell' Dir vor, für einen Geistlichen gehalten. Wer hätte das denken sollen! Es ist aber hier zu Lande etwas Gewöhnliches, daß die geistlichen Herren einen guten Humor zeigen, weil sie mit zeitlichen Gütern gesegnet und mit geistigen nicht überschwemmt, also recht zu guten Gesellschaftern und unterhaltenden Leuten geschaffen sind. Nun muß den Damen doch meine aufgelegte Art so geistlich vorgekommen sein, oder wie willst Du es sonst erklären? . . . .

Heut' Vormittag im Regen mocht' ich nicht mit. Nachmittags war es reizendes Wetter. Wir gingen nach dem Park und Schloß Hellbrunn eine Allee von Bäumen aller Art und so mächtig gewachsen, daß sie bei uns ihres Gleichen nicht haben, Eichen von ungeheurem Umfange, Buchen, Ahorn, Linden, Platanen, Pappeln mit schattiger Krone — Alles ganz dicht und enorm emporgeschossen. So ist ein großes Laubdach eine Stunde weit fortgeführt. Dann gingen wir in den Schloßgarten und ließen die Wasserkünste spielen . . . . In dem Park waren viele weiße Hirsche, sonst eine rechte Kellerluft wie in Tharandt, auch solche Buchen wie dort.

Ich schreibe bald mehr, wenn wir gute Begebenheiten gehört haben, und grüße Dich, die Hinterhäusler, Röbigers [1]) und unser gutes Kerlchen . . . .

Lebewohl

Dein

Ruge.

---

[1]) Vgl. S. 4 Anm. 2.

31.

Wildbad Gastein, den 13. Septbr. 1836.

Meine liebe Mutter,

Heut vor 10 Jahren hab' ich gewiß auch an Dich geschrieben und wenn nicht geschrieben, doch aus der Ferne an Dich denken müssen;[1] das geht mir jetzt durch den Kopf, nun ich statt Kolberg und Gefängniß: „Gastein, seine wunderbare Heilquelle, die freie Gebirgsnatur und den Donner des hohen Wasserfalles" zur Ueberschrift machen müßte, wenn Du es recht wissen solltest, wo ich jetzt bin. Aber das Wie ist derselbe Contrast: und wenn ich an die heutige Lage der ganzen Familie gegen die vor zehn Jahren denke und dabei zugleich, daß ich doch trotz all der Unfälle und der damaligen Lage das Glück gehabt habe, die Familie wieder her= zustellen und, so Gott will, die weitere Förderung der noch Uebrigen auch erleben werde: so ist mir das ein äußerst befriedigendes und freund= liches Gedächtniß. ... Ich habe noch nie so gute Ferien gehabt, und wenn alles zu Hause und auf Reisen seinen guten Gang fortgeht, so steht uns auch ein herrlicher Winter bevor, dessen Abende uns nicht zu lang währen sollen. Ich sage mir dies Alles so, wie Du ungefähr selbst mir heute gratulirt haben würdest — grade zu diesem Geburtstage, wo ich nicht mehr der einzige Deiner Kinder bin, dem sich eine bessere Zukunft auf= thut. Lebt recht heiter und genießt das neue Verhältniß ohne Störung all die Zeit, wo ich noch abwesend bin, was vielleicht nicht ganz so lange währt, als wir beabsichtigten, weil hier schon viel Schnee fällt und ich für meine Person die Berge in lauter Schnee und mit Lebensgefahr nicht besteige. Denn man sieht nichts und friert zu Schanden. Es ist ein rechter Uebelstand, daß grade diese letzten zwei Tage so viel Schnee ge= fallen ist, daß die Berge bis tief ins Thal hinein weiß sind.

Merkwürdig ist es uns unterdessen mit einem vierten Reisegefährten gegangen. Auf einem Berge bei Salzburg kam ein junger Mann mit uns zusammen, der sich gar bald zu erkennen gab für Ehrenfried v. Willich, Schleiermachers Stiefsohn, der nun schon mehrere Tage mit uns fährt und ein ganz guter Gesellschafter ist ....

Von ganzem Herzen Dein treuer

Arnold.

_____

[1] Vgl. S. 4.

32.

An seine Gattin.

Wilbbad Gastein, den 13. Sept. 1836.

Lieber vortrefflichster Nants, ich begrüße Dich nur eben noch
spät Abends an meinem Geburtstage aus dem großen Hause am Wasserfall, dem letzten Fenster im zweiten Stock nach unten. Schmidt und Pott
und Willich, unser vierter Reisegefährte, haben eben noch meinen Geburtstag gefeiert und sind schon zu Bett, um morgen einen ungeheuren
Weg über mannstiefen Schnee und das hohe Gebirge zu thun[1]) trotz
meiner Vorstellungen, daß Leute, die Frau und Kinder hätten, sich weder
dem Ersaufen im Schnee noch dem Erfrieren auf dem Gebirgskamm
aussetzen dürften. Gute Nacht, schlaf wohl!

Lend[2]) bei Gastein, auf dem Wege ins Pinzgau, 14. Sept.

Die große Fahrt ist überstanden, die Sache verdient eine gründliche
Beschreibung. Gestern Abend hatten die 3 Herren beim Wirth Straubinger Erkundigungen eingezogen wegen des Weges über's Gebirge, und
da berichtete Willich und Pott, der Wirth hätte abgerathen, denn es käme
viel Schnee, auch sei vor 8 Tagen eine Frau erfroren und des Doctors
Sohn, der junge Storch, vorgestern mit Lebensgefahr herübergekommen.
Ihm sei es schwach geworden und er habe sich im tiefen Schnee gesetzt,
als er nicht mehr fortgekonnt. Nur einige Bauern hätten ihn herab-
bugsirt bis zu Straubingers dicker Sennterin, die ihn in ihrer Hütte
wieder aufgethaut. Als sie gefragt, wie tief der Schnee denn dort läge,
hätte ein Steiger, welcher sehr zugerathen, ironisch angemerkt: „Nicht
tiefer als 3 Schuh.“ Dennoch bestand Schmidt darauf, wir müßten den
Uebergang machen, und Pott stimmte ihm bei, obgleich ich auseinander-
setzte, daß wir tiefen Schnee auch zu Hause zu sehn kriegten, und das,
was drunter wäre, könnten wir uns doch nicht blos kehren lassen, wie
zum Schlittschuhlaufen. Es half keine Vernunft. Da schlug ich vor, den
jungen Storch selbst kommen zu lassen; aber der war halb 9 Uhr schon zu
Bett von wegen des gestrigen Schwachwerdens im Schnee. Nun also,
wir gingen auch zu Bett, und am andern Morgen 6 Uhr wurden 2 Esel
und 2 Führer angeschafft, d. h. einen nahm ich privatim und der andre
war Gemeingut. Ich wollte nämlich so wenig als möglich mit Schnee

---

[1]) Aus dem Folgenden ergiebt sich, daß hiermit die Mallnitzer Tauern gemeint sind.
[2]) Auge schreibt Lenz.

und Nässe zu thun haben. Schmidt und Pott wollten gehn und Willich
auch.... Sie gingen, ich ritt. Als wir eine Stunde ziemlich eben fort bis
Böckstein waren, im schönsten Sonnenschein eine wilde Schlucht, wo man
Gold wäscht, fing Schmidt an, es amüsant zu finden, meinen Esel zu
probiren. Er ritt bis an den steileren Weg hinan. Darauf schlug ich
vor, dem gemeinsamen Esel das Gepäck halb abzunehmen und auch auf
ihm zu reiten. Pott bestieg ihn, Willich stürmte mit Schmidt jugendlich
ungeduldig den Weg hinan an dem Kesselfall, dem Schleierfall und dem
Bärenfall vorbei; es kam einiger Thauschnee im Wege und das nasse
Feld¹), eine patschenasse, ekelhafte Hochebene. Ich und Pott ritten über
Knüppelbrücken durch Schnee und Dreck und Steine und Gießbäche.
Natürlich wurden die Fußvölker müde und kriegten patschnasse Füße. So
kamen sie mürbe und wir muthig bei der Sennterin in der Straubinger
Sennhütte unter dem beschneiten Kamme der Tauern an. Aber als wir
von unsern beiden Manderlen (Maulefeln) absaßen, war es längst im
Rathe der Götter beschlossen, daß der fürchterliche Kamm nicht bestiegen
werden sollte. Denn Schmidt, unser eifrigster Vorfechter, hatte jetzt schon
nasse Füße und verhielt sich ganz ruhig bei der Debatte wegen des
Weitersteigens, besonders als der Senner erzählte, wie hoch der Wind den
nassen Schnee zusammengekehrt hätte, bis unter die Arme nämlich....
Nun wurde fidel gegessen und getrunken und allerhand Witze mit den
Einwohnern der Sennhütte gemacht....

Nun wurden die Manderle's, der kleine und der große Manderle,
wieder vorgeführt: ich ritt durchs Naßfeld, dann bestieg ihn Schmidt und
wir kamen vergnügt in Gastein wieder an. Hier waren 4 Pferde eben mit
einem Königsberger angelangt, spannten vor unsern Wagen und jagten
durch die hohen Felsen, die den Himmel zu einer Trinkschaale zusammen-
ziehn, über viele Wasserstürze, durch leuchtende Johanniswürmchen am
Wege (jetzt noch!) und durch italienischen Sternschimmer (wir sind nur
16 Meilen von Venedig in Gastein) nach Lend am Eingange des Pinz-
gaus: „Die Pinzgauer wollten wallfahrten gehn" 2c...

Von heut an, den 14., sind wir auf der Reise nach Innsbruck, und
von dort ist dann eine weitere Entschließung wahrscheinlich zur Rückreise
zu fassen, da die Spesen anfangen zu schmelzen. Wir sehn uns bald
wieder....

Gastein ist göttlich: das Bad, welches wir nahmen, märchenhaft
schön: Blumen schwammen auf einem durchlöcherten Brett im Wasser,

---

¹) Naßfeld.

unb gelbe Lilien, Nelken unb Primeln glänzten unb bufteten unb schwammen mit in bem großen weiten Becken. Man kann in bem warmen Wasser herumschwimmen unb auch trinken läßt es sich, ohne Uebelkeit zu erregen. Man weiß nicht, was es irgenb enthalten mag, unb boch heilt es mehr als irgenb eins.

Ob wir nicht noch mal zusammen so eine Reise machen? Du mußt bergleichen boch auch sehn.

Jetzt muß ich zu Bett — ich bin mübe von all ben Strapazen, bie ich überstanben unb vermieben habe. Leb tausenbmal wohl, bleib mir gesunb unb heiter.

Von Herzen Dein treuer

Augs.

> Meine Kreuzer, meine Kronen
> Wollten an ber Salzach wohnen,
> Meine gülbenen Ducaten
> In Gastein unb Berchtesgaden.

Wir werden also wohl so große Sprünge nicht mehr machen, um balb unsre Frauchen unb Bälglein unb sonstigen Hausgenossen wieber zu sehen. Abio, liebes Hausunkchen, werbe nur nicht melancholisch. Küß bas Feinbel, baß es mich nur nicht vergißt! —

——— ———

33.

An seine Gattin.

Innsbruck, ben 19. September 1836.

Liebes Frauchen,

Du wirst mit Briefen unb Tyroler Gegenben bestürmt[1] unb siehst baraus, baß die hübschen Tyrolerinnen Dich nicht ausstechen, besonders ba ich Dir alle Abentheuer, bie bas Glück uns zuführt, aufs Gewissenhafteste erzähle. Die Männer sinb hier aber burchaus viel schöner unb vornehmlich schöner gekleibet als die Weibsen, die eine zu kurze Taille unb schlecht getragene Busen, auch ungestalten Kopfputz haben. Von Lenb aus fuhren wir ins Pinzgau hinein bei fortbauerndem Regen, sahen gar nichts, als baß die Leute hier alle wohlhabenb sein müssen, baß sie umgänglich unb nicht wohlfeil waren, unb kneipten Abenbs in

---

[1] Auf der ersten Seite bes Briefbogens befindet sich eine Abbildung von Innsbruck.

einem Dorfe, welches Oberweißbach hieß, und wo der Wirth, Herr
Frohwis,[1]) uns mit heiserer und asthmatisch seiner Stimme freundlichst
von den Schönheiten der Gegend unterrichtete, auch durch die vielen Verse
des Frembenbuches unsere Aufmerksamkeit auf diesen Punkt ganz besonders schärfte. Spaßhaft war seine kleine dicke Tochter und Kellnerin,
die uns durchaus nicht verstehn konnte und sich durch meine vielen
scherzhaften Fragen sehr incommodirt fühlte, so daß sie zuletzt fast geglaubt
hätte, ich sei nicht recht bei Sinnen, als Pott ihr dies weiß machen
wollte. Wir aßen gebackene Hähndel und einen Aerpfanzel (Eierpfann-
kuchen), um den andern Morgen in die Seisenberger Klamm (Klemme),
eine in Sandfelsen durch die Stürze des Weißenbach gegrabene Schlucht,
hineinzusteigen oder vielmehr spatzieren zu gehn. Denn König Ludwig
von Baiern hat eine starke Brücke tief hinein und über alle Stürze des
Flüßchens zwischen die klemmenden Felsenwände bauen lassen. Die Post
führte uns nun ins Innthal und zwar nach Rattenberg, wo wir [ein]
ungeheures Zimmer bezogen, in dem die Gesellschaft der Ratten und
sonstigen Kobolde wohl zu fürchten gewesen wäre, wenn wir nicht
alle vier eine unverwüstliche Tapferkeit, ich ganz besonders aber einen
unverwüstlichen Schlaf allem Gepolter und Gestänker entgegengesetzt
hätten. Dieser Tag war arm an Ereignissen, die Nacht desgleichen,
desto reicher dafür der folgende Tag, nämlich der vorgestrige und gestrige.
Wir fuhren bis über das Flüßchen Ziller zwischen hohen Bergen und
alten Burgen den Inn herauf; dort stiegen wir aus und wanderten
an der Ziller hinauf, um einige Tage in diesem Thal herumzuspatzieren,
während Schmidt, der wegen seiner Hühneraugen nicht mitgehn konnte,
den Wagen nach Schwatz, einem großen Ort am Inn, fuhr. Das Zillerthal
ist berühmt wegen seiner schönen Maibli's und Bua's; wir schritten aber
immer wacker zu, wohl den halben Tag, und es wollte sich nichts Hübsches
zeigen. Um Mittag gelangten wir zu dem Wirthshause eines der Alpen-
sänger, die vor einigen Jahren so auf den Theatern sangen, und hatten
nun an diesem Manne den ersten wirklich stattlichen und schönen Ziller-
thäler, er heißt Joseph Rainer, sein Bruder war Postmeister und sein
Schwager ebenfalls Gastwirth: alle drei haben das Geld sich ersungen
und ruhen jetzt auf ihren Lorbeeren .... Herr Joseph Rainer wohnt
in Fügen[2]) ganz artig, nicht zu romantisch, wie denn das ganze Thal
nicht großartige, sondern nur freundliche Ansichten giebt. Nachmittags

---

[1]) Oberweißbach im Saalachthal, unweit des Hirschbichlpasses; das 10 Minuten
südlich davon belegene Wirthshaus führt noch heute den Namen Frohnwies.

[2]) Noch heute ist die Post von Fügen im Besitze der Rainer.

wurde nun aber die Sache interessanter, mehr Volks und hübschere Berge mit dickem Schnee auf der Höhe. Zell heißt das Hauptdorf im Thal, wo wir beim wälschen Wirth zum Kaffee einkehrten, und als er selbst, der ein sehr schmucker Bursche ist, und seine Schwester Nanny oder Nannerle uns ganz besonders gut gefielen, beschlossen wir die Nacht bei ihm zu bleiben. Wir wurden auch ganz gut bekannt, und ich hielt es für meine Pflicht, da das Nannerle sehr liebenswürdig war, ihr diejenigen Artigkeiten zu sagen, die die beiden Junggesellen ihr eigentlich wohl schuldig gewesen wären, aber schnöber Weise nicht angedeihen ließen. So z. B. tragen die Weiber große, spitze, breiträndrige Filzhüte, was zwar den Teint conservirt, aber schnöde aussieht; das Mädchen, welches unserer Schwester Louise ähnlich sah, aber blaue Augen und viel schwärzeres Haar hatte, mußte man nun doch auch ohne den Hut sehn. Ich bat mir also den Hut zum aufprobiren aus und fand bei der Gelegenheit, daß die Zillerthälerin sich sehr geschmackvoll frisirt. Das müßtet ihr eigentlich sehn und nachmachen. Natürlich lobte ich ihre Haare und Frisur und gerieth ganz in ihre Gunst, obgleich sie aus unsern Gesprächen hörte, daß ich eine kleine feine Frau zu Hause hätte, die auch sehr eifersüchtig wäre. Die Nacht aber träumte ich von Dir, und Du warst nicht nur gnädig, sondern sehr gutgelaunt und ordentlich zuckersüß, wie Du das wohl in der Mode hast, wenn Dir alles nach Wunsch geht und der Rugs recht gut ist. Gutes, liebes Rauts, ich küsse Dich tausendmal und freue mich wie auf's Weihnachten, Dich wiederzusehn und zu umarmen mit dem Jungen, dem ich heute ein ungeheuer großes Löwichen gekauft habe, und dabei konnt' ich's nicht loswerden zu singen: „Das große, große Löwichen!" Was macht das liebe Kerlchen? Des Morgens, als wir von Zell weggingen, gab uns die Zillerthälerin jedem einen Strauß an die Mütze und sagte dabei, meiner sollte der schönste sein und ich möchte ihn nur mit nach Halle nehmen und meiner Frau sagen, eine Zillerin hätt' ihn mir verehrt. Womit sie ohne Zweifel meinte, es sei eine Ehre für Dich, daß ich solches Glück bei ihr gemacht. Sie sind hier nicht wenig kokett, sonst aber in der That sehr sittsam, und in keinem Thal wohl weniger aus ihrer guten Sitt' und Zucht herausgekommen als in diesem. Nun war es Sonntag; wir geriethen mitten unter die Kirchgänger und hatten unsre Freude an den tapfren Kerlen, die immer mit entblößtem Knie und nur das Hemde über die Brust einhergehen. So kann man sich doch gegen die Kälte, wo man will, abhärten; aber es gehört freilich Gewöhnung dazu . . . .

Heute haben wir Jnspruck (Jnsbrücke) besehen und uns nicht wenig über die hübsche Stadt und ihre ungeheuren Berge gefreut. Die Berge, die Du auf dem Bilde siehst, sind hart hinter der Stadt und so himmelhoch, daß die Wolken tief daran herunterhängen. Der Scirocco weht schon in dies Thal hinein und man redet viel italienisch, ißt und wohnt auch so.

Wir werden hier wieder umkehren und den Weg nach Bregenz am Bodensee und von da nach München nehmen, wo wir Anfangs October eintreffen. Cholera ist hier nicht, man redet aber ewig und allenthalben davon zum Ueberdruß[1] . . . .

Von Herzen Dein ewigtreuer

Rugs.

---

[1] Diesem Briefe folgt einer vom 23. September, in welchem Ruge von seiner Rückreise über den Arlberg, Bludenz und Bregenz nach dem Kanton St. Gallen berichtet.

1837.

34.

An Rosenkranz.[1]

Halle, den 12. Januar 1837.

Lieber alter Freund,

Wie lieb es mir fein follte, wenn ich in Deinen Hallifchen
Erinnerungen eine Rolle mitfpielte, will ich Dir beweifen baburch,
baß ich mich mit meinem Buche[2]) bei Dir wieber von vornen einführe.
Es war eine fchlimme Zeit für mich, als ich aus Italien wiederkam,
meine Frau fterben fah und des alten frohen Umgangs von mehreren
Seiten beraubt wurde. Man ftumpft fich in folcher Zeit gefliffentlich ab
und zieht fich trüb' in fich zurück. Du reifteft bald barauf ab, und ich
kann es Dir wohl nachträglich geftehn, baß ich Dich, fo lang ich bas
wußte, mit jener Refignation, welche bie Verurtheilten haben, inbem fie
bie Nothwenbigkeit zu ihrer eignen machen, fchon als einen Gefchiebenen
anfah, obgleich Du noch ba warft. Du weißt es, baß ich mein Lebelang
Uebung in biefer Abftraction gehabt habe, und baß es keineswegs Gering=
fchätzung ber Verlufte ift, wenn ich mit einer gewiffen Ruhe zu verlieren
weiß. Deine Verbinbung mit Halle wirb ziemlich fchwach geworben fein,
bie Entfernung entfernt mit ber Zeit wirklich. Dies ift es, was ich
bamals mir allerbings fchon fagte und hinnahm, wie Du weißt, nur noch

---

) Joh. Karl Friebr. Rofenkranz (1805—1879), Hegelfcher Philofoph und
Litterarhiftoriker, hatte fich 1828 in Halle habilitirt, 1831 ebenba eine außerorbent=
liche Profeffur erhalten und war 1833 als orbentlicher Profeffor nach Königsberg
berufen worben. Die Briefe an Rofenkranz verbanke ich Herrn Prof. Franz Rühl
in Königsberg.
²) Neue Vorfchule ber Aefthetik.

mit dem Nebengedanken, daß ich auf alle Fälle kein dauernd correspon=
direndes Mitglied abgeben würde, weil wir nicht lange genug zusammen
hatten leben können.

Jetzt unterdessen hat sich die Sache geändert, ich habe mich ge=
ändert, insofern ich alle die Zeit nichts als Philosophie getrieben und
nun gar ein Stück Aesthetik zu Tage fördere. Diese Seite bringt mich
von hinten herum wieder an Dich heran, und so entsteht wenigstens die
Veranlassung, Dir auch meinerseits einen hallischen Anhalt zu bieten,
wenn er auch nur momentan sein sollte.

Die Philosophie blüht hier jetzt wie der Klee im Junius, und den=
noch hat man in B[erlin] für nothwendig gehalten, den Erdmann[1])
und schon früher den Sohn des Ulrici[2]) herzuschicken, um Dich, da
einer es nicht vermöchte, durch viele zu ersetzen. E. macht viel Glück.
Hinrichs liest Faust vor vielen.[3]) Schaller[4]) hat trotzdem Zuhörer,
und sogar ich lese Logik und Metaphysik vor 9 Mann. Ich selbst bin in
diesem Fach nun diesen 9 sehr wichtig geworden und habe keine geringe
Freude an der Solidität der beiderseitigen Bestrebung. Dennoch trag'
ich wohl, wie Du Dich erinnerst, Alles etwas formlos und ungeschickt
vor und gewinne durchaus keinen größeren Kreis, werde ihnen, den
Vielen, auch bald zu abstract und ungenießbar. Das hättest Du mir
wohl am wenigsten zugetraut, es ist aber wohl der Gegenstoß, der mich
nun ins Extrem treibt. In meinem Buch, das ich Dir schicke, wirst Du
eine närrische Mischung von beiden Elementen finden, die mir selber
bald unangenehm wurde, als aber bereits die Sache nicht mehr zu
ändern war.

Sonst leben wir diesen Winter leiblich fidel. Es ist auch so eine
Art Freitagsgesellschaft,[5]) lauter Altgesellen und einige Junggesellen,
wieder aufgetreten nicht ohne meine Mitwirkung und hat strenges Miß=
behagen bei den Nicht=sogleich=zugezogenen erregt. Das Princip war
nämlich Ausschluß alles Störenden und Unbehaglichen so wie der Form
durch Weiber und Ceremonien. Wir meinten, bisweilen ein Glas über

---

[1]) Joh. Ed. Erdmann, geb. 1805 zu Wolmar in Livland, habilitirte sich 1834
bei der philosophischen Fakultät zu Berlin und erhielt 1836 eine außerordentliche
Professur in Halle. Auch Erdmann ist von Hegel ausgegangen.

[2]) Hermann Ulrici (1806—1884), theistischer Philosoph und Aesthetiker, habili=
tirte sich 1833 in Berlin, wurde 1834 außerordentlicher Professor in Halle.

[3]) Hinrichs „Vorlesungen über Goethes Faust" waren bereits 1825 erschienen.

[4]) Jul. Schaller (1810—1868), Anhänger Hegels, habilitirte sich 1834 in Halle.

[5]) Vgl. Ribbeck a. a. O. I 70. A. f. J. III 335. Rosenkranz, Von Magde=
burg nach Königsberg (Berlin 1873) S. 452.

den Durst und was Gutes zu trinken, sei eine Bedingung der intimeren
Mysterien der Geselligkeit, und halfen uns mit freiwilligen Späßen. Alle
ersten Freitage im Monat kamen wir in Zürich[1]) zusammen. Deiner
wird natürlich als einer abgeschiedenen guten Seele, have p. a., so wie
Ritschls öfter gedacht, nicht nur als der Geschiedenen, sondern als dort
geschieden und fehlend.

Ich selbst begrüße Dich nochmals schließlich mit dem Gruße des
Eingangs: Laß es Dir lieb sein, daß ich Dein Angesicht wieder zu sehn
verlangt habe.

Von Herzen Dein

Ruge.

35.

An Altenstein.

Hochwohlgeborner rc.

Ew. Excellenz gnädige Aeußerungen über meine „Neue Vorschule der
Aesthetik" haben mir zur großen Beruhigung und Ermunterung gereicht;
ich finde zunächst meine Ehre in Ew. Excellenz so wohlgewogenem Urtheil,
diese Gnade giebt mir aber auch den Muth, Ihnen nochmals mit einer
unterthänigsten Bitte um Erwägung meiner ganz eigenthümlichen Lage
beschwerlich zu fallen.

Meine Stellung zur Wissenschaft ist nicht eben eine geräuschvolle, ich
darf aber ohne Unbescheidenheit wohl das Bewußtsein aussprechen, daß
ich sowohl in der „Uebersetzung des Oedipus" aus dem poetischen Gesichtspunkt, als in der Darstellung des sehr durchgreifenden ästhetischen
Elementes der platonischen Philosophie und jetzt in der Geltendmachung
der Vorbegriffe zur Aesthetik wesentliche, wenn auch sehr spezielle Be-
dürfnisse des künstlerischen und wissenschaftlichen Geistes der Gegenwart
getroffen habe und mit Glück und Anerkennung, obwohl ich in den
Gegenständen der neuen Vorschule die gleichzeitig concurrirenden Bestrebungen von Bohtz[2]) und Vischer[3]) zu besiegen hatte. Die allgemeine

---

[1]) Gasthof zur Stadt Zürich.

[2]) Aug. Wilh. Bohtz (1799—1880), Aesthetiker, 1828 Privatdocent, 1837 außerordentlicher Prof. in Göttingen; 1832 hatte er „Vorlesungen über die Geschichte der
neuern deutschen Poesie", 1836 „die Idee des Tragischen" veröffentlicht.

[3]) Fr. Th. Vischer, geb. 1807 zu Ludwigsburg, habilitirte sich 1836 zu Tübingen,
1837 erschien „Ueber das Erhabene und Komische, ein Beitrag zu der Philosophie
des Schönen; in demselben Jahre wurde er außerordentl. Professor.

und sterile Industrie nur wiederholender oder commentirender Anhänger
unserer philosophischen Richtung halte ich für verderblich, die Spezial=
studien und das Einzelnste in seiner vollen Ausbeutung für besonders
ersprießlich. Diese meine Bestrebungen haben Ew. Excellenz huldvoll auf=
genommen, zu gleicher Zeit mir aber die trübste Aussicht für meine
Stellung zur Universität eröffnet, obgleich ich auch hier durch die ernst=
lichsten metaphysischen und ästhetischen Bestrebungen in einer vorher noch
nicht versuchten Weise mich nützlich gemacht zu haben glaube. Niemand
hat vor mir „Logik und Metaphysik" gelesen, und niemand hält außer
mir Privatissima darüber, ebenso wurde das Naturrecht sonst nur von
Juristen in altherkömmlichem Stil vorgetragen.

Nun habe ich in meiner ersten unterthänigsten Supplik Ew. Excellenz
nicht um eine Versorgung, auch nicht um eine Anstellung, die eine nahe
Verpflichtung dazu mit sich führte, gebeten, sondern nur um den „Titel
eines außerordentlichen Professors," eine Bitte, die nur das Visum des
Decans removiren und mich in ein anerkanntes ehrenvolles Verhältniß zum
Staat bringen sollte. Der Repuls von Seiten Ew. Excellenz hat mir
nun nicht vorhergesehene, sehr drückende Verlegenheiten zubereitet.

Ich bin Haupt und Versorger einer ausgedehnten Familie (mein
Vater hat mir die seinige zu der meinigen hinterlassen), ich bin Bürger,
Grundbesitzer und mit den Angesehensten in städtischen Verhältnissen, bin
endlich Studien= und Altersgenosse von Leo, Rödiger, Rosenberger —
nun ist der mir zu Theil gewordene abschlägliche Bescheid in den ver=
schiedenen Kreisen der Stadt und Universität bekannt geworden, und ich
bekenne gern, daß mir unter solchen Verhältnissen derselbe so schmerzlich
ist, daß ich es überwunden habe, die rücksichtsvolle Gnade Ew. Excellenz
nochmals in Anspruch zu nehmen.

Mit tiefster Ehrerbietung
Ew. Excellenz
unterthäniger Diener
Dr. Arnold Ruge,
Privatdocent an der Universität
Halle-Wittenberg.

Berlin, den 18. Mai 1837.

36.

An Adolf Stahr.[1]

Halle, ben 10. Aug. 1837.

Guter alter Kerl,

Du verachtest mich sehr: schreibst immer ganze Episteln an Eckstein,[2] an mich gar keine. Was soll ich sagen? Hier ist Großmuth: mein Buch. Gott segne Deine Hegelschen Stubia. In Halle ist großer Lärm in der Hegelei, b. h. Erdmann, ein wahrer Erdenkloß unb Philister ex fundamento, ber in seinem Buch „Leib unb Seele"[3] statt der Menschenseele bie Thierseele explicirt unb damit enbigt: ber Geist stirbt, weil er ober sofern er natürliches Inbivibuum ist. Dieser Socius sticht uns anbre honetten Leute alle aus unb wirb verschlungen vom Stubiosus, bem seine Thorheit noch immer Weisheit ist. Du kannst Dir benken, baß ich bergleichen hart bestrafe; ich recensire jetzt wieder ein Bischen, habe also eben biesen Vogel geschossen unb ihn nach Leipzig geschickt zu F. A. Brockhaus, wo er bann auf die Tafel gesetzt unb ein wahrer Hautgout werben soll.[4] Der Schwernöther kommt mir mit seinem Gepinsel ganz mal à propos; hätte freilich kaum Notiz von ihm genommen, wäre er nicht nach Halle gekommen, aber Du weißt, baß ich hier hinter liegenden Gründen verschanzt bin, ich muß also zu Felbe ziehn, unb baß Gott sich erbarm, welche Haberlumpen von Büchern! Nun, Du wirst ja meine Recensionen lesen. Wenn Ihr bie Blätter für litterarische Unterhaltung nicht habt, so müßt Ihr sie halten, weil ich jetzt wieder brin schreibe, immer mit meines Namens wohlbekannter Unterschrift.[5] Jetzt wird der Ruhm forcirt. Ich werde Dir nächstens eine lithographirte Aufforderung zur Gründung einer neuen Litteraturzeitung, Gründung burch Deine guten Kritifen als Beiträge, zuschicken. Ad vocem Kritif: auch Aristoteles kriegt von Erbmann seinen decem, aber er bafür von mir wieder decem $\times$ decem.

---

[1]) Adolf Wilh. Th. Stahr (1805—1876) 1826 Lehrer am Pädagogium zu Halle, 1836 Konrektor unb Prof. am Gymnasium zu Olbenburg. Der erste Brief Ruges an Stahr ist vom 5. Oft. 1834. Ich verbanke die Briefe Frau Fanny Lewalb-Stahr.

[2]) Fr. Aug. Eckstein (geb. 1810), Philolog, seit 1831 an der Hauptschule, später am Pädagogium in Halle, hierauf Konbirektor der Frankeschen Stiftungen; von 1863 an Rektor der Thomasschule unb Professor an der Universität in Leipzig.

[3]) Erschien 1837 in Halle, 1849 in zweiter Auflage.

[4]) Vgl. Bl. für litter. Unterh. 1837 Nr. 265 f.

[5]) Nr. 160 ff. war von ihm erschienen: „Strauß unb seine Gegner."

Hier hab' ich jetzt foenum in cornu. „Absit!" sagt Meier, wenn er mir begegnet; es hat sich aber eine heldenmüthige Gesellschaft zusammengefunden, und wir wollen die Alten nicht abwarten, b. h. natürlich sterben lassen, sondern sie müssen bei lebendigem Leibe todtgemacht werden, litterarisch vernichtet. Ein neues Panier: „Unabhängige, wirkliche Kritik und aus dem Gesichtspunkt der Wissenschaft, aber auch eine wirkliche Historie der Trübungen des gegenwärtigen Geistes." Das hab' ich vor. Näheres nächstens. . . .

Meine Frau kommt zu Michaelis in Wochen, wir hätten gern ä Mäbli;[1]) nun, Gott lenkt's, der Mensch denkt's. . . . Der Junge, mein Junge, Richard, ist mir ein großer Schatz und Spaßorgan. Er hat eine gute Natur und Humor. Du würdest Dich freuen, wenn Du seine Schnurren säh'st. Ist auch hübsch und allen Leuten nach Wunsch, außer denen, die er mit seinem Herrenbewußtsein knechtet. Ich selbst zieh' ihn mit großer Weisheit, schelte fast gar nicht, geb' ihm was andres zu denken, wenn er dumme Einfälle hat. Denn das Andre ist meine concrete und mächtige Negation, das Verbieten ist nur das Hingehen zum Nichts. Darum ist nichts damit.

Doch genug. Dies ist weniger Theorie als Erfahrung. Ich selbst bin in meiner Gesinnung zu Dir der Alte. Leb wohl.

Von Herzen

Dein Ruge.

37.

An Rosenkranz.

Halle, den 24. Aug. 1837.

Lieber Freund.

Mit Vergnügen hab' ich Dein Buch[2]) bis auf den letzten Bogen revidirt und Dir vielleicht hie und da in einem kleinen Versehen nachhelfen können; sonst wäre es sehr unbedacht gewesen, wenn ich von Deiner Vollmacht, „nach meiner Einsicht zu ändern," einen Gebrauch hätte machen wollen, der Deiner Art und Weise entgegen gewesen wäre. Dein Buch ist ganz in Deinem liebenswürdigen Genre, obgleich nicht überall gut stilisirt, wie einem denn wohl hie und da die Begeisterung versagt, wenn auch Fremdartigeres überwältigt werden muß, weil der Verlauf es mit

---

[1]) Im Oktober wurde ihnen eine Tochter, Hedwig, geboren.
[2]) Psychologie, oder Wissenschaft vom subjectiven Geist, Königsberg 1837; 3. Aufl. 1863.

fich bringt. Du gehst mir aber zu sehr auf die Prätension der Vor-
stellung ein und giebst dem Modeton der Popularisirung zu viel nach.
Hüte Dich ja, immer wie Castor und Pollux mit Erdmann zusammen-
genannt zu werden. Er ist Deine Caricatur, ja er ist nicht das einmal.
Er versteht nichts von der Hegelei. Ich erschrak, als ich ihn in Deiner
Vorrede „wegen löblicher Weitläufigkeit" angeführt fand. Das mußt Du
auf seine, wenn gleich leberne, doch noch leibliche Geschichte der neuern
Philosophie beziehn. Aber in einer Vorrede zur Anthropologie kannst
Du ihn, der die Anthropologie neu begründen will „auf die diffe-
renten Factoren Leib und Seele, die das natürliche (nicht menschliche) Individuum" ausmachen sollen, nicht loben. Du würdest Dir zu
viel vergeben. Das Buch „Leib und Seele" ist ja längst heraus. Du
mußt es kennen, und dies Buch ist so arrogante und so vollständige Confusion, daß er damit den Beweis liefert, Hegel gar nicht capirt zu haben.
Er entwickelt den Organismus und meint damit den Menschen zu treffen.
Er endigt „mit dem Tode der Momente des Geistes, Leib und
Seele," welcher eine Indifferenzirung seiner bisherigen Differenz sein
soll, und diese Indifferenz ist als Ich zugleich das Bewußtsein. Du
wirst nächstens eine Recension von mir darüber lesen, worin ich ihn
tobtmache, aber in Berlin wollen sie das K....l beim Leben erhalten;
ich schicke meine Recension also nach Leipzig in die Blätter für litterarische
Unterhaltung. Hinrichs und Schaller sind völlig meiner Meinung, und
beiden hab' ich meine Recension sowohl als Deine Vorrede mitgetheilt ....

Zum Schluß theile ich Dir noch einen Plan mit, in den ich Dich
zu impliciren wünschte, nämlich (sub rosa): Echtermeyer und ich wollen
eine „Neue Hallische Litteratur-Zeitung" gründen,[1]) welche zugleich eine
Art gegenwärtiger Zeiger auf der Uhr des deutschen Lebens in Wissenschaft und Kunst sein soll durch Charakteristiken bedeutender Männer,
Uebersichten von Richtungen und einzelnen Zweigen der Kunst und des
Wissens, und Correspondenzen aus Universitäten und Academieen.
Ich stehe mit einer Buchhandlung in Leipzig in Unterhandlung; wenn es
zu einem guten Resultat kommt, werde ich Dir die gedruckte Aufforderung und Prospectus zuschicken und hoffe sehr, daß Du uns beistehst.
Hinrichs, Schaller, Pott sind ganz einverstanden und bereit mit anzugreifen, Leo[2]) halb und halb, wie natürlich, weil ihm immer der

[1]) Die erste Anregung hierzu war von Echtermeyer ausgegangen; vergl. A. f.
Z. IV 443ff. III 337.
[2]) Heinrich Leo (1799—1878), seit 1825 außerordentlicher Prof. in Berlin,
seit 1828 in Halle; 1830 ordentl. Prof. ebendaselbst. Ruge war mit ihm bereits

Auguſtinus in den Nacken ſchlägt. Die Sache iſt wichtig, um ein neues Leben in den abgeſtandenen Kram zu bringen. Zudem hab' ich keine Ausſicht an der Univerſität und würde mich der Leitung der Sache, wenn ſie reüſſirte, ganz widmen können.

Laß bald was von Dir hören, oder vielmehr beſuch uns ſelbſt mal wieder und friſche Dich auf in dieſer Quelle des göttlichen Lebens, damit Du in Königsberg nicht verſauerſt. Von Herzen

Dein

Ruge.

38.

An Jakob Grimm.[1])

Herrn Profeſſor Jacob Grimm
Wohlgeboren.

Hochverehrter Herr Profeſſor,

Beiliegenden Prospectus empfehle ich Ihrer gütigen Durchſicht und Nachſicht. Es wäre ein großes Glück für ein Unternehmen, welches ganz beſonders die neue Wiſſenſchaftlichkeit und unſere Nationallitteratur im Auge hat, wenn Sie und Ihr Herr Bruder, dem ich gefälligſt davon Mittheilung zu machen bitte, Ihren Beiſtand zuſagten.

Ich bitte um die Erlaubniß, Ihnen in einigen Tagen meine perſönliche Aufwartung machen zu dürfen und hoffe ſehnlichſt auf günſtigen Beſcheid.

Hochachtungsvoll

Dr. Arnold Ruge,

Privatdocent der Philoſ.

Halle, den 15. October 1837.

1821 auf einer Reiſe in Erlangen, wo Leo damals Privatdocent war, zuſammengetroffen (vergl. A. f. Z. II 83); ſpäter gehörte Leo zur Freitagsgeſellſchaft und ſchrieb für die H. J. (1838 No. 40 ff.) eine Anzeige von J. Ellendorf, Der h. Bernhard v. Clairvaux ꝛc.

[1]) Jakob Grimm (1785—1863), ſeit 1830 Profeſſor und Bibliothekar in Göttingen; er ſchrieb für die H. J. (1838 Nr. 221) „Neue Sammlung der altengliſchen Hiſtoriker". Die beiden im Beſitze des Herrn Geh. Rat Hermann Grimm befindlichen Briefe an J. Grimm verdanke ich der gütigen Vermittelung des Herrn Dr. Ippel in Berlin.

39.

An Ritschl.

Herrn Professor Ritschl   Halle, den 15. October 1837.
  Wohlgeb.

Lieber Herzensfreund,

Hier hast Du den Prospectus.

Halte mir nun aber ja auch ja Wort und laß Dich unter den ersten finden. Alles, was Jugend und Strebsamkeit unter uns Hallensern hat, schwört zu der freien Fahne, die wir siegreich gegen die Perückenbatterien der alten Hähne zu tragen gedenken.

1) Vergiß nicht Deine Charakteristik der gegenwärtigen Philologie und schreib mir, ob ich bis Januar oder bis wann darauf rechnen kann . . . .

2) Auch auf die Correspondenz laß mich rechnen.

Die Vergleichungspuncte mit einem geistigeren Leben wie unser hallisches sind Dir ja selbst zu wichtig, um sie ganz im Herzen zu verschließen . . . .

Antworte mir bald und ja recht bestimmt und gnädig.[1]

Leo, Witte,[2] Bergk haben uns zugesagt, Bergk eine Kritik des Droysenschen Aristophanes.[3] Er ist gut zu gebrauchen und wird recht munter, besucht mich auch von Zeit zu Zeit. Niemeyer grüßt Dich.

                                        Der Deinige
                                                A. Ruge.

40.

An Rosenkranz.

                                Halle, den 20. October 1837.

Mein lieber vortrefflicher Freund,

Dein Buch ist jetzt fertig und meine Correctur durch Deine Parenthese ersetzt, welche jetzt nur die Gewitterschwüle ausdrückt vor dem Blitz,

---

[1] Ritschl hat nichts für die H. J. geschrieben.
[2] Karl Witte (1800—1883), Rechtslehrer und Danteforscher, hatte in seinem 10. Jahre das Abiturientenexamen bestanden, war seit 1834 ord. Professor in Halle.
[3] Theodor Bergk (1812—1881), Philolog, seit 1835 Lehrer an der lateinischen Schule zu Halle, seit 1838 an verschiedenen anderen Gymnasien; seit 1842 Professor in Marburg, hierauf in Freiburg, dann wieder in Halle; lebte zuletzt in Bonn. Er gehörte zur Freitagsgesellschaft. Die Aristophanes-Recension schrieben Bergk und Ruge gemeinschaftlich; sie erschien Hallische Jahrbücher 1839 Nr. 2 ff.

ben ich nach des Erbenmannes frevelndem Haupt geworfen. Vielleicht
geht das Drama noch vorwärts; je mehr Lärm, desto lieber sollte mir's
sein; ich habe grade die nöthigen Stubien gemacht und bin ganz in der
Laune, mal wieder ein Exempel einer gesalzenen und kultivirten Polemik
aufzustellen. Auf jeden Fall werbe ich ihn in seinem „Glauben und
Wissen" noch einmal schlachten. Die Recension liegt schon ba und wartet
nur auf bas Erscheinen ber „Hallischen Jahrbücher für beutsche Wissenschaft unb Kunst".[1] Ich hatte erst die Absicht, eine eigne Broschüre zu
schreiben, den „Popularphilosophen" grünblich barin tobtzuschlagen und
sie den Manen des alten Hegel zu bediciren mit dem Verse:

> „Dir, Vater Bacchus, schlacht' ich biesen
> Verwünschten Bock, ber Dein Revier
> Mit wüstem Zahn beschält, gepriesen
> Sei'st Du und Deiner Reben Zier.
> Herbei, ben nahen Gott zu ehren
> Mit Opfern und mit muntern Chören!"

Das Erscheinen der Jahrbücher ändert nun diese Sache. Doch genug
und schon zuviel von diesem philosophischen Klotz und der Eselei berer,
die mit ihm niedergekommen sind, als er ihnen noch ein Gott war.
Näher, mein lieber Freund, liegt mir's, Dir herzlichst zu banken, zuerst
für Dein Buch, welches eben zum Buchbinder gewandert ist, um bann
noch einmal ohne Rücksicht auf die Druckfehler gelesen zu werden, und
bann zweitens Dir bafür zu danken, baß Du so frcunbliche Theilnahme
an meinem Unternehmen, ben Jahrbüchern, nimmst, die Dir gewiß in
mancher Rücksicht so willkommen sein sollen, als nur irgenb einem ber
geistig angeregteren Zeitgenossen, die ben Zaum ber Berliner Stereo-
typenwirthschaft[2] schmerzlich fühlen und sonst nirgenbs ein honettes
und wirklich wissenschaftliches Journal finden. Du sprichst dies gut aus
in Deinem Briefe und hast mich sehr bamit erquickt. Die Jahrbücher
des jungen Halle (absit omen!) sind ben 8. Oct. burch bas accouchement
des Herrn Otto Wiganb aus Leipzig zur Welt gekommen, grabe als
die Mabame Alice meine Frau von einem gesunden Töchterlein entbanb,
was ich hiemit beibes pflichtschulbigst zu gütiger Theilnahme annoncirt
haben will. Von bem Töchterchen schon jetzt einen Prospect schicken zu

---

[1] Erdmann, Vorlesungen über Glauben unb Wissen, rc. Berlin 1837. Ruges
Recension erschien im Verein mit ber von „Christliche Polemik von Dr. Karl
H. Sack" H. J. 1838 Nr. 127 ff.

[2] Ruge benkt an die seit 1827 in Berlin von Anhängern Hegels herausgegebenen „Jahrbücher für wissenschaftliche Kritik".

wollen wäre voreilig, es sieht nach gar nichts aus, denn es sieht noch nicht, conf. Ros[enkranz] Psych[ologie] da und da; dagegen sende ich Dir den Prospect der Jahrbücher und zwar viermal, um ihn gütigst an Hagen, v. Bohlen und Burbach[1] mitzutheilen und mich bei diesen Männern mit Deiner Fürsprache zu unterstützen, daß sie sich interessiren und ihre mächtige Unterstützung und Mitwirkung zusagen. Du siehst aus dem Prospect, daß wir reine Hegelei, d. h. nur Philosophie, nicht beabsichtigen, die Kultur solcher Männer daher anerkennen und ins Mit-leiben und Mitwirken zu ziehn wünschen. Burbach hat neulich die Opposition gegen Hegel mit unterschrieben auf dem Fichtischen Journal-titel, aber eben damit ist Hegel als das Thor zu der neusten Gestaltung des Geistes anerkannt, denn jene Richtung ist ja aus Hegel heraus, also durch ihn hindurch gegangen. Außerdem meinen die gelehrten Herrn von andern Fächern ihre Opposition gegen die Philosophie viel ernstlicher als sie ist; und wenn Du nur persönlich mit den Herren gut stehst, was gar keinen Zweifel leidet bei Deiner liebenswürdigen Art, so wirst Du ihre Zusage schon auswirken. An Bohlen bestell' einen Gruß von mir. Vielleicht besinnt er sich noch auf mich von der Universität her, wo ich ihn als fidelen Kumpan und Nachbar in Reisigs lat. Grammatik sehr wohl gekannt habe. Antworte mir recht bald, ob die Herren freund-lich und gnädig rescribiren. Das Journal soll hoffentlich eine buchliche Wichtigkeit erlangen, und der Verleger will den Mitarbeitern die An-schaffung erleichtern, indem er es ihnen für den Buchhändlerpreis zu 9 Thlr. abläßt. Wir zahlen das erste Jahr 2 Frbr. für den Bogen und prompt alle Semester und unerinnert, auf Verlangen auch jedesmal gleich nach dem Abzug des resp. Beitrags. Die Mitarbeiter sollen, auch wenn sie das ganze erste Jahr und selbst auch das zweite nichts schrieben, nicht gehalten sein, ein etwa bestelltes und erhaltenes Exemplar baar zu bezahlen, da sie doch immer irgend einmal dran kommen werden, ihrem Schützling wirklich unter die Arme zu greifen. Diese Aussicht ist gewiß für Euch Eisbären eine unwiderstehliche Lockspeise. Schreib' mir daher, lieber Kerl, daß Königsberg gleich mehrere Exemplare bestellt: Otto Wigand liefert sie Euch für 9 Thlr. frei ins Haus. Die Proben-reuterei will mir noch nicht recht zu Gesichte stehn: es ist aber sehr wichtig, wenigstens das erste Jahr der guten Sache auch von dieser

---

[1] Ernst Aug. Hagen (1797—1880), Kunstschriftsteller und Dichter, seit 1831 ord. Professor; Peter von Bohlen (1796—1840), Orientalist, seit 1830 ord. Pro-fessor; Karl Friebr. Burbach (1776—1847), Physiolog; seit 1814 Professor, sämt-lich in Königsberg.

Seite thätig unter die Arme zu greifen, nachher, wenn der Buchhandel
mir einige hundert Abonnenten nachweis't, hält sich das Ding durch das
Intelligenzblatt ganz allein. Das Intelligenzblatt gilt aber gar nichts,
so lange das Blatt nicht den Ruf eines viel gelesenen und weit verbreiteten hat. Da Ihr's also gewissermaßen für Euren berühmten Namen
und guten Willen geschenkt kriegt, so bestellt nur tapfer bei mir oder
Otto Wigand die Hallischen Jahrbücher für deutsche Wissenschaft und
Kunst. Deine Psychologie soll mit zu den ersten Büchern gehören, die
angezeigt werden.[1] Hinrichs, der Dich freundlichst grüßt, wird sie wohl
übernehmen. Echtermeyer und Schaller, beide eifrige Theilnehmer
und Redactionsbetheiligte, grüßen.

Dein

Ruge.

Nachschrift.

Gewiß wird Dich die Form der „Charakteristiken" ganz besonders
interessiren: Wie wär' es mit
Schleiermacher und Daub[2]), oder muß man seine Schriften abwarten? Beiden stehst Du ganz besonders nahe. Schleiermacher, der
neue Augustinus, sofern er die Religion erst erlebt und dann als
Lehre lebendig gemacht, wird immer wichtiger, auch von seiner positiven
Seite, und Daub ist dann seine Wahrheit selbst. Schreib mir bald, ob
Du mir bald und was Du mir schicken willst, und ob ich wohl schon für
den Januar zu etwas Aussicht habe....

Am besten wär' es, wenn sie dem Erdmann eine Pfarre gäben,
wo er nach wie vor predigen könnte,[3]) die Philosophie aber auch wirklich von Philosophen und nicht von Predigern in der Wüste des
Gedankens vortragen ließen.... Nochmals adio.

41.

An Altenstein.

Hochwohlgeborner ꝛc.

Ew. Excellenz gnädige Resolution vom 29. April dieses Jahres spricht
sich unzweideutig dahin aus, daß ich im Fall einer eintretenden Vakanz

---

[1]) Das Buch wurde H. J. 1839 Nr. 144 ff. von Bayrhoffer angezeigt.
[2]) Beide wurden H. J. 1839 Nr. 13 ff. von Strauß charakterisiert.
[3]) Erdmann war in seiner Vaterstadt Oberprediger gewesen.

auf Beförderung zum außerordentlichen Professor an hiesiger Universität Aussicht fassen dürfte. Mit dem Tode des Professor Tieftrunk[1]) ist nun eine solche Vakanz wirklich eingetreten und ein nicht unbedeutendes Gehalt erledigt; ich trage daher Ew. Excellenz die gehorsamste Bitte vor, bei dieser Gelegenheit hochgeneigtest sich meiner erinnern zu wollen. Daß ich in meinen Studien nicht nachgelassen und mit einigem Erfolg gearbeitet, davon habe ich dem Herrn Geheimen Rath Schulze erst vor Kurzem einige Beweise vorzulegen die Ehre gehabt und unter anderm auch den Prospectus zu den „Hallischen Jahrbüchern", welche mit dem Jahre 1838 unter meiner Redaction erscheinen, und den ich Ew. Excellenz ebenfalls zu huldvoller Rücksicht mittheilen zu dürfen um Erlaubniß bitte.

In Erwartung einer geneigten Berücksichtigung mit tiefster Ehrfurcht Ew. Excellenz

unterthänigster Diener

Dr. Arnold Ruge.

Halle, ben 20. October 1837.

42.

Tagebuch.[2])

Göttingen, den 26. Oct. 1837.

Gestern Mittag, als ich in die Schnellpost stieg (Schaller war eben fort), setzte sich ein Dr. Baumgarten zu mir in das Kabriolet und sagte mir, daß im Wagen drinnen noch ein Herr säße, der nach Göttingen wollte, er hieße Professor Bohtz, eben aus Göttingen. Ich erneuerte sogleich durch die beiden grünen Klappen hindurch die alte Bekanntschaft, stieg nach einigen Stationen zu ihm in den Wagen und theilte ihm unser Unternehmen mit.... Um 10 kamen wir Freitag, als heute, hier an, ich stieg in der Krone ab und ging zu Professor Schneidewin[3]), dem ich Bergks Brief gab. Ich fand in ihm einen allerliebsten Mann, wurde im Laufe des Nachmittags mit ihm aufs Beste bekannt, und er

---

[1]) Joh. Heinrich Tieftrunk (geb: 1759, gestorben 7. Oktober 1837) seit 1792 Professor der Philosophie in Halle, Anhänger Kants.

[2]) vergl. hierzu A. f. Z. IV 465 ff.

[3]) Friedr. Wilh. Schneidewin (1810—1856), Philolog, seit 1837 außerordentl. Professor.

versprach zuverlässig zu Neujahr eine Charakteristik Dissens,[1] der wichtig ist dadurch, daß er die Alten bei der Interpretation zuerst von Seiten der Kunst gefaßt oder zu fassen gesucht; .... von Leutsch[2]) traf uns noch beisammen. Ihm gab ich den Prospectus, er ist schon durch Pott vorbereitet und freundlichst geneigt, und werde ihn morgen früh aufsuchen und definitiv bitten, Bergks Buch über die Gr. Comödie zu übernehmen .... Ewald[3]) nahm mich freundlich auf und lud mich zu morgen Mittag ein. Ottfried Müller[4]) war interessant und erzählte mir unter anderm, daß man beabsichtige, den Göttinger Anzeiger zu regeneriren, ging aber nicht weiter als auf das Aeußere, die historische Einrichtung soll bleiben. Ich habe mich gut mit ihm unterhalten, für unser Unternehmen ist er im Anfange nicht zu gewinnen .... Den Director Ranke[5]) traf ich an und gewann ihn im Allgemeinen .... Sodann sah ich Dahlmann[6]). Er scheint sehr schreibmüde zu sein, versprach im Allgemeinen sich zu interessiren und, wenn er mal was hätte, mir zu schicken. Jacob Grimm, eine geistvolle, liebenswürdige Persönlichkeit, ebenso wie Dahlmann in Bezug auf die H[allischen] J[ahrbücher]. Wilhelm Grimm desgleichen, wenn sich mal was fände, so würden sie mir es schicken. Jacob war noch besonders der Meinung, das Philosophiren sei im Grunde verlorene Mühe und käme nichts dabei heraus. Dies ist Göttinger Grundsatz, den man sich freilich von Grimm am liebsten sagen läßt. Wilhelm fand es ganz verfehlt, wenn man ein Princip haben wollte. Es sei nichts anders, als die Laune der Gelehrten zum Princip zu machen, und die Göttinger Anzeigen eigentlich die einzig richtige Form der gelehrten Journalistik. Dagegen wandte ich ein, daß diese Form wenigstens vor der Hand allen Credit verloren hätte und im Grunde auch von den Schreibenden sehr stiefmütterlich behandelt würde. Er lenkte wieder ein und wir schieden sehr freundlich, so daß er mir sogar Männer nannte, von denen er sich vertreten wünschte. Nun ging ich zu Ewald zum

---

[1] L. Dissen (1784—1837), seit 1817 Prof. der Philologie in Göttingen, gab u. a. den Pindar und Tibull heraus.

[2]) Ernst von Leutsch, Philolog, geb. 1808, seit 1837 außerordentl. Professor.

[3]) G. H. A. Ewald (1803—1875) Orientalist und Bibelforscher, seit 1831 ordentl. Professor, einer der Göttinger Sieben.

[4]) Karl Ottfried Müller (1797—1840), Altertumsforscher, seit 1823 ordentl. Professor in Göttingen.

[5]) Karl Ferd. Ranke (1802—1876), ein Bruder Leopold von Ranke's, seit 1837 Gymnasial-Director in Göttingen, seit 1842 in Berlin.

[6]) Fr. Chr. Dahlmann (1785—1860), seit 1829 Prof. der Staatswissenschaften in Göttingen.

Essen und habe an ihm eine ganz eigenthümliche Figur kennen gelernt, von der ich später Näheres mündlich mittheilen will, da es zu abentheuerlich ist, um so niedergeschrieben zu werden.... Heut Abend um 9 Uhr reise ich mit der Schnellpost nach Marburg....

43.

Tagebuch.

Göttingen, 1837. Ende Oct.

Es wäre fahrlässig, wenn ich die Eindrücke dieses merkwürdigen Aufenthalts nicht zu Papier bringen und vielmehr der Zufälligkeit des Gedächtnisses anvertrauen wollte. Die Göttinger Universität hat die Richtung auf die Spezialwissenschaften und was man so Empirie nennt bis zur Negation der Philosophie und des freien Geistes getrieben; ihr Ideal ist nicht wie das jenische oder berliner Schelling, Hegel, ein weltbeherrschender Geist; ihr Ruhm nicht im Reiche des freien, sondern des verkümmerten Geistes. So treibt sich jeder in seinen Stoff hinein, und wenn es ihm gelingt, einen lateinischen, juristischen, hebräischen Ruf zu erarbeiten, so vergißt er darüber Gott und Welt und gewinnt ein Bewußtsein, wie die Primaner es haben, welche sich wegen ihrer ciceronianischen Wendungen für die größten Geister der Stadt halten, ausgenommen nur ihren Rector, der das Ding wenigstens eben so gut versteht. In diesem Stolz giebt es nichts, was anzuerkennen wäre, anders, als das eigne superiore Wissen, welches sicher ist, daß ihm in seinen Winkel niemand nachkommen kann, darum aber auch grade in der äußersten Ecke sich absolut fühlt. Der Primaner- und Professoren-Wahnsinn, den ich hier beschreibe, ist etwas Hübsches als Sporn und als stilles Glück; jeder Napoleon, denn es giebt deren in allen Schlafröcken, ist ein angenehmes Genrebild; und ich mache mich sofort daran, die besten zu skizziren.

Ottfried Müller ist vielleicht der freiste von allen älteren Göttingern, obgleich zu berühmt in seinen eigenen Augen, um Humor zu haben, und zu particular gebildet, um den Ruhm seines Genre's für einen untergeordneten zu halten: aber seine Verdienste und sein Talent machen ihn seiner selbst so sicher, daß er bei der äußersten Lebhaftigkeit nie ein überspanntes Bewußtsein herauskehrt, sehr viel und gewandt redet, feines Urtheil zeigt und ganz für sich einnimmt. Er spricht seine innerste Meinung über Philosophie und namentlich über die Hegelsche daher nicht

aus, denkt positiv mit Geltendmachung eines anderen Genre's ihr am
meisten und rühmlichsten die Wage zu halten, und ist wirklich in Göttingen
Surrogat des Geistes, wie die Cichorie des Kaffees; nicht daß es nicht
noch andere Leute von Geist gäbe, aber Müller führt ihn im Schilde.
Er schien meinen Namen zu kennen, als ich mich ihm nannte, und hatte
sichtlich ein besonderes Interesse, ich vermuthe gegen mich, und zwar
wegen des Artikels über die Litteraturzeitungen[1]) und auch wohl wegen
meiner Unverschämtheit, die Hallischen Jahrbücher gründen zu wollen. Er
sagte mir daher gleich, daß er von dieser Angelegenheit schon wüßte,
daß aber auf seine thätige Theilnahme nicht zu rechnen sei: „denn wir
Göttinger haben genug zu thun mit der Regeneration der Göttinger
Anzeigen, welche bevorsteht."…. Darauf erkannte er an, daß es vortrefflich
sei, wenn man das wirklich leisten würde, was wir beabsichtigten, und
that den Wunsch, es möchte dabei nicht so entschieden geurtheilt werden,
wie etwa in den Berl. Jahrb., sondern mehr „unmaßgebliche Meinungen
im Conversationston anspruchsloser Diskussion" auftreten. Also er
wünschte, wir hätten lieber kein Princip und begäben uns als junge
Leute des Urtheils, bis wir alt würden und es dann von selber für uns
behielten. Ich hielt den Ausdruck anfangs für Ironie und antwortete
daher etwas ungehörig, „der Berliner Rescriptenton fiele von selbst durch
die Stellung der Redaction weg, ein Ultimatum gäbe es überhaupt
nirgends in Litteris, aber eine Meinung, die sich selbst für weiter nichts
hielte als für so eine Meinung, hätte nirgends ein Recht mitzureden,
denn das sei die Unreifheit selbst;" worauf er bemerkte, es läge auch
mehr im Ton und in der angenommenen Stellung als in der Sache
selbst, was er vermieden wünschte. Wir sprachen darauf z. B. von
Schöll[2]) und andern arroganten Berlinern und schieden mit der besten
Art. Er ist ein Weltmann und der bequemste und angenehmste Gesellschafter, den man sich wünschen kann. Er ist lang und hager, sein
Gesicht fein geschnitten und länglich von angenehmem Ausdruck und schöner
Form.

Dahlmann, ein in sich gemüthlicher, wie es scheint, schweigsamer und
solider Mann, hat ein braunes, lebhaftes Auge, die aufgeworfenen Lippen

---

[1]) Blätter für litterarische Unterhaltung, 1837, 11. 12. Aug.; wieder abgedruckt
A. f. Z. IV. 446 ff.
[2]) Adolf Schöll (1805—1882), Archäolog und Kunstschriftsteller, seit 1835
Lektor der Kunstmythologie an der Berliner Akademie der Künste; er schrieb für die
H. J. (1838 Nr. 218 ff.) eine Anzeige von P. F. Stuhrs „Die Religionssysteme der
Hellenen".

geniren die Geiſtigkeit des Geſichtsausbrucks. Es ſcheint nicht, daß er
göttingiſch eingefleiſcht wäre; weil er wenig herausgiebt, ſo erkennt man
ihn nicht ſo im Fluge: obgleich ſein liebenswürdiges und gutmüthiges
Weſen niemandem entgeht, ſo iſt dies immer nur allgemeiner Charakter
und Färbung, wovon die Nüancirung ſich erſt der ſpecielleren Beobachtung
ergiebt, weil er nicht leicht entſcheidend redet.

Jacob Grimm, eine äußerſt belebte und geiſtige Perſönlichkeit. Er
hat ſchon graues Haar, iſt aber ein herrlicher Kopf, den das feine,
freundliche Lächeln fortdauernd verklärt. Er ſpricht und wirft die Sache
leicht auf Pointen, ſeine grandioſe Empirie iſt ihm die Gewohnheit der
wahren Sache, und außer ihr dünkt ihn kein Heil und kein Leben zu
wohnen. So meinte er, bei einer Philoſophie der Mythologie käme
nichts heraus, ohne Zweifel, weil er dann die Anſchauung der urſprüng-
lichen Mythendichtung verloren gehn ſieht und den Gedanken ſelbſt nicht
als das Weſen gelten läßt. Ich ſah wohl ein, was er meinte, und lehnte
mich nicht auf, da er doch nur darin Unrecht hatte, daß er in der Philo=
ſophie keine Empirie wiederfinden kann, während ſie es in der That iſt
und ſich als die einzig ſichere Empirie kennt.

Wilhelm Grimm iſt mehr ins Gemüth verſunkener Geiſt, während
Jacob das vergeiſtigte Gemüth iſt. Er polemiſirte ein wenig ungeſchickt
gegen alles Princip der Journaliſtik, es ſei die gelehrte Laune ſelbſt zum
Princip zu erheben und die Gött. Gel. Anz. die wahrſte Form, ihm auch
die bequemſte. Wolle man ja noch etwas thun, ſo riethe er, daß die
Gelehrten jeder Univerſität ſich zuſammenthäten und Univ[erſitäts]-Annalen
herausgäben, in benen jeder im Laufe des Jahres oder von 2 Jahren
nach Gelegenheit etwas lieferte, und dann den ganzen Band in die Welt
ſchickten. Er ſtand mit dieſen Bemerkungen ganz außer der Sache. Die
Intereſſen der Zeit würden ſolchen Unternehmungen um Jahre voraus-
ſtürzen, und ſogleich wäre das Bedürfniß wieder da, das Urtheil der
Gegenwart noch neben dieſem Ballaſt der abgeſtandenen Laune zu haben.
Princip der Journaliſtik könne doch eine Idee nicht ſein, bemerkte ich ihm,
die alle gegenwärtige Bewegung und allen Anſchluß an die Zeit und ihren
Lauf verſchmähe. Nun gut, meinte er, da hätten wir denn auch den
Uebelſtand, daß ſie mit uns ſelbſt davon liefe. 3—4 Jahre, und ſo ein
Unternehmen hätte ſich überlebt, ob ich das bedacht hätte? Wenn dies
Princip der Hall. Jahrbücher, erwiderte ich, wirklich ſich ſelbſt treu bliebe
und die Bewegung in der Wiſſenſchaft ſtandhaft begleitete, ſich ſelbſt als
Entwickelung auffaſſend, ſo ſei nichts anders zu befürchten, als daß irgend
eine andre Societät dieſem ſelben Zweck beſſer entſpräche, und um uns

sehr lange zu halten, hätten wir nur darauf zu wachen, daß wir den
Ruf, das zu sein, was wir verhießen, nicht einbüßten. Uebrigens könne
dies nicht an der Person haften, und eine Erneuerung und Verjüngung
sei daher nothwendig das Schicksal eines Jeden, der sich auf eine solche
Stellung überhaupt einließe. Ich erinnerte ihn an das ganz neue Leben,
welches er selbst und sein Bruder durch ihre Bestrebungen hervorgerufen,
und wie wir grade auf die Aufnahme dieser Richtung einzugehen ge-
dächten. Darauf empfahl er Lachmann und Wilh. Wackernagel und
warnte vor zu jungen und unreifen Leuten, welche dann die Sache noch
nicht beherrschten. Er selbst würde gern den „Thor von Uhland" berücksichtigen, wenn er nicht grade einer Herausgabe eines alten Poems
alle seine Zeit zu widmen hätte.[1]) Jacob hatte sogar gemeint, man müsse
einen Mann wie Uhland gehen lassen, und da er hie und da abweiche,
so fürchte er ihn zu stören, was nicht wohlgethan sein würde. Wilhelm
hatte sich dergestalt vollständig expectorirt und bemerkte schließlich sehr
freundlich, daß er wünschte und hoffte, die Sache möge gedeihen, und daß
er nun auch Alles freimüthig herausgesagt habe, wofür ich nur dankbar
sein konnte.

Ewald, die merkwürdigste und ausgebildetste Göttinger historische
Gelehrsamkeit, welche als der Wahnsinn des hebräischen Bewußtseins in
vernünftigen Dingen anderweitig nicht mehr zurechnungsfähig ist. Er
machte mir freundliche Vorwürfe, daß ich Strauß auch nur erwähnt
hätte, denn er als Mann von Fach versichere mir, das Buch sei ganz
unbedeutend und keiner Erwähnung werth.[2]) Das ärgerte mich und ich
erwiederte, da thäte es mir leid widersprechen zu müssen, denn ich sei
philosophisch, das hieße theologisch, von Fach, und da müßte ich meines
Theils versichern, das Buch sei von der höchsten Bedeutung und werde
mit Recht als Ferment der Wissenschaft behandelt. E. erblaßte über diese
Unverschämtheit und fragte, was verstehen Sie unter Wissenschaft? Es
ist unter dem Standpunkte der gegenwärtigen Wissenschaft. Ich antwortete
sehr gelassen, aber entschieden: „Unter Wissenschaft verstehe ich die Lehre
von Christus, die Lehre von Gott, die Theologie." E.: „Die exegetische
Wissenschaft erkennt das Buch nicht an." Ich: „Die exegetische Wissenschaft
ist eine bornirte Gestalt historischen Wissens, welche an die Straußische
Bildung nicht heranreicht und für sich nie zur Theologie kommt. Die

---

[1]) 1838 gab W. Grimm das Rolandslied heraus.
[2]) Strauß' „Leben Jesu" war 1835 erschienen. Vgl. die scharfe Abfertigung, welche
Strauß in der Vorrede zum dritten Bande seines Hutten (p. XLIV f.) Ewald
zu Theil werden läßt, desgl. f. H. J. 1838, No. 100. Zur Charakteristik Ewalds.

einzig berechtigte Auslegung ist die philosophische, und diese hat Strauß im Auge, so daß sein Buch in seinem Grundgedanken unendlich mehr als eine exegetische Bestrebung ist. Darüber ist auch die ganze Welt einverstanden, sie mag sonst urtheilen, wie sie will." — Hier wurden wir zu Tische gerufen, und ich sah es wohl, daß ich meinem Wirth die Laune und das Essen ganz verdorben hatte, ignorirte es aber und führte scherzhafte Gespräche mit der schrecklich ätherischen Frau und einem dicken Fräulein. So erholte E. sich allmälig. Ueber Strauß waren wir nun beide klug genug zu schweigen. Es kamen aber noch eben so drollige Historien weiter vor, die ich mündlich mittheilen werde.

44.

Von Chr. H. Weiße.

Leipzig, den 1. Nov. 1837.

Verehrtester Herr Doctor,

Ihre gütige Aufforderung zu dem von Ihnen projectirten Blatte war mir um so schätzbarer und erfreulicher, je trefflicher und im besten Sinne zeitgemäßer ich den Plan finden muß, den Sie dazu entworfen und in dem gedruckten Prospectus mitgetheilt haben. Ich wünsche von ganzem Herzen dem Unternehmen das beste Gedeihen und werde, wiewohl ich vor der Hand noch kein bestimmtes Versprechen deßhalb eingehen kann, doch, wenn es mir irgend Zeit und Verhältnisse gestatten, gewiß das Meinige thun, um nach meinen Kräften zur Förderung desselben beizutragen. Sie wünschen dies hauptsächlich für den Anfang; dies wird mir freilich unmöglich gemacht durch eine größere Arbeit, die mich für das nächste Halbjahr noch, nun schon seit einiger Zeit, beschäftigt hält,[1] und um derentwillen ich schon manche Aufforderungen zu Recensionen und dergl. habe ablehnen müssen. Was aber die weitere Folge betrifft, so erlauben Sie mir das offenherzige Geständniß, daß meine Theilnahme zum Theil abhängen wird von der Stellung, die Ihre Zeitschrift zur Philosophie der Gegenwart einzunehmen gedenkt. Sollte dieselbe sich ebenso schroff, wie Sie Selbst persönlich es in ihrem neulichen Aufsatze gegen Erdmann gethan haben, allem und jedem Bestreben, die Philosophie über Hegel hinauszuführen, entgegenstellen, so müßte ich, so wenig

------

[1] 1838 erschien „Die evangelische Geschichte kritisch und philosophisch bearbeitet" (2 Bde., Leipzig).

es sonst meine Art ist, jedes Zusammenwirken mit Andern von unbedingter Einstimmung abhängig zu machen, diesmal denn doch Bedenken
tragen, unter den Mitarbeitern aufzutreten.¹) Gerade weil Ihr Blatt
nicht, wie fast alle andern ähnlichen, eine charakterlose Mischung der ver-
schiedenartigsten Ansichten und Denkweisen werden soll, so würde ich,
wenn es sich ausweisen sollte, daß es wesentlich zur Tendenz desselben gehört, das Hegelsche System innerhalb seiner gegenwärtigen Grenzen als absolute Norm für alles geistig Wahre
und Schöne geltend zu machen, meiner entgegengesetzten Ueberzeugung
durch solche Mitarbeiterschaft allerdings mehr vergeben als z. B. durch
die Theilnahme an den Berliner Jahrbüchern, die solchen Tendenzcharakter,
wenn sie ihn je gehabt, längst verloren haben ....

Mit aufrichtiger Ergebenheit und Hochachtung

Ihr   gehorsamster

Ch. H. Weiße.

45.

Tagebuch.

Marburg, den 2. Nov. 1837.

An Echtermeyer u. Schaller.

Vorgestern traf ich hier ein und suchte gestern morgen Hermann²)
auf, der Prorector ist.... Den Abend führte er mich zu Sengler,³) einen
über Hegel hinausgegangenen Mann, mit dem sich gleich die verwickeltsten
Disputationen erhoben, die Hermann von Zeit zu Zeit durch spaßhafte
Ausführungen über Platonismus und Unerkennbarkeit der Materie unter-
brach. Wir Philos. von Fach explicirten nun die Materie und bewiesen
ihm, daß es nichts damit sei, aber er kam immer wieder auf den Factor,
der hinzu komme und ein unergründliches Etwas sei, zurück. Sengler hatte
die Weißische Wirklichkeit zur Qual, und obgleich ich ihn häufig mit
Dingen überraschte, die er für besser ausgab als Hegel, obgleich ich
jedesmal sagte, ich wollte es ihm aus Hegel vorlesen, wenn er dies oder
das holen wollte, dennoch blieb er dabei, Hegel sei ganz außer der

---

¹) H. J. 1838 Nr. 210 ff. hat Weiße die von Hotho herausgegebenen Vorlesungen Hegels über Aesthetik angezeigt.

²) K. Fr. Hermann (1804—1855) Altertumsforscher, seit 1832 orb. Prof. in
Marburg, später in Göttingen.

³) H. J. 1838 Nr. 289 ff. ist dessen Schrift „Ueber das Wesen und die Bedeutung der speculativen Philosophie rc. (Heidelberg 1837) kritisirt.

Wirklichkeit. Ich beschrieb nun Hegel ganz als Empiristen und wies allenthalben dies Aufnehmen der Wirklichkeit nach. Da erklärte Hermann, wenn ihm, als er noch Hegelianer gewesen, das einer gesagt hätte, so würde er ihn herausgefordert haben. Ich sollte durchaus ebenfalls hinausgegangen sein. So kann man wider Willen und wider Wissen vor die Thür der Hegelei geworfen werden, was Gott in Gnaden verhüte, daß es wirklich und mehr als in der Meinung meiner allzugütigen Wirthe geschehe.

Den Morgen des 2ten Nov. war ich einige Stunden bei Dr. Bayrhoffer[1]. Er ist ein sehr angeregter und eifriger Mann, ganz strenger Hegeliter, und fühlte sich glücklich, einen Genossen zu sehen. Er hatte meine Aufsätze gelesen und billigte namentlich die Rec. über Erdmann sehr, was auch Weiße gethan, wie ich wohl schon geschrieben habe. Wir hatten eine lange Unterredung über Göschel[2] und sein Unwesen namentlich; er war bis zur Ungerechtigkeit gegen ihn, denn er wollte von all der Ausbauerei, z. E. auch der Unsterblichkeit, und vollends von der Erbaulichkeit, z. E. der Vorrede zur Unsterblichkeit, nichts wissen. Die Philosophie habe sich auf solche Curiosa der Vorstellung gar nicht einzulassen, da sie das ohne Weiteres für den Wissenden erledige, auf die Unwissenden aber auch in Göschels Weise nicht wirken könne....

Im Ganzen geht es bis jetzt gut, und ich hole hier noch nach, daß ich in Göttingen den letzten Tag 2 Stunden vor meiner Abreise Gervinus[3] noch kennen gelernt habe, einen langen kraushaarigen Rheinländer, fast etwas französisch schwarz, aber von länglichem, honettem Gesichtsschnitt. Er ist hübsch eingerichtet und hat ein junges hübsches Frauchen, klein und rothbackig, wie der Nants, aber blond. Er stellte mich ihr vor, und ich lud beide zu uns nach Halle ein und versprach ihr, daß meine Frau sich sehr für sie interessiren würde. Sie wollen auf den Sommer nach Dresden und dann vorkommen. Gervinus ist mit seinem dritten Bande zur Litt. Geschichte[4] in 3 Wochen fertig und will sich dann für die Jahrbücher thätig interessiren. Er würde sich schon finden, und man weiß,

---

[1] Karl Theod. Bayrhoffer, geb. 1812, seit 1834 Privatdocent, seit 1845 ord. Prof. der Philosophie in Marburg, später Führer der demokratischen Partei in Kurhessen, suspendiert, wandert 1850 nach Amerika aus.

[2] Karl Fr. Göschel (1784—1862) eine Zeit lang Konsistorialpräsident der Provinz Sachsen, suchte die Uebereinstimmung Hegels und Goethes mit dem christlichen Glauben darzuthun. Im Folgenden hat M. vornehmlich die Schrift „Von den Beweisen für die Unsterblichkeit der menschlichen Seele ꝛc." (Berlin 1836) im Sinne.

[3] G. G. Gervinus (1805 in Darmstadt geboren; 1871 in Heidelberg gestorben) war seit 1836 Professor in Göttingen. H. J. 1838, Nr. 167 ff. erschien eine Charakteristik von ihm.

[4] Der erste Band war 1835 erschienen.

6

daß es sich bei ihm wirklich findet, denn er ist Echtermeyers Gegenstück, weswegen er dem denn, auch zuvorgekommen. In Marburg nahm meine ngelegenheit ebenso zuletzt noch einen vortrefflichen Aufschwung. Bayrhoffer lud mich zum Kaffee, und ich wurde näher zu meinem großen Nutzen mit ihm bekannt. Er ist blond, klein und mädchenhaft, hat aber einen tiefen Baß, in dem er ohne abzureißen ruhig fortorgelt, wenn ihm jemand zuhört, so daß ich zuletzt fürchtete, er würde über die Poststunde hinaus seine Periode fortsetzen, und sie fast gewaltsam abbrach, doch so, daß er es nur gut-aufnehmen konnte, denn ich umarmte ihn mit aufrichtiger Gesinnung. Und dazu hatt' ich Ursache. Er sprach nur von den Hall. Jahrbüchern per Wir. Er sagte, es sei nothwendig, daß der äußerlich erscheinende Mittelpunkt der neueren Geistesbewegung dahin verlegt werde, wo er wirklich sei, nach Halle; er war auf's Genau'ste mit uns und unserem Treiben bekannt; er hielt es für eine Aufgabe, Göschel und die Göschelsche Verunreinigung, Bauer[1]) und Erdmann, theils befacto auszustoßen, theils mit aller Kraft niederzuwerfen, denn das sei eine Schmach der Philosophie, die sie nicht zu dulden habe. Berlin sei todt und nichts damit anzufangen. Er würde der erste gewesen sein, der auf ein neues Organ des mündig gewordenen Geistes gedrungen hätte, wenn er so im Mittelpunkt der Litteratur wäre, wie wir. Er wolle daher alle seine Vorlesungen aussetzen, theils um sich ganz zu erholen, theils um gleich morgen anzufangen und sich ganz den Jahrbüchern zu widmen, damit wir womöglich gleich honett auftreten könnten und einen Charakter gewönnen . . . .

46.

Von Ludwig Preller.[2])

Kiel, 2. November 37.

Werthgeschätzter Herr Dr.

In Erwiederung Ihres Schreibens vom 24sten October danke ich sehr für das mir bewiesene Zutrauen. Ich nehme Ihr Anerbieten mit Vergnügen an und freue mich sehr zu Ihrer Zeitschrift, die, wenn sich der

---

[1]) Bruno Bauer (1809—1882) hatte sich 1834 in der theologischen Fakultät zu Berlin habilitiert; er gehörte ursprünglich der speculativ-orthodoxen Richtung à la Göschel an.

[2]) Ludwig Preller (1809—1861), Alterthumsforscher und Mytholog, bis 1838 Privatdocent in Kiel, dann Prof. in Dorpat und Jena, zuletzt Oberbibliothekar in Weimar.

Prospectus nur einigermaßen realisirt, Epoche in unserer wissenschaftlichen Journalistik zu machen verspricht. Mir gefällt besonders das Republikanische Ihres Plans, doch fürchte ich, daß Peter Michel sich hier am wenigsten anschließen wird; aber lassen Sie uns sehen, ob die viel besprochene Gelehrtenrepublik mehr als Ideal ist. Jedenfalls werden Sie das Verdienst haben, kräftige Anregung gegeben zu haben....

Ich verbleibe
hochachtungsvoll

L. Preller.

47.

An Echtermeyer.

Frankfurt a. M., den 6. Nov. 1837.

Du bist nun ohne Zweifel schon wieder heim, mein lieber Gevatter und Complice bei den H. Jahrbüchern. Hier das weitere Tagebuch. Ich habe in Gießen schlechterdings nichts Erfreuliches ausgemistelt.... Liebig, der berühmte Chemikus[1]), war nicht anwesend, und wenn er es gewesen wäre, was soll man mit so einem aufstellen? An eine Correspondenz nicht zu denken, man muß selbst eine machen, und was soll sie sich anknüpfen an dies caput mortuum? Man läßt es vorläufig laufen. Die Studiosen sind herrliche Kerle in Gieße, lustige Leit' und gar gescheite Junge, aber zu dumm zum Schreibe. .

Hier in Frankfurt traf ich Crailsheim[2]) gleich den ersten Tag früh, ein wahres Glück. Er nimmt den lebhaftesten Antheil.... Carové[3]) meinte, er hätte längst die Idee ausgeführt, wenn nicht dazu nöthig wäre, daß man in der Mitte von Deutschland lebte. Er rieth allerhand Gutes an, was ich Wigand mitgetheilt habe....

[1]) Justus von Liebig (1803—1873), war seit 1826 ordentl. Prof. der Chemie in Gießen.

[2]) Alex. Crailsheims erster Beitrag für die H. J. (1838 Nr. 15) war eine Anzeige von Bayrhoffers „Der Begriff der organischen Heilung des Menschen ꝛc.".

[3]) Fr. Wilh. Carové (1789—1852), Anhänger Hegels, habilitierte sich 1819 in Breslau, mußte jedoch schon im folgenden Jahre die Universität verlassen und privatisierte zunächst in Heidelberg, dann in Frankfurt. Sein Ideal war eine alle Völker und Zeiten befriedigende allgemeine Menschheitsreligion. Vatke, der ihn in Frankfurt kennen lernte, nennt ihn eine Curiosität, da er behaupte, das Christentum könne sich höchstens noch 20 Jahre halten. H.-J. 1838 Nr. 42 wurde seine Schrift „Papismus und Humanität" recensiert; auch er selbst schrieb mehrere Anzeigen für den ersten Jahrgang.

3) Conrad Schwenck[1]) ist ein versteinertes Kameel.

4) Rüppell,[2]) ein liebenswürdiger Beduine, ein Reisender, schreibt nur seine Reisen.

5) Aschbach[3]) wird thätigen Antheil nehmen, muß aber erst sehen, wie die Sachen sich ausnehmen und wie wir es eigentlich meinen. Denn er findet sich nicht philosophisch, sondern nur an Beispielen zurecht.

Ich fahre heut Nacht 10 Uhr nach Mainz und bin morgen Abend in Bonn. Es ist 8 und ich will noch bis 9 schlafen; das Weitere aus Bonn oder vom Dampfschiff, wo ich hoffentlich schreiben kann.

Grüß' meine Frau und Schaller.

Von Herzen Dein

Ruge.

Herrn Dr. Th. Echtermeyer
Wohlgeboren in
Halle a. b. S.

48.

An Echtermeyer.

Düsseldorf, den 9. Nov.

. . . Hier in Düsseldorf ist Schnaase[4]) Oberprocurator. Er ist schwierig, hat aber doch Hoffnung gemacht, namentlich einiges Technische zu berühren. Er ist ein feiner und geistreicher Mann, aber sich nicht einig über das Recht der Gegenwart, sich über sich selbst zu besinnen. Er hält dies namentlich der Kunst für schädlich und meint die leberne Reflexion damit. Daß es eine tiefere Form des Geistes als Philosophie[5]) gäbe und diese auch dem unbewußten Künstler zu Gute komme, läßt er

---

[1]) Conrad Schwenck (1793—1864), seit 1829 Prorector am Gymnasium zu Frankfurt, hatte ein etymologisches Wörterbuch der lateinischen Sprache (1827) herausgegeben, schrieb später: Mythologie der Griechen, der Römer u. s. w.

[2]) Wilh. P. E. S. Rüppell (geb. 1794 zu Frankfurt a. M.) unternahm verschiedene Reisen, besonders nach Afrika, seine Sammlungen übergab er dem Senkenbergschen Museum seiner Vaterstadt.

[3]) Joseph von Aschbach, Prof. in Frankfurt, später in Bonn, Historiker. (H. J. 1840 Nr. 259 ff. wurde seine Geschichte Kaiser Siegismunds angezeigt.)

[4]) Karl Schnaase (1798—1875), von Hegel ausgegangen, hatte bis dahin Aufsätze im Tübinger Kunstblatt und „Niederländische Briefe" (Stuttgart 1834) veröffentlicht.

[5]) „Als Philosophie" ist natürlich präbikative Erläuterung zu „tiefere Form".

durchaus nicht passiren. Ich muß mich sehr vor dem Disputiren hüten. Solche Leute werden gleich scheu, wenn sie eine Kritik ihrer geistreichen Dogmen anhören sollen, und doch konnt' ich mich nicht halten, ihm zu bemerken, daß er nach dieser seiner Ansicht gleich jetzt eine Sünde begehe, denn es sei in den 4 Wänden keine Mauer gegen den Geist, [da] ja seine Worte bei mir einen Gegenstoß fänden, also so gut als publice gesprochen wären. Er endigte damit, es sei auch so schroff nicht gemeint, als gesagt, nur hätte er sich etwas übersättigt an dem Besprechen der Kunst und versprach gelegentliche Beiträge....

49.

An Echtermeyer.

Bonn, den 11. Nov. 1837.

Lieber Freund Echtermeyer!

Wenn der gute Wille für die That gälte, so kann ich wohl sagen, nirgends hat man die Sache so freudig und wirklich gut gesinnt aufgenommen als hier.... Aber nur einer hat eine Arbeit wirklich übernommen, d. i. der Dr. Müller, welcher Grimms Mythologie nimmt. So ist Düsseldorf an eigentlicher momentaner Hülfe reicher als Bonn.... Simrock ist schändlich pomadig und will den San Marte nicht nehmen[1]), weil er ihn tadeln müßte. Auch Aussichten hat er mir gar nicht eröffnet. Ich hoffe, daß er mehr thut, als er sagt, denn er sagt fast gar nichts und näselt nur alle 3 Stunden 2 Worte in sich hinein.... An Welcker[2]) hab' ich einen herrlichen Mann gefunden und nach seinem Prorectorate wird er wohl mitwirken....

Von Herzen Dein

Ruge.

-----

[1]) San Marte (pseud. für Alb. Schulz, geb. 1802), Litterarhistoriker, veröffentlichte 1836—1841 „Leben und Dichten Wolframs von Eschenbach", vgl. die vorläufige Anzeige H. J. 1840 Nr. 12 f.
[2]) Fr. G. Welcker (1784—1868), Altertumsforscher, war 1819 einem Rufe an die neu gegründete Universität Bonn gefolgt.

50.

An Echtermeyer.

Dampfschiff Concordia, den 13. Nov. 1837,
zwischen Coblenz und Mainz.

.... Welcker traf ich bei Tisch, er hat mir mit Rath und That bei-
gestanden, nannte mir Rehfues,[1] den Curator, und will Conr. Schwenck
mobil machen. Er selbst ist jetzt Prorector und hat bis künftige Michaelis
viel damit zu thun. Welcker fand das ganze Unternehmen sehr an der
Zeit und sehr bedeutend. Die Verwahrlosung in der Kritik, namentlich
gegen Menzel, zu kuriren, sei eine Regeneration, die an Lessing und
Herder erinnere .... Loebell[2] ist ein ängstlicher, befangener Mann,
mit dem wohl schwerlich was anzufangen ist. „Wer vor Angst stirbt" 2c.
und das scheint ihm begegnen zu können. Lassen[3], ein junger Norweger,
sehr brave Natur, es käme nur auf weiteren Verkehr und darauf an,
daß Ewalds Journal wieder untertauchte, was es gewiß thun wird. Er
könnte, wenn er wollte, eine Correspondenz schreiben, aber er ist sehr
bescheiden und bedenklich .... Plücker[4] ist philosophisch ganz roh und un-
geberdig. Er hat unglückliche Quantitätsschrullen und fängt überall damit
an und hört damit auf: das Wesen der Dinge ist uns unbekannt. Und
wenn man die Absurdität davon nachweis't, so nennt er das Sophisterei
und leeres Gerede, weil ihm der Gedanke und seine Nothwendigkeit gar
keine Berechtigung zu haben scheint. Es ist wohl besser, ihn dieser seiner
traurigen Genialität und Wissenschaft der Unwissenheit zu überlassen;
denn den alten Hochmuth des endlichen Wissens um diese oder jene
Formel, diese oder jene entdeckte Erscheinung kann man doch jetzt nicht
mehr mitreden lassen .... Diez[5] ist kränklich. Er fühlte sich ge-
schmeichelt und versprach alles Gute. Er ist fleißig genug, aber Hypochonder. Nöggerath[6], etwas aus der alten Schule, aber ein braver,

---

[1] Phil. Jos. von Rehfues (1779—1843), spielte nachmals bei den Demagogen-
untersuchungen eine hervorragende Rolle.

[2] Jos. Wilh. Loebell (1786—1863), zur Romantik hinneigender Geschichts-
schreiber, seit 1829 Professor.

[3] Chr. Lassen (1800—1876), seit 1830 außerord. Professor der altindischen
Sprache und Litteratur.

[4] Julius Plücker, geb. 1801, bis 1836 außerordentl. Prof. der Mathematik in
Halle, seitdem orb. der Mathematik und Physik in Bonn.

[5] Fr. Chr. Diez (1794—1876), Begründer der romanischen Philologie, seit 1830
ordentl. Professor.

[6] Jakob Nöggerath (1788—1877), seit 1822 ordentl. Prof. der Mineralogie
und Bergwerkswissenschaften.

liebenswürdiger Kerl, wird nach Gelegenheit schreiben. Dr. Müller...
ist mit v. Gagern[1]) befreundet, zu dem ich von ihm ging. Dieser
junge Mann ist äußerst rüstig und von dem bravsten Streben. Er geht
nur auf die Sache und hat seine Stellung in der Gunst des holländischen
Königs aufgegeben, um der Historie zu leben. Fichtes Collegien hat er
besucht, um in die Philosophie hinein zu kommen, was freilich ein übler
Weg war. Jedoch besitzt er Hegels Bücher und scheint darauf einzugehen.
Er nannte sich einen Aristokraten, d. h. der einen Abel in der Stellung
des englischen und nach Hegels Entwickelung im Naturrecht haben will.
Uebrigens hat er sich im Deutschschreiben noch gar nicht versucht und
scheint erst Uebung haben zu wollen. Dünzers ganz leere Stube, in
der nur Mitscherlichs Horaz lag, (er lies't Horaz) hab' ich zweimal besucht.
Es thut mir leid, ihn nicht gesehen zu haben, obgleich für uns wenig mit
ihm zu machen wäre[2]).

——— ———

51.

An Echtermeyer.

Heidelberg, den 15. Nov. 1837.

Lieber Freund.

... Der alte Creuzer[3]) nimmt den lebhaftesten Antheil und grüßt
Hinrichs und Meier schönstens. Er will bei Gelegenheit was einschicken. Sub rosa für Dich und Schaller. Er gestand mir, daß hier
von Erdmann die Rede gewesen wäre und daß es keineswegs an Geld,
sondern nur an dem Entschluß des Ministers fehle. Es sollte mir leid
thun, wenn ich mit meinem Artikel gegen E., den sie alle kennen, am
Ende schuld wäre, daß sie uns den Wurm nicht aus der Nase ziehn.
Creuzer hat mir eben einen Gegenbesuch gemacht.

[1]) H. Chr. Frh. von Gagern (1766—1852), Staatsmann und politischer Schriftsteller, bis 1818 niederländischer Gesandter beim Deutschen Bunde, hatte u. a. veröffentlicht: „Die Resultate der Sittengeschichte" (1808—1822). Ruge zeigte H. J. (1840
Nr. 151 ff.) seine „Kritik des Völkerrechts" an.

[2]) Joh. Heinr. Jos. Dünzer, geb. 1813, hatte sich 1837 in Bonn für altklassische
Litteratur habilitirt. Die Jahrbücher brachten später (1840 Nr. 297 ff. 1842 Nr. 97)
vernichtende Kritiken seiner wissenschaftlichen Thätigkeit.

[3]) Georg Fried. Creuzer (1771—1858) Altertumsforscher; seit 1804 Prof. in
Heidelberg; Hauptwerk: „Symbolik und Mythologie rc." (Leipz. 1810—12). Die
H. J. brachten eine Charakteristik C.s von Preller (1838 Nr. 101) sowie eine Recension
der Symbolik, von Stuhr (1838 Nr. 75).

Ullmann[1]) ist ein Schlingel; er rückt nicht heraus gegen die Feinde mit seinen Plänen, hat mich zum Kaffee eingeladen und auf dem Museum eingeschrieben und eingeführt. Ich inquirirte indirect und gebehrdete mich ganz unbefangen wegen der philosophischen Frage, aber er schien von nichts zu wissen. Ritter, Erdmann, Herbart,[2]) so einen könnten sie nehmen, sagte er, und bezahlen könnten sie ihn auch. Ich erklärte ihm Herbarts Stellung und daß sie den wohl nicht bezahlen könnten, eben so wenig Ritter; sie müßten ihr Auge wohl nach Preußen wenden, und da sei ja Halle jetzt gesegnet und reich an Geist und Anmuth . . .

Geh. Rath Mittermaier[3]), ein sehr geistreicher Mann. Er nimmt wirklich aus der Sache heraus Antheil „an jedem geistigen Aufschwunge" und bekennt, daß es leider der Jurisprudenz ganz daran fehle, eben darum, weil ihr die Norm: die Discussion der Staatsverhältnisse abge= schnitten ist . . . Ich habe eine große Idee von dem Manne gefaßt und zähle ihn zu den imposantesten und in sich sichersten Persönlichkeiten, die mir bis jetzt vorgekommen sind, ihn und Jacob Grimm . . .

Leb wohl. Ich gehe morgen nach Freiburg ab.

Der Deinige

A. Ruge.

52.

Von Ludwig Feuerbach.[4])

Euer Wohlgeboren

freundliches Einladungsschreiben vom 14. Oct.[5]) dat. habe ich erst am 5. Nov. erhalten. Sie sprechen darin von einer persönlichen Zusammen= kunft. In der Voraussicht jedoch, daß Sie mich verfehlen werden, indem ich der Zeit abseits der großen Heerstraße wohne und lebe, antworte ich

---

[1]) Karl Ullmann (1796—1865) Vermittelungstheolog (vergl. das Straußsche Sendschreiben in den Streitschriften, Heft 3 p. 127); seit 1826, dann wieder seit 1836 Prof. in Heidelberg.

[2]) Karl Ritter (1779—1859), seit 1820 Prof. der Geographie an der Universität Berlin; Joh. Friedr. Herbart (1776—1841), seit 1833 Prof. der Philosophie in Göttingen.

[3]) Karl Jos. A. Mittermaier (1787—1867 Rechtslehrer, seit 1821 in Heidelberg) Vgl. über ihn H. J. 1840 Nr. 81.

[4]) Ludwig Andreas Feuerbach (1804—1872) hatte sich 1828 in Erlangen habili= tiert, lebte später in Bruckberg bei Ansbach.

[5]) Abgedruckt in „Ludwig Feuerbach in seinem Briefwechsel und Nachlaß 2c. dargestellt v. Karl Grün" (Leipzig und Heidelberg 1874) Bd. I. p. 293.

Ihnen schriftlich. Ich bin nicht abgeneigt, Ihre Einladung anzunehmen — ich sage nicht abgeneigt, nicht aber schenke ich Ihrem rühmlichen Unternehmen [nicht] die gebührende Theilnahme, sondern nur, weil ich gerade alle die Eigenschaften in vollem Maße besitze, die nicht zu einem Journalisten passen.

Kurz — ich nehme hier den bereits vor 10—14 Tagen angesponnenen, aber gewaltsam abgerissenen Faden wieder auf — mir fehlen alle innerlichen und äußerlichen Bedingungen zu einer gesegneten journalistischen Thätigkeit. Die Bibliothek ausgenommen, stehe ich — Heil meiner philosophischen Muße! — mit der obscuren Universität Erlangen längst in keiner Berührung mehr. Also schon der räumliche Status quo paßt nicht für einen Journalisten; wohl war es öfters mein Vorsatz oder Wunsch, das edle Handwerk der Kritik einmal ins Große zu treiben, aber es hat sich keine schickliche Gelegenheit dazu gefunden.

Ueberdem habe ich noch Verbindlichkeiten an die Berliner,[1] die ich zunächst wenigstens nicht umgehen kann und mag, da sie gegen den Häretiker solche Toleranz geübt haben. So geht gleichzeitig mit diesem Briefe an Sie eine Kritik der Erdmann'schen Geschichte nach Berlin ab.[2] Aber gleichwohl bin ich bereit, Ihnen von Zeit zu Zeit, wenn es meine anderen Arbeiten erlauben und mir grade etwas besonders Erfreuliches oder Unerfreuliches in die Quere kommt, Etwas aus meinem Krame zu schicken. Ich bedaure nur, daß auch die Einrichtung Ihres Blattes, obwohl es ein unendlich freieres Feld eröffnet, als die bisherigen Institute dieser Art, keine selbstständigen, sich nur als Ausgangspunkt an herrschende Vorstellungen, Meinungen und Behauptungen, aber nicht gerade an einzelne Bücher und literarische Personen anschließende Abhandlungen oder überhaupt Arbeiten verstattet.

Michelet's Geschichte, die Sie mir zur Beurtheilung vorschlagen,[3] habe ich auch den Berlinern abgesagt; sie liegt mir gegenwärtig ferne, obwohl mir der Gegenstand stets nahe ist, wie ich die historischen Kritiken bald gänzlich satt haben werde.

Mit Freuden übernehme ich aber die Beurtheilung der Schrift „Idee der Freiheit und Begriff des Gedankens" von Dr. E. Bayer,

[1] Die in Berlin erscheinenden Jahrbücher für wissenschaftliche Kritik.

[2] Erschien April, S. 534; wiederabgedruckt in L. F. „Philosophische Kritiken und Grundsätze." Leipzig 1846 (der Werke 2. Band) p. 92 ff.

[3] Karl Ludw. Michelet geb. 1801, seit 1829 Professor der Philosophie in Berlin; seine „Geschichte der letzten Systeme der Philosophie in Deutschland von Kant bis Hegel" erschien in 2 Bänden in Berlin 1837—1838; die Recension übernahm Hinrichs. (H. J. 1838 Nr. 299 ff.)

Nürnberg 37,[1]) wofern Sie sie noch nicht vergeben haben. Ich wollte sie in den Berliner Jahrbüchern anzeigen, aber ein Anderer hat sie da schon in Beschlag genommen.[2])

Mit dem Wunsche des glücklichsten Erfolges

Ihr ergebenster

L. Feuerbach.

Bruckberg bei Ansbach, den 23. Nov. 1837.

53.

Tübingen, ben 30. Nov. 1837.

Nachmittag. Eben komme ich von Uhland, ben ich Dir aber nicht beschreiben will, um Deiner gutmüthigen Phantasie freien Spielraum zu lassen. Er ist sehr freundlich und liebenswürdig. Sobann hat mich der Prof. Mohl[3]) heut Abend zu sich eingeladen. Ich werde in einer halben Stunde hingehn. Uebrigens wird es hier nicht viel werden für meinen Zweck. Es fehlt an Jugend. Ich werde eilen, wieder nach Hause zu kommen, um zu sehen, wie die Sachen wirklich stehn....

Den 1. Dec. Bei Mohl fand ich seinen Bruder,[4]) sobann Baur,[5]) seinen Schwager und den Kanzler Wächter.[6]) Ich habe sie heut Morgen wieder gesehn und von allen Zusagen erhalten, auch von Uhland, Vischer, Fallati, Keller, Michaelis, Tafel. Spezielles nur, was aber sehr wichtig ist, von Wächter eine Corresp. aus Tübingen und über die Universität.[7])

Abends 11 Uhr. Denke Dir die Fata. Ich lud Vischer ein) mit mir zu G. Schwab nach Gomaringen zu fahren,[8]) und dieser fidele Kerl

---

[1]) Erschien bereits im 6. Heft des ersten Jahrganges (vgl. Philos. Kritiken 2c. 116).

[2]) Rosenkranz; vgl. Mai, S. 727.

[3]) Robert von Mohl (1799—1875) seit 1827 Professor der Staatswissenschaften.

[4]) Moritz Mohl, geboren 1802, Nationalökonom und Parlamentarier.

[5]) Ferd. Chr. Baur (1792—1860) seit 1826 Professor der Kirchen- und Dogmen-geschichte, Stifter der Tübinger Schule.

[6]) Karl Georg von Waechter (1797—1880) Rechtslehrer, seit 1836 Kanzler der Universität Tübingen.

[7]) Vgl. H. J. 1841 Nr. 111 ff. D. J. 1841 Nr. 52 ff. In wie weit Wächter an dieser Korrespondenz betheiligt war, ist dem Herausgeber nicht bekannt.

[8]) Vgl. zum Folgenden A. f. J. II 107. Gustav Schwab (1792—1850) war in demselben Jahre Pfarrer zu Gomaringen bei Tübingen geworden.

schlug ein und brachte Uhland auch noch mit auf den Zug. So fuhren wir lustig heut Mittag mit Extrapost auf das Dörflein zum Herrn Pastor Schwab los. Ohngefähr 100 Schritt davor aber zerbrach der Vorderwagen, und ich fiel zuerst in den Graben mit dem Kopf und die Schulter ins gelbe Lehmwasser. Wie ich noch dalag, purzelte Uhland hinterdrein und auf mich, quetschte mir den linken Fuß bedeutend, und so lagen wir eine gute Weile im Graben, während Vischer auf die Beine zu stehen gekommen war und erschrocken auf uns hinsah. Endlich fiel Uhland von mir herunter mit beiden Füßen ins Wasser, ich erhob mich, marschirte ans Ufer und sah, daß er sich noch besann, wie und wo, dann aber heiter hervorkam. Wir erhoben jetzt ein lautes Gelächter über die Fahrt und daß wir aussahen wie die Säue, auch ich noch den ganz zersetzten und kothigen Mantel (!) wie ein guter Lazarone einherschleppte. Vischer freute sich, daß wir beide lachten und marschiren konnten. So kamen wir auf die Pfarre und zwar in einen Damenkaffee, wo wir uns mit den Worten des Rößliwirthes im Dorf, bei dem wir uns vorher hatten vergeblich zu reinigen gesucht, entschuldigten: „nämlich es sähe ja immer einer aus wie der andre und wäre ja keine Bosheit nit." Nun aber war Schwab nicht zu Hause, sondern ¾ Stunden über Land zu einem Nachbarspfarrer. Man schickte ihm nach und endlich erschien er, ein großer starker Mann von ungemeiner Lebhaftigkeit und Liebenswürdigkeit. Er ist ganz glücklich, wenn er Uhland hat und hört, und freute sich, daß ich ihm gegen Heinen rechtgab, nur mit der Klausel, daß Heine viel mehr als nur unsittlich sei, indem er das Heiligste immer nur vorgebe, nie für wirklich und wahr halte. Dies Gespräch hatte mir Vischer, der ein ganz braver, humoristischer und freier Kerl ist, prophezeiht. Wir, ich und Vischer, hatten uns vorgenommen, nicht ungeschickt zu disputiren, und so ergab sich die heiterste und freundlichste Unterhaltung, die mir äußerst wohlthat und meine Fußschmerzen (in der Wade) ganz vergessen machte. Uhland erzählte von einigen Veranlassungen zu bekannten Liedern von ihm, und einige sang Schwabs Tochter, deren Bräutigam, ein Dr. Klüpfl,[1] ein großer Freund meiner Schreibereien sei, wie mir Schwab sagte, worauf ich sehr naiv erwiederte, daß ich das noch gar nicht gewohnt sei, und vielleicht roth wurde. Daß Du dies aber Schallern nicht verräthst, damit er mich nicht mit meinem Ruhm aufzieht. Auch einige Lieder von einem jungen Mann, Namens Mörike, der Talent hat,

---

[1] K. A. Klüpfel geb. 1810, Historiker, seit 1863 erster Universitätsbibliothekar in Tübingen, gab u. a. 1858 eine Monographie über G. Schwab heraus.

sang Fräulein Schwab, ein sehr stilles, angenehmes Mädchen, nicht so hübsch, aber ähnlich wie Elise. Frau Schwab redet etwas altklug über Poeten mit, ist sonst aber ganz angenehm und schwäbisch zuthulich. Von Uhland will ich Dir doch ein Bild mitbringen. Wir gelangten ohne Unfall wieder in Tübingen an und hatten den Weg aufs angenehmste mit den Erzählungen zugebracht, die Uhland und Vischer vom Hölderlin machten, der noch in Tübingen lebt, aber leider wahnsinnig ist. Ein Tischler hat ihn in Pflege und Aufsicht. — Vischer war den Abend noch bei mir und half mir beim Thee mit allerhand Nachrichten und Planen für sich und Strauß, den ich aber leider hier nicht angetroffen habe und nun eigends in Ludwigsburg aufsuchen werde, wo er bei seinem Vater auf 8 Tage zum Besuch ist. Vischer ist genau mit Strauß befreundet, und es freut mich, daß ich den vorher habe kennen gelernt. Sobann erzähle noch Schaller oder lies ihm vor ober gieb ihm zu lesen, wenn er „bitte" sagt, daß ich K. Ph. Fischer[1] besucht. Der Mann ist eine sehr eigne Figur. Sie nennen ihn den Thränenfischer, weil er nach Gelegenheit im Vortrage in Thränen ausbricht. Er hat rothe Haare und ein langes hageres Gesicht, welches einen nie anluckt, sondern immer so stille elstatisch vor sich hin schießt. Dabei ist er human und redete recht vernünftig . . . . [Er] ist immer in einem geringen Anfall von Krämpfen, mit benen er zitternd und zagend ringt und so einige Unterstützung seiner Selbstheit herauspreßt, die dann leicht den Anschein des überspannten Selbstgefühls hat. Was barin lag, wenn er aufzählte, wie er Hegel und Schelling burch und burch[2] kritisiren könne und das bei Hegel schon gethan, bei Schelling vielleicht noch thue. Ich brachte bavon gottloser Weise die Rede auf seine Anerkennung der Fichtischen Ontologie;[3] . . . . aber er explicirte sich aus der Humanität heraus dahin, daß den Mann mal recht anzuerkennen sei ihm ordentlich Bebürfniß gewesen — als wenn man so einem Esel, weil er ein lebendiger ist, Unrecht thäte, das zu sagen. Der andre Vischer führt den Beinamen Schachtelmeier[4]

---

[1] K. Ph. Fischer, geb. 1807, 1837 außerorb. Prof. in Tübingen, später in Erlangen; theistischer Philosoph. Vgl. die Recension seiner Schrift „Über den speculativen Begriff der Freiheit." H. J. 1840 Nr. 171 ff.

[2] Vgl. Grundriß der Metaphysik. 1834.

[3] Immanuel Herm. v. Fichte (1796—1879), Sohn des berühmten Philosophen, suchte den Theismus zu begründen. Seine Ontologie war 1836 in Heidelberg erschienen.

[4] Schartenmayer; V. hat später aus dessen Nachlaß das Heldengedicht „Der deutsche Krieg 1870—71" herausgegeben.

von einem Volkspoem, welches er einmal in burlesker Manier angefertigt
bei Gelegenheit einer Execution in Tübingen.

Leb wohl, liebes Herz.

Dein Ruge.

54.

Von Ludwig Feuerbach.

Bruckberg bei Ansbach, 15. Dec. 1837.

Verehrter Herr Doktor!

Vor Allem drücke auch ich Ihnen mein Bedauern darüber aus, daß
Sie, obwohl so nahe, doch meinen Augen und Ohren unzugänglich geblieben sind. Von Freiburg aus wurde wohl Ihre Ankunft den Meinigen,
von diesen mir annoncirt, aber der Brief kam aus Mißverständniß sogar
einen Tag später, als der Ihrige aus Nürnberg zu mir. Es war also
zu spät. Am 9. Dec. nämlich erhielt ich den Ihrigen aus Nürnberg. —
Ebenso bedauere ich, daß ich Ihnen nicht meine Kritik der Erbmann'schen
Geschichte schicken konnte. Sie würde sich bei Ihnen viel besser aus=
nehmen; ich würde dann auch, wie es anfangs mein Wille war — ein
Vorsatz, von dem ich nur aus Rücksicht auf Raum abkam — die Prin=
cipien und die Methode der Geschichtschreibung dieser Leute direkt an=
gegriffen haben, während ich jetzt sie nur insofern widerlegte, daß ich den
Stoff, die Folgen, in seiner Nichtigkeit zeigte. Uebrigens habe ich dessen
ungeachtet materiell keinen guten Fetzen daran gelassen, obwohl ich
formell Erbmann schonte, aus Grundsätzen der Humanität, gemäß
welcher die Beschränktheit, wenn sich nur nicht Arroganz zu ihr gesellt,
schonend zu behandeln ist. Nach dem, was Sie schreiben, hätte er frei=
lich auch diese Schonung nicht verdient. Michelets Geschichte konnte ich
beßwegen nicht über mich bringen zu recensiren, weil die fast wörtliche
Wiederholung dessen, was bereits Hegel im dritten Bande seiner Ge=
schichte — nebst dem zweiten der dürftigste — gesagt, aufs widerlichste
afficirt hat. Die außerordentliche Leerheit, Einseitigkeit und Armseligkeit
der Erbmann'schen Geschichte würde denselben Effect gemacht haben,
hätte sie mir nicht Gelegenheit gegeben, von dem Material, wovon ich
keinen Gebrauch im Leibniß[1]) machte, einiges zu verschießen. — Eine

---

[1]) L. F. Geschichte der neuern Philosophie. Darstellung, Entwicklung und
Kritik der Leibniß'schen Philosophie. Ansbach 1837. Angez. v. Bayer H. J. 1838.
Nr. 135 f.

Charakteristik, richtiger Kritik Göschels wäre allerdings Wasser auf meine Mühle, insofern wenigstens, als ich solche unreine, falsche Geister für die allerverwerflichsten und schädlichsten halte. Aber, du lieber Himmel, ich muß doch das Zeug durchlesen. Schriften, die ich schon bei den ersten Seiten wegschmeiße? Werde ich diesen Ekel überwinden? Soll ich die kostbare Zeit an solche Tropfe verlieren? Zudem besitze ich seine Schriften nicht, weiß auch Niemand in der Nähe, der sie hätte, wenigstens Niemand, der mit mir in Verbindung steht. Und wer wird solchen Eitelkeiten opfern, was nur guten und nothwendigen Werken gehört? Hinderlich zu allen derlei Operationen ist aber mein abgeschlossener Aufenthaltsort — zu einer Charakteristik Schellings könnte ich mich mit der Zeit ver= stehn. Jedoch wäre mein Hauptinteresse dabei eine gehörige Beleuchtung seiner spätern Lehre vom Ursprung des Lichts und der Finsterniß, wobei ich jedoch die vielleicht irrige Voraussetzung mache, daß diese Lehre noch nicht gehörig beleuchtet wurde. Dieses Interesse bei Seite gesetzt, würde sich vielleicht mancher Andre besser zu einer Charakteristik Schellings schicken, als ich. — Hätte doch Ihr erster Brief mich früher getroffen. Kurz vorher war nämlich von den Berliner Jahrbüchern eine Ein= ladung gekommen, wieder von Zeit zu Zeit Beiträge zu liefern. Ich ver= sprach es, unter Bedingungen — die zwar stets stillschweigend gemacht und stillschweigend bewilligt wurden, aber nun — das sage ich aber blos Ihnen — mir förmlich aufgesetzt und bewilligt wurden, nämlich vollkommene libertas philosophandi. Obwohl ich einen besondern Un= willen gegen viele Mitarbeiter schon uranfänglich hatte, so konnte ich doch Theil nehmen und glaubte es auch diesmal thun zu können, da ich stets isolirt geblieben bin, in keine Gemeinschaft mit diesen trat, weder rechts noch links blickte, mich stets frei und unabhängig behauptend, wie dies unter Andern meine Kritik Stahls, die indirekt auch Göschel traf, hinlänglich beweist. Ich that es aber dießmal beßwegen besonders, um bei meiner gänzlichen Abgeschlossenheit mir ein Organ für gelegentliche, wenn auch seltne Fälle, wie dies grade mit Bayers Schrift und Erdmanns Geschichte der Fall, [aufzusparen]. Aber dessen ungeachtet wird es in die Länge nicht gut thun. Was die Schriftstellerei meiner Wenigkeit betrifft, so habe ich stets auf der Universität der Literatur nur den Obscuranten — im Sinne der burschikosen Partheiführer — gespielt. Ich habe ab= sichtlich und aus Abneigung stets nur als Historiker mich ausgesprochen, aber indirekt schon im ersten, freilich unbeholfenen Bande meiner Geschichte [1])

---

[1]) Geschichte der neuern Philosophie von Bacon von Verulam bis Benedict Spinoza. Ansbach. 1833.

dieselben Gesinnungen wie im L[eibniz], dieselbe Selbstständigkeit und Antipathie behauptet, war auch noch in manchem speciellen Punkte noch befangen und mir nicht klar. Alles bedarf seine Reise. — Bayer ist mein philosophischer Freund. Aber ein persönliches, außersachliches Interesse ist in meine Recension nicht eingeflossen. Ich kenne die Mängel der Schrift — überwiegende Subjectivität — aber- und abermalige Wiederholung desselben Gedankens — eigensinnige Subtilität mit den Präposition=pronominal=Terminis. Aber ich hielt hier die Benennung solcher Fehler für unzweckmäßig, für störend. Es soll mich freuen, wenn Sie ein Gleiches von der Schrift denken sollten, wenn Sie gleich an den Eigenthümlichkeiten dieses in sich webenden Geistes sich cher stoßen werden als ich.— .... Sobald als möglich werde ich Ihnen wieder was zuschicken. [1])

Der Ihrige

L. F.

[Adr.]   Sr. Wohlgeboren
    dem Herrn Dr. Arnold Ruge,
Redakteur der Jahrbücher für deutsche Kunst
    und Wissenschaft.

Halle.

55.

An Rosenkranz.

Halle, den 16. Dec. 1837.

Mein lieber alter Freund,

Gestern kam ich zurück von meiner Reise über die Universitäten von Bonn oder vielmehr Göttingen bis Zürich und so wieder herauf über Tübingen u. s. w. und habe 159 Mitarbeiter mit Echtermeyer zusammen gewonnen. Unter den Briefen, die ich vorfand, ist auch der Deinige, der mir nun der wichtigste ist, denn er ist zugleich zur Herzenssache ausgeschlagen, und ich bin nicht so verstockt, daß ich diesen Punkt vernachlässigen sollte. Meinen besten Dank zuerst für Deinen thätigen Beistand durch die Charakteristik Schleiermachers als Patriot und Academiker und die Recension über Hegels Philosophie der Geschichte, [2]) worauf ich mich sehr freue. Sodann aber auch dank' ich Dir wirklich von Herzen für

---

[1]) Ruges Antwort findet sich in Feuerbachs Briefwechsel I S. 294.
[2]) Letztere erschien 1838 Nr. 17 ff.

Deinen Rüssel, der nur dazu dienen kann, unser Verhältniß von allem Unrath des Verdachtes zu reinigen und so zu seiner Wahrheit wieder herzustellen. Aber liebe Seele, wie kommst Du auf den wunderlichen Gedanken, daß ich „Hinrichs gegen Dich einzunehmen gesucht?".... Hinrichs selbst ist zu objectiv, um Dir persönlich und Eurem Verhältniß das irgend zum Nachtheil gereichen zu lassen, wenn er etwas gegen Dein Buch oder Deine Bücher hätte. Du weißt, daß er in diesem Puncte normal und durch und durch honett ist. Wie Du selber darin bist, ist mir ja auch bekannt — gehst Du doch eher zu weit in der Geltenlassung des Andern, als daß Du auf Dich selber und diese oder jene Leistung pochen solltest. Dies ist auch in der That der richtige wissenschaftliche Gesichtspunct, daß man die Bücher auch der Befreundetsten der strengsten Kritik nicht entzieht und niemandem die Abweichung übel nimmt. Ganz anders ist es freilich in dem Fall, wo eine Person, die ganz nichtig ist, sich eine übergroße Bedeutung erschlichen hat und nun völlig negirt und
· tobtgeschlagen wird. Das kann der Negirte nur persönlich nehmen, weil ihm sein Selbstbewußtsein angetastet wird und er es nicht aus der Affaire zurückziehn kann. Dieser Fall ist Erdmann seiner oder müßte es vielmehr sein, ist es aber nicht. Denn ich finde meine Prophezeihung bestätigt, daß ihm der Beweis seiner Nichtigkeit gar keinen Schaden thut und daß er selbst himmelweit entfernt ist, in meiner Recension nur irgend etwas Wahres zu finden, weshalb er denn auch im Stande sein wird, die Sache ohne Störung zu ertragen. Der zweite Punct Deines Rüffels ist diese Erdmannsche Recension, und Du machst es mir ganz recht, daß Du mich zu einer nähern Erklärung der Sache veranlassest. Dahin gehört vor Allen, daß die Philosophie nunmehr bereits Gemeingut ist, welches Eigenthum sich der Süden und ganz besonders Schwaben mit einer höchst erfreulichen Energie vindicirt. So, lieber Freund, giebt es kein Bedürfniß, ja nicht einmal eine Möglichkeit „der Cooperation der Schule", darum nicht, weil ihre eigne Entwickelung die ist, daß ihre Gegensätze selbstständig gegen einander agiren. Gegen Leute wie Bauer in Berlin, ja selbst gegen Göschels Einschwärzung der dogmatischen Absurditäten, haben nothwendig viele Hegeliter von guter Signatur immer eine Antipathie. Sympathie ist da nicht zu erzwingen. Ueberall hat man mich aufs dringendste dahin gewiesen, wie nothwendig eine Orientirung über diese Gegensätze sei, und von vielen Seiten war man sehr erfreut darüber, daß die Firma der Hegelei Erdmann nicht zum Deckmantel seiner Nichtigkeit gereicht habe, was nun allerdings auch

Gabler[1]) in seiner mir nachhinkenden Recension nicht mehr machen konnte, obgleich es immer unbegreiflich bleibt, was mit dieser Weitläufigkeit beabsichtigt wird. Krieg ist Leben, und Leben muß sein, am meisten in der Philosophie, deren Gebiet keines Namens Grenze duldet und für bie es ein Glück ist, daß die ganze Macht des jungen Geistes von dem Begriff der Schule und der Parthei nichts wissen will. Die Philosophie, nicht Hegelsche Philosophie, das ist, und Du hast es selbst genug gesagt, ächteste Hegelei. Nun kam Erdmann hieher und machte ein ganz enormes Aufsehn, Tholuck,[2]) Wilda[3]) und viele Studenten, Pastöre, Candidaten ꝛc. drängten sich zu ihm, er war „unser berühmter Philosoph,“ und Friedländer[4]) ließ ihn als solchen leben. Du wirst es mir nicht übel nehmen, daß ich unter solchen Umständen Erdmann für bedeutend hielt und mich nun auch näher von seinem wahren Kern unterrichten wollte, was ich ohne einen solchen Applaus gern unterlassen hätte, indem ich in der That was Besseres zu thun habe. Sein hiesiges Auftreten und sein hiesiges Glück ist also grabezu die Ursache meiner Kritik, wie ich das auch gesagt habe. Die Ursache ihrer so ausgesuchten oder barocken Grobheit, wie Du nicht unpassend sagst, ist dann wieder näher der Umstand, daß Joh. Schulze in der Societät grabezu dieses Erdmann'sche Genre als Muster vertheidigt und Gabler es übernommen hatte, eine passende Sauce darüber zu gießen und etwa durch einen Auszug Erdmanns jungenhafter Aussagen für Philosophie auszugeben. Ich und Hinrichs, beide abgesondert, hatten den Jahrbüchern Recensionen der Bücher von E. angeboten. Sie aber sorgten eben für Cooperation, (das mußte ich nach den Vorgängen in der Societät erwarten) und es entstand eine vollständige Protection der Dummheit, die sich das Besserwissen nur gefallen läßt, wenn ihm alle Courage und alle Ehre fehlt. So gerieth ich in nicht geringen Zorn und habe aufs Absichtlichste eine schneidende und möglichst in die Augen schlagende Form, jenen von Dir getadelten Ton, gewählt, um Erdmann mit Aufsehn und nicht vor wenigen Wissenden, vor denen er es von vornherein sein mußte, wirklich litterarisch zu vernichten, wie er es verdient. Du nennst diesen Zorn Bosheit und damit

---

[1]) Georg Andr. Gabler (1786—1853), Nachfolger Hegels in Berlin, hatte 1836 die Uebereinstimmung Hegels mit den christlichen Dogmen nachzuweisen gesucht; die Rec. Erdmanns erschien Dez., S. 801.

[2]) Vgl. hierzu Echtermeyer, die Universität Halle 1838 Nr. 85, bes. S. 675.

[3]) W. E. Wilda (1800—1856) Germanist und Kriminalist, seit 1831 außerord. Prof. in Halle. Vgl. Echtermeyer a. a. O. 684. W. schrieb für die H. J. (1838 Nr. 61 f.) eine Anzeige von Görres' Athanasius.

[4]) Vgl. Echtermeyer a. a. O. S. 670.

meinst Du, ich beneidete ihn um sein Glück und seinen Ruhm und wollte ihn persönlich, d. h. seine Stellung, sein Fortkommen ꝛc. ruiniren. Dieser Vorwurf hätte dann auch Lessing, Schelling und Hegel treffen müssen, welche nichtswürdigen Subjecten noch viel ärger den Proceß gemacht. Wer dem geistigen Gange mit solchen Mitteln und so leerer Spiegelfechterei erfolgreich in den Weg tritt, ist aus dem Wege zu räumen, gleichviel ob er daran stirbt oder verhungert. Was aber den Neid betrifft, so bekenn' ich mich dazu. Aber als Docent hab' ich auch vor ihm kein Glück gemacht und nie über 10 Zuhörer gehabt; dazu werd' ich wohl nicht taugen. Erdmann aber scheint mir dazu zu taugen, abgesehen davon, daß er lauter dummes Zeug bocirt und die Studenten nur vollends confus macht, wie die Vorlesungen über Glauben und Wissen zeigen. Sonst ist der Ruhm, den er hat, nicht mein Ziel, was Du mir auch nach Deiner Kenntniß von meiner Thätigkeit wol' nicht zutraust. Also gewiß ist er beneidenswerth um das Ohr der Studiosen und um diesen Erfolg, den ich allerdings beabsicht und nie erreicht habe, auch wohl nie erreichen werde. Aber der Grund meines zornigen Tons ist dieser Neid nicht, im Gegentheil, ich war völlig mit meinem Schicksal versöhnt, als ich sah, welche Basis jenes academische Glück hatte, ja ich war es noch mehr, als im vorletzten Semester Henke[1] 20 Zuhörer im Naturrecht hatte, denen er verbotenus Stahls Rechtsphilosophie dictirte, ich aber eine einzige Anmeldung und gar keine Zuhörer vorfand zu demselben Collegium. Nun aber kann ich es doch nicht geduldig mit ansehn, daß Erdmann sich auch noch litterarisch puffirte und ein dummes Publicum mit seinem hohlen Ruhm dupirte. Wie komme aber grade ich dazu? Siehst Du, darum, weil alle anderen ihn wirklich gehn lassen wollten, und zwar weil niemand gegen Joh. Schulze's Meinung, also gegen den Strom, schwimmen mochte, außer etwa Hinrichs, der ebenfalls ohne Rücksicht rein der Sache nachgegangen wäre, dem sie aber in Berlin den Weg zur kritischen Schlachtbank verrannt hatten. — Aus diesen Erfahrungen ging auch der erste Gedanke zu den Hall. Jahrbüchern hervor, die nunmehr nicht auf die persönlichen, sondern die rein sachlichen Rücksichten basirt sein sollten, und ich weiß, daß Du der erste bist, der dies Princip anerkennt. Ist dies dann einmal anerkannt, so wird man auch von solchem Gesindel wie Erdmann nicht so incommodirt, daß es zu einem so eklatanten Ausdruck eine Nöthigung gäbe, obgleich ich nicht der Meinung bin, daß die charakterlose Sammetbürste viel werth ist,

---

[1] H. W. E. Henke (1783—1869) seit 1833 Prof. der Rechte in Halle, vgl. Echtermeyer a. a. O. 683.

denn der Leſeſchlaf, aus dem die Meiſten erſt zu reißen ſind, iſt feſt
und tief. Den Ton der Hall. Jahrbücher aber betrifft dies nicht. Du
und Alle, Ihr werdet nach Eurem Ton und nicht nach meinem ſchreiben,
und ich ſelbſt möchte nicht immer, ja nicht einmal oft, ſolche Commiſſionen
haben, die ich in dieſem Falle mit großem Eifer, obwohl ſehr ungern,
vollzogen habe. — Noch eins aber habe ich dabei zu beichten, und das
iſt, daß Erdmann mich nie beſucht und in gar kein Verhältniß mit mir
getreten iſt, ſo daß ich es füglich auch ignoriren kann, daß er hier iſt.
Soll ich dir geſtehn, das ich dieſes Ignoriren mit großem Verbruß aufgenommen und daraus geſchloſſen habe, er könne nun auch von meiner
Seite keine kollegialiſchen Rückſichten erwarten, ja daß ich gern die Gelegenheit ergriffen habe, ihn zu treten und ihm den alten Satz einzu-
prägen: „Verachte niemand, er ſei noch ſo klein ꝛc.‟ ſo haſt Du davon
auch noch einen weitern pſychologiſchen Schlüſſel: Dieſer Punct iſt rein-
perſönlich, und ich habe gemeint, ich wäre berechtigt, die Vortheile der
gerechten Sache zugleich in dieſen Krieg, den ich nicht angefangen habe,
hineinſpielen zu laſſen. Nun biſt Du beſſer au fait, um mich zu rüffeln
oder zu abſolviren, was ich Dir von Herzen gern zugeſtehe, da niemand
freundlicher und wahrer geſinnt iſt als Du. Doch nun genug davon.
Abgemacht Sela! Unſre Freunde grüßen Dich Alle. Schaller, Echtermeyer, Hinrichs, Leo. Letzterer iſt etwas arg in Rage und zwar für den
Erzbiſchof von Köln, den die Hegelianer (!) abgeſetzt hätten,[1] und er
möchte nun jeden Hegelianer wie einen Haſen hinter die Ohren ſchießen
und endlich, was dem Unſinn die Krone aufſetzt, ſtürmt er gegen die
7 Göttinger[2]) und für den traurigen König von Hannover. Gut, daß Leo
nicht da ſitzt, wo die Richter, ſondern nur, wo die Spötter ſitzen, und im
Rathe der Gottloſen, wenigſtens in dieſem Puncte. Leb’ wohl. . Schick
und ſchreib mir bald was Gutes.

Ruge.

---

[1]) Cl. A. Frhr. v. Droſte zu Viſchering war wegen Widerſtandes gegen die
Staatsgewalt im November 1837 nach Minden abgeführt worden.
[2]) Am 11. Dez. 1837 war den „Göttinger Sieben‟ das Entlaſſungsreſcript
überſandt worden.

Zweiter Abschnitt.

Die Hallischen und die Deutschen Jahrbücher.

1838 — 1842.

1838.

56.

Von Göttling.

Lieber Freund,

Hier folgt der abgezwungene Niebuhr;[1]) ich habe ihn in aller Schnelligkeit so gut abgemacht, als es gehen wollte; wenigstens werden die Hauptsachen getroffen seyn — sonst gibt das Paar ungedruckter niebuhrscher Briefe, welches eingeschaltet ist, — an Göthe — doch noch einiges Relief . . . .

Daß die Berliner den Professor noch einmal abgeschlagen haben, ist fatal und thut mir ernstlich leid. Aber, lieber Kerl, Du mußt Dich doch auch noch nicht recht eingehegelt haben; denn der große Gabler in Berlin lobt ja doch einen von Dir verschmähten Erbkloß in einer ganz andern Weise. Ich fürchte, ich fürchte, Du bist ein poetischer Philosoph und Hegelianer und treibst diese Philosophie etwas cavalièrement. Nichts für ungut! Aber ich meinte nur die Sache so ganz ehrlich.

Von Herzen

Dein

Göttling.

Prosit und
Glück zum Neujahr!

b. 1. Jan. 1838.

---

[1]) Zur Charakteristik B. G. Niebuhrs (H. J. 1838 Nr. 11 ff.).

57.

Von Adolf Stahr.

Oldenburg, 3. Jan. 1838.

Liebe alte Seele,

Vor allen Dingen Dir und Deinen Lieben von ganzem Herzen:

Zum neuen Jahre Glück und Heil!
Für Schmerz und Wunden gute Salbe,

und weiter: bei Deinem Redaktionsgeschäft und sonst wo's hingehört, links und rechts:

Auf groben Klotz ein grober Keil;
Auf einen Schelmen anderthalbe.

Demnächst anliegend für Eure Jahrbücher, die durch meine und v. Buttels[1]) Vermittelung selbst in Jever und Ovelgönne .... die hallische allgemeine vulgivaga[2]) verdrängt haben, ein kleiner Beitrag[3]) ....

Da ich Euch Hegeliter zu Freunden habe und selbst wenigstens in den Vorhof Eures Heiligthums eingetreten bin, so interessirt mich natürlich Alles dahin gehörige fast mehr als meine sonstige Profession. Deine „Vorschule" wird von mir und noch zwei Jüngern .... fleißig tractirt, und überhaupt würdest Du Deine Freude daran haben, wie ich, sonst so widerborstig gegen die, welche mich zum Proselyten machen wollten, jetzt selber auf der Proselytenjagd bin und zu diesem Zwecke auf dem Wege des Aesthetischen das Organ eines hiesigen Wochenblattes, der „Mittheilungen über das Theater ꝛc." gebraucht habe, um in diesem Felde einen und den andern Gedanken unter die Leute zu bringen ...:

Im neuen Jahre wie im alten

unveränderlich

Dein St[ahr].

P. S. Was sagt man denn bei Euch zu der famosen Göttingischen Geschichte? Leo steht ja auf der von Sr. Majestät dem Könige

---

[1]) Frau Fanny Lewald hat die Güte gehabt mir mitzuteilen, daß von Buttel, ein langjähriger Freund Stahrs, Präsident des obersten oldenburgischen Gerichts gewesen und vor einigen Jahren, noch im Amte, gestorben ist.

[2]) Die Hallische Allgemeine Literaturzeitung, vgl. die scharfe Kritik Ruges A. f. Z. IV 450 ff.

[3]) Nr. 20 f. erschien Stahrs Anzeige von „A. Kapp, Aristoteles' Staatspädagogik".

Abfolutus von Hannover angefertigten Werbelifte neuer Profeſſoren.
Sollte es wohl in Deutſchland Schelme geben, die nicht lieber trocken
Brob fräßen, als ſich auf die leeren Stühle jener Ehrenmänner ſetzten??

58.

Von Fallmerayer.[1]

Hochgeehrteſter Herr Doctor.

Ihr freundliches Schreiben aus Stuttgart de dato 7. Dec. v. J.
ſammt der Inlage hat man mir unlängſt von München[2]) hieher geſchickt.

Ambulant ſeit einiger Zeit, wie ſo viele meines Amtes, bin ich ver-
wichenen November nach Genf gezogen, um mit einigen guten Freunden[3])
den Winter zu verleben. Mit Anbruch der beſſeren Jahreszeit gehe ich
nach Moskau und von dort über Odeſſa und Trapezunt nach Kon-
ſtantinopel.[4]). Alte Bekannte will ich wiederſehen und mich wenigſtens
ein volles Jahr mit den vermeintlichen Schätzen griechiſcher und türkiſcher
Literatur beſchäftigen. Wohin ich mich dann wende, weiß ich ſelbſt noch nicht.
In jedem Falle denke ich nicht ſobald wieder nach München zurückzukommen.

Urtheilen Sie ſelbſt, geehrteſter Herr, was ich unter dieſen Umſtänden
auf eine gefällige Einladung, an einer gelehrten Zeitſchrift unter Ihrer
Leitung mitzuarbeiten, mit gutem Gewiſſen erwiedern kann. Vage Zu-
ſagen ſind kein Gewinn, und nachhaltige Wirkſamkeit für das benannte
Ziel anzugeloben, bin ich nicht im Stande. Ich ſchreibe überhaupt wenig
in Journale, höchſtens acht bis zehn Druckbogen des Jahres, und dieſe
ſind bereits um einen exorbitanten Preis an ein obſkures Blatt in
München verkauft.

Nicht unempfindlich für die zugedachte Ehre und voll der freundlichſten
Wünſche für gutes Gedeihen Ihres Unternehmens empfehle ich mich mit
Hochachtung

Genf, 12. Januar 1838.

Fallmerayer,
Prof.

---

[1]) Phil. Jakob Fallmerayer (1790—1861), ſeit 1826 Profeſſor am Lyceum in
Landshut, war 1831 das erſte Mal im Orient geweſen; während dieſer Reiſe war
er ſeiner Stelle entſetzt worden.

[2]) F. hatte München 1836 verlaſſen, hauptſächlich weil ihm die Erlaubnis zu
Vorleſungen an der Univerſität nicht ertheilt wurde.

[3]) Beſonders dem Grafen Oſtermann-Tolſtoy.

[4]) Die Reiſe wurde, mit Modificationen, 1840 unternommen.

59.

An Rosenkranz.

Lieber Freund,

Mit dem erften Schub Jahrbücher meinen beften Glückwunsch zum neuen Jahr und zu dem kleinen Töchterlein aus dem alten! Ich denke darauf, ob das nicht eine Parthie für meinen Jungen werden kann, der jetzt 2½ Jahr alt ift. Trag' Deiner Frau die neue Ausficht vor und ftimme fie im Voraus günftig.

Die Jahrbücher, denk' ich, follen Dir gefallen; denn ewig grünt des Lebens goldner Baum, und es war Zeit, in die grüne Wiefe und die heitre Ernbte unfrer frifchen Zeit hinabzufteigen: Glück auf! nicht wahr? . . . . Ich bin fchon feit 8 Tagen hier in Leipzig und leite den Anfang felbft ein, habe dabei eine Unzahl Briefe zu fchreiben und werde ein rechter Virtuos in der Complaisance ꝛc.

Ihr Königsberger feid brave Kerle gegen die Göttinger gewefen, die Hallenfer jämmerliche, ganz jämmerliche — mir wird übel; Du wirft es fchon noch von Hinrichs, oder wenn Du willft, auch von mir hören, fobald ich diefe Redactionsangft los bin.

Von ganzem Herzen

Dein

Ruge.

Leipzig, den 15. Jan. 1838.

60.

Von Fr. Th. Vifcher.

Lieber Herr Doctor!

Damit Sie nicht irre werden, laffe ich meiner Arbeit,[1] die übrigens bald nachfolgen foll, einen freundlichen Gruß vorangehen und benachrichtige Sie von der Urfache meiner Zögerung. Der Hauptgrund ift, daß Sie mir bei Ihrem Hierfeyn die Sache nicht fo preffant darftellten, daher ich, von 2 vollen Vorlefungen fehr in Anfpruch genommen, mir behaglich Zeit nehmen wollte; der andere, daß ich ein paar un-

---

[1] Dr. Strauß und die Würtemberger (H. J. 1838 Nr. 57 ff.), wiederabgedruckt in: „Kritifche Gänge" (Tübingen 1844) Bd. I. S. 3.—

entbehrliche Schriften zu meinem Aufsatz über die Faustiana [1]) nicht zur Hand kriegen konnte. Die Schrift von Hinrichs habe ich früher einmal aus einer Privatbibliothek entlehnt, denn sie ist weder im Buchhandel noch auf einer öffentlichen Bibliothek zu bekommen; der Besitzer ist verreist und ich muß erst warten, bis er wieder zurück ist und mir das Buch schickt. Uebergehen kann ich den Hinrichs nicht wohl, [2]) eher ein paar unbedeutende Schriften, die ich auch nicht zur Hand habe. Ich blieb aber darum nicht unthätig, sondern nahm die Charakteristik Straußens vor: und ich denke, es werde Ihnen nicht unlieb seyn, zuerst diese zu erhalten. Ich arbeite mit Vorliebe daran, es geht mir aus der Feder, wird aber etwas ausgedehnt, da ich weiter aushole und eine Schilderung des wirtembergischen Naturells und der wirtembergischen Zustände voranschicke. Ich werde den Aufsatz überschreiben: Strauß und die Wirtemberger. Nachdem Schlesier, Laube [3]) und Andere das schwäbische Wesen zur Sprache gebracht haben, ist es wohl überhaupt an der Zeit, den Gegensatz des Nordens und Südens, wie der letztere namentlich in Schwaben sich darstellt, gründlich zur Debatte zu bringen, [4]) und, während einzelne Plänkeleien nur böses Blut machen, den Deutschen zum Bewußtseyn zu bringen, was er bedeutet, wie schön und fruchtbar er seyn kann, wenn man das Bedürfniß gegenseitiger Ergänzung der Mängel und Vorzüge auf beiden Seiten daraus ableitet. Mein leitender Gedanke ist daher: Süddeutschland stellt im Gegensatz gegen Norddeutschland im Allgemeinen das Individuelle, Naive, die Kräfte der Sinnlichkeit und Unmittelbarkeit dar, während der Norden das Moment des Allgemeinen, der Reflexion, der Kritik darstellt, das Prinzip des Protestantismus. Süddeutschland war daher der classische Boden Deutschlands im Mittelalter, die Heimath der Poesie. Mit der Reformation und dem modernen Prinzip aber rückt die deutsche Bildung nach dem reflectirenden Norden und concentrirt sich in Preußen. Der Süden blieb zurück, so

---

[1]) Die Litteratur über Göthes Faust (H. J. 1839 Nr. 9 ff.), wiederabgedruckt in „Kritische Gänge". Bd. II. 49.

[2]) vgl. a. a. O. Nr. 65.

[3]) G. Schlesier, Oberdeutsche Staaten und Stämme. Stuttgart 1836. H. Laube, Reisenovellen. Mannheim 1834—37.

[4]) Im 3. Hefte von „Altes und Neues", (Stuttgart 1882) p. 255 erwähnt Vischer den Aufsatz und bemerkt dazu, daß er denselben durchaus nicht mehr nach seinem ganzen Inhalte vertrete; es spreche eine Stammeseigenliebe aus ihm, der man noch eine große Enge der Erfahrung ansehe; aber auch schon in der Vorrede zu den „Kritischen Gängen" (XIII) hatte er bemerkt: „Ich gestehe, daß ich an diesem Versuche keinen sonderlichen Geschmack mehr habe."

weit er catholisch blieb. Nun war es aber namentlich Wirtemberg, was
mit Eifer das protestantische Princip aufnahm und auf der Seite des
Südens bei keinem Schritte der Geistes-cultur zurückblieb. So verbindet
es das nordische Prinzip mit dem süblichen, die Reflexion mit der Unmittelbarkeit, die Freyheit des Selbstbewußtseyns mit der substantiellen
Naivetät 2c. Sie bemerken, wie ich hierfür den Boden gewinne, zu erklären, wie Schwaben gerade es war, das biesen interessanten neuesten
Schritt der Befreyung des religiösen Prinzips vom Buchstaben durch
Strauß machte. Straußens Kritik ruht aber auf speculativem Boden,
auf einer Metaphysik, die das Verhältniß zwischen Gott und Welt als
ein immanentes behauptet. Diese Weltanschauung ging ebenfalls von
Schwaben: von Schelling und Hegel aus, sie ist ihrer Natur nach
poëtisch, Strauß hat auch sehr viel Talent zur Poësie, und ich sehe so in
ihm jene Gegensätze, die Schwaben überhaupt verbunden barstellt, auf
gleiche Weise repräsentirt. Ich werde gegenüber benjenigen, die seine
Kritik für blos negativ und zerstörend halten, dieß besonders premiren,
daß sich ihre Kühnheit auf die positive Basis einer schönen, poëtischen
und ächt religiösen Weltanschauung stützt, was freylich in seinem kritischen
Werke, der Natur der Aufgabe gemäß, zurücktritt, in den Streitschriften
aber mehr zum Vorschein kommt.

Strauß hat mir geschrieben, daß er Ihnen eine Charakteristik Kerners
schicken will, auf die ich mich sehr freue.[1] Dieser liebenswürdige Mann
giebt reichen Stoff zu einem anziehenden Gemälde, sein mystisches Treiben
erklärt sich erst, wenn man ihn kennt, und mildert sich, wenn man man es
als Illusion einer poëtischen Natur begreift. Man hat es in Norb-
deutschland als finstern Aberglauben verworfen, doch liefert es, wenn
man nur die Gespenster durch Kritik entfernt, für die Naturwissenschaft
und Psychologie höchst interessante Resultate.

Sie haben ohne Zweifel hinreichenden Stoff, die ersten Blätter
Ihrer Zeitschrift ohne meinen Beitrag auszufüllen, der aber bestimmt
nicht lange mehr ausbleiben wird. Ich wünsche von Herzen alles Ge-
beihen.

Uhland grüßt Sie bestens; er ist jetzt zu der Sitzung der Stände
abgereist, worin auch die Hannöversche Sache vorkommen und, wie man
hört, von der Regierung aufgenommen werden soll.

Ich wünsche, daß außer dem Andenken am linken Bein Ihnen noch
ein weiteres und freundliches von Schwaben geblieben sey. Ich werde

[1] Justinus Kerner (H. J. 1838 Nr. 1 ff.), vermehrter und verbesserter Abbruck
in: „Zwei friedliche Blätter." Altona 1839.

die Mängel und Beschränktheiten unsres provinziellen Wesens nicht verschweigen, hoffe aber auch zu beweisen, daß man uns dennoch gut seyn
kann. Meine Darstellung wird mehr lebendig und plastisch, als streng
wissenschaftlich seyn, wie es in der Charakteristik, welche immer Indi-
viduelles und Subjectives aufnimmt, wohl am Orte ist . . . .

Bleiben Sie wohlgesinnt

Ihrem ergebensten

Fr. Vischer.

Tübingen, den 16. Januar 1838.

61.

An Rosenkranz.

Lieber Freund,

Beifolgend ein Abzug Deines „Hegels Geschichte". Man liest es
mit vielem Interesse, und es ist mir eine große Freude, daß ich grade
von Dir so bald etwas habe bringen können, da hier das Publikum Dir
sehr wohlgesinnt, mir dagegen sehr aufsäßig ist, wenigstens von den
Hochtorys, die mich gern für einen hostis der Universität erklären
möchten. Diese neue Belebung der Hegelschen, nunmehr verbauten Kultur,
die von unserem Blatte ausgeht, findet verbissene Widersacher in den
Obscuranten und in den antiquirten Geistern. Es ist mir aber eine
Ehre, die ich um kein Prorectorat hingäbe, zur Realisirung dieser Durchbildung den Anstoß hergegeben zu haben. Ich will gerne mal hören,
was Du von der Sache hältst, und möchte auch bald wieder was von
Dir haben . . . .

Meine schönsten Grüße

Dein

Ruge.

Halle, b. 4. Febr. 1838.

62.

Von Karl Weinholtz.

Hochgeschätzter Herr Doctor,

Die Ankündigung der „Hallischen Jahrbücher für deutsche Wissenschaft
und Kunst", deren Redaction Sie mit Herrn Echtermeyer übernommen
haben, machte mir große Freude, um so mehr da mir gesagt wurde, daß

Sie mein Landsmann seyen. Doch nach Ansicht der Nrn. 1—6 ist meine
Freude getrübt, meine Hoffnung geschwächt worden. Nach dem Prospectus
war der Vorsaz: „eine organische oder vielmehr geistige Auffaßung der
Literatur" und das Princip „der Gedanke der Entwickelung selbst".
Da meinte ich, es solle Princip seyn: das der neueren organischen
Richtung und Entwickelung, welche vornehmlich in der Naturwissenschaft,
dann auch in andern Gebieten des Wissens ans Licht getreten ist . . . .

Das Namenverzeichniß aber zeigt mir theils ganz unorganische,
theils halb- oder äußerlich-organische, theils principlos gerichtete Männer.
Vornehmlich machen die vielen Hegelianer mir einen Strich durch die
Rechnung — indem sie hier ein neues Nest gefunden zu haben scheinen.
Auch die beiden ersten Recensionen sind von Hegelianern[1]) und nur die
zweite läßt am Ende der Nr. 6 den Keim eines Beßern durchscheinen —
was jedoch (Liebe, Vernunft, Freiheit, Wille) in meiner Logik beßer und
zuerst genau bestimmt ist . . . . Der Hegelianismus ist kein Organismus,
vielmehr sein Feind — wenn er sich auch als Freund stellt oder sich
wahnvoll für solchen hält. Der Hegelianismus ist eigentlich nicht
einmal wahrhaft geistig, nichts weniger als dem Menschen und Christen=
thum entsprechend, ein wahrhafter Bildungs=Krebs vornehmlich in ethischer
Beziehung. Seine Entwickelungsweise widerspricht der griechischen, im
Allgemeinen unwiderlegbaren, Dialektik und noch weit mehr der organischen
geistigen Entwickelung des Menschen, ja auch der der Natur, wenngleich
hier der meiste Einheits=Schein ist . . . .

Die gewöhnlichen Hegelianer . . . . zeigen sich so borstig, daß — so
gern ich sie schonen möchte — ich doch es thun zu können bezweifle; die
Borsten müßen sie einziehen oder ich schere sie ihnen. Herr Gabler
sucht die Majestät des Hegelschen Thrones zu erhalten, aber ohne Hegels
Geist . . . .

Die Widersprüche, welche sich aus der Gesellschaft der Mitarbeiter
ergeben, sind jedenfalls sehr auffallend — wenn der Prospectus be=
rücksichtigt wird. Die Zur=Schaustellung derselben könnte den Jahrbüchern
in ihrem Entstehen vielleicht nachtheilig werden, und möchte gut seyn, sie
zu verdecken, wenn gute Absicht vorhanden ist und die Mittel zur Aus=
führung nicht übermäßig fern sind; — die bisherigen sind ungenügend
und unfähig, die Jahrbücher groß zu machen. Ich will Ihnen in solcher
Rücksicht die Hand bieten, und — nur im Ablehnungs=Fall mich

---

[1]) H. M. Chalybäus, Entwicklung der speculativen Philosophie 2c., angez. von
Bayrhoffer (Nr. 2 f.) und Bayer, die Idee der Freiheit, angez. von Feuerbach (Nr. 6 f.).

einem andern kritischen Blatte zuwenden; indem ich hoffe, daß Sie mir auch Ihre Hülfe nicht versagen werden in einem erforderlichen Fall. Um baldige Antwort bittet in besonderer Hochachtung[1])

Dr. Karl Weinholtz,
Docent und Mitglied des Bibliothekariats
hiesiger Universität.

Rostock, am 16. Februar 1838.

63.

Von Gustav Schwab.

Hochverehrter Herr Doctor!

Empfangen Sie meinen herzlichsten Dank, daß Sie sich an Gomaringen trotzdem, daß Sie secundum nomen et omen aus der Chaise, wie man in Schwaben provincialiter sagt, „herausgerugelt" sind, so freundlich erinnern und mich mit den sehr interessanten Probeblättern Ihrer Zeitschrift erfreut haben. Auch mir sind die angenehmen Stunden, die ich in Ihrem belebenden Umgang durchstreifen durfte, als eine Würze meiner Einsamkeit in Erinnerung.

Es ist mir eine große Ehre, wenn Sie mich unter die Mitarbeiter der Hallischen Blätter zählen wollen; nur bitte ich Sie, daß Sie Sie mir selbst vorschreiben, wozu Sie mich brauchen können, und theilen Sie mir etwa einmal eine konkrete lyrische oder lyrisch-epische Kritik zu. In der Philosophie reicht eine vollständigere Bildung bei mir nicht über Leibnitz, Kant, Fichte und Schelling hinaus, und ich würde dem Begriff (was Sie mir wohl schon angemerkt haben) keine Ehre bringen, wenn ich mich zu seinem Champion machen wollte.

Voll freundschaftlicher Hochachtung

der Ihrige

Prof. G. Schwab,
Pfarrer.

Gomaringen bei Tübingen, den 22. Febr. 1838.

---

[1]) Zwei Tage später schrieb derselbe Herr einen sehr ausführlichen, in demselben Tone und Stile gehaltenen Brief an Otto Wigand und forderte ihn schließlich auf, eine seiner Schriften zu verlegen; 1842 erschien von ihm (Rostock und Schwerin) „Die Unzulänglichkeit der Philosophie als Wissenschaft".

64.

An Altenstein.

[Diktat.]   Hochwohlgeborner rc.

Durch Ew. Excellenz Schuß und gnädige Gesinnung, deren ich mich
bisher erfreut, hat in den Hallischen Jahrbüchern für Deutsche Wissenschaft und Kunst eine neue Verarbeitung des ächt wissenschaftlichen
Geistes in Deutschland recht aus dem Princip unseres Staates, wie
Ew. Excellenz dasselbe neuerdings mit so viel Gewicht und so enthu-
siastischem Anklang proklamirt,[1] ins Werk treten können. Ich halte es
für meine erste Pflicht, Ew. Excellenz zur geneigten Kenntnißnahme den
Anfang dieser neuen Hallischen Litteraturzeitung vor Augen zu legen,
und lebe der Hoffnung einer gnädigen Aufnahme sowie Ihres hohen
Beistandes bei den Anfechtungen der negirten und untergehenden Bildung,
welche ein solches Institut nothwendig erfahren muß.

Ich habe die Gnade, mit tiefster Ehrfurcht zu unterzeichnen

Ew. Exc.

unterthänigster Diener

Dr. Arnold Ruge,
Privatdocent an d. Universität.

Halle, den 23. Febr. 1838.

- - -

65.

Von Ludwig Feuerbach.

Verehrter Freund! Ich schicke hier neue Manuscripte.[2] Die
kritisirte Schrift ist nur die Veranlassung zur Kritik des Empirismus
überhaupt. Aber gleichwohl muß sie dem Zwecke des Blattes entsprechen,
um so mehr, da es sich dem formellen Pedantismus der übrigen Zeitschriften der Gelehrsamkeit zu entwinden die Bestimmung hat. Ich bin

---

[1] Ruge denkt hierbei wohl an den Streit wegen der gemischten Ehen; am
28. Januar 1838 war eine Kabinetsordre erschienen, welche den kathol. Geistlichen
untersagte, ein förmliches Versprechen betreffs der Kinder-Erziehung zu fordern.
[2] Zur Kritik des Empirismus. (Recension v. Dorguths Kritik des Idealismus rc. H. J. 1838 Nr. 73 ff.; wiederabgedruckt in Philof. Kritiken und Grundf.
S. 137.) Es ist für den Herausgeber ein psychologisches Räthsel, wie der, welchem
wir diese klassische Abhandlung verdanken, späterhin der Begründer des modernen
Sensualismus werden konnte.

mit meiner Arbeit in formeller Beziehung zwar nicht zufrieden: der katarrhalische Schleim des Materialismus hemmte den Gedanken auf dem Wege vom Innern ins Aeußere. Aber dafür entschädigt das Interesse des Gegenstandes, und die Stelle aus Galilei wiegt eine Schrift auf.[1]

Die Bücher nebst den ersten Nummern habe ich letztvergangenen Samstag erhalten. Mit großer Freude habe ich die Arbeiten gelesen. Keinen passenderen Introitus als die Erinnerung an Leibniß, Friedrich II. hätte es geben können.[2] Drücken Sie dem Verfasser meine innige Freude darüber aus. Wir wollen getreu und fest auf dem Wege der vernünftigen, soliden Speculation fortschreiten! Nur eine Mahnung aus Freundes Mund zum Besten des Instituts hören Sie! Machen Sie, daß die Zeitschrift ja nicht zu sehr das ästhetische, unterhaltende Interesse vorwalten läßt, um nicht dem Pedantismus der Gelehrten einen Grund zur Herabsetzung darzubieten. So zweckmäßig, so passend zur Charakteristik des schwäbischen Dichters Straußens Arbeit ist,[3] so möchte doch das zu tadeln sein, daß sie zu sehr in den Novellenton sich verliert, sich zu breit macht.

Da so viele Mitarbeiter sind, so wird schwerlich die Verlagshandlung gratis das Blatt erlassen können, obwohl das Honorar so äußerst gering ist, daß sie dafür ein Complementum wohl könnte eintreten lassen. Aber dem sei, wie da wolle: ich muß das Blatt haben; ich bitte daher, mir es regelmäßig zu schicken, mich unter die Zahl der Abnehmer zu setzen; ich werde durch meine Arbeiten die Schuld abtragen, im Falle daß das Gratis unmöglich ist.

In meiner Recension über B[ayer] ist die Jahreszahl der Edition von Ramus falsch.[4]

Entschuldigen Sie Papier und Geschmier! Ich mußte eilen!

Der Ihrige

L. F[euerbach].

Bruckberg, Dienstag, 27. Febr. 38.

---

[1] Siehe H. J. p. 590. Philof. krit. 2c. S. 143.
[2] Siehe Echtermeyer, Die Univerf. Halle. H. J. 1838 Nr. 1 p. 5.
[3] Ueber Juftinus Kerner, vergl. S. 108.
[4] Vgl. H. J. 1838, S. 46. Die zweite Ausgabe, welche allein dem Herausg. vorgelegen, erschien 1594.

66.

Von D. Fr. Strauß.

Verehrter Freund!

Wie angenehm haben Sie und Ihr Herr Verleger mich durch die Zusendung der schönen und werthvollen Werke überrascht und eigentlich beschämt! Nehmen Sie selbst meinen innigsten Dank und melden ein Gleiches Herrn Wigand, dem ich mich hochachtend empfehle. Es ist mir ein wahrer Genuß, Ihre frischen, energischen Arbeiten, zum Theil früher schon mir wohlbekannt, nun mit Muße in mich aufnehmen zu können. Ich habe dieß bis jetzt besonders mit Ihrer Schrift über das Komische gethan, worin ich für das Höchste das halte, wie Sie die von Jean Paul unterschiedenen 2 Subjecte, deren eins dem andern seine Einsicht unter-schiebe, in Eines aufzulösen wissen.[1]) Auch sonst kann ich fast durchaus nur beistimmen; wie freute mich, daß Sie über den zweiten Theil des Faust nicht in das Lob der meisten Hegelianer einstimmen; nur gegen Heine[2]) wäre ich vielleicht etwas anerkennender gewesen.

Daß Sie mit meiner flüchtigen Skizze Kerners zufrieden sind, muß mich sehr erfreuen; aber schicken Sie mir nun auch gütigst den Schluß, und zwar, wie ich Sie früher darum bat, in doppeltem Exemplar (von Nr. 1—5 habe ich 1 Ex., bedarf also nur noch Ein weiteres), damit ich Kerner'n eins senden kann, der, wie ich für den Fall, daß ihm die Sache vorher von dritten Personen gemeldet würde, voraussah, beinahe böse über mich geworden ist.

Mit Schleiermacher'n pressiren Sie nicht zu sehr. — Köstlins trefflichen Aufsatz über Seydelmann[3]) habe ich im Manuscript gelesen.

Genirt es Sie nicht, von meinen Streitschriften (von denen ich an-erkannt wünschte, wie sie, unerachtet ihrer zum Theil nur losen Beziehung auf mein L[eben] J[esu], doch für sich selbst nicht ohne allen Werth sind) irgend jemandem im Norden eine kleine Anzeige für Ihre Jahrbücher aufzutragen, so sind Sie darum von mir gebeten;[4]) was ich aber nur

---

[1]) Neue Vorschule ꝛc. p. 119 ff.

[2]) Vgl. Heinrich Heine, charakterisirt nach seinen Schriften. H. J. 1838 Nr. 25 ff.

[3]) Seydelmann und die letzte Entwickelung der deutschen Schauspielkunst. Von D. M. K. (Nr. 44 ff.).

[4]) Die Recension erschien (anonym) H. J. 1838 Nr. 234 ff.

in der Voraussetzung thue, daß Sie ganz nach ihrer Convenienz handeln und mir's nöthigenfalls auch ohne Weiteres abschlagen.

Vieles Glück für die Zeitschrift! Leben Sie wohl, mit den freundschaftlichsten Grüßen

Ihr

D. F. Strauß.

Stuttgart, 1. März 1838.

———

67.

Von Karl Biedermann.[1]

An die Herren Doctoren Ruge und Echtermeyer.

Ew. Wohlgeboren

stehen an der Spitze eines Unternehmens, dessen erste Ankündigung durch die großartige Idee einer Vermittlung des Lebens mit der Wissenschaft und einer Lebendigmachung und Vergeistigung der Letztern vermöge gemeinsamer, umfassender Bestrebungen auch mich, wie gewiß Alle, die es mit den wahren Interessen der Zeit ernstlich gut meinen, mächtig ergriffen und zur freudigsten Hoffnung für glückliche Förderung dieser Interessen nach einer Seite hin, von welcher sie es am Meisten bedürfen, angeregt hat; einer Hoffnung, die durch die ersten Proben der Ausführung jener Idee sich zur wohlthuenden Gewißheit steigerte und alsbald den bringenden Wunsch in mir erzeugte, dieser Art geistigen Verkehrs, welche mir für allseitige Verständigung über Bedürfniß und Richtungen der Gegenwart die einzig geeignete schien, mich mit meinen Beziehungen zu Wissenschaft und Leben ebenfalls anzuschließen. Dennoch trug ich Bedenken, einen solchen Wunsch Ihnen, sehr geehrte Herren, auszusprechen; theils weil ich glaubte annehmen zu müssen, die Mitwirkung für Ihre Jahrbücher sei bedingt durch eine besondere Aufforderung von Ihrer Seite als eine Kundgebung des Vertrauens zu anerkanntem literarischem Verdienste; theils weil, selbst ein solches Vertrauen von freien Stücken in Anspruch zu nehmen, mir jede Berechtigung abging, da ich in der literarischen Welt noch so gut wie unbekannt bin. Mein aufrichtiges und

———

[1] Friedr. Karl Biedermann (geb. 1812), jetzt Professor in Leipzig, hatte sich 1835 ebenda habilitiert.

8*

tiefes Interesse für die Sache hat indessen auch diese Bedenklichkeiten
überwogen, und sollte, was ich jetzt thue, mir den Tadel der Anmaßung
drohen, so darf ich wohl erwarten, dieselbe Rücksicht, welche mich diese
Besorgniß abweisen hieß, werde mir auch bei Ew. Wohlgeboren zur
Entschuldigung gereichen. In diesem Vertrauen erlaube ich mir an Sie,
geehrteste Herren, die ergebene Anfrage, ob Sie vielleicht für einige
Theilnahme an dem von Ihnen geleiteten wissenschaftlichen Unternehmen
mir Aussicht zu geben sich geneigt finden möchten. Meine Hauptrichtung
ist die Speculation; von dieser aus habe ich die concreten Wissenschaften
und Lebensverhältnisse zu durchbringen versucht und mit besonderem
Interesse die Beziehungen der Philosophie auf die Gestaltungen menschlicher
Thätigkeit verfolgt; Veranlassung zu — darstellenden oder kritischen —
Aufsätzen aus den Gebieten der Philosophie des Rechts, der Moral, des
Staats, der Geschichte, der Literatur 2c. und überhaupt der allgemeinern
philosophischen Resultate der Lebensanschauung — würde mir daher
höchst willkommen sein.[1]) Gern gäbe ich Ihnen für meine Fähigkeit
wie für meine Tendenzen eine Gewähr; ich darf mir daher wohl erlauben,
auf meine einzige bisher erschienene philosophische Arbeit von größerem
Umfange mich zu beziehen — auf meine Fundamentalphilosophie,[2]) welche
eben jetzt wohl zur Beurtheilung Ihnen vorliegen muß. Sollte dieselbe
günstig genug bei Ihnen für mich sprechen, so darf ich vielleicht einer
zusagenden Erwiderung von Ihnen entgegensehen; auch im gegentheiligen
Falle aber fürchte ich wenigstens nicht, eine Misdeutung dieses meines
Schrittes von Ihnen erfahren zu dürfen. Mit der vollkommensten
Hochachtung

     Ew. Wohlgeboren

      ergebenster

       Dr. Carl Biedermann,
       Privatdocent an der Universität Leipzig.

Leipzig, b. 17. März 1838.

— —

[1]) H. J. 1838 Nr. 176 ff. veröffentlichte B.: „Die junge Literatur und ihr Princip
in der Reform des Geschlechtsverhältnisses."
[2]) Dieselbe wurde H. J. 1839 Nr. 279 ff. im Verein mit „Wissenschaft und
Universität 2c." von J. Frauenstädt angezeigt.

68.

Von Max Duncker.[1]

Werther Gönner und Freund!

Warum ich bisher nicht in Halle erschienen, hat seinen einfachen, aber sehr triftigen Grund in meiner Beschäftigung für den höheren Staatsdienst, durch welchen ich sechs Monate lang im Köpniker Schloß gefänglich zurückgehalten worden bin.[2] Sie kennen dergleichen Fatalitäten aus Autopsie und Autaisthesie. Im Augenblick bin ich mit einer sehr gelehrten, b. i. langweiligen Untersuchung über abstruse Völkersitze und Verhältnisse Germaniae magnae beschäftigt, welche als Habilitationsschrift den Anforderungen Ihres amplissimus philosophorum ordo zu genügen streben und hoffentlich in vier Wochen vollendet sein wird.[3] Gelingt es mir, in dieser Frist auch die Aufhebung meiner Anstellungsunfähigkeit zu bewerkstelligen, so werden Sie mich im Mai in den Mauern Ihres guten Saalathens sehen.

Bis dahin wollen wir auch Leo in Ruhe lassen und meine Mitarbeiterschaft im Mutterschooß oder vielmehr des Vaters Lenden. Uebrigens traue ich mir wenig Mopstalente — zum Recensiren doch unumgänglich — zu und fürchte mich namentlich, in so guter Gesellschaft, wie in Ihren Jahrbüchern versammelt ist, in Frack und Halsbinde zu erscheinen; in der literarischen Zeitung präsentirt man sich bequemer in Pfeife und Schlafrock. Auf baldiges Zusammensein

M. Duncker.

NB. Ich heiße praenomine Max, nicht Carl.

27. März 38.

69.

Von Fr. Th. Vischer.

Lieber Herr Doctor.

Nun endlich ist das Abschreibegeschäft fertig, das mir immer viermal so viel Zeit wegnimmt als das Machen. Es freut mich, daß Sie meine Charakteristik mit Haut und Haar aufnehmen; ich bin begierig,

---

[1] Max Duncker (geb. 1811), ehedem Direktor der preuß. Staatsarchive, jetzt Geh. Regierungsrath in Berlin.
[2] Wegen Teilnahme an der Burschenschaft zu Bonn.
[3] D. habilitierte sich 1839 in Halle mit Origines Germanicae.

was die Leute machen werden, namentlich hier zu Lande, Menzel und Consorten. Uhland und Schwab werden mir's nicht verzeihen, wie ich Menzel angepackt habe, ist mir aber alleins. [1]

Ihre Jahrbücher sind gegenwärtig das am meisten belegte Blatt auf unserem Museum, ganz zerknittert und zerlesen. . . . .

Kommen Sie nicht auch bald an mein Erhabenes und Komisches? [2] Die Buchhandlung klagt so sehr, daß gar nirgends Rezensionen kommen wollen und daher auch wenig nach dem Buche gefragt wird.

Ich wünsche vergnügte Ferien! Ich besuche meine Mutter und Schwester in Göttingen. Den Ewald bekommen wir hierher, wenn es seine Frau erlaubt, bei der er vorher darum einkommen will. Die wird die Nase schön rümpfen, wenn es über die Düngerhaufen in Tübingen geht.

Der Ihrige
Fr. Vischer.

Tübingen, den 28. März 1838.

70.

An Ritschl.

Halle, den 3. April 1838.

Lieber Ritschl,

Gottloser, verruchter, ganz gewissenloser! Wie soll ich Dich nennen? Schreib mir doch ein Wort, wie Du gesinnt bist und was Du thun willst! Erinnere Dich, daß Du mich aus Italien ohne alle Nachricht von Dir gelassen und den schoffelsten Hunden in Halle welche gegeben hast, daß Du auf keinen meiner Briefe seitdem geantwortet hast, daß Du kein leises Zeichen Deiner alten guten Gesinnung von Dir giebst und enfin für die hallischen Jahrbücher noch gar nichts gethan hast.

Ich bitte Dich dringend, benutze diese Ferien dazu. Gieb mir aber auch vorher eine Nachricht, daß Du es thun willst und womit Du mich zuerst zu beglücken gedenkst. Viele 1000 Grüße an Deinen Schatz. [3]

Dein
Ruge.

---

[1] Vgl. H. J. 1838 Nr. 140 p. 1117. Krit. Gänge I. 125. Uebrigens ist Vischers Verehrung für Uhland aus seinen Schriften bekannt.
[2] Eine Recension dieser Schrift erschien H. J. 1839 Nr. 118 ff. von B. Meinhold.
[3] Sophie Guttentag, s. Ribbeck a. a. O. 160.

71.

An Ludwig Preller.[1]

Halle, den 3. April 1838.

Mein verehrter Freund.

Eben geht Ihr Creuzer nach Leipzig ab. Ich habe einen Genuß beim Durchlesen gehabt, der mich sogleich ans Pult treibt, um Ihnen für diesen trefflichen Beitrag meinen innigsten Dank zu sagen. Noch 10 solcher Mitarbeiter und die thätig zugriffen: wir wären Herren der Kritik. Es läßt sich aber in der That gut und ganz darnach an. Wie reich ist Deutschland an jugendlichen und wahrhaft kultivirten Kräften! Aber Sie dürfen uns auch ja nicht verlassen, und ja recht bald lassen Sie Sich wieder mit einem Beitrage blicken! Ueber Halle finden Sie die Correspondenz fertig bis auf heute. Nun müssen auch andre Universitäten besprochen werden. Nehmen Sie Sich der Ihrigen an. Aber um Gotteswillen, was ist das für eine Hegelei, die der Dr. J. Christiansen[2] verführt. Da stehn einem doch die Haare zu Berge! Der Mann fängt noch vor Adam, ja vor dem lieben Herrgott selber an und ergreift mit solcher pedantischen, stiermäßigen Philosophei das entschiedenste Mittel, alles, was Hegel'sch heißt, in den schlimmsten Verruf zu bringen. Zudem ist das Wahre an der Sache nicht neu und das Neue nicht wahr, denn eine solche Dreschmaschine voll dicker Ausdrücke, die alles in Grund und Boden hageln, — das ist keine Methode, keine Explication.

Wenn Sie freundlich mit ihm stehen, so möchte ich Sie nicht gerne unangenehm berühren mit meiner Kritik; aber verhehlt darf sie ihm allerdings nicht werden, denn wir haben Leute genug, die alles persiffliren, was sie nicht verstehen, so daß es ein übler Dienst ist, wenn eins die Prophezeihung ihres Unverstandes so geflissentlich erfüllt.

Schreiben Sie mir doch über ihn. Schreiben Sie mir überhaupt recht bald, lieber Freund, und lassen Sie mich hier mit der Versicherung der freundlichsten Gesinnung schließen.

Von Herzen der Ihrige

Ruge.

---

[1] Die Briefe an Preller verdanke ich der gütigen Vermittelung der Herren Prof. Fr. Rühl in Königsberg und Prof. Fr. Schöll in Heidelberg.

[2] J. Christiansen, Privatdocent in Kiel, hatte 1838 in Altona herausgegeben: „Die Wissenschaft der römischen Rechtsgeschichte", angezeigt (von L. S.) H. J. 1839 Nr. 201 ff.

72.

Von Moritz Haupt.[1]

Leipzig, 3. April 1838.

Hochgeehrtester Herr Doctor,

Unerwartete Störungen, Übelbefinden und die verwünschteste
Stimmung haben mich den Aufsatz über Grimm noch nicht schreiben
lassen, und nun ruft mich plötzlich ein unabweislicher Anlass auf
einige Tage nach Cassel. Morgen oder übermorgen reise ich dahin ab,
und von dort, ohne mich hier in Leipzig länger als einen Tag aufzuhalten, in meine Heimath,[2] wo ich zu Ostern eintreffen muss. Dort
hoffe ich in frischem Muth, den ich mir wohl bei Grimm holen werde,
den schuldigen Aufsatz zu Stande zu bringen. Für jetzt habe ich keine
dringendere Bitte, als dass Sie mein ungebührliches Zagen und Zaudern
verzeihen. Ist Ihnen der neue Aufschub von einigen Wochen unleidlich,
so versteht es sich, dass meine Verpflichtung nicht Sie bindet ....

Ich empfehle mich Ihrer freundlichen Nachsicht. Hochachtungsvoll und ergebenst

der Ihrigste

Haupt.

73.

Von Joh. Gust. Droysen.[3]

Berlin, 3. April 38.

Hochgeehrter Herr Doktor,

.... Sie forderten mich auf, über „Euripides, nachgedichtet von
Minkwitz" eine Anzeige zu machen. Das kann ich aus vielen Gründen
nicht. Vor allen möchte ich gern so weit als möglich außerhalb der
recensirenden Thätigkeit überhaupt bleiben; besonders wo ich nicht loben

---

[1] Moritz Haupt (1808—1874), Philolog und Germanist, hatte sich 1837 in
Leipzig habilitiert; er schrieb für die Jahrbücher (1839 Nr. 133 ff.) eine Anzeige von:
„W. Wackernagel. Einige Worte zum Schutz litterarischen Eigentums u. f. w." und
von einer Gegenschrift A. Ziemann's.

[2] Zittau.

[3] Joh. Gustav Droysen (1808—1884) war seit 1835 außerord. Professor in
Berlin.

ober mein Scherflein Nachbesserung mitgeben kann. Sodann aber würde
ich über ben Genannten nicht hinreichend neutral zu sprechen scheinen,
da derselbe mir bie Ehre erzeigt hat, mich (nicht etwa in seiner jambisch
geschriebenen Eingabe bei dem Sächsischen Ministerium, Anstellung ober
Reisebiäten betreffend, sondern) in einem „nicht übel erfundenen Spott-
gebicht" über bie beutsche Poesie ober bergleichen neben dem trefflichen
Westermann u. s. w. weiblich burchzuhecheln, auch sonst mich von Zeit
zu Zeit in Vor- und Nachreden bebenkt. Ein Drittes ist, baß mir,
wollen Sie es nicht übel beuten, eine einzelne Uebersetzung nicht be-
beutend genug erscheint, in Ihrem trefflichen und granbios angelegten
Blatt besprochen zu werben; lassen Sie bas dem philologischen Klein-
handel, ber mag sich über bie Splitter in bes Anbern Uebersetzung, ber
Balkenträger, ergehen. Sie könnten, glaube ich, eine Arbeit brauchen:
„Euripibes und unsre Zeit"; ober forberten Sie mich auf, über bie Kunst
bes Uebersetzens, über bas Uebersetzen aus ben classischen Sprachen ober
bergleichen zu schreiben, so könnten Sie mich bereit finden; was aber
soll ein Referat über so Vereinzeltes, wo eine sehr secunbäre geistige
Thätigkeit bem Referenten bie Nothwenbigkeit auferlegt, entweber trivial
ober, was boch noch schlimmer wäre, gelehrt zu werben.

Ueberhaupt, so sehr es mir schmeichelt, wenn Sie mir unter Ihren
Mitarbeitern ein Plätzchen gönnen wollen, boch müssen Sie mir bie
Bitte verzeihen, baß ich, wie es meine Neigung und meine beschränkte
Zeit mir gestattet, Ihnen zusende.[1]) Ich habe unserem Echtermeyer
(Gott helfe und stärke ihn in seinen Leiben)[2]) über Musikalisches zu
schreiben versprochen, und ich halte, wenn Sie es erlauben, Wort.
Können Sie Päbagogisches brauchen? neueste Ministerialverfügungen
könnten über Derartiges sich zu äußern auffordern, etwa mit bem Titel
„Wirkungen der Lorinserschen Fragen".[3])

Irre ich nicht, so sinb Sie mit Herrn Bergk bekannt; ich würde
Sie bitten, bem unbekannter Weise Empfehlung und Glückwunsch für
sein treffliches Werk über bie griechische Komöbie[4]) zu sagen und ihn zu
überzeugen, baß bie Erwähnung meiner Schwächen mich nicht etwa

---

[1]) 1838 Nr. 169 ff. erschienen unter ber Ueberschrift „Zur griechischen Literatur"
Recensionen von Schriften Bernharby's, Wegener's, Ritschl's.

[2]) E. hatte ben Markschwamm.

[3]) Der Arzt C. J. Lorinser hatte 1836 bie epochemachenbe kleine Schrift
„Zum Schutze der Gesundheit auf Schulen" herausgegeben.

[4]) Commentationes de reliquiis comoediae atticae antiquae. Leipz. 1838.

empfindlicher; aber auch nicht minder empfänglich für seine Stärke
gemacht habe.

Mit aufrichtigster Hochachtung

Ew. Wohlgeboren

ergebenster

Joh. Gust. Droysen.

74.

An Rosenkranz.

Halle, d. 4. April 1838.

Theuerster Freund,

... Echtermeyer ist in der Besserung, nachdem er leider den linken
Arm hart über'm Gelenk hat abschneiden lassen müssen. Leo schreibt
gegen Görres!!! [1] sub sigillo silentii. Ich bin wirklich neugierig, wie
er sich aus der Schlinge zieht. Denn nun gehn die Früchte auf, die er
gesät, und es könnte sich ereignen, daß die Herrn Unzufriedenen, die
unsere gegenwärtige Staats- und Kirchenverfassung fortdauernd angenagt,
zuletzt sich die Finger oder die Nase klemmen. Gewiß wird Leo nun
einen Pflock zurückstecken[, ab]er wie, da alle seine Schriften den Protestantismus und die moderne Entwicklung [durch] die französischen Einflüsse so herb negiren? — —

Ich stehe mich gut mit ihm, und er ist, wie Du weißt, traitable
und vernünftig; aber es wird nothwendig, ihn von der Philosophie aus
gründlichst zu kritisiren und seine Schrullen, die freilich eine ganze
Frachtfuhr zerbrochner Töpfe sind, vollends zusammenzuschießen. Es ist
gut, daß er Fond genug hat, um alle Polemik ertragen zu können, weil
ihm immer noch der bedeutende Rest seines Geistes und wirklich werthvollen Wissens bleibt. Du wirst nächstens eine Correspondenz über die
hiesigen Hauptleute und ihre Staffage, worin Du auch selbst figurirst,
lesen, die ich Leo schon mitgetheilt, worin ich ihn aber ernstlich recensirt
habe. [2] Ich selbst habe die Jahrbücher und meine Aristotelischen Absichten zum Hauptaugenmerk und werde nur durch wesentliche Wendungen und Gesichtspunkte des Ehrgeizes wieder zu Vorlesungen zu

---

[1] Sendschreiben an Görres. Halle 1838.
[2] Nr. 84 ff. Der Aufsatz ist die Fortsetzung von dem oben erwähnten Echter-
meyerschen und von Ruge nach dem Entwurfe seines Freundes redigiert.

bewegen sein, da ich Ursache habe, die Niederlage gegen Erdmanns geistlosen Kohl den Studenten sehr zu verdenken. Sie sind Nichts besseres
werth, wenn sie damit zufrieden sind. Ich habe großen Nutzen für mich
vom Lesen gehabt; aber ein traurigeres Publicum, als die Studiosen
sind, giebts auf der Welt nicht.

Finde nur keine Gottlosigkeit und keine Verbissenheit hierin. Ich
habe nichts als die „Ehre" im Sinn, und Du siehst wohl, daß ich keine
schlechte Sorte, auch mit lauter guter Laune verfolge. Adio, caro mio!

75.

Von Ludwig Preller.

Kiel, 9. April 38.

Werthgeschätzter Herr Doctor,

Daß mein Creuzer Ihnen so gut gefallen, ist mir außerordentlich
lieb. Ich hätte seit diesem neuen Rumoren von Görres und seiner
katholischen Einheits-Disciplin gerne noch Manches hinzugesetzt. — Ich
bin Ihnen verbunden für die gute Meinung, die Sie von mir haben.
Gewiß will ich Ihnen, soviel ich irgend kann, bei Ihrem schönen Institute,
das Sie angefangen, zur Hand seyn. Ich für meinen Theil habe die
beste Meinung und Hoffnung von Ihrer Zeitschrift. Sie haben derselben
schon eine sehr bestimmte Stellung gegen die verschiedenen Abwege der
modernen Kritik, Menzel, junges Deutschland zc. angewiesen, und gewiß
wird Ihnen Alles, was soliderer Art ist, zufallen. Diese freie, offne
Sprache, die Sie führen, entzückt mich und kann nicht verfehlen, auf das
Publikum zu wirken. Wie charakterlos sind dagegen diese Brockhausischen
Blätter, wie pedantisch diese Berliner Jahrbücher! — Es hat sich aus
diesen verschiedenen Wehen und Miasmen der Zeit, Hegelianismus,
Heinianismus, alter und junger Germanismus, ordinärer und extra-
ordinärer Mysticismus zc. immer noch ein gutes Völkchen junger Leute
aufs Freie gerettet, die gesunden Geistes geblieben und allenfalls mit-
sprechen können. Diesen tragen Sie nur muthig die Fahne voran, worauf
wir ein beßres Motto sticken wollen als dieses famose Wienbargsche[1] ....

Was Dr. Christiansen betrifft, so kenne ich ihn nur per [sic] distance.
Er ist ein kräftiger Mensch und hat Witz und Geist, aber ist bis dato noch

---

[1] Die „Aesthetischen Feldzüge" waren 1834 erschienen.

ganz entsetzlich impertinent und aufgeblasen. Wie gewöhnlich bei leicht
mit sich fertigen Charakteren, so hat auch hier der gute Hegel vorläufig
etwas gestaltlos Aufgeblasenes aus ihm gemacht, einen Faust'schen Pudel
unter dem Ofen. Möge sich ein so geschniegelter Herr daraus hervor=
arbeiten, wie dort. Gewiß, es steckt etwas Besseres in ihm, aber vor=
läufig muß er gebemüthigt werden, und da kann eine scharfe Kritik
gar nicht schaden. Auch mir war an dem Buche besonders dieses ent=
setzlich altkluge Wesen fatal, wo rein historische Fragen mit ellenlangen
Kosmogonieen und Theogonieen eingeleitet werden. Und dazu dieses
widerliche Professionmachen von Hegel, der hier, beiläufig gesagt, noch
ziemlich neu ist. Ducken Sie ihn immerhin, es kann nicht schaden . . . .

Von Herzen
der Ihrige
L. Preller.

76.

Von Ritschl.

Alter Freund,

ich jammere mich selbst, aber helfen — wenn das, was Du erwartest,
eine Hülfe ist — kann ich wahrlich nicht. Es ist radical unmöglich, Dir
jetzt etwas von nur mäßigem Umfange zu fabriciren. Aus dem Ärmel
schütteln kann ich so was nicht; auf Gutzow=Mundtsche Federfertigkeit
kann ich schwerfälliger Vogel Strauß keinen Anspruch machen. Für
einen bestimmten, noch dazu so bald anberaumten Termin habe ich mich
in Leipzig nicht anheischig gemacht; überdieß verführt die elastische
Schwungkraft der Ferienluft und Reisefreiheit gar zu leicht, daß man
sich kecklich vermißt und erstaunlichen Muth hat, den die Spinnmaschine
des alltäglichen Geschäftsräderwerkes nur gar zu schnell auf den Kopf
schlägt. Sieh, was das für eine schöne Geschichte wäre, wenn ich Dir
im flüchtigsten Fluge solche Gleichnisse in einen Artikel setzte, die weder
hinten noch vorn klappen. Vor allem aber ist zu wissen, daß ich meine
einjährige Abwesenheit mit der Abfassung von 3, sage 3 Programmen in
diesem Sommer büßen muß;[1) daß ich drucken lasse zu gleicher Zeit an
zweierlei,[2)] und wie gewöhnlich eher habe anfangen lassen, als das

---

[1)] Vgl. Ribbeck a. a. O. 233 ff. Ritschl, kleine philol. Schriften V 730 f.

[2)] 1838 erschien der aureolus libellus: die Schrift über die Alexandrinischen
Bibliotheken, vergleiche Ribbeck a. a. O. 237.

Manuſcript fertig war, alltäglich alſo den heißhungrigen Setzer befriedigen
muß. Nicht einmal nach Berlin habe ich beßwegen reiſen können, was
ich trotz meines Schatzes, der Dich grüßen läßt, gern gethan hätte. Mir
wird von all dem Zeug ſo dumm, als ging mir ein Mühlrad im Kopf
herum. Enfin: rechne jetzt nicht auf mich, es iſt unmöglich. Selbſt
meine ganze Correſpondenz habe ich ſeit December müſſen liegen laſſen,
ſonſt hätteſt Du auch ſchon Antwort auf Deine milden wie groben Mahn=
briefe . . . . ; ein tributpflichtiger bin ich auch, der täglich einige Stunden
zu Füßen ſeiner Herrin opfern muß: alſo es geht nicht. In Berlin iſt
man aber ſehr erbaut von den Jahrbüchern, wie mir geſchrieben wird.
. . . . Wenn Du kannſt, ſo haſſe mich nicht. In allem Uebrigen Dein
durchaus gut und honet affectionirter

F. Ritſchl.

Breslau, 15. April 1838.

77.

Von Guſtav Schwab.

Hochgeehrter Herr Doctor!

Herzlichen Dank für ihre gütigen Zeilen. Sehr gerne übernehme
ich eine Beleuchtung von Lenaus Savonarola und Grüns letztem
Ritter,[1] wenn Sie mir nur ein paar Sommermonate Zeit geben.

Vorgeſtern habe ich in Tübingen die Halliſchen Jahrbücher mit Luſt,
Zuſtimmung, zuweilen Widerſpruch im Geiſte, wie's geht, durchflogen.
Höchſt intereſſant war mir, was Sie über Rückert ſagen,[2] wir treffen
in Vielem zuſammen (denn auch von mir liegt ein Aufſatz über ihn bei
den Leipziger Blättern),[3] nur daß ich, den man für einen bornirten
Uhlandianer zu halten pflegt, die Lichtſeite mehr hervorheben zu müſſen
geglaubt habe. Unſres Freundes Viſcher Aufſatz über die Schwaben
enthält gar viel ſchlagendes Wahres und auch Schönes; gefreut hat
mich, daß ſeine Charakteriſtik mit einem Verſe zuſammenſtimmt, den ich
vor 10 Jahren für ein Embryo gebliebenes Gedicht gemacht habe:

------

[1] Ruge hatte ihn am 19. März darum erſucht.
[2] In „Deutſcher Muſenalmanach für das Jahr 1838," Nr. 72 S. 573. Auch ſonſt
hat Ruge mehrfach ſehr ſcharf über Rückert geurteilt, ſ. z. B. Werke III 62. 157 ff.
206. V 8.
[3] Vgl. Bl. f. litt. Unterh. 1838 Nr. 305—309. 350—351.

„Der Schwabe bleibt ein eigner Junge.
Bald tölpisch laut, bald scheu und zart,
Das halbe Herz stets auf der Zunge,
Die andre Hälfte tief verwahrt."

Dieß hindert mich jedoch nicht, von ganzem Herzen Ihren wohl-
wollenden Gruß mit Frau und Tochter auf gut schwäbisch zu erwiedern,
Ihnen für das freundliche Andenken, das Sie unserm schwer zugänglichen
Gomaringen schenken, meinen vollen Herzensdank zu sagen und voll
Hochachtung zu seyn

der Ihrige

Prof. Gustav Schwab,
Pfarrer.

Gomaringen bei Tübingen, d. 19. April 1838.

78.

An Ludwig Preller.

Halle, den 30. April 1838.

Werther Freund,

Sie haben mir mit Ihrem Briefe vom 9ten ein großes Vergnügen
bereitet, und ich wünschte gar sehr, daß Sie Sich in den Ferien mal
aufmachten und herunter kämen. . . . .

Ueber Christiansen stimme ich Ihnen bei. So abstrus er anfängt
und zum Theil auch procedirt, so ist das Buch doch stellenweise mit
vielem Geist verfaßt, und es wird schwer sein, einen Juristen aufzufin-
den, der ihn, wie es sich gehörte, rezensiren könnte. Sie sind wüthend
von A—Z und wollen gern darthun, die Sache schadete, was freilich wohl
weniger der Fall ist, denn es ist ja nicht nöthig, daß alle Leute zur
Philosophie bekehrt werden, und es wäre doch schlimm, wenn niemand
aufträte und der alten Anklage der Verschrobenheit Vorschub leistete.
Was bliebe den vernünftigen Leuten dann noch übrig? Doch, Scherz bei
Seite, die Gefahr ist auszuhalten, und wenn die geschlossene Hegelsche
Partheiung immer mehr gesprengt wird, so daß niemand mehr weiß,
wer Koch oder Kellner ist, und jeder auf sich angewiesen ist, so ist das
nur für ein Glück zu halten. Die sogenannte Cooperation ist eine
schwachköpfige, gedankenlose Mißgeburt; die junge Generation und ihre
Farbe läßt sich nicht projectiren und vorher bestimmen, am allerwenigsten
auf ein Symbolum vereinigen. Christiansen wird nur wieder Ver-

anlassung geben, das Zerwürsniß und die Befreiung der Zeit anschaulich zu machen.

Schließlich nochmals die Bitte um baldigen Beistand
Von ganzem Herzen
der Ihrige

Dr. A. Ruge.

Von Rosenkranz.

79.

[Anfang Mai 1838.]

Mein lieber Ruge,

Ich leide immer noch so sehr an den Augen[1] und bin überhaupt so herunter, daß ich nur schwatzen, aber erst sehr wenig lesen und schreiben kann. Ich würde jetzt nach Paris gegangen sein, vertrüge mein Auge Sonnenschein, Wasserblinken, Chausseestaub, Zugluft. Bendemanns Jeremias auf unserer Kunstausstellung habe ich kaum gesehen, so heftige Thränen entlockte mir sein Anblick. Ach! ich bin in Allem gehemmt. Doch scheint es seit einer Woche besser werden zu wollen. Nun kommen aber gerade die Collegia und nehmen wieder Zeit weg. — Um mich zu zerstreuen, habe ich hier vor einem gemischten Publicum 6 Vorlesungen über Ludwig Tieck und die romantische Schule gehalten, die sehr gut ausgefallen sind und viel neue Entdeckungen gemacht haben, von denen ich am meisten und angenehmsten überrascht wurde. Ich habe diese Woche angefangen, den wesentlichen Inhalt derselben niederzuschreiben und will Dir für die Rubrik Charakteristik dadurch einen interessanten Beitrag zu geben suchen.[2] Nur Augen, Augen! Da ich mit dem Denken allein auskommen kann, so habe ich mich vom Schreiben entsetzlich entwöhnt und möchte am liebsten à la Goethe dictiren, ginge nicht dadurch zu viel Frische und Innigkeit zu Grunde. Gott gebe, daß ich im Herbst wenigstens nach Halle kommen kann. Ich will nach Wien und München, wenn meine Augen es gestatten (Bilder zu sehn ꝛc.), und rückreisend Euch besuchen. Dann wollen wir auch über Leo sprechen, aber uns jetzt nicht weiter schreiben....

Grüß' den treuen Hinrichs, Schaller, Leo und Echtermeyer bestens von mir! Leb wohl!

Dein

K. Rosenkranz.

---

[1] Rosenkranz erblindete in den letzten Jahren seines Lebens vollständig.
[2] Erschien Nr. 155 ff.

80.

An Rosenkranz.

Halle, b. 9. Mai 1838.

Lieber Freund,

.... Schaller hat seine Kritik Straußens fertig:
„Der historische Christus und die Philosophie."
Er wird Glück damit machen, wenn nicht die Faulheit des populären
Orthodoxismus alle Herzen und Geister verderbt hat.

Echtermeyer hat den linken Arm verloren, ist nun aber wieder
munter und reis't bis Michael, wo ich denn natürlich sehr viel Arbeit
habe ....

Leo und Marheinecke haben gegen Görres geschrieben. Ich spreche
mich nicht darüber aus, da Du es nicht wünschest, werde aber beide
Bücher ohne alle Rücksicht recensiren[1] und ärgere mich nur, daß ich
keine Zeit habe, um selbst eine Broschüre gegen Görres zu schreiben.
Auf einen groben Kloß ein grober Keil! aber ohne Kultur hilft die
Grobheit zu nichts und ohne Kraft und Charakter die Kultur nicht.
Dieses lauwarme Wesen, welches weder vergeistigt noch vertheidigt werden
kann, blamirt den Protestantismus, und es war hohe Zeit, daß mal ein
Gewitter aufzog, um wirkliche Menschen, die „nicht mit Mistpfütze getauft
sind und kein Pferd im Leibe haben", wie jener Rudolstädter sagte, zu
erwecken zum Dienst der Wahrheit.

Viele Grüße von den Genannten und auch von Leo. Rosen=
berger ist mir abhanden gekommen, sonst freundselig und sanft.

Von Herzen

Dein

Ruge.

81.

An Ludwig Preller.

Halle, den 21. Mai, 1838.

Werther Freund,

Sie erfreuen und betrüben mich zugleich. Hoffentlich ist die Fahrt
nach Dorpat noch nicht definitiv beschlossen[2]); und was ich auch für

---

[1] Nr. 147; vgl. Nr. 179. 240.

[2]) Preller hatte einen Ruf nach Dorpat als ord. Prof. der Philologie sowie
als Dirigent des akademischen Museums und philolog. Seminars erhalten. Er
leistete ihm Folge, nahm jedoch bald wieder seine Entlassung.

Freude über Ihre gütigen Beiträge empfinde, immer drängt sich mir dies drohende, menschenverderbende Schicksal wieder in die Seele. Von hier ist ein junger Mensch, v. Mabai,[1] römischer Jurist, hingegangen. Der lobt sich im Ganzen seine Lage; aber was ist daraus zu nehmen? Immer bleibt der Nerv des Geisteslebens abgeschnitten, und was das bei Ihnen sagen will, das machen Sie Sich ja deutlich.

Ein reiner Avancements menschsch, ein römischer Jurist, ein Abliger, ein beschränktes Genie — die mögen aushalten; honette Leute, denen einmal der Weg des Lebens durch die Seele gelegt ist und die nur in der innersten Bewegung des gegenwärtigen Lebens und Geistes sich selbst zu genießen vermögen, die werden gewiß melancholisch und elend. Ich habe 1 Jahr in Rom gelebt, und in Rom hat man noch mancherlei, was einem geistigen Leben ähnlich sieht in Kunst und historischem Moder; aber es hat mir fast das Herz abgedrückt, so gänzlich aus der Litteratur und dem Verkehr mit wirklich wirksamen Menschen, kurz aus dem deutschen Mittelpunkt gerissen zu sein, daß ich vor Freuden weinte, als der Postillon aus der Porta del Popolo nach Hause klatschte. Es ist ein ungeheurer Versuch, sein Vaterland mit den Barbaren zu vertauschen, und ich — jetzt — ich schlüge die Krone von Rußland aus gegen mein Haus in Halle, welches nur „zur goldenen Krone" heißt und keine andre Macht giebt, als das Gegentheil von dem dummen Archimedischen Punct, nämlich einen Punct wirklich mitten in, nicht außer der Welt.

Was Sie aber besonders betrifft, so ist Ihr Name in Deutschland und namentlich in Berlin und hier von gutem Klange. So sehr wir mit Hegelianern gesegnet oder geplagt sind — denn es giebt eine Menge Ochsen, die zu Tode gemästet sein wollen und sichtlich verschnitten sind — so haben wir doch keinen Ueberfluß in den Fachwissenschaften, und ich dächte, es müßten sich Ihnen leicht nach Deutschland selbst Verbindungen eröffnen. In Heidelberg liegt die Philologie sehr darnieder. Bähr ist nichts[2] und Creuzer alt, hier fehlt die elegante Philologie, und Schulze hätte gern die Stelle, versteht sich vorläufig wohlfeil, besetzt. Eichstädt[3]

---

[1] Rosenkranz (Von Magdeburg bis Königsberg, S. 452) nennt ihn unter den Mitgliedern der Freitagsgesellschaft.

[2] Joh. Chr. F. Bähr (1798—1872), Philolog, seit 1826 ord. Prof. in Heidelberg. H. J. 1840 Nr. 79 wird an ihm eine freiere, geist- und geschmackvollere Behandlung seines Gegenstandes vermißt.

[3] H. K. A. Eichstädt (1772—1848), seit 1803 Prof. der Poesie und Beredsamkeit in Jena. Vgl. S. 36 Anm. 2.

in Jena kann nicht lange mehr krebsen, Hand[1]) ist das 5te Rad am Wagen, und Göttling würde gern guten Beistand annehmen. Einige Correspondenz und Bücherversendung an solche Oerter und zweckmäßige Leute, man kann immer etwas darauf setzen.

Wollen Sie Göttling Ihre Bücher schicken, so wagen Sie nichts und finden einen so graden Kerl an ihm, daß Sie ganz klar über die Umstände werden müssen, die Sie interessiren. Eine persönliche Vermittlung wäre gar nicht dienlich, honetter findet Göttling das unmittelbare Verfahren und die Brüderschaft der Gelehrten als solcher. J. Schulze ist dagegen unzuverlässig und nur einer wirklichen Vocation wäre zu trauen. In Heidelberg hätten Sie jetzt durch Rothe[2]) und Creuzer selbst die besten Fäden. Die anderen taugen nichts. Doch es wird mir angst und bange, indem ich die Verantwortung bedenke, die ich auf mich lade, indem ich so auf Sie hineinrede und nothwendig dabei Ihre Verhältnisse mir nur einbilde, nicht kenne. Das eine tröstet mich dabei, daß Sie schreiben, Sie wären ökonomisch sorgenfrei — und sobann ist ja von Ihrer Seite mein Gerede nun erst zu erwägen und zu prüfen. Ich bin sehr gespannt auf die Entwirrung dieser Fragen . . . .

Von ganzem Herzen

der Ihrige

Dr. A. Ruge.

82.

Von Altenstein.

Ew. Wohlgeboren danke ich verbindlichst für die gefällige Mittheilung des Anfanges der von Ihnen herausgegebenen Hallischen Jahrbücher für die deutsche Wissenschaft und Kunst. Mit einem lebhaften Interesse habe ich von diesem ersten Hefte der Jahrbücher, das sich durch gehaltreiche Aufsätze auszeichnet, nähere Kenntniß genommen und wünsche aufrichtig, daß das würdig begonnene Unternehmen einen glücklichen Fortgang gewinnen möge.

Gern benutze ich zugleich diese Veranlassung, Sie meiner vorzüglichen Hochachtung zu versichern.

Altenstein.

Berlin, den 29. Mai 1838.

---

[1]) Ferd. G. Hand (1786—1851), seit 1817 orb. Professor der Philologie und Mitdirektor des philol. Seminars. Er war eine Zeit lang Lehrer der Prinzessin Augusta von Sachsen-Weimar und begleitete diese auf einer Reise nach Petersburg.
[2]) Richard Rothe (1799—1867), seit 1837 Professor und Direktor des neu begründeten Predigerseminars in Heidelberg.

83.

An Rosenkranz.

Halle, ben 19. Juni 1838.

Mein lieber Freund,

Dieser Brief ist von Deinem wortreichen Hallenser Correspondenten, der sich
allen Platz zur Unterschrift verschrieben. Daher hier: Dein Auge.[1]

.... Du wirst nächstens über Leos Sendschreiben an Görres eine
zornige und fulminirende Recension von mir lesen. Ich stehe persönlich
bis jetzt mit Leo auf dem alten Fuß, will aber dieses unwahre und
confuse Wesen nicht länger ruhig mitansehn und glaube, daß es jetzt
noch Zeit ist, den Geist in seiner guten Wendung zu bestärken. Es hat
mich ungeheuer in Aufruhr gesetzt, und es wäre noch ärger geworden,
wenn ich Leo ganz objectiv gehabt und nicht im Herzen wirklich Mitleid
mit dieser schweren Noth des Subjects gehabt hätte. Er wird nicht mal
von den Partheigängern gehörig dafür entschädigt, denn sie sind alle
atome Subjecte, und der Fels der Wahrheit ist ihren schwachen Naturen
nicht zum Mittelpunct gegeben; denn was hilft das Fluchen und Beten,
das Psalmobiren und Citiren; es bleibt bei den Einfällen des prickelnden
Beliebens, und niemand ist des andern sicher. Dazu benunzirt er noch
zu guter Letzt die Hegeliter, nachdem er uns schon bei der Wegführung
des Erzbischofs[2] wüthend angeschrieen: „man müsse jeden Hegelianer
wie einen Hasen hinter die Ohren schießen." Du weißt, wie liebenswürdig wir uns hier Alles heraussagen, und diese Redensart, wozu man
auch noch ein scherzhaftes Gesicht schneiden kann, hat weiter nichts auf
sich; aber die öffentliche Verdächtigung ist hingetippt auf etwanige
künftige Wechselfälle, die die Obscuranten völlig in den Besitz der Macht
bringen könnten. Dies ist die Cardinalfrage der Preußischen Gegenwart.
Dies greift mitten ein in die heiligsten Interessen des Geistes, und es
fragt sich, ob die Fanatiker und Obscuranten oder die honetten
Leute, die jetzt regieren, die Früchte der jetzigen Bewegung
erndten sollen. Mit den hinter die Ohren zu schießenden Hegelianern
— nun, das siehst Du selbst, daß ich und Du und Vater oder Vetter
oder Freund Hinrichs damit nicht gemeint sind. Ich habe daher auch
von solchen allerdings intimeren Notizen, die Leo unvorsichtig aussprudelt,

---

[1] Nachträglich zwischen die Ueberschrift und die erste Zeile des Briefes hinzu=
gefügt.

[2] Cl. Aug. Droste zu Vischering, Erzbischof von Köln, war am 20. Nov. 1837
gefangen genommen und nach Minden geführt worden.

9*

keinen Gebrauch gemacht und bin nicht practisch, sondern nur kritisch
nach dem Gedrucktvorliegenden zu Werk gegangen und schreibe auch hier
im Briefe diese Notiz in der festen Ueberzengung, daß Du Leo per=
sönlich eben so wohl willst wie ich, vielleicht noch mehr, da es
einem so in der Nähe und grade mir vielleicht denn doch am Ende nicht
möglich ist, immer an die dahinterstecfende Güte, an den honetten Kern
zu appelliren, wenn solche verborbene Früchte zu Tage kommen. Bis
jetzt gelingt es indessen noch so ziemlich und es mag noch zum Guten
ausschlagen. Schreib' mir freundlichst wieder, denk' auf neue Wohlthaten
für die Jahrbücher und folge nicht Burdachs philiströser Altmeisterei,
daß Du mir den Zorn und das Pathos der Wahrheit verdenkst. Es hat
mir lange Ueberwindung gekostet, aber es muß sein: die Berliner
Flederwische, diese Weisheitsbrühe, die weder gesalzen noch geschmalzen
ist, diese langweilige Mehlsuppe der Wahrheit — das ist für Niemand
gut, als wer es schon weiß und also nicht nöthig hat es zu lesen. Die
Kerle sind mit all' ihrer auswendig gelernten Weisheit nicht einen
Dreier werth, und wenn's Gabler auch weiß und Marheineke auch noch
so richtig sagt — es ist nicht der Mühe werth, wenn's keinen was an=
geht. — „Welch ein Geschwätz!" nicht wahr? Freilich müßte man über
diesen marasmus senilis mehr als einige Expektorationen schreiben!

84.

An Jakob Grimm.

Hochgeehrter Herr Hofrath,

Mit lebhaftester Erinnerung halte ich den Augenblick fest, wo ich
das Glück hatte, Sie persönlich kennen zu lernen. Es war kurz vor
jener Katastrophe, wo Sie aus ihren stillen Studien in diesen immer noch
unerfreulich schwankenden Kampf des trostlosen hannöverschen Staatslebens
gerissen wurden.[1] Ich habe seitdem Ihre Schrift über Ihre Entlassung,[2]
die das Gericht der Geschichte wahrhaft voraussnimmt, gelesen, und wenn
der ganze verworrene Verlauf princip= und gedankenloser, ehr= und

[1] Am 11. Dec. 1837 war den Göttinger Sieben das Entlassungs=Rescript
übersandt worden; am 17. verließen Dahlmann, Jak. Grimm und Gervinus die
Stadt.
[2] Jakob Grimm über seine Entlassung. Basel 1838, abgedruckt im ersten
Bande der kleineren Schriften.

willenloser Fluctuationen nichts anderes herauswerfen sollte, als eben
Ihre und Ihrer Collegen sichere, ehrenwerthe Haltung der Willkür
gegenüber, so wäre schon das ein Gewinn für Mit- und Nachwelt. Ich
werde bald Gelegenheit nehmen, dies auch öffentlich auszusprechen; hier
hielt ich es für unschicklich, mich Ihnen zu nahen, bevor ich Ihnen meine
gesteigerte Hochachtung und meine innige Theilnahme ausgedrückt. Eine
eigennützige Bitte ist sodann im Hintergrunde. Ich würde sehr glücklich
sein, wenn Sie zu den Hallischen Jahrbüchern wirklich einmal einen
Beitrag gäben, und da hat mich nun Professor Bluntschli in Zürich[1]
gebeten, den Versuch zu machen, ob Sie nicht vielleicht seine Rechtsgeschichte, die wesentlich von Ihren Forschungen angeregt und aus-
gehend ist, mit einer Kritik bei uns in Deutschland einführen möchten.
Ich trage Ihnen die Sache vor und bitte freundlichst um geneigten
Bescheid.

Mit vorzüglichster Hochachtung

Dr. Arnold Ruge.

Halle, am 22. Juni 1838.

--- --- ---

85.

Von Joh. G. Droysen.

Berlin, 25. Juni [38].

Verehrter Herr und Freund,

Lassen Sie mich mit dem Bekenntniß anfangen, daß ich Angst vor
Ihnen habe und die Frucht dieser Angst anbei folgt . . . .

Und so kommt denn hier ein seltsames Mittelding zwischen Recension
und Raisonnement;[2] seien Sie nur ehrlich genug, es ganz, wenn es
nicht in Ihre Blätter paßt, bei Seite zu werfen; denn ich bin es sehr
zufrieden, weil ich mit dem Geschriebenen es sehr wenig bin. Sie
glauben nicht, was Mühe es manchen Menschen macht zu schreiben und
ihre Gedanken zusammenzubringen. So ist mir die Lorinserei für den
Augenblick eine uneinnehmbare Schenke aus dem Don Quixote, und mit

---

[1] Joh. Kaspar Bluntschli (1808—1881), Staatsrechtslehrer und Politiker, seit
1836 ord. Prof. in Zürich. 1838 (Nr. 163) schrieb er für die Jahrbücher eine Anzeige
von „G. Beseler, Die Lehre von dem Erbvertrag.“ Die oben erwähnte Schrift
heißt: „Staats- und Rechtsgeschichte der Stadt und Landschaft Zürich.“
[2] Siehe H. J. 1838 Nr. 169, Zur griechischen Litteratur, vgl. auch S. 121.

der Kritik der Uebersetzungen — ich weiß ja nicht einmal, ob man mir meine übersetzte Existenz läßt oder bestreitet. Hör' ich nun gar mein liebes Kindchen[1]) dazwischen schreien, oder weht so eine freie Morgen=kühle mir in's Fenster, — dann Ade, Recensirgedanken; ich spiele mit meinem Kinde oder gaffe in's grüne Kornfeld und in den blauen Himmel.

Schrieben sich nur gleich die Gedanken und die Pläne so reinlich nieder, so bekämen Sie das über Euripides bald, und es müßte ganz vortrefflich werden; aber das sieht einen von dem grauen Papier mit den ungeschickten Buchstaben und den impertinenten Ausstreichereien so ernst und widerwärtig an, daß man sich recht an den kothgebornen Ursprung des geistbelebten Menschen erinnern muß, um nicht ganz ärgerlich zu werden.

Von Ihrem Hallenser Leben haben mir Bergk und Pott viel erzählt; nehmen Sie sich nur in Acht, daß nicht etwa auch nächstens ein Hallischer Frühlingsgruß losgeht und Ihnen ein Lobpasquill vor der Welt macht; denn jetzt gleich kommt ein dergleichen über München, dann über Tyrol und die bedeutendsten Gelehrten unter den Bergen und Wässern, wo denn wohl statt der armen Charlotte irgend eine gefallene Tyrolerunschuld, die ja auch nur Einbildungsleiden [zu] gewähren braucht, den sentimentalen Hintergrund bilden kann. Eine verfluchte Sorte von zeitgemäßer Poesie und Felonie![2]) Da lobe ich mir den lieben kleinen Köstlin, den poetischen Advocaten, und den feinen Vischer, der seinen Schwaben prächtig den Puls gefühlt hat.

Aber rasches Ende! Verzeihen Sie dem säumigen, dem schlechten Mitarbeiter, grüßen Sie Pott, Echtermeyer und wen sonsten.

Ganz der Ihrige

Joh. Gust. Droysen.

86.

Von Johannes Schulze.

Ew. Wohlgeboren kann ich erst heute meinen herzlichen Dank für die gütige Mittheilung des ersten Monatsheftes Ihrer mit dem Herrn

---

[1]) Am 10. April war sein Sohn Gustav, jetzt Prof. der Geschichte in Halle, geboren.

[2]) Im vorigen hat Droysen Heinrich Stieglitz und dessen Gattin Charlotte, welche sich 1834 den Tod gegeben hatte, im Sinn. 1838 veröffentlichte Stieglitz „Gruß an Berlin, ein Zukunftstraum", kurz darauf „Bergesgrüße aus dem Salz=burger, Tiroler und Bairischen Gebirge".

Doktor Echtermeyer gemeinschaftlich herausgegebenen Jahrbücher dar-
bringen; im fortwährenden Geschäftsgange konnte ich erst jetzt Muße
finden, mich von dem reichen Inhalte Ihres ersten Heftes näher zu
unterrichten; sämmtliche darin enthaltene Aufsätze haben mir eine un-
gemeine Befriedigung gewährt, und ich nehme an Ihrem Unternehmen
einen um so lebhafteren Antheil, je wünschenswerther es mir grade in
den gegenwärtigen Zuständen scheint, daß sich jugendliche Kräfte zur Belebung und weiteren Förderung deutscher Kunst und Wissenschaft mit
einander verbinden. Ich wünsche Ihrem würdig begonnenen Unternehmen
einen glücklichen Fortgang, der nicht fehlen wird, wenn der tüchtige,
wissenschaftliche Geist, von welchem das erste Heft aufs unzweideutigste
zeugt, auch in allen folgenden sich geltend macht. Begierig bin ich, den
Verfasser der in diesem Hefte noch nicht abgeschlossenen, meisterhaften
Charakteristik H. Heines kennen zu lernen.[1]) Bringen Sie von meiner
und meines Sohnes[2]) Seite auch an Herrn Echtermeyer unsern
freundlichen Gruß und unsern treugemeinten Wunsch für seine Genesung
von einer höchst gefährlichen Krankheit.

Noch liegt mir auf dem Herzen, Ihnen mein aufrichtiges Bedauern
darüber auszudrücken, daß es mir noch nicht hat gelingen wollen, Ihnen
und dem Herrn Schaller, dessen ausgezeichnete wissenschaftliche Leistungen
ich nach ihrem ganzen Werthe ehre, irgend ein öffentliches Anerkenntniß
zu verschaffen. Ich werde aber meine desfallsigen Bemühungen aus
inniger Ueberzeugung von der Billigkeit Ihres Wunsches unverdrossen
fortsetzen und keine schickliche Gelegenheit vorüberlassen, Ihnen die innige
Hochachtung, welche ich für Sie hege, zu bethätigen. Auch den Herrn
Schaller bitte ich dessen zu versichern und mich bei ihm wegen meines
bisherigen Stillschweigens, zu dem ich mich, weil ich ihm nichts seinem
Wunsche Entsprechendes melden konnte, verdammt habe, gütigst zu entschuldigen.

Ew. Wohlgeboren

ganz ergebener

Dr. J. Schulze

Kupfergraben Nr. 6.

Berlin, den 29. 6. 38.

---

[1]) Die Charakteristik ist von Ruge selbst; vgl. s. Werke III S. 1 ff.

[2]) Herr Professor Varrentrapp in Marburg hat die Güte gehabt, mir aus
einem Briefe des Herrn Stadtgerichtsrat Max Schulze-Mößler in Wiesbaden mitzuteilen, daß mit „meines Sohnes" der Stiefsohn von Joh. Schulze, Ludwig Böhm,
nachmals Professor der Medizin in Berlin, gemeint ist.

Ich habe heute Veranlassung gehabt, den Herrn Schaller zu der ordentlichen Professur der Philosophie in Dorpat, welche zu Weihnachten d. J. vacant wird, dem Hofrathe und Professor Herrn Dr. Friedländer als vorzüglich tüchtig zu empfehlen.[1]) Sollte Herr Schaller geneigt seyn, einem Rufe nach Dorpat zu folgen, so würde er wohl thun, an den Herrn Friedländer, welcher 14 Tage hier bleibt und Große Friedrichstr. Nr. 242 wohnt, und an den zeitigen Rector Herrn Hofrath Neue[2]) in Dorpat vorläufig zu schreiben.

--- ---

87.

An Johannes Schulze.

Halle, den 6. Juli 1838.

Hochwohlgeborner
Hochzuverehrender Herr Geheimer Rath,

Die gütigen und beifälligen Ausdrücke, mit denen Sie Ihre Zufriedenheit über die Hallischen Jahrbücher zu erkennen geben, ebenso wie das gnädige Schreiben Sr. Excellenz, welches, in ähnlichem Sinne abgefaßt, mir vor Kurzem zugegangen ist, das ist eine Genugthuung, die mich über die erlittenen Leiden, über das hochfahrende Betragen geistig unberechtigter und ganz untergeordneter Genie's, die allerdings meine wissenschaftliche und litterarische Ehre beeinträchtigten, vollkommen tröstet. Ich habe, Gott sei Dank, nunmehr als Privatdocent in Rücksicht des Geldes, in Rücksicht des Ruhmes, in Rücksicht der litterarischen Wirksamkeit eine Stellung, wie Niemand an der ganzen Universität dies Alles zusammen rühmend von sich sagen kann, und es fehlte mir nur die Anerkennung meiner Behörde, des hohen Ministerii und die Ihrige. Sie können daher von Selbst ermessen, Hochzuverehrender Herr Geheimerrath, welche Freude mir Ihr so gütiges und wohlwollendes Schreiben bereitet hat. Allerdings schmerzte es mich tief, daß ich auf Ihren ausdrücklichen Rath sogar zum zweitenmal supplicando vergebens um den bloßen Titel des Professors eingekommen war; es war mir um so verdrießlicher, da ich mich keineswegs in der Lage fühlte, einen unangenehmen und zudringlichen Supplicanten machen zu müssen, und da ich es wirklich von Herzen bedaure, daß der Gelehrtenstand wohl viel-

---

[1]) Schaller blieb in Halle, wurde 1838 außerord., 1861 ordentl. Professor.
[2]) Chr. Fr. Neue, seit 1831 Prof. der alten Litteratur in Dorpat.

fältig seine Stellung in dieser Beziehung mit zu wenig Würde wahr-
nimmt. Aber jetzt hab' ich alle jene deprimirenden Gefühle völlig überwunden und weiß es Ihnen mit aufrichtiger Seele Dank, daß Sie mir
so zugesprochen haben, wie Sie gethan.

Erhalten Sie mir Ihr Wohlwollen und die Gunst Sr. Excellenz,
die mir so sehr nöthig ist. Denn ich höre ja hier täglich, wie gerne die
grimmigen Leute der jetzt geschlagenen Faction die Philosophie sowohl
als die, welchen die Philosophie ins Gemüth gefahren ist, unter dem
Titel Ketzer und Revolutionäre verfolgen möchten, nicht mit den Waffen
der Wissenschaft und auf dem Gebiet der Litteratur, sondern vielmehr
auf dem Boden des Staats und im Namen des Staats. So wenig die
Jahrbücher auch mit den practischen Fragen zu thun haben, so werden
sie doch von Hengstenberg[1] sogleich auf sein borniertes Christenthum
und von den politischen Confusionsräthen auf die albernen modernen
Stichworte gezogen, weil ihnen die Macht der wahren Einsicht im Wege
ist. Aus Leo's Vorwort gegen meine Recension,[2] die er nur mit
„Spucken" und mit Verdächtigung der Absichten, die ich bei den rein
objectiven Expositionen hätte, beantwortet, ist dies Alles ersichtlich.

Mir kann nichts erwünschter sein, als Ihnen und Einem Hohen
Ministerio des Unterrichts unmittelbare und vollständige Einsicht in die
Haltung und den wahren Sinn der Zeitschrift zu gewähren; ich ergreife
daher die Gelegenheit, um die Vergünstigung zu bitten, die Ihnen noch
nicht vorliegende Folge Februar bis Juni unterbreiten zu dürfen.

Meinem Freunde Schaller habe ich sogleich die nöthigen Mittheilungen gemacht. Wobei ich es freilich nur bedauern kann, wenn wir
in den traurigen Fall kommen sollten, einen so ungleichen Tausch mit
den Kurländern zu thun. Halle wird mit Gewalt auf dem Standpuncte
theologischer Bedürftigkeit zurückgehalten, und an eine philosophische Befriedigung durch Erdmann ist durchaus nicht zu denken, da er keine
Anlage zur Speculation hat, wie dies das verunglückte „Glauben und
Wissen" aufs deutlichste darthut. Sollte es Bestimmung der Philosophie
sein, überall nur in solchen Schiefheiten wie durch Fichte, Weiße,
Michelet und Erdmann weiter zu existiren?

---

[1] Ernst Wilhelm Hengstenberg (1802—1869) hatte sich, ohne eigentlich
Theologie studiert zu haben, bereits 1824 als Dozent der Theologie in Berlin
habilitiert und war, nachdem er seit 1827 die „Evang. Kirchenzeitung" heraus-
gegeben, 1828 ordentl. Prof. geworden. Vergl. Ruge: „Leo und die Evangelische
Kirchenzeitung gegen die Philosophie. H. J. 1838 Nr. 236 ff.;" außerdem Strauß'
Streitschriften Heft 3; späterhin: „Die Halben und die Ganzen. Berlin 1865."

[2] Vergl. Heinrich Leo, Die Hegelingen. Halle 1838.

Mit Schaller wandert ein philosophisch befreiter und sehr streb=
samer Mensch nach Rußland, und es ist leider die gemeine Erfahrung,
daß so die Wurzeln seiner Kraft dem Menschen verloren gehn. Sie
würden Sich gewiß kein geringes Verdienst erwerben, Herr Geheimer
Rath, wenn Sie dieser traurigen Wendung der Dinge vorbeugen könnten.
Es sind ja auch in Heidelberg, Freiburg und Kiel Vacanzen, und selbst
in Halle muß sich ja gar bald dies oder jenes ereignen.

Mit der vorzüglichsten Hochachtung und dem aufrichtigen Dank für
den Ausdruck Ihrer gütigen Gesinnung zu mir

Ihr ganz gehorsamster

Dr. Arnold Ruge.

88.

(E. Meyen an Otto Wigand.[1])

.... Die deutsche Journalistik, namentlich die gelehrte, ist so wenig
von der Theilnahme der Nation begleitet, daß man diese mit Gewalt
aus ihrem Schlafe rütteln und sie an ihre Pflicht mahnen muß. Die
Journalistik ist das Forum des Volks, und Schmach dem, der nicht auf
die Stimme des Redners hören will, der sich für das Volk müht und
opfert. Berlin würde einen besseren Anblick anbieten, wenn hier
„deutsche Nationalität" erblühen dürfte, aber so lange wir unter dem
Druck eines Herrn v. Rochow[2]) und überhaupt des bornirten Preußen=
thums schmachten, müssen sich die Zustände in dieser nichtswürdigen
Mittelmäßigkeit hinschleppen. Das sagt Ihnen ein Preuße!
Leben Sie wohl ....

Mit größter Hochachtung

Ergebenst

Dr. E. Meyen.

Neu=Schöneberg bei Berlin, 6. 7. 38.

---

[1]) Eduard Meyen (geb. 1812 in Berlin, gestorben 1870 als Redakteur der
Danziger Zeitung), hatte in Berlin und Heidelberg Philosophie und Philologie
studirt, 1835 promoviert, war Mitarbeiter von Büchners Litterarischer Zeitung und
übernahm 1838 die Redaktion derselben; in demselben Jahre schrieb er „Heinrich
Leo, der verhallerte Pietist". Von 1839 an war er eifriger Mitarbeiter der H. J.

[2]) G. A. R. von Rochow (1792—1847), hatte von 1834—42 das Ministerium
des Innern und der Polizei; wir verdanken ihm das geflügelte Wort vom „be=
schränkten Unterthanenverstande".

Von W. Vatke.[1])

Hochgeehrtester Herr Doktor,

Vorigen Freitag habe ich Ihr geehrtes Schreiben mit dem Werke des Herrn Dr. Schaller[2]) und dem Honorar für meine Recension[3]) richtig erhalten und sage Ihnen beiderseitig meinen verbindlichsten Dank.... Was... Schallers Buch betrifft, so habe ich etwas hineingelesen, um ein Urtheil zu gewinnen, ob ich die Anzeige davon übernehmen kann, nicht etwa, weil Strauß mein persönlicher Freund ist[4]) und ich den Satz: amicus Plato, sed magis amica veritas vergessen hätte, sondern zu sehen, ob ich überhaupt im Stande wäre, über die Differenz beider Schriftsteller ein selbstständiges Urtheil zu fällen. Denn die Sache ist schwierig, und wenn ich einmal etwas darüber sage, so muß es die Sache treffen und irgend wie eingehen. Auch müßte es bald geschehen, da Strauß jetzt am zweiten Theile drucken läßt. So entstanden allerlei Bedenklichkeiten, und, aufrichtig gesprochen, möchte ich lieber der Sache noch ein wenig zusehen; denn ich bin im Ganzen mit der Richtung zufrieden, welche die Sache jetzt, besonders seit der 3. Auflage von Strauß' Leben Jesu, genommen hat, und lese am liebsten das Urtheil über Strauß's Gegner bei ihm selbst, da ich selbst nicht im Stande bin, so scharf und schlagend, wie er selbst, darüber zu sprechen. Indeß betrifft Schallers Schrift eine Seite, mit welcher ich von Anfang an nicht einverstanden war, und ich habe schon manche Punkte gefunden, worin ich ihm gegen Strauß Recht geben muß, werde deren gewiß auch noch mehr finden und darf daher nicht 'befürchten, ihn angreifen zu müssen, in welchem Falle ich eine Anzeige lieber abgelehnt hätte. Somit erkäre ich mich denn bereit dazu....

Göschel läßt jetzt auch etwas gegen Strauß drucken;[5]) es widerte mich schon im Voraus an, da ich mir an früheren Sachen den Magen verdorben habe. Daß Sie Leo gewaschen, hat mich herzlich gefreut. Selten bin ich in meinen Erwartungen bei Lesung eines Buches so ge=

---

[1]) Joh. Karl Wilh. Vatke (1806—1882), seit 1837 Prof. der Theologie in Berlin (vgl. H. Benecke, W. Vatke in seinem Leben und seinen Schriften. Bonn 1883).

[2]) Der historische Christus ꝛc. (vgl. S. 128).

[3]) Rothes Anfänge der chr. Kirche (H. J. 1838 Nr. 132 ff.).

[4]) Vgl. Benecke a. a. O. 71 ff.

[5]) Beiträge zur speculativen Philosophie von Gott ꝛc. Berlin 1838.

täuscht, wie bei dem Anti-Görres; ein wüster Betbruder mit presbyteria-
nischen Stoßseufzern, Fanatismus, Obscurantismus ....

Mit den besten Wünschen für das fernere Gedeihen der Hallischen
Jahrbücher und für Ihr Wohlsein bin ich stets

Ew. Wohlgeboren

ganz ergebener

W. Vatke.

Berlin, 9. Juli 1838.

90.

Von E. Gans.[1]

Berlin, 15. Julius 1838.

Verehrtester Herr und Freund.

Schon lange vor dem Empfang Ihres neulichen Schreibens habe ich
Ihnen meinen tiefgefühltesten und sachlichen Dank für die männliche und
echt polemische Weise sagen wollen, mit der Sie in ein Wespennest ge-
stochen haben. Leo kennen wir hier seit Jahren: er ist ein Hallerianer
und könnte seinen Gesinnungen nach eben so gut wo anders seyn, denn
er hat eigentlich keine. Das Gefährliche an ihm ist bloß, daß er formlos und daher auch geschmacklos mit einem Heer von platten Gemeinheiten und witzigen Trivialitäten auftritt, die viele für Geist zu nehmen
gewillt sind. Ein Land, in welchem mit der Länge dergleichen ignoble
Ansichten Boden gewinnen könnten, verdient nicht, daß man gegen dieselben die Feder in die Hand nähme. Auch habe ich Herrn Vatke nur
eventuell gesagt, daß ich gegen Leo Vieles noch in petto hätte, was wir
zusammen mal, bei günstiger Gelegenheit, verschießen wollen ....

Mit ausgezeichneter Hochachtung

Ihr

ergebenster

Gans.

---

[1] Eduard Gans (1797—1839), seit 1826 Professor der Rechte in Berlin, Anhänger Hegels, Gegner Savigny's. S. den Nekrolog H. J. 1839 Nr. 132.

Von J. Chr. Baur.

Hochgeehrter Herr Doctor!

So sehr es mich freuen würde, an Ihren Jahrbüchern, deren rüsti-
gem Gange ich bisher mit lebhaftem Interesse gefolgt bin, nun bald
auch activen Antheil nehmen zu können, so sehr muß ich bedauern, daß
ich gleichwohl Ihrem gütigen Auftrag nicht entsprechen kann. Ich bin
gegenwärtig und noch längere Zeit mit Ausarbeitung von Vorlesungen
und andern Arbeiten so sehr in Anspruch genommen, daß es mir nicht
möglich ist, etwas Anderes zu übernehmen. Aber auch abgesehen hievon
kann ich mich nicht entschließen, die evang. Kirchenzeitung zum Gegenstand einer näher eingehenden Arbeit zu machen. Die Voraussetzung,
von welcher Sie ausgehen, daß ich sie so genau kenne, findet keineswegs
statt, ich kenne sie nur im Allgemeinen und in einzelnen Artikeln, da ich
sie in der Regel nicht lese, und müßte demnach dieses plenum taedii
opus erst vornehmen. Auch weiß ich nicht, ob, wenn in dieser Beziehung
für die wissenschaftliche Freiheit etwas geschehen soll, ich der rechte Mann
dazu bin, da meine Stimme in Sachen der ev. K. Zeitung nun schon
nicht mehr als eine unpartheiische gilt. Ich glaube zur Bekämpfung
dieses Unwesens das Meinige schon gethan zu haben; soll etwas er-
zielt werden, so muß es auch von andern Seiten her geschehen. Eine
durchgreifende Charakteristik der evang. Kirchenzeitung, welche der Halbheit und Frömmelei der Zeit, wenn es möglich ist, die Augen über sie
öffnet, ist gewiß ein wichtiger Dienst, welcher der Wissenschaft geleistet
wird, aber im Interesse der Sache muß ich wünschen, daß es durch einen
Andern geschieht; ich habe schon genug erfahren, wie sehr ich mit einer
so ausgesprochenen Opposition allein stehe. Solange selbst Neander[1])
sich nicht scheut, heute von einem neuen Papstthum zu reden und morgen
wieder einen Hengstenberg seinen verehrten theuern Collegen zu nennen, sieht man wohl, wie diese Sache zur Zeit noch steht. Ich werde in
diesem Kampfe nicht zurückbleiben, habe aber schon längst erwartet, hierin
auch noch Unterstützung zu finden. Würde ich aber auch jetzt wieder
allein auftreten, so hätte es den Schein, ich wolle mich Ihrer Jahrbücher nur für meinen Privatstreit mit der ev. K. Zeitung bedienen.

---

[1]) Joh. Aug. W. Neander (1789—1850), Kirchenhistoriker, seit 1812 Professor
in Berlin. Er hatte 1837 gegen Strauß geschrieben: „Das Leben Jesu Christi in
seinem geschichtlichen Zusammenhange."

Sie werden gewiß, hochgeehrter Herr Doctor, meine Gründe nicht mißbilligen können. Es wird in der Folge von selbst Gelegenheit geben,
mein Interesse für Ihre Jahrbücher auch thatsächlich zu bezeugen, neh=
men Sie indeß meinen Wunsch für ihren ferneren glücklichen Fortgang
wohlwollend auf.

Mit vorzüglicher Hochachtung

Ihr

ergebenster

Dr. Baur.

Tübingen, den 29. Juli 1838.

— · —

92.

Von Max Duncker.

Verehrter Gönner und Freund,

Da ich einmal in Ihre Polemik gegen Leo hineingezogen worden
bin, werden Sie es natürlich finden, wenn ich Sie auch mit polemicis
behellige. Es wird Ihnen nicht entgangen sein, daß Leo mir einen
kleinen Rippenstoß praetereundo in dem Vorworte zur zweiten Auflage des
Sendschreibens beigebracht hat. Nachdem mir diese merkwürdige pièce
etwas spät zu Gesichte gekommen ist, habe ich einige Zeit angestanden,
auf eine beiläufige Anmerkung etwas Expresses zu erwidern, endlich aber
doch einige Worte niedergeschrieben, um dem Verdacht der Feigheit aus=
zuweichen, welche ich Ihnen hierbei übersende[1] .... Leider ist die Recht=
fertigung länger geworden als ich wünschte, indeß tragen diese Schuld
allein die drei langen Anmerkungen des Löwen. Sie werden ersehen,
daß ich mich total in der Defensive gehalten habe, sogar beim Durchlesen
habe ich absichtlich noch einige Pointen weggestrichen — um nicht wirklich
offensiv gegen eine Anmerkung von zehn Zeilen zu kämpfen ....

Hier in Berlin hat man Ihrem kräftig geführten Kampfe alle Auf=
merksamkeit geschenkt und scheint auch im Ministerium der Ansicht zu
sein, daß Sie sich im Vortheil befinden. Daß überhaupt ein Kampf
begonnen hat, findet man, wie solche Aufregungen immer, im Ganzen
unbequem, d. h. dieß ist die Ansicht der geheimen Räthe, die mich jedoch

---

[1] Abgedruckt mit der Überschrift „Rechtfertigung" im Intelligenzblatt zu den
H. J. 1838 Nr. 11. Ebenda findet sich auch die oben erwähnte Polemik Leos gegen
Duncker.

nicht zu Mittheilungen autorisirt haben. — Den Grund, weshalb ich mich noch immer nicht an der Saale befinde, werden Sie wahrscheinlich vernommen haben. Die Ministerialcommission hat mich nämlich, nachdem ich vom Februar bis Juni warten müssen, abschläglich beschieden. Ich habe den Recurs an des Königs Majestät ergriffen und jetzt ziemlich günstige Aussichten, doch weiß ich bei der extremen Schnelligkeit des Geschäftsganges in der That nicht, ob ich meine Habilitation noch im October werde bewerkstelligen können, vorausgesetzt, daß Leo mich nicht durch das Examen fallen läßt oder mir sonst hinderlich ist.... Ich wünsche schließlich Ihrem Blatte den besten Fortgang, wozu ja alle Aussichten vorhanden sein müßen.

Dr. M. Duncker.

Am 14. Aug. 1838.

93.

Von Adolf Stahr.

Oldenburg, Septr. 2. 38.

Auf meiner vom 20. Juli—20. Aug. an den Rhein . . . gemachten Erholungsreise habe ich überall, namentlich in Düsseldorf bei Immermann, der mich und meinen Reisegefährten Baron v. Kobbe mit der ausgezeichnetsten Freundlichkeit (4 Tage lang) aufgenommen und viel Genuß und Förderung gewährt hat, Gelegenheit genommen, den Herold Deiner Thaten und der Hall. Jahrbücher zu machen.... Auf dieser Reise . . . las ich auch die perfide Berliner Denunciation und spie das Blatt, nach meiner Weise, nicht bloß figürlich an. Nun, Du . . . hast's ihnen heim gegeben. Ueber Leo aber hab' ich mich nie getäuscht und Echtermeyers Prophezeiung über ihn, „er werde noch einmal verrückt,“ wird am Ende wahr werden. Der Mensch macht sich aus dem Bewußtsein seiner philosophischen Impotenz (und seiner praktischen Unfähigkeit, sich in das Gegenwärtige zu fügen) ein Bewußtsein seiner Genialität! — μικρὰ μανία!....

Gott stärke Dich, Du wackrer Kämpfer für Freiheit und lichten Tag! Grüß' alle Freunde von Deinem

treuen

Stahr.

94.

Von Karl Witte.

Geehrtester Herr College!

Als ich dem freundlichen Wunsche des Herrn Dr. Echtermeier, [sic] mich unter die Zahl derjenigen aufnehmen zu lassen, nachgab, die ihre Mitwirkung zu den hiesigen Jahrbüchern verhießen, erlaubte ich mir, meine Theilnahme von der Bedingung abhängig zu machen, daß jene Zeitschrift nicht der Kampfplatz für, die Persönlichkeit angreifende, Fehden mit Collegen würde, da eine, wenn auch nur indirecte, Theilnahme an solchen Fehden einmal meiner ganzen Weise widerstrebt. Herr Dr. Echt[ermeyer] gewährte mir diese Bedingung, und ich kann nicht umhin, Ihnen zu gestehen, daß die schon vor einiger Zeit gegen Erdmann und Leo geführte Polemik meinem Gefühle nach allerdings in jene Kategorie gehört.

Es kommt aber noch hinzu, daß, je mehr ich den reichen Inhalt Ihrer Jahrbücher verfolge und erkenne, wodurch sie sich vor andern Zeitschriften auszeichnen, desto einleuchtender mir auch werden muß, daß die in ihnen vorwaltende Richtung der meinigen fremd ist. Eben so wohl muß ich mir sagen, daß ich auch meine Wissenschaft in der Weise nicht zu behandeln vermag, in welcher die Jahrbücher oft mit dem ausgezeichnetsten Talente verschiedene Disciplinen behandelt haben, als ich es vielfach entschieden ablehnen müßte, als Mitbekenner darin aus=gesprochener Ansichten betrachtet zu werden. Gewiß aber sollen die Jahrbücher Ihrer eignen Ansicht nach nicht ein zusammengewürfeltes Gewirre einander widerstrebender Meinungs=Aeußerungen seyn, sondern sie sollen eine bestimmte Tendenz verfolgen.

Unter diesen Umständen würde ich es für eine Unwahrheit halten, wenn ich, noch ferner auf einen Platz in dem Verzeichniß der Genossen jener Zeitschrift Anspruch machen wollte, und bitte Sie daher, meinen Namen dort gefälligst ausstreichen lassen zu wollen.

Mit größter Hochachtung

Ihr

ergebenster College

Witte.

Halle, 30. Sept. 1838.

———

95.

An Warnkönig.[1])

Halle, den 21. Juni 1838.

Hochgeehrter Herr Hofrath,

Meinen verbindlichsten Dank für Ihre gütigen Zuschriften und Sendung.

Ich werde allerdings mancherlei zu mildern, wie Sie gütigst Selbst beantragen, mir erlauben müssen, um die politischen, nunmehr verlaufenen Wallungen nicht wieder anzuregen und den Schein zu vermeiden, als sollten damit Individuen getreten werden, da es sich wesentlich nur um das Recht der Regierung und den geschichtlichen Verlauf handelt, wie der Unbefangene auch nicht verkennen könnte; der Befangene aber selbst darf wohl geschont werden. Ich kann Ihnen nicht verhehlen, daß die Schädlichkeit des abstracten und ledernen Liberalismus jetzt bei uns in Preußen womöglich noch überboten wird durch die Confusion der Pietisten, Berliner Wochenblättler und Leonianer. Hat der Liberalismus Unrecht in dem dummen Verstande beschränkter Individuen, so hat er Recht im Princip der Ehre und der Freiheit, und es kommt nur darauf [an,] die vernünftige Gestaltung der Gegenwart als Freiheit geltend zu machen, wie Sie es auch in Ihrem Aufsatze thun. Hat aber die Reaction, wie sie bei uns als Parthei gestaltet ist, nur gegen die Dummheit und Flachheit der Rädelsführer des freien Geistes Recht, so hat sie Unrecht in allen ihren Principien, oder vielmehr sie hat in der Form des Leonianismus, des Pietismus und des Wochenblattes in Berlin gar kein Princip, als eben die Willkür selbst, das Princip der Tyrannei, welches bis jetzt glücklicher Weise diese Männer nicht geltend machen können.

Ich habe mich, so lieb mir Leo persönlich ist, deshalb entschlossen, diesem Getreibe zu Leibe zu gehn. Sie werden den Aufsatz über Leo's Sendschreiben an J. Görres lesen[2]) und gewiß damit einverstanden sein.

---

[1]) L. A. Warnkönig (1794—1866), seit 1836 Professor der Rechte in Freiburg, später in Tübingen. Ruge hatte ihn im November 1837 besucht; für die H. J. (Nr. 70 ff.) hatte er „Die französischen Rechtsschulen und ihre Reform" geschrieben. Die oben erwähnte Sendung ist die anonym erschienene Correspondenz „Die Universität Freiburg im Breisgau" Nr. 192 ff. Den vorliegenden Brief, welcher sich auf der kaiserl. Universitäts= und Landesbibliothek zu Straßburg i. E. befindet, verdanke ich der Güte des Herrn Oberbibliothekars Dr. Barack daselbst; er steht an dieser Stelle, weil ich ihn erst während des Druckes erhielt.

[2]) Vgl. Nr. 147 ff.

Die wahre Reaction gegen den ledernen Rationalismus und
Liberalismus ist die der gediegenen Wirklichkeit, und da Sie die Sache
im Wesentlichen so halten, so ist mir Ihre Correspondenz erwünscht und
wird grade zur rechten Zeit kommen. Ihre Notiz über Beck ist ein=
gelaufen.[1]

Mit vorzüglichster Hochachtung

Dr. Arnold Ruge.

96.

Von Rosenkranz.

Königsberg, den 17. October 38.

Sehr unerwartet schicke ich Dir beifolgende Abhandlung für die
Jahrbücher.[2] An sich betrachtet ist sie des Druckes wohl würdig und
ein Versuch, die Hegelsche Auffassung der Natur einem größeren
Publicum einleuchtender zu machen. Sie wird daher nicht ohne In=
teresse sein.

Allein ich habe noch einen besonderen Zweck im Auge. Ich bin hier
von mehren Seiten gefragt worden, ob ich noch ferner für die Jahr=
bücher schreiben würde, da Leo, mein Freund, sich davon losgesagt
habe u. s. w. Nun wäre es mir allerdings unendlich lieb, mit Leo
darin noch zusammenstehen zu können und überhaupt die Wissenschaft
ohne alle persönliche Differenz zu betreiben. Da es aber nicht geht, so
halte ich für das Beste, gleich durch die That solchen Meinungen ent=
gegen zu treten.

Da ich nun zu den älteren Anhängern des Hegelschen Systems
gehöre, so sind Aufsätze von mir und Hinrichs u. A. insofern wichtig,
den Unterschied zwischen Hegelianern und Hegelingen zu „unterwühlen".
Denn so wenig ich das Dasein wirklicher Hegelinge, die in alle 4 An=
klagepuncte Leo's passen, leugnen will, so sehr muß man sie doch als
ein fermentum cognitionis mit der Schule selbst in Zusammenhang
halten und darf sie nicht als einen Abfall gelten lassen, auch wenn sie
(als linke Seite) sich selbst dazu constituiren wollten.

Hätte ich besseres, so würde ich's schicken. Einstweilen wird Dir
dieser Beitrag auch darum willkommen sein, weil er auf einem ganz

---

[1] Vgl. Nr. 194 S. 1548.
[2] Ueber Hegels Einteilung der Naturwissenschaften. H. J. 1838 S. 2137 ff.

neutralen Gebiete spielt und ich noch in Berlin hören mußte, daß die Jahrbücher ganz die Tendenz der Wissenschaftlichkeit aufgäben und sich in Persönlichkeiten (Warnkönig ꝛc.) und éclat Machen verlören. Deine Polemik von Allem immer freier zu machen, was Dir in diesem heiligen Kampfe als subjectives Spiel, als Kitzel des Witzes, als Grausamkeit gegen Personen ausgelegt werden könnte, und Deine hierher gehörigen Aufsätze als Brochüre zu sammeln (wobei Dir ja manche Veränderung und Erweiterung frei steht), habe ich schon an Schaller geschrieben. Wie immer, so ist es auch hier so schwer, mit Enthusiasmus und doch ohne Leidenschaft zu schreiben . . . .

Dich herzlich grüßend, wie auch Schaller und Hinrichs,

Dein

Freund

In Eil.   Karl Rosenkranz.

97.

An Rosenkranz.

26. Oct.

Lieber Rosenkranz,

Dein Brief ist mir wieder ein Zeichen Deiner liebenswürdigen Weise gewesen, die mir hier so unendlich wohlthuend und erquicklich geworden. Der große Spectakelkrieg ist nun zu Ende. Dagegen hetzt Leo die Hunde, und es verläuft sich die Sache wieder in andere Sphären. Ein hiesiger Student Kahnis[1]) hat gegen mich eine Broschüre geschrieben, die Talent zum Schreiben und Witz und Grobheit verräth, also gewisse formale, schätzbare Talente, sonst aber ohne alles Princip ist, eine reine Studentenkraftäußerung. Ich habe ihn dafür privatim belobt und aufgemuntert, mir sein Interesse so warm zu erhalten. Was die Litteratur damit anfangen wird, wollen wir abwarten. Es ist nicht wahrscheinlich, daß es weit über Halle hinausreichen wird. Hier spukte es schon 14 Tage, ehe es nur nach Leipzig kam.

---

[1]) K. Fr. Aug. Kahnis, geb. 1814, seit 1850 Prof. der Theologie in Leipzig. (Er hatte die Universität Halle 1835 bezogen; die oben erwähnte Schrift erschien in Quedlinburg und führt den Titel „Dr. Ruge und Hegel." Später versuchte sich Kahnis auch an Strauß.

Leo möchte die Aufmerkfamkeit von fich ablenken. Es ift aber zweck=
mäßig, fie noch etwas bei ihm feftzuhalten, obgleich in den Jahrbüchern
nun vorläufig genug gefchehn ift. Ich habe die Brofchüre „Preußen
und die Reaction" fertig gemacht. Wigand fchickt fie Dir mit diefem
Briefe. Vielleicht fprichft Du Dich in den Berl. Jahrbüchern darüber aus....
Leb wohl, lieber Herzensfreund, und laß bald wieder von Dir
hören.

Dein Ruge.

Viele Grüße von Schaller und Echtermeyer, der wieder da und
gefund ift. Hinrichs wird nächftens über Michelet fich vernehmen laffen.
Ich hab' ihn einige Tage nicht gefehen.

98.

An Altenftein.

Hochwohlgeborner ꝛc.

Ew. Exc. erlaubten mir vor einigen Monaten, Ihnen den Anfang
der Hallifchen Jahrbücher für Deutfche Wiffenfchaft und Kunft, welche
ich in Gemeinfchaft mit dem Dr. Echtermeyer herausgebe, vorzulegen
und hatten die Gnade, den Unternehmern Ihren Beifall zu Theil werden
zu laffen durch ein hulbreiches Schreiben vom 29. Mai d. J., wofür ich
Ew. Excellenz meinen wärmften Dank darbringe. Seitdem hat fich eine
lebhafte Polemik erhoben gegen die katholifchen Tendenzen innerhalb der
proteftantifchen Wiffenfchaft, veranlaßt durch meine Recenfion des Leofchen
Sendfchreibens an Görres, und es ift fogleich von Leo, Hengftenberg
und dem Berliner politifchen Wochenblatt eine vornehmlich religiöfe An=
klage in Brofchüren und Zeitungsartikeln ausgegangen mit dem klar
ausgefprochenen Zweck, auf dem Wege polizeilicher Maßregeln dergleichen
Kritiken für die Zukunft zu unterbrücken. Daß diefen Infinuationen von
Seiten des Staats kein Gehör gegeben worden, auch dies glaube ich
vornehmlich Ew. Excellenz hohem Schutz und Beiftande zu verbanken.
Niemand erkennt es lebhafter als ich, wieviel das Vaterland und die
Wiffenfchaft Ew. Excellenz fegensreicher Wirkfamkeit fchulbig geworden.
Möge die Schrift „Preußen und die Reaction", welche den Geift unferer
Gegenwart und den letzten litterarifchen Kampf, den ich gegen die Feinde

unferes proteſtantiſchen Lebens unternommen, darſtellt, Ew. Excellenz ein
näherer Beweis davon fein. Ich überreiche dieſelbe zu gnädiger Einſicht
und verharre

in tiefſter Ehrfurcht

Ew. Excellenz

unterthänigſter

Dr. Arnold Ruge,
Privatdocent an d. Univ.

Halle, den 27. Oct. 1838.

99.

An Joh. Schulze.

Hochwohlgeborner,
Hochzuverehrender Herr Geheimer Rath,

Mit aufrichtigſtem Dank vernehme ich von Zeit zu Zeit Aeußerungen
Ihrer gütigen Geſinnung, ſo durch Roſenkranz, Dr. Duncker und Andere,
und habe für mein Theil kein eifriger Beſtreben, als das, Ihr Wohlwollen nicht zu verſcherzen.

Ich weiß es ſehr gut, daß die Polemik gegen die Reaction im Leben
und in der Wiſſenſchaft von mir ſo ſcharf geführt worden iſt, als dieſe
Herrn ſie bis jetzt noch nicht erfahren haben; man hätte Manches milder
gewünſcht; es iſt aber eben das der Krebs, der an unſerm Herzen nagt,
daß dieſe paralyſirende, katholiſch geſinnte Richtung nicht ſcharf und
beſtimmt genug gezeichnet und bekämpft worden iſt. Hegel hat auch darin
das Beiſpiel gegeben, und nun wir ſeine mächtige Stimme verloren
haben, iſt es gewiß die Aufgabe der Ueberlebenden, tapfer dreinzufahren
und den Schlaf des Bewußtſeins in dieſer heiligen Sache zu ſtören. Ich
rechne mir kein großes Verdienſt zu, ich vertheidige nur meinen Eifer.
Das aber darf ich getroſt ausſprechen, daß der abſtracte Philoſophismus,
der ſich jedem Zwecke dienſtbar zu machen weiß, wohl einen Gegenſatz
des Eifers und der gemüthlichen Betheiligung von Nöthen hat. Gleichwohl wende ich mich gern aus jener ferventen Region zurück zu einer
ruhigeren und habe darum mit der Broſchüre

Preußen und die Reaction

die Sache zu einem gewiſſen Abſchluß und zu einer poſitiven Begründung
zu bringen geſucht, indem ich phänomenologiſch den Geiſt der Gegenwart,
als in einer hiſtoriſchen Einleitung, entwickelt habe.

Ich lege Ihnen hiermit das Büchelchen vor. Meine Hoffnungen auf eine Anerkennung von Seiten des Hohen Ministerii muß ich wohl weit hinausschieben. Die Zeit, wo die Anerkennung des freien wissenschaftlichen Princips vom Staate im Gegensatz gegen die pietistisch-politisch-wochenblättlichen Umtriebe ausgesprochen werden wird, ist wohl noch nicht erschienen, und ich will es gern erdulden, gegen mich selbst geschrieben zu haben, indem ich für die Wahrheit das Wort nahm. Ist mir doch die gnädige Gesinnung Sr. Excellenz des Herrn Ministers und Ihre freundlichen und aufmunternden Aeußerungen schon eine große, eine sehr erhebende Genugthuung.

Eine Recension des Schriftchens in den Berliner Jahrbüchern, die gewiß Rosenkranz gerne unternähme, könnte zur Stärkung des wissenschaftlichen Bewußtseins gegen die obscuren und niederträchtigen Anschwärzer gewiß viel Gutes wirken.

Erhalten Sie mir, verehrter Herr Geheimer Rath, Ihr Wohlwollen und empfehlen Sie mich bei dieser Gelegenheit auch der gnädigen Rücksicht Sr. Excellenz des Herrn Ministers, welchem ich ebenfalls ein Exemplar meiner Schrift vorzulegen nicht verabsäumt habe.

Mit der aufrichtigsten Hochachtung

Ew. Hochwohlgeboren

ganz ergebenster und gehorsamster Diener

Dr. Arnold Ruge,
Privatdocent a. d. Univ.

Halle, d. 27sten Oct. 1838.

100.

An Joh. Schulze.

Halle, den 31. Oct. 1838.

Hochwohlgeborner,
Hochzuverehrender Herr Geheimer Rath,

Sie werden gewiß nicht ungehalten, daß ich, bevor Sie meine letzte Zusendung noch gelesen haben können, mit einem zweiten Schreiben vor Ihnen erscheine; bedarf es doch nun auf beide nur Einer Antwort.

Es ist mir eine große Freude, daß Se. Excellenz der Herr Minister meinen Freund Schaller, der es so sehr verdiente und nöthig hatte, befördert hat. Das erfreuliche Ereigniß ist aber zugleich für mich eine nota, denn es ist eine Verwerfung meiner Leistungen und meiner Person durch Bevorzugung meines jüngeren Freundes. Es wäre aber ungeschickt von mir, wenn ich mich für wichtig genug hielte, als daß Se. Excellenz mich nur überhaupt im Gedächtniß sollte gehabt und eine Vergleichung angestellt haben. Nun ich mich aber dieser Tage von Neuem probuzirt habe, ist ohne Zweifel eine bestimmte Meinung und ein Entschluß nach irgend einer Seite auch über mich entstanden; und ich habe an Sie, Herr Geheimer Rath, die Bitte, mich zu unterrichten, was Se. Excellenz über mich beschlossen haben. Ich weiß es sehr wohl, daß dies eine Entscheidung in der Frage mit Leo wäre; ich bin auch der freudigen Zuversicht voll, daß diese Entscheidung zu meinen Gunsten und nicht zur Unehre unserer hochgebildeten Gegenwart, die ich einzig verfochten, ausfallen wird; aber ich bin nun in der üblen Lage, daß meine Zurücksetzung vorläufig allerdings schon als Niederlage betrachtet werden wird. So sehe ich mich gedrängt und lasse keine Minute verstreichen, Ihnen alles vorzutragen, was hierher gehört, damit ich vielleicht vorläufig nur durch ein ostensibles Schreiben von Ihnen wieder etwas ins Gleiche komme.

Daß ich von diesem Ehrenpuncte nicht abstrahiren kann, daß ich es nicht vergessen kann, wie ich in der Hallischen Welt und wie in' der litterarischen stehe, das, verehrter Herr Geheimer Rath, erwartet Ein Hohes Ministerium gewiß von mir. Und so ist es denn dahin gekommen, daß ich in Kurzem die Entscheidung meiner Zukunft aus Ihrem Munde vernehmen werde. Ich hatte die Absicht, dieser Tage nach Berlin zu reisen, glaube es aber jetzt vorläufig unterlassen zu müssen, um nicht unnöthig noch größeres Aufsehn mit diesem Ehrenpunct zu machen, als er von morgen früh an ohnehin schon anrichten wird.

Ich bitte dringend um baldige Antwort und sage Ihnen im Voraus meinen verbindlichsten Dank dafür, wie sie auch ausfallen mag, da ich von Ihrem persönlichen Wohlwollen überzeugt bin.

Mit aufrichtiger Hochachtung

Ew. Hochwohlgeboren

unterthäniger Diener

Dr. Arnold Ruge.

101.

Von K. G. von Raumer.[1]

Lieber Ruge,

Sie forderten mich auf, Beiträge zu den Hallischen Jahrbüchern zu liefern. Ich mußte Ihren Antrag ablehnen, da ich zu sehr mit andern Arbeiten beschäftigt war. Vermuthlich geschah es durch Mißverständniß, daß Sie mich dennoch unter den Mitarbeitern aufführten. Ich protestirte nicht dagegen, weil ich meinte: es sey mir ja hierdurch keine Verbind= lichkeit auferlegt. Doch muß ich jetzt aus einem andern Grunde pro= testiren. Sie wissen, lieber Ruge, wie ich vom Christenthum denke, ich habe meinen Glauben nie verläugnet und wiederholt ausgesprochen. Nun tritt Ihr Blatt entschieden gegen den christlichen Glauben auf; wie kann ich länger in den Reihen Ihrer Mitarbeiter stehen? Entweder müßte der personkundige Leser denken, Sie hätten durch Fehlgriff einen Feind in Ihre Schaar aufgenommen, weil Sie meine wahre Gesinnung nicht kannten, oder ich sey dem untreu geworden, welchem ich so viele Jahre als meinem Herrn und Meister treu zu dienen strebte. Gott be= wahre mich vor solcher Untreue. Sie werden die Legende von dem Heiligen kennen, welcher nicht dem ersten besten starken, sondern einzig dem stärksten Herrn dienen wollte. Schon hatte er sich beim Teufel ver= dungen, verließ ihn aber, als dieser sich fürchtete, vor dem Kreuz vorbei zu passiren, und er trat in die Dienste des Gekreuzigten, vor welchem sich eben der Teufel fürchtete.

Ich habe auch manchem Starken gedient, bis ich denselben Stärksten fand, fürchte auch nicht, daß Ihre Mitarbeiter diesen überwältigen werden. Es ist partie inégale, sagt der alte Claudius, und ich rathe Ihnen, liebster Ruge, aus alter Freundschaft, einen so ungleichen Kampf gegen den aufzugeben, welcher nicht erst pro venia zu disputiren nöthig hat, da er sich seit 1800 Jahren hinlänglich nicht in Worten, sondern in Kraft ausgewiesen. Er wird seine Opponenten richten, nicht sie ihn.

Leben Sie wohl, lieber Ruge.

Ihr

Raumer.

Erlangen, den 7. November 1838.

[1] Karl Georg von Raumer (1783—1865), Geolog, Geograph und Pädagog, hatte von 1819—1823 in Halle gelebt, war seit 1827 Professor der Naturgeschichte und Mineralogie in Erlangen.

102.

An Rosenkranz.

Halle, ben 13. Nov. 1838.

Lieber Herzensfreund,

.... Ich werde immer ungeheuer dadurch aufgeregt, wenn mir es so vorkommt, als würde die Ehre und die Macht nur auf einen Augenblick von subordinirten und unfreien Menschen in Anspruch genommen. Das Prototyp dieser leeren Strohwische ist grade Pernice,[1] und eben den Grund hat auch mein humoristisch wenig zu rechtfertigender Zorn gegen Erdmanns alberne Bücher. Göschels Litanei[2] liegt mir jetzt auf der Seele! Ich werde ihn vielleicht recensiren, will dann aber ein Exempel der greulichsten Objectivität und Höflichkeit statuiren, was sich schickt, da er stellweise wirklich richtig philosophirt. Das Buch gegen Strauß hätte er uns besser erspart, der Dreifuß ist überflüssig, und die Explicationen hätte er von Hegel besser lernen können. Echtermeyer ist wieder da und sehr munter. Er grüßt Dich und supplicirt gemeinsam mit mir.

Dein

Ruge.

103.

An seine Gattin.

Lieber Nants,

Es geht mir Alles mehr als nach Wunsch; kein Mensch in Berlin,[3] der nicht die Eseleien der 23[4] und die Nothwendigkeit, Leo gänzlich zu stürzen, einsähe. Man läßt mir durchaus freie Hand, und am spaßhaftesten nimmt sich hier die Anklage über den Artikel in der Leipziger Zeitung aus, den hier jedermann recht hübsch findet.

---

[1] Ludw. Wilh. Ant. Pernice (1799—1861), seit 1825 ord. Professor der Rechte in Halle.

[2] Siehe S. 139. Eine (anonyme) Recension erschien H. J. 1840 Nr. 107 ff.

[3] Über Ruges Aufenthalt in Berlin vgl. A. f. Z. IV 476 ff.

[4] 23 Professoren hatten in der Leipziger Zeitung eine Erklärung abgegeben, wonach Ruge ein Friedensstörer sei, s. a. a. O. 480 (dort heißt es irrtümlich 24).

Der Minister behandelt mich sehr gnädig; ich habe gestern Audienz gehabt. [1] . . .

Ueber die Erklärung des Collegenalphabets sagt Jedermann, sogar Schulze, also: „Det Carnifel hat angefangen." Und nie sind 23 . . . . ärger blamirt worden, als diese.

Wiganb ist hier. Ich wohne bei Gruppe [2]. Dieser Tage werdet Ihr einen Brief von mir an die 23 Collegen lesen in der Leipziger Allgemeinen Zeitung, der viel Effect machen wird, aber sehr ruhig und furchtbar Recht habend ist . . . .

Schulze läßt Schaller grüßen und ihm Courage wünschen. Er hat mich autorisirt, Schallers Herz zu stärken, und es leidet keinen Zweifel, daß die Räder der Weltgeschichte das ganze Eselbataillon unserer bucmaufrigen Gegner in den tiefsten Staub schleudern werden . . . .

Von Herzen Dein

treuer

Herr und Ehegemahl,

Liebster, Schatz und Cavalleriegeneral

der Hegelei.

Hoch lebe das Haus Hohenzollern!

Dein

Augs.

Berlin, den 27. Nov. 1838.

104.

An Michelet. [3]

Halle, den 5ten Dec. 1838.

Hochgeehrter Herr Professor,

Die Geschäfte und der Leipziger Verleger mit einander riefen mich viel früher wieder ab aus Berlin, als ich mir vorgesetzt, und so habe

---

[1] Nach S. 477 habe Altenstein hierbei gesagt: „So lang' ich lebe, soll die wissenschaftliche Discussion frei sein, und dem Denken, welches das höchste ist, soll nichts verwehrt sein."

[2] O. F. Gruppe (1804—1876), Philosoph, Altertumsforscher und Dichter; er war (Antäus; 1831) als Gegner Hegels aufgetreten; für die H. J. schrieb er (1839 Nr. 1) eine Anzeige von Lachmanns Ausgabe Lessings.

[3] Vgl. S. 89 Anm. 3.

· ich unter andern auch Sie in Ihrem Hause, wozu Sie mich so freundlich einladen, nicht mehr aufsuchen können; — nicht ohne Gewissensbisse bin ich abgereis't.

Ihre Recension[1]) hat Echtermeyer bereits nach Leipzig geschickt, und sie wird noch im December erscheinen.

Ich hatte noch vor Ihnen mitzutheilen, daß Hinrichs über Ihr Buch, die Gesch. der Phil., geschrieben und scharf auf Sie einhaut.[2]) . . . .

Ich meines Theils bin nicht überall Hinrichs Ansicht; um so eher werden Sie nicht der Redaction und persönlichen Rücksichten die Kritik zuschreiben, die hoffentlich im guten Sinne ein fermentum veritatis werden wird. Die erste Abtheilung erscheint im December, die zweite im künftigen Jahr, aber nicht gleich zu Anfange. Mit so schwerem Geschütz debütirt sich's nicht zum besten.

Ich habe mich sogleich hergesetzt zu dieser Nachricht, weil Sie sonst meine Unhöflichkeit und Versäumniß um so leichter als einen Ausbruck meiner Gesinnung möchten genommen haben. Berlin wird uns näher rücken, und ich meines Orts werde die verwetterten Straßen allmählich kennen lernen, keine geringe Aufgabe für den Provinzialen.

A propos der Provinz: die 23 Professoren bereuen zum großen Theil ihr Zeugniß, das sie für Leo abgelegt, und Eiselen[3]), der darunter ist, hat sehr humoristisch gesagt: „Da bestriche nun ein Corporalstock 23, nicht nur 6 Rücken." Und Friebländer: „er hätte von vornherein gesagt, daß sie nicht wohl daran thäten." Uebrigens macht Leo eine zweite Auflage der Hegelingen mit einer „fulminanten" Vorrede, so sagen wohlunterrichtete Leute.

Mit vorzüglichster Hochachtung

Dr. A. Ruge.

---

[1]) Zugeständnisse der neuesten Physik in Bezug auf Göthes Farbenlehre wider Dove). H. J. 1838 Nr. 305 ff.

[2]) Nr. 299 ff.

[3]) J. Fr. G. Eiselen (1785—1865), seit 1829 Professor der Staatswissenschaften in Halle. (Vgl. H. J. 1838 Nr. 86.)

105.

Von Michelet.

Berlin, [Anfang December] 1838.

Geehrter Herr Dr.

Ich sage Ihnen hinsichtlich Ihrer Benachrichtigung einer bevorstehenden Recension Hinrichs über meine Geschichte der letzten Systeme
der Philosophie meinen verbindlichsten Dank ...

Außerdem habe ich noch einen Punct zu besprechen, der für das
philosophische Publicum, namentlich für die Verehrer Schellings und
Hegels, von der größten Wichtigkeit ist und gewiß allgemeine Auf-
merksamkeit auf sich ziehen wird. Es ist dies mein Streit mit Professor
Weiße in Leipzig wegen der Authenticität der Hegel'schen Abhandlung:
„Über das Verhältniß der Naturphilosophie zur Philosophie überhaupt."
Nachdem er bereits vor 6 Jahren mit seinen Zweifeln von mir zum
Schweigen gebracht worden war und auch Schelling, meiner Aufforderung
ungeachtet, nicht gesprochen hatte, behauptet Herr Professor Weiße jetzt
in den Blättern für literarische Unterhaltung,[1] durch Schellings eignes
Zeugniß die Herausgeber der Hegel'schen Werke des literarischen Versehens
zeihen zu dürfen, eine Schelling'sche Abhandlung unter Hegels Schriften
aufgenommen zu haben. Nun besitze ich, aber ebenfalls das eigene be-
stimmteste Zeugniß Hegels, daß diese Abhandlung von ihm herrühre.
Ferner zeige ich durch ausführliche Erwägung des ganzen Inhalts und
der Schreibart dieser Abhandlung, daß sie unmöglich aus einer anderen
Feder als der Hegelschen geflossen sein kann. Es ereignet sich somit hier
das pikante Schauspiel, daß 7 Jahre nach dem Tode des einen Autors
und bei Lebzeiten des andern schon über die Authenticität einer beiden
zugeschriebenen Abhandlung gestritten wird.

Finden Sie es nun wünschenswerth, meinen Aufsatz, der also
betitelt ist: „Beweis der Authenticität der Hegel'schen Abhandlung über
das Verhältniß der Naturphilosophie zur Philosophie überhaupt" in die
Jahrbücher aufzunehmen, so ersuche ich Sie, mir hierüber Ihre Entschließung mitzutheilen.[2] Da ich in den bevorstehenden Weihnachtsferien
die letzte Hand daran zu legen denke, so würde ich Ihnen denselben
Ende dieses Monats zusenden können, so daß er mit dem Beginne des
neuen Jahres zu Ihrer Disposition stände.

---

[1] Vgl. Literarischer Anz. Nr. XXXXV.
[2] Der Aufsatz ist unter dem Titel „Schelling und Hegel" in Berlin als
selbständige Broschüre erschienen.

An Th. Bergk.[1]

[Ende December 1838.]

Mein verehrter Freund,

Mit nicht geringer Freude habe ich Ihre neue Niederlassung erfahren.[2] Wenn Sie freilich sich in die guten Mecklenburger so wenig
finden konnten, dann war es besser, und es ist allerdings überhaupt
besser, daß Sie in Berlin sind. Sie sehn, daß Schulze doch am Ende
noch Ernst gemacht hat und so übel nicht ist, wie er sich erst stellte. Ich
wünsche nun von Herzen Glück und auch die Courage, die große Frequenz
der Berliner Gymnasien zu überwältigen, woran Sie sich aber schon hier
gewöhnt haben mögen . . . .

Mit unserer Aristophanes-Recension[3] bin ich eben fertig geworden,
und hierüber muß ich jetzt berichten. Ich werde weder Sie noch mich
unterschreiben können, weil wir beide so untereinanderlaufen, daß es wie
mit Leo und Görres eine untrennbare Verwechslung giebt. Ich habe
Ihre Kritik der Uebersetzung benutzt und noch Einiges dazugethan,
namentlich den 3ten Theil berücksichtigt . . . . Soweit hab' ich mir nur
geringe Wendungen und Richtungen Ihrer Ausführungen erlaubt, die
zweifelsohne in Ihrem Sinne sind. Dann aber komme ich auf das
Kapitel der Moral in der Komödie und der Gesinnung des Dichters
und endlich auf die Parthie der attischen Sittlichkeit, nämlich den
Festzug zu Ehren der dionysischen Gottheiten, worauf es bei Beurtheilung
der Aristophanischen Licenz und Tendenz ankommt. Hier bin ich nun
freilich sowohl gegen Ihre als gegen Droysens Auffassung, und ebenso-
wohl aus historischen als aus Gründen des Begriffs der komischen Poesie.
Ich habe mich nicht wenig mit dieser Entwirrung der Sache geplagt, der
Sache, d. h. der Aristophanischen Komödie in ihrem Begriff und ihrer
historischen, d. h. attisch-sittlichen Bedeutung; bin aber sehr glücklich, daß

---

[1] Vgl. S. 69. Die Briefe an Bergk verdanke ich der gütigen Vermittelung
des Herrn Dr. Peppmüller in Halle.

[2] Bergk war seit Ostern 1838 Gymnasiallehrer in Neustrelitz, kurz darauf
wurde er an das Joachimsthalsche Gymnasium in Berlin versetzt.

[3] Aristophanes' Werke, übersetzt von J. G. Droysen (H. J. 1839 Nr. 2 ff.,
unterzeichnet B. A.).

ich diesem braven Kerl wieder näher in die Schalksaugen zu blicken eine Veranlassung und aus dieser Veranlassung selbst eine nicht geringe Belehrung geschöpft habe....

Lassen Sie selbst bald von sich hören und geben Sie uns bald mal einen philologischen Artikel für die Jahrbücher. Welcker will ich jetzt auch anspannen und denke, er soll sich bewegen lassen.

Von Herzen

der Ihrige

Arnold Ruge.

1839.

107.

An Rosenkranz.

Halle, den 3. Jan. 39.

Meinen herzlichen Glückwunsch zum neuen Jahr!

Neues Jahr, neues Leben. Die neuen Jahrbücher sollen Dir hoffentlich sehr gefallen. Die ersten Nummern wirst Du haben, dann kommt Vischer über die Faustiana[1]) und Strauß über Schleiermacher und Daub,[2]) beides schon unter der Presse. Warte nur erst diese Charakteristik ab und mach' uns vorläufig die Predigtschau, die Du mir so süß eingegeben und nun, wie es scheint, ganz ins Hintertreffen kommen lässest.[3])

Feuerbach hast Du errathen;[4]) obgleich er incognito bleiben will, kann ich's Dir wohl sagen, denn es ist zu deutlich. Allerdings ist dies der Gegensatz, der so stachelt. Deine beiden Briefe sind mir theure Zeichen Deiner freien, vortrefflichen Art. Du mußt nur wissen, daß die Facultät ihre Bücher nachgeschlagen, die Angaben Leo's gänzlich unbegründet gefunden, aber — nun ja — das haben sie auch zornig hier in Halle gesagt. Ich habe in vielen Orten viele Bekannte, denen ich nicht, wie Dir, die Aufdeckung der Lügen überlassen konnte. Es war endlich allerdings wieder leicht, bloß juristisch mit Acten und sine ira et studio zu schreiben, Du kennst aber meine schwache Seite der ironischen Kunst.

---

[1]) Nr. 9 ff.

[2]) Nr. 13 ff.

[3]) Sie ist nicht erschienen.

[4]) Zur Kritik der positiven Philosophie (H. J. 1838 Nr. 289 ff.). Feuerbach hat diese Abhandlung, welche zu dem Vollendetsten gehört, was er je geschrieben, in seine Werke nicht aufgenommen; es wäre an der Zeit, eine Herausgabe sämtlicher Werke Feuerbachs zu veranstalten.

Wie weit das Publicum die goutirt, ist allerdings immer zweifelhaft; wie lieblich aber eine solche Arbeit, wie herzstärkend diese Pathos-bereitung, die Peripetie — solltest Du davon keine Erfahrung haben? Nun geht es wieder ernstlich drauf (wegen der 2ten Ausgabe der Hege-lingen), und da will ich denn den ersten sachlichen Theil ganz gemessen schreiben, so sachgemäß, auch wohl mit allerlei Trümpfen, aber nicht rein renommistisch. Den zweiten aber, lieber Freund, muß ich zu ungeheuren Späßen, Schnurren, Witzen, Blitzen ꝛc. frei haben; denn mögen ihrer noch so viel sein und noch so mächtig, mit solchem Unsinn können sie nicht ungeschoren davon kommen.

Die Bedeutung des Streits, Denk- und Gewissensfreiheit, soll zuerst gründlich festgestellt, der Protestantismus, das Preußenthum und die Gemeinde sodann betrachtet und hiemit die ernste Trilogie beendigt sein. Das Satyrspiel muß dann zur Erheiterung unserer Freunde den Beschluß machen. Ich will aber Alles genau mit vernünftigen Leuten überlegen und Dir keinen Strich durch die Rechnung machen, vielmehr die Würde der Sache gehörig wahrnehmen.

Wirklich geschrieben ist noch nichts, und vielleicht überrasche ich mit einer reinen, Dir ganz conformen Arbeit, würdig, als wenn sie der Staatskanzler geschrieben hätte.

Echtermeyer wird jetzt mobil, wir eröffnen eine eigne Kriegszeitung im Intelligenzblatt. Er hat Göschels Göthe kritisirt,[1] es ist schon in Leipzig und gut, aber scharf.

Auch gegen Gentz und die Jungdeutschen erscheint nächstens eine Bombe,[2] sehr diplomatisch und sachkennerisch.

Wär'st Du doch hier!

Meinen Dank und meine aufrichtigste Erwiderung Deiner freund-schaftlichen und ächt philosophischen Gesinnung: Gott stärke Dich und alle Deines Gleichen.

Ganz der Deinige

A. Ruge.

---

[1] C. F. Göschel, Unterhaltungen zur Schilderung Göthescher Dicht- und Denk-weise. 3 Bde. Schleusingen. H. J. 1839 Nr. 20 ff.

[2] Friedrich von Gentz und das Princip der Genußsucht. Nr. 36 ff.

An Rofenfranz.

Halle, den 19. Jan. 39.

Lieber Freund,

Mit Vergnügen empfang ich Deinen Brief vom 12. und die
Versprechung, uns über die Paralipomena Goethes einen Artikel zu
geben . . . .

Mein lieber Freund, wie werth ist mir die geistige Nähe, die Du
mir zeigst, wie unendlich wichtig Dein Charakter! Leider hat unser
Freund Schaller davon lange nicht genug. Ihm ist die Philosophie nicht
in dem Grabe, wie Dir, einziger, reiner Selbstzweck, er rechnet zu
sehr, „wie es wohl wird". Freilich ist er gedrückt durch Geldmangel,
aber wir erinnern uns ja alle beide noch derselben Zeit, wo Du wenigstens
keinen Ueberfluß und ich gar nichts als guten Humor hatte. Auch damals
hätte uns wenig Rücksicht gehindert, der Wahrheit allein nachzuleben.
Also das ist es enfin nicht. Ich klage eigentlich nicht, so nimm es nicht.
Ich lasse jedem seine Art; aber, liebe Seele, die Erfahrung, ob einer fest
in den Sturm sieht oder wie ein Rohr hin= und herwiegt, ist eine un=
auslöschliche. Hasen an allen Ecken! Das ist Halle. Ganz charakter=
loses Egoistenvolk ist das Gros, wenige haben so viel Besinnung, daß
bei der Freiheit Ehre und gar keine Gefahr ist. Denn unser Staats=
leben ist ein freies, gerechtes. Ich kenne das Alles viel besser, als diese
langohrigen Sauertöpfe, da ich als Stadtverordneter, Schiedsrichter und
in den mancherlei rechtlichen Verwicklungen, die ich durchgemacht, eine
Einsicht in den eigentlichen Kern unseres Staats gewonnen habe. So
mag es gut sein mit jener Gegner= und mit jener Halbgegnerschaft der
Unentschiedenheit, aber Du wirst es einsehn, wie es mich freut, daß Du
so liebenswürdig der Sache auf den Grund gehst und sie durchschaust.
Schaller ist jetzt, da wir in Berlin so eklatant gesiegt, da der Staat
selbst so frei herausgeht, da die Pietisten wirklich von der Hibsche sind,
auch völlig au fait. Er construirt jetzt alles ganz richtig. Als es aber
noch zweifelhaft war, ob Hengstenberg nicht irgend wen aufhetzen
würde, da gingen die Glocken ganz anders, d. h. er glaubte mir
durchaus nicht, daß es gesetzlich unmöglich sei, der Philosophie den
Kopf zurechtzusetzen und die Philosophen zu incommodiren mit dem
Glauben.

11

Daß der Minister sich nicht in den Streit mischt, ist gut; daß ich aber vom Staate nicht anerkannt werde, ist doch eine merkwürdige Art von Unparteilichkeit. Ich bin neugierig, wie das noch endlich ausläuft; ich habe halt viel Geduld, aber es ist in unsern Zeiten des Staats Stimme Gottes Stimme, und es setzt mir gewaltige Hindernisse entgegen, daß die Excellenz mich nur privatissime billigt und gelten läßt, öffentlich aber schweigt.

Göschel hatt' ich in Berlin meine Aesthetik verehrt und hineinge= schrieben: „Hochachtungsvoll vom Verfasser", wie man es thut; stell' Dir vor, da schreibt mir der Flegel, an wen er die geliehenen Bücher wieder abgeben solle. Ist Dir jemals eine solche pietistische Eselei vor= gekommen? Ich habe ihm geantwortet: daß ich es erwarten müsse, ob er meine Hochachtungsbezeugung ablehne, und daß ich in diesem üblen Fall die Bücher durch Duncker und Humblot zurückerwartete. Außerdem hab' ich ihn ermahnt, die Philosophie nicht zum Narren zu haben, und nun — schweigen der Herr Geh. Rath. Nicht wahr, das ist wunder= bar, daß die Doctoren der Philosophie die Geh. Räthe ermahnen müssen! Wie drehn sich die Sachen manchmal närrisch herum! Ich kann ihn übrigens wohl leiden. Er ist eine gute Haut und honetter Jurist — aber ein Esel in folio, sobald er auf Dogmatik und Poesie kommt. Hinrichs ist sehr betreten über Strauß in den Berliner Jahrbüchern gegen ihn,[1] sonst heiter wie immer. Mit Schaller bin ich freundlich und gut auf dem Strumpf, nur nicht so intim, wie ich es wünschte und anfangs erwartete. Natürlich trübt die Rivalität das Verhältniß auch, obgleich ich mich ganz von der Universität losgelös't habe und auch öffentlich das gethan haben würde, wenn nicht die Leo'sche Geschichte dies verhindert und den Gegnern damit einen Triumph bereitet haben würde, den ich ihnen nicht gönnte. Ich lese keine Stunde wieder als Privat= docent und habe nichts dagegen, wenn dem Staat solch Stroh wie Erdmann und Consorten lieber ist, als meine Person — Kurz „vivre et mourir philosophe" ist die Aufgabe und ich ein Esel, daß ich die Ge= danken aufschreibe, die mich sonst Monate lang nicht im Traume besuchen, geschweige denn im Wachen beunruhigen.

Gesellig leben wir ganz gut. Die mir entfremdet sind, waren nie meine nächsten Freunde, und mein Umgang hat nur Leo und Pernice verloren, die ich mit Resignation zu missen weiß. Die Stubentenjagd

---

[1] Vgl. Jahrb. für wissenschaftliche Kritik Dez. 1838 S. 917 ff. Wieder= abgedruckt in „Charakteristiken und Kritiken." Leipz. 1841 S. 407 ff.

mit Rumpel, Pumpel, Schmidt und Kahnis (so heißen Leos Be-
gleiter und kleine Parthei) wird nicht lange vorhalten, denn die jungen
Herrn müssen doch ein bürgerlich Geschäft ergreifen.

Dich grüß' ich tausendmal aus voller Seele!

Dein

Ruge.

109.

An M. Carriere.[1]

Halle, den 1. Febr. 1839.

Hochgeehrtester Herr Doctor,

Mit Vergnügen werden wir eine Charakteristik von Steffens[2] empfangen; nur möchte ich gleich bevorworten, daß Sie die Güte hätten,
den Artikel nicht zu ausführlich anzulegen und des Mannes principielle
Entwickelung und seine Stellung zu dem weiteren Proceß, in dem er nur
retardirend noch wirkt, gütigst recht markiren zu wollen. Ich meine
nicht von Seiten der Gesinnung, sondern aus dem Interesse des Begriffs
der ganzen Richtung, die er darstellt.

Die Gesinnung ist factiös, die Wissenschaft nicht, denn sie haßt auch
den Gegner nicht, sie begreift ihn, und das ist sein Recht und seine
Strafe. Nun wissen Sie, wie die wissenschaftliche Gesinnung selbst zur
Faction gestempelt wird, d. h. wie die Richtung auf die Erkenntniß und
den Begriff als irreligiös und staatsgefährlich denuncirt wird. Das
große Publikum sieht in den Philosophen eine Classe und verwechselt
nun Classe oder die einfach von ihm Gesonderten mit praktischer Faction,
die wissenschaftliche mit der factiösen Gesinnung.

In dieser Stellung hat die Zeitschrift Noth und Mühe, die „gute"
Gesinnung, die sogleich einen praktischen Gegensatz macht, nicht für die
wissenschaftliche zu nehmen, d. h. wir müssen uns in Acht nehmen,
um der Freundschaft und guten Gesinnung willen nicht aus der kritischen
Rolle zu fallen. Sie sehn, daß ich von unseres Freundes Art Buch

---

[1] Moritz Carriere, geb. 1817, Philosoph und Aesthetiker, jetzt Professor in
München, hatte 1837 promovirt.

[2] Heinrich Steffens (geb. 1773 zu Stavanger in Norwegen, gest. 1845 als
Prof. in Berlin), Philosoph, Naturforscher und Dichter; Anhänger Schellings.

rede.[1]) Echtermeyer, der unsere Befangenheit nicht hat, ist so entschieden gegen die Besprechung des Buches, aus dem obigen Gesichtspunkt, daß ich hier nichts thun kann. Was bestimmen Sie über die Anzeige?

Auf Ihren Steffens lassen Sie uns nicht zu lange warten. Rahel und Bettina[2]) wollen wir gehn lassen. Aber wenn Sie eine Aussicht eröffnen könnten auf eine gründliche theologisch-gelehrte Charakteristik Hengstenbergs, — Ihre Bekanntschaften möchten Ihnen da vielleicht etwas an Hand geben —, so wäre das viel werth. Ohnehin muß man die Gegner dieser Kapuziner auf Umwegen suchen, weil viele theologische Gelehrte Rücksichten nehmen, die allerdings für die Wissenschaft sich nicht ziemen und grade jetzt schädlich sind....

Ganz der Ihrige

A. Ruge.

Herrn Dr. Moritz Carriere
Hochwohlgeboren in
Berlin,
Potsdamerstr. Nr. 14.

110.

An D. Fr. Strauß.

Halle, den 16. Maerz 39.

Lieber Freund,

Wie seltsam läuft Ihre Zürcher Geschichte! Daß sich die Plebs in die Wissenschaft mischt![3])

Ich schicke einen Brief für Hitzig[4]) mit. Es wäre gut, wenn er auf frischer That dran ginge, Ihrer Aufforderung nachzukommen. An

---

[1] C. A. Moritz Art (1801—1863), seit 1838 Professor in Wetzlar, später Direktor in Kreuznach. Das oben erwähnte Buch heißt „Licht und Finsternis". „Ueber den Zustand der heutigen Gymnasien", (Wetzlar 1838) war bereits H. J. Nr. 8 (9. Januar) von G. Th. Becker angezeigt worden.

[2] „Rahel, ein Buch des Andenkens für ihre Freunde" war 1833, „Galerie von Bildnissen aus Rahels Umgang" war 1836 erschienen; 1835 hatte Bettina „Goethes Briefwechsel mit einem Kinde" herausgegeben.

[3] Im Februar 1839 war Strauß als Professor der Dogmatik und Kirchengeschichte an die Universität Zürich berufen worden; die Frommen im Lande entsetzten sich darob so gewaltig, daß Strauß kurz darauf pensioniert werden mußte und im September die Regierung gestürzt wurde.

[4] Ferd. Hitzig (1807—1875), seit 1833 ord. Professor der Theologie in Zürich.

Georgii gleichfalls ein Brief. Ich habe mit großem Vergnügen seinen Neander[1]) gelesen, der ganz fein und wahr ist. Ihnen selbst dank' ich freundlichst für Ihr gutes Urtheil über den Pietismus[2]) und will Ihnen nicht verhehlen, daß ich das stiefmütterliche Verfahren unsres Staats gegen die freie Wissenschaft auch meinerseits sehr gut einsehe, daß es aber kein Mittel giebt, dem Unwesen des Obscurantismus (um dies alte Wort wieder aufzuwecken) entgegenzutreten, als indem man das Wesen des Staats geltend macht und die Institutionen, in denen es sich noch hält, recht zum Bewußtsein zu bringen sucht. Wir haben in großer Gefahr geschwebt, den ganzen blauen Dunst der Reactionäre auf den Hals zu kriegen, und nur die Kölner Kalamität ist das Hinderniß dieser totalen Sonnenfinsterniß gewesen. Dennoch wäre es mir sehr erwünscht, jetzt nach und nach mehr Aufsätze im Sinne des Gentz aufzunehmen, und vielleicht könnte Köstlin dazu mitwirken. Giebt Kölle's Diplomatie nichts her? Ich kenne das Ding noch nicht, wünschte aber dem Metternich'schen System, in dem Wittgenstein zc. stecken und welches doch ganz wider alle Interessen Preußens und des übrigen gebildeten, nicht öst- reichischen Deutschlands läuft, gründlich widersprochen. Dergleichen muß man anonym geben, um durch den Nimbus die Sache noch zu heben und nicht gleich mit der persönlichen Widerlegung sie zu trüben. So ist es auch mit Gentz, wo mir allerdings die strengste Verschwiegenheit auferlegt ist.

Auf Märklin's Schrift[3]) werde ich achten. Wie verhalten Sie Selbst sich zur Politik und Historie? Es wäre mir sehr erwünscht, namentlich die unpopulare und mit Recht unpopulare Stellung Preußens sowie die Ansicht des Auslandes von unserer Richtung in opponirender Weise deutlich und gehörig begründet ausgesprochen zu sehen.

Eine andre Bitte an Sie, mir Beiträge aus dem Gebiete der Belletristik von Sich zuzuwenden, wiederhole ich und lasse Ihnen die Wahl unter den Tageserscheinungen. Namentlich ist Steffens Revolution und Immermanns Epigonen noch immer nicht gründlich betrachtet. Freilich erfreulicher sind positiv werthvolle Sachen; und sollte man auch mit einer Charakteristik etwas zurückgehen müssen, um sie anzutreffen.

Im Ganzen haben wir die nächste Zeit die Aufgabe, überall in Litteratur, Theologie, Poesie die Romantik vollends zu Tode zu jagen.

---

[1]) Anzeige von Neanders „Leben Jesu". H. J. Nr. 89 ff.
[2]) Der Pietismus und die Jesuiten, von A. Ruge H. J. 1839 Nr. 31 ff.
[3]) Chr. Märklin, Darstellung und Kritik des modernen Pietismus. Stuttgart 1839, angez. von E. Zeller H. J. 1839 Nr. 231 ff. Vgl. D. Fr. Strauß „Christian Märklin". Mannheim 1851.

Wir fürchten, daß diese unpractische alte Dame sich doch in nächster Zeit noch in die Praxis werfen könnte. Herr Steffens und Comp. sind nicht ohne Einfluß. Göschel, öffentlich und litterarisch im Sinken, ist politisch im Steigen, seine und der übrigen Confusionsräthe Sympathie wird bald zur förmlichen Verbindung mit Hengstenberg ausschlagen.

Geben Sie mir bald wieder Nachricht und machen Sie mir Hoffnung zur speziellen Theilnahme an dem weiteren Kampfe für die neue Gestaltung und positive Feststellung des freien Geistes gegen das Gähren und Umtreiben der romantischen Wüstheit.

Hinrichs, dieser gute, aber blinde Racehegelit, der von seinen alten Redensarten ganz behext ist, hat einen solchen Zorn auf Sie, daß ihm derselbe fix geworden ist. Er überhört alles andre und kommt immer wieder auf den Satz zurück: „Ich will es ihm schon zeigen. Sie verstehen keine Metaphysik!" Wegen seines neuerlichen Aufsatzes gegen Michelet, der mir zu kraß war und namentlich Göschels Gottmenschen weitläuftigst construirte, wäre ich selbst fast [mit]¹) ihm brouillirt worden, weil ich die Ep[isode über] Göschels Buch nicht beibehielt. Seltsame Ver[s]teinerungen, und ganz vergebliche Mühe, ihm die jetzige Lage des Geistes klar zu machen!

Er wird ein Buch gegen Sie schreiben, aber erst in Jahr und Tag. Ob ich dies aber zu verrathen berechtigt bin, weiß ich nicht, bin aber auch überzeugt, daß Sie schon im Voraus wissen, was er sagen wird, also wenigstens durch die lange Erwartung nicht alterirt werden.

Mit den schönsten Grüßen und dem freundlichsten Dank für Ihre Verdienste um die Jahrbücher und mich

Der 3te Art. ist bereits gedruckt.

Ganz der Ihrige

Dr. Arnold Ruge.

Herrn

Professor Dr. Strauß
Hochwohlgeboren
in Stuttgart.

¹) Es fehlt ein Stück Papier.

111

An Altenstein.

Hochgebietender ꝛc.

Ew. Excellenz hatten die Gnade, im Herbste des vorigen Jahres mich auf die Beendigung meines Streits mit dem Professor Leo hinzuweisen. Dieser Zeitpunkt ist jetzt eingetreten, und zwar ist es mir gelungen, das Interesse auf die wissenschaftliche Erkenntniß des religiösen Phänomens, um das sich die Bewegung unsrer Zeit dreht, zurückzuführen.

Ew. Excellenz sind bekannt mit den Thatsachen, und es wird Ihnen nicht entgangen sein, welch' eine unbedachtsame Gegnerschaft mir grade die meiner wissenschaftlichen Stellung unangemessene Privatdocenten- benennung erweckt hat. Ich setze Gesundheit und Vermögen an die Sache des Staats und der freien Wissenschaft; ich habe die besten Erfolge auf dem Gebiete der Litteratur und in der Entwickelung des Geistes hiesiger Universität: gleichwohl haben Ew. Excellenz mir bis jetzt noch keine glückliche Wendung meiner Verhältnisse zubereiten können. Es ist ein gewichtiges Wort, wenn der Staat anerkennt oder verwirft, und ich gestehe es gern, daß es mich schmerzt, wenn auch nur von der Un- wissenheit, auf die Seite der Opposition gegen das Princip unsers Staats geschoben zu werden.

Zudem sind meine Vermögensverhältnisse jetzt ungünstiger als je gestellt. Mein Bruder, Ludwig Ruge, promovirt und cursirt als Mediciner auf meine Kosten, und wenn er gleich der letzte meiner vier von mir versorgten Geschwister ist, so greift mich das doch grade jetzt am härtesten an, zumal das Journal, die Hallischen Jahrbücher, ohne allen und jeden Vorschub von Seiten des Staats, noch durchaus nicht so fest- gestellt ist, daß es meine Lage verbesserte.

Ew. Excellenz haben es in Ihrer Hand, mich in irgend einer Beziehung auf eine sichere Basis zu stellen; Ew. Excellenz werden es gewiß nicht verkennen, wie sehr ich im besten Sinne das Wohl des Vaterlandes mit dem rein wissenschaftlichen Bestreben zu verbinden gewußt und manchem theuren Gute der Gegenwart seinen idealen Boden zu sichern be- müht war.

Lassen Ew. Excellenz nicht die Furcht vorwalten, als sei die lebendige und wahrhaft fruchtbare jüngere Philosophengeneration der Besonnenheit und Mäßigung entfremdet; das ist der Vorwurf, den jede lebendige wissenschaftliche Regung von ihren Gegnern erfährt. Nicht unwichtig aber wäre es für die hiesige Universität, wenn Ew. Excellenz mir eine sichere und ehrenvolle Stellung an ihr gewähren wollten, damit ich die bloß litterarische Einwirkung durch eine persönliche, die mir sehr wohl zu Gebote steht, den hiesigen Charakteren und Verhältnissen aber äußerst nützlich werden würde, verstärken könnte.

Ew. Excellenz haben mir das feste Vertrauen eingeflößt, daß Sie meinen Angelegenheiten eine gnädige Aufmerksamkeit zugewendet und mit günstigen Augen auf meine wissenschaftlichen Erfolge herabsehn; lassen Sie mich das Ende einer nunmehr bemüthigenden und unsicheren Lage bald erreichen, damit ich vor dem Eintritt des neuen Semesters neuen Muth und eine würdige Stellung gewinne.

Im Vertrauen auf die gnädige Gesinnung Ew. Excellenz und auf Ihre Nachsicht mit meiner Offenheit in diesem Briefe unterzeichne ich

Ew. Exc.

unterthänigster Diener

Dr. Arnold Ruge.

Halle, den 18. März 1839.

————

112.

An Werner.[1]

Hochgeehrter Herr.

.... Ich glaube, daß es nicht mehr nöthig ist, Ihnen meine volle Uebereinstimmung zu Ihrer Auffassung der Philosophie, zu Ihrer Gegner-schaft gegen Göschel und die alte, verdämmerte Garde der Hegelei aus-zudrücken. Diese alten Sägeböcke der gemißbrauchten Terminologie sind selbst Hegels ärgste Feinde, und die Zeit wird lehren, wo die Wahrheit und ihre Kraft wohnt und wirkt. Göschel ist so gut wie todt, obgleich es der Kritik bennoch erst bevorsteht, ihm und der Welt dies nun auch zu publiciren, wie denn auch im Laufe dieses Sommers noch geschehen wird.

Unterdessen hören die Orthodoxisten und Pietisten nicht auf; im Gegentheil, sie beginnen erst recht zu regieren, und es überrascht mich, daß die Köllner und Posner und Schlesischen Vorfälle alle zusammen

---

[1] Die Briefe an Werner verdanke ich seinem Sohne, Herrn Sanitätsrat Dr. Werner in Berlin.

noch nicht ausgereicht haben, um den Staat von der Verfänglichkeit der obscuren Tendenzen aufs durchgreifendste zu überzeugen. — Aber was ist mit der Geschichte zu machen, als — sie abzuwarten? Hoffentlich gehört die Philosophie und Bildung aber auch mit in die Rechnung. Also es komme! . . . .

Mit vorzüglicher Hochachtung

Arnold Ruge.

Halle, 3. Mai 1839.

Sr. Hochwohlgeboren
dem Herrn Geheimen Expedient im Finanzministerium

Werner

in

Berlin,
Leipzigerstr. Nr. 90.

113.

An Werner.

Hochgeehrter Herr.

Ihr Brief brachte mir die erste Nachricht von Gans Tode.[1] Sie wurde fast gleichzeitig bei allen Farben bekannt, und selbst Leo überließ sich nun den Erinnerungen süßer Gewohnheit alter Kameradschaft, die er noch eben erst öffentlich so bitter abgelehnt. Schade, daß Gans nicht noch die letzten Jahre tapfer mit eingegriffen und die verwerfliche Politik hatte, das Princip des Staats nicht zu vertheidigen, weil ihm die Personen zum Theil nicht gefielen. Gans war in diesem Punct ein Wenig zu sehr französisch; in Frankreich hat man die homöopathische Richtung, ein System durch seinen eignen Exceß zu kuriren, wohl etwas zu frivol verfolgt, bei uns dagegen nimmt man zu augenscheinlich Raison an, wenn nur Raison dargeboten wird.

Gans hatte indessen noch vor einigen Tagen versprochen

Maurenbrecher, die Souverainität und die deutschen Fürsten

zu recensiren und diesen servilen Liberalismus, wie er ihn nannte, durch

------

[1] Gans verstarb am 5. Mai 1839 am Schlage.

die ächte Freiheitstheorie eingreifend zu richten. Kann ich jetzt dabei auf
Sie recurriren? . . . .

Mit vorzüglicher Hochachtung

ganz der Ihrige

Dr. A. Ruge.

Halle, 10. Mai 39.

———

114.

An Rosenkranz.

Halle, den 15. Juli 1839.

Lieber Freund!

In der Eil' nur 2 Worte.

1) Setze doch Deine Genrebilder über die Prediger fort, es ist an=
regend wie alle Deine Sachen.

2) Schick' ich Dir hier den Novellisten.[1] Lies ihn, erinnere Dich
unsrer harmlosen Zeiten, als noch Leos böser Genius ihn nicht allein be=
herrschte. . . . Rosenberger ist ein complettes Leoschaaf geworden, allen seinen
Grimm schüttet er in dieses räubige Gefäß. Diese Schärfen haben sich
elend zersetzt und — die Lumpen haben weder Philosophie noch Humor.
Die Lumpen — ja, diese unsre alten Freunde! Leider giebt es für solche
unhistorische Erubitäten keinen andern Namen. Da ist mir Leo, den ich
ausnehme, denn doch lieber. Der Kerl hat doch Talent, Spectakel zu
machen und ein Ferment der Entwicklung zu werden. Die Facultät ist
jetzt im heftigsten Kampf mit ihm. Er erfährt jetzt die Folge seiner
Tyrannis und seiner Unverschämtheit, womit er damals öffentlich in die
Welt hineinlog, er hätte „mich angenommen", und womit er jetzt vor
einigen Tagen durch. Delbrück[2] die Sitzung der Facultät, als sein
Streit mit Pott wegen der turpes partes pietistarum vorkommen sollte,[3]

———

[1] A. Ruge, der Novellist. (Eine Geschichte in acht Dutzend Denkzetteln aus
dem Taschenbuche des Helden. Leipzig 1839. (Im 7. Bande der Werke unter dem
Titel: Edmund. Humoristische Memoiren.) Angezeigt von Pruz H. J. 1839.
Nr. 298 ff.
[2] Geh. Regierungsrat und Kurator der Universität Halle.
[3] Herr Geh. Rat Pott hat die Güte gehabt, mir hierzu folgende Erläuterung
zu geben. Bei einer Disputation nahm sich ein dienstbeflissener Jünger Leos allerlei
Ungehöriges gegen Andersdenkende heraus. Als der ihn darob zur Rede stellende
Extraopponent Pruz von dem Dekan Eiselen nicht gebührend unterstützt wurde,
ergriff Pott selbst das Wort und redete den Leonianer mit qui turpes pietistarum
partes sequaris an. „Darauf Tumult", fährt Pott wörtlich fort. „Ein kleines

suspendirte oder sistirte. Du müßtest hier sein, um diese wahrlich merkwürdigen Entwickelungen mit durchzuleben. Es sind Gegensätze, aber
dialektische. Auch Erdmann, der jetzt Ordinarius ist, hat sich gestern
grünblichst blamirt, indem er Leos Parthei ergriff, aber denn doch vor
der Facultät mit den auswendig gelernten Phrasen und Pointen nicht
so reüssirt ist, wie bei den unglücklichen Studenten. Er hat allen seinen
Credit des Geistes und der Freisinnigkeit selbst bei Meiern verloren und
sich so geängstigt, daß ihm dicke Schweißtropfen von seiner russischen
Stirn gerollt und die elendeste Verlegenheit das Ende eines unüberlegten
Selbstvertrauns gewesen ist. Er sinkt immer mehr, ist aber als aca-
demischer Leyerkasten zur Verderbung der genialen und göttlichen Philosophie, die man eigentlich den Schweinen gar nicht anbieten sollte, gut
genug. Ich rede dies nicht aus Aerger, denn ich lese jetzt mit vielem
Applaus Einleitung in die Aesthetik und könnte damit genug wirken,
wenn es nöthig wäre, und thue es auch, soweit das unwissende Studenten-
gemüth fähig ist, der furchtbar raschen Bewegung in unserer Entwicklung
zu folgen. Ja wenn sie alle die Logik schon wüßten und exercirten —
was wenigen von Allen nur vergönnt sein wird. Närrisches Zeug! Aber
so ist es: Die Geschichte ist doch nicht lehrbar; so gewiß die Wahrheit
kein Privilegium ist, so gewiß ist es die philosophische Macht. Lieber
Freund, hier schlägt mir nun das Gewissen über mein Fermentiren,
Poltern und, was das Dummste ist, über mein Räsonniren, da Du ja
Alles am besten selber weißt. Ich wollte ja eigentlich sagen, ich sei der
platonischen Ironie, d. h. dem Humor ergeben und heuchelte die Gewißheit
des Sieges, die der Geist hat und die freie Wahrheit nicht, wenn ich
einerseits zornig braufginge, andrerseits dies selbst für überflüssig halten
müßte, denn das eine ist der historische, das andre der absolute Proceß.
Was kann ich nun dafür, daß ich durch meine jetzige Stellung in die
niedere Sphäre der Historie hineingerissen werde? Da hab' ich nun zum
Soulagement die edle Poesie ergriffen, und was mir einstmals bis zum
Tode Ernst war, das ist jetzt in der Befreiung der Heiterkeit selbst zum
Vorschein gekommen. Sieh' es Dir mal an und laß Dich darüber bei

---

neugebacknes Doktorlein von Leo's Farbe sprang mit geballter Faust gegen mich
vor, wurde aber von den Armen des großen Waisenhaus-Direktors Niemeyer zur
Seite gewischt, worauf denn Leo wüthend von seinem Stuhle aufsprang und, mit
den Händen dessen Lehne umfassend, den Eindruck machte, als wolle er gegen mich,
der ich auch hinter meinem Stuhle erwartungsvoll stand, thatsächlich vorgehen. So
schien denn beinahe der Kampf a verbis ad verbera zu gehen" . . . Pott schließt
damit, daß der Kurator Delbrück vergeblich einen Widerruf seiner Worte verlangt
habe.

ben Berlinern vernehmen, wenn's Dir der Mühe werth scheint. Echtermeyer
ist sehr damit zufrieden. Schaller sagt nie ja, höchstens nein, am
liebsten gar nichts zu meiner Existenz. Ich muß mir das gefallen
lassen und halte mich zur Aufmunterung an Dich, Echtermeyer, Strauß,
auch an die Merseburger, die Du kennst. Die Professur ist mir jetzt
gleichgültig, da die Jahrbücher immer bedeutender werden und sich gut
machen werden. Unbesoldeten Staatsdienst nehme ich nicht an. Honoriren
sie mich, so bin ich es meiner sehr starken Familie schuldig, den Karren
tapfer fortzuziehn. Mit der Anerkennung honetter Leute aus allen
Weltgegenden tröste ich mich über die Zurücksetzung hinter die Stroh-
köpfe, womit sie die Sperlinge aus dem Korn der Universität, d. h. die
Studenten vertreiben. Da kommt zum Schluß wieder das lausige Bewußtsein der Endlichkeit. Einen Gruß zur Sühne.

Dein

Ruge.

115.

Hochgebietender ꝛc.

Wenn ich Ew. Excellenz noch einmal beschwerlich falle, so ist es nur,
um eines Theils meinen Dank auszudrücken für die gnädige Anerkennung,
mit welcher Sie meine litterarischen Bestrebungen erwähnt haben, andern
Theils, um meinen heimlichen und wahrlich obscuren Verklägern mit
der unentstellten Wahrheit entgegenzutreten.

Es ist mir nämlich nicht unbekannt geblieben, daß die Facultät, die
doch wahrlich nicht partheiisch für mich ist, mit keinem Wort und mit keinem
Gedanken dahin gewirkt hat, Ew. Excellenz die irrige Ansicht unterzu-
breiten, als sei ich leichtsinnig und geflissentlich aus dem „wissenschaftlichen" Gebiete herausgetreten und hätte „die Universität feindlich" behandelt. Dennoch kommen diese Ausdrücke eines schweren Tadels in
dem Rescript Ew. Excellenz wirklich vor. Nun ist mir gesagt worden,
daß allerdings vier speziell von Leo abhängige Männer, aber geflissentlich
ohne Leo und auch ohne Erdmann, um das Ansehen der Unpartheilichkeit
zu haben, gegen mich hinter dem Rücken der Facultät privatim bei Ew.
Excellenz protestirt hätten, und ich vermuthe, daß jene vorwurfsvolle
Ansicht meiner Bestrebungen, die leicht zu einer schwierigen Stellung

meiner Person führen könnte, die aber gleichwohl der Wahrheit gänzlich
entgegen ist, aus jener mir leider nicht näher bekannten Protestation
fließen müsse. Ew. Excellenz werden mir daher gnädigst eine rein positive
Vertheidigung, die auch in jedem Falle die würdigste sein möchte, erlauben,
denn es ist auch dem Privatmanne nicht gleichgültig, wie die Regierung
und ein Hohes Ministerium seine Bestrebungen ansieht.

Die Personen, die ich mit „feindlicher, nicht wissenschaftlicher Polemik"
verfolgt hätte, sind zuerst sämmtlich Repräsentanten bestimmter Principien,
mir persönlich aber theils fremd, theils sehr freundlich gewesen bis zu
dem Punkt der öffentlichen, wissenschaftlichen Differenz. Ich habe in
Leo, auf seine eigene Aufforderung zur Recension, das unfreie katholische
Princip, den hierarchischen Pietismus, ich habe in Tholuk den genialen
Mysticismus, ebenfalls eine protestantische Unfreiheit, ich habe in Erdmann die Verderbniß der Hegelschen Philosophie, die allergrößte Sünde
gegen den selbstbewußten Geist der philosophischen Gegenwart angegriffen.
Alle drei sind Lehrer an hiesiger Universität; aber ich habe damit die
Universität nicht feindlich behandelt, denn ich habe mit ausdrücklichen
Worten die Wichtigkeit dieser unwahren und halbwahren Principien ausgesprochen, den Personen aber damit eine Ehre erzeugt, daß ich sie, weil
sie principiell etwas vorstellen, für geeignete Gegenstände einer wissenschaftlichen Controverse erklärt habe. Tholuk und Erdmann haben dies
meines Wissens ruhig ertragen, wie denn jeder Schriftsteller Kritik zu
ertragen wissen muß, Leo dagegen hat mir practisch und namentlich zuletzt durch die excitirten heimlichen Separatvota entgegengewirkt, nachdem
die ebenfalls von ihm excitirte Erklärung der 23 Professoren in der
Leipziger Zeitung öffentlich so übel abgelaufen war. Ich will hiemit
keine Anklage aussprechen, dessen bedarf es jetzt nicht mehr, auch wird
der Pietismus dem Staate sich von selber so lästig machen, daß es wahrlich
voreilig wäre, ihn noch zu verklagen. Aber ich bitte Ew. Excellenz bei
Ihrem Wohlwollen, welches Sie so gnädig gegen mich ausgedrückt und
welches mir auch gemüthlich von entscheidender Wichtigkeit ist, das
Phänomen meiner Polemik gegen die bezeichneten Richtungen nicht für
leichtsinnige Zanksucht zu halten, sondern für das, was es in Wahrheit
ist, für eine saure, philosophische Pflicht, die dafür in der That auch von
den größten Namen der Nation anerkannt wird. Und dies ist der
zweite Punct.

Ich bin nie „feindlich polemisirend gegen die Universität Halle"
aufgetreten. Im Gegentheil, ich habe mit den Hallischen Jahrbüchern,
welche die rücksichtsloseste Wahrheit in anständiger und wissenschaftlicher,

aber in möglichst einbringlicher Form zum Princip haben, eine wesentlich
neue, reinigende, stärkende und belebende Geistesform hervorgerufen —
ich habe Halle dadurch in und außer Deutschland in den Ruf geistiger
Bewegtheit und philosophischer Regsamkeit gesetzt. Man hat sich für
dieses Leben begeistert, und zuerst ist es Schelling gewesen, der mir in
freundlicher Zuschrift seine Theilnahme an dem neuen Geiste, der sich
erhöbe, ausgesprochen hat. Der Geheime Rath von Rehfues in Bonn,
Welcker daselbst, von Wächter in Tübingen, Rosenkranz in Königsberg,
Jacob Grimm in Cassel, der Geheime Rath Schulze in Berlin und
unzählige weniger berühmte Leute haben mir brieflich ihre ganz besondere
Anerkennung meiner Bestrebungen und den litterarischen epochemachenden
Werth der Jahrbücher zu erkennen gegeben. Ein Institut von solcher
lebendigen und heilsamen Geistesregung, so aus dem rein philosophischen,
nunmehr erst eingedrungenen Weben der Zeit heraus und zugleich so auf
alle Fachwissenschaften einwirkend, ist noch nie erschienen. Die Hallischen
Jahrbücher sind eine litterarische Erscheinung, der sich keine andre an
die Seite stellen kann, und den Ruhm dieses Productes habe ich mit
freier patriotischer Vorliebe auch im Titel dieser Universität Halle zugewendet, die mich jetzt durch den Mund mir und der Welt und Nachwelt
obscurer Namen — der Feindschaft anklagt. Seit die Jahrbücher bestehen, strömen viele Reisende hieher, um mich zu sehen, in den Ferien
ist mein Haus fortdauernd von fremden Gelehrten und Litteraten besucht,
besonders zieht es, wie weiland auch Jena und Weimar, jetzt hieher die
jüngeren Talente, von denen viele einen bedeutenden Namen auf ferne
Zeiten vererben werden. Halle ist ihnen durch das Institut der Jahrbücher und das geistige Leben, die Gegensätze und deren Erscheinung, die
damit erweckt sind, ein geistiger Mittelpunct geworden; und ich, der ich
dies alles geschaffen habe, ich soll feindlich gegen Halle zu Felde liegen?
Ich fordre meine Gegner auf, mit einem einzigen Wort aus den beiden
Jahrgängen, die jetzt vorliegen, diese Anklage zu beweisen, und ich bitte
Ew. Excellenz bringend, nicht den Ansichten Einzelner, hinter dem Rücken
der philosophischen Facultät separat votirender, irrender Männer, sondern
den öffentlich in den Jahrbüchern vorliegenden Thatsachen und dem
Beifall der ausgezeichnetsten und unbefangenen Gelehrten in ganz Deutsch-
land Ihr Ohr zu leihen. Ich beklage es, daß ich die Anerkennung des
Staates, zu der mir der Geheime Rath Schulze so freundlich Hoffnung
gemacht, zu der mir der steigende Beifall, den ich in diesem Semester
bei den Studenten erfuhr, ja zu der mir die gnädigen Aeußerungen
Ew. Excellenz selbst nahe Aussicht zu eröffnen schienen, fast in ihr

Gegentheil sich verkehren sehe, hoffe aber, daß Ew. Excellenz meinen reblichen Bestrebungen in der Litteratur Ihre gnädige Theilnahme erhalten und Ihren Hohen Schutz nicht entziehen werden.[1)]

Mit ehrfurchtsvoller Hochachtung

Ew. Excellenz

unterthänigster Diener

Dr. Arnold Ruge.

Halle, d. 23. August 1839.

116.

An Rosenkranz.

Halle, ben 2. Oct. 39.

Lieber Herzensfreund,

Wie sehr wünschte ich Dich nach Halle; welch' ein Verkehr sollte das werden und welch' eine Vermittlung wäre durch Dich herzustellen, nicht grade zwischen den Extremen, die nothwendig zum Bruch führen mußten und deren Feindschaft noch weiter um sich greifen wird, wenn die Regierung ihre Hand von den Pietisten nicht abzieht, was sie bis jetzt noch nicht thut! Es ist seltsam, daß ich, da ich gar kein speziell theologisches Interesse gehabt, nicht einmal Religionsphilosophie gelesen habe, wozu hier sonst die Aufforderung so nahe liegt, daß grade ich das Kreuz habe auf mich nehmen müssen, was wohl anderen näher gelegen hätte, die die Honorare ex civitate dei gezogen und ihr daher verpflichtet sind; es ist noch seltsamer, daß ich gleich meinen Brief zu einer Herzensergießung an Dich damit eröffne. Fast möcht' ich darum das Blatt zerreißen und von vorne anfangen: Lieber Rosenkranz, (ich unterstreiche das Lieber) Du hast mir mit Deinem Briefe eine große Freude gemacht. Dein unbefangenes reines Interesse ist so selten, daß ich es paradiesisch finde und es hier nur an Echtermeyer habe, der, von allem Egoismus frei, nur auf die Interessen der Wissenschaft und des freien Staates sein Auge

----

[1)] Das letzte der in den Akten des preuß. Kultusministeriums befindlichen Schriftstücke lautet:

Einer Wohllöblichen philosophischen Fakultät mache ich die ergebenste Anzeige, daß ich mein bisheriges Verhältniß zur Universität aufgegeben.

Halle, den 3. November 1839.   Dr. Arnold Ruge.

richtet und darum jedes Wort dafür, von wem es auch kommt, wenn es richtig gemünzt und legirt ist, mit Enthusiasmus begrüßt. Leider sind solche Männer selten und gerade hier so selten. Man kann nur noch Pott dahin rechnen, leider unsre Hegelschen Freunde nicht. O wie gut wär' es, wenn Du benen bisweilen den Kopf zurecht setztest, da Du Ihnen eine bessere Autorität bist als ich, den Altenstein auf die heimliche Klage von: Blanc,[1]) Bernhardy,[2]) Rosenberger (glaub' es nicht!) und Germar,[3]) (welcher immer noch denkt, ich hätte damals Plückern die Epigramme gemacht,[4]) entre nous soit dit) nochmals auf den Stand des Rentiers und vom Staatsdienst zurückgewiesen hat. Der tiefere Grund ist, daß ich gleich Strauß jetzt eine Fahne des Antichrists bin, so daß die Studenten, die bei mir in großer Masse gehört haben, von Tholuck förmlich für Atheisten und Abtrünnige vom Glauben sind erklärt worden. Sie sagen selbst, es gehöre allemal ein besonders herzhafter Entschluß dazu, in meine Collegien zu gehen und drücken sich darüber so aus: „Als Füchse gingen viele auf Recommandation zu Gerlach,[5]) eine weitere Aufklärung sei es, wenn sie zu Erdmann gingen, doch verstiegen sie sich, wenn sie Schaller hörten, der noch für einen Christen gälte; und nur die sich nichts daraus machten, allenfalls um allen Glauben zu kommen, Juristen, Mediciner und tolle Theologen, die wagten sich zu mir.“ Ich könnte auf diese Weise, wie Du siehst, nützlich werden für das heilige Heidenthum der freien Wissenschaft (unser Hinrichs ist leider sehr außer Cours gekommen, wie Dir jene Studentenexpectoration zeigen kann, in der er gar nicht einmal vorkommt), ich habe eine seltsame Stellung und eine höchst ehrenvolle Opposition, denn es ist niemand, welcher die Auseinandersetzung der Romantik mit der Gegenwart der Wissenschaft verträte und so dafür angesehen würde als ich, da Schaller sich den Mantel nach dem Winde von Berlin zurechthängt; — ich bin aber der Schulmeisterei ziemlich müde. Mein Vetter Engel pflegte zu sagen: „Es ist ein sauer

---

[1]) Blanc, Docent der romanischen Sprachen und Litteraturen.

[2]) Gottfried Bernhardy (1800—1875) Philolog, seit 1829 ordentl. Professor in Halle. In dem oben erwähnten Aufsatz „Die Universität Halle“ heißt es, daß er die reine massenhafte Erudition zum Prinzipe habe, die formale Seite dagegen ihm nicht in gleicher Weise zugänglich sei.

[3]) Ernst Friedr. Germar (1786—1853), seit 1823 orb. Prof. der Mineralogie und Direktor des mineralogischen Kabinetts zu Halle.

[4]) Vgl. A. f. Z. IV. 486.

[5]) Gerlach, Philosoph der Kantischen Schule, hielt stark besuchte Vorlesungen über Logik, Naturrecht, Ethik und Religionsphilosophie. Vgl. H. J. 1838 Nr. 84, S. 671.

Brot, welches man andrer Leute Kinder aus dem Allerwerthesten schlägt;" aber die Arbeit wird noch saurer, wenn sie ganz umsonst zu leisten ist und die Kinder sich noch die Miene geben, als protegirten sie einen, was sie am Ende auch wirklich thun, wenn sie sich kasteien lassen. So mag sich denn, in des Teufels Namen, jeder selbst kuriren, was am Ende auch so schwer nicht ist. Denn die Wahrheit liegt in der Luft, und wer sie sich selber einfängt, hält desto mehr darauf. Vielleicht geh' ich nach Sachsen, das Huronenland, wo es nur Industrie giebt und alle Philosophie als Gespenst gefürchtet wird. — Das Nähere ist noch in der Urne des Schicksals, gerüttelt wird sie aber bereits; und es wäre zu wünschen, daß man einen neuen Haltpunct des Protestantismus gründen könnte (als Philosophie) für die Zeit des Exils, die ihm in Preußen bevorsteht, und für den Fall einer Dereliction der freien Wissenschaft und eines Ministeriums Hassenpflug[1]) oder Bunsen-Rochow. Ich fürchte nicht, daß Gott und die Wahrheit vor der Unwissenheit und Romantik alt-deutscher Seelen zu Grunde geht; aber es ist sehr möglich, daß neue Träger des absoluten Princips aufstehn, wenn die alten so gänzlich in Ermattung sinken und so sehr die Kukuksbrut im Neste pflegen, den Pietismus, die Jesuiten und den scheinheiligen Adel. O bella mia patria! Giebt es keinen Stein und keinen Hardenberg! jetzt, wo sie uns aus Oestreich und Rußland noch keine Knebel ins Maul gesendet, jetzt ist es leichter als 1808, den Nationalgeist zu heben und den freien deutschen Sinn zu retten. Ich habe ihnen das Princip gelobt und den Begriff Preußens in den Himmel gehoben; wer wird ihn zur Idee erheben? — Sie wollen kein Princip, sondern die Unbestimmtheit, die göttliche Faul-heit Schlegels und den Quietismus des guten Novalis — die göttliche Ruhe, die selbst Gott nur anphantasirt wird: denn „die Faulheit kriegt Läuse", sagt der Pommeraner, und das Gewimmel der Unruhe ist fertig.

So weit lieber Freund, das Phänomenologische. Man sollte es auf allen Gassen zu predigen nicht müde werden, denn es ist das Höchste eingesetzt in dieses Würfelspiel.

Du hast mir einige herrliche Anfänge über Königsberg gesendet. Fahre ja damit fort und werde recht ausführlich. Auch die Mucker-geschichte und ihre philosophische, d. h. phänomenologische Ableitung, so wie die Wurzel im dortigen Leben, aus dem schon Hamann und Werner und Herder und also Glauben genug entsprungen ist — etwa als

---

[1]) H. D. L. Fr. Hassenpflug (1794—1862), bis 1837 kurhessischer Minister, 1839 an der Spitze der Verwaltung des Großherzogthums Luxemburg, später in preußi-schen, zuletzt wieder in kurhessischen Diensten.

Gegensaß? — Das würde von der äußersten Wichtigkeit sein und bei der geringen Notiz, die man von der Sache hat, sehr interessiren. Gieb mir überhaupt bald einen Beitrag. Ich kann's jetzt sehr brauchen. Wir senden ein Manifest gegen die Romantik aus[1]) und hoffen sie ins rechte Licht nach den theoretischen und practischen Seiten zu setzen, um ihr im Voraus alle Nerven in der öffentlichen Meinung zu durchschneiden. Fiat iustitia, pereat mundus! Ich bin sehr neugierig, was Du dazu sagst, Du, der Du ein so genauer Kenner grade dieser Richtungen bist.

Endlich soll ich Dir meine Vita schicken; bene; das will ich sogleich thun. Ich bin von Haus aus ein Enthusiast und habe die ganze Purifikation von der trüben Gährung im Novellisten beschrieben, der nichts Geringeres ist, als die Purification von der Romantik selbst, was ich nun meinerseits dem preußischen Staate auch wohl zumuthen zu dürfen glauben kann, nachdem er mich so ernstlich dazu angehalten hat. Diese innere Geschichte willst Du aber nicht wissen, sonst hättest Du den Novellisten längst selbst gelesen, und da die Geschichte principiell wichtig ist, ihn auch in Berlin anzuzeigen Dir vorgesetzt — was ich noch hoffe. — Also die vita. Ich bin 1802 den 13. Sept. zu Bergen auf Rügen zur Welt gekommen. Mein Vater war Inspector der ehemalig Gräflich Wrangel'schen (Wrangel bekam im dreißigjährigen Kriege die Güter zur Belohnung für seine Dienste), dann Brahe'schen Herrschaft, die jetzt Fürst Puttbus gekauft hat und die man die Spicker'schen Güter nennt. Diese liegen auf der Insel Jasmund,[2]) dahin zog also die Familie, und mein Vater pachtete sich einen Hof, Namens Bisdamitz, in der Nähe von Stubbenkammer, der nicht mit zu der Inspection gehörte. Dieses Gut hat eine reizende Uferlage an der Ostsee, Arkona gegenüber, das Ufer ist hoch und walbig, die Kreidbeufer gehn aber erst weiterhin an, wo die Tromper Wieck aufhört und der Wald den Namen Stubbnitz bekommt. Hier hab' ich meine Kindheit zugebracht und tief ins Knabenalter hinein ganz dem Naturwuchs nachgelebt mit den Kindern des Feldes und Waldes, den jugendlichen Nomaden meines Vaters. Welche Romantik! Es ist allerdings herrlich dort, und ich erinnere mich noch mit großer Aufregung des spiegelhellen Meeres und des goldnen Arcona, sowie der gewaltigen Sturm und Nebelscenen; wenn die Schiffe scheiterten, was meist im December geschah, und wir dann vergeblich von dem steinigten Gestabe Rettung zu bringen

---

[1]) Der Protestantismus und die Romantik. Zur Verständigung über die Zeit und ihre Gegensätze. (Ein Manifest. (H. J. 1839 Nr. 245 ff.; 1840 Nr. 53 ff.)

[2]) Jasmund ist die Halbinsel, deren nordöstlichster Punkt Stubbenkammer ist.

bemüht waren.[1]) Dennoch wollt' ich ein Schiffer werden, so reizt das
Meer. Es begab sich aber anders. Ich wurde weit ins Land nach
Pommern in eine Erziehungsanstalt gethan, die der Prediger Gildemeister zu Langenhanshagen bei Barth hielt, und lernte dort nach altem
Stil un peu de mathematique et beaucoup de Latin, Latein und nichts
als Latein und versteht sich die Biblia sacra von Ende bis zu Anfang,
die Geschichte vom Bel zu Babel und von den drei Männern im feurigen
Ofen nicht ausgenommen. Als ich nun aufs Gymnasium kam, war ich
der erste Lateiner in Prima, der nie einen Fehler machte und den andern,
ärmern Schächern auch mit durchhalf, hatte aber im Griechischen meine
Noth, weshalb ich von nun an dies zu meinem eifrigsten Gegenstande
machte und auch um des Griechischen Willen Philologie studirte. Dabei
blieb ich auch im Gefängniß, denn das Griechische war vorläufig die
vornehmste mir fühlbare Schranke, die ich aber mit immer mehr Eifer
überwand, je größer der Inhalt und Werth der Litteratur mir entgegen-
trat. Die Universität richtete nebenbei mein Augenmerk auf den gährenden
Geist der Gegenwart. Hatte ich früher einmal mir selbst in fanatischem
Gebet gelobt, Napoleon, den Unterbrücker des Vaterlandes, zu erstechen,
wenn er (1815) die Grenzen Deutschlands wieder beträte,[2]) so erwärmte
mich jetzt von Neuem der Patriotismus der Burschenschaft; ich sah ein,
das Vaterland müße stark, eins und frei sein, und trat der Verschwörung
des Jünglingsbundes für diesen gewaltigen Zweck bei. Diese Aufgabe, die wir auf umgekehrte Weise erledigten durch Anerkennung des
status quo, wurde freilich damals als schon halb realisirt geschildert,
indem Gneisenau und der König von Wirtemberg zu diesem Zweck einverstanden wären 2c. Die Verbindung war, zu 150 Mitgliedern etwa,
angewachsen (man kann's nicht genau wissen) und bereits in sich selbst
aufgelöst (wozu ich selbst auf einem Tage zu Würzburg am Main den
Antrag stellte, ohne jedoch in aller Form durchzubringen),[3]) als sie durch
ein unglückliches Subject, welches wir in Halle großgezogen hatten, den
Behörden angezeigt und in Proceß genommen wurde. Ich wurde, wohl
wegen der Tagssitzung zu Würzburg, mit am härtesten angesehn und zu
14jähriger Freiheitsstrafe auf Festung verurtheilt und saß demnächst,
nach Einem Jahr Untersuchung in Köpenick, 5 volle Jahre auf dem
Lauenburger Thor in Kolberg Angesichts der alten freien Ostsee, nach

---

[1]) Vgl. A. f. Z. I 14 ff.
[2]) a. a. O. 210.
[3]) Vgl. a. a. O. II 188 ff.

beren Wellen ich nun lange vergeblich schmachten sollte. Hier las ich nun mit eiserner Consequenz immerfort zu gesetzten Stunden die griechischen Poeten und Philosophen (nur eine kurze Zeit hab' ich an die alte Zopf= mütze, den großmäuligen Juvenal, viel Mühe und Arbeit gesetzt) [1]), be= sonders Sophocles, (von dem ich den Oedipus in Colonos mit freien Formen in gereimten Chören übersetzt und die Uebersetzung heraus= gegeben habe) und Homer und die übrigen Tragiker. Im Manuscript hab' ich im alten Versmaß Aeschylus und Theocrit übersetzt. Dann gerieth ich in die Philosophie und las den Platon sehr genau, um der Philosophie willen. Jean Paul, besonders seine Vorschule, und die englischen Humoristen schlossen sich an den platonischen Humor an; ich sehnte mich nach Fries,[2]) als ich Platon noch nicht kannte, und nach Hegel, seit ich die Platonische Dialektik und die sachliche Bewegung, die er vor sich gehen läßt, gekostet. Aber die neuen Bücher waren hier nicht zu erreichen und noch weniger zu bezahlen. Die alte Romantik und das abstracte Leben darin brachte ich in die Tragödie „Schill und die Seinen", die nicht viel über Pommern hinausgekommen zu sein scheint und viel Unreifes, aber auch einige gelungene Stellen enthält. Namentlich das weltbewegende Bewußtsein, welches in der (trüben) patriotischen Be= geisterung liegt, ist so, daß ich noch damit zufrieden bin, während vieles mich jetzt genirt, wenn ich es ansehe, was selten, wohl nur 2mal seit 1830, geschehen ist. Seit 1830, wo ich frei wurde, lebte ich mich nun in die Welt ein, zuerst ins Leben und die Litteratur. Ich war wie geblendet und in seltsamer Abstraction. Nicht einmal die Weiber inter= essirten mich, dies fand sich sodann, und Du weißt, daß ich hier in Halle, balb nachdem ich die Schulmeisterei auf dem Pädagogium aufgegeben hatte, wo ich als Supranumerarius, durch Niemeyers Güte, griechische und lateinische Stunden gab, mich sogar verliebte und verheirathete. Dies trieb ich nun mit Muße, und es kratzte mich nicht wenig auf, daß ich mit meinem Schatz nach Italien reis'te. Zuerst fand ich allerdings auch an Italien durchaus keinen Geschmack, und es war nöthig, daß ich erst gründlich diese schöne Menschenrace kennen lernte, um sie zu lieben. Das ist auch ohne Zweifel der richtige Weg mit diesem ausgeposaunten Eldorado. Seine Schönheiten im Landschaftlichen erreichen viele deutsche

---

[1]) Werke I 378 spricht Ruge von der Fadheit und Hohlheit der Juvenalischen Rhetorschlafmütze. Vgl. die ausführliche Kritik Werke III 61 ff.

[2]) Jak. Friedr. Fries (1773—1843), von Kant ausgehender, aber von Fichte divergierender Philosoph.

Gegenben nicht, unb immer ift ber verbrannte unb verftaubte Sommer-
habitus uns Norbländern wiberlich. Die abgefchmackte Romantik ober
gar ber klaffifche Taumel fieht über Alles weg unb abftrahirt wieber
vom anbern Enbe aus. Inbeffen man fchwelgt in ber Subftanz unb
fällt aus bem Geift heraus. Selbft bie Beltabe (Schönheit ber
Italiener) ift geiftlos, ein elenbes Türkenthum, biefe Kunft unb biefer
Kultus. Man fehnt fich zurück nach ber Arena ber geiftigen Bewegung,
unb je liebenswürbiger bie Italiener finb, befto verächtlicher ift ihr
geiftiger Zuftanb. Als ich nach Halle kam, fanb ich Hegels Werke unter
bem Gerümpel von Maculatur in meiner Kammer unb ließ fie fauber
binben, um — 2 Jahre lang — ruhig auszuwanbern in bas neuent-
beckte Lanb bes neuften Geiftes.[1]) Ich las bann Aefthetik, noch Weißifch
unb Jean Paulifch unb Sulzer'fch[2]) inficirt, unb erft mit ber Logik,
bie ich 2mal las, emancipirte ich mich zur philofophifchen Freiheit. Nun
kommt bie Reaction in ber Philofophie, bas Dromebar Göfchel unb bas
Kameel Erbmann, Bauer 2c. Ich fah bie Verberber felbft nach Halle
anrücken unb Erbmann überall für — einen Mann von ber Freiheit unb
von Geift ausrufen, währenb er noch unfreier als Göfchel unb Hengftenberg ift. Daher bie Recenfion über feine erbige Seele, unb als bie
Berliner Jahrbücher biefe Fahne entfchieben aufftellten — gab ich
Echtermeyer zu, baß eine neue, völlig freie, rein wiffenfchaftliche
Zeitfchrift zu ftiften fei. Das Uebrige weißt Du. — Schreib mir
balb unb fchicke balb ein purgatorio unb, wie Du pflegft, ein hübfches.

Dein

Ruge.

N. B. Daß ich von ber Stabt vorigen Herbft zum Stabtverorbneten
unb mit großem Applaus erwählt bin unb außerbem Schiebsrichter unb
Sanitätscommiffarius bin, weißt Du. Ich könnte Dir Intereffantes aus
biefer Sphäre berichten, wenn es nicht noch fchwebenb wäre.

---

[1]) Vgl. A. f. Z. III 351.
[2]) Joh. Georg Sulzer (1720—1779) hatte in feiner „Allgemeinen Theorie ber
fchönen Künfte" bie Lehren ber Wolffchen Schule mit ben Anfichten ber Engländer
unb Franzofen eklektifch zu vereinigen gefucht.

117.

An R. Prutz.[1]

Halle, den 16. November 1839.

Ihr Brief und Sendung[2] hat mir viele Freude gemacht; der Novellist kommt gut genug weg. Das Ganze ist von vielfältigem Interesse und wird gewiß gut wirken, d. h. die Leute in diesen Dingen zu allerlei Betrachtungen anregen. Was die Jungdeutschen machen, ist irrelevant und Krieg von ihrer Seite wahrlich nicht unser Schade. Sie fühlen das auch so ziemlich durch, und Gutzkow hat doch bei aller Erbitterung immer noch nicht vom Leder gezogen.[3]

Nun zunächst zu Ihrer höchst liebenswürdigen Anfrage über Weihnachten; — keine bessere Aussicht, als fidele frohe Leute dazu bei sich sehn zu können. Kommen Sie ja mit Ihrem Schatz,[4] an dessen oder deren freundlicher Gesinnung zu mir und Agnes wir eine große Freude haben . . . .

. . . . Ich habe die Docentenwürde in einfachster Ankündigung förmlich niedergelegt, was eine seltsame Wirkung macht; sie zittern und — denken Sie Sich — meinen, ich hätte mich bisher genirt. O servum pecus! heißt das Gêne?

Leben Sie bestens wohl!

Ihr

A. Ruge.

Herrn
Dr. R. E. Prutz
Hochwohlgeboren
in Dresden,
Pirnaische Gasse 733. 2 Tr.

---

[1] Rob. Ed. Prutz (1816—1872), hatte 1838 in Halle promovirt; Ruge widmete ihm später den dritten Band der Werke. Die Briefe an Prutz verdanke ich seinem Schwiegersohne, Herrn Oberlehrer Dr. A. Jonas in Stettin.

[2] Die Anzeige von Ruges Novellist, abgedruckt unter „Alte und neue komische Romane", H. J. 1839 Nr. 298 ff.

[3] Ruge hatte Gutzkows Blasedow und seine Söhne (H. J. 1839 Nr. 131) recensiert; wiederabgedruckt in S. Werke III 128 ff.

[4] Prutz war mit Ida Blöde verlobt.

118.

An Rosenkranz.

Halle, den 17. Nov. 39.

Lieber theurer Freund, zuerst habe herzlichen Dank für Brief
und Zusendung, für Dein freundliches und immer reges Interesse. Hast
Du doch sogar den Novellisten, meine poetische Auseinandersetzung mit
der Romantik, sofern ich ihr practisch, wie Du früher litterarisch, verfallen war, gelesen. Daß die Versöhnung nicht der Staatsdienst, sondern
Platon, der Humor und die Staatsfreiheit sei, hab' ich mit Leidenschaft
gesagt; und bei Gott, es wäre schlimm, wenn die verfluchte Dienernatur,
die jetzt so sehr im Ausarten begriffen ist, eine Versöhnung wäre. Du
weißt, daß die preußischen Beamten, als nothwendiges Moment der Zucht,
von mir sehr gelobt worden sind, fixirt ist das aber der Teufel (ohne
Redensart), denn es ist die schlechthin gefangen gegebene Vernunft und
das Aufgeben des absoluten Rechtes der Wahrheit, die durch das Subject
von Zeit zu Zeit im Gegensatz mit der Welt hervorzuheben und einzu-
führen ist. Christus und Luther sind keine Staatsdiener und keine Ge-
setzesdiener, weder des mosaischen noch des hierarchischen Staates. Eine solche
überlebte, von seinem eigenen Princip abgefallene Existenz droht jetzt der
preußische Staat zu werden, indem er mit der Romantik und dem Katholicismus, also mit östreichischer Politik des Lebens und Lebenlassens die
Interessen der freien kühnen Wissenschaft aufopfert. Die Furcht vor
Strauß, vor Feuerbach, vor den Hegelingen, die Leo dennoch angeblasen
hat, das ist die Furcht vor dem Geist und seinem Gange. Die alten
stupiden Zurechtmacher aller dummen Existenzen, die Hegelianer mit dem
Zopf, die konnten sie wohl dulden. Gab es doch auch damals noch
keinen Hofpietismus und keine Coalition der modernen Aristocratie mit
allem möglichen Orthodoxismus (Hegel hat viel von dieser Brühe mit
angerührt, und es wird jetzt Zeit, diese seine dunkle Seite zu negiren).
Jetzt steht die Sache ganz anders. Neander erklärte in Karlsbad diesen
Sommer: die gute Sache hätte keine Gefahr gehabt, so lange die Hegelei
altersschwach und todt gewesen wäre, jetzt aber lebe der Satan von
neuem auf und (wörtlich) „nun müsse man alle Mittel, practische, wissenschaftliche, unwissenschaftliche, polizeiliche, gegen sie aufbieten". Hast Du
bemerkt, was er für Doctoren beim Jubiläum creirt hat?[1] Hast Du
gehört, daß die Leo'sche Parthei zur legitimen erklärt ist und hier förm-

---

[1] Couard und Lisco in Berlin, Hesekiel in Altenburg, Strauß in Hamburg.
Vgl. „Die Jubelfeier der Reformation in Berlin." H. J. 1839. Nr. 293.

lich gesiegt hat? Hast Du nichts davon gehört, daß Preußen sich für
den König von Hannover erklärt hat?[1] Ist nicht auch unser Freund
Pernice Geh. Justizrath geworden, wegen eines Rufes nach Göttingen?
Mir selbst versprach Altenstein vor'm Jahr, mich, wenn die Fehde mit
Leo zu Ende wäre, zu avanciren. Jetzt haben mich Bernhardy, Blanc,
Germar und Rosenberger hinter dem Rücken der Facultät in Privatvotis
bei ihm benuncirt, und er ergreift diese (von Leo angestifteten ehrlosen
Reden), setzt sie in seine Antwort an mich und macht zugleich einen
stupiden, reinen Partheigänger von Leo, den die Facultät hatte durchfallen
lassen, gegen diesen Facultätsbeschluß zum Privatbocenten. Eben so ist
Müller[2] eine reine, ganz unverschämt stupide Reaction gegen die Philosophie. Dazu stellt sich Johannes Schulze, als wenn sie alle diese Thaten
nicht auf Kommando der Hof- und Pietistenparthei, sondern — aus Ueberzeugung thäten. Ist das eine Misère! Ich habe die Universität förmlich quittirt und vor ungefähr 8 Tagen der unglücklichen Facultät die
Anzeige gemacht. Meiner Treu! Die Repulsion ist unmittelbar die
Attraction, das Unterrichtsministerium und die Facultät dauern mich,
weiß es Gott, von Herzen. Es ist ein kläglicher Untergang des Geistes,
und Du wirst ihn mit Deinen Freunden Erdmann und Schaller nicht
stützen. Erdmann hat sich furchtbar verhaßt bei der Facultät gemacht,
indem er die servilste Rolle spielte, die man sich nur denken kann, und
ganz auf Leos ungerechte Maßregeln einging. Die Studenten fallen von
ihm ab und er wird an sich selbst irre. Schaller hat mehr Zulauf. Ich
selbst hatte im vorigen Semester ein starkes Colleg und schloß mit der
Vorlesung über den Humor, als ich Altensteins Brief empfing, der meine
Bestrebungen und Talente anerkennt, aber um der Kritiken willen, die
das arme Wurm unwissenschaftlich nennt, mich nicht befördern zu dürfen
behauptet. So lassen diese Verfechter der freien Wissenschaft sich ins
Joch der heuchlerischen, hohlen Theologie legen. Wehe über die verfluchten Redensarten, die sie sich von der abgeschmackten Politik Hegels,
mit dieser hohlen Existenz zu buhlen, geborgt haben! Diese Sünde der
Väter wird nun heimgesucht bis ins dritte Glied — hoffen wir, daß
auch ihre Tugend gesegnet werde bis ins tausendste! Aber dies hoffen
zu dürfen, hören wir auf, diese hohlen Existenzen, diesen Schutz der
Wissenschaft, der kein andres Mittel mehr weiß, als den Ausspruch:

---

[1] Vgl. S. 191 Anm. 1.
[2] Julius Müller (1801—1878) seit 1839 Professor der Theologie in Halle.
Von seinem Hauptwerke „Die christliche Lehre von der Sünde" (Breslau 1839) erhielt er den Beinamen „Der Sündenmüller".

„Sie wollen Wortgläubige, ich will sie ihnen geben, mögen sie doch sehn, was dabei herauskommt!" also den Pessimismus, hören wir auf, diese Freiheit, die uns auf unsre eigne Macht stellt und von Staatswegen die unwahre, die feile, geistlose Wissenschaft in Schutz nimmt, zu loben. Preußen ist fertig mit seiner Geschichte, wenn es so fortfährt; schon wird es ausgelassen in der orientalischen Frage,[1] de mortuis nihil nisi bene, und da das bene eine Vergangenheit ist, die Gegenwart aber die mors, so sagt man am liebsten nichts. Die kleinen Staaten, das ganze übrige Deutschland, ist furchtbar erbittert, jeder kleine constitutionelle König, wenn er Energie hat, kann jetzt groß werden, die protestantische Mission droht in ein andres Land auszuwandern — und man dünkt sich in Berlin mächtiger und sichrer, als je. — Ich bin gewiß der letzte, der an dem Geist und seiner Macht verzweifelt; aber die welthistorischen Ansätze stürzen die werthvollsten Existenzen in die chaotischen Zeiten, wo neue Kraft sich sammelt und nach Jahrhunderten die geistige Blüthe von neuem auf die Trümmer pflanzt; muß es sein, daß das Reich der Slaven und die unfreie Doctrin uns überschwemmt, was gilt da die Existenz der Philosophen und des Staats? soll es nicht sein, so muß das Schwert in die Hand genommen und von dem freisten Geiste geführt werden, das ist die Alternative, die Preußen zu wählen hat. Wenn es nicht wählt, wie es denn thut, oder halb wählt, so ist das auch eine Wahl. — Ich versichre Dir, daß ich mich schäme, Dir zu schreiben, was man uns in Leipzig und in Würtemberg anzuhören giebt. Gäb' es nur 8 Tage freie Presse, so würden die Herrn in Berlin seltsame Träume kriegen von den werthvollen Bollwerken, dem eigentlich Positiven (nämlich dem Respect vor dem freien Geist), welches sie sich haben zertrümmern lassen. — So steht es; die Unmöglichkeit, durch Worte das Verlorene wieder zu gewinnen, liegt so entschieden vor Augen, daß man theils mit Indignation, theils mit lautem Gelächter empfangen wird, wenn man's versucht, seinen schwachen Patriotismus für unsre jetzige Richtung (du lieber Gott!) mitzutheilen. Existenz aber und Idee des Staats unterscheidet das Publicum nicht und — die Hand aufs Herz — ist es nicht die wahre Kritik, beide auf einander zu beziehen? Dies ist in dem Würtemberger Aufsatz[2] ge

---

[1] Die 1838 in Folge der Thronbesteigung Abd-ul-Medschids entstandenen Wirren hatten das Türkische Reich dem Untergange nahegebracht; 1840 nahmen die Großmächte, mit Ausnahme Frankreichs, die Entscheidung der orientalischen Frage selbst in die Hand. Vgl. Ruge: „Die Quadrupelallianz gegen Frankreich." S. W. IV. 434.

[2] Karl Streckfuß und das Preußenthum. Von einem Würtemberger. 1839 Nr. 262 ff. Der Aufsatz ist von Ruge; eine Zeit lang schrieb man ihn Strauß zu.

schehen, und mit nicht geringem Effect. Man hätt' es nicht denken sollen, daß die Sache durch die Censur ginge. Gegen diese Kritik, eine ganz unbestreitbare Consequenz der Hegelschen Philosophie, ist die — von ihrem eignen Princip abgefallene Existenz nicht zu vertheidigen. Dein Aufsatz hat viel Schönes, aber er spinnt diese Lebensfrage in einen unburch= bringlichen Wulst, eine chinesische Weitläufigkeit, stumpft alle Spitzen der Besinnung ab und zerstört die Stellung der Philosophie dem Staat gegenüber, indem Du die von ihm Verstoßene zu seiner Beschützerin machst, ohne gleichwohl auch nur einen einzigen Menschen zu gewinnen. Ja, Du wirst sagen, es sind doch so viele Hegelianer im Staatsdienst; aber die Liste ist vorläufig geschlossen. Selbst Bruno Bauer haben sie nicht zum Professor machen dürfen. Er ist Privatbocent mit 400 Thlr. Gehalt in Bonn geworden. „Wollen Sie, daß ich Alles riskire?" hat Altenstein zu Schulze gesagt. Was ist nun der langen Rede kurzer Sinn? — Ich wünschte, Dich zu freierer, kritischer Rede anzuregen. Die Construction ist Schellingianismus und unfrei; das Allerschlimmste ist, unfreie Zustände als frei, unwahre als wahr zu schildern. Du mußt Deinen Aufsatz wenigstens unter diesen Umständen nicht drucken lassen. Allerdings, dies Alles kann und wird sich ändern, aber die angestellten Philosophen, die das Wort haben und mit Ehren behalten dürfen, werden ihrem eigenen Gegner, dem Salonspietismus, nicht beistehn, und wir andern wollen alle Romantik mit unerbittlicher Kritik ausbrennen. So mag sich's ja wohl finden. Ich weiß, daß Du trotz Deines angeblichen Justemilieus einer der beweglichsten und der allerfreisten Althegeliter bist. Schreibe das bischen Zopf, den empirischen Gottmenschen und die gerecht= fertigte unfreie Existenz ausgeblas'ner Wirklichkeiten herunter, und Du hast die wahre Wirklichkeit: die Philosophie, das Zeitbewußtsein, welches das ächt positive, das letzte historische Resultat ist. Diese Theorie ist selbst des Lebens ewig grüner Baum, und es ist sein Recht, daß er in den Acker der modernen Welt gepflanzt wird. Hegel hat ja schon exponirt, wie die reine Einsicht über Nacht kommt, ohne daß sie es wissen; aber gleichwohl weiß er es, daß es so ist. Ebenso sitzen die wahrhaft Wissenden in der That am Webstuhl der Zeit; nur daß die Praktiker den Schneider spielen. Was hülfe der freie Gedanke, wenn er in der unfreien Wirklichkeit nur so hinbrütete; und sollte denn die Hegelei nicht mächtiger sein, als die Aufklärung? — Ich fürchte nicht, daß Du mir böse wirst. Ich bin Dir zu sehr von Herzen zugethan und weiß Deine große Bedeutung in diesem heiligen Wesen der geistigen Bewegung zu sehr zu schätzen, um Dich leichtsinnig verletzen zu wollen, das ist Dir

auch bekannt. Darum denk' ich, darf ich mir ein freies Wort zu Dir erlauben, umgekehrt nehm' ich es gern entgegen. Ich redigire 2 Jahre
die Jahrbücher umsonst und mit vieler Arbeit: ich setze die Gunst der
berliner Potentaten daran, denn es ist nothwendig. Es müßte alles
verfaulen, wenn es keine Menschen mehr gäbe, die rein und nur rücksichtslos der Wahrheit dienten. Nun ist die Stellung des Journals eine
völlig freie, und es stellt sich immer mehr heraus, wie sehr die männliche Richtung des Geistes, die Tapferkeit [und] Wahrheit einer Stütze
bedarf, so allmählich auch die wachsende Anerkennung vor sich geht. Denn
die pietistische Faulheit und die Apathie des langen Friedens sind die
Zeitaffecte. Gutike sagt, so seien auch die Krankheiten alle weiblicher
Art, und Krukenberg[1]) hat neulich ordentlich gejubelt, daß er nach
vielen Jahren mal wieder einen acuten Fall gefunden. Verlaß die heilige
Sache des sich aufraffenden Geistes nicht, raffe Dich selber zusammen aus
der alten Bequemlichkeit der empirischen Wirklichkeit, die gut sei; gedenke
unsrer Poesie, die schläft, unsres Staatslebens, das tobt ist, unsrer
Philosophie selbst, die getödtet werden soll. Gewiß giebt Dein Buch über
Kant viel Gutes in diesem Sinne; wann kommt es denn?[2]) Aber auch
für uns mußt Du Deinen Namen mit ins Gewicht fallen lassen, wenn
auch nicht gleich politisch, so doch aufgeregter und eingreifender, am allerwenigsten paralysirend, wie gegen den tapfern Würtemberger. Den Münchhausen will Laube besprechen,[3]) schon seit langem, und verspricht es immer
von Neuem, ohne Wort zu halten. Zudem ist er jetzt in Algier. Also
besprich ihn nur recht bald, den Herrn von Münchhausen.

Meine Bücher sind so erschienen: 1) 1830 in Stralsund bei Loeffler:
Schill und die Seinen, ein Trauerspiel, die burschenschaftliche Aufopferung
pro Patria. 2) 1830 Uebersetzung des Oedipus in Colonos bei Schmid
in Jena. Beide hab' ich in Kolberg auf der Festung geschrieben. 3) 1832
die platonische Aesthetik (Waisenhaus-Buchhandlung), mit der ich mich
hier habilitirte. Die Studien des Plato von Kolberg, mangelhafte
Kenntniß der neusten Philosophie. Nun kommt meine Verheirathung
und die italienische Reise, dann Krankheit nach dem Tode meiner Frau
und Studium der neusten Philosophie, 2 Jahre. Ich schrieb den Novellisten fertig in den 2 Jahren als poetische Memoiren, aber mit der rein

---

[1]) Leitete die Klinik in Halle. Vgl. die Universität Halle 1838 Nr. 84. S. 669.
[2]) Rosenkranz besorgte mit F. W. Schubert eine Ausgabe von Kants Werken
(12 Bde. Lpz. 1838—40), deren letzter Band eine von ihm verfaßte „Geschichte der
Kantschen Philosophie" enthält.
[3]) Laubes Anzeige von Immermanns Münchhausen erschien H. J. 1840 Nr. 81 ff.

künstlerischen, humoristischen Absicht. Dann las ich einige Jahre und
4) 1837 schrieb ich die Vorschule der Aesthetik, gedruckt in demselben
Jahr in der Waisenhausbuchhandlung. 5) 1838 fangen die Jahrbücher an,
und 6) 1839 bei O. Wigand: Preußen und die Reaction, mit einer
geschichtsphilosophischen Einleitung über die neuste Zeit bis zur Wendung
Preußens gegen die Reaction. 1838 ist dann wieder Preußens Wieder=
aufnahme der Reaction und daher die Kritiken in die Jahrbücher
aufgenommen. 7) 1839 der 1830 angefangene und 1834 beendigte
Novellist, neu durchgesehen und bei O. Wigand gedruckt. Der Novellist
fällt in die Zeit der Hegelschen Studien und geht nicht aus der Hegelschen
Theorie hervor, sondern nebenher. Der Platonismus gährt noch darin,
obgleich nun die höheren Gesichtspunkte bewußter auftauchen. 1839 im
November meine Abdankung, da sich die rehabilitirte Reaction meiner
Staatsdienerschaft „für jetzt" entgegensetzt. Ich kann übrigens die Studenten nicht los werden und muß ihnen Sonntags Privatstunden geben,
wenigstens dies Semester hab' ich mich dazu bewegen lassen. Es fehlt
an der freieren und aufs Material der Litteratur und Geschichte eingehenden Richtung. Ich schäme mich über diese ganze Expectoration, die
Dir und Deinen Verdiensten gegenüber einen Anstrich von abgeschmacktem
Hochmuth an sich trägt. Ich möchte mich zu revanchiren haben, um in
einer positiven Darstellung Deiner liebenswürdigen Person Dir zu beweisen, wie sehr ich Dich bis auf den heutigen Tag immer mehr habe
schätzen gelernt.

Leb wohl und bleib mir gut, was Du nur bald thatsächlich mit
neuen Beiträgen beweisen mußt, damit ich nicht zweifle.

Dein

Ruge.

Jung ist im Druck![1] Er negirt nicht genug. Wie hätte das Unwesen der Coquetterie in den Briefen gezüchtigt werden müssen. Grüß
ihn und muntre ihn auf! Aber er muß die Romantik lesen und in
seinen Busen greifen!

---

[1] Alexander Jung (1799—1884), Philosoph und Dichter, lebte seit 1828 in
Königsberg. Der von Ruge erwähnte Aufsatz ist eine Recension von Goethes
Briefen an die Gräfin Auguste zu Stolberg (H. J. 1839. Nr. 290 f).

119.

An R. Pruß.

Halle, ben 1. Dec. 1839.

.... Die Sache ist so, daß Preußen die Hegelei auch ostensibel abstößt. Die Berliner Jahrbücher gehn ein,[1] wegen Bedrückung durch pietistische Censur. Ich habe die Universität förmlich aufgegeben auf Altensteins Rüffel wegen meiner Kritik Leo's und Erdmanns .... Die Pietisten und Juristen in Berlin haben lauter Leute vom Politischen Wochenblatt und Hengstenbergianer zu Doctoren geschlagen beim Reformationsfest. Die Polemik dagegen hat Wachsmuth[2] ausgestrichen. So weht der Wind. Es ist daher nothwendig, wie Thomasius von Leipzig nach Halle,[3] muß von Halle nach Sachsen, wenn's möglich ist, ausgewandert werden, und die neue Philosophie braucht eine neue Universität.[4] Sieht die Excellenz in Dresden die Sache aus diesem Gesichtspunct an, so ist es leicht, sie zu realisiren; thut sie es nicht, so ist es unmöglich. Denn die Opposition kann in den nicht europäischen Staaten, in den nicht welthistorischen, nicht die Richtung machen. Bis Weihnachten entscheidet sich's, ob sich was anknüpfen läßt. Aber dies bleibt gewiß unter uns ....

Ihre komische Theorie setzt die Heiterkeit, die Princip und bleibendes Moment aller Kunst, auch der tragischen ist, ans Ende als Ziel, und Sie wollen Aristophanes dafür citiren — das ist leicht zu misdeuten und so zu verstehn, als setzten Sie das Komische über's Ideale, die Heiterkeit über die Seligkeit. Richtig ist es, daß die Heiterkeit in aller Kunst die Idealität ist, die Darstellung des Idealisirten; das Ideal verliert also nie den heitern Boden, aus dem es herkommt, ist aber wieder eine höhere Wirklichkeit jener Idealität selbst. So ist der Humor eines

---

[1] Sie bestanden bis 1847.

[2] F. W. G. Wachsmuth (1784—1866), Historiker, war seit 1825 Professor in Leipzig. Ruges Correspondenz mit Wachsmuth findet sich im ersten Bande der Anekdota (Zürich und Winterthur 1843), wiederabgedruckt in S. Werke IX 24 ff.

[3] Thomasius siedelte 1690 nach Halle über. Der Vergleich mit Thomasius findet sich auch in Ruges Eingabe an das Sächsische Ministerium vom 23. Juni 1842. Vgl. Anekdota I 43.

[4] Vgl. den Brief von Feuerbach vom 4. Dezember 1839 (Feuerbachs Briefwechsel I 298) und A. f. Z. IV 525.

Menschen Idealität und die Darstellung der humoristischen Person wiederum eine Idealisirung, nicht die empirische Wirklichkeit des heitern Individuums, das Ideal....

Von Herzen

Ihr

Ruge.

120.

An Rosenkranz.

Halle, den 3ten Dec. 1839.

Lieber Freund,

Mit Dir läßt sich's doch noch ein vernünftiges Wort reden! Sonst kenn' ich das mit dem Briefschreiben. Da ist es leicht, Differenzen zu machen, schwer, sie zu beseitigen. Du machst eine rühmliche Ausnahme und hast es gern, wenn man herausgeht, wie sich's gehört. Ich desgleichen, und so hat es mich denn sehr wohlthätig angeregt, was Du mir alles schreibst und zu bedenken giebst.

Zuvörderst seh' ich nicht so schwarz, wie es scheinen könnte, und habe nicht aus Verzweiflung am endlichen Erfolge die Universität aufgegeben, sondern weil es meine Umstände erlauben, daß ich der Ehre und der Selbstständigkeit folgen darf. Ich habe nie Geld verlangt und nichts andres im Auge gehabt, als das Interesse an der Sache, das mich zog und hob; nur dachte ich, der Staat müsse das anerkennen, und darin denke ich richtig. Er thut es nicht; die Umstände führen die Anerkennung zu dem Princip, welches ich bekämpfe; ich glaube nicht Unrecht zu haben, ja ich weiß es, daß ich der Wissenschaft und dem wahren Protestantismus, der freien Philosophie Dienste leiste; da wäre es nun nicht schicklich gewesen, die Anstellung als eine ferne Gnade zu erwarten. Ich sehe außerdem, daß die Ueberlieferung der Philosophie namentlich durch Schaller hier ganz gut besorgt wird; und wenn das auf die Länge nicht ausreicht, so ändern sich die Zeiten; und wenn sich die Hegelei ganz aus Preußen wegzieht: nun so ziehn die Studenten ihr vielleicht nach. Doch so schlimm ist es noch nicht. Was ich zu sagen habe, kann ich genug an den Mann bringen, und Studiosus ist nicht einmal der rechte Mann dazu. Bei dem ist weder Kenntniß noch Intresse der Gegenwart vorauszusetzen; und Du weißt, daß nichts nöthiger ist, als die Mission Philosophie zu erfüllen und den platonischen Staat, wo die ἐπιστήμη herrscht, ins Werk zu richten. Diese Abdankung ist ohne Zorn geschehen und auch ohne Zorn angekündigt, sowohl der Facultät als der Excellenz. Zudem hab' ich mehr Schiermeyers Gründen als meinem Eigensinn nachgegeben, mit Widerstreben nachgegeben; und ich muß gestehn, daß lange kein Entschluß mir so gute Früchte getragen hat, als dieser. Es ist wunderbar, wie sich alles objectivirt. So ein Name wiegt schwer, und keiner ist leer. Nach Gefallen handelt man übrigens weder dem Minister noch den Pietisten, wenn man gar kein Leitseil mehr im Maule hat und auch nicht mal in der Meinung. Es hat hier einen lächerlichen Eindruck gemacht. Erdensöhne, Schollendiener! Niemand dachte Geringeres, als ich würde nun wie ein ausgebrochener Bär unter sie fahren, und jeder fürchte[te] für seine Hufe und seinen Hafer. Da ich die Facultät Wohllöblich titulirt hatte, so fanden sie darin wenigstens schon eine vorläufige Malice und hatten es angestrichen.

Dann, mein lieber Freund, ob sich denn Preußen in Einem Jahr so verändert hätte? In welchem benn sonst, wenn nicht in diesem? — Voriges Jahr predigten bit Oberpräsibenten Intelligenz im Staatsrathe, dieses Jahr erklärt sich Preußen für Ernst August;[1]) voriges Jahr gaben sie Censur-Freiheit wenigstens gegen Baiern und ließen sie es geschehn, daß die Ritter vom blauen Dunst in Berlin zusammengehauen wurden, dies Jahr wollen selbst die Berliner Jahrbücher wegen absurdester Streicherei namentlich im Interesse Hengstenbergs 2c. eingehn 2c. 2c. Freilich ist ein Edict ergangen

Das Geschlecht der Oerinbur
Soll bestehn, ob die Censur (ober Natur?)
Auch damit zu Ende eile.

Ja! das ist hübsch! Der gute Wille ist doch zu loben; daß sie aber in dieser Atmosphäre zu freiem Odem kommen, wer glaubt das? Ich nicht; da ist keine Hülfe, denn es lebt keine Seele, die es verstände, aus sich selbst herauszuspringen, und wahrlich, Henning[2]) wird sich den Versuch sparen.

Den Novellisten geb' ich Dir preis, hoffe aber, daß Deine Frau mit vielem Spaß und guter Laune meine Schnurren und meine Schicksale, die genau zusammenhängen, darin gelesen haben wird. Ernst war das Leben, heiter wenigstens die Mosaik, bei der ich Dir unsern Freund

---

[1]) Ernst August, König von Hannover (1837—1851), hatte am 1. Nov. 1837 die Verfassung von 1833 für aufgehoben erklärt.

[2]) Leopold von Henning, Anhänger Hegels und Mitherausgeber seiner Werke, redigierte von 1827—1847 die Jahrbücher für wissensch. Kritik.

Tristram Shandy und den Sommernachtstraum nicht citiren will, abgesehen davon, daß ich nicht angestellt sein möchte, um dies Genre zu
rechtfertigen.

Eben habe ich und Echtermeyer die Redaction des Chamissoschen
Musenalmanachs übernommen. Es sind schon hübsche Sachen da. Weißt
Du in Königsberg was Gutes, so laß es uns zugehn. Es müßte so
ein Feuerholer Prometheus in diese kalte, naßkalte Schlappschwänzigkeit
gerathen; aber bei Eurem Feuer zündet nur immer der Teufel der
Romantik seine Laterne an. Nichts für ungut.

Arrondiren — ja da sitzt der Haase im Pfeffer — wir sollen uns
arrondiren, das ist dieselbe Forderung, welche die Verfassungsforderung
ist. Erst ein Wir, ein Fürsichsein, einen Punct des freien Selbstbewußtseins — ehe ein Anschluß und Ansatz an das Wie möglich
ist. Die kleinen Staaten sind unsäglich geneigt, sich von ganzer Seele
anzuschließen, aber nur an ein ebenso freies Land, nicht an den absoluten, nicht an den Censur- und Bevormundungsstaat, nicht an
die Rochowschen und Leoschen (das ist ziemlich identisch) Principien.
Du sagst, wir brauchen bloß Preßfreiheit. Darin hast Du Recht. Das
wäre der Weg zum Guten; aber ist es denn möglich, bei dieser
Herrschaft der crassesten Romantik, der Stolberg-Gallitzinschen und
Friedrich-Schlegelschen Doctrin, die sich nur der Vernunft zum Trotz
ausführen kann, die Vernunft frei zu geben? — Willst Du die
Probe machen, so gieb Acht, wie weit unser Freund Altenstein mit
seinem Decret zu Gunsten der berliner Jahrbücher kommen wird. Ja,
ich sag es unverhohlen, nichts Schlimmeres könnte er ihnen auswirken, als Preßfreiheit; denn dabei grade würden sie stets die Hosen
voll haben, welchem Prinzen und Kammerherrn sie die Sache etwa zu
freisinnig machten. Die alte Burschenschaft aus ihrer ganzen bumpfen
und tyrannischen Richtung ist in die Aristocratie gefahren, und wir stehen
im Begriff, die Früchte unsrer romantischen Dummheit zu ernbten. Das
Manifest geht dahin, dies Verhältniß der Welt zum Bewußtsein zu bringen
und mit Citaten zu beweisen. Das wird auch ohne Preßfreiheit möglich
sein, ob es aber gleich helfen wird? — gewiß nicht. Die Confessions-
und Gesinnungsrichtung ist zu sehr der Meinung selbst Geist zu sein
und wendet sich an den Glauben der Bauern und an die wüste Unmittelbarkeit des Geistes, hat die Zürcher Knüppeltheologie zum Vorbilde
und „mit dem Volk" und abermals „mit dem Volk!" Das ist die Devise,
mit der sie dem Protestantismus der Philosophie auch bei uns entgegen-
zurücken entschlossen sind. Ohne Excesse von ihrer Seite lassen sie sich

nicht dämpfen. Das absolute Königthum wird erst die Erfahrung machen
müssen (an Theorie glaubt es nicht), welche Gäste es sich in Hengstenberg und Rochow zu Tische geladen hat, ehe es ihnen auffässig wird und
den wahren Protestantismus, die Philosophie und Constitution zu Hülfe
ruft. — Dies Jahr und voriges Jahr verhalten sich wie Hengstenberg
und Intelligenz oder wie Romantik und Freiheit.

Deinen Vorwurf, daß die Recension über Rückert[1]) und manches
Andre in den Jahrbüchern eigentlich dem Princip zuwider und selbst
Romantik sei, geb' ich unbedingt zu. Darum haben wir uns eben zu
der Ausführung entschlossen, um das Princip auch seiner Ausbreitung
nach klar zu machen. Aber auch das hilft nicht, denn wer drin steckt,
glaubt es nicht, und wenn die alte Richtung Geist und Cultur hat, so
muß man sie mitreden lassen, vornehmlich in der Jurisprudenz, wo es
vollends seit Gans' Tode nichts mehr giebt. — Nun komme ich auf Deine
Zusage, die mir sehr wichtig ist. Schon Dein Name hat ein Gewicht
und ein ausgebreitetes Publicum, und daß Du wesentlich die Wahrheit
und die Freiheit, das Recht der Philosophie gegen solche Verräther derselben wie Göschel und gegen ihre Feinde, die Zürcherisch Gesinnten, ver-
theidigst, folgt von selbst aus Deiner ganzen freien Auffassung Hegels
und aus Deiner wohlthätigen Wirksamkeit. Ich schreibe Dir nicht, wie
Du mir, eine entgegengesetzte Methode zu, denn es fällt mir nicht ein,
Dir capricirte Bekenntnisse irgend welcher Art aufzubürden oder mit
meinen burschicosen Redensarten von der Zopfabschneiderei sagen zu
wollen, daß man in solchen Dingen nur zu wollen braucht. Es giebt
ja kein reines Wollen; und ich gestehe selbst den Heuchlern und Servi-
listen zu, daß sie sich für überzeugt halten. Ihre Art sich zu überzeugen
ist die der Mäuse, die dem Geruch vom gebratenen Speck nachgehn. Du
darfst daraus keine Anwendung auf Dich machen, das wäre eine schnöde
Beleidigung, die mir fern ist. Ich will nur sagen, wie wenig ich eine
bloße Willensänderung fordre, wo Bildungsphasen und persönlicher
Fond entscheiden.

Deinen Aufsatz schick' ich durch Wigand, wie Du wünschest. Schick
mir bald einen neuen und laß Dich nicht für die Berliner hinreißen.
Es ist und bleibt eine ausgelebte Existenz, weil Berlin ein unfreier
Boden ist.

Jung über die Mucker[2]) wäre uns grade zu **Neujahr sehr**

---

[1]) Rückert als deutscher Dichter. Charakteristik von C. Reinhold, H. J. 1838,
Nr. 183 ff.

[2]) Zum Folgenden vgl. Ruges S. Werke IV. 231 ff. bes. 240 ff.

willkommen. Sie sind ihren drei oder wie viel Phasen nach äußerlich und auch dann dem Begriff nach mit den Pietisten zusammenzubringen. Muckerei ist Einheit von Pietismus und Mysticismus. Pietismus ist **practischer** Selbstgenuß des religiösen Subjects. Die Gesinnung, die **Ausbreitung** des kleinen Häufleins von Gutgesinnten, der Wiedergebornen, diese Realisirung ihrer Innerlichkeit ist ihr Zweck. Der Mysticismus ist der rein theoretische, phantastische Gefühlsgenuß. Das Subject zieht das Absolute in seine Phantasie- und Gefühlsekstasen und ist für sich, sich selbst genug, wendet sich nicht nach Außen. Die Muckerei ist die Einheit beider. Die Praxis ist das Machenwollen des Messias, dies Geschäft ist zugleich wollüstige Ekstase und phantastischer Selbstgenuß. Der Coitus ist Praxis und zugleich mystische und ekstatische Theorie in dem „Nichtstrauchelnwollen". Er ist auch Fürsichsein und kann an seiner Ekstase niemand Theil nehmen lassen. Gleichwohl wird der Coitus wieder als Sache der Gemeinde behandelt. Die Gemeinde will so den Gott selbst verwirklichen, während der Pietismus das Reich Gottes verwirklichen will. — Nicht wahr, das ist richtig? Wenn es Dir so scheint, da Du die Sache gründlich kennst, so laß es Jung ja benutzen. Es ist wichtig, die Schufte bei ihren Consequenzen zu fassen. Versteht sich, daß man auf Novalis Wollusttheorie und Identificirung von Christenthum und Wollust zurückgehen muß, cf. Novalis in den Jahrbüchern (Romantik).[1] Meinen herzlichsten und aufrichtigsten Freundschaftsgruß. Gebe Gott, daß die 120 Meilen sich bald auf die Eisenbahnreduction bringen. Denn ich wäre glücklich, Dich grade jetzt, da ich Deine Kämpfe mehr als je zu schätzen weiß, von Angesicht zu sehn und öfter wieder zu sehn. Leb wohl!

Dein

Ruge.

121.

An G. Schwab.

Halle, den 6ten Dec. 1839.

Hochgeehrter Herr Professor,

.... Von mir sind Sie gewiß überzeugt, daß ich nur die Wahrheit und die Freiheit im Auge habe. Um so mehr sollte man auch in

---

[1] 1839 Nr. 267 ff.

Wirtemberg, und von Ihrer und Uhlands Seite namentlich, der unglücklichen Richtung Menzels¹) persönlich entgegentreten, welcher immer
von neuem die Philosophie nicht widerlegt, sondern benunzirt. Welch'
eine traurige Zuflucht eines Mannes, der einst so freisinnig sprach, der
in der Kammer zur Opposition gehört, der die Ehre hat, mit Ihnen und
Uhland zusammen gewirkt zu haben und genannt zu sein! In dem letzten
Heft der Vierteljahrschrift ist wieder ein Aufsatz mit dieser Inquisitions-
richtung, überschrieben: Patriotismus und Kosmopolitismus. Die Polizei
und der Bundestag sind ganz gute Institute, aber doch wahrlich keine
philosophischen Instanzen, und Menzel sollte doch in Sachen, die er gar
nicht kennt, nicht den Instructionsrichter spielen, um zart zu reden....
    Mit aufrichtiger Hochachtung

der Ihrige

Dr. Arnold Ruge.

——————

122.

An R. Prutz.

Halle, den 9. Dec. 1839.

Lieber Freund,

.... Denken Sie sich, Pott hat einen Rüffel bekommen, Leo auch,
aber einen gelinderen, weil Leo durch seinen Gegner gereizt worden
wäre, Pott, weil er „gegen die pietistische Parthei injuriös" geredet
hätte. Denken Sie sich im Ministerialrescript die pietistische Parthei als
solche genannt und anerkannt. Dann heißt es weiter, solle er sich in
Zukunft „aller Partheiungen enthalten". Wie wüthend mögen die
Hunde sein, daß ich zufällig so gänzlich aus dem Spiel geblieben und
von meiner verschrieenen Wenigkeit als der wahrscheinlich „demagogischen
Parthei" oder „der atheistisch junghegelschen" gar nicht hat die Rede
sein können. Aber wie mögen Sie nun erst von Leo abgemahlt sein, da
er mit Ihrer harmlosen oratiuncula wirklich sein Fußstampfen scheint
motivirt zu haben!

——————

¹) Außer der Polemik Börnes und Heines vgl. Strauß' Streitschriften 2. Heft
S. 89 ff. Die H. J. traten zuerst 1839 (Nr. 187) in „Dr. Wolfgang Menzel und
Hegel" gegen ihn auf; vgl. außerdem S. 204.

13*

Sie sehn, daß hier doch noch was vorgeht, wenn's gleich curios genug ist. Ruhe, Ruhe! sagt S. Excellenz, keine Partheien, und wenn ja welche sein sollen, so wenigstens nur Eine, nämlich die „pietistische“. Das Ding hat seine heitere, aber auch seine opake Seite. Die finstre Gier nach dem mühelosen Besitz des Absoluten ist angeregt und schlägt immer mehr Wurzel, bis ein Baum mit spitzen Blättern wie weiland in England daraus aufschießt. Vorläufig bin ich wenigstens in Halle populärer als die Gläubigen. Man will mich zum Vorsteher der Stadt= verordneten wählen. Ich werde jedoch höchstens das Stellvertreter=Amt annehmen, um mir nicht zu viel Geschäfte aufzupacken. Sie können also vorläufig in meinem Hause sicher wohnen . . . .

Gutzkow's Saul[1]) ist in der Börsenhalle allerliebst recensirt, 18. Nov. 1839. Das scheint allerdings ein curioses Product zu sein, voller Unwahrheit und ohne alle Charaktere . . . .

---

[1]) König Saul (Hamb. 1838).

1840.

123

An Rosenkranz.

Halle, b. 3ten Jan. 1840.

Herzlichen Dank, mein lieber, liebenswürdiger Freund, für Deine Mittheilungen. O wenn doch 10,000 Deutsche Dein reges Interesse, Dein so redliches Interesse am Geist und seinen höchsten Gütern hätten — es scheint, als könnte man mit ihnen ein wahres Reich Gottes auf Erden gründen, die Narren ertragen und mit den Pharisäern Champagner trinken, ohne ihren Stachel und ihr Gift zu beachten. — Ich satirisire nicht, nein wahrlich nicht; ich klage auch nicht, wie der alte Seume, daß diese 10,000, die er schon damals haben wollte, noch nicht da sind: aber es gehört ganz unglaubliche Geduld dazu, das Selbstvertrauen des Geistes auf seine eignen Füße zu stellen, wenn einem der Egoismus, die Eitelkeit, die Trägheit auch derer, die nur in dieser neuen Macht der Freiheit ihre Stärke haben, unaufhörlich zusetzt. Ich weiß also Deine entgegengesetzte, liebevolle und mächtig für die freie Wissenschaft wirksame Weise sehr zu schätzen. Mit der Zeit wird sich das belohnen. Die Berliner setzen zum Theil einen ähnlichen romantischen Trumpf auf die Romantik, wie Du, und klagen, A. W. Schlegel wäre nicht genug anerkannt. Jetzt rückt die Sache immer näher heran. Das Himmelreich ist nahe herabgekommen, die genialen Albernheiten hören auf, und es mag die Praxis bis zur Tollhauswirthschaft romantisch werden; die Theorie emancipirt sich, und der Geist wird seinen Begriff, durch negiren zu poniren, auch hier bewähren. „Aufs Bloße" kommt er nicht! Das ist von Dir auch nur so ein scherzhafter Ausdruck, der, ernstlich genommen, katholisch wäre und den Unglauben an den Geist ausdrückte, ein

Phänomen der Romantik, die darum auch immer melancholisch und um den lieben Gott in Angst ist. Das ist auch nicht Feuerbachs Gattung, der das absurde Geschwätz vom Christenthum mit Recht negirt.[1]) Ist alles, auch die Feuerbachsche Philosophie, Christenthum, gut; ist aber der Kultus, das Dogma und die Confessionen Christenthum, so hat die Philosophie mit dieser Unfreiheit ein für allemal ein Ende zu machen und hat es ja im Grunde längst gethan. In der Romantik wollen wir nun alle die Zurechtmacherei der cruden und unverklärten Wirklichkeit, die dicke Unmittelbarkeit und die Rückkehr zu ihr negiren. Der Philosoph kehrt nie und nirgend zu den rohen Unmittelbarkeiten der Dogmatik, des Volksglaubens und des abstracten Kultus zurück, der nicht die ganze Bildung und die vollste Vermittlung, sondern nur eine gemeinte einzusetzen hat. Du nennst uns fanatisch in der Romantik; nenn' es religiös, daß wir den deutschen Geistestempel reinigen von den Juden und Schacherern mit der Religion und dem Heiligen. Mit diesem Zorn ist anzufangen und zum Zorn wahrhaftig das beste Recht vorhanden. Du stimmst ja selbst mit ein und läßt Dich die Geschichte bis ins innerste Herz bewegen. Diese Affectionen und diesen Thatenbrang aus ihnen heraus find' ich religiös, nicht fanatisch. Denn die Begeisterung und die zornmuthige Negation, das ϑυμοειδές, ist nicht blinde, rohe Unmittelbarkeit, sondern bei uns so gut als bei Dir eine aus dem Begriff geborne. Verletzen muß das die ganze hochmüthige Genialitätsclique; aber das soll es auch, und sie sollen sich über ihre eigne Blöße zu Tode ärgern, denn es kann nicht fehlen, daß die ganze Jugend der Wahrheit und Freiheit gegen die Obscuranten zufällt. Und sie sind bettelarm, „geistige Lumpen," unter denen Göschel der bedauernswürdigste, Schlegel der geckenhafteste, Genß der schnöbeste, Leo der rasendste, Tholuck der fuchsartigste, Haller[2]) der dümmste und Tieck der naivste ist. Denn wahrlich, Tieck haßt seine Brüder in Christo, die oben genannten, so gründlich, daß er mit etwas mehr Selbstbewußtsein in ihnen sich selbst

---

[1]) Feuerbach hatte (Mannheim 1839) erscheinen lassen: „Ueber Philosophie und Christentum, in Beziehung auf den der Hegelschen Philosophie gemachten Vorwurf der Unchristlichkeit," (angezeigt von Bayrhoffer H. J. 1840 Nr. 220 ff.). Die Schrift war aus der Abhandlung „Der wahre Gesichtspunkt, aus welchem der Leo-Hegelsche Streit beurtheilt werden muß," hervorgegangen, deren Anfang H. J. 1839 Nr. 61 und 62 erschien, deren Fortsetzung aber durch Wachsmuth, den Leipziger Censor, verboten wurde. Vgl. die oben erwähnte Korrespondenz mit Wachsmuth Anekdota I, p. 4 ff. Dieses Verbot war der erste Konflikt der Zeitschrift mit den Behörden.

[2]) K. L. v. Haller (1768—1854), antirevolutionärer Publicist, war 1820 zum Katholicismus übergetreten; 1834 war der 5. Band seiner „Restauration der Staatswissenschaft" erschienen.

haſſen müßte. Er iſt ordentlich freiſinnig bei all ſeiner unfreien Theorie und Praxis. Wie Gentz und Görres ſich befehden und am Ende beide einem Götzen dienen, wie Tieck und die Jungdeutſchen und vollends der Pietismus ſeine Brüder in der hohlen Genialität, die er in Bann gethan — das iſt ergötzlich, muß aber alles mit gehöriger Zopfabſchneiderei und unerbittlicher Negation ans Licht gezogen werden. Dies „fanatiſche Regiren" wird den Erfolg haben, daß wir Deutſche mal zu Gute kommen vor all dem traditionellen Bettel, um den wir mit abergläubiſchem Taumel treifen ohne Kritik, ohne Freiheit zu neuen, eignen Thaten. Poeſie, Philoſophie und nun vollends die unglückliche Theologie ſeufzen in dieſen Schlingen eines neuen Katholicismus, einer ſervilen, hündiſchen Autoritäts-wirthſchaft. Finiſſons!

Deine Komödie [1]) laß ja durch die allereigenſten nomina propria ſich deutlich machen; — wozu die Räthſel? Wenigſtens iſt es ganz un-möglich Hinrichs Heinrich zu nennen, das muß Leo ſein. Mich leo rugiens zu nennen geht auch nicht; ſo wird man Leo ſelbſt für mich halten, denn der brüllt auch, wie Du weißt. Da giebt's ja aus der Gudrun gute Hegelingen oder wie Du willſt; nur gäb' ich zu bedenken, daß man Deine Namen verwechſelt und daß ſie gegen das gemeine Be-wußtſein verſtoßen. Die Namen ſind wichtig. Die muß man beibe-halten, das ſiehſt Du aus Ariſtophanes und — enfin auch aus Gruppes Winden.[2]) Ich bin neugierig, wie die Geſchichte ausſieht. Es iſt übrigens Romantik, litterariſche Komödien zu machen; denn es iſt Tendenz- und Reflexions-poeſie, der es an der hiſtoriſchen Unmittelbarkeit

---

[1]) „Das Centrum der Speculation, Königsberg 1840," angezeigt in Form eines Briefes von Ruge H. J. 1840 Nr. 186. In „Aus einem Tagebuch" (Leipzig 1854) p. 173 ſchreibt Roſenkranz, und zwar nicht als ſpätere Reflexion, ſondern als wirkliche, aus dem Jahre 1840 herrührende Tagebuchnotiz: „Ruge hat doch etwas Perfides an ſich .... Ruge hat in ſeinen Jahrbüchern von meiner Komödie eine giftige An-zeige gemacht. Er läßt ſich auf nichts ein. Er giebt weder den Inhalt an, noch führt er Einzelheiten auf, aber er behandelt mich mit einem unendlichen Mitleid als einen Autor, der nicht ein Fünkchen Witz beſitze und der nicht einen regelrechten Vers zu machen verſtehe. Um mich vollends niederzuwerfen, declamirt er heftig gegen die Literaturkomödie als gegen eine der Sünden der romantiſchen Schule. Und dieſen Unfug, dieſes traurige Genre ſetzte ich nun fort. Dies nenne ich perfid. Erſtlich deshalb, weil Ruge ſehr wohl weiß, daß uns Deutſchen eine andere Komödie, als die literariſche, nicht erlaubt iſt; zweitens aber, weil er ſelbſt eine Literatur-komödie „Die liederlichen Vögel" hat drucken laſſen." Schließlich wirft er ihm einen „hochmüthig ſchulmeiſternden Ton ohne allen Beweis" ſowie „Rohheit und Vereitelung" vor. (Dem Herausg. iſt von Ruges Komödie nichts bekannt; vgl. überdies S. 187 f.)

[2]) Die Winde oder ganz abſolute Konſtruktion der neueren Weltgeſchichte durch Oberons Horn gedichtet von Abſolutus von Hegelingen. Leipzig 1831.

und an der Grundlage des Lebens, so des Genre-stoffs, gleicherweise fehlt und ein so raffinirtes Bewußtsein wie das litterarische ist, keinen Ersatz bietet. Wenn Du Charaktere herausbringst — eris mihi magnus Apollo — aber ich zweifle — Du wirst alle zu viel philosophiren lassen . . . .

Ich danke Dir, daß Du Jung zu der Darstellung treibst. Es ist von Nutzen, die Sache etwas ins Klare zu setzen. Laß ihn nur bald schicken. Kapp ist in Heidelberg und nennt sich in seinen Briefen Professor honorarius.[1]) Er ist in Erlangen emeritus und scheint von dort noch Gehalt zu haben oder Pension. Weiter weiß ich leider nichts. Ein Privatdocent Beaulieu[2]) ist ein talentvoller junger Mensch . . . . Schaller versauert, aber nach Dorpat will er nicht. Erdmann schwankt, ob er nicht hingehn soll. Schaller hat Glück im Dociren. Hinrichs ist der Allerübelbranste; aber sein Schiller ist voll. Studiosus ist eifrig und cultivirt sich.

Ich bin, wie immer, Dein treuer Freund

Ruge.

124.

An Rosenkranz.

Halle, den 4. April 1840.

Mein theurer Freund, wir hören seit lange nichts von Dir; auch Young oder Jung schickt die Mucker nicht; was ist da zu machen? Du darfst uns nicht verlassen, und wenn Du auch noch so weit weg wohnst, ich weiß es doch, daß Du Dich immer frisch erhältst. O, wenn Du doch mit dem B . . ., dem Erdmann, zu vertauschen wärst und wir dürften Dich hier haben! Aber es ist eine Blasphemie, daß ich Dich nur mit jenem zusammen nenne! Ich will nicht gleich wieder ins Ge-

---

[1]) Christian Kapp (1798—1874), seit 1824 außerordentl. Prof. der Philosophie in Erlangen, seit Mai 1839 Honorar-Professor in Heidelberg; vgl. „Briefwechsel zwischen Ludwig Feuerbach und Christian Kapp. (Leipzig 1876)," insbesondere die treffliche, von dem Herausgeber August Kapp geschriebene Einleitung. Die H. J. hatten bereits 1839 Nr. 207 eine Anzeige von „Dr. Christian Kapp und seine litterarischen Leistungen. Leipzig 1839" veröffentlicht. Die Anzeige erschien anonym, war aber von Feuerbach geschrieben, vgl. dessen Philos. Kritiken und Grundsätze p. 153.

[2]) Dieser schrieb für die H. J. (1840 Nr. 127 ff.) eine Charakteristik Thibauts.

schirr gehen gegen die unerhörten Frevel, die Deine alten Freunde und leider auch meine hier ausüben gegen Gewissen, Freiheit und Wissenschaft; vorher von Dir und über Deine Heidelberger Frage. Gestern schrieb Kapp, „daß er dort von der Regierung zum Ordinarius ohne Gehalt und ohne Verpflichtung also ernannt sei, daß er sich freue, eine so unabhängige Stellung behaupten zu können, um so eifriger aber dem Lesen sich widme, je weniger er dazu verpflichtet sei, und die Genugthuung genieße, in Heidelberg, wo man es nicht erwarten sollte, vielen und lebhaften Anklang zu finden." So stehn die Sachen — wohl nicht günstig für Deine Aussichten, denn einestheils ist die badische Regierung nicht eben für Philosophen, und sodann würde sie wohl fürchten Kapp zu verletzen, wenn sie nun bennoch die Stelle besetzte und den Berufenen besoldete. Indessen kann ich mich irren, und es ist möglich, daß Kapp definitiv entschlossen ist, sein eigner Herr zu bleiben, und es sogar gern sehn möchte, Dich dort zu haben, so wie ich Dich gern hier hätte, wahrlich nicht bloß aus Egoismus, sondern des Umgangs, der Anregung, der Wahrheit und Philosophie wegen. O es giebt ohne Zweifel noch viel nobles Volk in Deutschland, die von besserem Pathos bewegt werden als von dem der Rivalität, oder vielmehr die die Rivalität in den Geist selbst verlegen und aller Freiheit Freund, aller Unfreiheit aber Feind sind. Also, ich weiß nicht, ob die Heidelberger Verhältnisse Dir die Rückkehr in das schöne Centrum des Vaterlandes unmöglich machen. Ullmann, das gute Schaaf, hat dabei gewiß viel zu sagen, eben weil er als Schaaf so liebenswürdig und geliebt ist; daß er Dich sehr hochschätzt, ist, absolut genommen, eine Calamität, für diesen Zweck aber doch sehr gut. Ohne Zweifel kannst Du durch ihn wieder anknüpfen.

In Preußen erfüllt die Hegelei ihr Verhängniß und die ganze freie Richtung dazu. Von Tag zu Tage, von Monat zu Monat versinken wir mehr; und der Umschwung zum dummen Christenthum und zur Stütze der Aristocratie, der abgeschmackten, lügenhaften Theologie statt der Philosophie und der protestantischen Durchbildung geht schwindelnd rasch, während das Leben und die Laien des Staates sowohl als der Kirche immer freisinniger werden. Die Berliner Jahrbücher gehen nun im Juli bennoch definitiv ein, und es bleibt nichts übrig als Publicum und Schriftsteller immer ernstlicher und mit Hingebung für die Hallischen Jahrbücher zu gewinnen. Ich habe zwei Jahre nicht nur umsonst alle meine Gedanken und Kräfte, sondern auch namhafte Summen, mehr als 400 Thlr., und Echtermeyer desgleichen, darangewendet; ich werde nach Schwaben reisen und den Mitarbeitern, die tapfer und fähig sind, die Lage der Sache an's Herz legen, um reellen und sicheren Beistand zu gewinnen; Echtermeyer wird sich nach Berlin begeben und die dortigen philosophischen Leute besuchen und gewinnen. Dich aber, lieber Freund, der Du selbst schon bewegt bist von den Interessen der Philo= sophie und von der Wichtigkeit eines angemessenen Organs tief durch= drungen, Dich will ich hiemit sogleich bringend aufgerufen haben, Deine gute Gesinnung zur That werden zu lassen und für die Jahrbücher zu schreiben und zu wirken. . . . Die Zeit der Beschaulichkeit ist vorüber; aber, Gott sei Dank, die Bahn ist frei, und die Wissenschaft darf sich selbst helfen. So mögen denn ihre Vertreter nicht müde werden.

Von unsern Freunden noch Einiges. Schaller bocirt gut, wenn er gleich den scholastischen Unsinn, die Wunder der Auferstehung und alle die Trivialitäten, die Hegel mit Recht ignorirt hat und die die Philosophie wahrlich nichts angehen, immer noch durchkaut. Er wirkt vortheilhaft durch die Ueberlieferung der Althegelei, die er bis auf einen gewissen Punct (d. h. bis auf die Historie und bis auf die Erregtheit des Glaubens an das Philosophem und an den Sieg der ewigen Wahrheit) wirklich versteht. So bocirt er gut die Logik und Meta= physik, mangelhaft ist alles Praktische und was lebendige Gegenwart erfordert. Non audet sapere. Das ist ein Unglück. Sonst ist es gut und ein rechter Sieg der Wahrheit, daß er über Erdmanns gänzliche Unwissenschaftlichkeit und Abfälligkeit von Hegel den Sieg davonträgt. Hinrichs schwebt ganz in der Luft und thut der Philosophie Schaden durch seine Unwissenheit in Allem, worauf es ankommt; sonst ist er der Alte, aber man muß sagen, leider als solcher veraltet. Die Facultät hat neulich Kampz, der hier Doktor werden sollte, durchfallen lassen . . . .

Schreib, schicke und handle für die Hallischen Jahrbücher und damit für die freie deutsche Wissenschaft und Kunst.

Von Herzen

Dein treuer Freund

Ruge.

125.

An Rosenkranz.

Halle, ben 2ten Mai 1840.

Lieber Freund,

Deine Sendungen sind alle beide gedruckt, auch Burdach.[1]) Herzlichen
Dank dafür! Ich hätte gleich geantwortet, wenn ich zu Hause gewesen
wäre, als dein Letztes ankam, und das erste nahm ich mit nach Leipzig,
als ich nach Dresden hinreif'te.

Dagegen ist es sehr übel mit A. Jung. Er lief't ohne Zweifel die
Jahrbücher nicht und schreibt ihnen diametral entgegen. Du erinnerst
Dich, daß Einiges, namentlich Hamann, schon in der Romantik vorkommt,
und zwar von Hegels Auffassung aus betrachtet. Jung haftet zu sehr
an der alten Tradition. Das thäte aber indes noch nichts, wenn der
Aufsatz nur faßte und eingriffe; aber er macht ungeheure Anstalten und
kämpft mit den schwerfälligsten Wendungen, ohne zur Sache zu kommen,
weitläuftig und aphoristisch zugleich. Ich habe einen rechten Katzenjammer
über dies Mißgeschick; aber es geht schlechterdings nicht. . . .

Mit dem Christenthum plagst Du Dich immer noch; wo will das
hinaus? Giebt es denn etwas anderes außer der Wahrheit des Geistes
und seiner Historie, in der er sich in allen Himmeln und Welten ent-
faltet, und wie sollte das Eintreten des Christenthums anders vor sich
gehen können, als das Eintreten des Hegelschen Systems oder der Reformation oder der Aufklärung? Ist nicht das Christenthum die Aufklärung
des Judenthums und die speculative? Religion aber ist ja überall nichts
anderes als die Incarnation, das pectus der Wahrheit, das Pathos der
Idee und die Hingabe an sie. Und Gottmensch ist jeder, der in die
Idee und in den die Idee aufgeht. Die Staußische Zurechtmacherei in
dem Vergänglichen[2]) ist noch lange nicht entschlossen genug, nicht liberal,
nicht democratisch genug. Nicht Genius, sondern Idealismus macht
den Gottmenschen, macht die Religion; die Aufsteigung des Menschlichen
ins Göttliche ist kein Privilegium, am wenigsten Christi, der es wahrlich
nicht in Anspruch nimmt und uns nicht erlöste, wenn wir so das Nach-
sehen und das Anbeten, nicht das eigne Aufsteigen, die eigne Himmel-
fahrt erwürben . . . .

---

[1]) „Vorläufiges über die Universität Königsberg" (Nr. 120). „Zur Charakteristik Karl Friedrich Burdachs" (Nr. 125). Beide Aufsätze sind D. S. unterzeichnet.

[2]) Ueber Vergängliches und Bleibendes im Christenthum. (Zwei friedliche
Blätter, Altona 1839. S. 59 ff.)

Daß Du mich mit Feuerbach zusammenthust, ist mir eine große Ehre, während ich dagegen, weiß Gott warum, Michelet nicht goutiren kann, selbst wenn er Recht hat, denn er hat in so trivialer Form Recht.

Ich denke, Du findest doch noch mal einen Rückweg in das Herz von Deutschland, wenn auch Heidelberg nicht gelungen ist.

Mit den Jahrbüchern geht es immer besser. Selbst in Dresden ist viel Sympathie, sogar im — Ministerium und sogar im künftigen Unterrichtsminister, dem Erzieher des Kronprinzen von Langenn.[1]) Hätt' ich mich nicht hier so festgesogen, ich zöge gleich nach Dresden; aber ich bin wie eine Auster an diese Scholle gewachsen. Der Ort ist bei alle dem gut, und man beißt sich ein mit ganz guten Intentionen und freien Bestrebungen.

Schickst Du uns bald wieder etwas, eine Frucht der Ferien? Wie gefällt Dir die Kritik von Menzels 1840?[2])

Von Herzen

Dein

Ruge.

Feuerbach hat Deine Geschichte der Kant'schen Philosophie, und er ist sehr eigen. Ich erfahre nie vorher, ob und was und wie? Recensirt wirst Du gewiß. . . .

————

126.

An Stahr.

Lieber Bruder

. . . . Ich freue mich, daß Du bei Nathusius[3]) Humor zeigst. Nathusius ist roh und wird sich schwerlich bilden. Er hat den guten Glauben, auf eine Handvoll Noten käm's nicht an, und das ist für einen Poeten ein sehr schlimmer Glaube. . . .

————

[1]) Vgl. A. i. J. IV. 524. Deutsche Jahrb. 1841 Nr. 43 ff. findet sich eine Anzeige von „Dr. Fr. Alb. v. Langenn, Moriz, Herzog und Churfürst zu Sachsen. Leipzig. 1841."

[2]) Europa im Jahre 1840. Von Wolf. Menzel. Stuttgart 1839. Angez. von Ruge, H. J. 1840, Nr. 85 ff.

[3]) Ph. E. v. Nathusius (1815—1872), seit 1848 Mitarbeiter der Kreuzzeitung und später Redakteur des „Volksblattes für Stadt und Land", hatte 1839 (Braunschweig) „Fünfzig Gedichte" veröffentlicht; Stahr hatte dieselben (H. J. 1839 Nr. 254 ff.) angezeigt.

Ich wünschte sehr, daß Du mal eine belletristische Kritik für uns schreibst. Trau aber Rötscher'n[1] nicht; das ist ein Scholastikus mit ellenlangem Zopf, fast so schlimm als Ulrici. Altenstein ist an der Wassersucht unheilbar bettlägerig.[2] Der König krank und sehr wacklig:[3] die Reaction blüht, und es wird eine curiose Entwicklung geben, wenn die Herrn Romantiker erst vollends das Heft in Händen haben . . . .

Niemeyer ist in der Stadtverordneten-Versammlung; aber die Rationalisten sind unfrei und haben wenig Glauben zur Freiheit, noch weniger Muth und gar keinen Geist — den bloßen guten Willen und so eine leibliche Richtung . . . .

. . . . Dein Bruder Carl . . . . hat mich besucht und ist erklärter Hegeliter.[4] Er hatte fast bessern Humor als Du zu dem Nathusius, dessen Vortrefflichkeit Dir doch die alte Rakunkel, Bettine, weiß gemacht.[5] Wie schwach Du gegen die Weiber bist! Grüß die Deinigen!

Dein

Ruge.

Halle, b. 5. Mai 1840.

127.

An Rosenkranz

Halle, den 14. Mai 1840.

Lieber Herzensfreund,

. . . . Um Dich mit einer Neuigkeit, wenn nicht zu erfreuen, doch anzuregen, theile ich Dir mit, was mir eben begegnet. Um dem zunehmenden Obscurantismus unsres Vaterlandes eine wirksamere Opposition entgegenzusetzen, faßten Echtermeyer und ich den Plan, in Dresden eine Academie der freien Wissenschaft, reine Philosophie ohne die abgeschmackten practischen Zöpfe, zu stiften[6] und der Regierung, die dies

---

[1] Heinr. Theod. Rötscher (1803—1871), eine Zeit lang Gymnasialprofessor in Bromberg, später in Berlin privatisirend; Aesthetiker und Dramaturg.

[2] † 14. Mai 1840.

[3] † 7. Juni 1840.

[4] Lebte in Stettin, schrieb für die H. J. (1840 Nr. 198) „Pietistische Bewegungen in der Uckermark ꝛc."

[5] Sie gab später (Berlin 1848) unter dem Titel „Ilius Pamphilius und die Ambrosia" ihren Briefwechsel mit Nathusius heraus.

[6] Vgl. A. fr. J. IV. 525 ff.

Jahr gerade sehr günstige Finanzverhältnisse hat darlegen können, denselben mitzutheilen. Ich stand von früher mit Lindenau[1]) im Verhältniß der Correspondenz und erwirkte die Erlaubniß, eine Eingabe dem Kultus-ministerium vorzulegen. Echtermeyer entwarf dieselbe, ich richtete sie noch ein wenig zu, setzte einen practischen Eingang und Schluß daran und reis'te damit nach dem Vaterlande des Protestantismus ab. Der verstorbene Cultminister von Karlowitz, ein sehr beschränkter Edelmann, ließ die Sache in seinem Ministerium liegen, dann starb er vor einigen Monaten. Lindenau nahm nun die Eingabe wieder vor und brachte sie ins Gesammtministerium. Hier hat sie 6 Wochen lang bei den Ministern und hohen Herren die Runde und bei mehreren ein ganz ausgezeichnetes Glück gemacht, namentlich der künftige Cultminister von Langenn, Erzieher des Kronprinzen, der ein eifriger Protestant und Freund der Jahrbücher ist, hat sich aufs Entschiedenste in den Gedanken, daß der neue Geist auch eine neue Stätte sich erbauen müsse, und in die Verhältnisse der Philosophie zu Sachsen und umgekehrt eingelassen, alle die hohe Wichtigkeit der Sache anerkannt: und es ist so an einem Orte, der der Philosophie bis jetzt so mit Hörnern entgegen war, eine bedeutende und mächtige Sympathie für dieselbe aufgegangen. Die Mehrzahl des Gesammtministeriums (Staatsraths) hat dennoch heute die Sache „wegen mancherlei Schwierigkeit und Bedenken" abgelehnt, wie ich allerdings, trotz der unerwarteten Erfolge, erwartete; aber die Idee ist nun einmal angeregt, sie ist nothwendig, und sie wird realisirt werden von dem Staate, der zuerst seinem Inhalt und seiner obersten Leitung nach die jetzige Entwickelung begreift und sie zu ergreifen alsdann nicht mehr zögern kann. Soeben geht die Antwort von Dresden ein, und ich hätte wohl gewünscht, daß ich Dir als einen Erfolg hätte mittheilen können, was jetzt vorläufig nur noch eine Sache der Religion, des Glaubens an die Autokratie der ewigen Wahrheit in der Welt ist.

Wir werden noch näher mündlich mit den Männern verkehren, um zu entnehmen, ob eine Publicirung der Acten, die von nicht geringem Interesse sein und dem Gedanken eine noch solidere Wirklichkeit geben würde, als er durch seine bisherigen Schicksale erreicht hat, passend und erlaubt sein möchte. Sollten die Schwierigkeiten in Dresden sich als unübersteiglich erweisen, so wäre es gewiß gut, die Eingabe in den Jahrbüchern erscheinen zu lassen; es ist ein Athemzug der Freiheit, der ihren Busen lüften und manche Seele an den himmlischen Ort des

---

[1]) Vgl. S. 41, Anm. 3.

philofophifchen Glaubens hinaufführen möchte. Wir leben in einer großen
Zeit; und fo fchön der Plan war, fo ift es doch vielleicht mehr werth
und intereffanter, in dem preußifchen Leben und feiner Entwidelung
unmittelbar betheiligt zu bleiben. Ich werde nächftens etwas über unfre
Städteverfaffung und namentlich über das erfte Jahr meines Antheils
an der hiefigen Stadtverordneten-Verfammlung und den Punkt der
Oeffentlichkeit und definitiven Realität diefes werthvollen Inftituts drucken
laffen.[1]) Auch wird Halle mächtig verfchönert und feine Bedeutung als
Centralpunkt der Haupteifenbahnen in Mitteldeutfchland um das zehn-
fache fich fteigern. Vor dem Leipziger Thor entfteht eine neue Stadt,
die alte kriecht aus fich heraus, und wir find nicht übel aufgelegt, mit
Leipzig in Concurrenz zu treten; nur muß freilich die bisherige Art,
die Unfreiheit, die Geiftlofigkeit und die Hemmfchuhwirthfchaft etwas
mobificirt werden.

So arbeitet hier der Menfch, der Maulwurf, an das heilige Licht
der göttlichen Gefchichte fich mühfam empor; wünfche ihm Gutes: fo
führt es uns vielleicht noch einmal zufammen, jetzt, wo wir beide es
wohl um fo mehr zu fchätzen wiffen würden.

Haft Du unfern Mufenalmanach fchon gefehn? Er findet rechten
Beifall und nicht mit Unrecht; ein neuer Ernft und ein wahrhaft em-
pfundenes Pathos ift in ihn eingedrungen, der Anfang einer pofitiven
Reaction gegen die Frivolität der Selbftironifirung.

Von Herzen Dein treuer Freund

Ruge.

128.

An die Weidmannfche Buchhandlung.

Halle, den 4. Juni 1840.

Ew. Wohlgeboren

mit der Bitte, die Sache unter allen Umftänden unter uns bleiben
zu laffen,

beehre ich mich ein kleines Unternehmen zu proponiren:

---

[1] Vgl. A. fr. Z. IV. 501.

„Die vollständigen Acten und ein unpartheiisches Urtheil in der Magdeburger Kirchenjache.[1])

Ein Blick in das Innre Preußens von einem Sächsischen Protestanten."

Die Sammlung hat viel Interesse, theils wegen des Angriffs auf die Glaubensfreiheit, theils wegen der Form der Rescripte, die Dräseke verfaßt und Stolberg[2]) signirt hat, theils aber auch wegen der Betheiligung des Publikums und des Magistrats in Magdeburg im Interesse der Glaubensfreiheit. Die Stellung der Regierung ist die calmirende, aber für die Behörde, die geistliche, und nicht einschreiten gegen die Obscuranten, dergestalt, daß wegen [?] der fixen Idee der „Kirche", die im allerhöchsten Kreise zur Herrschaft gelangen wird, die Sache von großer politischer Erheblichkeit sein könnte in der Ministerkrise und in der Aussicht auf den Thronwechsel . . . .

D. Wigand hab' ich den Vorschlag, wie Sie vermuthen werden, gemacht. Er hält 1) die Sache für provinziell, 2) fürchtet er, Preußen aufsässig zu machen und die Jahrbücher zu gefährden. Der Umstand, die Quelle der Acten, für deren Authenticität ich bürge, nicht errathen zu lassen, bestimmte mich sogleich, ihm nicht weiter zuzureden, obgleich ich. überzeugt bin, daß er in der Sache sich vollkommen irrt, da dies die erste politische Bewegung und der Anfang der uns Preußen bevorstehenden Entwickelung ist. Denn es kann niemand entgehen, daß bei uns der Hof nicht im Entferntesten an politischen Liberalismus glaubt und nun, um ganz sicher dagegen zu sein, auf dem kirchlichen Wege der Orthodoxie zc. zum Ueberfluß noch vorzuschreiten gedenkt. Dies giebt aber nur die Einleitung zur Erweckung des politischen Liberalismus. So sehr dies Alles zu Tage liegt, so wenig glauben die höchsten Kreise daran. Darin liegt das Interesse der Magdeburger Geschichte, denn diese enthüllt dies Verhältniß.

Mit vorzüglichster Hochachtung

Dr. Arnold Ruge.

---

[1]) Der Prediger W. Fr. Sintenis (seit 1824 an der Kirche zum Heiligen Geist in Magdeburg) hatte sich gegen die Bilderanbetung erhoben und war deshalb heftig angegriffen worden. Vgl. Ruge, H. J. 1840 Nr. 90 „der Prediger Sintenis und die Magdeburger Romantik"; Robert Pruk, Zehn Jahre. 1. Bd. Leipzig 1850. S. 140 ff.

[2]) Vgl. S. 210.

129.

An Stahr.

Halle, ben 16. Juni 1840.

Lieber Freund,

.... Du willst „Düntzer, Kritik und Erklärung des Horaz" machen.[1]) Bei der Gelegenheit könntest Du das viele Holz Horazischer Oden, bie poetische Unfähigkeit des Mannes, bie es meist nur zur glatten Form ober zur Rhetorik bringt ober Ueberseßung aus dem Griechischen ist und nur in ber Form ber Feinheit und Conversation, ben Sermonen, ein eignes und werthvolles Genre hat, etwas beibringen. Die Kritik= losigkeit der Philologen, bie sich immer bie Vortrefflichkeit sinn= und gebankenlos einander nachplärren, bas absolute bumme Bewunbern ber Alten muß aufhören, und Du wirst gewiß rechten Scandal anrichten, wenn Du bie meisten Oben nicht anerkennst und nur etwa bie Lalage[2]) übrig lässest ....

Die Pandora hab' ich selbst angefangen.[3]) Aber ich senbe Dir ben Anfang, ben Du ohne Zweifel billigst. Fahre ba fort und führe stellen= weise bie Briefe über Fichte, bie von Körner aus Wien an und was Dir von Körner noch sonst wichtig scheint, wie er Alles verließ und ber Freiheit nachfolgte (p. 29), an; laß Göthes Brief recht grell abstechen und lobe bas eklige Mensch, bie Rahel, mit ihrer Naseweisheit nur um Gottes Willen nicht. Diese Schmutzfliegen, Huren und Säue suchen sich einzubrängen in bas beutsche Pantheon, wohin sie nimmer gehören, und wenn sie auch nicht jübisch und hysterisch wären, und wenn sie auch noch so viel Weisheit gerebet, benn es kommt offenbar auf bie Praxis ber Idee, bie Fichte und Körner haben und üben, und babei auf bie volle, freie Bildung, bie rein beutsche und wissenschaftliche und ibeale Form an. Die Rahel ist auch nicht werth negirt zu werben; eben so würb' ich Schleiermachers Aberweisheit ignoriren ....

Von Herzen

Dein

Ruge.

---

[1]) Düntzer's Kritik und Erkl. ber Horaz. Gebichte erschien 1840—46 in 5 Bänden; vgl. S. 87.

[2]) Vgl. Hor. carm. I. 22.

[3]) Deutsche Pandora. Gebenkbuch zeitgenössischer Zustände und Schriftsteller. Stuttgart 1840. Vom ersten Teil erschien eine „Dr. Adolph" unterzeichnete Re= cension (H. J. 1840, Nr. 220 ff.) Die Anzeige des zweiten Teiles (a. a. O. Nr. 290) war unterzeichnet „A. Boa".

14

An Stahr.

.... Wie gefällt Dir unser König? Die Demagogen und die Altdeutschen sind freilich nicht die Freisinnigen. Es wird wohl nicht lange dauern, bis die Herren Rochow, Stolberg[1] ꝛc. mehr in den Vordergrund kommen, und [wir werden] schwerlich so leicht weg in den Himmel der Freiheit hineingehn. Ci vuole pazienza.

Halle, den 1. August 1840.

131.

An Stahr.

Halle, 1. Nov. 40.

Lieber Stahr,

.... Die Pandora soll der Teufel holen. Nimm doch was Gescheidteres, irgend ein belletristisches gutes Werk vor. Nimm Gutzkow über Börne,[2] da hast Du ja allerhand zu sagen, und es ist nicht mal à propos. Kannst Du mit Recht finden, daß Gutzkow hier vernünftig und für die honette Sache honett auftritt, so ist das gut, obgleich er schwerlich au fond jemals zur Honettität und zum Glauben an das Ideale zurückkehrt.

Die Politik ist besparat. Keine Hoffnung und keine andre Aussicht, als daß Deutschland zwischen Freiheit und Absolutismus getheilt wird, sobald ein Krieg ausbricht. — Es entwickelt sich bei uns alles zu flau und zu langsam. Noch weiß niemand, worauf es ankommt, und die Franzosen sind glänzend in Waffen, die Russen desgleichen. Beide Pole

---

[1] v. Rochow erhielt am 25. Oktober den roten Adlerorden erster Klasse in Brillanten; der Graf zu Stolberg-Wernigerode, welcher bis dahin Oberpräsident von Sachsen war, wurde durch Cabinetsordre vom 31. Dez. unter Ernennung zum Wirklichen Geheimen Rat mit Sitz und Stimme im Staatsministerium in das Ministerium des Königl. Hauses versetzt.

[2] Börnes Leben von K. Gutzkow (Hamburg 1840). Die H. J. 1840 Nr. 303 ff. erschienene Anzeige ist A. S. unterzeichnet.

brohen gegen einander und die Mitte — liegt indifferent da und heckt sich reactionären Unsinn aus. Die Ereignisse werden nicht warten auf unsre Theorie . . . .

Dein

Ruge.

132.

An Th. Bergk.

Halle, 22. Nov. 1840.

Lieber Freund, Verzeihung, daß ich nicht gleich geantwortet. Ihre Kritik ist indessen schon in Leipzig, anonym wie Sie befahlen, und sie wird bald gedruckt vor Ihnen liegen.[1])

Charikles erwarten wir nun.[2]) Ueber Laubes unglückliche Kritik bin ich einverstanden. Ich will Immermann selbst noch charakterisiren. Laubes Litteraturgeschichte ist eben in der Mühle, und es wird eine furchtbare Justiz an ihr ausgeübt, um dieser Unwissenheit und ihrem Hochmuthe die Wege zu weisen.[3]) Denken Sie Sich, daß E[chtermeyer] wirklich damit zu Stande gekommen ist, einmal eine, nämlich diese, Recension fertig zu machen. Sei es ein gutes Zeichen!

Dagegen bin ich nicht so gegen Freiligrath[4]) wie Sie. Lesen Sie nur mal seinen: „Alexandriner". Er hat Formtalent und Formstudium, obgleich es ihm sauer werden wird, einen tieferen Inhalt zu gewinnen, eben wegen seiner bisherigen Carriere. Er ist jetzt in Weimar und wird sich dort mit einem Fräulein Melos verheirathen.[5]) Welchen Lebensplan er hat, weiß ich nicht.

------

[1]) Heinrich Düntzer und die philologische Kritik. H. J. 1840 Nr. 297 ff. (unterz. F. O. O.), vgl. das Peppmüllersche Verzeichnis der Bergkschen Schriften Opusc. I p. XIII und XIV in den Anmerkungen.

[2]) Die mit X unterzeichnete Anzeige von Beckers Charikles erschien H. J. 1841 Nr. 91 ff.

[3]) H. Laube, Geschichte der deutschen Litteratur. Stuttgart 1839—40. (Echtermeyers in der That vernichtende Anzeige erschien H. J. 1840 Nr. 293 ff. Laube hatte früher für die H. J. geschrieben; zum ersten Male 1838 Nr. 46 ff. „Herr von Sternberg."

[4]) Ruge hatte die 1838 (Stuttgart) erschienenen Gedichte Freiligraths (H. J. 1839 Nr. 5) angezeigt.

[5]) Ida Melos, geb. zu Weimar 1817, vermählt am 20. Mai 1841.

14*

Mit uns Preußen steht es allerbings, wie Sie sagen. Wir sind unenblich weit zurück, unb es ist noch nicht abzusehen, wo ber gefangene Geist ein Loch finden wirb, um aus biesem Käsig zu entwischen ober vielmehr um seine Gitter in seine Fenster zu verwanbeln. Vorläufig geht bie Reaction immer tiefer in ihren Unsinn hinein, unb es ist gute Zeit ber Hassenpflugs, Gerlachs, Hengstenbergs, Thiele I unb II, Graf Stolbergs u. bgl.[1]), um von Rochow gar nicht erst zu reben. Gewiß geht bas nicht lange; aber ob ber Pessimismus auf bem Wege innerer Bewegung ober burch europäische Conflicte zur Cur führt — wer kann bas sagen? Es ist eine furchtbare Lauheit unb Flauheit; unb selbst bieser überlaute Patriotismus schreit nur barum so laut, weil er seine eigne Hohlheit gar wohl fühlt. —

Unfern Freunben geht es gut. Duncker, ber mit Lottchen Gutike verlobt ist, grüßt Sie freunblichst. Desgleichen Echtermeyer, ber in Berlin einen Schatz haben soll,[2]) mir aber noch nichts bavon anvertraut hat. Duncker hab' ich Ihre Grüße treulichst ausgerichtet.

Leben Sie wohl. Lassen Sie balb wieder von sich hören.

Von Herzen
Ihr
A. Ruge.

133.

An seine Gattin.

Halle, ben 25. Nov. 1840.

.... Ich liebe Dich jebe Stunbe, ba ich Dich entbehre, mehr unb mehr; es ist bumm, es zu gestehen, es ist überflüssig, es zu sagen; aber ich bin voll von Plänen unb Gebanken, an benen Du vor Allen Theil nehmen sollst. Es ist nun Friebe unb noch eine Pause in ber Welt-

---

[1]) E. L. v. Gerlach (1795—1877), seit 1835 Vicepräsibent bes Oberlanbes=gerichts zu Frankfurt a. O., 1842 Geh. Oberjustizrat unb Mitglieb bes Staatsrats unb ber Gesetzkommission, hatte für bie Hengstenbergsche Kirchenzeitung geschrieben, später war er Hauptmitarbeiter ber Kreuzzeitung. Über H. D. L. F. Hassenpflug vgl. ben Brief vom 2. Oktober 1839. S. 177. v. Thile, Generallieutenant unb Generalabjutant, war am 20. Oktober Staatsminister unb vortragenber Cabinets=minister geworben.

[2]) Echtermeyer hatte sich 1834 mit einem Frl. v. ber Planitz vermählt, jeboch schon zwei Jahre später seine Gattin burch ben Tob verloren.

geschichte wieder eingetreten.[1]) Wir müssen sie benutzen, es ist die letzte Frist vor gewaltigen europäischen Stürmen, in denen unsre Kinder und unser Vermögen so neutral als möglich zu erhalten ein Eigennutz ist, den kein Patriot tadeln kann. Die Entscheidung der ganzen Geschichte war der Moment Deiner Abreise, die Aenderung der Maximen in Frankreich und die geduldige Ausführung derselben. Jetzt ist der Anfang einer neuen Friedenszeit von circa 5—6 Jahren, und da gehört sich's denn, daß man sich nicht noch einmal überraschen läßt. In den 14 Tagen Deiner Abwesenheit ist ungeheuer viel geschehen; Du siehst, für uns zum Guten, wenn wir Vernunft und Besonnenheit haben, diese glückliche Wendung der Dinge zu benutzen . . . .

Du bist meine alte, vernünftige, liebe Seele.

Von Herzen und ganz Dein Getreuer

A. Ruge.

134.

An Stahr.

Halle, d. 9. Dec. 1840.

Lieber Herzensfreund,

Tausend Dank für Deine beiden Sendungen und Briefe . . . . Der Börne ist bereits in Leipzig und kommt sehr gelegen, um den Gutzkow gegen Laube, der zu toll und trivial ist, hervorzuholen; nicht daß ich Gutzkow für einen Idealisten und reinen Anhänger der Freiheit hielte, o nein, deren giebt es aus dieser unseligen Periode, der er angehört, unsäglich wenige, und er selbst ist leider schauerlich selbstisch. Dennoch ist er der gebildetste und talentvollste von allen und hat, wie Du richtig bemerkst, wenigstens ein richtiges Bekenntniß bei Gelegenheit von Börne abgelegt. Das muß ihm denn doch zu Gute kommen. Und ich muß gestehn, ich halte ihn für fähig, ehrlich die Stellung zu behaupten, wenn er auch nie aufhört, seinen Ruhm und gelegentlich seinen Bühnendichter zur Hauptsache zu machen und bei jeder Gelegenheit sich und wieder sich hervorzukehren. Hätte man ihn hier, so ließe sich vielleicht was mit ihm aufstellen . . . Doch ist der Teufel des Hochmuths der ärgste.

---

[1]) Am 29. Oktober war der kriegslustige Thiers durch Guizot ersetzt worden.

Mit Börne nun ist es so: Ich concurrire mit Dir und will Dich bitten, ihn mir abzutreten, und wenn Du schon Studien und Gesichts= puncte notirt hast, mir die zu überlassen. Ich will die Sache ganz objectiv nehmen und diesen herrlichen Kerl als Gegenstück zu dem Schuft Heine für alle Zeiten auf seine eignen Beine gegen jene Schule stellen.[1]) Seltsam, wie er jetzt wieder auflebt, und es ist Zeit, daß er es gründlich thut. Dein Artikel wird schon gute Wirkung thun; übrigens muß man sich jetzt von der Praxis etwas zurückhalten. Die Geschichte fädelt sich schon von selber ein . . . .

135.

An Klüpfel.[2])

Halle, den 12. December 1840.

Erst heute, verehrter Herr und Freund, erhalte ich Ihren Brief und kann nichts anderes thun, als Sie um Verzeihung bitten: wie es einem geht, wenn solche Themata auf die Bahn kommen, so hab' ich mich hinreißen lassen. Seitdem, wie ist die Sache in den Dreck gefahren! Und so schmerzlich es für jeden Patrioten ist, man kann es nicht mehr in Abrede stellen, daß die partikularen Rücksichten wieder hervortreten, daß an eine Verkündung des freien Deutschlands, ja auch nur an eine Realisirung der Freiheit für ganz Außeröstreich in unsrem Vaterlande auf lange hin noch nicht zu denken ist.[3]) Sie haben übrigens schwerlich etwas zu befahren. Man liest nicht so genau; und wenn man es thäte, so ist es natürlich meine Schuldigkeit, Ihren Willen zu erfüllen. Tritt dieser Fall nicht ein, so schonen Sie mich aus der einfachen Politik, daß viele hundert feindliche Augen dem Institut auflauern und gern das Verhältniß der Redaktion und der Recensenten stören möchten. Ich glaube mich übrigens zu erinnern, daß der Passus als „Anmerkung der Re=

---

[1]) Auch späterhin äußert sich Ruge voll Enthusiasmus über Börne, vgl. Werke IV 85, V 382 ff., VI 179.

[2]) Klüpfel hatte in den H. J. (1840 Nr. 213 ff.) außer anderem Rankes Re= formationsgeschichte angezeigt. Zur Erläuterung des vorhergehenden Briefes hat er mir gütigst mitgeteilt, daß die Redaktion in einen seiner Artikel eine Stelle ein= gefügt hatte, in welcher die Erwartung ausgesprochen war, daß der neue König von Preußen die Fahne der nationalen Einheit aufstecken und damit Ernst machen werde; der= gleichen Äußerungen seien aber damals bei ihnen als hochverräterisch angesehen worden.

[3]) Vgl. Karl Biedermann, Dreißig Jahre deutscher Geschichte. 2. Aufl. Bd. I. S. 92 ff.

daction" unter den Text kommen sollte und aus Versehn der Bezeichnung in denselben gekommen ist.

Bei alledem ist es besser, nicht auf den wunden Fleck aufmerksam zu machen. Wie gesagt, man hat längst darüber hingelesen, und im schlimmsten Fall ist ja ein constitutioneller Staatenbund nicht schlimmer als der Zollverein, sondern nur sittlich das, was dieser materiell ist. Preußen ist nun aber ins Extrem des ancien regime gefallen: und „es gehört viel Zeit dazu, bis eine Welt untergeht, weiter aber auch nichts," sagt Gibbon.

Erhalten Sie mir Ihre Freundschaft. Ich weiß jetzt, wie stark Ihr Gedächtniß ist. Uebrigens sehn Sie, daß im Ranke und überall sonst nie dergleichen Willkür vorgekommen ist.

Haben Sie die Revolutionsgeschichte studirt und die Quellen eingesehen? Ich frage wegen Wachsmuth's Buch darüber.[1] Meine herzlichsten Grüße, auch an Schwab. Verkehren Sie mit Strauß?

Ganz der Ihrige

Dr. A. Ruge.

136.

An Carriere.

Halle, den 15. Dec. 1840.

Verehrter Freund,

Mit Vergnügen hab' ich manche hübsche Ausführung in Ihrer Arbeit über Strauß[2] gelesen. Dennoch ist das Ganze gegen das autonomische Princip der Philosophie, indem Sie zur Voraussetzung, die sich zu erweisen hat, nicht den philosophischen Geist, mit einem Wort, nicht die freie Dialectik und die Methode seiner Freiheit, nicht den gereinigten Prozeß machen, sondern die unwahren Gestalten des Geistes in der Bibel und im historisch-vergangenen und negirten dogmatischen Geist. Der dogmatische und biblische Geist ist ja noch nicht Geist, erst an sich frei, erst dem Princip nach im Religiösen (der Begeisterung der Bibel) und der That nach in den Krisen der Geschichte (Dogmengeschichte) Form des Absoluten. Sie stecken hiermit noch im Althegelthum, so freisinnig Sie sonst immer sind,

------

[1] Wachsmuths „Geschichte Frankreichs im Revolutionszeitalter" erschien in 4 Bänden (Leipzig) von 1840—44.
[2] Strauß, die christliche Glaubenslehre 2c. Tübingen und Stuttgart 1840 u. 41. 2 Bände. Das Werk wurde in den H. J. 1840 Nr. 312 von Ruge, ausführlicher 1841 Nr. 85 ff. von Schnitzer angezeigt.

und es ist uns rein unmöglich, dieser Richtung gegen Strauß, dessen Dogmatik Sie übrigens ja so sehr anerkennen, ein Gewicht zu geben und mit den Jahrbüchern von dem Princip der autonomischen Philosophie wieder abzufallen. Umgekehrt die Theologie ist Ancilla der Philosophie; und wenn der Proceß der Theologie die Philosophie herbeiführen hilft, so ist dennoch so wenig die erweisbare oder zu erweisende Wahrheit der Philosophie jemals existent gewesen, daß eben der absolute Anfang alles Philosophirens mit dem Hegelschen Begriff des philosophischen und historischen Processes behauptet werden muß. Diese Form ist die Sache, und ihre Autonomie ist es, die uns streitig gemacht wird.

Ich verkenne Ihre Richtung nicht. Sie werden auch in abstracto gegen die absolut von sich anfangende Methode nichts haben. Dennoch überlegen Sie Sich Ihre Recension und die Aufgabe Ihrer Religions= philosophie, wie Sie sie hier aussprechen, noch einmal, und Sie werden selbst finden, daß Sie wie Epimenides nicht 7, aber doch 1 Jahr (in Italien) geschlafen haben, daß Ihr Princip noch scholastisch inficirt und althegel'sch colorirt ist, daß Sie die Wegwerfung aller Religionsphilosophie, die nicht Geschichte durch und durch ist, noch keineswegs anerkennen, daß Sie Sich also von Strauß' „Dogmengeschichte", welche die Fortsetzung der Hegelschen Religionsphilosophie ist, überrascht und überholt finden müssen.

Nehmen Sie mir meinen Freimuth nicht übel; aber wenn Sie den Proceß in den Ruhm der wissenschaftlichen That,[1] dem Lobe das Tadeln vorziehen, so werden Sie gewiß diesen Cardinalpunct, den Strauß nun auch für die gelehrte Seite erobert hat, vollständig anerkennen und so wie die neue Richtung überhaupt thut, Alles auf Geschichte setzen, ver= steht sich philosophische Geschichte und methodische Durchdringung.

Meinen herzlichsten Gruß, Herakles am Scheidewege! — Ich hoffe, daß Sie mir bald und freundselig antworten. Erinnern Sie Sich, daß Sie mir beistanden für Börne.

Der Ihrige
A. Ruge.

Herrn
Dr. Moritz Carriere,
Hochwohlgeboren
Berlin
Potsdamerstr. Nr. 14.

---

[1] Ist Genitiv.

1841.

An Carriere.

Halle, d. 15. Jan. 1841.

Lieber Freund,

.... Ihre Kritik der Dogmatik habe ich Ihnen mit einem langen Schreibebrief wieder retour geschickt. Sie werden meine Gründe nicht mißbilligen. Sie Selbst sind noch im Kampfe mit Sich, ob Sie der Scholastik oder der Philosophie angehören wollen, und werden Sich durch Ihre beiden nächsten Bücher vielleicht mehr als Ihnen jetzt schon lieb ist, mit der Reaction verfitzen.[1] Von der Regierung ist nur völliges Wegwerfen der Philosophie zu erwarten. Auch die Scholastik von Göschel bis Schaller (der die Studenten, wie mir Thilo[2] sagt, vor Strauß' Dogmatik warnt) wird nur das Gnadenbrot essen. Es ist eine heilsame Prüfung, und sie wird ernstlich werden, darüber täuschen Sie Sich nicht. Alle liberalen Redensarten sind nur vorläufige Concessionen. Von Anstellung der Hegelianer ist in der nächsten Zeit durchaus nicht die Rede.

---

[1] Von Carriere erschienen noch in demselben Jahre: „Vom Geist. Schwert= und Handschlag für Franz Baader" (Weilburg) und „Die Religion in ihrem Be= griff 2c." (Weilburg).

[2] G. W. M. Thilo (1802—1870), seit 1840 Seminardirektor in Erfurt, seit 1853 Direktor des Seminars für Stadtschulen in Berlin.

Bleiben Sie mir zugethan und fahren Sie fort mit zu fechten. Aber mit dem Vermitteln der Philosophie, mit was es sei, ist es nichts; alle Vermittlung fällt in die Philosophie selbst.

Herzliche Grüße von mir und Echtermeyer.

Ihr

Ruge.

138.

An Carriere.

Halle, d. 11. Feb. 1841.

Lieber Freund,

.... Sehr gelegen wäre mir die Günderode, wenn nicht Vischer in Tübingen bereits daran schriebe und zwar auf unsere Bitte.[1] Machen Sie ja dergleichen für die Jahrbücher; an belles lettres fehlt es und zumal an durchgebildeter Kritik; aber zeigen Sie uns Ihre Absichten an, damit Sie nicht kollibieren. Wollen Sie die Stahl'sche Richtung kritisiren, so steht Ihnen sein „Kirchenrecht" zu Gebote, diese Rehabilitation der äußern und selbstständigen Kirche. Das ist sein Neu'stes, und durch Zufall wurde es noch immer nicht bei uns besprochen.[2] Freilich ist dergleichen jetzt nicht dünn gesät, und da immer dieselben Redensarten in allen Büchern, Decreten, Reden und Predigten der Reaction wiederkehren, so sind sie auch immer im Voraus schon kritisirt. Die Operation zu wiederholen ist nicht leicht, und es kostet Kunst, sich neue Gesichtspuncte auf dem alten Terrain zu erobern. Schelling wird dies Geschäft nun vollends bis zum Ueberdruß erneuern.[3] Indessen wird es nothwendig werden, seine Vorlesungen mit der Intention zu besuchen, die verborgene Weisheit an's Licht der Kritik zu ziehn und actenmäßig zu beweisen, was alle Welt schon weiß, daß er nämlich nichts Neues weiß. Die Blamage ist kläglich und wird sehr gründlich werden, wenn die Hegelianer die Gelegenheit gut auskaufen, was wohl nicht fehlen kann. Ich hoffe nicht, daß hier das unglückliche Gerede von Pietät Platz ergreifen wird. Schellings Charakter verdient keine Pietät, und seine Richtung erfordert wissenschaftliche Negation bis

---

[1] Bettina v. Arnim: „Die Günderode. 2 Bde. Grünberg u. Berlin 1840". H. J. Nr. 71 ff. erschien eine Anzeige von Carriere.

[2] Vgl. jedoch „Stahl und die Willkür 2c." H. J. 1841 Nr. 23.

[3] Schelling war 1841 nach Berlin berufen worden.

auf den Tod. Er ist ein unverschämter Revenant und der eklatanteste Abfall von aller Philosophie überhaupt. Deutlicher zu werden war der Regierung nicht möglich: das Zurückgehen bis auf die Invaliden und das Hinstellen lauter decrepitirter Greise mit Namen vom alten Vorgestern ist zwar Anerkennung des Geistes, aber freilich nicht des mächtigen, sondern des überlebten. Ist Preußen denn nur das Prytaneum, um nachträglich jene Verdienste zu speisen?

Hoffentlich dauert diese Jugendphantasie nicht lange und die alten Grauköpfe noch weniger. Fast sollte man den Leuten beim Herobot recht geben, die der Meinung sind, die Alten könnten zu alt werden. Auf den Universitäten beweisen dies immer wenigstens die Hälfte der Professoren . . . . .

Schreiben Sie bald was Neues — zum Ferment und für die Zukunft. Der Teufel hole den alten Kram, der uns seit anno 1 im Magen liegt und nicht verbaut werden kann.

Viele Grüße, auch von Echtermeyer und Pruz,

der Ihrige

Ruge.

139.

An Moritz Fleischer.[1]

Halle, den 23sten Februar 1841.

. . . . Es ist Ihnen nicht entgangen, mit welchem Enthusiasmus ich Ihre Correspondenz vom Rhein gelesen habe. Sie sehn das aus meiner Kritik der Allgem. Lpz. Z.[2] . . . . Schreiben Sie uns bald mal dergleichen Genießbares und Eingreifendes für die Jahrbücher . . . .

---

[1]) Karl Moritz Fleischer (1809—1876), seit 1832 Lehrer am Pädagogium zu Halle, seit 1839 am Gymnasium zu Cleve; von 1857—1870 am Friedrichsgymnasium zu Berlin. Sein Sohn, Herr Dr. Moritz Fleischer in Bremen, hat die Güte gehabt, mich auf den trefflichen von Dr. R. Döhn geschriebenen Nekrolog in „Unsre Zeit" 1876. S. 158 ff., welcher auch von Fleischers hervorragender pädagogischer Thätigkeit berichtet und welchem vorstehende Daten entnommen sind, aufmerksam zu machen. Für die H. J. (1840 Nr. 287 ff.) hatte Fleischer eine Anzeige von „Hurters Geschichte Papst Innocenz' des Dritten und seiner Zeitgenossen. Hamburg 1834. 1836" geschrieben.

[2]) „Die Leipziger Allgemeine Zeitung und die öffentliche Meinung" H. J. Nr. 38 ff., vgl. besonders S. 156.

Namentlich gegen das forcirte Deutschthum müßte man mal recht ein-
bringlich und plausibel schreiben, es ist ja ganz barbarisch und unchristlich,
so einen Unterschied zwischen französischer und deutscher Freiheit zu
statuiren und das allgemeinste, die Staatsentwicklung, die Geistesbildung
und ihre Form, auf den nationalen Naturunterschied zu ziehn. Hol'
doch der Teufel die Freiheit, die nicht Freiheit überhaupt und in genere ist.

Echtermeyer hat mir von Ihrem Briefe erzählt, gelesen hab' ich ihn
nicht, weiß also auch nicht, ob Sie uns was Bestimmtes versprochen
haben. Säumen Sie ja nicht und machen Sie's recht eingänglich. Die
Zeit der Aufklärung ist wieder da: möchten wir ihren König noch erleben
und sein Parlament dazu!

Hier ist manches verändert. Niemeyer ist in Geschäften begraben.
Er ist Vorsteher der Stadtverordneten und lief't auch noch darneben.
.... Schaller ist nur halb liberal, halb ein Pferd und contra Strauß.
Hinrichs ist ganz liberal, aber ganz Pferd. Echtermeyer ist schauerlich
breitspurig und kommt nie zum Ziel, verspricht goldne Berge und hält
nichts. Er hat die romantische Politik vor, schon seit Ewigkeiten, jetzt soll's
kommen — sagt er. Pott ist verheirathet. Er hat eine sehr liebenswürdige Frau. Schaller geht viel zu ihm. Beide werden fett wie Prinz
Hamlet. Grüßen Sie Ihre Frau, meine vortreffliche Freundin, b.stens
von mir und sei'n Sie überzeugt, daß ich mit der freundschaftlichsten
Zuneigung vielfältig Ihrer gedenke. Die freien Männer sind dünne
gesät, und es knüpft sich kein Freundschaftsband auf einer anderen Basis,
als auf dieser. Es ist für keins zu haften, wenn nicht die Wahrheit und
die Freiheit das Bindemittel ist; ich wenigstens hänge ganz davon ab,
und der Zug meines Gemüthes setzt sich gleich [in] Haß oder Liebe um,
wie einer zu den großen Fragen der Zeit sich stellt, ob für oder wider.

Wir erwarten freie Motionen der Landtage; freilich ist dann immer
die Frage, was nun? Ein Ministerwechsel im liberalen Sinne wäre
freilich zunächst das Beste. Denn daß sie eine constituirende Versammlung
nach Berlin rufen, darf man wohl nicht hoffen. Haben wir aber einmal
Luft, so ist die Entwicklung leicht.

Lesen Sie doch ja „Vier Fragen, beantwortet von einem Ostpreußen"
Mannheim bei Heinrich Hof 1841".[1] Es ist eben erschienen und eine
ganz ausgezeichnete Schrift: das Preußische Qu'est ce que le tiers-état?
kostet 5 Sgr. Man muß es sich wie Bonbons schenken und zuschicken.

---

[1] Vgl. A. fr. Z. IV 513 ff. Ruge hat 1846 Jacoby den 4. Band seiner f.
Werke mit einer Widmung zugeeignet.

Haben Sie den Brief aus Königberg

„Friedrich Wilhelm IV in Königsberg"

gelesen? [1]

Von Herzen

der Ihrige

Arnold Ruge.

140.

An Werner.

Halle, b. 24. Februar 1841.

Hochgeehrter Herr,
Werther Freund,

.... Unterlassen Sie es ... nicht, mir Mittheilungen in freund-
schaftlichen Briefen zu machen, besonders wenn die Berliner Verhältnisse
aufhören sollten, unter'm Affen zu sein, wie sie es jetzt sind. Wir verachten diese Hauptstadt gründlich, und wir haben's wahrlich Ursach.
Wie? den Ehrgeiz will Berlin aufgeben, daß von ihm die Welt geistig
regiert wird und hinabsteigen zur Einfalt und zur Natur, zum Patriar-
chalischen 2c.? Wenn die Geschichte sich nun drehte und Strauß berufen
würde, das hülfe immer noch nicht. Es ist nothwendig, daß der politische
Strauß nicht nur berufen, sondern ins Regiment gesetzt wird, und der
ist der Oberpräsident Schön[2]) und die Principien des Liberalismus von
1810. Wir bedürfen einer ganz freien Verfassung und ganz andrer
Maximen, wenn wir nicht elend unterliegen wollen.

Man erwartet nun freilich Anträge von den Ständen. Man kann
sie aber gewiß an einigen Orten reprimiren; wird dies geschehn, und
wenn es nicht geschieht, was dann? Ich bin gespannt auf diesen Verlauf.
Eine vortreffliche Broschüre ist soeben erschienen: „Vier Fragen eines
Ostpreußen. Mannheim bei Heinrich Hoff", die famos ist. Ein Gegenstück zu der berühmten Schrift von Sieyes über den Tiers-état, so

---

[1]) Eine bei O. Wigand erschienene Broschüre.
[2]) H. Th. v. Schön (1773—1856) hatte unter Stein und Hardenberg für die
Reorganisation des Staates gewirkt, war seit 1824 Oberpräsident von Preußen; bei
der Huldigung in Königsberg wurde er unter Beibehaltung seines Amtes zum Staatsminister ernannt, schied jedoch 1842 aus dem Staatsdienste. (Er hatte 1840 geschrieben
„Woher und wohin?" vgl. Pruß, a. a. O. I 353 ff.

diese über den Staat und seinen Begriff und unsre liberalen Gesetze, die alle der Fuchs gebissen hat. Die alte Steinsche Schule steht verjüngt wieder auf; und wir brauchen diesmal unsern Reformator, wenn wir ihn nur erst haben, nicht vor Napoleons Drohungen zu entlassen.

Ich will das Büchlein noch heute etwas beleuchten ....

Was treibt Meysenbug?[1]) „Brutus, schläfst Du?" Ist jetzt nicht die Zeit der Politiker und womöglich ohne Terminologie? ....

Von Herzen

der Ihrige

Dr. A. Ruge.

141.

An Rosenkranz.

Halle, den 25. Feb. 1841.

Lieber Freund,

.... Zunächst ist jetzt Alles auf die Constitutions-Frage gespannt, und es wird erwartet, daß alle Landtage dieselbe zur Discussion, einige zum Beschluß bringen, d. h. freilich nur zur Petition. Auch unsre Provinz ist lebhaft davon bewegt, und namentlich die städtischen Deputirten sind entschieden dafür. Dennoch steckt unendlich viel Servilismus in den Menschen, und namentlich ist von den Beamten wenigstens eben so viel Hinderniß als Förderung zu erwarten. Höher gestellte, die nicht Pietisten und Romantiker sind, findet man meist liberal, weil sie die Reaction durchschauen und die Gefahr des östreichischen Princips erkennen. Dagegen sind die Dii minorum gentium meist schauerliche Jabrüder.

Seit der letzten Zeit hab' ich zum Behuf einer Politik mit voraufgehender Geschichte des politischen Geistes und der Verfassungsentwicklung der neueren Zeit allerhand gearbeitet und wollte zuerst noch vor dem Landtage damit heraus, wenigstens im Entwurf. Da kam die Grippe dazwischen, und es wurden mir ein paar Broschüren mitgetheilt, die für den practischen Zweck ausreichten. Eine davon ist jetzt erschienen:

---

[1]) Dr. Emil von Meysenbug hatte (1839 Nr. 302 ff.) für die H. J. geschrieben: „Die Philosophie der Geschichte in ihrer gegenwärtigen Ausbildung."

4 Fragen 2c. von einem Königsberger .... Die andre ist mehr ruhig
und historisch.[1] Beide zusammen ergänzen sich gut. Die philosophische
Arbeit ist damit nicht überflüssig geworden. Im Gegentheil, je näher wir
der Verwirklichung der politischen Freiheit rücken, um so bringender wird
das Bedürfniß, die freie Staatsform im Sinne der neuesten Form der
philosophischen Wissenschaft zu erörtern. Die Opposition gegen Hegels
Naturrecht, selbst die der Romantiker, spricht dies Bedürfniß aus, und
es kommt nur darauf an, das schon eingetretene Bewußtsein principiell
zu begründen. Das Geschrei nach Subjectivität und Persönlichkeit ist
der dunkle Drang und das Gefühl, daß die Objectivität des Geistes der
todte Geist, die Staatsordnung des Polizeistaates der Moloch ist, dem
das freie Subject, dem die Kinder Gottes mit ihrem absoluten Inhalte
geopfert werden. Nicht die Ordnung ist der Zweck, sondern das Subject
und zwar das Subject mit dem absoluten Inhalt, das freie Subject, ist
der Zweck, die Ordnung ist für es; es selbst aber ist für sich und Selbstzweck. Die Romantiker nehmen diese Freiheit als Willkür, Gott, den
Wunderthäter, als den willkürlichen, und den König, als von Gottes
Gnaden und als Zweck des Staats, ebenfalls als das willkürliche Subject. Nicht das Subjective und seinen ewigen Inhalt, nicht die ewige
Bewegung des politischen Selbstbewußtseins in der Constitution und
deren Leben durch die Subjecte, nicht die Freiheit also des Staats und
aller Subjecte, sondern die Unfreiheit Aller und die Willkür des Einen
oder Einiger machen sie zum Princip. Das ist jetzt preußische Staats-
doctrin, und die ist mit der schlechten Subjectivität, mit dem empirischen
Subject des Königs Oppositition der Willkür gegen Hegels starre Objectivität, während Hegel, richtig verstanden, ohne Zweifel den absoluten
Geist und damit die Subjectivität mit ihrem unendlichen Inhalt, der
Freiheit, zum Zweck des objectiven Geistes erheben muß. Hegels Organismus ist nun aber der starre, und sowohl das Ausschließen des Sollens
der Kritik und der ewigen Bewegung der Verfassung und Geschichte, als
auch die Anerkennung des objectiven Geistes, als des Zwecks, dem
Subject gegenüber (z. E. gleich in der Lehre von der Strafe, die das
frevelnde Subject nur als zu negirendes Object, nicht als den ewig zu
befreienden Geist des Subjects nimmt) stellt das ganze System seiner
Verfassung auf die Seite des äußerlichen oder des Polizeistaates.
Ueber den müssen wir hinaus zum absoluten Staat und zur liberalen
Constitution — zur Anerkennung des Subjects und seines unverwüstlichen

[1] Schöns „Woher und wohin?"

Idealismus, d. h. mit dem Puls des Sollens und freien Wollens in der Vertretung und Regierung.

Ich bin daher der Meinung, daß es sehr an der Zeit ist, diesen Streit des hohlen Objectivismus mit dem schwellenden, drängenden subjectiven Pathos vom Standpunct der Freiheit, d. h. der absoluten und freien Subjectivität, um deren Realisirung und Objectivirung es sich denn doch einzig handelt, zu schlichten . . . .

Feuerbach bildet in der That einen Fortschritt gegen Hegel, indem er den Subjectivismus und dessen practisches Pathos gegen den systematischen Objectivismus Hegels, das Werden gegen das Sein, das Sollen gegen die Schranken des erreichten Absoluten im System und in der Wirklichkeit auf eine völlig selbstbewußte und gebildete Weise geltend macht . . . .

Pruz hat mir Deinen Brief mitgetheilt und ich sehe daraus eine Bestättigung meines Gefühls, daß alle die Nachrichten, Du wolltest mit mir nichts mehr zu thun haben, Du würdest Deine Correspondenz mit mir abbrechen, was mir positiv als eine briefliche Erklärung mitgetheilt, d. h. erzählt wurde, erlogen sind.[1] Man hat seine Noth mit den Menschen, mit allen ohne Ausnahmen, und es mag recht sein, daß die andern mit mir auch die ihrige haben. Dennoch wird es wenig Leute geben, die ehrlicher, als meine Wenigkeit, die Sache im Auge haben . . . .

Schreib uns nur bald wieder etwas hübsches für die Jahrbücher, wenn's auch nur eine Kleinigkeit ist, damit Dein Name wieder erscheine und die Lumpen wie Mundt und Consorten nicht den Triumph haben, daß die Hegelianer nicht wissen, daß bei allen Nüancen immer das Interesse der freien Philosophie, der absoluten Philosophie, der einzigen Wissenschaft, außer der es nun weder Theologie noch sonst eine andre giebt, ihr gemeinsames Pathos sei. Freilich Pferde wie Göschel sind keine Hegelianer, und ewige Schande ist es für die Philosophie unsrer Zeit, daß dergleichen geistesschwaches Lumpengesindel jemals eine Anerkennung hat finden können. Servum pecus, das alles äußerlich neben einander hat: Dogmen und Logik, Recht und Sklaverei. Hegel war ein schlechter Kritikus. Er hätte diesen Waschlappen gleich durchschauen und nicht zu solcher Anerkennung bringen müssen.

Schaller und Hinrichs seh' ich wenig. Hinrichs ist politisch liberal. Kritik hat er nicht. Seine Opposition gegen Strauß ist komisch. Er

---

[1] Vgl. jedoch Anmerkung 1. S. 199.

zieht alles auf die Metaphysik und meint, Alles damit abgemacht zu haben. Schaller ist — kein Philosoph. Er nimmt keinen Theil an der geistigen Bewegung, weil er sich vor ihr fürchtet. Er ist pathologisch gegen Strauß erregt und durchaus nicht im Stande, die Bedeutung der Strauß'schen Dogmatik zu begreifen, ja man sagt, er warne die Studenten vor dem Buche. Ich habe mich mit ihm darüber gezankt und bedaure diese Unbeweglichkeit des Geistes, die das Brausen der Historie für Tollheit und solche Phänomene für — „verfehlte Bücher" hält. Dies Buch ist kein Buch, es ist eine — Revolution. Ich muß gestehn, daß ich Strauß nie dieses historische Talent zugetraut hätte, da das Leben Jesu fast dahin deutete, als abstrahire er vom Proceß des Geistes. — Echtermeyer schreibt jetzt an einer Fortsetzung der Romantik, die hübsch wird: die vom Politiker. Pruß schreibt ein Buch: Der Göttinger Dichterbund.[1]) Leb' wohl und laß bald von Dir hören. Mein Urtheil über Schaller bleibt unter uns. Ich mag ihn nicht stören, da es nichts hilft; Hinrichs aber kann nicht schweigen. Meine schönsten Grüße

Dein

Ruge.

142.

An Carrière.

Halle, 10./3. 41.

Lieber Freund,

Mit der Bettine ist es recht hübsch: aber Sie und Stahr sind gleich zu sehr eingenommen und verlieren darüber die Kritik. Ich liebe dies Genre, und wer möchte nicht so begeisterte Freunde haben? Gleichwohl kann man darauf nicht fußen, wenn man ein objectives Urtheil haben will, und nichts ist leichter verdorben, als so ein eitles Frauenzimmer. Ihre Recension ist längst in Leipzig, und Sie werden sie bald lesen und mir dann Selbst recht geben, daß sie etwas lyrisch ist. . . . .

. . . . Mit Gutzkow hat es die Bewandtniß, daß er zu empfindlich ist und sich mit seinem lieben Ich nicht genug vorsieht. Ich hab' ihm

---

[1]) Erschien 1841 in Leipzig.

das ehrlich gesagt[1]) und freue mich, daß er vernünftig und solid darauf antwortet. Es fällt mir nicht ein, ihn zu verkennen, aber es ist schlechterdings unmöglich, dem Princip der freien Kritik untreu zu werden und den Tadel von übrigens strebenden und freisinnigen Männern aus Rücksicht auf Cooperation abzuhalten. Ich verkenne es nicht, daß die Jahrbücher eine practische Wichtigkeit gewonnen haben und daß endin die ganze Zeit unaufhaltsam der allerernstlichsten Praxis in die Arme stürzt, dennoch ist es nicht nur möglich und räthlich, sondern sogar nothwendig, unerbittlich nur der Wahrheit zu dienen. „Extrema müßt ihr ergreifen," sagte der große Gustav zu den Deutschen, und das ist wahr; sicher ist man nur im ehrlichen, strengen Dienst der Principien, dann mag die Welt zu Grunde gehn. Uebrigens hat Gutzkow selbst durch das Ergreifen des Princips im Börne u. s. w. das Richtige getroffen, und es ist mit Freuden anerkannt worden, sobald es geschah. Denken Sie nur an das althegel'sche Unwesen, als der alte Hegel nicht kritisirt werden durfte und jeder Conforme einen Freibrief hatte. Richtig ist nur, daß Alles auf den Begriff gezogen und ohne Menschenfurcht der Idee allein die Ehre gegeben wird. Das Einzige, was die practische Stellung der Kritik mit sich bringt, ist die geschärfte Negation der unfreien und die glimpfliche der freien und förderlichen Richtungen und Personen. Aber auch hierin muß man den Mitarbeitern ihren animus lassen und herzlich froh sein, wenn nur im Großen und Ganzen die Richtung innegehalten wird.

Auch hier ist eine Verfassungspetition entstanden,[2]) die jetzt 64 Unterschriften zählt und noch durch eine ansehnliche Zahl scheint vermehrt zu werden. Von der Universität ist wenig dabei, wohl nicht über 10. Die Alten sind auch hier alt und die Feigheit grenzenlos.

Preußen wird nun erst recht zur Kleinstaaterei herabkommen. Es dauert wenigstens noch 5, 10 Jahr; bevor nicht extreme Maßregeln ergriffen und die Principien der Reaction mit Muth oder Tollkühnheit ins Werk gerichtet werden, — ist keine politische Freiheit zu erwarten. Dieser Gährung gehn wir entgegen. Das Verbot der 4 Fragen ist so eine Einleitung. Dr. Jacoby hat an mich geschrieben, und ich freue mich, den Namen dieses Braven zu wissen. Unser Landtag ist der fer-

---

[1]) In der früher (f. S. 182) erwähnten Recension „Blasedows" heißt es, ... „daß ihm . . . . nichts Schlimmeres begegnen konnte, als diese überspannte Aufmerksamkeit auf seine Person zu einer Zeit, wo er weder mit sich, noch mit der Welt zu irgend einem erträglichen Abschluß gekommen war."

[2]) Vgl. A. fr. Z. IV. 514 ff.

vilste. Alle Petitionen (es bereiten sich überall welche vor, wie man hört, werden ihn nicht bessern. .

Viele Grüße.

Ruge.

143.

An Pruß.

Halle, den 7ten April [1841].

Soeben, lieber Freund, geht Prof. von Henning aus Berlin von mir und läßt die Bestättigung zurück, daß eine Cabinetsordre unterwegs sei, die den Debit der Jahrbücher in Preußen verböte, wenn sie sich nicht der preußischen Censur unterwürfen.[1] Vorher hatte Meyen geschrieben, es ginge die Rede, aber man glaube nicht daran. So wird man zwischen diesen Gerüchten und Nachrichten umhergeworfen, und ich muß gestehn, daß ich allerdings auch aus Henning noch nicht klug geworden bin. Er wunderte sich, daß ich sie noch nicht hätte — „das läge wohl an dem langsamen Schlenbergang durch die Behörden" — in der That ein schöner Trost! Nun, ich blieb ruhig bei der Nachricht und politisirte mit ihm fort, wie es eben ging. Er ist eine gute Haut. Aber wie soll sich das Ding noch entwickeln? Muß man sich nicht bis aufs Aeußerste vertheidigen und den Preußen zum Trotz so lange erscheinen, bis sie aus Schaam den Riegel wieder aufmachen? .... Hol's der Teufel, es ist eine Aufgabe, sich kreuzigen zu lassen mit dem Ausruf: „Vergieb ihnen, denn sie wissen nicht, was sie thun." Dieses Preußen, dieses Land der Intelligenz! Uebrigens kühlt sich mein Blut allmählich ab, und ich gewinne die Entschlossenheit, das Ende ruhig mit anzusehn, denn das Ende ist der Anfang und wär' es unser eignes Ende. O, es wird noch ganz anders geschrieben werden müssen, als bisher geschehn, es wird gedruckt werden, und es wird stärker sein ohne Leidenschaft im Munde und mit Zorn im Herzen. „Facta loquuntur," hat Jacoby nicht umsonst gesagt. Sie reden in der That und reden sich wieder in die That hinein.

Leb' wohl, vergiß in der Liebe die Leiden nicht, die ihren bittern Kelch über diese Zeit' ausgießen, und erhalte der guten Sache Deine Kräfte. Wie doch die Wahrheit und diese Collision durchgreift! Du

---

[1] Vgl. A. fr. Z. IV 403.

15*

kennst die Zurückgezogenheit meiner Frau von den theoretischen und
politischen Dingen. Nun werden sie ihr aber plötzlich so nahe gerückt
und verständlich, daß sie einen völlig heroischen Sinn faßt und, was sie
früher mit Klagen gehört haben würde, jetzt nach Gelegenheit mit Ent-
rüstung aufnimmt. Es ist wirklich eine große Umwälzung der Gemüther
vor sich gegangen, und man darf doch sagen, daß man schon damit
etwas erlebt hat.

Von Herzen

Dein

Ruge.

—·—·——·—··

144.

An Stahr.

Halle, 5ten Mai 1841.

Lieber Freund,

Deine beiden Briefe vom 16. u. 23. April, die ich vor mir habe,
werden Dir zum Theil schon die Zeitungen beantwortet haben und die
fortdauernden Sendungen der Jahrbücher .... Die Aussichten sind
schlecht. Man sieht aber bis jetzt nichts andres als die determinirtesten
Rückschritte und dabei so viel Humanität, daß der Pessimismus eben so
weit weg liegt als der Optimismus und kein Mensch auch nur im Entferntesten an die Gefahren dieses geistlosen Zustandes denkt. Deutschland
ist wirklich wieder „das Reich", und alle Mühe, ein Selbst, einen
Nationalgeist, ein freies Staatsleben zu gewinnen, die sich die Philosophen
und Publicisten geben, wird mit der Scheere des Censors und den Anklagen auf Hochverrath niedergeschlagen. Man wird nun in Archimedes'
abstracte Lage versetzt und sucht sich den Punct außerhalb des Reiches,
d. h. sieht die Sache mit an, wie sie die Russen, Franzosen, Engländer
und andre muntre Menschenkinder uns zubereiten. Denn solche Esel,
wie wir Deutsche sind, können nur fustibus et armis, quae postea dedit
usus[1]) in Trab gebracht werden. Ich habe hier mit Petitionen und Reden
bei den Stadtverordneten und wo es sich schickte Alles mögliche gethan,
aber

Ihr Herz ist stumpf, ihr Sinn ist todt.

Und so will ich sie gehn lassen, bis die neuen Römer vor den Thoren Jeru-
salems erscheinen und der jüngste Tag auch dieses System der Indifferenz

---

[1]) Ungenaues Citat von Hor. Sat. I, 3 101.

richtet. Die Kräfte des Einzelnen sind gemessen. Nur in der Litteratur ist noch eine prekäre Existenz des Neuen Princips: es ist die Aufgabe, dorthin alle Kraft und Besonnenheit zu concentriren und der Jugend Zeit zu lassen, daß sie nachwächst und neues Blut mit einem neuen Geist in die alte Welt strömt. Der Krieg und die Revolutionen dieser und der nächsten Jahre, die mit dem Frühlinge in den Brennpunkten der europäischen Geschichte keimen und schon aufbrechen, werden unterdessen manchem altdeutschen Pferde den Kopf zurechtrücken. Es geht immer noch rasch genug: für unsre Trägheit nur zu rasch . . . .

Von Herzen

Dein

A. Ruge.

145.

An M. Fleischer.

[Halle, den 12. Juni 1841.]

Lieber Freund, vielen herzlichen Dank für Ihre Sendung! Sie soll die „Deutschen Jahrbb." anfangen.[1]) Die Hallischen sind aus mit Ende Juni. Die Landtage haben uns diese Früchte getragen. Man schließt: so also denkt das Land, und die Philosophen sind „Ideologen", die man mit Kappzäumen versehn muß. Auch Fouqué ist in die Con-chylien-Sammlung nach Berlin genommen worden und wir: patriam fugimus. — Es geht nicht anders. Was an sich schon war, muß nun gesetzt werden. Nur in Sachsen konnten von Anfang an die Jahrbb. gedruckt werden. Wie lange sie es jetzt noch können, das müssen wir abwarten; aber es ist ja ein Interdict auf uns qua Unterthanen, wenn wir beordert wurden, in Halle zu drucken. Onkel Pernice hätte gelacht! Ja, das fehlte mir noch, daß ich hier in Halle noch einmal von vorne anfinge, ein hoffnungsvoller junger Mensch zu sein mit 40 Jahren, vir juvenis.

Von Sachsen versprech' ich mir weiter nichts, als eine geringere Macht des Polizeistaates, der, wie dies sehr augenscheinlich vorliegt, durch die Gesetze gebrochen ist. Umgang findet sich, und man wird heiterer und freier auf diesem Archimedespunct, der immer noch Beziehung genug zur alten Welt hat, um sie aus den Angeln der Apathie zu heben.

---

[1]) M. Fleischer schrieb für die „Deutschen Jahrbücher für Wissenschaft und Kunst" 1841 Nr. 2 ff. „Ueber Verhältnisse und Stimmungen der evangelischen Be-völkerung Rhein-Preußens."

Feuerbachs Wesen des Christenthums[1]) wird wieder einen gewaltigen
Strich durch die Rechnung der alten Zeit machen. Ihr Aufsatz ist allerliebst gegen die Hierarchie, und doch sticht er fast als positivistisch ab
gegen die Manifeste von Bauer und Feuerbach gegen das moderne
Christenthum und den „christlichen" Staat überhaupt.[2]) Er muß sich concentriren: die Fahne des Christenthums wollen wir ihnen lassen, die der
Freiheit und der Wissenschaft sei die unsre, und die Zürcher Scenen
werden, wenn auch in feinerer Form, durch ganz Europa, soweit es
historisch reif ist, sich fortsetzen.....

..... Die Cabinets-Ordre gegen die Jahrbb. an Rochow .... ist vom
11. März und heißt: „daß die Hall. Jahrb., die von den DDr. Ruge
und Echtermeyer herausgegeben werden und in Leipzig erscheinen, in
Zukunft entweder in Halle gedruckt und unter die Controlle inländischer
Censur gestellt oder der Debit derselben in den Preuß. Staaten verboten werden soll."[3])

Wenn Sie mit B. Bauer corresponbiren wollen, so kann Ihnen
Ihr Aufsatz Gelegenheit dazu geben..... Associationen wegen der Jahrbb.
werden bald nöthig werden, denn ich zweifle keinen Augenblick an dem
puren Verbot der „Deutschen Jahrbb". Dann bleibt nichts übrig, als
500 Actien zu creiren und eine Zeichnung pro patria zu eröffnen und
ihr Fortbestehen von dem Erfolg abhängig zu machen. Lassen Sie bald
wieder von Sich hören. Echtermeyer ist in Dresden leider ganz ohne
Nutzen für die gute Sache. Schöne Sachen liegen chaotisch in seinen
Mappen. Aber zu extrahiren sind sie nicht, und ich bin dieses „Dinges
an sich" müde. Ich laß' ihn gehn, weil ich kein Talent zum Vormunde
dieses verwahrlos'ten jungen Dusels habe. Können Sie was mit ihm
anfangen? — Ich werde mit ihm kneipen und spazierengehn, hoffe sonst
aber nichts mehr auszurichten; auch ist es absurd, diese nominelle Mit-
redaction und diese reelle, ganz überwältigende Plage mit allen Teufeln,
die ich allein ausfressen muß. Desto freundlicher kam mir Ihre that-
kräftige und sehr zeitgemäße Unterstützung. Die Zeit fordert rasche
Menschen; sie wird bald auch uns noch zu träge finden ....

Ganz der Ihre ist

Arnold Ruge.

---

[1]) Erschien im Juni 1841 bei Otto Wigand.

[2]) Von Bruno Bauer (vgl. S. 82) erschienen 1840 (Bremen): „Kritik der evangel.
Geschichte des Johannes" und (Leipzig) „Kritik der evangelischen Synoptiker"
H. J. 1841 Nr. 135 ff. „Der christliche Stadt und unsre Zeit."

[3]) Vgl. Anekdota I 10.

146.

An Ludwig Ruge.

Halle, den 18ten Juni 1841.

.... Deine Bedenken sind mir leicht erklärlich. Die Sache ist eine äußerliche, darum gleichgültige. Jeder ist seines Glückes Schmid. Nun hast Du keine Erfahrung, wie es einem in solchen Dingen, als der Weltlauf ist, ergehn kann, und darum zögerst Du vor der Lotterie. Das hilft aber alles nichts: Lotterie: d. h. Zufall und sein Spiel, bleibt nothwendig der Weltlauf, nur daß jeder Mann von Charakter bennoch diesen Zufall zur Nothwendigkeit, zur Vernunft und zu seinem Willen zwingt. Das Wie und das Einzelne, was Dir jetzt dunkel ist, liegt bennoch in Deiner Gewalt, und es kommt alles auf Deine Industrie, Deinen Humor, Dein Wissen und Deinen Charakter an. Also setze nur getrost Numro Dresden oder Numro Berlin; Du gewinnst, wenn Du mit ganzer-Seele spielst; und wo es auch sei und um was, der Mensch, der sich mit aller Energie in seinen Zweck vertieft und ihn nie aus den Augen läßt, hat magische Gewalt über die äußern Dinge.

Die Praxis in Dresden und eine zweckmäßige Familienverbindung, — die Gründung eines eignen Hauses — zu beiden ist es jetzt Zeit — beides mußt Du fest und sicher ins Auge fassen und Tag und Nacht die Chancen verfolgen, die in beiden Plänen liegen. Dabei mußt Du zunächst riskiren und den Anfang machen, wo es geht. Die Zeit der Industrie, der Visiten, der Speculation tritt jetzt für Dich ein, und Du darfst nicht fürchten, daß Du Dich ganz an diese Aeußerlichkeiten wegwerfen werdest, da Du ja Fond und Garantie für die absoluten Gesichtspuncte des Gemüths, der Liebe, der Wahrheit und Freiheit genug in Dir hast. Vor dem frevelhaften Spiel mit den geistigen Gütern bist Du ja durch Deine ganze Richtung gesichert.

> Item: Was geschehn soll, muß geschehn,
> Nichts kann dem Gebot entgehn,
> Jedes Ding hat seinen Schluß,
> Das beweis't Hieronymus!

d. h. in Deinem Fall: Du bleibst immer der Schmid Deines Glückes, und es widerfährt Dir nach Deinem Gemüth. „Schicksal und Gemüth sind Namen Eines Begriffs". Also entschließ' Dich getrost und vor allen Dingen führe starrsinnig den ersten besten Entschluß aus. An der Beharrlichkeit im Ausführen hängt alles. Denn dieses ist der Faden, an dem sich die Zukunft krystallisirt, die abstracte Form, in die sich das Material des Weltlaufs fügen lernt, wenn sie hindurchgeführt wird....

Dein Arnold.

147.

An R. Haym.[1]

Dresden, d. 16. Juli 1841.

Hochgeehrter Herr,
Werther Freund,

Ich habe es versäumt, persönlich von Ihnen Abschied zu nehmen, was ich mir vorgenommen hatte. Ich kam ins Gedränge mit allerhand Geschäften, bis dann die letzte Zeit mir nicht mehr frei gehörte. Empfangen Sie daher nochmals von hier aus meinen Dank, und lassen Sie mich es aussprechen, wie vollkommen ich die ganze Bedeutung einsehe, welche die Theilnahme der Jugend an der Philosophie und ihren Consequenzen, der freien Theologie und der politischen Freiheit, für Gegenwart und Zukunft hat. Man hält so lange die wahrste Wahrheit für abstract, bis sich ein Grund und Boden zeigt, auf dem ihre Saat aufgegangen ist; es wird freilich auch hier lange die Ansicht herrschen, der Anbau sei gering, man wird auch die Jugend Parthei nennen und ihr die Majorität der Ungebildeten und der Einfältiggläubigen (Theologen) gegenüber stellen. Aber es entwickelt sich der Geist nicht durch die Einfältigen, sondern durch die Gelehrten. Für jetzt kam es daher nur darauf an, ob die nachwachsende Generation, frei von Egoismus, die fetten Pfründen der Gläubigkeit gegen die Wahrheit gering achten und das Märtyrertum der ecclesia pressa auf sich nehmen werde. Dies

---

[1] Herr Professor Rud. Haym in Halle, welchem ich diesen Brief verdanke, hat die Güte gehabt, mir folgende Erläuterung zu geben. Am 23. Juni, dem Tage vor Ruges Abreise nach Dresden, hatten sich seine Freunde zu einem Abschiedsmahle in der „Stadt Zürich" versammelt. Die Studenten wollten ihm einen Fackelzug bringen; da jedoch die Behörde dies verbot, schickten sie eine Deputation an Ruge, bestehend aus Rud. Haym, welcher das Wort führte, Constantin Rößler und einem jüngeren Bruder des Prof. Schaller. Hierüber hat die Augsburger Allgem. Zeitung 1841 Nr. 186 berichtet; dort findet sich auch die Antwort Ruges auf Hayms Ansprache.

ist nun nicht mehr nöthig zu prophezeihen, es ist Thatsache, und man sieht überall den schönsten Muth und die zuversichtlichste Entschlossenheit für den Protestantismus unserer Zeit, die Philosophie, zu Tage kommen. Meine Stellung offenbart mir da manches, unter andern auch das, wie unendlich viel entschiedner und energischer die jüngste Generation der Gelehrten ist, als die aus der Zeit von Heine und der Frivolität, um von den Alten gar nicht zu reden.

So darf man denn in der That die Hoffnung fassen, daß die Ermannung des deutschen Geistes aus pietistischer und spießbürgerlicher Schwachheit und Indolenz von Innen heraus vor sich gehn und an geistigen Gegensätzen ein neues Lebensfeuer sich entzünden werde.

Es ist wichtig, daß die Studenten hierin eine Aufgabe ihrer Generation erkennen, es ist aber auch nicht minder wichtig, daß sie sich gleich von vorn herein klar werden, wie nöthig es ist, den Boden der Wissenschaft festzuhalten und sich nicht ohne die volle Rüstung historischer und philosophischer Ausbildung ins Politische zu stürzen, wie dies früher die Epigonen des Freiheitskrieges thaten, nur um die Erfahrung zu machen, daß dies Bestreben abstract war. Wie solche Theorieen sich realisiren, sieht man an der jetzigen Herrschaft der Romantik und der altburschenschaftlichen, d. h. altdeutschen fixen Ideen. Weil diese Bildung unzulänglich und wesentlich die fixe Idee der Restauration ist, so wird die größte Autorität auf Erden ebenso vergeblich, wie einst der deutsche Kaiser an der Restauration des Katholicismus, an ihrer Realisirung arbeiten. Die Realität der Romantik ist Ironie und leere Bewegung, Schein ohne Wesen, denn das Wesen dieses Scheines ist eben der wirklich freie Geist, nicht der für frei ausgegebne, der es in Wahrheit durch die ihm gegönnten Formen nicht ist. Die Realität der Freiheit, die der romantischen Form und Bewegung zum Trotz und neben ihrer Bewegung existent ist, ist die Innerlichkeit und die Ausbreitung der Philosophie — die Theorie, die unsichtbar über die Menschen kommt und ihr Reich gründet, ehe ihre Gegner sie kennen. So ist es mit der Hegelschen Philosophie geschehn: und es ist jetzt zu spät, sie nicht anzuerkennen. — Die List der Vernunft. —

Empfehlen Sie mich Ihren Freunden, die ich an jenem Abende persönlich kennen gelernt, und auch denen, die außerdem noch eine freundliche Gesinnung zu mir haben. Unterlassen Sie es nicht, mich aufzusuchen, wenn Sie nach Dresden kommen. Was man hier an Natur mehr und vom Polizeistaat weniger hat, das vermißt man leicht an den Menschen, die der Masse nach tief in dem Handwerksmäßigen stecken

und erst anfangen, die Überlegenheit der wahren Bildung zu begreifen. —

Mit freundschaftlicher Hochachtung

A. Ruge.

148.

An M. Fleischer.

Dresden, den 18ten Juli 1841.

.... Dies war denn also die letzte Faser meiner althallischen Verhältnisse, und sie riß kläglich. Die jungen Leute sind Zugvögel. Dun cker
ist der tapferste und völlig frei, er beherrscht Schaller und Schaller spricht
wenigstens wie ein Held, Hinrichs ist aus Naivetät tapfer, Pott wurde
bange, als niemand anders außer ihm unterschrieb, Hinrichs wollte er
nicht rechnen. Schwarz¹) war noch nicht da. Der ist der bedeutendste
und klarste Kopf, ein eminentes Talent, und wird viel leisten. Noch ist
ein junger Mann, Dr. Haarbrücker,²) Vatkianer aus Berlin, dort,
ebenfalls sehr liebenswürdig und tüchtig. Solchergestalt sind in Halle
noch eine Menge freisinniger Leute, die sich auch nicht werfen lassen,
aber mit Stadt und Land ist gar nichts Gescheidtes zu machen. Man
muß sich aufs Allgemeine werfen und eine Reform der Feigheit (denn
liberal genug sind sie, wenn's nur befohlen wäre) aus den großen
Welthändeln erwarten.....

Ich bin nun in Frieden auch von Niemeyer geschieden, der freilich
seit dem Verbot des Lehrbuchs seines Vaters³) eingesehen hat, wie sehr
sein „Vertrauen in die gute Richtung und seine unbedingte Hingabe"
eine eitle Blase war. Er opponirt nun aus der Familienrücksicht heraus.
„Sein Vater sei Director gewesen, er werde im Grabe blamirt pp." —
Lächerlich, und nur desto ärgere Confusion! Es wird nicht gehn, neutral
zu bleiben. Nur mit Teufelei geht es, indem man jedesmal den Siegern

---

¹) Karl H. W. Schwarz (1812—1885), zuletzt Oberhofprediger und General=
superintendent in Gotha, wurde in Halle als Mitglied der Burschenschaft 1837
zu Festungshaft verurteilt, 1841 in Greifswald Licentiat der Theologie, habilitirte
sich im folgenden Jahre in Halle.

²) Th. Haarbrücker († 1880), nachmals außerord. Prof. der orientalischen
Sprachen und Direktor der Viktoriaschule in Berlin.

³) Aug. Herm. Niemeyers „Lehrbuch der Religion für die oberen Klassen in
gelehrten Schulen" wurde unter dem Ministerium Eichhorn in Preußen verboten.

hilft und umſchlägt, wenn ſie kippen. Das iſt aber nicht N.s Sache. Seine Schlauheit iſt nicht ſchändlich, ſie iſt bornirt und ſchweinepolitiſch, aber nicht ohne Gutmüthigkeit. Schaller iſt nicht ganz alt= und nicht ganz junghegelſch, dazu Weib und Kind und ſchauerliches Gehalt! Er muß, wenn er auch wohl anders möchte, denn zum Heroismus der abſoluten Idee iſt ſo einer nicht geboren, eigentlich mehr Kaufmann als Philoſoph. — ....

Von Herzen

Ihr

Ruge.

149.

An E. Zeller.[1]

Dresden, d. 20. Aug. 1841.

Lieber Freund,

Ich bin Ihnen noch meinen Dank für Ihre letzte Recenſion ſchuldig[2]. Eine Reiſe nach Karlsbad kam dazwiſchen und verſpätete ſich mein Schreiben.

Ihrer Unternehmung wünſch' ich von Herzen Glück.[3] Freilich werden die Wirtemberger dadurch ſehr beſchäftigt werden: allein wie es nun geht, weniger als ſie bisher gethan, werden ſie doch nicht thun. Nur Sie ſind wohl ganz für uns verloren, und ich muß hoffen, daß die heranwachſende Jugend das Quarré wieder ſchließt.

Ihre Winke über Ewald werden noch Berückſichtigung finden in einem Nachtrage, der mir verſprochen iſt.

Empfehlen Sie mich Ihren Freunden und hören Sie nicht auf, muntre Leute für die Jahrbücher zu intereſſiren. Herzliche Grüße!

Ihr

A. Ruge.

---

[1] Eduard Zeller (geb. 1814), hatte 1839 ſeine Platoniſchen Studien erſcheinen laſſen und ſich 1840 als Privatdocent der Theologie in Tübingen habilitirt. Er hatte bereits früher für die H. J. geſchrieben, ſein erſter Beitrag waren Anzeigen von Schriften Binders und Märklins über den Pietismus (1839 Nr. 231 ff.).

[2] Züllig, die Offenbarung Johannis (Deutſche Jahrbücher Nr. 14 ff.).

[3] Zeller gründete 1842 die Theologiſchen Jahrbücher. Vgl. die Anzeige derſelben D. J. 1842 Nr. 95 ff.

150.

An Pruß.

Dresden, d. 21. Aug. 1841.

Seit einigen Tagen, lieber Pruß, bin ich aus Karlsbad wieder da. Ich habe nicht getrunken und nicht gebadet, aber ungemein heiter und angeregt gelebt und gefaulenzt. Wigand, ... Ludwig und Seydelmann, auch ein katholischer Dechant Appel — wir kneipten sehr corbat und angenehm zusammen. Dazu kam, daß Schelling den zweiten Tag erschien, und daß ich mit ihm bekannt wurde und in die interessantesten Er= örterungen kam.....

Schelling, denke Dir, sprach mit vieler Anerkennung und Vorliebe sogar von den Jahrbüchern. Ich habe sie ihm gleich Anfangs zugeschickt, wie Du weißt, und damals mit ihm über die Herausgabe seiner Bücher correspondirt. So hat er fortdauernd Theil genommen und sich sogar brieflich ernstlich gegen das Verbot ausgesprochen, nicht ohne Wirkung, wie sich gezeigt hat. Ebenso erkennt er die Straußische Kritik an und ist überhaupt religiös und politisch freisinnig. Dagegen möchte er fort= dauernd gern Hegel negiren und will von der Logik nichts hören 2c., eine Calamität, die groß ist, dieselbe, die Kant mit Fichte hatte, und eine noch größere, denn die Resultate dieses Schrittes über Schelling hinaus liegen denn doch zu glänzend vor Augen und — er erkennt sie ja an in der Junghegelei! —

Curiose Geschichte! Wenn der Mensch nicht von sich abstrahiren kann! — Aber er wird in Berlin gut einwirken, denke ich, und ich ver= sichere Dich, daß ich eine völlige litterarische Emancipation unter Um= ständen für sehr möglich halte. Ja, es könnte sich ereignen, daß die Junghegelianer durch ihn nach Berlin gezogen würden — wenn er nicht den unglücklichen Gedanken hätte, uns alle nur als seine Zuhörer, nicht als Gleiche zu denken. Er schalt mich, daß ich nicht nach Berlin ge= gangen wäre, ich hätte ihn dort hören und mich überzeugen können, daß er abermals einen Schritt gethan hätte und zwar den, meinte er, den Hegel verfehlt hätte: den Beweis der Offenbarung, was wieder die alte Geschichte mit der Mythologie ist und mit dem Suchen nach der Ur= weisheit, die nicht bloß in der historisch entwickelten Vernunft, sondern von Anfang im Begriff des Menschen und in seiner primitiven Gestalt und Weisheit zu suchen sein soll. Er sprach sich nicht näher aus und orakelte; aber es ist nicht schwer dies Räthsel zu lösen, da er es schon oft genug gethan hat und die neueste Litteratur und Geschichte nicht zum Ausgangspuncte nimmt, sondern als Durchgangsperiode nur — vorausgesetzt, ohne sie einmal selbst studirt zu haben.

Er meinte, „man möge doch sein Ende abwarten," und „mein Ende kommt jetzt," sagte er mit viel Recueillement und fast elegischem Ernst. Er spricht schwäbisch und ist sehr traitabel. Natürlich hütete ich mich, ihn zu verletzen und schroffe Gegensätze zu machen; auch übertrieb ich die Besuche nicht, wohl wissend, daß es unmöglich ist, ganz mit ihm d'Accord zu werden.

Echtermeyer ist wirklich darangegangen, Dein Buch zu recensiren.[1] Du hast Deine Gedichte drucken lassen.[2] Ich hätte gewünscht, daß noch mehr eingreifende, wie das Rheinlied, politische und aus dem Geist wiedergeborne Lieder des Durchbruchs, so ein Dutzend Marseillaisen dabei gewesen oder vielmehr noch erst dazu gekommen wären. Es sind viele dabei, die nicht jung genug oder, wenn Du willst, auch zu jung sind. Denn es kommt doch darauf an, daß die ganze geistige Zukunft und eine specielle Farbe, um die man heut zu Tage wahrlich nicht verlegen sein kann, nämlich die Farbe der cultivirten Freiheit und ihrer Geburtswehen, darin steckt. Das Rheinlied hätte jedenfalls mit aufgenommen werden müssen. Du bist doch wieder gesund? Werde ich bald Manuscript von Dir haben?

Ganz

Grüß' Ida vielmals!

Dein Ruge.

———

151.

An Prutz.

Dresden, den 31. Aug. 1841.

Lieber Freund, eben da ich Deinen lieben Brief mit aufrichtiger Theilnahme an all' Deiner Noth und eben so sehr mit Freude über Deine lebhafte Theilnahme lese, bekomme ich auch schon den Abdruck der Recension über Herwegh,[3] die ich selbst und, wie Du seh'n wirst,

---

[1] Die Anzeige von Prutz' „Der Göttinger Dichterbund, Leipzig 1841" (D. J. 151 f.) ist von A. Wellmann.
[2] Angezeigt von A. Ellissen (D. J. 116 f.).
[3] Gedichte eines Lebendigen (Neue Lyrik) D. J. 1841 Nr. 63 ff.

im erſten Rauſch über dieſen köſtlichen Demagogen verfaßt. Es iſt ſehr
viel Freimüthigkeit und kein Haar Legitimität in dieſer Kritik. Vielleicht
wäre es unendlich beſſer geweſen — denn wird man dies Genre nicht
verbieten? — ich hätte Dir die Kritik gelaſſen; aber was hilft am Ende
die Exiſtenz, wenn man ſie nicht in die Schanze ſchlägt? . . . .

Denk' Dir, die Schwaben, Köſtlin, Biedermann, Du und die
Stettiner, alles pauſirte. Die Schwaben und Biedermann machen ſogar
eigne Journale. Das muß ſich erſt ſetzen, und eine neue Cultur muß
ſich zufinden für dieſen enormen Ausfall. Strauß hat was verſprochen,[1]
beiläufig auch Schelling, was höchſt ſpaßhaft wäre, wenn er es aus-
führte.

Feuerbach wird auch nächſtens etwas geben . . . .[2] Es lebt ſich
hier gut, jedenfalls viel gemüthlicher als in Halle . . . .[3] Uebrigens iſt
H. Franck, Echtermeyer, Köchly, Moſen, Snell[4] und noch mancher
andre jetzt hier. Einige werden ſich wohl noch cultiviren, andre ſo
dazukommen. Kurz, es iſt nicht ohne, wenn man 6 bis 7 Leute findet.
Der alte Ammon[5] iſt ſodann ein aufgewecktes Haus und Langenn
ein liberaler, braver Mann. Anzufangen iſt freilich nichts mit ihnen,
und ich beabſichtige dies auch nicht . . . .

Viele herzliche Grüße. Seh'n wir Dich hier auf der Durchreiſe?
Du biſt alſo mit Jena im Reinen?

Grüße Deine Frau und unſre Freunde herzlich.

Dein

A. Ruge.

---

[1] D. J. 1841 Nr. 97 f. erſchien unter der Überſchrift „Warnung" Strauß'
ſcharfe Verurteilung von „Dr. D. Fr. Strauß' chriſtliche Glaubenslehre ꝛc., allgemein faßlich dargeſtellt von Philalethus. I. Band. 1841."

[2] Von Feuerbach erſchien (D. J. Nr. 150) „Einige Bemerkungen über den
Anfang der Philoſophie von Dr. J. F. Reiff."

[3] Vgl. die höchſt intereſſanten Mitteilungen von Helbig „Arnold Ruge in
Dresden". (Im Neuen Reich 1871 II S. 259 ff.)

[4] Hermann Franck hatte eine Zeitlang in Leipzig die Allgem. Deutſche
Zeitung herausgegeben; für die H. J. (1840 Nr. 257 f.) ſchrieb er die Anzeige von
Fr. v. Raumer's „Italien". Hermann Köchly (1815—1876), Philolog, war ſeit
1840 Lehrer an der Kreuzſchule, ſpäter Profeſſor in Zürich und Heidelberg.
Julius Moſen (1803—1867) lebte ſeit 1834 in Dresden.

[5] Chr. Fr. v. Ammon (1766—1850), ſeit 1813 Oberhofprediger und Ober-
konſiſtorialrat in Dresden, ſpäter Vicepräſident des Oberkonſiſtoriums. Vgl. A.
f. Z. IV 526.

152.

An Stahr.

Dresden, b. 8ten Sept. 1841.

.... Ich hab' es jetzt schlimm. Die ganze angestellte preußische Welt fällt von den Jahrbüchern ab: Vatke,[1]) Schaller und dergleichen. Diese Bildung und zum Theil Gelehrsamkeit ist ein empfindlicher Verlust. Dafür öffnen sich die Schleusen, und das jungdeutsche, unphilosophische und darum unfreie, wenigstens nur zufällig freie Volk stürzt auf die Jahrbücher los .... Ich sehe einer Zeit der gewaltigsten Krisis entgegen; und wenn ich auch bei der Bergparthei bleiben oder zu ihr treten wollte, so ist das immer nur die Minorität.

Die Sache ist so. Echtermeyer ist Ein Abtrünniger, Vatke, Schaller, und wie sie gewachsen sind in den Staatscarrieren, das sind die andern.

Die Schwaben kommen dann. Sie gründen selbst Tübinger Jahrbücher. Dies ist eine philosophische Partei, die Gironde. Die geht jetzt, und wenn sie zu Grunde geht, desto unangenehmer für mich und die Jahrbücher. Denn Bruno Bauer (und Marx[2]) und Christiansen) und Feuerbach werden oder haben schon die montagne proclamirt und den Atheismus und die Sterblichkeit zur Fahne erhoben. Gott, Religion und Unsterblichkeit wird abgesetzt und die philosophische Republik, die Menschen die Götter, proclamirt. Du weißt, daß Atheismus für den dummen Verstand jede Explication Gottes ist, also das System und der Proceß, den ja auch Osann[3]) schon atheistisch beim Aristoteles fand. Nun erfolgt durch Bauer die Erfüllung, das Stichwort, nach dem sie lange geangelt: es wird ein Journal des Atheismus (ausdrücklich) erscheinen und ein Mordspectakel entstehn, wenn die Polizei es zum Klappen kommen läßt, was aber enfin nicht zu hindern ist.

Dieses Auftreten, dem wir entgegensehn, löst eine dritte Parthei los. So haben wir 1) Alte Doctinärs, 2) Straußianer, 3) Atheisten oder solche, die Strauß für einen „verfluchten Pfaffen" erklären. Es

---

[1]) Bereits 1838 hatte Vatke an seinen Bruder Georg über den Ruge-Leoschen Streit geschrieben: „Solche Klopffechtereien sind mir fatal, ich liebe Haltung und Anstand." S. Benecke, a. a. O. 286.

[2]) Karl Marx (1818—1883) war seit 1841 in der Redaktion der Rheinischen Zeitung und übernahm im folgenden Jahre ihre Leitung.

[3]) F. G. Osann (1794—1858), seit 1825 Professor der alten Litteratur zu Gießen.

ist köstlich; aber es ist eine schwierige Zeit, da ich und die Jahrbücher
alle Partheien verlieren. Denn — welche ergreifen? Sie alle schreiben
zu lassen, wäre gut, aber nur die Atheisten werden es thun, die Schwaben
werden wüthend, wenn sie angegriffen werden, und die Alten sind schon
disgustirt: dazu hat jedes sein Organ.

Das jungdeutsche und altdeutsche, uncultivirte Gesindel ohne Philo=
sophie soll aber der Teufel holen. Mit dem allein kann ja kein Mensch
durchbringen.

Könntest Du nur Buttel und Stiefel[1]) anspannen. „Wenn diese
schweigen, werden die Steine reden.“ Sie reden schon, daß es eine
Heidenwirthschaft ist. Aber dies alles ist Symptom: la force des choses:
wir gehen einer Entwicklung entgegen, die gewaltig und gründlich ist.

Denn die Freiheit, die durch alle jene Phasen hindurchgeht, wird
einen so fanatischen Gegensatz hervorrufen, daß die Geschichte Ernst wird
und die historische Entwickelung die philosophische aufnimmt. Die
Anknüpfung an die Religion ist die eine Handhabe, die an die Politik
die andre . . . .

Dein Freund

Dr. A. Ruge.

153.

An Werner.

Theuerster Freund,

Herzlichen Dank für Ihr Anerbieten. Gehn Sie nur gleich dran,
und da Rötscher vernünftig ist, wird ihm auch eine ordentliche Kritik
zu Gute kommen. Wenn er nur überhaupt das Althegelsche vornehme
Unwesen ließe und dürres Holz hacken hülfe, nachher wird das junge
schon nachschießen . . . .

Ich bin enorm gehetzt. Die philosophische Welt ist in ungeheurer
Bewegung und ein großes Vorspiel unsrer künftigen practischen Kämpfe.
Ewig schade, daß der König diese Region nicht versteht und die Hebel
der extremen Entschlüsse und Systeme nicht kennt! Eichhorn[4]) ist

---

[1]) Letzterer war Professor an der polytechnischen Schule in Karlsruhe; Stahr
besuchte ihn auf der im Briefe vom 2. Sept. 1838 (s. S. 143) erwähnten Reise und
nannte ihn in einer dort ausgelassenen Stelle „einen der ältesten Heidelberger
Schüler Hegels.“ Über Buttel vgl. S. 104.

[2]) J. A. F. Eichhorn (1779—1856), seit dem Oct. 1840 Altensteins Nachfolger.

kein Minister für diesen Posten: was wird er nur aus Strauß heraus-
lesen? aus Strauß, der sehr bald noch zu den Positivisten gerechnet
werden wird. Man sollte ihn jetzt berufen, nun es noch Zeit ist, nun
er noch jung und ein Mann der Zukunft genannt werden kann.

Ihr

Dresden, 13ten Sept. 1841.   Arnold Ruge.

154.

An Ludwig Ruge.

Dresden, 14ten Sept. 1841.

Lieber Ludwig,

.... Stahr hat ganz Unrecht, und Vatke ist ein Vermittler mit der
Theologie; daß er Marheineke das Buch[1] dedicirt hat, ist charakteristisch.
Der geht nicht einmal soweit als Strauß, und ich seh' es noch kommen,
daß die ganze Althegelei wieder auf den legitimen Schild steigt. Vatke
wird ihr den Steigbügel dazu halten. Ich will nichts versäumen, um
ihre Illegitimität nun erst recht anschaulich zu machen, und ich hoffe, die
Pietisten lassen sich nicht täuschen, sondern fahren fort, auch die Lau-
warmen hinaus zu schmeißen ....

Dein Arnold.

155.

An Klüpfel.

Dresden, den 21. September 1841.

Lieber Freund.

Ihre Anträge auf Strauß nehm' ich mit Vergnügen an. Lassen
Sie bald von Sich hören. Zugleich ergreif' ich die Gelegenheit, Ihnen
meinen herzlichsten Glückwunsch zu Ihrem Avancement[2] zu sagen. Em-

---

[1] „Die menschliche Freiheit in ihrem Verhältnis zur Sünde und zur göttlichen
Gnade. Berlin 1841." In der Anzeige von Feuerbachs Wesen des Christentums
(Anekdota II p. 8) spricht Ruge von Vatkes Buhlen um das Zeugnis der Übereinstimmung mit der wahren Frömmigkeit und nennt seinen Standpunkt den des
theologischen Dusels.

[2] Er war zweiter Univers.-Bibliothekar geworden.

pfehlen Sie mich auch gelegentlich bei Schwabs, ihr freundliches Haus ist mir noch immer frisch im Gedächtniß.

Es ist düstere Zeit hier im Norden. Vielleicht seh' ich Sie bald. Alle Last ruht auf dem Süden, um litterarisch die Seite der freien Wissenschaft zu halten. Die Preußen müssen erst wieder Muth faßen. Auch die besten weichen mir aus mit Zögern und zögern, ob der Wind nicht wieder umgeht. Er wird aber noch Jahr und Tag so wehn! Wehte er nur recht schneidend und scharf!

Viele Grüße von Ihrem

Arnold Ruge.

156.

An M. Fleischer.

Dresden, den 16ten Oct. 1841.

Lieber Freund,

Es treibt und drängt sich so viel, daß man Mühe hat sich bei der Stange zu halten; und ich lerne es begreifen, wie man ohne einen harten Kopf ein willenloser Raub der Bewegung werden kann. In den Jahrbüchern werden Sie gar bald die heraufziehenden Gewitter gewahr werden, die in der That so alte Dinge wie Schellings Reden in Karlsbad gänzlich aus dem Gesichte rücken. Doch will ich Ihnen mit wenig Worten die Geschichte erzählen, da Sie einmal darauf bestehn und der alte Herr immerhin mit unsern besten Interessen zusammenhängt. Er war mit Frau und Tochter in Karlsbad; die alte prude, die junge hübsch und sehr difficile. Ich ließ mich ihm durch Freund Wigand, der ihm schon einen Besuch gemacht hatte, vorstellen in den Gängen des Sprudels, wo er die Hygieen=Quelle, die stärkste von allen, trank. Er fing damit an, daß er mich mit Interesse ins Auge faßte und sagte: „Sie sind noch so jung", worauf ich antwortete, ich tränke auch nicht und wäre nur auf einer Fußreise hier. Er hatte aber gemeint, „und ich hätte schon so viel Lärm veranlaßt." Er verachtet die jüngere Richtung der Hegelei keineswegs und war ernstlich bemüht, sich versöhnend und womöglich cooperativ zu ihr zu stellen, weshalb ich denn die Gelegenheit ergriff, ihn zum Mitarbeiter zu engagiren, was er im Allgemeinen annahm und nur Frist und Gelegenheit sich vorbehielt, d. h. er schob auch dies ad calendas graecas hinaus. Solcher Freundschaft waren aber lange Discussionen vorauf gegangen über seine Ansichten vom freien Staat und der freien Litteratur;

— er ließ sich in diesen Beziehungen so liberal vernehmen, daß gar nichts zu wünschen übrig; er besavouirte Stahl als eine subordinirte und beschränkte Figur, deren thörichte Auskunft, die Bibel zum Princip der Philosophie machen zu wollen, das Allerrohste wäre 2c. Freilich will er nun die positive Philosophie geben und zwar im Politischen den wahren Staat, im Religiösen die Offenbarung beweisen, und alles dies mit der Prätension, daß Hegels Methode eine ganz verfehlte und sein System eine unglückliche Episode gewesen. Er kennt die ganze Litteratur, die mit Hegel beginnt, nur sehr oberflächlich, Hegel selbst ist ihm ungenießbar, und wenn er die Consequenzen der Hegelschen Philosophie anerkennt, so ist es nur als reine Negation und als ein Standpunct, den man gehabt haben müsse, und zu dem er nun das Positive bringen wolle. Unter Offenbarung versteht er wohl die Geschichte, aber es ist ihm ein Interesse, „ihren Anfang empirisch und apriorisch zugleich aufzuzeigen", also wieder Mythologie. — Ich suchte seinen Ehrgeiz zu entflammen und dachte einen Augenblick, es möchte möglich sein, daß er eine politische Rolle spielen und den König für die Freiheit stimmen könnte, überzeugte mich aber bald, daß er nur den philosophischen Ehrgeiz, noch einmal einen Schritt zu thun, hat — ein unglücklicher Gedanke, der jedenfalls mislich für ihn ausfallen wird. Denn sein Misverstand der Geschichte und der Methode der Entwickelung ist immer noch der alte, sein Standpunct also auch immer noch derselbe unfreie, wie sonst, mag er auch noch so viele liberale Confessionen machen. Die schwachen Geister Berlins werden ihm vorläufig zufallen, und er wird mit ungeheurem Zulauf lesen. Nichts destoweniger ist dies wirklich sein Ende, wie er sich selbst sehr elegisch ausdrückte. Ich lege Ihnen den Brief von Bruno Bauer bei.

Sie sehn daraus, wie es steht; aber Sie sehn das erst ganz, wenn Sie wissen, daß B. Bauer der Religion und dem objectiven Gott außer dem Selbstbewußtsein mit derselben Parthesie, wie Feuerbach, und stärker noch entgegentritt. Er gründet ein eignes Journal oder eine Broschüren= reihe für den Atheismus und die Sterblichkeit der endlichen Subjecte und für die Negation der Positivisten überhaupt, nennt Strauß einen Hengstenberg innerhalb der Kritik und erschrickt vor keinen, auch den ernstlichsten Kämpfen: kurz hat einen Charakter und eine Liebe des Extrems, wie wenige. Sein Buch, seine Aufsätze, sodann die Kritik der Positivisten, zu denen er Strauß mit rechnet — dann Feuerbachs und Strauß' Bücher und die ganze oppositionelle Stellung der Philosophie, die unmöglich die Existenz des christlichen Staats und des ausdrücklichen, exclusiven Christenthums anerkennen und gewähren lassen kann, da wir

10*

ja Göthe, Schiller, Kant und die aufgeklärten Heiden alle schon vor uns
haben — dies ist eine Entwicklung, eine Gährung und ein Kampf, dem
gegenüber die Schellingschen Pointen und das altersschwache Berliner
Treiben wohl gar bald in den Schatten treten wird. Schelling selbst ist
dabei wesentlich Zuschauer, und er wird sich nur verdient machen können,
wenn er das hält, worauf er mir die Hand gegeben hat, daß er immer
sich dafür aussprechen werde, so werthvolle und lebensfrische Discussionen
wie die der neuesten Philosophie in den Jahrbüchern und verwandten
Schriften müsse man pflegen und sich ihrer freuen, nicht roh dreinfahren ꝛc.

‚Ich habe mir keine Verbindlichkeiten aufgelegt und werde jede Corre=
spondenz (die ohne Zweifel reichlich fließen werden) über seine Vorträge,
auch die scharfen, gern aufnehmen; dagegen hat er nicht Unrecht, wenn er
verlangt, man solle ihn doch erst zu Worte kommen lassen. Vielleicht
ist Bauer noch dort, wenn er anfängt, und vielleicht fahr' ich .mal
hinüber. Es ist ja jetzt so sehr bequem und wohlfeil obendrein.

.... Echtermeyer ist jetzt wieder positivistisch und vornehmlich
unsterblichkeitssüchtig und für den jenseitigen Gott, ebenso wie er für die
jenseitige Schriftstellerei ist, denn in der diesseitigen hat ihn der Teufel
längst geholt. Er wird noch eine Trompete erfinden, in die er mit
einem Tone gleich ganze Colonnen Gedanken hineinblasen kann mit dem
Cigarrenrauch. Es ist dumm, daß es so ist, aber leider; es ist so, wie
es ist. Wie vergeudet der Mensch seine Jugend, und wie setzt er sein
Licht unter den Scheffel! Wenn ich dagegen bedenke, was Sie für
Arbeiten haben, was Bauer, was Strauß und was Alle, die wirken,
zusammen arbeiten und schreiben müssen und wirklich schreiben, so verlier'
ich die Hoffnung zu seiner Zukunft, die mir immer transcendenter und
jenseitiger zu werden scheint. Rüffeln ist auch vergebens; ohnehin seh'
ich ihn sehr selten. Ich habe dies und jenes nach alter Weise mit ihm
durchgesprochen, das practische Verhältniß ist aber gänzlich gelös't. Er
geht neuen Entwürfen nach und sucht es zu einer Anstellung zu bringen,
vielleicht bei irgend einer Bibliothek oder Archiv oder dergleichen. Die
Jahrbücher redigir' ich schon lange de facto und seit dem Juli auch aus=
gesprochner Maßen allein. Doch ist diese Sache vor der Hand unter
uns geblieben.

Landfermann[1]) war in Heidelberg mit mir zusammen. Er ist von
Anfang an altdeutsch und à la Schenkendorf dabei romantisch gewesen,

---

[1]) D. W. Landfermann (1800—1882), 1835 Director in Duisburg, 1841 Pro=
vinzialschulrat in Koblenz. Ueber Rüges Begegnung mit ihm in der Studentenzeit
s. A. f. Z. II 194.

eine gute, treue, liebe Seele (ohne Ironie), aber eine Confusionsseele erster Größe, dabei tüchtig, tapfer und gelehrt, so à la Dahlmann. Das ist die altdeutsche Burschenschaft mit Schelling und der Bibel auf dem Ranzen, die jetzt als Revenant durch die Welt wandert — hoffentlich folgt ihr die französische, die politische, die radicale bald nach. Dann kommt unsre Zeit, und wir werden nicht umsonst geredet haben: Die Freiheit für immer!

Ihr treuer Freund

A. Ruge.

157.

An Stahr.

Dresden, d. 17. Oct. 1841.

Lieber Herzensfreund,

.... Es ist eine Zeit der Prüfung gewesen, und erst sehr allmählich bin ich zu einer gewissen Sicherheit gelangt, die meine Sorge freilich nicht ausschließt, die mir aber doch die Möglichkeit zeigt, trotz der ungeheuren Apostasieen in allen Ecken und Enden, offen und heimlich — so schlecht sind die Hunde — die Jahrbücher fortzuführen. Ja, ich begreife die Menschenverachtung mächtiger Individuen, wenn man so sieht, wie jeder Seel' und Seligkeit verräth, wenn es kommandirt wird, und wenn es nicht einmal kommandirt wird, wenn sich's nur ernstlich um die Entscheidung handelt und dann ein Mausloch noch offen ist für den „ruhigen" Philister, ...

Dein treuer Freund und Bruder

Arnold Ruge.

158.

An Stahr.

Dresden, 7ten Nov. 1841.

Lieber Herzensfreund,

Herzlichen Dank für Deine Sendung.[1] Du bist doch immer der alte treue Freund, auf den man zählen kann trotz Frost und Fieber.

---

[1] Die Anzeige von: Mayer, Neapel und die Neapolitaner. (D. J. 1841 Nr. 156).

Es geht jetzt wie geschmiert. Die Entwicklung ist riesenstark, die Kühn= heit unermeßlich. Ganz Europa wird schon von dem neuen Geiste durch= weht, und Spanien ist nicht das einzige Land, in dem es freie Leute giebt. Die neue Krise Frankreichs und selbst Englands rückt immer näher, und unser gutes Vaterland hat jetzt in Preußen einen seltsamen Vorsprung erlebt. Die Geschichten sind leider für den Brief zu weit= läuftig, nur soviel im Allgemeinen, daß Friedrich Wilhelm IV. gänzlich seine Popularität verscherzt[1]) und mit aller Form die Sache nicht er= setzen kann. Es geht daher bereits an die Unannehmlichkeiten. Die Polizei wird eklig,[2]) und die Opposition ist es schon geworden, d. h. bis in die unteren Regionen herunter. Ein jäher Abfall des Enthusiasmus und so weiter, immer tiefer bis zur Stunde der Versuchung, die mit Riesenschritten herannaht. Du siehst das auch an der Times und der Angst der Tories vor dem Ausbruch. — Ich glaube, daß der sehr schnell sich machen und wieder setzen wird, weil Alles sehr au fait ist und selbst die Aristocratie wohl einsieht, daß sie weichen muß, wenn sie nicht fort= geschwemmt sein will von der Sündfluth aus Westen und aus Osten.

Dieselbe Bewegung in der Philosophie. Kaum, daß man ihr folgen kann, so rasch geht der Verlauf vor sich. Lächerlich sind die alten Ro= mantiker in Berlin, die von alledem nichts ahnen und verstehn. Schelling wird sich unsäglich blamiren. Mein Verkehr mit ihm ist antiquirt. Er war sehr artig, trotz aller Anfechtungen, die er erlitten und die er sehr wohl kannte. Er fürchtet sich vor diesem genre von Kritik und sucht sich als möglichster ultra in jedem Liberalismus darzustellen. Aber es heißt hier: Timeo Danaos et dona ferentes.

Sein Princip ist die Unfreiheit, wenn er auch noch so frei spricht. Uebrigens muß man ihn bedauern; er wird kein angenehmes Alter in Berlin haben, am wenigsten, wenn er nicht bald stirbt — bevor der jetzige Abfall von der Freiheit politisch negirt wird, was gar nicht aus= bleiben kann.

Strauß und Feuerbach und B. Bauer sind die richtigen Aus= leger der Hegelschen Philosophie, und es ist noch zu verwundern, daß so viel Geduld mit dem alten Kram vorhanden ist. Unsre Zeit ist die fundamentalste Aufklärungsperiode, die es je gegeben hat, und es wird

---

[1]) Im September hatte sich der König von Breslau aus nach Kalisch zur Begegnung mit dem Kaiser von Rußland begeben.

[2]) Um diese Zeit begann der Prozeß gegen Hoffmann von Fallersleben wegen der „Unpolitischen Lieder", und es wurde der Verlag von Hoffmann und Campe für die preußische Monarchie verboten.

nöthig, wie Voltaire und Rousseau zu schreiben, ja, sie erscheinen als große Vorbilder, und nicht nur das, man ist sehr unwissend, wenn man ihren Inhalt nicht mit gehöriger Anerkennung aufnimmt. Welch' ein mächtiges Buch, dieser Contrat social, das Evangelium der Freiheit, und wie hat es gewirkt, wie wirkt es noch! Wenn man Lamenais le pays et le gouvernement lies't, so sieht man, daß Rousseau und Sieyès vor-aufgegangen sind. Die Kerle schreiben Schwerter und Dolche, sie sind mächtiger als Kanonen und Bajonette.

Ich wünsche nur, daß man Feuerbach aus seinem Rattennest hervor-ziehen könnte, der ist wirklich, was er heißt, nur müßte er nun mal politisch werden.

Lies ja die Posaune des jüngsten Gerichts.[1] Das Ding ist toll und wird einen Eklat machen, der die Pietisten ins Verderben bringt. Solche Schamlosigkeit hat das Princip noch nicht aufgebracht, consequent ist es aber, und der Racker versteht sich auf den Hegel besser, als diese 88 Philister, die denken, Philosophie und Semmelbacken sei gleicherweise ein ehrliches und nahrhaftes Geschäft.

„Ist das nicht ein Aufruhr?" „„Nein, Sire, es ist — eine Re-volution!"" . . . .

Dein

Ruge.

159.

An Prutz.

Dresden, d. 7. Nov. 1841

Lieber Freund,

Du kennst doch die tragische Geschichte mit Stahrs Merk?[2] Kannst Du mir nicht den Gefallen thun und einige anzeigende Worte darüber

---

[1] Die Posaune des jüngsten Gerichts über Hegel den Atheisten und Anti-christen. Ein Ultimatum. Leipzig. Otto Wigand. 1841. Die Schrift ist eine der hervorragendsten der ganzen Zeit und erweist unwiderleglich Hegels Lehre als Atheismus. Anscheinend ist sie von einem Rechtgläubigen geschrieben, und auch Ruge erkannte anfänglich die Ironie so wenig, daß er annahm, sie entstamme dem Lager der Gegner; ihr Verfasser ist jedoch höchst wahrscheinlich Bruno Bauer. D. J. 1841 Nr. 149, erschien eine Anzeige derselben, welche Ruges Irrtum teilt. Vgl. dagegen D. J. 1842 Nr. 136 ff. Der Posaunist und das Centrum der Hegelschen Philosophie.

[2] Merks ausgewählte Schriften, herausgegeben von Stahr. Oldenb. 1840.

ſagen? Ich ſelbſt ſteh' der Sache zu fern und habe auch das Buch nicht
gleich zur Hand. Stahr iſt nun bitterböſe, er meint, ich ſollte dann
wenigſtens ſelbſt die Anzeige machen. Aber wie geſagt, das geht nicht.
Da mußt Du mir helfen und kannſt es leicht, wenn Du auf Merks
Charakter, Fähigkeit und Stellung zu Göthe etwas eingehſt und ſein
Unglück, das im Grunde ein Echtermeyerſches iſt, nämlich der Zwieſpalt
zwiſchen Wiſſen und Können — etwas eingehſt. Die eſelhaften Kategorieen
von beſonderem Genie und myſteriöſem Talent — ſoll der Teufel holen,
der ſie gemacht hat, um Weibern und Narren damit den Kopf zu ver-
drehen und nach Gelegenheit einige damit umzubringen. cf. Merk.

Thu' mir den Gefallen und mach' das Ding wieder grade, was
mein Glaube, der damals noch meinte, ein Kameel werde durch ein
Nadelöhr gehen, verdorben hat.

Gott gebe, daß Dir Alles wohl gelingt. Es iſt ſehr chriſtlich, wenn
ich den Jenaiſchen Philiſtern ſo viel Gutes wünſche, da ich doch recht
gut weiß, daß ein excidium dieſer Sauerei das Beſte wäre!

Von Herzen

Dein

Ruge.

———

160.

An Prutz.

Dresden, 13. Nov. 1841.

Lieber Freund.

Herzlichen Dank für Deine ſchnelle und liebenswürdige Antwort.
Ich habe mir Alles notirt. Es iſt und bleibt Dir Alles, was Du an-
kündigſt, frei.

Wenn nur die Jahrbücher ſich in dieſem niederträchtigen Frieden
erhalten..... Leider wird alle Dummheit der Berliner nicht hinreichend
ſein, um einen einzigen Laut der Empfindung aus dem Volksherzen zu
preſſen, viel weniger den Donner der Wiedergeburt. — Ich habe nicht
das Syſtem zurückzugehen, und ich muß geſtehn, daß ich die nächſten
zwei Jahre, wo nun die Gegenſätze nothwendig immer ſchroffer in ſich
freſſen müſſen, für faſt unmöglich hielte, wenn nicht dennoch das große
Faß ein Loch kriegt und alle Spreu vom Weizen mit der Schwinge der

großen Worfler ausgesondert wird. In der Form thu' ich, was ich kann: aber die einfachsten, vernünftigen Sachen sind Dolchstöße für die Jesuiten, die uns umstricken. Was werden sie thun? Ich denke, daß für die Jahrbücher der Jahresschluß entscheidend ist: und — so schwarz der Himmel aussieht, ich denke durchzukommen, indem Alles aufs Aeußerste gehalten und die Malice zurückgedrängt auftritt, Göttingen[1]) hab' ich sorgfältig gezogen und geglättet. Dies soll schließen und wird, denk' ich), einen guten Eindruck machen. Ich les' Spinoza und Feuerbach und habe Strauß und B. Bauers Buch gelesen. Feuerbach fang' ich jetzt an zu kritisiren.

Ich will später eine Politik schreiben,[2]) wenn mir nichts dazwischen kommt, und zwar ganz aus dem neuen Princip heraus ohne alle Rücksicht und ganz platt, so daß man die Medicin erst merkt, wenn man sie genommen hat. Die Recension über Stenzel ist gedruckt ganz und gar.[3]) Ich freue mich, denn es ist eine große Parrhesie dem jetzigen System gegenüber und ein wahres Todtengericht über die Verräther. Wenn die uns nicht das Blatt zerstört . . . .

Herzliche Grüße von mir und Agnes an Dich und Ida.

Dein

A. Ruge.

NB. Laß Dir die Posaune schicken. Das ist ein höchst merkwürdiges Ding und wird einen großen Schubb in der Entwicklung machen. Es muß Alles heraus. Hegelianer sowohl als Pietisten, vertheidigen und angreifen. Unter der christlichen Voraussetzung seh' ich nicht, was nun werden soll. — Der Kerl hat schaamlos und ebenso geschickt benunzirt.

<hr>

[1]) Die Universität Göttingen. I. D. J. Nr. 61—68. II. Nr. 124—149. Vgl. 1842 Nr. 11.
[2]) D. J. 1842 Nr. 189 ff. erschien: „Die Hegelsche Rechtsphilosophie und die Politik unsrer Zeit." Vgl. S. Werke IV. 254 ff. A. fr. Z. IV. 549.
[3]) Unter der Überschrift „Der protestantische Absolutismus und seine Entwicklung" schrieb Ruge (D. J. 1841 Nr. 121 ff.) eine Anzeige von Stenzel, Geschichte des preußischen Staates. 3. Teil. Hamburg 1841.

161.

An Michelet.

Dresden, d. 15. Nov. 1841.

Hochgeehrter Herr Professor.

Meinen herzlichen Dank für Ihre freundliche Zuschrift. Es ist in der That ein Phänomen, daß alte freundliche Beziehung ich erneure, der ich seit Jahren nur gewöhnt bin, immer eine Generation nach der andern zu verlieren, und nichts gewisser voraussah, als sehr bald gänzlich auf die Jugend und deren göttliche Courage beschränkt zu sein.

Ihr Brief bestättigt mir, was ich in Anecdotenform gehört habe, daß es viel thörichte Leute giebt, die die Gelegenheit nicht versäumen wollen, sich mit Schelling gemeinschaftlich zu blamiren.[1]) Denn das ist doch natürlich das Ende vom Liede; besonders da der Herr Geh. Rath nicht mit der Politik anfängt, in der er es begreiflicher Weise, ohne Republikaner zu sein, zu einem großen Liberalismus hätte bringen können.

Lesen Sie ja die Posaune und fordern Sie doch Göschel auf, sich über diese Erscheinung in den Berliner Jahrbüchern auszusprechen, damit man durch ihn wieder, wie damals in der Unsterblichkeit, ein gültiges Votum kriegt: „Das Eine nicht ohne das Andre." Orgelum, orgelei!

Existirt denn Göschel noch und als was? Denn sein „Gewissen" hat ja das Ministerium jetzt wieder in sich selbst.

Meinen schönsten Gruß!

Ihr

Arnold Ruge.

162.

An Werner.

Dresden, den 27sten Nov. 1841.

.... Weiß es Gott, wer mir Schuld gegeben hatte, ich wollte Schelling [in Berlin] hören, was wahrlich nicht zu den Curiositäten gehört, die ich im Kopf habe. Lieber hörte ich eine Rede von Lord

---

[1]) D. J. 1842 Nr. 16 erschien von Michelet (anonym) eine Anzeige von: „Schelling's erste Vorlesung in Berlin. Stuttgart und Tübingen 1841."

Brougham[1]) und noch lieber die Eröffnungsrede unſers eignen Parlaments, wenn ſie auch noch lederner wäre, als die engliſchen es gewöhnlich
ſind. Auf ſo etwas bin ich freilich noch neugierig, aber auf einen
reactionären Philoſophen und ſeine nothwendigen Blamagen gar nicht.
Zudem wird ja die Sache publik werden. Ich habe jetzt eine Arbeit
vor, die das rothe Meer der Philoſophie vor den Kindern Jsrael
theilen wird — die Kritik Feuerbachs,[2]) in Folge deren die ganze
Theologie und Scholaſtik auch oſtenſibel, Strauß nicht ausgenommen,
von den Jahrbüchern abfallen wird; de facto iſt das ſchon geſchehn.
Wem wäre man nicht ſchon zu extrem geweſen? — Die Poſaune ſchlägt
nun vollends dem Faß den Boden aus. Wir müſſen dies Verſtändniß
für das richtige erklären. Es iſt zugleich die Kritik, wenn auch erſt in
negativer und burlesker Form. Der arme Hegel wird von allen Seiten
angefallen; aber das iſt ſeine Größe, daß er dieſe Gährung aus ſich
herausgebiert. Schelling iſt ein Narr, der mit ſeinem Chriſtenthum
nur getroſt wieder nach München ziehn mag. Es wäre lächerlich, wenn
Berlin die Philoſophen machte: Warum war[en] es denn Wöllner und
Biſchoffswerder zu ihrer Zeit nicht auch?

Uebrigens wär' es doch hübſch, wenn die Raupe einmal ein
Schmetterling würde, endlich einmal! Der König kommt nächſtens her.
Er wird doch Tieck ſchon hier treffen?[3])

Geſtern wurde eine neue Oper

Adèle de Foix,

von K. Blum der Text, von Reißiger die Muſik, aufgeführt und mit
Applaus aufgenommen. Mehr Vernunft als ſonſt und viel hübſches in
der Muſik. Doch wie die Muſik wohl zu wirken pflegt, daß ſie hinreißt
und entzückt, das war nicht grade der Fall. Man war nur angenehm
angeregt, zufrieden, und klatſchte ſehr. Ich bin ſehr roh in der Muſik
— wollte Jhnen aber doch die Notiz nicht vorenthalten . . . .

Jhr

A. Ruge.

---

[1]) Henry Brougham. (1778—1867), hervorragender Parlamentsredner und
Verteidiger der Volksintereſſen; von 1830 bis 1834 Lord-Kanzler. Die Überſetzung
ſeines Buches „Die Staatsmänner während der Regierungsepoche Georgs III"
wurde D. J. 1842 Nr. 111 angezeigt.

[2]) Mit der Überſchrift „Neue Wendung der deutſchen Philpſophie" erſchienen
Anekdota II S. 1, wiederabgedruckt S. Werke X 403.

[3]) Friedrich Wilhelm IV. hatte Tieck nach ſeiner Thronbeſteigung an den
preußiſchen Hof gezogen.

163

An Fleischer.

Dresben, ben 13ten Dec. 1841.

So eben, theurer Freund, hab' ich Ihren Brief vom 5ten empfangen und gelesen. O wären nur 10,000 Deutsche von Ihrer Gesinnung! ich verlange gar nicht einmal, daß sie auch die Bildung dazu hätten. Ich befinde mich in einer ganz ähnlichen Stimmung wie Sie; und ich denke auch meinerseits von selbst auf Moderative, wenigstens in der Form. Denn in der Sache kann man nur extrem sein, wenn man überhaupt Philosoph sein will. Das practische Extrem wird und muß nun ebenfalls kommen, und es wäre schlimm, wenn das Eine nicht das Andre ins Feuer bringen sollte. Dennoch ist die Geschichte langsam wie eine Schildkröte, und es bleibt vor der Hand nichts anders übrig, als sich rein theoretisch zu verhalten. Die Romantik muß erst practisch zu ihren Consequenzen kommen und womöglich zu den tollsten — der Union mit den Katholiken und dem Uebertritt des Königs, von dem und von der schon vielfach die Rede ist. Politisch sind die Abelsunionen eine solche Demarche zum Bürgerkriege. Man begreift dies Alles nur, wenn man schon einmal selbst in einseitigen Wünschen sein Herz berauscht und seine Phantasie überspannt hat. Allerdings haben nun die Jahrbücher eine schwere Aufgabe. Sie müssen die neue Philosophie sein und bleiben, und diese ist — extrem, ist reine und vollkommne Negation des Christenthums und des christlichen Staats im Absolutismus — alles Dualismus und aller ironischen oder Scheinbewegung gegen ein Jenseits zu, das sie nicht anerkennt. Aut sit ut est, aut non sit! Von Heuchelei, von Separiren und Verdecken des klaffenden Risses zwischen dem Mittelalter, das sich zu regeneriren strebt, und der radical neuen Zeit könnte nur die Rede sein, wenn man wirklich vom Princip der Philosophie abfiele. Das thun alle Theologen und die Masse der Althegelianer, Vatke leider nicht ausgenommen. Sie spielen die Jesuiten, und wenn sie äußerlich gewinnen, geistig sind sie todt. Dagegen ist es leicht möglich, daß äußerliches Ungemach über die neue Richtung hereinbricht. Ein Verbot der Jahrbücher ist freilich sehr wahrscheinlich; aber es wäre der sicherste Weg es herbeizuführen, wenn man sich selbst untreu würde. Ich werde Feuerbach anzeigen und seine kühne That, die ein ungeheurer Fortschritt des Bewußtseins ist, vollkommen anerkennen. Ich habe viel zu dem Behuf gelesen. Es kommt Alles von Neuem zur Sprache, die ganze

Stellung, der ganze Inhalt und die ganze Richtung der Philosophie seit Kant. — Haben Sie die Posaune gelesen? Es ist dem Kalb in die Augen geschlagen und ein höchst wichtiges, politisch wichtiges Buch; der Bruch der Philosophie mit dem ganzen Positivismus ist nun documentirt und unheilbar gemacht. Wie das Christenthum zum Katholicismus, so geht die Philosophie rein zur Humanität fort, und es fragt sich, ob unsre Puritaner Feuer genug im Leibe haben, um den Anspruch des Geistes, der über die Zeit kommt, auszuhalten und zu verzehren.

Ob Sie in Halle wichtig und an Ihrer Stelle wären? Sie wären es gar sehr, Sie würden Sich aber über Niemeyer todt ärgern. Es muß fürchterlich sein, mit ihm an einen Wagen gespannt zu sein und ihn nicht unterdrücken zu können..... An andern Orten, wo er selbst nichts mit Ihnen zu theilen hat, wird Ihnen Niemeyer auch gerne beistehn. Denn ich glaube, daß er sich immer noch einiger Maßen in Ihnen irrt. Mit mir täuscht er sich weniger. Ich bin ihm nur eine neue Auflage von 1821, d. h. ein politischer Narr gegen die wahren Politiker, die an die absolute Tugend, Einsicht und Macht des Königs glauben, und wenn sie nicht daran glauben, dennoch wissen, daß es vor der Hand nicht gefährlich ist einen solchen Glauben zu bekennen.

.... Ueber einen Aufsatz: „Restauration des Christenthums"[1]) in der letzten Woche werden Sie Sich entsetzen, obgleich er ohne alles Pathos gehalten ist. Fast fürcht' ich darin zu weit gegangen und dem Pöbel zu deutsch gewesen zu sein; aber es ist nicht zu vergessen, daß selbst die „protestantischen" Pointen und die ganze christliche Phraseologie durchaus keinen populären Boden fand, ein Zeichen, wie gemacht und unlebendig alles daher entlehnte ist, sobald es nicht über das Religiöse auch dem Ausdrucke nach hinausging.

Herzlichen Gruß!

Ihr

A. Ruge.

---

[1]) Der Aufsatz (D. J. 1841 Nr. 153 ff.) war eine Anzeige von A. Jungs „Königsberg in Preußen und die Extreme des dortigen Pietismus".

164.

An Fleischer.

Dresben, ben 17ten Dec. 1841.

Mein theurer Freunb,

.... Mittler Weile war bie Metamorphofe mit ben Jahrbüchern vor fich gegangen. Echtermeyer hatte, fo lang' er von Halle weg war, gar keinen Teil mehr genommen unb factifch aufgehört zu forgen, zu arbeiten unb — zu rebigiren,[1]) währenb in Halle unfre Gefpräche auf Spaziergängen biefen Antheil ausmachten — namentlich feit ber Zeit, wo Echtermeyer mir einmal fehr naiv unb offenherzig erklärt hatte: „Er habe bie Ibeen, unb ich fei nur fein Sekretair, unb feine geiftige Arbeit fei mehr werth als meine mechanifche", worauf ich natürlich antwortete, „baß ich ihn baher bitten müßte, feine Ibeen für fich zu behalten unb mir zu überlaffen, was ich auf eigne Hanb benn nun noch entbecken würbe." Diefe Abfurbität ber Ibeeneigenthumsrechte, bie Schelling unter anbern auch bis zur Tollheit gegen Hegel geltenb macht — erklärte ich natürlich auch für abfurb unb fagte: eine rohe Ibee, fo ein Project, fei gar keine Ibee, unb erft bie Ausführung mache ben Begriff unb bie rohe Ibee zur wirklichen Ibee. Der alberne Streit bezog fich auf bie Romantik, unb Sie wiffen, baß E. grabe um biefe bas Verbienft ber Anregung, ber litterarhiftorifchen Stubien unb ber feinen Beobachtung bes Gegen-ftanbes hat.....

Duncker ift burch unb burch tapfer; aber er ift verlobt mit Lottchen Gutike unb leibet fehr an Schlaflofigkeit (ohne Scherz). Dann occupiren ihn bie Collegia, aber Furcht kennt er nicht, unb fein Charakter ift golben. Schwarz ift fchlimmer baran. Er kämpft mit ber Theologie; unb bie Abficht, unter biefen Umftänben Theolog fein zu wollen, ift allerbings ein Motiv, um fich täglich zu erbrechen unb ganz verftimmt zu werben. Er liegt, wie es fcheint, in einer ftarken Krifis. Ich war vor 6 Wochen auf 1 Tag bort unb hatte fo leiber keine Zeit, näher mit Schwarz unb allein mit ihm zu reben. Paftor Wislicen unb Röbiger unb bergleichen ftörten uns ganz. Gefchrieben haben wir uns feitbem nicht.

Die Pofaune werben Sie mit Vergnügen lefen unb ben Verfaffer leicht errathen, ba Sie ihn fehr nahe haben. Denn es ift nun boch einmal nicht mög-lich, irgenb jemanb mit biefer Form zu myftificiren. Soviel hätte ein wirklicher

---

[1]) Vgl. hierzu A. fr. Z. IV. 540 ff.

Pietist im Leben nicht aus dem Hegel herausgelesen. Lesen ist ebenso
schwer als Schreiben. Doch ist die Sache noch ein Geheimniß, und
die Leute sind dumm genug, um falsch zu rathen, namentlich verfallen
sie auf Feuerbach. Wir wollen dem Verfasser nicht vorgreifen und sein
Geheimniß bewahren. Die Geschichte ist aber politisch wichtig, und ich
kann mir denken, daß die Berliner Politiker nicht wenig dadurch in Verlegenheit gesetzt werden. Denn was sollen sie nun mit Hegel und der
Hegelei anfangen? Oder ist es denkbar, daß irgend ein Diplomat und
Fürst begreift, daß er ohne diese Bildung und ohne die Jugend, die ihr
huldigt, gar nichts anfangen kann? Die Posaune spricht den ungeheuren
Riß vor aller Welt aus, und es werden doch mehr Leute, als bisher, den
Stand der Sache einsehn und sich's überlegen, was nun zu denken und
zu thun sei. . . . .

Von Herzen
Ihr
A. Ruge.

<hr>

165.

An Ludwig Ruge.

[December 1841.]

. . . . Was machen unsre Schwaben? Grüße sie herzlich, wenn Du
sie siehst. Schwegler[1]) sage, er solle mir doch mal schreiben. Er wäre
mir noch eine Antwort schuldig. Von seinem Montanismus wäre eine
sehr ausführliche Recension Georgiis da.

Auch Vatke gehört zu denen, die den alten Hegel immer wieder
kopiren mit all seinen Lastern und die Laster noch möglichst cultiviren.
Diese Frömmigkeit der Philosophie ist hündisch. Er macht aber auch
einen nur abstoßenden Eindruck. Feuerbach brennt diesen Krebsschaden
gründlich aus, ein Mann, der seinem Namen mit der That führt. Sein
Buch ist klassisch.

Der kleine Schwarz soll sehr mit sich und mit der Theologie in
Zwiespalt sein. O tempora, o mores! Warum studirt man den Dreck?

<hr>

[1]) Albert Schwegler (1819—1857), zuletzt Professor der Geschichte in Tübingen,
gründete 1843 die „Jahrbücher der Gegenwart." Die oben erwähnte Anzeige erschien D. J. 1842 Nr. 12 ff.

und wenn man einmal seine Zeit dran verliert, so muß man sich
wenigstens rächen dadurch, daß man ihn zerstört.

Da ist doch die Naturwissenschaft was Reelles!

Herzliche Grüße von hier.

Dein Arnold.

166.

An E. Zeller.

Dresden, den 31. Dec. 1841.

Verehrter Freund,

Es freut mich sehr, daß Sie meiner noch so freundlich gedenken und
auch einen außergeschäftlichen Brief an mich gelangen lassen.

Unterdessen haben die Zeitungen Ihre Nachricht wegen der Anrede
des Königs bestättigt.[1]   Danken Sie das dem Besuch Sr. -genialen
Majestät des Königs von Preußen.

---

[1] Herr Geh. Rat Zeller hat mir geschrieben, daß sich diese Stelle auf Worte
bezieht, „welche König Wilhelm von Württemberg, innerlich ein Voltairianer,
an Dr. Baur richtete, als dieser im November 1841 als Rektor der Tübinger
Universität in Begleitung eines Kollegen, des katholischen Theologen von Drey,
und anderer in Universitätsangelegenheiten .... bei ihm erschien." Gleichzeitig hat
mir Herr Geh. Rat Zeller den Bericht mitgeteilt, welchen Baur unmittelbar nachher
an Stadtpfarrer Heyd in Markgröningen hierüber erstattete. Derselbe ist so inter=
essant, daß der Abbruck nicht unerwünscht sein dürfte. „Die Festlichkeiten", schreibt
Baur, „sind nun, gottlob, alle glücklich vorüber, auch bei der Audienz ging es ganz
gut, übrigens war doch Deine Besorgniß nicht ganz leer. Nachdem ich meine
Abbresse vorgelesen und der König darauf erwiedert hatte, er werde es sich stets an=
gelegen sein lassen, nach dem Vorgang seiner Ahnen, eines Herzogs Eberhard und
Christoph, für die Universität zu sorgen, und sie in ihrem Flor zu erhalten und den=
selben zu erhöhen, er betrachte sie für eine Zierde des Vaterlandes und halte es für
unrecht, hier zu sparen, wandte er sich an die Einzelnen, und sprach zuerst mit Drey
über die katholischen Sachen, wie wünschenswerth die Einigkeit sei, worauf er dann
an mich die Frage richtete, wie es denn uns mit der Einigkeit stehe. Kaum
hatte ich ihn des Strebens nach Einigkeit versichert, als er wieder auf sein schon
früher berührtes Thema zu reden kam und unter anderem sagte, die Tübinger Theo=
logen haben sich immer durch ihre Orthodoxie ausgezeichnet, die Metaphysik sei eine
gefährliche Sache, man komme auf Dinge, die nicht für das Volk taugen, und müsse
daher sehr vorsichtig sein, was schon so alt sei, wie das Christenthum, und eine so
göttliche Moral habe, könne doch nur etwas Göttliches sein. Kurz er kam ganz in
einen apologetischen Ton hinein und sprach vom lieben Heiland so christlich fromm,
daß ich ganz gerührt wurde, besonders als mein fort und fort plaudernder Kollege
Drey zur Bekräftigung dieser Apologetik sich auch noch auf den barmherzigen
Samariter als Beispiel der Einigkeit berief ...." Vgl. über König Wilhelm noch
Strauß Kleine Schriften, Neue Folge. Berlin 1866 S. 270 ff. besonders S. 282 ff.
und S. 290 f.

Man beliebt jetzt contra philosophos bie vox populi unb Dei hervor-
zusuchen, unb es könnte kommen, baß bie Bauern wie in Zürich gegen
unsre geheiligte Person zu Felbe zögen: absit! aber es ist, als wenn sie
ber Teufel ritte; unb nur bas Eine ist trostreich babei, baß bie Bauern
benn boch schwerlich in ben Philosophen bei uns ein Object ber Empörung finben werben; aus Metaphysik schlagen sie höchstens gegen ihre
Pfarrer los.

Gewiß ist bies in Schwaben möglich, unb es wäre ein schauerlicher
Sansculottismus, wenn es geschähe. Doch benk' ich, sinb bie Pfarrer
Esel, wenn sie nicht alle ihre Bauern für sich zu gewinnen wissen.

B. Bauer liest noch immerzu, unb es ist klar, baß bie Regierung
noch zuwartet, man weiß nicht weshalb.[1]

Auch bie Jahrbücher hören bie Preußen nicht auf zu verfolgen.[2] —
Wunber genug, baß nicht gleich eine 2te Kabinetsorbre auf jene erste,
bie mich zur Ueberstellung zwang, gefolgt ist. Ich bachte es bamals
ganz sicher.

Behalten wir Frieden, so leiden bie Berliner bie Jahrbücher auf
bie Länge nicht; unb es kommen bie Tage, bie uns nicht gefallen, bick
unb klobig. Eine äußerste Geistesbebrückung. Doch glaub' ich, baß bas
Interim noch ein Jährchen anhält.

Wenn Sie Vischer sehn, bitten Sie ihn, mir zu antworten.

Ich hoffe, baß es ein falsches Gerücht ist, man wolle Chalybaeus
nach Tübingen rufen. Das wäre ja ein knabenhafter Mißgriff.[3]

Hochachtungsvoll

Ihr

A. Ruge.

---

[1] 1842 wurbe Bauer bie Erlaubnis für theologische Vorlesungen entzogen.
[2] Vgl. auch bie Korrespondenz mit Wachsmuth, Anekbota I 10 ff.
[3] Die oben abgebruckten zwei Briefe von Ruge an Zeller sinb bie einzigen,
welche sich noch erhalten haben; Herr Geh. Rat Zeller entsinnt sich jeboch, baß ihm
Ruge auf Anlaß seiner Recension von Tweftens Dogmatik (H. J. 1839 Nr. 252 ff.)
geschrieben habe, er hätte biesen verfaulten Schleiermacher schon etwas schärfer an-
fassen bürfen. Ueber Chalybäus vgl. S. 110.

1842.

167.

Dresden, b. 8. Jan. 1842.

Lieber Freund.... Nun bin ich wieder da und eile, Dir meinen
Glückwunsch zum neuen Jahr zuzurufen. Doch der Wunsch ist tran=
scendent; nur die That wirklich. Es ist daher vielmehr zu überlegen,
was im nächsten Lauf dieses neuen Jahres zu thun ist. Freilich vieles
geht der Quere, und unsre preußischen Freunde, die Mächtigen, wüthen
gegen ihr eignes Fleisch, lassen sich auch nichts sagen, sondern toben blind
darauf los. Die Posaune haben sie confiscirt, die Evangelische Landes=
kirche desgleichen — zwei merkwürdige Bücher von B. Bauer, sofern
beide die Illusionen über wichtige politische Existenzen, über die Union
und die Hegelei, die früher legitim, jetzt als unchristlich illegitim sind,
stürzen. Man will also wie der Strauß den Kopf im Busch haben.
Bauer hat sich zur Posaune noch nicht bekannt; er wird es aber ohne
Zweifel noch thun, da die ganze Geschichte eine philosophische Absicht
hat, nämlich das zahme und halbe Auffassen der Hegelei durch die extreme
Entschiedenheit zu beseitigen. Dies Interesse ist sich einigermaßen selbst
im Wege, weil es noch zu sehr an den Buchstaben anknüpft, ohnehin
nicht so primitiv als Feuerbach, der in Wahrheit der neue Wendepunct
ist, während die rationelle Hegelei doch immer noch in Haft bei der
Hegelei und ihrem Standpunct der „Speculation" ist. In gewisser
Weise kriegen die „Kritiker", die Söhne des wegebauenden Hephaistos,
Kant, Recht, obgleich sie's nicht begreifen werden, daß dies nun das sei,
was sie prophezeit haben. Die Anknüpfung an die Aufklärung ist das

signum davon. In dieser Hinsicht ist der Aufsatz von Köppen über Schlosser im Anfang der Jahrbücher vortrefflich.[1] Köppen, Bauer, Marx (in Bonn), Bauers Bruder,[2] Feuerbach 2c. (es tauchen immer mehr Leute dieser Richtung auf, die freilich auch wieder gegeneinander nüancirt sind) schreiben das mene mene tekel upharsin an den deutschen Gewitterhimmel. In der Anmerkung über die Aufklärung des 18. Jahrhunderts (jetzt kommt die des 19ten) strich mir die Censur den folgenden Passus, der Dich interessiren wird: „Als „„Vernunftreligion"" ist die „„Aufklärung"" Negation des Christenthums, als „„Republik"" des Absolutismus im Staat. Indem sie nun Ernst macht mit „„den Rechten der Menschen und der Vernunft,"" proclamirt sie die — Revolution. Die Revolution spricht nackt und deutlich den innersten Sinn der Aufklärung aus, und wenn das neue Princip im Anfange und vornehmlich bei den deutschen Aufklärern weder über sich noch über das alte Princip hinlänglich deutlich wird, so haben's dagegen die Franzosen in der Revolution, die das Extrem nicht scheuten, an der Deutlichkeit nicht fehlen lassen. Sie haben den christlichen Gott abgesetzt, die „„Vernunft"" zur Göttin erhoben und den König geköpft. Dies neue Weltprincip, das die Aufklärung in sich hat, ist also die Autonomie des menschlichen Geistes (Republik und Atheismus, sofern der philosophische Begriff des Geistes den Geist, der ein außermenschliches Gespenst ist, negirt, das Wesen des Geistes aber keinen Gegenstand der Anbetung oder des Cultus mehr abgeben kann). Wo dies Princip sich durchsetzt, und es ist bereits geschichtlich erobert, da fällt das Christenthum (es ist vergeblich, darüber sich Illusionen zu machen), welches den menschlichen Geist von einem jenseitigen Göttlichen **abhängig** macht, ebenso fällt der Absolutismus, welcher den Staat und die „„Unterthanen"" von einem „„höheren Willen und einer höheren Einsicht,"" als der des Volks- und Zeitgeistes bestimmt werden läßt und die Volkssouverainetät nicht anerkennt. Die Revolution ist diese Erscheinung."

Freilich ist dieser Passus zu deutlich, um jetzt gedruckt werden zu können, eine so „gemeine Deutlichkeit", daß man sich ihrer fast zu schämen hat; und dennoch, warum ist das Alles so? Weil man zu den lausigen

---

[1] Die Anzeige von Schlossers Geschichte des 18. Jahrhunderts 2c. erschien anonym D. J. 1842 Nr. 2 ff.

[2] Edgar Bauer, geb. 1821, hatte anfangs Theologie, nachher die Rechte studiert. Er übernahm später die Verteidigung seines Bruders und wurde dafür zu vierjähriger Festungshaft verurteilt. Für die D. J. schrieb er (1842 Nr. 121 f.) „Die Bettine als Religionsstifterin."

Familien- und Personen-Interessen zurückgekehrt ist von den großen Interessen der Menschheit und der Wahrheit.

In Berlin und Paris dieselbe Maxime, ein koloffaler Versuch die Geschichte zu negiren und zugleich ein bedauernswürdiger. Dennoch ist es eine Weile nicht leicht, gegen all' diesen Unrath, der den Strom der Zeit bildet, aufzukommen; und ich sehe noch nicht, wo und wie die reelle Umkehr erfolgen wird, denn das bischen Spanien und Schweiz sind wohl Vorspiele, aber es liegt noch im Schooß der Götter, wo die eigentliche Oper aufgeführt werden wird und wann. Ci vuole pazienza! Grüß' unsre Freunde in Jena. Wie ist es denn mit der Litteraturzeitung? Ich habe noch nichts gesehen oder gehört. Wenn die Nacker Courage und Jugend hätten, an gutem Willen fehlt's ihnen nicht; aber freilich ist er sehr abstract, dieser gute Wille, denn sie werden Feuer schreien über „die Auslegung des Absoluten", die jetzt aufkommt, gerade wie sie es damals mit Fichte machten, der ähnliche Anstalten traf. O servum pecus! Grüß' Jda! Mein Bruder Ludwig ist munter und hat Praxis. Mit den Jahrbüchern geht's vorläufig gut .... Viel Grüße!

Dein

Arnold Ruge.

168.

An Fleischer.

Dresden, 10ten Feb. 1842.

.... Strauß hat es mir übel genommen, daß ich jenes „Vorläufige über B. Bauer"[1] aufgenommen und schrieb mir sehr pikirt seinen Rücktritt. Hab' ich Ihnen das nicht schon geschrieben? Ich habe den Brief ruhig ad acta gelegt, da ich mich nicht verpflichtet halte, Kritiken über eine so bedeutende Erscheinung, wie Strauß ist, zu unterdrücken; auch fallen die übrigen Schwaben deshalb nicht ab. Strauß ist aber unendlich giftig auf B. Bauer und umgekehrt. Strauß kann Bauers Umschlagen und sein jetziges Extrem nicht leiden, sehr begreiflich, da er selbst das personificirte gehaltene Wesen ist; er hat mir das ausdrücklich geschrieben. Bauer seinerseits sucht in Strauß' Negation eine Ehre, und er hat im

---

[1] „Vorläufiges über Bruno Bauers, „„Kritik der evangelischen Geschichte der Synoptiker."" D. J. 1841. Nr. 105.

Wesentlichen allerdings den mythischen Standpunkt beseitigt durch den des selbstbewußten Formirens der religiösen Probleme von Seiten der Schriftsteller. Feuerbach ist Strauß zu rationalistisch, sofern Strauß noch einen theologischen und hegelsch-metaphysischen Tic hat. Strauß negirt daher in der Einleitung der Dogmatik Feuerbachs Ansicht namentlich vom Wunder als dem realisirten Wunsch des supranaturalen Herzens. Feuerbach beweis't, daß das Christenthum und warum es keine Entwickelung hat, weil es Welt und Bildung entbehren kann: daß ihm also die Entwickelung von Außen aufgedrungen wird 2c. Die Tübinger Jahrbücher sind ganz Straußisch und ganz Theologie; à bas les prêtres et les aristocrates! Man lernt das jetzt verstehn; und Feuerbach macht dem Gesindel einen wirklichen Feuerbach durch die Rechnung. Man erträgt das Unwesen nicht, es ist auf die Länge zum Würgen. . . . .

Wollen Sie der Litterarischen Zeitung die nöthigen „humoristischen Fußtritte" appliciren — nur ja nicht zu ausführlich und mit der nöthigen Verachtung dieser armseligen Menschen: also Twesten, Trendelen= burg, Vorländer 2c., so thun Sie es nur.[1]) Ich lege dazu Dunckers Brief bei, der einige Orientirung enthält . . . .

Ihr

treuer Freund

A. Ruge.

169.

An Prutz.

Dresden, 20. Feb. 42.

. . . . [Echtermeyer] hat Feuerbach gar nicht gelesen, er hat das herrliche Buch nicht mit Augen gesehen. Es ist das aber alles a priori nichts, weil Echtermeyer es nicht erfunden hat; o sancta simplicitas! Ich wurde bei der Gelegenheit hitzig und sagte ihm, er sollte sich schämen, so roh und so unwissend zu reden und zu sein. Feuerbach sei ohne Widerrede

---

[1]) Ruge selbst ist gegen die in Berlin erscheinende „Litterarische Zeitung" auf= getreten; vgl. „Das christlich=germanische Justemilien." Anekdota II, 215. S. Werke IX, 72. Am Ende seines Aufsatzes findet sich die Anmerkung: „So lange die Bildung der Herren Twesten, Trendelenburg und Ranke . . . . nicht überschritten wird, läßt sich keine . . . . Stellung erreichen, die eine andre prinzipielle Bedeutung hätte, als die der Prinziplosigkeit."

die bedeutendste philosophische Persönlichkeit und eine reformatorische.
Einiges deutete ich ihm an. Er kohlte mir aber immer wieder die alten
abgestandenen Redensarten „vom christlich=germanischen Princip" und
daß der specifische Inhalt des Christenthums das Credo und die Dog=
matik nicht das Christenthum sei — .... Er schämte sich aber wirklich,
als ich mit Indignation von solchem Unwesen der unwissenden Selbst=
genügsamkeit sprach ....

Zugleich scheint nun die preußische Rache einzutreten. Es ist ein
Tendenzcensuredict erlassen.[1]) Du hast es wohl gelesen. Es ist
liberal für die gute und aggressiv für die schlechte Tendenz — gut.
Das haben die Sachsen sich gemerkt und plagen mich zu Tode mit der
Tendenz, versteht sich mit meiner schlechten, und mit dem „Ton, dem
unbescheidenen", auch aus dem Edict von Berlin. Der Terrorismus
der Gesinnung, die Tugend der Christlichkeit und der „Ton des Servilis=
mus" — Wachsmuth hat beide Principien als Norm acceptirt und ....
hat gleich damit angefangen, meine Recension Feuerbachs zu streichen,
die ohne alle Rhetorik rein auf die Sache ging. Ich wünschte Wigand
heute zu sprechen. Er scheint nicht zu kommen. Es giebt 2 Wege.
Man hört auf, wenn man Grund zu vermuthen hat, daß der Druck
Jahre lang währen kann. Oder man läßt gleichgültige Dinge drucken,
wenn man vermuthen darf, daß in einigen Monaten günstige Wendungen
gegen diese fürchterliche Reaction, diese excessive Verdorbenheit der Nation
eintreten. Reaction ist jetzt epidemisch und so durch ganz Europa außer
Spanien. Aber es ist absurd dem Geiste zuzumuthen, daß er diese
Richtung nicht glänzend und ebenso allgemein stürzen sollte. Es fragt
sich nur, können wir mit den Jahrbüchern die Aurora erreichen?

Napoleon 1794	Restauration 1815	Louis Philipp 1830
1	1	1
7	8	8
9	1	3
4	5	0
1815	1830	1842

Kennst Du die Zahlen? Es ist komisch, wie das trifft, und wie
viel Stoff zu Disputationen sub divo ist wieder da? Nur leider sind
wir Deutschen immer die Nachzügler.

Jedenfalls muß ich erst mündlich und ausführlich mit Wigand sprechen,
eh' ich etwas Definitives beschließe. Tendenz und Ton, will sagen

---

[1]) Vgl. Anecdota I, 16 ff.

Princip und Character ändern ist eine nichtswürdige Zumuthung, und ich halte nicht viel vom Laviren. Man muß zu sterben wissen, wenn die Republik untergeht. Ich warte mit Ungeduld auf Wigand. Wäre ich nicht krank, so reis'te ich gleich selbst.

Sobald sich etwas Definitives ereignet, schreib' ich Dir.

Dein

A. Ruge.

170.

An Ludwig Ruge.

Dresden, den 26 sten Febr. 42.

.... Die Geschichte mit den Jahrbüchern ist noch in der Schwebe. Wenn der Minister (Nostitz und Jänkendorff), der jetzt in Karlsbad ist, also wohl ein Melancholikus, nicht zur Mobification seiner barbarischen Censur und Tortur-Maßregel zu bewegen ist, so muß man hier aufhören nnd überhaupt, statt in Journalen, in Büchern und Flugschriften kämpfen. Daß ich aber nachgeben und auch nur auf die schwäbische Linie mich zurückziehn sollte — geht nicht, ist weder moralisch noch auch äußerlich möglich. Aut sit, ut est, aut non sit!

Die Weisheit der Centauren, die halb zahm und halb wild sind, daß man bei dem straußischen Justemilieu noch lange hätte bestehn können und noch länger bei dem Vatkisch-althegelschen, — ist sehr wohlfeil, aber gar nicht wahr. Denn zum Bestehn gehören 2, Schriftsteller und Publicum, und eine wirkliche Zeitschrift kann nicht stehen bleiben.

Die Sache wird noch wichtig, man muß die Censurfrage zu einer Principfrage bei dieser Gelegenheit erheben und bennoch die ganze Geschichte, woher sie auch erwiesener Maßen kommt, auf Preußen schleudern. Diesen Liberalismus gänzlich zu entlarven wird von Interesse sein.

Mit dem hiesigen Minister richte ich schwerlich etwas aus, muß es aber doch versuchen. Den 4ten März kommt Seine Excellenz wieder. Lindenau ist der Vernünftigste. Das niedere Volk der dii minorum gentium ras't über Atheismus und schädliche Einflüsse. Merz ist ein Girondist, und wenn er erst eine Pfarre hat, so fällt er noch vollends an die Theologiens ab. Doch dies unter uns! O und der kleine Schwarz! ein Theolog in Folio. Echtermeyer freut sich über unsre Verlegenheit und schiebt alles auf den Mangel seines Rathes. Er war aber sehr verlegen, als ich ihn fragte, ob er denn jetzt die Romantik besavouire? Das hält er für ganz was Anderes, als wenn es nicht lediglich an seiner Faulheit läge, daß nicht schon damals Theologie und Jurisprudenz aufgelöst wurden in Philosophie, und das ernstlich, nicht so, daß die Philosophie nur Kleister alter Risse ist.

Leb wohl!

Dein

Arnold.

171.

An Carriere.

Hochgeehrter Herr Doctor,

Ihre Erklärung aufzunehmen, ist jetzt nicht mehr möglich. Da die Censur selbst christlich und absolut geworden ist, so gilt hier nur das Eine gegen das Andre. Die Romantik braucht Gewalt, wie kann ich da gerecht sein? Daß Sie aber mit Haut und Haaren der Romantik verfallen sind, gestehn Sie Sich doch endlich ein. Ihre Erklärung würde sich in irgend eine Kirchenzeitung oder in die L[eipziger] A[llgemeine] Z[eitung] oder in die Oberdeutsche Zeitung passen. Natürlich müßte bei uns der Recensent sich vertheidigen; aber Wachsmuth und die Leipziger Christen würden Ihnen beistehn und dem Recensenten seine Bemerkungen streichen. So geht es also nicht; aber da das Justemilieu der Romantik überall am Ruder ist, so wäre es auch unklug, wenn Sie die Feindschaft der Jahrbücher nicht ebenso, wie früher ihre Freundschaft, wirken lassen wollten. B. Crusius[1]) in Jena citirt Sie ebenfalls als einen religiösen Philosophen — Sie brauchen ihm Ihre „bessere Tendenz" nicht erst zu erklären, die Theologen erkennen ihre Freunde auf 100 Schritt ganz genau.

Wer das Glück hat einer unschädlichen, antiquirten Richtung anzugehören und dabei noch jung ist, hat ein unendliches Avancement vor sich.

Karl Grün[2]) hat mir keine Adresse zu seiner Zusendung, die, völlig unkritisch, in leerer Bewunderung sich erging, geschrieben, sonst hätte ich mich gleich erklärt.

---

[1]) L. Fr. O. Baumgarten-Crusius (1788—1843), seit 1817 ord. Professor der Theologie in Jena, bearbeitete in Schleiermacherschem Sinne die Dogmengeschichte.

[2]) Karl Th. Ferd. Grün, geb. 1817 zu Lüdenscheid, war in Colmar Professor der deutschen und englischen Sprache und Litteratur, gründete 1842 die „Mannheimer Abendzeitung"; er gab später Feuerbachs Briefwechsel heraus.

Ihre Schrift gegen Baaber und die Religions-Philosophie[1]) mußte besavouirt werden, wenn Sie nicht ganz ignorirt wurden. Sie waren Jahre lang in Italien und verstanden die Zeit nicht, als Sie wieder- kamen; jetzt werden Sie hoffentlich zwischen „Christen" und Philosophen nicht lange mehr schwanken.

Leben Sie wohl und viel Glück bei der Habilitation![2])

Hochachtungsvoll

Dresden, b. 3ten März 1842.

Dr. A. Ruge.

172.

An Fleischer.

Dresden, d. 12. März 1842.

Lieber theurer Freund,

.... Ihre Abfertigung Arts[3]) ist ein nachgebornes Kind. Die Jahrbücher sind nicht mehr, Sie werden höchstens bis Ende März die Wochenlieferungen bekommen. Sachsen weiß gar nicht, wie es sich eifrig genug anstellen soll, um diesen Schimpf zu tilgen, daß die Jahrbücher in Leipzig gedruckt sind.[4]) Schon im December warnten und drohten sie mir. Dann erfolgten 1½ Monat vom Anfange dieses Jahres darauf eine neue Drohung und neue Schärfung der Censur, und zwar streicht Wachsmuth par ordre des Censurcollegiums und dies par ordre des Prussiens und der Theologiens die ganze Tendenz, also die ganze Philo- sophie, namentlich also Feuerbach, Bauer, mich und nicht minder Sie. Wir ließen, nachdem in 8 Tagen 12 Manuscripte rasirt waren, horribile dictu, die unverfänglichen vorrücken. Aber es half nichts, auch das noch zu arg. Letzten Sonnabend entzog man Wigand die Concession; jede einzelne Nummer, nachdem sie censirt, müsse concessionirt werden. Wigand weigert sich und versendet die Woche. Man stattet Bericht nach Dresden. So sieht es aus. Es ist unmöglich, gegen diesen Eifer aufzukommen.

---

[1]) Vgl. S. 217. Die Schrift wurde D. J. 1842 Nr. 37 f. von Edgar Bauer besprochen.

[2]) Carriere habilitierte sich 1842 als Docent der Philosophie in Gießen.

[3]) Die christliche Philologie. Das Ziel der Gymnasialbildung, eine Rede von Dr. C. A. Moritz Arzt. Wetzlar. Vgl. Anekdota II. 251 ff.

[4]) Zum Folgenden vgl. Anekd. I. 11 ff.

Man hat es zur Ehrensache der Regierung gemacht, diesem „verruchten" (Eichhorns Ausdruck) Wesen ein Ziel zu setzen; aber womöglich im Stillen, ohne Verbot. Daher die unglaublichen Maßregeln. Sie wirken nicht schnell genug, es war zu viel Manuscript da, ganze Wochen liegen vor, man sieht kein Ende ab, da wird mit Kartätschen darunter geschossen und die Concession genommen. Ehe ich dies letztere noch ordentlich wußte (heut schreibt mir's Wigand erst), ging ich zu Lindenau, der sehr verständig über die Sache sprach und mich auf den Minister des Innern, Nostitz und Jänkendorff, (eine Person,) vertröstete, den er mir lobte. Da kam ich aber schön an. „Gift", „destructiv", „revolutionär" u. s. w. die ganze Litanei aus der evangelischen Kirchenzeitung, und nun sich hingesetzt und mir aus dieser Sauce einen Verweis über mein Verfahren ertheilt. Das empörte mich, und ich sagte kurzweg, die Stichworte der Reaction bewiesen nichts gegen die Philosophie, und die Geschichte mit den unseligen Redensarten hinwegläugnen sei eine Calamität für den, der es thäte. Die Wahrheit sei immer Gift und nur destructiv, und wer nichts zerstörte, könne auch nichts gründen, das bewiese jede Gründung, Christus so gut, wie Luther, und der Philosophie wolle man es wehren? Das sei umsonst, der Rothstift der Censur sei keine Macht gegen den Geist und selbst der Staat nicht. Der Staat, der sich von ihm wendete, werde in dem neuen Geiste zu Grunde gehn. In dieser Weise ging das fort und das Dociren kam der Reihe nach auch an mich; aber ich sprach in solchem Aerger und so aufgeregt, daß ich wohl manches Wort gesagt haben mag, das ich nicht verantworten möchte, wenn man's so ruhig nimmt . . . .

Ich habe nun alle die ausgestrichenen Sachen gesammelt, darunter meine Kritik Feuerbachs, von Feuerbach Thesen zur Reform der Philosophie ꝛc., und werde sie in Buchform unter dem Titel Anecdota philosophica oder philosophisches Portfolio ohne Censur, also in Zürich, Straßburg oder Brüssel herausgeben und bitte um die Erlaubniß, Ihren letzten Beitrag contra Art und den andern schon früher geschriebenen [1]) in die Sammlung aufnehmen zu dürfen . . . . .

. . . . Der Philister wird gerade so schreien, wie damals über Börne, nur mit dem Unterschied, daß hier viele 100 Schriftstellerköpfe ebenso dafür gewonnen sind, als sie Börne fehlten, wenn der nur die populäre Form der Freiheit, nicht eine allgemeine wissenschaftliche Stufe zu seinen Sympathisers hatte. Börnes Erfolg hing an dem unmittelbaren politischen

---

[1]) Vielleicht ist damit die Anzeige von „Stimmen aus Preußen an Preußen ꝛc." (Anekdota I. 237 ff.) gemeint.

Erfolge, der unsrige an dem philosophischen Progreß; auch Börne hat
seine Zukunft, sie tritt schon jetzt ein; aber er wurde mit den unmittelbar
politischen Zwecken von den Philistern niedergeschrieen. Der Philosophie
können sie so nicht beikommen.

Herzliche Grüße und zugleich die Anzeige, daß am 24. Febr. meine
Frau mich mit einem Töchterlein beschenkt hat.[1] Beide sind munter
und empfehlen sich Ihnen und Ihrer Frau schönstens.

Ganz der Ihrige

Arnold Ruge.

Aus Halle hört man nichts Neues. Duncker ist wieder frisch. Er
war krank. Er geht rüstig mit fort. Schaller ist weit zurück. Der
kleine Schwarz ein Theolog, und die sind Jesuiten, sie können nicht
anders. In Berlin sind viel freisinnige Leute neben alten trocknen
Hegelianern. Unser Ultra-Wesen ist der Hegelei und ihrer Scholastik
unendlich nützlich. Sie hat kaum Zeit, illegitim zu werben, und kaum
ist sie es geworden, so wird sie durch die Kritik wieder rehabilitirt. Die
Anecdota werden das gleich bewirken. Selbst Strauß wird dadurch
zu einer Professur gelangen und Vatke zu Gehalt. Ich habe dafür
gesorgt. Alle, die wir absetzen, erhalten in Berlin Pensionen. So
Tieck und jetzt Freiligrath, ohne Zweifel wegen Diego Leon und Herweghs Gegengedicht[2] und des Artikels in den Jahrbüchern, hat 300 Thlr.
Pension erhalten. Savigny[3] ist sogar Minister geworden; dessen
Verdienste aber sind schon von 1814 her. Er ist einer der ältesten Feinde
der Freiheit und des neuen Geistes. Er kommt im Grunde zu spät
auf seinen Posten: er, der Gegner aller Gesetzgebung — Gesetzgebungs-
minister!

---

[1] Die im November 1843 gestorbene Luise.
[2] Freiligraths Gedicht auf den Tod von Diego Leon erschien im Morgenblatt
1841 Nr. 286; ihm antwortete Herwegh mit dem Gedichte „Die Partei". Vgl. Gedichte eines Lebendigen II, 61.
[3] Vgl. „Zur Charakteristik Savignys." S. Werke II, 219 ff.

173.

An Rosenkranz.

Dresden, 15. März 1842.

Lieber verschollener Freund,

.... Die Jahrbücher (die deutschen) werden schon unterbrückt sein, wenn Du meinen Brief erhältst. Alle Wuth hat sich auf dies entschlossene Heidenthum und den Republicanismus der Zeitschrift geworfen. „Litterarische Jacobiner", sagt Creuzer. „Man muß sie unterbrücken", sagen alle Pfaffen von der Spree bis an den Rhein, die nordischen werden nicht besser sein....

Ich werde sehr wichtige Aufsätze.... herausgeben als

Anecdota philosophica

und fordere Dich auf, wenn Du etwas Ketzerisches und Giftiges hast, es mir zu senden und mit hineinzugeben in diesen Phönix der atheistischen Jahrbücher. Natürlich laß ich diese Unsittlichkeiten und Schlechtigkeiten in Genf oder Brüssel oder sonst wo bei den noch schlechteren Franzosen drucken.

Hinrichs ist tapfer und hat vor vielen 100 Politik gelesen, Schaller polemisirt mit Sündenmüller,[1] Erdmann und andern Pferden gegen Strauß und Feuerbach, er ist ein Mönch in der Theorie und ein Weltmann in der Praxis. Jesuiten giebt es jetzt unter den jungen hoffnungsvollen Theologen viele.

Echtermeyer studirt altdeutsch und bringt nichts fertig.[2] H. Franck lebt hier. Er ist ein Philosoph. Ich bleibe nicht lange hier. Trahunt Fata....

Von Herzen

Dein

Arnold Ruge.

---

[1] Vgl. S. 184.

[2] Echtermeyer hatte bereits im Sommer 1840 ein Jahrbuch für die Geschichte der deutschen Litteratur geplant und hielt im Winter und Frühling des Jahres 1843 vor einem ausgewählten Publikum Vorlesungen über die deutsche Litteraturgeschichte. Vgl. Stahr, Kleine Schriften I 413 ff.

174.

An Stahr.

Dresden, 9ten April 42.

Lieber Freund,

.... Wir haben mit den Jahrbüchern jetzt den Punct erreicht, daß alle Welt Notiz davon nimmt und mit freundlichen oder feindlichen Blicken darauf hinsieht. Die Feuerbachsche Richtung mit einem Schlage durchzusetzen ist nicht möglich, das will Zeit; aber was geschehn ist, das mußte geschehn, so sehr man mir auch die Anerkennung des Atheismus übel genommen hat. Es ist das Schicksal aller Philosophie, und ebenso ist es ihr Begriff, daß sie dem Profanen als eine Verletzung seiner Rechte, d. h. der Dummheit erscheint. Nun soll es zu weit gegangen sein, daß man erklärt und beweis't, wie alle Philosophie von Aristoteles her Atheismus und Antichristianismus ist, weil sie Wissenschaft von Natur und Mensch ohne Voraussetzung, reine Untersuchung und das Begreifen des Wesens ist. Es hat sich gezeigt, daß die Welt den letzten, d. h. gegenwärtigen Schritt sehr wohl ertragen kann! Sie verbaut jetzt das, was sie in der Aufklärung und Revolution zu sich genommen hat; und wenn die Jahrbücher nicht als politisches, sondern als rein philosophisches Organ verfahren sind, wenn sie ausgesprochen haben, was eben der Praxis und dem herrschenden Dusel widerspricht, so wird das doch die Verdauung nur befördern ....

Berlin steckt jetzt in keiner gesunden Haut. Während dort der Hof Alles durchsetzen kann, ohne auch gegen die gefährlichsten Experimente einen reellen Widerspruch zu finden, ja während Berlin die Charaktere bricht und die Intelligenzen umnebelt, die in die Hofsphäre kommen — während dessen ist die Nation in einem ganz heterogenen Processe; und es kann nicht fehlen, daß die Dissonanz des Instruments hörbar wird, sobald eine historische Melodie darauf gespielt werden soll. Es fehlt nur daran, daß Charaktere und Intelligenzen in die reelle Bewegung eintreten, welche die Consequenzen unserer Institutionen und unserer Bildung zu realisiren den Muth haben. Man spricht in Berlin unaufhörlich von Schelling, aber es mischt sich schon so viel Burleskes und Lächerliches hinein, daß die Sache sehr bald umschlagen muß ....

Von Herzen

Dein

Ruge.

175.

An Fleischer.

Dresden, 18ten April 1842.

Lieber Freund,

.... Eben so leg' ich Ihnen einen Brief von Duncker und einen von Schwarz und Schaller bei. Beide sind tapfer. Freilich schreiben — dazu ist Duncker wirklich noch zu angegriffen, er ist krank gewesen, und Schwarz steckt im Teufelsdreck der Theologie. Wahrscheinlich lassen sie ihn in Halle nun vollends nicht zu, und dann ist er emancipirt. Gott geb es ihm bei Zeiten. Es ist schauerlich, so ein Jesuit ex professo zu sein .... Die Unterschätzung Hegels und die Überschätzung der lebenden und schreibenden Philosophen, namentlich des formellen Talents, wie mir's mit diesen Schaafen geht — ist sehr merkwürdig. Sie schaudern vor dem Pathos und der Energie des Lebens und Daseins. Pfui! Und wie verkennen sie Feuerbach! Doch darüber muß man sie sobald noch nicht aufklären.

Das schwarze Cabinet und die Geh. Polizei machen wohl wenig Fortschritte, da es noch keine Conspirateurs zu geben scheint. Wenn's welche giebt, so riechen die Herren es gleich, und dann giebt es auch gleich geheime Polizei. Vorher hätte sie wenig zu thun. Es wäre eine Contremine ohne Mine.

Die Opposition ist offen genug, und die offene Opposition ist mächtiger als die geheime. Die noch unentwickelte, schlafende Erinnys, das ist die einzig wahre geheime Gesellschaft, es ist die Jugend und die Zukunft eines neuen Geschlechts.

.... Schicken Sie mir bald die Schulmeister.[1]) Mir geht das Manuscript aus, weil sie mir so unendlich viel wegstreichen, ganze Aufsätze und dann wieder ganze Columnen. Hoffentlich holt sie sämmtlich noch diesen Sommer der Teufel; die Einheizer kann niemand besser brauchen als er. Wir wollen uns schon selber warm machen ....

---

[1]) Vielleicht ist hiermit der D. J. 1842 Nr. 177 ff. anonym erschienene und nicht vollendete Aufsatz: „Ueber Stellung und Verhältniß der Gymnasiallehrer in Preußen" gemeint.

Echtermeyer ist gesund und fidel, aber faul, wie ein alter Käse. Man kann ihn nicht gebrauchen. Er ist zu gut für diese Welt der Arbeit und des Elends. Darum hofft er auch auf den Himmel . . . .

Tausend Grüße!

Ganz der Ihrige

Arnold Ruge.

— — — — —

176.

An Rosenkranz.

[April 1842]

Lieber Rosenkranz,

Wir sind Dir zu extrem; [1]) man könnte auch meinen, dies Extrem habe erst den Druck und die Angst von Seiten der Censurregierung herbeigeführt; dem ist aber nicht so. Schon Ende 1840 war in Berlin und im Rath der Pietisten die Unterdrückung der Jahrbücher beschlossen, im Januar ward die Cabinetsordre an mich und Echtermeyer ausgearbeitet! im Juni gelangte sie in ihrer 2ten Gestalt an mich. Das Manifest gegen die ganze Richtung wurde nicht an uns abgeschickt, obgleich es Einzelne in Berlin schon gelesen hatten. Die Feuerbachsche Kritik war damals noch nicht anerkannt worden. Ich selbst konnte so schnell nicht damit zu Stande kommen, um sie auch nur in die erste Hälfte der Deutschen Jahrbücher zu bringen. Dafür kam Herwegh und die Kritik des protestantischen Absolutismus in 1841½ [2]) den Leuten in die Quere. Ich habe dort gesagt, was ich meinerseits unter Republik verstehe, und es wird nöthig werden, hierüber einige Bücher zu schreiben, um diesen wichtigsten Controverspunct und die bestimmte Form des republicanischen Gemeinsinns, als historische Consequenz unserer Bildung festzustellen. Was man politisch und äußerlich erreichen kann, ist entweder gar nichts

---

[1]) Rosenkranz nennt 1842 in dem o. a. Tagebuch (p. 109) Ruge „unstreitig eins der größten stylistischen und journalistischen Talente", beklagt es aber, daß er sich ganz in den Radicalismus habe fallen lassen, und tadelt den brüsken, diktatorischen, atheistisch republikanischen Ton der Jahrbücher. „Solche revolutionäre Lyrik", meint er, „hat es gar nicht mehr mit der Wissenschaft und Kunst, nur noch mit dem Wohlgefallen an ihrem Pathos zu thun." Die deutschen Atheisten erscheinen ihm (S. 111) gegen die charaktervollen, vielseitig gebildeten, feinsittigen Holbachianer vor der ersten französischen Revolution als knabenhaft, einseitig, täppisch.

[2]) Vgl. D. J. 1841 Nr. 121 ff.

ober das neue Princip, b. h. entweder bem dynaſtiſchen Egoismus ſich unterwerfen ober ihn wie in Amerika unb Englanb unmöglich machen. Einen Staat hat man nicht eher, als bis man biejen Principienkampf ſiegreich beſtanben. Wie viel Decennien bie Hiſtorie baju nöthig hat, bas weiß ich nicht, baß es aber zu bem Kampf ber Herrſchaft unb ber Freiheit aus bem Princip des abſoluten Humanismus heraus kommen unb baß Jahrhunberte barin ihre Aufgabe haben werben, können wir bei bieſer Lage bes Geiſtes boch wohl nicht verkennen. Die eroberte Conſtitution iſt bie wirkliche, bie geſchenkte iſt bie falſche; benn bei ber Vorausſeßung eines Herren bes Staates wirb nie ber Staat freigelaſſen unb ber Herr zurücktreten. Die Conſtitution bes Staates iſt, wenn ſie eine wirkliche iſt, allemal Republik, unb bie Republik iſt nie eine wirkliche, wenn nicht Democratie. Daß aber ein König nicht größer unb nicht mächtiger werben könne, als wenn er ſelbſt bie vollkommenſte Democratie einführt, beweiſ't bie Regeneration Preußens, bie nichts anbers iſt, als Democratiſirung. Will ber König von Preußen, ſtatt Dynaſtiehaupt, heute Volkshaupt mit allen Conſequenzen ber Freiheit werben, ſo wirb er unwiberruflich Herr ber europäiſchen Geſchichte, unb je weniger er bas alte Herrenthum beibehielte, beſto unſterblicher würbe ſein Name, beſto abſoluter ſeine Macht. Was aber nach bem Bisherigen einem König noch übrig bleibt, als ein Demagog zu werben, bas ſehe ich nicht ein. Ohnehin ſinb ja bie Könige bie Demagogen von Gottes Gnaben; was iſt zu thun, wenn nun ber Gott bie Vernunft unb bie Freiheit ſeine Gnabe wirb?

Du meinſt, ich ſollte mich an unſern jeßigen König wenben. Das iſt aus ber oſtenſibeln, nicht aus ber wahren Richtung geſchloſſen. Man wirb uns Philoſophen toleriren, weil man uns nicht köpfen kann; aber bie Zeit unſrer Hoffähigkeit iſt vorüber. Erſt wenn bie Pfaffen ben Karren ganz feſt in ben Dreck geſchoben haben; erſt wenn er auf bieſem Wege gar nicht mehr fortkann, werben bie Democraten unb Philoſophen wieber angenehm, wie bas Gelb im Wollmarkt.

Schelling noch einen Philoſophen zu nennen iſt bas Albernſte, was man thun könnte. Dieſe Methobe hat ber Teufel ſelbſt erbacht, um alle Philoſophie in Gelächter aufzulöſen. Denk' Dir bieſe Potenzenſauerei (in ber Broſchüre bei Binber, bie vor einigen Tagen erſchienen, [1]) ſinb bie Auszüge ganz richtig.) Alles bie niederträchtigſte Scholaſtik unb immer

---

[1] Schelling unb bie Offenbarung ꝛc. Leipzig 1842, angez. von Ruge D. J. 1842 Nr. 126 ff.

aus der Absicht heraus, Hegel so zu verballhornen, daß man nicht merkt,
wie er ihn benutzt, um das verwünschte Christenthum mit all seinen
Absurbitäten zu beweisen und zu construiren. Hegel versteht das
Rhinoceros nicht, und doch weiß er sich nicht anders zu helfen, als aus
der Hegelschen Dialektik seine tolle und einfach verrückte Potenzenlehre
zurechtzuschustern. Was er in der Freiheit schon craß genug, aber doch
dem Ursprunge nach (aus Jacob Böhm und Christenthum) deutlich
vorgetragen, das ist nun in den Vorlesungen zu den hohlsten und ver=
zwicktesten Abstractionen carikirt. Lies nur die Broschüre. Sie ist —
von einem Russen Bakunin, der jetzt hier lebt.[1]) Denke Dir nur,
dieser liebenswürdige junge Mensch überholt alle die alten Esel in
Berlin. Ich glaube aber, daß Bakunin, den ich kenne und sehr gern
habe, nicht gern als Verfasser bekannt sein will, schon wegen der russischen
Verhältnisse. Er wird später nach Moskau vielleicht an die Universität
gehn. Unterdessen erscheinen mehr Schriften noch gegen Schelling. Eine
sehr gründliche bei Wigand. Ich selbst für die Jahrbücher habe noch
nichts Brauchbares. Was ich erwartete, bleibt lange aus; ich fange an
die Nothwendigkeit einzusehn, hier Hefte und Material zu einer definitiven
Kritik dieses Hochverraths an der Philosophie zu sammeln, um dann das
Gericht zu vollziehn. Der Mensch ist geistig und moralisch der schärfsten
Negation werth, und das Letztere wird von selbst folgen, wenn das
Erstere richtig vollführt ist. In Karlsbad damals hat er mir schön die
Haut vollgelogen, und es hätte nur gefehlt, daß ich's ihm geglaubt hätte.
Die Philosophia secunda hat er von altem gelben Papier abgelesen und
unter andern einmal gelesen: „neulich hat Voß in seinen mythologischen
Briefen behauptet" ꝛc. Auch eine große Pumpe ist ihm am Ende einer
Stunde passirt, wo er weitläuftig gehandelt hat von dem Einfluß
Spinozas auf Jacob Böhm, der noch nicht gehörig erwogen sei, und
dies ist nicht etwa ein Versprechen gewesen, sondern eine lange Exposition,
bei der die Absicht gar nicht zweifelhaft sein konnte. Das erzählte mir
Vatke. Marheineke ist tapfer, auch Hotho und Michelet, der wie
gewöhnlich keinen Anstand nimmt, sich nöthigenfalls auch pro patria zu
blamiren. Henning ist förmlich zu Schelling übergetreten, ebenso
Fr. Förster.[2]) Henning hat sein Hegelsches Costüm abgelegt und sich

---

¹) Michael Bakunin (1814—1876) hatte seit 1841 in Berlin gelebt und war im
folgenden Jahre nach Dresden übergesiedelt. Von ihm erschien in den D. J. 1842
Nr. 247 „Jules Elysard" unterzeichnet: „Die Reaction in Deutschland. Ein Fragment
von einem Franzosen."

²) Fr. Förster (1791—1868), Historiker und Mitherausgeber der Werke Hegels,
redigirte seit 1821 verschiedene Zeitschriften und Zeitungen, erhielt später eine An=

gegen **Hinrichs** neulich förmlich und persönlich über sein Renegatenthum erklärt. Risum teneatis! Es ist so albern, daß Du denken wirst, ich lüge Dir was vor; es ist aber wahr. Schaller wird fett! lies't aber mit Glück gegen das alte hölzerne Pferd, das jetzt, wie es scheint, bei dem üblen Stande der althegelschen Actien, ernstlich daran denkt, in die heimathlichen Gegenden des Peipus zurückzukehren.¹) — O die Menschen sind hundedumm, und doch soll die göttliche Vernunft ihr Eigenthum sein!

Ich hab' es jetzt nicht leicht das Journal zu halten. Die extremen Sachen gehn nicht durch die Censur. Wenn Du solche Sachen hast, wie jenen hübschen Aufsatz über Göthes Nachlaß in den litterarischen Unterhaltungsblättern, so solltest Du sie mir zuwenden. Hoffentlich dauert dieses Interim nicht ewig.

Leb herzlich wohl. Grüße Jacoby! Ihr Ostpreußen macht Euch wohl verdient ums Vaterland, hätt' ich nur Euren Censor!

Von Herzen

Dein

Arnold Ruge.

177.

An Prutz.

Dresden, 21. April 42.

Lieber Freund, Mit Freuden ackre ich fort, nun es sich zeigt, daß es nur möglich ist. Schwierig find' ich es unendlich, bevor ich nicht die Progressisten zu Aufsätzen bestimmt habe, die die Freiheit und die volle Autonomie des Menschen politisch und versteht sich auch religiös mehr voraussetzen, als setzen. Das Christenthum und die Accommodation an dasselbe, mit welchen heuchlerischen Redensarten es immer sei, ist jetzt nicht mehr zu berücksichtigen. Man muß es laufen lassen, wie's die Franzosen machen. Eine Aussöhnung der Theologie mit der Wissenschaft ist Thorheit, nur die Theologie, die den Theos und alle Weisheit, die sie über ihn zu wissen meint, aufgiebt und rein den Geist und die Natur forschend zu ergründen sucht, ist wahre und lebendige Wissenschaft des Absoluten, eine expreß theologische Facultät ein Unsinn, dessen Con-

---

stellung bei der Königlichen Kunstkammer in Berlin und an der Hof- und National-bibliothek.

¹) Erdmann war zu Wolmar in Livland geboren.

sequenzen wir jetzt vor uns haben. Die Productivität liegt allein in der progressistischen Eigenschaft, studire ja den Feuerbach und schaff' Dir ihn an, er ist die unauslöschliche Kritik der ganzen alttheologischen, alt-christlichen und althegelschen Weltansicht, obgleich nur eine einfache Con-sequenz der Hegelschen Ansicht von der Praesenz und Immanenz des Absoluten . . . .

In Berlin ist jetzt alles politisch interessirt, aber das Interesse ist noch sehr abhängig. Kein Mensch begreift, daß die Entschlüsse am Hofe sehr wenig und Alles die Bildung des Volks bedeutet . . . .

Von Herzen
Dein
Arnold Ruge.

178.

An Fleischer.

Dresden, den 14ten Mai 1842.

. . . . Echtermeyer heirathet nächstens eine Schwester von Sillig. Es soll schon ziemlich alles im Gange sein. Ihm fehlt nur noch eine kleine Anstellung, die er zu dem Behufe hier sucht. Er ist gesund und munter, aber propagandistisches Interesse für die Philosophie zeigt er nicht mehr.

Schwarz scheint durchzukommen, zu seinem Schaden. Er hätte ab-blitzen müssen, um frei zu werden. „Verkaufet Alles und folget mir nach!" Ein Theolog ist ein Jesuit. Duncker ist frei und unbedingter Philosoph, aber er scheint wenig Formtalent zu haben. Bauer ist sehr wichtig. Er hat enormen Eifer, Talent und Fond. Er wird nun erst recht aufleben. Feuerbach schreibt selten und nur in Einem Genre. Bauer hat viele Register, die er ziehn kann.[1]

Herzliche Grüße! Empfehlen Sie mich auch Ihrer Frau.

Von Herzen
Ihr
Arnold Ruge.

---

[1] Bauer schrieb für die D. J. 1842 Nr. 165 ff. eine Anzeige der 4. Aufl. von Strauß' Leben Jesu.

179.

An Fleischer.

Dresden, b. 21. Juni 1842.

.... Ich selbst lebe hier sonst ganz angenehm und geh' eigentlich nicht gern wieder weg; aber es wird wohl nothwendig werden, daß ich nach Berlin ziehe. Kann man Berlin nicht in litterarische Bewegung setzen, so ist wenig zu helfen; man darf dies aber hoffen und muß es versuchen. Sobald Rochow fort ist, will ich sehn, was zu machen ist. Hier ist man zu abhängig, um zu der Energie zu gelangen, selbst nur der eignen Ueberzeugung zu folgen.

In Halle war ich kürzlich. Duncker ist der entschiedenste. Der kleine Schwarz will durchaus in die Theologie hinein und steht sehr schlimm zu dieser unglücklichen Disciplin. Er scheint nicht umsonst all den Unsinn tractirt haben zu wollen und in der philosophischen Facultät nicht gleich ein specielles Examen machen zu können. Nun nimmt ihn aber der Minister schwerlich an, und so ist er freilich sehr verdrießlich gestellt zwischen Thür und Angel. Kommt er durch, so zweifl' ich nicht, daß er völlig frei gegen die Theologie herausgehn wird.

Marheineke's Votum zeigt recht die Bornirtheit der Theologie. Keinen Begriff von voller freier Wissenschaft, und was davon spukt, wird gleich in demselben Satz immer wieder negirt.

Viele herzliche Grüße.

Ihr

A. Ruge.

180.

An Prutz.

Dresden, 13. August 1842.

.... Etwas Censurerleichterung werden wir wohl durch die Kammer kriegen. Die Minister sind nicht gegen ein Preßgesetz, nur der Philister, und der ist allerdings in der Majorität. — Daß Du von Dir selbst wenig Tröstliches für die Jahrbücher verheißest, ist unbequem. Du glaubst nicht, wie schwierig die Verhältnisse für den Augenblick sind. Die Radicalen bilden sich erst, und die sich rasch in diese Richtung werfen,

find nicht allemal mit dem nöthigén Apparat versehen, um fundamental
und mit der Routine und censurmäßig, das heißt jetzt jesuitisch oder
ironisch oder neuhegelsch unter althegelschem Deckmantel zu schreiben.
Es läßt sich auch direct in diplomatischer Form Alles sagen. Aber diese
Form ist theils nicht wirksam, theils ungemein reflectirt und daher
selten. Dabei ist es sehr nöthig, deutlich zu sein und sehr unmöglich,
das Deutliche durchzubringen. So häuft sich das ausgestrichene Manuscript von Tag zu Tage, und ich bewundre selbst die Zuflüsse und Einflüsse, die es immer wieder möglich machen, in die Glieder der Gefallenen
neue Truppen zu führen.

Du siehst, daß ich die Tendenz gehalten und trotz dieser tollen Verwüstung entschieden noch gesteigert habe. Aber viele Menschen stehn bei
Seite und sehn der Sache ruhig zu. Feuerbach schreibt nichts wegen
der Censur, Marx desgleichen. Schwarz nicht wegen der Anstellung,
die er doch nicht erlangt,[1]) Duncker nicht wegen Krankheit, Echtermeyer nicht aus Faulheit u. s. w. u. s. w. Von Franck will ich gar
nicht mehr reden, der hat mich nur zum Besten gehabt. Und Du weißt,
daß alle diese Leute unendlich frei und Geist aufzuwenden haben. Ich
muß gestehn, daß ich gründlich zornig auf dieses irreligiöse, egoistische
Wesen der Menschen bin. Wie soll sich denn eine Bildung durchsetzen,
wenn alle, die ihr anhängen und sie am meisten in ihrer Gewalt haben,
die Organe, die ihr offen stehn, sich selbst und den Göttern überlassen?
Und doch geht es —

Ich muß daher manches bon gré, mal gré aufnehmen, denke es
aber noch zu erleben, wo sich die Zeit glänzend rächt an allen, die sie
jetzt verleugnen und nicht kämpfen wollen. Es wird eine Jugend auftreten, die mehr als 10 St. Justs[2]) im Leibe hat, und die Feigheit des
Zuwartens wird keinen erretten.

Sehr übel ist es, daß wir so getrennt sind. Ich lebe buchstäblich
von der Jugend und vom guten Glück, während ich sonst in Verzweiflung
war, wenn ich nicht von alle denen, die jetzt ausspannen, die bestimmtesten
Zusagen hatte . . . .

Die Geschichte des Journalismus ist eine verdienstliche und wird
ein colossales Unternehmen.[3]) Manches wird schauerlich zu lesen sein,

---

[1]) Schwarz habilitierte sich noch in demselben Jahre trotz des Widerspruchs
von Tholuck und Julius Müller.
[2]) A. St. Just (1767—1794), franz. Revolutionsmann, Anhänger Robespierres.
[3]) Prutz' unvollendet gebliebene „Geschichte des deutschen Journalismus" erschien 1845 in Hannover.

manche Gesichtspunkte aber gewiß wesentlich emancipirend; denn man ist
in manchen Stücken schon weit gewesen und reifer, als jetzt mancher
denkt, so z. B. Kant gegen Hegel in Religion und Politik, wenn auch
nur implicite. War doch Kant ausgesprochener Republikaner, und wie
ironisch verhält er sich zu der Theologie! Ich will nächstens das Alles
benutzen und über die neue Ausgabe seiner Werke schreiben.[1] Wie hat
Dir meine Palinodie der Romantik gefallen?[2] Echtermeyer ist schon
ganz wüthend auf die neue Richtung und lies't die Jahrbücher wohl
kaum mehr. Feuerbach und B. Bauers Bücher hat er nicht mit
Augen gesehen, schon darum nicht, weil sie bei Wigand erscheinen. Auch
Strauß' Dogmatik hat er nicht angesehen. Es fragt sich nun nur,
was aus seinem retrograden, unlogischen Zeuge herauskommen wird, ob
eine sächsische Anstellung oder eine Geschichte der lateinischen Poesie im
Mittelalter . . . .

Leb' wohl, grüße Ida von uns und laß bald wieder von Dir hören.

Von ganzem Herzen

Dein

A. Ruge.

--- ------

181.

An Fleischer.

[August 1842.]

. . . . Schwarz ist hier; er wird wohl durchbringen, obgleich die
theologische Facultät bodenlos destruirt und ohne allen sittlichen Halt ist.

So sieht es überall aus. Leere ironische Bewegung, ohne den
wahren Inhalt und die welterfüllende Freiheit. So die Landtage, so die
Städteordnung, so die Beamtenmühlen, ja sogar das Militär. Diese
äußerliche Macherei zu endlichen Zwecken und Zielen muß mit dem
Feuer der Wahrheit verklärt und vom Enthusiasmus der Ideologie
reformirt werden. Man läßt dergleichen aber nicht ans Licht des Tags
heraus. „Es ist aufregend." Mit diesem Motto hat man mir neulich

---

[1] Dazu ist Ruge nicht gekommen; dafür aber finden sich in der Kritik der
Hegelschen Rechtsphilosophie (A. fr. 3. IV 559) ausgezeichnete Bemerkungen über Kant.
[2] Das „Dr. Dreigüm" unterzeichnete Gegenmanifest „Die wahre Romantik
und der falsche Protestantismus" (D. J. 1842 Nr. 169) ist von Ruge. Vgl. S.
Werke IV 117.

bie 2te Auflage von „Preußen und die Reaction" „confiscirt", nachdem das Imprimatur schon gegeben war. In Sachsen, denn ich hatte im „Vorwort über Heut und Gestern" die preußische Geschichte explicirt und, wie sich von selbst versteht, nicht im Genre von 1806, sondern vielmehr von 1810 und 1840, so combinirt, wie man jeden Menschen an den Ideen seiner Zeit zu messen das Recht hat.

Ich werde Gelegenheit nehmen, alles dies in andrer Form dennoch drucken zu lassen.

„Hau stärker auf, zieh' straff, laß schlechterdings nicht nach!"
nach Aeschylus: Reisigius.

Nochmals Adio! und viele schöne Grüße und die besten Wünsche für guten Humor.
Ihr
Ruge.

— — —

182.

An Julius Fröbel.[1]

Dresden, den 3ten Sept. 1842.

Hochgeehrter Herr,
Werther Freund,

Ich biet' Ihnen jetzt definitiv den Verlag der Anecdota an. Es wird wahrscheinlich eine förmliche Freistätte der neuen, censurwidrigen und freien Wissenschaft daraus werden.[2] .... Sie haben hier die ganze Versammlung der progressistischen Philosophie und die Hauptfragen, um

---

[1] Julius Fröbel, geb. 1805, hatte seit 1833 in Zürich gelebt, wo er an der Industrieschule lehrte und zum Professor der Mineralogie an der Hochschule ernannt wurde; er gab jedoch seine Professur auf und gründete das Litterarische Comptoir in Zürich und Winterthur. Jetzt ist Fröbel Kaiserlich deutscher Konsul in Algier.

[2] Im Folgenden zählt Ruge die einzelnen Beiträge auf und teilt die beabsichtigte Vorrede mit. Beides stimmt im wesentlichen mit dem in den Anekdotis Abgedruckten überein. Nur der zweite Beitrag ist im Briefe „Bemerkungen über das neuste preußische Censuredict, von Marx" genannt, während es in den Anekdotis heißt „Bemerkungen über die neueste preußische Censurinstruktion. Von einem Rheinländer."

die sich's jetzt handelt, durchgreifend und kühn erörtert. Die Blamage
der Censur ist enorm. Das Buch kann nicht in Deutschland erscheinen,
ohne sogleich Confiscation und alle Arbeit so vieler Talente zu riskiren ....

Arnold Ruge.

183.

Dresden, 23. Sept. 1842.

An Julius Fröbel.

Hochgeehrter Herr
und Freund,

.... Vorher etwas für den deutschen Boten[1]) herzugeben ist nicht
Raison. Das schwächt das Interesse und die Ueberraschung. Man wird
sich allerdings kreuzigen und segnen. Aber es ist Alles so gemäßigt gehalten, auch das Radicalste ist so vernünftig und süperiör ausgesprochen,
daß wir nothwendig den Ochsen damit einen schauerlichen Schlag vor
den Kopf versetzen, von dem sie sich schwerlich je wieder erholen.

Ich wünsche Ihnen redlich Glück und einen recht entschiedenen Gewinn
bei der Sache, da Sie durch Ihre Entschlossenheit, Sich als Unchristen-
und Philosophen-Buchhändler verschreien zu lassen, die Belohnung verdienen, daß die öffentliche Theilnahme Sie tröstet, was denn auch unsern
Trost in sich schließt ....

Auf Herwegh freue ich mich sehr. Der Bote wird Nahrung genug
finden, und was mir im Ganzen in den Jahrbüchern gestrichen wird,
steht natürlich dem Boten zu Diensten. Er wird also wohl de facto,
wenn er das schwere philosophische Geschütz vertragen kann, eine Fortsetzung der Anecdota werden ....

Ganz der Ihrige

Dr. Arnold Ruge.

---

[1]) „Der deutsche Bote aus der Schweiz", eine von Herwegh geplante Zeitschrift.
Vgl. Prutz a. a. O. II S. 380.

184

An Ludwig Ruge.

[Dresden, 26. September 1842.]

Lieber Ludwig,

Echtermeyer will im Winter — deutsche Litteratur lesen. Es stößt sich nur noch daran, ob er den Saal in der Albina kriegen kann. Wir haben hier ein Museum gegründet im Café français.[1] Ich und Franck vornehmlich betreiben die Sache, die viel Anklang findet. Es sind bereits 76 feste Mitglieder. Eben meldet sich der 77ste. Es war aber auch schrecklich, alle die gewöhnlichsten Sachen nicht haben zu können. Vom 1. Oct. an eröffnen wir das erste Museum in Dresden. (!)

Müller[2] ist hier, auch die Bakunine's. Ich sehe sie öfter. Der ältere Bakunine ist sehr unterrichtet und hat viel philosophisches Talent. Du weißt, daß er aus der Gegend von Moskau ist.[3] Köchly ist eifriger Hegelianer. Hermann capirte die Sache nicht und denkt darum jetzt, es sei nichts daran; namentlich meint er, ich, der ich hier lediglich der Litteratur lebte, sei ein reiner Practiker, und Feuerbach, Bauer u. s. w., alles das hält er für Praxis, die keine Wissenschaft sei. Mosen ist völlig Idiot und kommt nicht dahinter, daß Philosophie überhaupt die Voraussetzung aller Macht und alles geistigen Einflusses ist. Echtermeyer ist zurückgeblieben und abgefallen. Er stiftet nur Schaden an, indem er ungewaschnes Zeug räsonnirt und die Tölpel in ihrer Tölpelei noch bestärkt. Sie hören von ihm, daß die ganze neue Richtung eben pure Willkür und Eitelkeit sei, und dabei denken sie, er müsse es doch wissen, da er ja darin gesteckt hätte. Snell ist ein Leimsieder, und Franck wird in Ewigkeit nicht fertig. Beide könnten viel leisten. Echtermeyer dagegen kann gar nicht mehr mitreden. Er wird gleich wüthend, denn er merkt überall, daß mit seinen alten Redensarten nicht mehr auszukommen ist. Auch der kleine Schwarz ist malcontent. Er haßt B. Bauer, und es ist doch nothwendig, diesen Robespierre der Theologie anzuerkennen. Das drückt ihn. Dennoch nimmt die Sache durch die Jugend

---

[1] Vgl. A. fr. Z. IV 535 ff.

[2] Dr. Müller-Strübing, Philolog, 1833 wegen Beteiligung au der Burschen= schaft zum Tode verurteilt, aber zu lebenslänglicher Haft begnadigt; 1840 amnestirt, lebt jetzt in London.

[3] B. ist in Torshok, Gouvernement Twer, geboren.

einen immer lebenbigeren Auffchwung. Die Furcht ber Alten unb bie Liebe ber Jugenb, was kann man mehr wünfchen? Grüß unfre Freunbe, befonbers auch Seybel.[1]) Treib' ihn, Wort zu halten,

Dein Bruber

Arnolb Ruge.

185.

An Stahr.

Dresben, 15ten Nov. 42.

Lieber Freunb, ... Das Bewußtfein ber Zeit verzehrt bie Größen ber Zeit, unb es ist ganz vergeblich, einen Poeten auf ben Schilb zu heben unb einen Stanbpunkt anzuerkennen, ben bas Bewußtfein über-holt hat. Du verkennst namentlich Mofen unb Gutzkow.[2]) Aus beiben wirb nie etwas Gefcheibtes werben. Es fehlt ihnen ber rabicale Grunb. Deine Recenfion ist gebrudt. Sie ist viel zu günstig, unb Du wirst es erleben, baß Mofen vergessen unb vorüber ist, bevor Du eine Hanb umbrehst. Denn er hat nur ben guten Willen unb bie fogenannte Gefinnung zur Freiheit; bie Freiheit felbst, bie im grünblichen Denken besteht unb beim Dichter, Staatsmanne ober Gelehrten immer biefelbe ist, fehlt ihm gänzlich.

Du bist von einer feltenen Gutmüthigkeit. Du willst bie Schnecke unb bas Pferd vor einen Wagen fpannen unb benkst nicht baran, baß eins nur immer bem anbern im Wege fein würbe. Du glaubst, man könne Poeten aus Kohlstrünken unb Republicaner aus Perrückenstöcken machen. Nur wer fich felbst reformirt unb formirt, wirb etwas, unb wer kein Poet ist, b. h. bie ποιησις bes Zeitgeistes burchfetzt, ben kann niemanb bazu machen. Von Mofen hab' ich mich nun überzeugt, baß er keinen Sinn für ben jetzigen Progreß hat, unb baß er alfo auch nur bas Justemilieu unb bie alte bogmatifche Freiheit formiren könnte; aber auch bas, was er noch könnte, thut er nicht, um ber laufigen Theaterwirth-fchaft willen. Wie kann man legitime Theaterftücke fchreiben, wie kann

---

1) Karl Seybel (1812—1873) von 1862 an Oberbürgermeister von Berlin, Schwager von Lubwig Ruge unb R. Virchow, war Anfangs ber 40er Jahre Affeffor im Finanzministerium.

2) Stahr hatte für bie D. J. 1842, Nr. 87 ff. gefchrieben: „Gutzkows Patkul auf ber Olbenburger Bühne" unb (Nr. 270 ff.) unter ber Überfchrift „Der politifche Roman" eine Anzeige von Mofens „Der Kongreß von Verona."

ein politischer Roman in Berlin gedruckt werden? Von Gutzkow zu
reden wirst Du mir nicht zumuthen; denn wenn Ihr in Oldenburg es
noch thut, so beweis't das nichts, da Ihr ja sogar der Ansicht seid, daß
sich Millionen für den Dom interessiren, während es nicht einmal die
Cölner und die Katholiken thun.[1]) Du unterscheidest den Schein nicht
von der Sache. Die wirklichen practischen Probleme sollen mit
jenen phantastischen Plänen (Dom und Jerusalemer Bisthum)[2]) beseitigt
werden. Dann unterscheidest Du nicht die einigende Kraft der
Wahrheit und die Cooperation der Clique. In der Theorie und
im Geist giebt es nur einen Halt: die Wahrheit; die ist, auch im Gegensatz gegen Strauß und Mosen ausgesprochen, immer die höchste
Einigung, während jede Cliquenmacherei, jede Vereinigung und Ver-
wischung der Gegensätze in einer Parthei nichts als ein ohnmächtiges
Behaben ist, welches nimmermehr von vernünftigen Leuten ergriffen
werden wird. Du mußt Deine Sympathieen für schwache Subjecte, wie
Mosen und Gutzkow, deren Zeit vorüber ist, von Dir werfen. Du
kannst sie persönlich lieben, so viel Du willst, aber sie auf den Schild
setzen und allem Volk als Männer der Freiheit und der *ποίησις* zeigen,
das ist ein vergebliches Unternehmen. Glaube mir, das Herz im Leibe
brennt mir, wenn ich daran denke, was diese Leute versäumen, und wer
wäre froher als ich, wenn sie ganz Deutschland mit ihren Thaten in
Flammen setzten; aber Du kannst sicher vor ihnen schlafen, sie sind
ruhige Bürger einer begrabenen Zeit.

Ganz anders gestaltet sich auf dem Boden der Politik das Zusammenhalten. In Kriegen und bürgerlichen Unruhen muß man mit
vielen Leuten zusammenhalten und in ihren Reihen fechten, die man in
letzter Instanz, d. h. in der Kritik, gar nicht gelten läßt. Alsdann werden
aber auch die Menschen in den Schmelztiegel der Religion geworfen.
Die ganze Ausbreitung der Idee tritt zusammen in eine einfache Bestimmtheit, welche alles enthusiasmirt oder gegen sich aufbringt; und man
ficht für „Freiheit und Vaterland" z. B. ohne zu wissen, wie die Freiheit

---

[1]) Am 4. September 1842 war die Grundsteinlegung zum Weiterbau des Kölner
Domes vollzogen worden. Der von Ellissen geschriebene Aufsatz (D. J. 1842 Nr.237ff.)
„Der Kölner Dom und Kaiser Friedrich der Rothbart" urteilt ähnlich über die geplante
Vollendung wie späterhin Strauß (Kl. Schriften N. F. 425); vgl. Herwegh, Gedichte
eines Lebendigen II S. 102, 103, 123. Prutz a. a. O. S. 172 ff.
[2]) Seit 1841 gemeinschaftlich durch England und Preußen besetzt; vgl. die
Königl. Cabinetsordre vom 28. Juli 1842 in der Allgem. Preuß. Staatszeitung
Nr. 191 p. 824.

und das Vaterland später aussehen werden, weil nur das Unbestimmte fähig ist, Millionen und große Massen zu enthusiasmiren und zu vereinigen.

Verwechsle Du also die practischen Kämpfe nicht mit den theoretischen. Jede Dummheit, die in der Praxis vorkommt, kann man verdecken; jede Dummheit, die der Kritik vorkommt, muß sie aufdecken. Die Kritik ist die Scheidekunst, die aber nur durch die Wahlverwandtschaft des Geschiedenen zur Wahrheit vor sich geht. Sie zu fürchten ist mehr als Thorheit, ist das Verlassen der Wahrheit selbst. Ist einer ein Philosoph, so müssen seine Freunde den Spruch kennen Amicus Plato, magis amica Veritas . . . .

Herwegh ist hier 8 Tage gewesen, und ich bin mit ihm nach Berlin gereis't.[1] Er ist so vernünftig, die gute Sache über den Poeten zu setzen und läßt alle Schmeichelei unerbittlich an sich abgleiten. In Berlin begriff man diese Resignation durchaus nicht, und es gab die lächerlichsten Scenen von der Welt. Denn der Krebsschaden Berlins ist die frivole Anbeterei der Personen und der Genialitätsunsinn . . . . Die Schwankungen sind enorm und Se. Majestät selbst bringt durch dieselben eine fieberhafte Bewegung in die alte Maschine . . . .

Ueber Rötscher's[2] völlig veraltete Manier der Constructionen Shakespearescher Stücke zu schreiben verliere doch Deine Zeit nicht. Wichtigere Sachen sind in Menge da. Z. B. hat die Verfasserin des Godwie Castle einen neuen Roman edirt.[3] Diesem Genre mal auf den Grund zu kommen, wäre interessant, es ist ein weiblicher Pückler, wie es scheint. Auch die Sachen der George Sand hast Du vielleicht gelesen. Ihr Letztes[4] wird wegen seiner psychologischen Tiefe sehr gelobt; Herwegh und Bakunin sprachen viel davon.

Bakunin und Köchly grüßen Dich herzlich . . . .

Von ganzem Herzen

Dein treuer Freund

A. Ruge.

---

[1] Am 19. Nov. 1842 hatte Herwegh die bekannte Audienz bei Friedrich Wilhelm IV. Vgl. Prutz a. a. O. S. 383 ff.

[2] 1841 war erschienen „Die Kunst der dramatischen Darstellung".

[3] Henriettens v. Paalzow (1788—1847) Roman „Godwie Castle" war 1836 erschienen; der von Ruge erwähnte neue Roman ist „Thomas Thyrnau."

[4] Der Roman „Consuelo."

186.

An Pruh.

Dresben, b. 18ten .Nov. 42.

Lieber Freund, Deine Erfahrungen in Jena¹) haben mich nicht
im Geringsten überrascht. Du bist ihnen zu bekannt geworden, als baß
sie Dich nicht hätten anfeinden sollen. Etwas Neues schleicht sich nur
ein ober es bricht herein. Die niederträchtigen Zünfte ber alten Uni=
versitäten müssen erst bas Maß ihrer Sünben voll machen, bevor bas
Letztere ihnen passirt, unb bas Erstere hast Du verscherzt, indem Du
nicht gleich ganz naiv auf ihre Formen eingegangen bist. Jetzt werben
sie sich noch auf ihr Recht berufen, unb wenn sie bas auch nicht officiell
thun, so werben sie sich boch privatim bamit trösten, bies sei ihr Haupt=
motiv . . . .

Mosen hat ein albernes Stück auf bie Bühne gebracht.²) So
macht man sich lächerlich, wenn man zu faul unb zu stumpf ist, um bie
Bilbung ber Zeit grünblich in sich aufzunehmen. Der Bernharb ist nicht
burchgefallen; aber er ist so leer, baß er kaum noch wiederholt werben
wirb. Die Aufführung bringt erst alle Blößen an ben Tag, vorlesen
hört sich's viel besser, ba es boch Pathos unb Form hat. Mosen ist
wie ein Ertrinkenber, ber sich krampfhaft anklammert, ohne seine Hülfs=
mittel im Wasser selbst zu gebrauchen. Herwegh genirte ihn sehr. Er
fühlte unmittelbar seinen Mangel, ber ganz einfach ber fehlenbe Radicalis=
mus ist. Er ahnbet bie Sache, benn er ist heimlich unb resultatisch so
rabical wie alle Welt; aber nur ja nicht im Trauerspiel unb im Stubium.
Das Eine soll ausführbar bleiben, bas Anbre benkt er mit seinem bummen
Verstanbe unmittelbar zu haben, unb wenn ich ihm zeige, baß er
1000 Meilen vor ber Freiheit vorbeischießt, so hält er mich ganz einfach
für einen Sophisten, ber auch eben so gut bas Gegentheil sagen könnte.
Stahr, ber hier war unb kein Jubicium hat, unb Echtermeyer, ber
komisch tolerant gegen ihn ist, verberben ihn vollenbs.

---

¹) Im folgenben Jahre wurbe Prutz aus Jena ausgewiesen. Vgl. Herwegh,
Gebichte eines Lebenbigen II 1 ff.
²) Im Oktober war Mosens „Herzog Bernharb von Weimar" aufgeführt
worben; vorher war erschienen „Theater von Julius Mosen," Stuttgart unb Tübingen;
angez. D. J. 1842 Nr. 260 f.

Um in meiner Litanei fortzufahren, so muß ich Dir erzählen, daß ich die Berliner Freien[1]) als die ekelhaftesten Renommisten, die Gott oder vielmehr ihre eigne Blasirtheit geschaffen hat, kennen gelernt. Leider stimmt auch der alte Bauer in diesen Ton ein; und ich habe vergeblich die gröbsten Philippiken gegen sie losgelassen. Halb und halb hab' ich ihre Gesellschaft gesprengt; aber es wird nichts nutzen. Man kann ihnen keine neue Seele einsetzen. Dieses hohle, eitle, dumme, geniale, renommistische, blasirte, von allem honetten Pathos entblößte Unwesen verstimmte mich mehr, als die allgemeine Niederträchtigkeit und Aberweisheit des Berliner Lebens, in dem doch am Ende eine solche Frucht wurzelt. Wenn man nur 10 Menschen kennt, die mit Religion und Leidenschaft die Netze der allgemeinen Blasirtheit zertrümmern, so wagt man zu hoffen; wenn aber das Salz dumm wird, wer soll dann salzen? Herwegh und ich haben förmlich mit ihnen gebrochen, und die Geschichte wurde zum allgemeinen Stadtscandal; aber Du glaubst auch nicht, wie weit der Skandal schon an sich gediehen war. Sie schrieen, schimpften und prügelten sich in der Weinstube, und als ich nun fortging (Wiganb und Ludwig hatten sich schon retirirt), fielen sie nahezu auch über mich her. Alles dies finden sie genial und frei. Dazu kommt noch, daß sie die höchsten Probleme immer fort dogmatisch im Munde wälzen und renommirend ihre Ultrameinung herausschreien. Moderirt findest Du das in Edgar Bauers Broschüre: „B. Bauer und seine Gegner." Warum hat man das durchgelassen? Aus Politik oder aus Liberalismus? Und welche Wirkung macht es? Ich gestehe Dir, daß ich mich überzeugt habe, die Frivolität hat einen weiten Boden und die Regierung eben so wenig System, als die frivolen Freien. Man irrt sich, wenn man die

---

[1]) Im Juni 1842 war durch einen Artikel der Königsberger Zeitung die erste Kunde von diesem Verein ins Publikum gedrungen, vgl. Pruß a. a. O. p. 100 ff. Bei Pruß (Anhang S. LXII) ist auch das dem Frankfurter Journal entnommene angebliche Glaubensbekenntniß dieses Vereins mitgeteilt. Herr Medizinalrat Ruge hat mir mitgeteilt, daß außer den Brüdern Bauer noch Engels, Buhl, Max Stirner, Nauwerck und Köppen dazu gehörten, daß die beiden letzteren jedoch sich bald davon lossagten. Ihr Versammlungsort war eine spärlich erleuchtete, düstere Weinstube in der Poststraße. „Auf Arnolds Wunsch", schreibt Herr Dr. R. weiter, „besuchten wir die Freien in ihrer Kneipe. Anfangs war es ziemlich stille, und er bildete den Mittelpunkt der Unterhaltung. Nach und nach befreiten sich einzelne aus der philiströsen Unterhaltung und verfielen in ihren alten, gewohnten Ton. Die freie Stimmung steigerte sich bis ins Unglaubliche. Man wollte den Philistern zeigen, was Freiheit sei. Ich sah, wie Arnold stumm und wie versteinert dasaß. Ein Sturm mußte ausbrechen, denn es kochte und siedete in ihm. Mit einem Male sprang er auf und rief: „„Ihr wollt frei sein und merkt nicht, daß ihr bis über die Ohren im Schlamm steckt! Mit Schweinereien befreit man keine Menschen und Völker!""

Menschen für unfähig hält, sich dieser Form anzunehmen. Immer ist die Frivolität noch Vernunft und Auflösung der Unvernunft. Sie wird daher theoretisch, als Komödie, eine große Wichtigkeit gewinnen können, zumal wenn sie die politische Freiheit im Hintergrunde sehen läßt. Geht sie aber so weit, daß sie auch diese Larifari nennt, so wird sie von dem heiligen Zorn, vom Fanatismus, von der Religion, von der Gemüths= bewegung für unsre große Aufgabe, von der Logik und dem Thatendurst im Dienste der Idee — wie man es nennen will — abzulösen sein. Wie die Heinische Frivolität muß sie dann gestürzt werden.

Du siehst, wie unaufhaltsam Phaethon aus der ebnen Bahn stürzt; immer schwieriger, immer drängender und verworrener wird das Ge= treibe. Man kann es ganz universell fassen, eine Blasirtheit ist der andern werth, und Preußen braucht blutige Kämpfe, um diesen Inhalt zum Ernst zu erheben. Hora ruit. Nie hab' ich es deutlicher begriffen, wie unfähig die Machthaber sind, das Bewußtsein anzufassen und zu reformiren. Das müssen die Dichter und zuerst die Philosophen thun. Aber auch diese beiden bleiben so lange ohnmächtig, bis der herbe Zwang das ganze Gefäß schüttelt und die rechte Besinnung mit dem Erdbeben der Geschichte einprägt.

Laß Dich nicht säumig finden mit den Beiträgen: eine Kritik jagt die andre, und es gehören Menschen dazu, die sittlichen Fond haben, um den Fortschritt zu machen. Erst, glaub' ich freilich, muß die Frivolität populär werden, ehe sie gestürzt werden darf und kann, damit in ihren Fall die ganze alte Welt verwickelt werden könne, den Gegensatz der Spieler mit dem sogenannten Heiligen nicht ausgenommen. Aber der Ernst darf ihr nicht das Feld lassen, auch schon jetzt nicht. Herzliche Glückwünsche zu Deiner bevorstehenden Vaterschaft;[1] die Meinigen grüßen Dich herzlich. Hier in Dresden lebt es sich gut. Ich habe angenehme Gesellschaft und bin fleißig. Zudem ist man nicht von forcirter Gemein= schaft mit amtlichen Eseln genirt. Bürger bin ich jetzt und benke also ruhig hier den Spectakel zu übersehn, den die Anecdota anrichten werden. Höchst merkwürdig ist mir Dahlmanns Berufung[2] gewesen. Wird man sich denn wirklich in ihm täuschen oder werden wir es? Schreibe bald

Deinem

A. Ruge.

---

[1] Im Mai 1843 wurde Hans Prutz, jetzt ord. Professor der Geschichte in Königsberg, geboren.

[2] Nach Bonn. Vgl. Prutz a. a. O. II 322 ff.

187.

[Dresden, 7. December 42.]

Lieber Freund,

Die Geschichte mit den Freien, die ich Dir geschrieben, ist nun dahin gekommen, daß die Rheinische Zeitung[1]) auch mit ihnen gebrochen hat; und es ist zu vermuthen, daß B. Bauer, der sich dummer Weise ihrer annimmt, nun wüthend werden und für die Jahrbücher nichts mehr schreiben wird. Daß seine Sachen nicht zu verachten sind, siehst Du aus der Judenfrage[2]) und aus dem Edelmann.[3]) Er hat die Auf= klärer trefflich studirt und wird noch etwas dafür leisten. Gleichwohl mußte das Faß ein Loch kriegen, und zwar mußte die Parthei sich selbst von diesem Auswuchs reinigen. Herwegh hat sogar Verse gegen das Unwesen gemacht. Er war aber noch nicht damit fertig; doch dies entre nous . . . .

Doch genug der Klagen: nunquam retrorsum! Je schwieriger die Verhältnisse werden, desto belohnender sind auch die Anstrengungen. Das Publicum weiß nichts mehr zu schätzen als Consequenz und Charakter, versteht sich, wenn er formirt in die Welt tritt. Herwegh erwirbt sich darum so viel Freunde, und ich gesteh' es Dir gerne, daß mir seine persönliche, rein sachgemäße Haltung unendliche Freude gemacht und die Ansicht, die ich gleich von der Bedeutung dieser Erscheinung in unserm Volksleben hegte, nur noch befestigt hat.

Es sieht freilich überall noch sehr trostlos aus in der Region, die man als die passive Substanz betrachten muß! Dennoch wird es gehn, wie in der alten griechischen Kosmogonie, wo auch Lieb' und Haß das Chaos ordnen und bewegen.

---

[1]) Sie wurde seit 1842 von Marx geleitet, im April 1843 unterdrückt; vgl. Ruge, S. W. VI 88.

[2]) Die Judenfrage. Von B. Bauer. D. J. 1842, Nr. 274 ff. Die Antisemiten könnten aus diesem Aufsatze die schärfsten Waffen, welche ihnen jemals geschmiedet worden sind, entnehmen. Schon früher waren die Jahrbücher gegen die Juden aufgetreten; so Ch. K. Prutz in „Neue Lyriker" H. J. 1839, Nr. 168 ff. Ruge selbst in „Die Düsseldorfer Malerschule" 2c. a. a. O. Nr. 200.

[3]) Die mit .u. unterzeichnete Anzeige von „Cancan eines deutschen Edelmanns" Leipzig 1842. D. J. 1842 Nr. 68.

Feuerbach schrieb mir von Dir und Herwegh, daß Ihr ihm wieder Geschmack an der Poesie beigebracht,[1] die Ihr doch denkende Männer wär't. Mit einem Wort, die Poesie ist wieder in die edelsten Theile des Geistes getreten, und die Unzucht mit ihr wird dafür erkannt, was sie ist.

Das Facit von Allem ist: Setz' Dich flugs nieder und löse jetzt Dein Wort: Videant consules, ne quid respublica detrimenti capiat.

Nächstens werd' ich Dir mein Bild verehren. Schramm, den Du kennst, hat es .... gezeichnet.

Apropos, wie ist es mit Deinem Bourbon gegangen? Hat er interessirt und macht er sich auf der Bühne? Mosens Bernhard ließ sehr kalt; das Stück hat keine Zukunft, weil es an Charakteren und an Dramatik fehlt. Die Aufführung beweis't das recht deutlich. Mosen ist freilich kein „denkender Mann," sondern ein Dilettant im Denken. Er hat keine Ahnung von der umwälzenden Macht der Wissenschaft und phantasirt immer nebenher. Ich möchte mich seiner gern annehmen .... aber er scheint zu alt zu sein und will sich nicht mehr formiren, sondern mit Haut und Haaren, wie er ist, anerkannt sein.

Herr Schnurr war sonst ꝛc.

Herzliche Grüße von uns allen. Schade, daß Du nicht hier bist. Es lebt sich hier unter viel geistig angeregten und zum Theil bedeutenden Menschen — ich nenne Franck, Bakunin (den Russen), Müller (der hier war), Köchly (der Hegelsche Philosophie tractirt), Keßler — sehr viel besser, als in den alten vermoderten Universitätslöchern. O gegen Halle! namentlich auf die Letzt! Die Hallenser thun nichts mehr und denken, Alles läge an der .... paukerei mit den paar armen Teufeln von Studenten, die immer nachher eben so klug sind als vorher. Schwarz ist sogar stolz auf die Wichtigkeit seiner Carrière und seiner Wirksamkeit, „die er durch leichtsinnige Schriftstellerei nicht verscherzen will." O alte Jugend! Ja, er sagte mir neulich ganz trocken: „Meine ganze Schriftstellerei käme nur daher, weil ich mit der Universität kein Glück gemacht!" Ich nahm das nicht übel, aber ich begreife nun doch, wie Marheineke die Bauersche Kritik aus dem Magen und die Wirtemberger sie aus der Eitelkeit erklären können. So kann man ein hübsches Lied aus .... einer schlaflosen Nacht und — Alles „aus Hunger und aus Liebe" erklären. Ich weiß wohl, daß ich durch die Umstände bestimmt und angestoßen worden bin, daß Altenstein selbst und die Absagung der

---

[1] 1841 war eine Sammlung von Prutz' Gedichten erschienen.

Docentſchaft mich emancipirt haben; aber unſer Freund Thile iſt auch
von der Univerſität emancipirt (und Lehrer in Magdeburg geworden)
und viele Andere desgleichen; jeder wird nur, was er werden kann.
Auf Feuerbach und Strauß ſich zu berufen, wäre alberne Eitelkeit.
Aber den Univerſitätsnarren mit ſolchen welthiſtoriſchen Effecten zu
begegnen, iſt nichts, als das Recht der Sache geltend machen. Sie mögen
ſterben und „der Hund ihnen auf's Grab . . . . . .,‟ wie Göttling ſich
auszudrücken pflegte, mit dem Bewußtſein: „Wir haben doch eine Carrière
gemacht und viele Collegien geleſen.‟ Aber ſage mir, hätteſt Du das
für möglich gehalten? — Nun laß' bald von Dir hören. Die Welt
geht nicht gleich unter.

Von Herzen

Dein Freund

A. Ruge.

188.

An Fleiſcher.

Dresden, b. 12ten Dec. 42.

Lieber Freund,

.... Seit drei Tagen bringt die Rheiniſche Zeitung keine Berliner
Correſpondenzen mehr. Sie ſcheint dort nur die Freien gehabt zu haben.
.... Die „Freien‟ ſind eine frivole und blaſirte Clique. Ich habe ihnen
ehrlich und ſehr ſtark meine Meinung geſagt, als ich ebenfalls ſehr ſtark
und ſehr ehrlich von der ihrigen unterrichtet war. Ich hatte dabei anfangs
die ſehr unbefangene Abſicht, ſie zur Auflöſung ihrer Societät zu bewegen, damit ſie die gute Sache nicht compromittirten und ſich ſelbſt
nach Gelegenheit blamirten. Namentlich wandte ich mich damit an
B. Bauer, aber er wollte alle die theoretiſchen und practiſchen Extravaganzen, die eben ſo entſchieden Willkür ſind, als die Romantik ſelbſt,
vertheidigen und heftete mir die lächerlichſten Dinge auf die Naſe, z. E.
der Staat und die Religion müßten im Begriff aufgelöſt werden, das
Eigenthum und die Familie dazu, was poſitiv zu machen wäre, wiſſe man
nicht, man wiſſe nur, daß alles zu negiren ſei, d. h. die Negativität der
frivolen Welt zum Princip machen und alle Beſtimmtheit, allen Charakter,
alle Begeiſterung für hiſtoriſche Aufgaben der Menſchheit, die man ſich

nie anders als positiv denken kann und die das wahrhaft Positive wirklich sind, aufheben. Der Staat wird immer die Form des bestimmten und zugleich gemeinsamen Willens und Wissens sein: die Gemeinsamkeit aufheben, heißt die Menschen in Bestien verwandeln, sie machen, heißt das ζῶον politisch machen. Die Religion oder die Begeisterung für eine Bestimmtheit der Idee ist freilich, logisch genommen, eine Bornirtheit, aber die Historie weist der Logik selbst ihre Bornirtheit nach; und Charakter, Bornirtheit auf einen großen Zweck, Hingabe an ihre Religion, ist die wahre Form des schaffenden Geistes, die inhaltsvolle Geistesbewegung. Mit Eigenthum und Familie hat es ja dieselbe Bewandtniß. Eine logische Heirath und ein Eigenthum des Geistes ist lächerlich. Aber die Realisirung des Geistigen ist der Mensch, der sich selbst gehört und eigenthümlich wird durch die Bestimmung der Natur als seine (Eigenthum und Charakter) und durch die Bestimmtheit, mit der er aus der Natur gezeugt wird (Geschlecht und Geburt und menschliche Form dieser Verhältnisse in der Familie). — Sie sehn, daß ich fast ein Narr werde über diesen Tollheiten: denn ich disputire dagegen und das zu Ihnen. Es war allerdings viel Caprice von Bauer: aber es ist leider nur zu wahr, daß es wirklich das System der Frivolität ist: die geistige Bestimmtheit nicht für positiv gelten zu lassen, sondern eine jede von wegen ihrer Bornirtheit sogleich in das Gelächter des superklugen Subjekts aufzulösen.

Mit Bauer hab' ich indessen nicht gebrochen, und ich denke, daß auch er nicht mit den Jahrbüchern brechen wird: er hat eben noch eine Recension über Strauß geschickt; aber er ist sehr zornig. vornehmlich auf Herwegh.... Ich wünsche, daß die „Freien" aufhören als diese Clique zu existiren, und bin der Meinung, daß wir sie nur besavouiren konnten, wie es auch geschehn ist. Denn diese Freiheit, die nur die des Witzes, des Gelächters, der hohlen Negativität ist, führt historisch und politisch nur dadurch weiter, daß sie aufgehoben wird. Die politische Freiheit ist das ernsthafte Pathos für eine bestimmte Gestaltung und Umgestaltung, nicht für die Revolution als solche. Die Frivolität hat aber die Bedeutung, daß alle umwälzenden Epochen die Umwälzung als solche für ganze Partheien zum Zweck machen und so aus der Geschichte in die logische Bewegung fallen, man könnte sagen aus der temperirten Bewegung in der Zeit zu der extemporirten im abstracten Geist — wenn beide Worte dies zuließen.

Herweghs Unterredung mit dem Könige ist im Wesentlichen richtig. Der Berliner Scholasticus ist Alexis Schmidt, Sohn des Erfurter, und

—e bin ich allerdings selbst.[1] . . . . Stahr war hier und klagte sehr über dies Wesen, ja, er suchte uns wieder ins Paradies zurückzuführen und konnte in der That Echtermeyer's überlegenem Geiste nicht wiederstehn. Er ist nicht so tief in die Philosophie eingedrungen, daß er die Princip= differenzen gleich merkte, und hielt sich immer an den, den er zuletzt gehört hatte, ja Echtermeyer kritisirte ihm sogar mit gutem Erfolg den Feuerbach, und als ich nun aufstach, daß Echtermeyer den Feuerbach nie gelesen, ja nicht ein= mal gesehen habe und Echtermeyer meinte: das „bivinire" er, [fand] Stahr dieß statt absurd — nur desto größer. Ich habe viel darüber gelacht. Sie haben nun aber einen Begriff von diesen Dingen. Stahr ist unendlich liebenswürdig, und ich bin sehr vergnügt mit ihm gewesen: aber er ist zu sehr ein Freund aller Leute. Denken Sie Sich: Gutzkow, Mosen und Echtermeyer quand même — das soll alles mit in die liberale Couleur gehn, als wenn einer noch liberal sein könnte, der Feuerbachs Kritik und die Bauerschen Sachen, die 4 Fragen und die ganze neuste Bewegung belächelt und für Dinge erklärt, die er längst an den Schuhen abgelaufen hätte! Darauf ist doch nur mit dem alten Heim[2] zu sagen: „Alter, das verstehst Du nicht!" . . . .

Von Herzen

Ihr Freund

A. Ruge.

---

[1] „An einen Berliner Scholastikus über das Buch „„Differenz der Schellingschen und Hegelschen Philosophie."" D. J. 1842, 210. 236. Vgl. S. Werke IV 298 ff. Herr Dr. Alexis Schmidt, nachmals Chefredakteur der Spenerschen Zeitung, hat mir erklärt, daß nicht er selbst, sondern Dr. J. R. Glaser (nachher Pro= fessor in Königsberg und Marburg), mit welchem er damals das Gabler'sche Seminar besuchte, der Scholastikus sei. Der Brief Ruges sei allerdings an ihn selbst, aber als an einen „Freund des Scholastikus", weil nur er, und nicht Glaser, mit Ruge persönlich bekannt war. In nähere Beziehung mit Ruge zu treten habe für ihn keine Veranlassung vorgelegen, denn er habe dem rechten Flügel der Hege= lianer angehört.

[2] E. L. Heim (1747—1834), der berühmte Berliner Arzt.

Dritter Abschnitt.

—

Wanderleben.

1843 — 1847.

189.

An Ludwig Ruge.

Freiberg, b. 3ten Jan. 43.

Lieber Ludwig,

.... Zunächst kam Marx' Anzeige über die Unterdrückung der Rheinischen Zeitung. Dadurch sind wieder schöne Kräfte frei geworden, und es ist nun klar, daß der Bote nicht ausreicht, die ganze Last derselben zu tragen; und das Steuerruder zu führen bedarf es außerdem der Philosophie. Nun ist Marx ganz ein ausgezeichneter Kopf und nebenbei in Noth wegen seiner Zukunft und zwar der nächsten Zukunft. Die Fortsetzung der Jahrbücher[1]) mit ihm ist daher eine Sache, die sich von selbst darbietet. Alles will sie fortsetzen: Die Schwaben, die nur Theo= logie verstehn, der D... Biebermann, ja sogar die Belletristen, un= gerechnet den Boten, der sie wirklich in gewisser Weise fortsetzen wird. Wigand selbst will die Ehre, à la hauteur zu bleiben, nicht verscherzen und bittet mich, mit Marx in der Schweiz — den können wir dort hin= schicken — die Jahrbücher so mobificirt, wie's die Umstände erfordern, fortzusetzen. Ich habe Marx, der mich um Rath fragt, den Vorschlag gemacht, und wir werden in einigen Wochen einen neuen Prospect aus= geben und Alles genau verkündigen; denn es leidet keinen Zweifel, daß er darauf eingeht. Pruß wollte die alte Form in beiden fortsetzen —

---

[1]) Die Jahrbücher hatten den neuen Jahrgang mit der „Selbstkritik des Liberalismus" (s. S. Werke IV 76 ff.) eröffnet; sie wurden unmittelbar darauf unter= drückt. Vgl. A. f. Z. IV 605 ff.

das ist unmöglich — es würde nur Grün II[1]) werden. — Unsre Beschwerde ist gestern vorgekommen. Doch weiß ich nicht, was geschehn ist. Das Beste wäre der Beschluß, sie drucken zu lassen; doch zweifle ich an einem solchen Kaiserschnitt zur Geburt der neuen Zeit in der Kammer....

Dein

Arnold.

190.

An Prutz.

Dresden, den 25. Jan. 1843.

Du bist der erste und der einzige, lieber Freund, der mir über die Unterdrückung der Jahrbücher geschrieben hat. Vielleicht sind viele durch die Plötzlichkeit verdutzt worden —

Eine Fortsetzung in Deutschland wäre Unsinn, so lange diese Polizei= tage dauert. Wenn sie vorüber ist, so ist es nur Berlin, wo man, so seltsam es auch klingen mag, Preßfreiheit und einen superiören Entschluß erwarten kann. Wenn's dem Könige einer richtig vorträgt, so ist der= gleichen immer möglich. Es versteht sich, daß ich nicht daran denke, und was ich zu sagen habe, nur in der Schweiz oder wo man sonst factische Preßfreiheit findet, drucken lassen werde. Ich will sehn, wie der Bote wird. Man kann ihn alsdann in Deutsche Jahrbücher umtaufen und reell verwandeln. Eine Monatsschrift wie die Revue indépendante wäre sehr zweckmäßig und könnte manchen Ballast vermeiden, den die Jahr= bücher nicht vermeiden konnten. Wenn Du Dich mit Herwegh zusammen= thätest und ich Euch aus Deutschland beiständte, die Sache aber natürlich vorwiegend politisch und philosophisch würde, so würden wir was sehr Gutes zu Stande bringen. Ich hoffe, daß Herwegh seine Heirath bald ausführen und dadurch seine äußerliche Lage ganz außer dem Niveau der Nahrungssorgen stellen kann. Alsbann wäre so ein Institut pecuniär ganz zu Deiner Disposition zu stellen. Herwegh will sich nämlich mit Froebel associiren, und meinen Beistand gewähr' ich Euch von Herzen gern. Doch ist die Sache noch einige Monate zu überlegen, bis die Heirath vollzogen und unser Proceß durch die Kammer ist. Wigand will offenbar nicht weiter und denkt mit den 5 Jahrgängen abzuschließen. Mündlich kann ich Dich leicht davon überzeugen, und es steht so viel fest, daß die

---

[1]) Vgl. S. 264.

alte Form unterdrückt ist: überleg' Dir die neue. Ich lese die Revue's der Franzosen und ihre neusten Sachen. Man muß von ihnen lernen. Also:

> In nova fert animus mutatas dicere formas
> Tempora.[1]

Und es ist viel von dieser Verwandlung zu sagen. Wir müssen durch die Litteratur aus der abstracten Litteratur heraus, namentlich mit publicistischen und politischen Sachen die Menschen interessiren und viel ausgebreiteter als jetzt wirken wollen.

Mündlich mehr. Schreib' mir, wenn Du kannst.

Von Herzen

Dein

A. Ruge.

191.

An Fleischer.

Dresden, d. 17ten Febr. 1843.

Lieber theurer Freund, ist bei andern die Entfernung gewöhnlich die Losung zur Trennung, so hat sie uns nur immer mehr zu einander geführt, während wir in Halle selbst es kaum zu einer geistigen Sympathie bringen konnten. Ihr Brief hat mir wieder unendliche Freude bereitet, sowohl durch die Hingebung, mit der Sie der guten Sache zugethan sind, als auch wirklich durch die Erfahrung, die Sie mit meinem alten Freunde Landfermann gemacht haben. Er ist eine kreuzbrave, noble Natur, um die ich schon in Heidelberg immer die schurkische Brut beneidet habe, deren Panier er leider ergriffen.

Doch Sie werden Sich interessiren, wie es nun weiter gehn soll. Zunächst wäre eine Fortsetzung der Jahrbücher in Sachsen und unter der Censur der Reaction ein halbes Wesen. Was daher auch geschehn mag, ob der Landtag sich für uns mit oder ohne Erfolg verwendet: wir müssen jetzt ganz neue Bahnen brechen und die Preßfreiheit ohne Weiteres in Besitz nehmen. Das soll denn auch geschehn. Wir werden die Jahrbücher verjüngt und concentrirt im Auslande drucken lassen. Ich habe mich mit Marx, der in Cöln abgeht, dazu vereinigt. Marx paßt ohnehin besser für die Jahrbücher als für eine Zeitung; und ich denke,

---

[1] Der Anfang von Ovids Metamorphosen; Ruge setzt Tempora für corpora.

wir geben die Fortsetzung in der Form von wöchentlichen oder monat=
lichen Broschüren. Wir wollen dann ohne Censur schreiben und den
Herrn Pietisten zeigen, daß wir mit der freien Presse uns viel strengere
Gesetze des Anstandes und der superioren Form auferlegen (und doch
sehr starke Dinge ans Licht ziehn), als es die censirte haltlose Presse je
gethan. Ich hoffe, daß wir große Erfolge haben und sehr practisch und
populär werden können.

Sie werden dann wieder einen heiteren Ton finden und den In=
grimm, den der Druck giebt, eben so wie ich loswerden. Ich fühle mich
schon in dem bloßen Gedanken freier, und es wird nicht fehlen, daß dies
nicht jeder Leser und Schriftsteller ebenfalls fühlen sollte.

Hier geht es auf dem Landtage munter und recht gescheidt zu. Das
dualistische System, der königliche Diener und der Volksvertreter, bringt
es freilich zu nichts Reellem; aber eine Bildung des Bewußtseins geht
vor sich, die ganz unschätzbar ist. In Preußen hat die Geschichte freilich
einen andern Verlauf, ich glaube aber, am letzten Ende einen viel
rabicaleren . . . .

Ihr Freund

A. Ruge.

192.

An Stahr.

Dresden, den 23ſten Febr. 1843.

Lieber Herzensfreund, ... Ich sehe mit Bedauern, daß Du
wieder nicht recht auf dem Zeuge bist. Ist denn jetzt Zeit krank zu sein?
Der Feind schlägt uns alle Töpfe entzwei, und das Fett läuft zischend
in die Flamme. Mag es da gähren und brennen. Wir müssen uns nun
doch neue Töpfe machen, also wacker sein und den Thon der Brust zu=
bereiten, damit wir was Widerhaltiges machen. Doch ich will Dich nicht
mit leeren Redensarten abspeisen. Du weißt, daß am 3ten Januar die
bewaffnete Macht des Magistrats zu Leipzig bei Härtels die Druckerei
der Jahrbücher besetzte und Alles in den Sack steckte, was sie fand, dann
bei Wigand auch noch den Rest des aufgelagerten Januars 1843 ein=
säckte und versiegelte und so mit allen unsern 7 Sachen abzog. Bon!
Hier war nichts zu machen. Philister kennt die Gesetze nicht; er kennt
nur die grünen Kragen der Polizei, und wenn er die Gesetze kennte, so

fragte fich's, ob er es für gut fände, fie zu vertheidigen. Alfo cede
majori. Anders in der zweiten Kammer. Da ift man über das Princip
nicht im Zweifel, und unfre Befchwerde, die wir fchon lange eingereicht,
wird ohne Zweifel ein günftiges Votum erzielen .... Als eben das
Verbot erfolgt war, wählten die hiefigen Wahlmänner mich zum Stadtverordneten und darauf die Stadtverordneten in ihre Deputation zur
Polizei. .... Es war nun allerdings frappant für den Verfolger der
Jahrbücher und namentlich meiner Redaction, den Minifter des Innern
und der Polizei, daß ich auf die Weife in eine ftädtifche Behörde feines
eigenen Refforts komme in dem Augenblick, wo einer feiner Räthe, ein
chriftliches Heupferd, meine Grundfätze für „unvereinbar mit aller bürgerlichen Ordnung" erklärt. Die Stadtverordneten haben mir nun Gelegenheit gegeben zu beweifen, was ich taufendmal gefagt habe, daß der
Beamten- und Polizeiftaat eine Vorausfetzung ift, die gar nicht zerftört,
aber aufgehoben werden muß, fowohl in ihrem exclufiven und heimlichen
Princip, als in der falfchen Stellung, die fie dadurch gewinnt, daß fie
ihre Ordnung, die äußerliche, zum Zweck erhebt, die moralifche und
geiftige Ordnung aber weder kennt noch anerkennt ....

Es ift nöthig, die Jahrbücher, popularifirt und in die klaffifche Form
erhoben, nach dem Mufter der großen und unfterblichen Franzofen fortzuführen. Jedoch werden noch drei bis vier Monat darauf hingehn, die
ich zu Studien der Franzofen und unferer Verfaffungen benutze, um
fpäter eine radicale Politik zu fchreiben und damit die neuen Jahrbücher zu eröffnen. I. Wefen des beftehenden, II. Wefen des wahren
Staats. Die durchgeführte Erklärung des Beftehenden ift ein dankbares
Werk und die Nothwendigkeit der radicalen Reform erfolgt dann von
felbft. Man braucht nur das Princip ftreng durchzuführen und nicht
logifch, fondern als Refultat und Poftulat der Hiftorie, alfo das mit
Selbftbewußtfein zu thun, was die bisherige Politik nur ohne Bewußtfein
thut. Die Entwicklung, die fich jeden Moment mit ihrem Selbftbewußtfein
begleitet und von der Zukunft nicht überrafcht wird, fie vielmehr felbft
vorbereitet und fich in fie aufheben will — wie dies die Jahrbücher in
der Kritik vor den andern Litterarifchen Zeitungen vorausfatten —
dies ift mutatis mutandis die neue Politik, in welcher Menfch und
Staat durch diefen felbftbewußten und felbftgewollten und gemachten
Proceß feine Souveränität ausübt. Echtermeyers Dilemma, daß die
Theorie höher fey, als die Praxis, löf't fich in die unmittelbare Praxis
der Theorie und in die immer präfente Theorie der Praxis auf,
die Einheit des theoretifchen und practifchen Geiftes ift der abfolute,

b. h. die Absolutheit des Geistes ist nirgends reell, als im historischen Proceß, der mit Freiheit, nicht wider Willen, von dem „politischen Wesen," welches der Mensch ist, gemacht wird:

$$\pi o\lambda\lambda\grave{\alpha}\ \tau\grave{\alpha}\ \delta\epsilon\iota\nu\acute{\alpha},\ \varkappa o\grave{\upsilon}\delta\grave{\epsilon}\nu\ \grave{\alpha}\nu\vartheta\varrho\acute{\omega}\pi o\upsilon$$
$$\delta\epsilon\iota\nu\acute{o}\tau\epsilon\varrho o\nu\ \pi\acute{\epsilon}\lambda\epsilon\iota\,[1])\ .\ .\ .\ .$$

Dein Freund

A. Ruge.

193.

An Fröbel.

Dresden, den 8ten März 43.

Verehrter Freund,

Unsre Briefe haben sich gekreuzt. Daß ich die 12 Exemplare Anecdota erhalten habe, wissen Sie also längst. Ich schickte sogleich die 8 Exemplare an die Mitarbeiter, eins an Wigand und eins an den Landtag. Wachsmuth und den Excellenzen hab' ich keins gegeben. Diese Herren müssen sich's anschaffen. Das Buch wird hier und in Berlin eifrig gelesen. Vornehmlich imponirt die gehaltene Form und die Correspondenz mit dem Ministerium . . . . Eins wünschte ich nur noch, daß diese Schrift auch in Straßburg und Paris bekannt und ge- lesen würde, um den Franzosen eine Vorstellung von unsern Kämpfen zu geben . . . . Bakunin sollte darüber an Pierre Leroux[2]) schreiben und ihm die ganze Sache authentisch und deutlich vortragen . . . .

Herwegh muß nothwendig seinen zweiten Theil herausgeben. Auch die Lebendigen reiten schnell. Der zweite Theil ist in mancher Beziehung schon ein Fortschritt, namentlich über das demagogische oder altdeutsche Element des ersten Theils hinaus. Könnte er nicht auf der Reise die Sachen mit der Emma[3]) zusammen ordnen? Ich dächte, das würde beide angenehm unterhalten.

---

[1]) Citat von Soph. Antig. 332. 333.

[2]) Pierre Leroux (1798—1871), Philosoph, Publizist und Socialist; 1839 war sein De l'humanité, de son principe et de son avenir erschienen, vgl. Heine, sämtl. Werke (1868) X 46. 214. 220 ff.

[3]) Herweghs Gattin, eine Tochter des Kaufmanns Siegmund in Berlin.

Drucken Sie bann so schnell als möglich. Das ist immer die positivste Antwort auf die schamlosen Niederträchtigkeiten der Lohnschrift-steller in unserm armen und wahrlich verächtlichen Lande.

> „Keine Rast und Ruh —
> Immer zu, immer zu!"

Der Dreck und Staub der beutschen Reise ist von den Füßen zu schütteln, wie immer und überall.

Unser Plan, die Jahrbücher fortzusetzen, verzögert sich noch. Der Minister hat Concessionen gemacht, bie vielleicht eine Fortsetzung als Vierteljahrsschrift zu 20 Bogen in Leipzig möglich machen. Unterbessen muß man also abwarten, obgleich ich glaube, baß immer sehr balb eine böse Praxis des Confiscirens ꝛc. wieder ausgebildet sein wird. Marx in Cöln wollte an bem ursprünglichen Plane Theil nehmen ....

Ganz der Ihrige

A. Ruge.

194.

An Herwegh.[1])

Dresden, 8ten März 43.

Lieber Freund, nur zwei Worte zur Gratulation, einmal, baß unsre Freundinn jetzt bei Ihnen ist, und bann, baß es Ihnen gelungen ist, diese Zürcher so eklatant zu blamiren. Das Deserteurgeschrei[2]) war wirklich das letzte Stabium dieser Gemeinheit der abstracten Litteratur und der Reaction, beren Speichel sie leckte. Ich war wegen Pruß umsonst in Leipzig. Er bestellte mich und ließ mich sitzen. Dann fuhr ich nach Halle, und stellen Sie Sich vor, im Wagen fiel es mir ein, baß Sie zwei Lieber machen müßten: „Der Deserteur" und „Der Verbannte". Das erste fing ich gleich selbst an und brachte bie erste Strophe mit Mühe unter dem Geschaukele des Fahrens zu Papier. Sie heißt:

---

[1]) Diesen Brief verbanke ich Herrn Dr. M. Runze in Berlin.
[2]) Vgl. bas Xenion (Gedichte eines Lebendigen II p. 97): Entpuppung. Deserteur? — „Mit Stolz. Ich habe bes Königes Fahne, Die mich gepreßt, mit bes Volks soldlosem Banner vertauscht."

Ja, es ist wahr, ich floh von Euren Fahnen,
Ein Deserteur, aus Eurem Friedenssold;
Ihr braucht die Welt nicht erst daran zu mahnen:
Sie weiß es längst, was Ihr und ich gewollt,
Sie weiß es längst, daß wir uns immer fliehen,
Bis wir das Loos der Kriegssoldaten ziehen.

Ich hatte noch mehr Pointen im Sinne als „Eure Fahne und unsre Fahne", „Subordination und Dienst der Nation" — da hörte ich in Leipzig, daß Sie Ihren Frieden mit Wirtemberg gemacht und daß man nun die Batterieen mit Humor gegen die Republikaner, mit Spott gegen das Gesindel und mit der Vorhaltung laden müsse, daß ein königlicher König den Dienst der Gemeinheit verschmähen werde — das leuchtet ein. Die Sache bleibt aber dieselbe, im Gegentheil, sie wird nur noch schärfer und concreter, weil weniger bemagogisch capriciirt. — Prutz traf ich in Leipzig nicht, und so hatt' ich von der Reise eine Enttäuschung über die andre. Die Realität ist immer Gewinn, auch das Bewußtsein über die schlechte Welt. Das erfuhr ich in Halle. Sie können Sich's nicht vorstellen, wie deprimirt dies Gesindel ist. Ich will keinen nennen, es ist überflüssig: aber wer avanciren will, geht zu Tholuck in die Kirche. Leo hat neulich vor den Spitalweibern in der Missionsstunde geprebigt und namentlich laut geklagt, daß die Regierung Einen von der Rotte (Duncker) zum Lehrer der Jugend gemacht.[1]) Am Schluß hat er für Bekehrung der Rotte gebetet. Endlich kommt er unter Seinesgleichen — die Spittelweiber . . . . Diese Menschen sind so weit herunter, daß sie sich in jedem Manbat, in jedem Satz, ja womöglich in jedem Worte selbst ins Gesicht schlagen. Haben Sie die neue Censurverordnung in Preußen gelesen?[2]) Und die armen Teufel wollen keinen Rath und keine Lehre von den Vertretern und Gelehrten der Nation annehmen? O sancta simplicitas!

Seydel ist wegen seiner Correspondenzen für Brockhaus[3]) nach Oppeln in Schlesien relegirt. Er schreibt mir am 5ten, daß er am 6. abreisen werde. Er wird nicht lange in dieser Schraube aushalten. Ihrem Wunsche mit der Preßgeschichte kann er nicht entsprechen. Er hat alles dergleichen in Eine Broschüre vereinigt, die in Braunschweig erscheinen wird . . . .

---

¹) Duncker war im Oktober 1842 außerordentl. Professor in Halle geworden.
²) Vom 31. Jan. und 23. Februar 1843; abgedruckt bei Prutz a. a. O. Anhang XCVI ff.
³) Für die Leipziger Allgemeine Zeitung; Seydel hatte u. a. geschrieben „Ueber das Ehescheidungsgesetz," „über Staatskunst und Staatskünstelei."

Die Brigands in Berlin sind principlose Lumpen, nicht einmal die Noth scheint ihr Motiv zu sein. Dennoch ist es ein Zeichen der Zeit, daß das Raubthier im Menschen wieder rege wird und das Schaaf in ihm schon vor solchem Gesindel zusammenschrickt. Hier ist der Geist nicht so verwahrlost. Wir erwarten die Preßdebatten und sind nun nicht mehr zweifelhaft, daß wir es unmöglich schlechter machen können, als Preußen es schon gethan hat. Großes Bewußtsein. Meine schönsten Grüße an Sie und Emma, auch von meiner Frau und Mutter. Auf Wiedersehn

Ihr

A. Ruge.

Apropos! Sie wissen, daß Marx frei wird von der Rheinischen Zeitung — wenigstens schreibt er noch am 3ten März in dieser Aussicht.[1] Wenn das der Fall ist, was wir ja bald wissen werden, so wäre es möglich, daß Sie ihn bei der Redaction des Boten betheiligten. Die Fortsetzung der Jahrbücher mit ihm hab' ich nicht aufgegeben....

Noch Eins — geben Sie doch ja Ihren zweiten Theil der Lieder[2] und hauen Sie mit einigen Schwadronhieben alle diese kleinen Schurken in die Pfanne. Ein Hieb durch ihren dicken Zopf hinab bis auf den Sattelknopf. Der zweite Theil ist schon der radicalen Elemente wegen sehr wichtig. Zögern Sie nicht zu lange. Ueber Nacht holt der Teufel alle Theorie und Poesie; er muß dies aber mit Poesie thun.

195.

Von Feuerbach.[3]

Verehrtester Freund! Meinen herzlichen Dank für die Anecdota. Ich habe bereits einen Theil derselben mit Freude und Begierde verschlungen. Alles wahr und trefflich. Ihre Recension,[4] anerkennend und

---

[1] Vgl. den Briefwechsel zwischen Marx und Ruge in den deutsch-französischen Jahrbüchern S. 17 ff., wiederabgedruckt (Marx' Brief vom Mai ist stellenweise abgeschwächt) in Ruges Werken IX. 113 ff.

[2] Erschien 1843.

[3] Vgl. zu diesem Briefe die Briefe Ruges an Feuerbach aus dem Jahre 1842 a. a. O. S. 351 ff.

[4] Von F.s „Das Wesen des Christenthums." Anekdota II. S. 3 ff.

frei, wird ihre Wirkung nicht verfehlen. Es ist mir lieb, daß Sie keine meiner Thesen[1]) gestrichen und mehr den Producenten als die Kritiker respectirt haben. Aber recht böse sollte ich Ihnen sein, daß Sie gar nichts mehr von sich hören lassen. Aber ich bin es nicht. O wie gewaltig irren Sie sich, wenn sie den Philosophen von Bruckberg einen „Egoisten" in der Praxis nennen! In der Ferne sehen freilich die Dinge anders aus als in der Nähe, und nur in der Hegelschen Logik, aber nicht in der Wirklichkeit ist der Schein das Wesen. Ihr letzter großer Artikel hat mich übrigens wahrhaft electrisirt. Er ist die praktische Parole der Zukunft. Uebrigens bleibe ich dabei: Die Theologie ist für Deutschland das einzige practische und erfolgreiche Vehikel der Politik, wenigstens zunächst. Nehmen Sie mit diesen wenigen Worten vorlieb. Ihr L. F.

Bruckberg, 10. März 43.

196.

An Fleischer.

Dresden, d. 1. April 1843.

.... Ohne Preßfreiheit giebt es jetzt keine Möglichkeit, die denkenden Männer, die wirklich auf den Grund gehen, zu einer publicistischen Existenz zu bringen. Der Zufall hat für uns aufgehört günstig zu sein, seit man die Stirn hat, solche infame Principien zu proclamiren — als die Aechtung philosophischer Untersuchung enthält. Doch per aspera ad astra. Es ist hündisch genug, daß kein Mensch in Deutschland protestirt und alles feig auf die Zukunft wartet. Mich ekelt diese Entwickelung an, daß .... die alte starre Despotie doch immer wieder das Ende vom Liede ist. — Man verhält sich dabei wie ein Esel, den nun ein anderer besteigt, aber man ist noch dümmer als er, denn er macht sich doch darüber keine Illusionen, daß er nun wieder geritten wird .... O wir sind in einer schauerlichen Suppe mit dieser von oben überwachten und angeordneten Entwickelung; denn man kann nicht absehn, wie wir hinauskommen sollen, wenn die Maßregeln nicht immer noch tyrannischer und unmöglicher als unmöglich werden. Denn ausgeführt können schon diese wahnsinnigen Projecte nicht werden. Aber die Subjecte, die sich bereit

---

[1]) „Vorläufige Thesen zur Reformation der Philosophie," Anekdota II 62 ff.

erklären, sie bennoch ins Werk richten zu wollen, werden nirgenbs vermißt unb nirgenbs zur Thür hinausgeworfen — weil wir eine Nation
von Hunben sinb.....

Pott unb Duncker sinb bie Alten. Duncker kann aber, wie es
scheint, nicht schreiben. Er ist zu boctrinär unb zu schnell fertig. Er will
im Mai Lottchen Gutike heirathen. Schaller ist leiber zu schnell antiquirt,
usé, unb bazu kommt noch, baß ihm alles Laviren nicht aus ber pecuniären
Noth hilft; ein elenbes Dasein; besser ist es, als Guerilla erschossen zu
werben. So ein Philister! Schwarz hat viel Talent unb lies't so
rabical, baß sie ihn gleich absetzen würben, wenn er bas Heft publicirte.
Doch schreibt er wohl nicht, unb sein Talent wirb vielleicht in ber
Hoffnung ber Carriere sich verzehren. Er ist kein burchgreifenber
Charakter, sonbern ein Diplomat, ber für ben Tag sorgt unb lebt.
Ruhm suchen solche Menschen nicht, nur Ehrenstellen unb bie Ehre bes
Vergnügens im Reich. Doch kann es sein, baß ich mich irre, obgleich
ich nun schon einige Praxis in ber Beantwortung ber Frage bekommen
habe: „Wirb bieser Mann laut zu benken wagen, unb wenn er es wagt,
wirb er burchbringen?" .... Man könnte enblich wissen, baß jeber
Mensch, ber etwas werth ist, nothwenbig auch erscheinen muß; „ber
Geist muß erscheinen", sagt ja ber alte Hegel....

Von ganzem Herzen

Ihr Freunb

Arnolb Ruge.

197.

An Pruß.

Dresben, b. 21. April 43.

Lieber Freunb, Dein Brief vom 17ten bestätigte mir bie seltsame
Zeitungsnachricht von Deiner Ausweisung aus bem Weimar'schen. Wer
hätte sich bas träumen lassen? Die Sache fing ganz umgekehrt an; aber
es ist ein wahres Raffinement ber Maßregeln in bie Reaction gefahren;
unb ba gehn bie Gebanken bieser gebankenarmen Menschen bem Herwegh'schen Vorfall nach.[1] „Es sinb bie Poeten, bie à la chasse be-
hanbelt werben müssen. Das wirb schon wirken unb hat schon gewirkt,"

---

[1] Herwegh war in Folge eines Briefes, ben er von Königsberg aus an
Friedrich Wilhelm IV. gerichtet hatte unb welcher burch bie Leipziger Allgem.
Zeitung veröffentlicht worben war, aus Preußen ausgewiesen worben.

denken sie. Und gestehen wir uns ehrlich, wenn Politik der Effect für den Tag und auf den verworfenen Haufen ist, so hat es gewirkt. Alle mögliche Gemeinheit ist nach oben getrieben, und der niederträchtige Philister hat sich in seiner ganzen Blöße gezeigt. Fast glaub' ich, daß die Tyrannen des 18. Jahrhunderts noch einmal ebenso schamlos wie in Hannover überall sich hinsetzen und ganze Decaden mit ihrem Dreck und ihrer Rohheit ausfüllen könnten; so schlecht ist das politische Material — der Philister. Hier ist die Polizei und die Kreisdirection (d. i. was die Regierung in Preußen) und selbst der beschränkteste Minister immer noch unendlich viel freier als der egoistische und an den Pfahl der Innung festgebundene Bürger. Sachsen ist hinter dem Polizeistaat Preußen unendlich zurück. Denn die Polizei hat doch Politik und den Gedanken einer generellen und universellen Staatsmacht im Leibe; der Spießbürger macht seine Dummheit und seine vier Pfähle zum Princip. Dennoch wird der Bruch des Polizeistaates, der hier in Sachsen durch die feudale Constitution und corporative, altfränkische Oeffentlichkeit des Communalwesens eingetreten ist, angenehm empfunden. Der Zeitgeist schleicht sich ein in diese Formen, selbst die machtlosen Beschlüsse der öffentlichen Körperschaften geben eine gewisse Befriedigung und sind ein theoretischer Sieg, wenn sie so ausfallen, wie diesmal die Kammer= vota . . . .

Die Schwaben haben Echtermeyer ihren Prospect und ein freund= liches Schreiben, von Vischer verfaßt, von Strauß adressirt, von Schwegler unterbruckt, gesendet. Der Prospect wäre, sagt Echter= meyer, ganz der unsrige. Mich hat Vischer durch Echtermeyer grüßen lassen. Geschickt haben sie mir nichts, ohne Zweifel weil sie denken, ich hätte selbst Deinen Artikel in der Rheinischen Zeitung über sie verfaßt. Wie man doch so blind sein kann! Mich geniren die Jahrbücher der Gegen= wart durchaus nicht. Ich brauche ja nur fortzufahren und Jahrbücher der Zukunft herauszugeben, um ganz meinen Willen und meine Freiheit zu haben. Sie haben Echtermeyer zum Mitarbeiter aufgefordert. Wenn wir recht fleißig und so wenig als möglich theologisch sind, werden sie immer noch allerlei hübsche Sachen bringen können; freilich auch viel Gewäsch, wie Köstlin namentlich es liebt. Aber Georgii, Vischer, Strauß können in ästhetischen Dingen viel leisten. Wenn sie nur alle so radical wären als Vischer . . . .

Von Herzen

Dein Freund

A. Ruge.

198.

An Ludwig Ruge.

Dresden, b. 3ten Mai 1843.

Lieber Ludwig,

.... Halle hab' ich fast zu oft wiedergesehn, um nicht einen gründlichen Zahn auf den Ort und seine Bewohner zu haben. Es ist kein Leben in der Opposition und überall die tiefste Verborbenheit der Menschen und der Verhältnisse.

.... Hier lebt man heiterer durch Umgebung und geringere Reibung mit den niederträchtigen Principien. Denn die pure Dummheit kann man nicht anklagen. Die Universitäten dagegen stellen viel niedrigere Erscheinungen des Abfalls und der Charakterlosigkeit dar als das bloße Philisterleben.

Heute exercire ich mit in der Communalgarde auf der Vogelwiese. Daß ich außerdem den Sitzungen der Stadtverordneten wöchentlich 1 mal und der Polizeideputation wöchentlich 2 mal beizuwohnen habe, wirst Du schon erfahren haben. Seltsamer Weise bin ich nun wieder mit allen Communalämtern, wie in Halle, bepackt[1]) und aus der Journalistik, der ich vorläufig ganz allein mich ergeben wollte, heraus geworfen.

Ich habe in der letzten Zeit die neusten Franzosen gelesen und allerlei zusammen studirt, um möglichst eingreifende und aufräumende politische Themata mehr im Zusammenhange als bisher zu behandeln. Die Periode der eigentlich lebendigen und dennoch durchgreifenden Litteratur muß jetzt erst kommen. Es müssen ganz neue Kräfte herauf beschworen werden. Selbst Herwegh scheint die Flügel hängen zu lassen, ohnehin wird er wohl nur Verse machen. Prutz ist leider in der Misere ....

Herwegh ist nach Provence und den Pyrenaeen gereist. Froebel und Dr. Marx werden diese Tage herkommen. Mit Marx zusammen will ich die Revue radicale herausgeben. Wir wollen hier das Wie in Betracht ziehn.

Meine Schweizerreise unterbleibt. Bakunin,[2]) dem ich viel zu viel getraut, kann mich und alle seine hiesigen Schulden nicht wieder bezahlen. Ich hätte Häuser auf ihn gebaut und muß gestehn, daß es

---

¹) Vgl. A. f. Z. IV 527.
²) Vgl. die zwei zwischen Ruge und Bakunin gewechselten Briefe Werke IX 129.

mir sauer ankommt, um eines fremden Menschen willen nun den ganzen
Sommer krumm liegen zu müssen. Ich hatte mich bei Bondi für ihn
verbürgt und habe vor einigen Tagen 306 Thlr. für ihn bezahlt, nachdem ich ihm in Leipzig, als er damals mit Herwegh in die Schweiz
ging, schon 250 Thlr. baar geliehen. Dazu kommt der Ausfall der
Jahrbücher, die doch 600 Thlr. einbrachten, und so komme ich nur eben
ohne Verlegenheiten durch, wenn ich zu Hause bleibe und meine Zeit
ernstlich zusammennehme....

Von Herzen

Dein Bruder

Arnold Ruge.

199.

An Br. Bauer.[1])

Leipzig, [Mai 43.]

Mein lieber Freund,

Hier eine kleine Herzstärkung nach so viel niederträchtiger Michelei.
Es sind die Anekdota, die ich Ihnen sogleich von hier aus per Poste
schicke, nachdem ich mich überzeugt, daß Froebel selbst Ihnen keine
Exemplare direct hat zugehn lassen.... In Dresden wurd' ich zweifelhaft, als ich den Contract nachsah, und ließ die schon gepackten Exemplare
bei Seite schaffen, um sie möglichen Polizeiangriffen (denn man knirscht
vor Wuth gegen mich und will gern etwas Eklatantes thun) zu entziehen.
Seit 14 Tagen hat mein Nachbar den Auftrag (er ist der Verfasser des
Manifestes im Kinderfreund), Ursach' zur Klage gegen mich in meinen
Schriften zu entdecken. Er ist trostlos, daß ihm dies bis jetzt nicht hat
gelingen wollen. Sie sehn, wie nahe die Polizei liegt, sie ist leichter mit
den Ursachen fertig. Dennoch hat sie es nicht hindern können, daß ich
selbst in ihren Rath eingetreten bin. Geben Sie mich verloren. Ich
verurtheile alle Wochen 2mal die Aristocraten, wenn sie Hazard spielen,
und die Communisten, wenn sie das Eigenthum aufheben oder sich
auf Hamburg (einer Kneipe) prügeln. Ordnung muß sind! Nur
fürcht' ich, wird man die Hazardspieler begnadigen, die Communisten aber
klitschen....

---

[1]) Diesen Brief verdanke ich Herrn Dr. E. Schläger in Berlin.

Mit Freuden unterschreib' ich noch einmal alles, was ich damals für die Anecdota über Sie und Ihre That gegen die Theologiens gesagt. Es ist schön, daß dieser Pfeilbündel der Reaction grade jetzt an den Kopf geworfen wird. Und mit welcher olympischen Ruhe! . . . . Wenn die Anecdota gekauft werden, so müssen sie fortgesetzt werden. Sie sind die factische und rechtmäßige Fortsetzung der Bewegung, die in den Jahr= büchern begonnen. Ihre Aufsätze lesen sich vortrefflich und werden den armen Theologen wieder viel schwere Stunden machen . . . .

Ganz der Ihrige

A. Ruge.

200.

Von Feuerbach.

Bruckberg, 2. Juni 43.

Diesem Nachmittag sparte ich den Brief an Sie, lieber Freund, auf. Doch kaum finde ich einen ruhigen, sichern Augenblick. Besuche und Schreibereien aller Art, durch den Tod meines theuren Bruders[1] ver= anlaßt, angekommene und abzufertigende, nehmen mich in Anspruch. Also nur das Nothwendigste. Sie treffen mich im Juli hier. Meine Reise= pläne sind durch den so unvorbereiteten, unvorhergesehenen plötzlichen Tod meines Bruders vor der Hand gänzlich vereitelt. Wie schön wäre es, wenn wir zusammen von hier aus nach Paris könnten! Aber ich sehe durchaus keine Möglichkeit. Ich bin, wie ich Ihnen, glaub' ich, schon öfter bemerkte, glebae adscriptus. Und jetzt lastet noch dazu auf mir mehr als ein Zentner Gewicht von Papieren, die ich durchzuschauen und zu ordnen habe. Der Plan mit dem neuen Journal[2] ist trefflich. Aber ob ich Ihnen so bald schon Etwas liefern kann? zweifelhaft. Meine Thesen habe ich wieder begründet und bereichert.

Aber diese, obwohl nur auf einen Raum von ein paar Bogen zusammengedrängte Arbeit eignet sich wegen ihres doctrinären, theilweise trockenen Inhalts und Styls nicht zu einem Journal mit französischem Esprit. Doch das Nähere hierüber mündlich. Wenn ich wüßte, ob Sie

---

[1] Eduard August Feuerbach, geb. 1. Jan. 1803, gest. 25. April 1843 als ord. Professor der Rechte zu Erlangen. Vgl. den Brief Ruges an Feuerbach vom 16. Mai 1843 (Feuerbachs Briefwechsel I 357).

[2] Vgl. den Brief Ruges an Feuerbach vom 24. Mai 1843 (a. a. O. 357).

birect von Leipzig über Nürnberg hierher reisen und wann Sie bort
ober in Erlangen eintreffen, so würde ich Sie entweder an einem
dieser beiden Orte selbst abholen ober Ihnen wenigstens brieflich den
Weg vorzeichnen, ben Sie von bort unb zu mir einschlagen sollen. Wir
haben Sie hier bestimmt erwartet unb Alles — b. h. sehr wenig —
zu Ihrem Empfang vorbereitet. Sie müssen Sich sehr herabstimmen und
auf ein sehr einfaches, ländliches Hauswesen gefaßt machen. Herzlich

Ihr

L. Feuerbach.

201.

An Fleischer.

Dresden, b. 18ten Juni 43.

Lieber Herzensfreund,

.... Wenn Marx Ihnen schreibt, baß Votum unb die Verhand-
lungen hätten mich „niedergeschlagen", so ist das nicht so zu verstehen,
als wenn ich im allerentferntesten ein günstiges unb wirksames Resultat
von ber Beschwerde im Ganzen erwartet hätte. Die Wiederherstellung
ber Jahrbücher lag gar nicht in meiner Absicht, unb die Zurückziehung
des Verbots hätte mich nur in Verlegenheit gesetzt. Aber ich versichre
Sie, baß es einen seltsamen Eindruck macht unb Einen merkwürdig
afficirt, wenn eine große Versammlung von Ministern unb Deputirten
Einen einstimmig ins Angesicht für toll erklärt, unb das thaten sie. [1]
Ich habe über die Betisen, die sie sagten, gelacht; ich habe mir große
Mühe gegeben, nicht unanständige Gesichter zu zeigen; ich habe vorzüglich
die Reden unserer Vertheidiger mit Bedauern unb mit Unmuth angehört,
denn sie waren sehr ungeschickt unb ohne allen Accent der Ueberzeugung;
ich habe endlich sehr wohl begriffen, baß nur die Gegner Pathos unb
Fanatismus haben konnten, weil sie boch an ihre Dummheiten glauben,
unb es war mir ein Genuß, diese Dummheiten mit Salbung unb in
ben gewöhnlichen Cadenzen des Prediger- ober vielmehr Schülertons
von ben Ministern beclamiren zu hören; aber als die Geschichte aus
war, unb ich nun überlegte, welch' einen Inhalt unb welch' eine kläg-

------

[1] Vgl. zum Folgenden A. s. Z. IV 617 ff.

liche Bildung Volk und Regierung hierbei an den Tag gelegt, da bin ich nicht ehrgeizig genug gewesen, um mich zu „überheben", was Nostiz mir Schuld giebt, nein, ich gestehe es, diese Realität machte nur einen unangenehmen und allerdings „niederschlagenden" Eindruck auf mich. Ich wurde nicht stolz darauf, daß ich diese Männer in ihrer Blöße ge= sehn; ich schämte mich dieser Blöße. Ich schäme mich noch, einem Volk von so geringer Fähigkeit anzugehören, und wenn ich in dem Sinne, daß ich die Mehrheit nicht verfolgen und ihre Macht nicht für die einzige halten sollte, nichts weniger als niedergeschlagen bin, so bin ich es allerdings im Namen des Liberalismus und der herrschenden Generation aufs vollständigste. Ich habe die Lehre, die mir Nie= meyer und die Provinz Sachsen gegeben hat, hier noch einmal repetirt. Wen solche Vorgänge nicht belehren, der ist ein Ochse. Und der langen Rede kurzer Sinn? Dies ganze liberale und rationalistische Volk ist politisch unfähig. Nun? was denn? Wir müssen ein andres machen, und ich halte dafür, daß dies viel Zeit kosten wird.

Ganz ähnlich ging es mir damals, als der arme Teufel, dieser Erdmann, mich in die Minorität brachte, in Halle. Ich habe an den Studenten dieselbe „niederschlagende" Erfahrung gemacht, und Sie werden mir zugeben, daß ich die Lehre, die darin liegt, wirklich benutzt habe. Der Student ist eben so wenig fähig als der Philister, für sich selbst und aus eignem Urtheil das Publicum der Freiheit zu bilden. Beide müssen, ohne es zu wissen, von einer Bewegung, deren Quellen höher liegen, als sie denken und sehen, fortgerissen werden. Aber wir unsrer Seits haben auch sehr viel versäumt. Wir müssen nothwendig eine Litteratur erzeugen, die das Jahrhundert beherrscht und den alten eklen Kram, den wir so lange gehandhabt, gründlich vergessen macht. Für eine kunstgemäße und entschieden menschliche Form ist selbst der Philister und der dumme Student zugänglich: aber wirklich für That und Auf= opferung zu gewinnen ist nur das Extrem unten und oben, das rein spirituelle und das rein materielle Element, die Idealisten und der Pöbel. Beide wollen Reform und können vor ihren Gefahren nicht erschrecken. So steht es mit der Niedergeschlagenheit. Nur wenn man seine Nieder= lagen ganz begreift, kann man sich aufraffen zu neuen Erfolgen.....

Ueber die Idee des Journals und über die Allianz mit Marx brauch' ich Ihnen nichts weiter zu sagen: Sie werden selbst die Wichtig= keit einer geistigen ostensiblen Vereinigung Frankreichs und Deutschlands

---

[1] Vgl. den Brief an Feuerbach vom 24. Mai 1843 a. a. O. 357.

anerkennen und die Art und Weise, dies zu bewirken, leicht projectiren. Natürlich lassen wir die Franzosen mit schreiben und zwar französisch, und wir suchen sie über uns, sie uns über sich aufzuklären. Das führt sodann weiter zum Studium ihrer Litteratur und ihrer politischen und socialen Bewegungen bei uns und umgekehrt. Die Sache macht sich dann im Verlaufe von selbst weiter. Wollen Sie gleich zu dem ersten Heft uns beistehn mit Ihrem Project über das jetzige Preußen, so werden Sie uns einen großen Gefallen thun. Wir können jetzt Alles sagen und wir werden es thun. Je mehr wir dabei die ruhige Form beobachten, desto stärker wird die Sache eingreifen. Man muß Börne nachahmen ohne seinen Grimm, der nur den großen Haufen abstößt, gerade wie in B. Bauers Schriften. Ohne den Grimm läßt sich nichts ausrichten, aber der fertige Grimm erzeugt nicht den Grimm. Der Schriftsteller thut wohl, dem Leser und dem Publicum auch noch etwas übrig zu lassen und zwar diese letzte Arbeit, die innere Gährung und den daraus frei und selbstständig entwickelten Grimm gegen die bekämpfte Sache.

Der Grimm des Schriftstellers ist dogmatisch, wenn er durch und durch geht, und nur lebendig, wenn er erst durch den Verlauf zum Hervorspringen gezwungen wird. Man wird gegen Bücher, die den Ton des herben Angriffs nicht los werden, immer mehr eingenommen, je länger man lies't. So ist das unschätzbare Buch „de la Prusse et sa domination", das Sie gewiß kennen, und das ich eben erst auf Marx' Veranlassung gelesen habe, nachdem ich es schon lange hier bei mir liegen gehabt, schlecht geschrieben wegen dieser durchgehenden ostensiblen Bitterkeit. Ich gebe zu, daß man sie überall haben, auch zeigen kann, aber man muß zeigen, daß man sie beherrscht, denn einer, der bitter wird, hat Unrecht. Es ist seltsam. Warum? Ich glaube, weil die Bitterkeit das Gefühl der Ohnmacht ausdrückt, und also alles siegreiche Leben, welches immer den Humor aus dem Scheiterhaufen des Verworfenen hervorbrechen läßt, zurückstößt.

Prutz ist in Jena. Er war hier..... Er wollte gleich Professor werden. Nun jagt man ihn fort, und er ist abstracter Litterat, der von der Feder leben muß, für lange Zeit..... Ich muß gestehn, daß ich die Folgen aller dieser Begebenheiten fürchte. Ich würde mir die verzweifelten Schritte erklären können, wenn er ein passionirter Revolutionär wäre. Aber das ist gar nicht sein Genre. Er glaubt an keine Wirkung auf die Menschen und spricht von dem Zweck: „Sich selbst zu genügen!" Der Ausdruck kann freilich alles in sich fassen; aber im Gegensatz gegen die Bewegung des Zeitgeistes ist er nichts als die Aufwärmung der alten

Göthischen Isolirtheit. Man könnte sich selbst erst dann genügen, wenn man eine Welt in Flammen gesetzt hätte; aber wenn man meint, das könne niemand, so ist das eine Schwachheit und eine Privatfreiheit, die jetzt nicht mehr auf Anerkennung hoffen darf. Pruz ist keiner Initiative fähig, und so gut er auffaßt und formirt, so wenig weiß er sich aus der zähen Coherenz eines dominirenden allgemeinen Geistes loszureißen. Nun lebt er unter lauter Jenenser Eseln; was kann daraus entstehn als diese Depression? Das ist eine Depression, wie sie der Liberalismus mit sich führt, und sein Resultat der hoffnungslose und effectlose Kampf, den wir nun nachgrade schon satt haben müßten.

Der Bote aus der Schweiz erscheint. Er ist schon verschickt. Aber eine Fortsetzung wird schwerlich erscheinen. Herwegh ist zu faul, um das Ding im Gange zu erhalten. Auch die zweite Hälfte seiner Lieder wird lange auf sich warten lassen. Das ist sehr verkehrt. Frische Fische, gute Fische!

.... Versäumen Sie nicht, Franck kennen zu lernen, das ist ein Mann, mit dem es sich sehr gut lebt und der weit sieht.

Hoffmann von F[allersleben] dagegen, der hier ist, hat einen sehr beschränkten Gesichtskreis, obgleich ich zugebe, daß er eine große Wirkung auf den Philister macht. Könnte der Philister eine Revolution machen, so würde sie Hoffmann machen. Aber er ist bis zur Lächerlichkeit von Illusionen und Eitelkeit beherrscht und überlegt immer, was er denn riskirt, wenn er dies oder das thut. Von eigentlichem Radicalismus keine Spur.

Ich lese jetzt fortdauernd französisch und zwar die Neueren, die Sand, Louis Blanc, Proudhon pp. Zu der Uebersetzung von L. Blancs Histoire des dix ans will ich eine Einleitung schreiben,[1] um die Verbindung, die wir in dem Journal herstellen werden, vorläufig anzuknüpfen.

Von Herzen

Ihr Freund

A. Ruge.

Noch Eins, lieber Freund! Um mit Nachdruck von Straßburg aus wirken zu können, ist es gut, daß dort eine Buchhandlung mit bedeutenden

---

[1] Vgl. „Über die intellectuelle Allianz der Deutschen und Franzosen." S. Werke II. 301 ff.

Mitteln etablirt wird und zwar, daß Froebel, der ein ganz zuverlässiger Mann ist, dies thut. Es gehört dazu ein Capital, und ich bin auf die Idee gekommen, dies durch Actien zusammen zu bringen. Auf dem 2ten Blättchen finden Sie den Entwurf, den ich meinen Freunden, die etwas thun können, mitgetheilt habe. Es wäre nun zu versuchen, ob die Liberalen bloße Redner sind, oder ob sie auch einigermaßen mit dem Beutel sich betheiligen wollen. Natürlich kann das nur denen gelten, die Geld haben; aber deren Zahl, denke ich, muß sehr groß sein. In Berlin hat man die Sache gut aufgenommen, und ich hoffe, daß sich etwas Gutes ergeben wird. In Breslau, Königsberg und Cöln hab' ich ebenfalls angefragt. Vielleicht, daß dort bei Ihnen sich auch etwas thun läßt. Die Provinz ist ja reich und liberal. Ich schicke Ihnen also den Entwurf. Doch nehmen Sie für Ihre Person Sich damit in Acht. Nochmals viele Grüße!

Ihr

A. R.

Entwurf.

§. 1.

Es wird beabsichtigt, eine völlig von der Censur emancipirte Buchhandlung zu gründen. Sie wird zugleich außer dem Bereich der abhängigen Cantonalpolitik der Schweiz sein.

§. 2.

Der Chef der neuen Firma wird ein bereits durch die freie Richtung seines Verlags renommirter Mann sein, für dessen Charakter der Unterzeichnete das vollste Vertraun in Anspruch nehmen darf.

§. 3.

Zu diesem Zweck fordert der Unterzeichnete die Freunde der freien Presse auf, in den nächsten 3 Monaten 1000 Actien zu 50 Thlr. à 4%, vom 1. Oct. 43 ab in jeder Ostermesse verzinslich, zu zeichnen.

§. 4.

Die neue Firma wird durch die Herren, auf deren Aufforderung die Zeichnung erfolgt ist und die den Unterzeichneten von ihrem Actienbedarf in Kenntniß setzen werden, die Actien ausliefern und die Zahlung gegen Michaelis dieses Jahres entgegen nehmen lassen.

§. 5.

Die Actionäre verzichten auf das Recht der Kündigung von ihrer Seite, genehmigen dagegen die Einlösung der Actien von Seiten der Buchhandlung in dem Maße, als die Kräfte des Etablissements sich steigern, ohne daß jedoch das Etablissement deswegen der Verpflichtung sich entbunden achten darf, die freisinnige Richtung des Verlags fortzuführen.

§. 6.

Da das ganze Unternehmen ein patriotisches ist und den Zweck hat, das Risico der „freien Presse", welches unter den jetzigen Umständen die Kräfte der Einzelnen übersteigt, auf die Schultern möglichst vieler Freiheitsfreunde zu legen, so nehmen die Actionäre keine andere Sicherheit in Anspruch als das Vertrauen zu dem Charakter des Mannes, der sich der Leitung des Geschäfts unterzieht, und lassen ihm darin völlig freie Hand.

Dr. Arnold Ruge.

Dresden, den 12ten Juni 1843.

202.

An Ludwig Ruge.

[den 19. Juli 1843.]

Lieber Ludwig,

.... Ich reise nun[1] heute um 11 Uhr über Nürnberg und Bruckberg, um Feuerbach zu sehn, ab. Dann werd' ich nach Würzburg gehn und mit dem Dampfboot nach Frankfurt u. s. w. nach Cöln und über Brüssel nach Paris.

.... Die Zürcher Pietisten hatten große Lust, in den Weitling'schen Proceß (Weitling ist ein Schneider und Communist,[2]) der communistische

---

[1] Über diese Reise s. „Studien und Erinnerungen aus den Jahren 1843 bis 45." S. Werke V.

[2] Vgl. S. Werke IX 366. Feuerbachs Briefwechsel I p. 365.

Bücher geschrieben und in der Schweiz Gesellenvereine zur gegenseitigen
Instruction und Aushülfe, wie es scheint, gegründet hat) alle philosophischen Schriftsteller in Deutschland mit zu verwickeln. Natürlich wird
das unmöglich sein, da der Communismus nicht aus der Philosophie
entsprungen ist und vielmehr mit der Entwicklung der Julirevolution
zusammen[hängt] als mit der deutschen Metaphysik und [Theo]logie, die
nun der Teufel holen [mag], sobald er will.

Ich bin sehr neugierig auf Paris und Frankreich und werde es sehr
eifrig studiren. Ohne Zweifel ist diese Schule, wie sie jetzt steht, wirk-
samer als die Hegelsche. Aber man kann zugeben, daß erst eine Com-
bination das wahre Lebenswasser erzeugen könnte; nun, wir werden
ja sehn!

Herzlich

Dein Arnold.

203.

An seine Gattin.

Dampfboot König Ludwig, zwischen Würzburg und
Wertheim, den 24. Juli 43.

Liebes Vorzügliches, ich bin vorgestern und gestern Vormittag
bei Feuerbach auf seinem Schlosse zu Bruckberg gewesen.

Sein Schwager Stabler hat dort eine Porzellanfabrik, beide wohnen
sehr schön, und besonders Stabler ist ein munterer und freundlicher
Mann. Feuerbach ist ungemein strenge und sehr schweigsam, er hat
ein scharfes Gesicht und trägt einen Schnurrbart. Ich habe mich indessen sehr gut mit ihm vertragen, und wenn er schwieg, erzählte ich
ihm unaufhörlich. So wurde er denn auch warm und wir kamen ins
Philosophiren, als wenn wir 100 Jahre zusammen gelebt hätten. Ich
habe ihn sehr lieb gewonnen und freue mich sehr, ihn nun auch persönlich
zu kennen. Seine Frau spricht natürlich ganz à la Grübel im Nürn-
berger Dialect. Sie ist noch immer hübsch und sehr lebhaft, hat
2 Mädchen, von denen das älteste, Ulrike, 4 Jahr alt und sehr niedlich
ist . . . . Gestern fuhr Feuerbach mich mit dem Geschirr seines Schwagers
nach Ansbach, dort aßen wir zusammen . . . . In Nürnberg habe ich den

Daumer[1]) kennen gelernt, der ein sehr lebhafter und interessanter Mensch ist. Er ist ein Leo auf der andern Seite und sieht auch ganz so aus, ja spricht sogar ebenso.

Es schreibt sich schlecht auf dem Dampfboot, ich komme aber heute noch nach Bingen, erst natürlich nach Aschaffenburg, Frankfurt und Mainz.

204.

An seine Gattin.

Paris, den 11. August 1843.
Hôtel de la Gironde rue quinze vingt Rivoli. [sic.]

Liebes Herz und vortrefflicher Statthalter, vorgestern Morgen kamen wir bestaubt und ganz mürbe gefahren bei dem Bastillenbau vor der Porte St. Martin an. Wir gingen ins Palais royal, wohin wir Brückmann,[2]) der mit uns von Ostende hierher fuhr, bestellt hatten. Wir verfehlten uns, und so führte denn Dr. Heß[3]) mich nach den Tuilerien und dem Tuileriengarten, den elysäischen Feldern und dort in ein Café. Später, nach Tisch, fuhren wir mit einem Fiacre an alle die berühmten Plätze, so lange es der Tag erlaubte. So hab' ich in Einem Tage gleich eine Menge Sachen gesehn und Abends auch noch allerlei Menschen, Deutsche, Spanier und Franzosen aller Art in einem Café gesprochen. .... Gestern Abend gingen wir mit einem Deutschen in die Grande chaumière, einen Garten, wo die Studenten im Freien, wie auf der Rabeninsel, mit ihren Schätzen tanzen. Dies war ein höchst drolliger und zugleich mir ganz neuer Anblick. Der Garten erleuchtet und voll von Zuschauern aller Art, die Entree bezahlen und dann dafür etwas genießen, eine Rutschbahn, montagne russe, die von Zeit zu Zeit wie ein Gewitter dazwischen rauscht, und dann die Studenten, die den Cancan tanzen mit den seltsamsten Sprüngen. Der Cancan ist ein Contretanz mit avant und en arriere und dos à dos und so weiter, aber auch mit einer Umarmung, die man sich nicht intimer denken kann; sie fassen die Dame mit beiden Händen rund um die Taille und die Dame

---

[1]) Georg Fr. Daumer (1800—1875), war bis 1830 Gymnasialprofessor in Nürnberg, gab 1831 „Andeutungen eines Systems der spekulativen Philosophie" heraus, 1850 „Religion des neuen Weltalters," trat 1858 zur katholischen Kirche über. Er hat auch Verschiedenes über Kaspar Hauser veröffentlicht.

[2]) Ein damals in Frankfurt a. M. ansässiger Kaufmann.

[3]) M. Heß schrieb später für die D. fr. Z. (S. 115 ff.) „Briefe aus Paris".

faßt die Tänzer wieder um, indem sie die Arme hinten bis an die
Schulter hinauflegt. Einige legten aber die Arme vor die Brust und
alle beobachteten viel Anstand und waren in Sammt und Seide ge-
kleidet, mit Mantillen und großen Tüllkragen. In der beschriebenen
Umarmung machen sie nun⁵ wieder en avant und alle möglichen Bewegungen, was freilich nach unserm Geschmack etwas zu intim ist. Die
ganze Geschichte ist aber nur die Rabeninsel im Großen und bei weitem
anständiger. Man verläumdet die Franzosen auch in dieser Hinsicht.
Lächerlich war aber das Walzen, das sie grade so machten wie unsre
Bauern, indem sie sich wieder eben so umfaßten und wild durcheinander
fuhren. Es fanden sich sehr bald eine Menge Deutsche um uns herum,
Herren und Damen, die ebenfalls zusahn, und als ich von Heß seinem
Bruder vorgestellt wurde, kamen alle übrigen und begrüßten mich sehr
freundlich ebenfalls. Einer darunter, Herr Banquier Rösing aus
Bremen, lud mich ein, ihn zu besuchen, was ich auch ausführen werde.
Er hat sich hier aux Thermes place du Duc d'Orleans No. 7 (ich schreibe
die Adresse ganz her, damit ich sie nachher zu Hause wiederfinde) ein
Haus gekauft für 16,000 Francs, und das Haus, sagt er mir, enthält
14 Zimmer und hat noch einen Garten. Er ist mit Familie hier. Denke
Dir die Wohlfeilheit, 16,000 Fr. sind etwa 5000 Thlr., und ich habe
unser schlechtes Haus in Halle für 6500 Thlr. verkauft. Ich muß gestehn, daß ich sehr neugierig bin, Herrn Rösings Einrichtung zu sehn.
Man ist hier unter lauter Deutschen (es leben hier 85,000), wenn man
sich nicht mit Gewalt von ihnen losmacht. In Brüssel, wo nur das
gemeine Volk noch flämisch, d. h. plattdeutsch, spricht, sind doch weniger
Deutsche, die sich auch für Deutsche halten.

Gestern Abend führte Herr Brückmann mich durch alle Herrlichkeiten dieser Welt und zeigte mir eine Menge Läden und Passagen
(glasbedeckte Gänge mit Läden zu den Seiten), die allerdings einen
zauberhaften Eindruck machen und zum Kaufen anlocken. Ein Laden,
la ville de Paris, ist ein so ungeheurer Saal, daß ich ohne Brille gar
das Ende nicht sehn konnte. Man findet dort alle Zeuge und Mode-
sachen. Ich bedaure es recht, daß Du und Mutter nicht da sind. Ich
würde Euch herumführen und Euch selbst etwas Hübsches kaufen lassen . . . .

Den 12. August: Rue St. Thomas du Louvre No. 26. Seit 5 Uhr
wohnen wir nun hier. Dies also ist jetzt meine Abbresse. Doch trifft
mich natürlich die alte auch. Hier fand sich eine wohlfeile und schöne
Gelegenheit im 2ten Stock, 2 Zimmer für uns beide, jedes zu 25 Francs,
etwas über 6 Thlr. den Monat. Ich habe Dir nicht erzählt, daß ich

am 10ten den Exdeputirten und Advocaten Cabet [1]) besucht habe. Der
Mann hat viel Aehnlichkeit mit Luden in Jena, als der noch frisch
war. Cabet ist Communist und giebt ein monatliches Journal, Le
Populaire, heraus, wovon er mir eine Nummer mittheilte, die entschieden
den Weg der Ueberzeugung für seine Richtung in Anspruch nimmt und
unaufhörlich gegen Gewalt und Verschwörung protestirt. Die Communisten sind nichts als Humanisten, nur daß sie, um den Menschen zum
Menschen zu machen, was der Humanismus ist, verschiedene Versuche
und Systeme machen und gemacht haben. Die Dummheit einer gleichen
Gütervertheilung, die man gewöhnlich darunter versteht, fällt indessen
den Systematikern nicht ein. Cabet ist ein sehr gescheidter, ja ein schlauer
und skeptischer Mann mit einem feinen, freundlichen Gesicht, der sich
nichts weiß macht und auch gar nicht die Absicht hat, Andern etwas weiß
zu machen. Er spricht die Probleme der Zeit mit großer Schärfe aus; er
kennt den großen Satz, daß das Einfache das Wahre sei und daß erst
jetzt der wirkliche Mensch entdeckt werde. Man schämt sich des großen
Apparates, den die Deutschen nöthig hatten, um dort anzukommen, wo
diese Franzosen längst gestanden. Ich habe mich lange mit ihm unterhalten und ihm über den Gang unserer Philosophie und Bildung und
über die Stellung der neuesten Philosophie in Deutschland möglichst Auf-
schluß gegeben. Er fragte und bemerkte immer mit großer Geschicklichkeit,
wo eine wichtige Wendung der Sache eintrat. Ebenso unterrichtete er
mich über manche hiesige Verhältnisse, die mir aus der Ferne ganz anders
vorgekommen waren. Man nimmt hier, wie bei uns, Bücher weg, man
richtet hier, wie bei uns, die Pfaffenwirthschaft wieder ein, man ver-
bietet, man unterdrückt, und man möchte gerne soweit, als wir schon
sind, gelangen, nämlich zum alten guten Regiment. Das System ist
das nämliche. Die Formen sind einigermaßen anders. Cabet reis't am
23sten zu einem Proceß gegen die Toulouser Communisten. denen man
eine Verschwörung schuld giebt. Er will sie vertheidigen und ist überzeugt, ihre Unschuld beweisen zu können. Man sagte mir am 10ten, er
werde schon den 11ten abreisen. Dadurch kam ich so schnell zu ihm,

---

[1]) Etienne Cabet (1788—1856), Kommunist, hatte 1833 das radikale Blatt
„Le Populaire" gestiftet, mußte aber bereits im folgenden Jahre nach London
entfliehen. 1839 kehrte er nach Frankreich zurück und veröffentlichte im folgenden
Jahre „Histoire populaire de la Révolution française" und „Voyage en Icarie,
roman philosophique et social". Kurz darauf ließ er auch den Populaire wieder-
erscheinen. Vgl. Ruge, S. W. V 64 ff., ebenso hierzu wie überhaupt zum Folgenden
die ausgezeichnete, 1881 aus Ruges Nachlaß herausgegebene „Geschichte unserer
Zeit" 2c. (Heidelberg und Leipzig) p. 169 ff.

während ich allerdings zuerst gar nicht daran gedacht hatte, ihn zu sehn, da mir die eigentlichen Savants und Philosophen im Kopf steckten.

Sonntag, den 13. August. .... Ich hatte es nicht darauf angelegt, hier zu sehn und zu staunen; auch laß ich mich nicht leicht aus der Fassung bringen. [1] Ich wollte Menschen sehn und wußte im Voraus ungefähr, was ich finden würde. Aber ich gestehe Dir, daß ich nun erst die ganze Wichtigkeit dieser ungeheuren Stadt begreife. Brückmann ist sehr liebenswürdig. Er hat mich den ganzen Tag herumgeführt, und zwar stiegen wir zuerst auf den Mont Martre. Die Häuser gehen ganz hinauf, und oben steht eine kleine häßliche Kirche, auf deren Ende aber der Telegraph. Leider ließ man uns nicht hinauf. Denn oben, wo man nach beiden Seiten in die Ebene und nach Paris sieht, muß es sehr schön sein. Die Frau, die den Schlüssel zu dem Calvaire (so heißt Kirche und Garten) hatte, gab uns die Anweisung, wie wir auf die Pariser Seite hinaus könnten. Die Pfaffen heulten in der Kirche, und viele ganz nagelneue Stationen von Scenen aus der Leidensgeschichte waren abgebildet, um Processionen und andern Götzendienst wieder herzustellen. Seltsam nimmt sich dies aus gegen die ungeheuren Umgestaltungen der Revolution, die man hier betritt und die immer noch fortgehn. Dieser ganze Berg und gut das halbe Paris gehörte den Pfaffen und Klöstern; man hat sie von der Erde vertilgt, und die Plätze sind Bauplätze für vernünftige Zwecke geworden. Straßen entstehn auf dem alten Klosterterrain und Menschen besitzen und genießen, was sonst dem traurigen Götzen geopfert wurde und nur seinen widrigen Dienern zu Gute kam. Das kleine Fleckchen des Calvaire ist noch geblieben und der Processionsgarten sieht kümmerlich aus. Alles andre ist Privat- oder Stadteigenthum geworden. Hinter dem Garten war nun freilich eine fürchterliche Wildniß. Diese Bauplätze sind noch nicht zugänglich; Früchte trägt aber der harte Boden wohl nur mit Mühe. So war denn ein furchtbares Distelfeld daraus geworden, und erst das Pflaster und die Bausteine werden die Verwüstung aufheben. Aber hier, welch' ein Anblick! Die Sonne erleuchtete das ungeheure Theater in dem Augenblick, als es sich vor uns aufthat, und wir sahen, daß wir es mit Einem Blick nicht fassen konnten, denn es läuft die Ausdehnung der Stadt rund herum und macht einen Halbkreis, dessen Enden auf beiden Seiten sich noch weit fortsetzen. Die Gegend ist schön: waldige Anhöhen sind hinter der Stadt am Horizont, was aber davor ist im Kessel, das ist Alles Paris. Als wir aber von

---

[1] Zum Folgenden vgl. Ruge, S. W. V 45.

hier mit der Eisenbahn nach St. Cloud fuhren und nachdem wir
³/₄ Stunden so rasch wie möglich dahingefahren waren, was hatten wir
erreicht? Nur wieder einen Punct, von dem aus wir uns am Ende
von Paris befanden, denn eine Unterbrechung der Häuser ist nirgends zu
entdecken, obgleich man einen ungeheuren Halbkreis, der sich allerdings
von Paris entfernt, zurückgelegt hat. Der Blick von der Eisenbahn auf
diese bebaute Gegend, über Fluß und Wald und Weinfelder, die Aussicht von St. Cloud auf Paris übertrifft alles, was ich bisher gesehn
habe. Denn es ist am Ende kein Wunder, wenn das Meer groß und
die Berge imposant sind; aber wenn solche Strecken eine einzige große
Wohnung der Menschen geworden sind, so ist damit eine Eroberung über
die Natur und eine Macht des Menschenlebens vor die Augen geführt,
deren welthistorische Bedeutung man gar nicht zu kennen brauchte, um
von ihrem Anblick ergriffen zu werden. Wien ist auch groß und liegt
ebenfalls sehr schön, aber man muß dabei leider immer denken, daß es
von Eseln bewohnt ist und noch lange auf die Colonisirung durch Menschen
zu warten haben möchte. In St. Cloud war eine ungeheure Menschen-
menge versammelt, um die Wasser springen zu sehen; aber die Wasser
sind nur widrige Erinnerungen an die alte verderbte Zeit, eine ohn-
mächtige Dummheit, für Müßiggänger ins Werk gesetzt und von Narren
ausgedacht. In Versailles ist das noch unsinniger .... Ich habe nicht
geringe Not, nur unter die Franzosen zu kommen. Immer ist man, ehe
man sichs versieht, unter Deutschen. Auf allen Straßen spricht man
deutsch, und wenn das so fortgeht, so wird dies hier eine förmliche
Colonie von Deutschen. Als ich daher Brückmann verlassen hatte,
ging ich ins erste Theater, das ich fand, und nun war ich in französischer
Luft. Aber leider saß ich nicht ganz vorn und so war es mir schwer zu
hören, vornehmlich die Weiber konnt' ich nicht hören. Die Männer dagegen besser. Das Einfallen der Musik in dem Vaudeville ist immer
vom Zaun gebrochen und manchmal geradezu lächerlich. Die Gegenstände
sind wohl politisch gefärbt, sonst aber immer dieselbe alte Familien-
comödie. Das Theater ist nicht frei, sondern censirt, wenigstens kann
jedes Stück verboten werden, sobald es mißfällt. Dennoch ist hier ein
viel weiterer Spielraum und eine große Theilnahme des Publikums.
Auch die Theaterzeitungen (ich kaufte mir gestern ein Blatt des l'Entre-
acte für 6 Dreier) sind geistreich und augenscheinlich von viel fähigeren
Menschen als bei uns, wo das Interesse nur die gemeine Unterhaltung
ist, geschrieben. In den Zwischenacten kauft Alles diese Blätter, und
überhaupt lesen die Franzosen überall, wo sie einen freien Augenblick

erwischen. Die den Kohl zu Markt bringen und die Kartoffeln, liegen auf dem Wagen und lesen, wenn sie nicht grade fahren und auf den Weg achten müssen. Im Dampfer und auf der Eisenbahn, überall wird gelesen, auf der Straße versteht es sich von selbst, sobald ein sichrer Fleck erwischt wird. Die Deutschen hört man hier, solange sie nicht eingebürgert sind, meistentheils über die Franzosen schimpfen. Ich finde sie hier, wie überall, sehr liebenswürdig. Im Palais Royal, das einen großen inneren Raum mit Alleen und Springbrunnen hat, fand ich gestern Abend nach dem Theater eine Menge Kinder, vornehm und gering, groß und klein durcheinander, die sich anfaßten und unter lautem Gesang und mit der größten Munterkeit Ringeltänze tanzten. Die Bälger waren kreuzfidel, und eine Menge Leute standen umher und sahen zu, klatschten und lachten, kurz, alles war in der liebenswürdigsten Bewegung. Ich bedauerte, daß ich im Theater so heiß geworden war und nicht lange stillstehen konnte, habe mir aber vorgenommen, nächstens wieder hin- zugehn. Dinger, nicht größer als Lamm und Witho,[1]) sprangen wie die Kobolde im Mondenschein herum.....

Ganz Dein

Arnold Ruge.

205.

An seine Gattin.

Paris, den 17ten August 1843.

Liebe Agnes, jetzt wirst Du meinen ersten Brief von hier bald haben. Ich setze ihn fort. Vorgestern führte mich Brückmann nach St.-Germain. Dies war aber für mich eine Täuschung, eine Landparthie und eine schöne Aussicht, aber nur auf Fluß und Berg und Thal, die Stadt Paris ist zu entfernt, man entdeckt mit Mühe die Thürme. Brück- mann war ganz unglücklich, daß ich gegen die Erfahrung von St. Cloud mich getäuscht fand....

Seltsam, daß ich hier zum Arbeiten komme, und doch ist es so. Die Franzosen wollen gern etwas über unsre Philosophie wissen, und ich bin durch ein neues Buch von Proudhon[2]) zu der Einsicht gekommen, daß

---

[1]) Schmeichelnamen für den im Juni 1840 geborenen Sohn Alexander und die im Oktober 1837 geborene Tochter Hedwig.

[2]) Pierre Joseph Proudhon (1809—1865), Socialist, hatte 1840 veröffentlicht „Qu'est ce que la propriété?" 1843 „De la création de l'ordre dans l'humanité."

sie wirklich noch nichts Richtiges davon wissen. Seit einigen Tagen schreib' ich daher einen Abriß der letzten philosophischen Bewegung in Deutschland für die Revue indépendante von Leroux. Die George Sand ist nicht hier; sie ist sonst mit der Revue indépendante liirt; aber sie ist wirklich nach dem Orient abgereis't.

Bei Rösing war ich dagegen vorgestern Abend. Er wohnt an-genehm, dicht bei dem Bois de Boulogne und dem Triumphbogen von Napoleon. Seine Jungen[1]) hatten in dem Einen Jahr schon französisch sprechen gelernt; doch konnten sie auch noch ganz gut bremisch, und der kleinste erzählte mir sehr philiströs die ganze Familiengeschichte; der Großvater hätt' es nicht besser machen können. Gestern Morgen hab' ich unsern Gesandschaftssecretär, der hier jetzt fungirt, mit dem Poeten Mäurer[2]) besucht. Er heißt Graf Hohenthal; er ist ein sehr vernünftiger Mensch, noch jung, aber schon gesetzt, auch nicht ohne Interesse für die Litteratur und Philosophie. Man findet das nicht allzu oft bei diesen Leuten. Der Poet Mäurer ist ein interessanter Mensch, der einen aber, wie alle Poeten, mit seinen Poesieen manchmal zur Unzeit unterhält; so mußte Brückmann gestern eine ganze Scene aus einem Drama mit anhören, und mitten im Gewühl des Palais royal deklamirte er seine Reime. Ich fürchtete immer, er würde kein Ende finden, aber Du siehst, er hat es gefunden. Mäurer ist ein politischer Poet und noch extremer, als Herwegh, der ihn hin und wieder benutzt zu haben scheint. Seine Sachen sind nicht sehr bekannt geworden. Er knüpft nicht so wie Her-wegh an die deutschen Sympathieen an . . . .

Ein Deutscher, der mich wesentlich interessirt hat, ist der Dr. Löwen-thal, ein Jude und Buchhändler, der aber eben bei der Abreise begriffen war, als ihn kennen lernte. Er hat mich an die Mad. und Mons. Strauß, mit denen Börne so befreundet war, empfohlen. Ich bin neugierig, diese Leute zu sehn. So siehst Du, daß sich immer noch Alles um die Deutschen dreht. Erst gestern Abend, im Büreau der fourieristischen Démocratie pacifique,[3]) eines Tageblatts, das Herr

---

[1]) Einer dieser Söhne, Johannes, ist jetzt Geheimer Oberregierungsrat und vortragender Rat im Reichsamt des Innern zu Berlin; an ihn sind die im zweiten Bande veröffentlichten Briefe gerichtet.

. [2]) W. Germain Mäurer, gab 1844 heraus (Zürich): „Das Weltdrama" und „Gedichte und Gedanken eines Deutschen in Paris." (2 Bändchen.)

[3]) Charles Fourier (1772—1837), Socialist; Hauptwerk: „Traité de l'association domestique-agricole." Über ihn und den Salon der démocratie universelle vgl. Ruge S. W. V 103 ff. VI 92.

Confidérant[1]) redigirt, kam ich unter lauter Franzosen. Es ist ein Salon, wo man sehr frei und angenehm verkehrt. Doch war es nicht leicht, sich in die Unterhaltung hineinzufinden und sich mit der nöthigen Leichtigkeit deutlich zu machen. Confidérant ist ein hübscher Mann, der sehr für die Freundschaft mit Deutschland schwärmt, aber freilich kein Deutsch versteht und darum auch die Niederträchtigkeit unserer Verhältnisse nicht begreift. Doch ist sein guter Wille sehr anzuerkennen und der Gedanke so richtig, daß auch der bloße Wunsch einer Allianz nicht ohne Bedeutung bleiben wird, obgleich es eine Thorheit ist, daran zu denken, daß die Regierungen von Preußen und Oestreich jemals mit einem freien, ja auch nur mit einem solchen Frankreich, wie es in diesem Augenblick ist, zu einer Allianz kommen sollten. Lieber lassen sich beide von Rußland auffressen, als daß sie mit diesem von Freiheit und Democratie vergifteten Lande Gemeinschaft machen. Die Démocratie pacifique berichtet über meine Ankunft in Paris und sagt, ich hätte die Absicht, hier die sociale Philosophie zu studiren, was nicht ganz unrichtig ist. Ich muß auch das lesen, was ich ohne die persönliche Bekanntschaft der Autoren nicht lesen würde.

18./8. .... Vorgestern unter den Fourieristen oder den friedlichen Democraten, die Monarchisten sind und eigentlich, wie die deutschen Althegelianer, gar nicht politisch sein wollen, sondern sich vorstellen, sie könnten so gut in Rußland als hier ihr Phalanstère (neu organisirte Gesellschaft, so ungefähr in abgesonderten Colonieen) gründen (zur wirklichen Gründung ist es übrigens bis jetzt noch nicht gekommen). Vorgestern wurde stark Philosophie getrieben. Merkwürdig war das Thema, um das man sich stritt, wie viel Verstand der Hund hätte; und es waren natürlich einige da, die ihm allen Verstand absprachen. Leider konnt' ich nicht alles genau genug verstehn, noch weniger am Gespräche theilnehmen, weil es mir viel zu rasch und fast wie ein Gefecht vor sich ging. Später sprach ich Confidérant noch allein, und stell' Dir vor, so liebenswürdig dachte er von unsern Ministern und Räthen, daß er meinte, ich müßte es doch wohl zu revolutionär getrieben haben, daß man die Zeitschrift verboten. Es ergab sich, daß er meinte, ich hätte die guten Sachsen gradezu zur Empörung aufgefordert; und er war sehr verwundert, als ich ihm sagte, ich hätte nur den Titel seines Blattes zum Motto

---

[1]) Victor Confidérant, geb. 1808, Socialist, nach Fouriers Tode das Haupt von dessen Schule. Begründer der Démocratie pacifique und der Phalange. Hauptwerk: „Destinée sociale." 2 Bde. Paris 1834—38.

genommen, nicht einmal so viel als er thun können, daß ich meine Démocratie pacifique nun auch explicirt hätte. „Donc vous avez le droit de faire une révolution." Worüber ich herzlich lachen mußte. Er wunderte sich, und ich erklärte es ihm, daß es sich bei uns überhaupt gar nicht um „das Recht", sondern um die Macht handelte. Mit dem deutschen Philister kann niemand eine Revolution machen: sie würden nicht um eines Haares Breite freier, wenn man auch das Unterste zu Oberst kehrte, und nach der Revolution würden sie erst recht niederträchtige Einrichtungen machen, z. E. die Juden aufhängen und die Philosophen zum Teufel jagen: .... Gestern traf ich im Palais royal einen Cölner Bildhauer, der mir Nicolaus Becker[1]) und Menzel zeichnen will, um sie in den Charivari zu setzen. Er konnte den N. Becker aus dem Kopfe zeichnen, ein köstlicher Kopf, der die deutsche Dummheit und die Dummheit des bornirten Deutschthums sprechend darstellt. Für die Revue indépendante existirt ebenfalls ein Büreau und Mittwochs eine Gesellschaft (Salon) der Schriftsteller und Redacteure. Die Herren Pernet und Leroux haben mich zum nächsten Mittwoch Nachmittag einladen lassen. .... Aus den Zeitungen sehe ich, daß den Bauers ihr erstes Buch gleich weggenommen ist.[2]) Wenn sie nicht darauf gerechnet haben, so sind sie sehr leichtsinnig gewesen; wenn sie es aber so vermuthet, so müssen sie wohl von dem neuen Censurgericht eine gute Meinung haben. Es ist unmöglich, unter diesen Verhältnissen und ohne große Mittel in Berlin eine Buchhandlung von freier Richtung, ja, nur überhaupt eine Buchhandlung zu etabliren. Fröbels Proceß wird keine großen Resultate haben, außer daß man ihm wohl schwerlich das Buch zurückgiebt. Ich bin neugierig auf den Inhalt ....

20. Aug. .... Zugleich fand ich eine Karte von einer socialistischen Schriftstellerin, die mir ihre Bücher gebracht hatte, vor. Sie heißt Flora Tristan,[3]) ihr Mann scheint ein Engländer gewesen zu sein. Sie hat ein Buch: Union ouvrière und Briefe an alle Handwerker geschrieben, worin sie diese auffordert, zusammenzuschießen und sich Erziehungs-

---

[1]) Nicolaus Becker (1810—1845), dichtete 1840 das Rheinlied „Sie sollen ihn nicht haben." Vgl. Ruge H. J. 1840 Nr. 311, Heine im Wintermärchen (XVII 134). Pruß a. a. O. I 305 berichtet von den fast unglaublichen Ehrenbezeugungen, mit welchen Becker in Folge dieses Gedichts überhäuft wurde.

[2]) „Das entdeckte Christentum" (Zürich 1843) wurde vor der Ausgabe vernichtet.

[3]) Flora Tristan, Verfasserin der „Londoner Spaziergänge", vgl. Ruge S. W. V 64. 93 ff.

und Invalidenhäuser zu bauen. Sie geht selbst in die Werkstätten und
Wirthshäuser der Arbeiter und, was den Männern nicht gelingt, weiß
sich das Zutraun dieser ungeleckten Bären zu erwerben. Eine höchst
merkwürdige Erscheinung! Mäurer, Heß und noch 4 andre junge
Deutsche und ich, also sieben Mann hoch, gingen wir gestern hin, um ihr
einen Besuch zu machen. Wir fanden eine große, schwarz gekleidete und
schwarz aussehende, aber sehr freundliche Dame, die mit einer Leichtigkeit,
wie nur die alte Kanzlerin in Halle es zu thun pflegte, die Unterhaltung
dirigirte und über Politik und die Fragen der Gesellschaft (d. h. hier
der Reform der niedern Klassen) mit bewundernswürdigem Verstande
sprach. Sie erkundigte sich, ob denn bei uns die Damen auch mit dergleichen seriösen Dingen sich befaßten und ob die Männer es erlaubten.
Natürlich konnte ich nicht sagen, daß es unsern Frauen nicht erlaubt
würde. Die Frauenvereine und ihre philiströse Tendenz fielen mir gar
nicht mal ein; daß aber politische und reformatorische Schriftstellerinnen
bei uns aufträten, konnte ich nicht sagen, im Gegentheil, ich mußte ihr
nur erklären, warum das nicht möglich ist. Mäurer griff ihr System
an (sie geht von Fourier aus) und beschuldigte sie und die übrigen
Schriftsteller dieser Richtung, daß sie nicht alles schrieben, was sie dächten.
Sie vertheidigte sich eifrig damit, daß man auf die Menschen Rücksicht
nehmen müsse, für die man schriebe, und freute sich sehr, als ich ihr
beistand und dem Mäurer bemerkte, daß es keine Kunst wäre, über
verfängliche gesellschaftliche Fragen nichts zu schreiben, was man nicht
dächte, wenn man, wie er, gar nichts dergleichen schriebe. So kam die
Disputation zu einem heitern Ende, und wir machten uns von hier auf
ins Bois de Boulogne und stiegen auf den Arc de triomphe, wo man
eine Aussicht hat, die doch vielleicht noch die von St. Cloud übertrifft.
Man sah hier oben die Säule in St. Cloud, die man ebenfalls besteigen
kann. Dort soll die Herzogin von Angoulème in den Julitagen mit einem
Fernrohr nach Paris gesehn und vornehmlich die Fahne auf dem Hôtel
de Ville (Rathhause) beobachtet haben. Als nun die weiße Fahne sank
und die 3farbige an die Stelle trat, warf sie ihr Fernrohr in Stücken
und begab sich auf den Rückzug. Am Arc de triomphe ist auf einem
Bilde der Tyrann Napoleon, vor dem eine Figur knieet; ein gebundener
Jacobiner kauert abwärts gewendet und in den Bart grollend, eine Figur
bekränzt Napoleon, eine andre schreibt seine Thaten auf die Tafel. Das
Bild ist dumm; die übrigen dagegen, wo Napoleon als General agirt,
und die drei großen Bilder, welche die Julirevolution hinzugefügt hat,
sind groß gedacht und sehr ergreifend. Eins ist der Jüngling, der noch

einmal das Schwert zieht und den ein Alter um den Fuß fassend zurück-
hält, weil es doch vergeblich ist. Das deutet auf 1815. Dann ist das
andre Basrelief der Friede. Auch der ist großartig und kühn dargestellt.
Am ergreifendsten aber ist die 4te Gruppe: der Aufruf zur Rache. Ein
solches Leben habe ich noch nirgends in Stein ausgedrückt gesehen als
in diesen Gesichtern und Bewegungen. Alles ist kolossal und fast ganz
hervortretend. . . . .

Ganz der Deinige

Arnold Ruge.

206.

An Fröbel.

Paris, den 18ten August 43.

Lieber Freund, der Grundidee Ihres Vorschlages stimme ich bei.
Also man läßt Marx beitreten, und nun richtet das litterarische Comptoir
die Straßburger Handlung ein; auch das Redactionshonorar genügt
vollkommen . . . .

Ich schreibe an Marx und theile ihm die Hauptsache mit. Vielleicht
geht Marx im October mit nach Cöln.

Hier ist mir zuerst in Bezug auf unsern Plan klar geworden, daß
die Regierung die anonyme Gesellschaft schwerlich bestätigen würde. Ich
habe mit Cabet, der ein geriebner Advocat ist, ausführlich darüber gesprochen; und er war eben dieser Ansicht. Andre, die oben hinaus
sind und Alles für möglich halten, wie Mäurer und Considérant,
wollen mich sogar mit Guizot zusammenbringen. Das ist absurd, da
ich ihm nichts bestimmtes zu sagen habe und meine Ansichten ihn nicht
interessiren können. An Lamartine schreib' ich heut oder morgen und
lasse den Brief durch Considérant gehn. Considérant ist ganz meiner
Ansicht und zweifelt nicht, daß auch Lamartine ihr beitreten werde.
C'est ça. Das glaub' ich auch . . . .

Warum ist Herwegh nicht lieber nach Boulogne gegangen? Ostende
ist gräulich uninteressant. Er scheint sich der Liebe mit zu großem Feuer
hingegeben zu haben. Kann unsre Freundin Emma denn noch immer

das Reisen vertragen? Ich freue mich sehr darauf, die Leute wiederzusehn.

Grüßen Sie Follen[1]) herzlich.

Heß wohnt neben mir. Er läßt sie grüßen....

Ihr

A. Ruge.

207.

An seine Gattin.

Paris, den 26ſten Auguſt 1843.

Mein liebes Herzens-Nants.

.... Du fragſt nach Madame Elliot. Das iſt Madame Elliot
de Santheuvel, eine Freundin von Marx und Herrn Leroux, dem
franzöſiſchen Philoſophen, und nicht die Sand. Das Schimpfen der
Leipziger Zeitung über Lamartine iſt nur aus ihrer Dummheit zu erklären. Lamartine iſt einer der wichtigſten Männer in Frankreich, und
es könnte ſich leicht ereignen, daß er der nächſte Premierminiſter und
der erſte, der ein anderes Syſtem einführt, würde. Alsdann wird ihn
die Leipziger Zeitung ohne Zweifel loben. Cabet iſt geweſener Depu-
tirter und friedlicher Communiſt. Er iſt ein Freund von Lamartine.
Du verwechſelſt ihn mit Proudhon, der das merkwürdige Buch: Qu'est
ce que la propriété? geſchrieben hat. Proudhon wohnt in Beſançon.
Er war früher Buchdrucker und hat dann Jurisprudenz und Philoſophie
ſtudirt. Jetzt ſcheint er eine Buchhandlung zu haben. Er hat ſoeben wieder
ein philoſophiſches Buch edirt: De la création de l'ordre dans l'humanité,
welches nicht ſo bedeutend iſt als das erſte, aber gute politiſche Parthien
enthält. Ob ich Lamartine in Macon (nicht weit von Lyon) beſuchen
werde, weiß ich noch nicht; doch intereſſirt er mich ungemein, da wir
merkwürdiger Weiſe ſeit einiger Zeit immer dieſelben Publicationen ganz
unabhängig von einander gemacht. Ich werde ihm die Bücher mittheilen,
die dahin einſchlagen, und ohne Zweifel einen großen Anklang bei ihm

---

¹) A. Follen (1794—1855) war in die Unterſuchungen wegen demagogiſcher
Umtriebe verwickelt, unterrichtete eine Zeitlang an der Kantonsſchule in Aarau, wohnte
ſpäter in und bei Zürich. 1828 u. 29 hatte er herausgegeben „Bilderſaal beutſcher
Dichtung".

finden. In 14 Tagen werd' ich es können. Wenn ich über Macon reise, so ist das nicht weit um und zugleich sehr interessant, nur wird es kostspieliger sein. Ich käme dann nach Genf und sähe auch wohl Bakunin wieder. Hier brauche ich den Tag 1 Thlr. 10 Ngr. circa, was nicht eben viel ist.

Die letzten Tage hab' ich wieder mancherlei gesehn und erfahren. Im Büreau der Revue indépendante fand ich mehre französische Philosophen, namentlich die Redacteure Herrn Pernet und François, die sich eifrig für unsre Litteratur interessiren und denen ich eine kurze Darstellung der jetzigen deutschen Philosophie von Hegel an und Hegel mitgerechnet geschrieben habe. Es wird nächstens erscheinen. Herr Leroux war nicht zugegen. Ich hoffe ihn nächstens zu sehn. Alle diese Männer denken sehr gut von Deutschland. Sie und die Schriftsteller der Démocratie pacifique sowie Lamartine und selbst Cabet sind sehr eifrig für eine Alliance spirituelle und treten schon jetzt dafür eifrig in die Schranken. Die alten Politiker mit ihren Bastillen und dem Geschrei nach der Rheingrenze verfolgen sehr beschränkte Zwecke. Die Zeit überholt sie so rasch wie die unsrigen, und es wird sich sehr bald ergeben, daß sie all' ihr Geld und ihre Mühe hätten sparen können. Der König Louis Philipp scheint ernstlich krank zu sein. Er ist in Eu. Man schleppt hier Kanonen und Munition auf die Forts, die Paris dominiren; alle Zugänge der Hauptrevolutionsplätze sind mit befestigten Hauptwachen versehen und das Schloß gepfropft voller Soldaten und Gewehre, ja sogar kleine Kanonen sind darin. Wenn nun Louis Philipp in Eu stirbt und der Haß gegen ihn mit ihm, so war es nicht nöthig, all diese Anstalten zu machen. Das System muß sich doch ändern, wie sich die Generationen der Menschen ändern. Straßenemeuten scheinen sobald nicht wieder, vielleicht in der alten Form gar nicht wieder zu kommen. Dagegen können bloße Erklärungen, wie in Spanien, ein verkehrtes System beseitigen und großartigere Kämpfe an die Stelle der vereinzelten ungeregelten Aufläufe treten.

Im Jardin des Plantes und auf und in dem Pantheon, das die Aufschrift hat: Aux grands hommes la patrie reconnaissante, bin ich mit dem Herrn Wolff gewesen. Im Pantheon hat die Restauration nur Voltaire und Rousseau gelassen. Die großen Revolutionäre sind alle weggethan, und Ludwig XVIII. mit seinem bummen Gesicht ist in die oberste Kuppel, d. h. in den Himmel gemalt, wo auch Karl der Große sitzt. Diese Travestie der großen Männer nimmt sich erbärmlich aus. . . . .

Merkwürdig, daß Pruß nach Preußen geht![1] Ich könnt' es nicht aushalten. Es ist eine zu niederträchtige Luft. Pruß wird überhaupt eine andere Richtung einschlagen müssen. Er war mit meinen Ansichten so unzufrieden, daß er Fröbel ernstlich abgerathen hat. Dazu kommt nun die Hallische Weisheit, die nur auf eine Gelegenheit wartet, um mich, wie die Leipziger Zeitung Lamartine, für einen Thoren zu er-'klären, und Pruß scheint schon jetzt der Meinung zu sein.

Nun, chacun à son gout! Ich freue mich, daß Du und Mutter tapfer meiner Fahne folgt. Je ne recule pas! Tausend gute Küsse, mein liebes Herz!

Ganz der Deinige

Arnold Ruge.

___

208.

An Ludwig Ruge.

Paris, den 28ten August 1843.

Lieber Ludwig,

Meinen Brief aus Cöln wirst Du erhalten haben. Wir brauchen zum Anfang der Buchhandlung im Ganzen zunächst 12,000 fl. oder 6000 Thlr., nachdem ich selbst schon eine gleiche Summe hergegeben habe. Findet sich also in Berlin eine Theilnahme für meinen Plan unter den Leuten, die einigermaßen bei Kasse sind, und kriegst Du Beiträge zusammen, so laß es mich wissen . . . .

Du weißt, daß ich einmal angefangene Dinge unermüdlich verfolge. Ich habe mich nun hier lange gewehrt. Seitdem ich aber die absolute Nothwendigkeit, pecuniär etwas zu thun, um nur geistig wieder einen sichern Boden zu gewinnen, eingesehn habe, werde ich nun die Sache auch durchsetzen und selbst mit Gefahr meines eignen Vermögens.

In Frankreich hat die Presse nicht minder zu kämpfen, aber doch immer nur auf dem Boden, wo sie eine täglich wirkende unmittelbare Macht ist. Bücher und Broschüren können wohl gerichtliche Verfolgungen nach sich ziehn; aber ihr Erscheinen und ihren Vertrieb kann man nicht vor ihrer Existenz hindern.

___

[1] Pruß begab sich nach der Ausweisung aus Jena nach Halle.

.... Es ist eine große Lehre, die hiefige Welt fehn, und Du wirſt Dich wundern, wenn ich Dir ſage, daß Berlin ein ganz ähnliches Leben und eine politiſche Bewegtheit, wie ſie hier herrſcht, nur zu wollen brauchte, um ſie zu gewinnen. Die Verhältniſſe ſind ungemein ähnlich. Selbſt die Pfaffen und ihre ſchwarzen, trübſeligen Geſtalten, die Vorleſungen und die Bücher gegen ſie, der reactionäre König und das Mittelalter — Alles findet ſich hier wieder. In Verſailles werden eine Maſſe Zimmer mit Wappen und Scenen aus den Kreuzzügen ausgefüllt. Es muß hier und in Deutſchland ganz daſſelbe gewollt werden, wenn auch die Oppoſition als Parthei bei uns noch gar nicht exiſtirt. Die officielle Oppoſition, ſelbſt die republicaniſche, iſt auch hier nicht radical, und am Ende kommt es in beiden Ländern darauf an, erſt eine neue Periode der Aufklärung in der Litteratur zu erzeugen, um die Früchte der großen Kämpfe für die Freiheit wirklich und unverkümmert zu génießen. Daß aber Deutſchland gar nichts will und auch die kleinſten Anſtrengungen ſcheut, um vorwärts zu kommen, ſollte einen faſt verſtimmen, ja, man kann ſich zu der Schadenfreude hinreißen laſſen, welche die nächſten Unglücksfälle, die dieſer Philiſterpolitik bevorſtehn, einem zu verſprechen geeignet ſind. . . .

Von Herzen

Dein Bruder

Arnold Ruge.

P. S. Geſtern habe ich auch Heine geſprochen. Er war im Leſe-cabinet Montpenſier. Du glaubſt nicht, wie radical der Fuchs unter 4 Augen iſt, [1]) grade wie Schelling in Carlsbad. Dieſe Lumpen! Und das Komiſche, daß er ſich fürchtet, nach Deutſchland zu gehn. Er bildet ſich ein, man würde ihm die Ehre anthun, ihn ins Gefängniß zu ſetzen, und ſo witzig er über andre judicirt, über ſich ſelbſt hat er weder Witz noch Judicium. Aber es iſt gut mit ihm zu verkehren, denn er jagt immer nach Späßen und trifft's oft ſehr gut.

---

[1]) 1842 am 7. Nov. hatte ſich Heine in einem Briefe an Laube den ent-ſchiedenſten aller Revolutionäre genannt und verlangt, ſie ſollten nicht die preußiſchen Doktrinäre ſpielen, ſondern mit den Halliſchen Jahrbüchern und der Rheiniſchen Zeitung harmonieren. Vgl. Heines Briefe 2. Th. (Hamburg 1863) S. 350 ff.

209.

Paris, ben 4ten Sept. 1843.

Liebe Mutter,

.... Heine hatte uns sehr nahe gelegt, daß wir ihn doch zuerst besuchen müßten. Er bemüht sich sonst sehr·für mich und hat so eine Art scheue Neigung zu mir. Er traut mir nicht, aber er will mit mir zu thun haben und stellt sich schrecklich frei an; ja, er meinte, man würde ihn sicher·ins Gefängniß werfen, wenn er nach Deutschland ginge, und war nicht wenig verwundert, als ich das sehr lächerlich fand. Ueber alles Andre riß er Witze, nur nicht über diesen delicaten Punct. Es ist ihm eben so unangenehm, nicht die Festung zu verdienen, als es ihm unangenehm wäre, sie zu genießen. Er kennt hier allerlei Leute und wird mich zu ihnen führen. Es ist ein komischer Kauz, im Aeußern so was von Pernice, so klein, ein großes Gesicht, kleine Augen, roth im Gesicht, ohne Bart und schiefe Beine mit schauerlichen Stiefeln, die in Bobbin nicht schlechter gemacht werden könnten. Ich dachte wunder, was für einen Stutzer ich finden würde, aber er hat eine brave Nase und eine gute Stirn, auch ein großes Kinn. Wir fanden ihn nicht zu Hause, haben also auch seine Frau, die sehr hübsch sein soll, nicht gesehn. Eben so besuchten wir gestern den Philosophen Leroux vergeblich. Der wohnt auf dem Boulevard Montparnasse 39 am einen Ende der Stadt nach Süden und Heine in der Vorstadt Montmartre, am andern Ende. Wir sind alles richtig zu Fuß gewandert und das bei einer Hitze, die einen fast zusammenschmolz. ....

Froebel scheint gut davon zu kommen. Er ist, wie ich höre, von Zürich weg und nach Winterthur gegangen, wo die Buchhandlung ist, und die Behörden in Winterthur sollen sich geweigert haben, den Proceß gegen ihn anzunehmen. Er kommt mit seiner Frau in Kurzem hieher. Auch Herweghs kommen hieher und werden ins Elsaß, wahrscheinlich nach Straßburg ziehn. .... Sie sind in Ostende im Seebade, da Herwegh sehr an nervösem Kopfschmerz leidet. .... Marx hat meine Briefe nicht beantwortet, und ich bin wieder, wie in Dresden, ohne allen Zusammenhang mit ihm. Ich habe ihm gleichwohl in meinem letzten Briefe einen Vorschlag gemacht, den er entweder ausdrücklich annehmen oder entschieden ablehnen muß, nämlich ihn zum Miteigenthümer der Buchhandlung zu machen, was doch ohne seine Einwilligung nicht geht.

Ich selbst kann es nicht vermeiden, ein halber Kaufmann zu werden, was ich nimmermehr gedacht hätte. Nun, wenn es mir fortwährend so glückt, wie in den letzten Jahren, wo ich durch günstige Conjuncturen das wieder gewonnen habe, was man mir durch Gewalt und Unrecht entrissen hat, so muß ich allmählich einsehn, daß die Juden nur durch den Handel sich halten konnten. Es ist ihnen immer eben so gegangen, und es ist lehrreich, daß sie jetzt die ganze Welt im Sack haben.

Du hast wohl gehört, daß die Königin von England hier ist. Heute sind sie in Versailles und morgen in der Oper zu Paris. Man spricht hier wenig davon, und die ganze Sache hat das Ansehn einer reinen Privatsache. Viel mehr Spektakel wird sie in den knechtischen deutschen Residenzen machen . . . .

Leb' wohl, liebe Mutter, ich bin von ganzem Herzen Dein treuer Sohn

Arnold Ruge.

210.

An seine Gattin.

Paris, den 6ten Sept. 1843.

Mein liebes vortreffliches Fräulein und allerbestes Nantz, wie gut und tapfer Du Alles einrichtest. Also wirklich noch ein Junge![1] Wie sieht er denn aus? Nun es wird ihm wohl noch nicht viel anzusehn sein. Tauft ihn nur nicht wieder hinter meinem Rücken; wenn ich auch von den Gnadenwirkungen nicht viel halte, so wollen wir doch unsre Freunde zu der Feierlichkeit einladen und hoffentlich recht vergnügt sein.

. . . . Louis Blanc werde ich morgen früh wieder sehn und Leroux heut Nachmittag. Louis Blanc ist ein kleines Männchen, aber mit interessantem Gesicht und kohlschwarzen Augen. Er spricht singend und so deutlich, daß einem nichts entgeht. Leroux dagegen ist schon bei Jahren (L. Blanc ist 28 Jahr[2]). Er, Leroux, ist dick und von untersetzter Figur. Dabei hat er ein sehr ernsthaftes Ansehn und augenscheinlich viel mit seiner äußeren Lage gekämpft. Er baut jetzt eine

---

[1]) Der am 24. Aug. geborene Arnold.
[2]) Louis Blanc war 1813 geboren.

Maſchine, mit der man in Zukunft ohne alle weitere Vorrede, wie man's
denkt, seine Sachen selbſt wird ſetzen und drucken können, das beſte
Mittel gegen die Cenſur. Er iſt ganz in ſeine Erfindung vertieft und
hat eine Weile das Schriftſtellern an den Nagel gehängt. Der Mann
iſt ungemein liebenswürdig. Er ging mit uns im Garten des Luxembourg
ſpazieren und fragte nach Allem, was in der philoſophiſchen Litteratur
jetzt vorgeht; ſelbſt über ſeine eignen Irrthümer, z. E. hinſichtlich des
großen Charlatans, Schelling, in dem er den Befreier der Deutſchen
und Franzoſen von dem Joch des Hegelſchen Syſtems erblickt, unterrichtete
er ſich ſehr gern und unbefangen. Die Franzoſen ſind unendlich liebenswürdig . . . .

Bleib' geſund! Grüße und küſſe alle die Kinder, auch den neuen
Kosmopoliten.

Von Herzen ganz der Deinige

Arnold Ruge.

211.

An seine Gattin.

Montag, den 11ten September 1843.

Vorgeſtern ſchon wollt' ich Dir wieder ſchreiben, mein liebes Herz —
„o, was iſt die Nacht der Ferne für ein Abgrund, für ein Schmerz!" —
Da kam Heine dazwiſchen, dieſer Zerſtörer aller Gemüthlichkeit, und hat
er mich damals verhindert zu ſchreiben, ſo ſoll er mir jetzt ſelbſt Stoff
dazu geben. Denke Dir, er machte ſich in allem Ernſt daran, ſich wegen
ſeines Buches gegen den noblen, braven Börne zu rechtfertigen, und
als wir beharrlich ſchwiegen und ihm nicht einmal die Verwerfung des
Buches auszuſprechen Gelegenheit gaben, da verwarf er es endlich ohne
Gelegenheit, nur daß er dabei blieb, die Frau zu verunglimpfen, die er
auch in dem Buche ſo gottlos mitnimmt. Nicht Börne, dieſe Frau und
Börne's Umgebung ſei in jenem Buche eigentlich gemeint, und wenn
er die ungeſchickten Freiheitshelden angegriffen, ſo ſei er doch damit nicht
von der Freiheit abgefallen. Ueberhaupt hält er ſeine ganzen Gedichte
für Freiheitslieder, während es nur Lieder der weichlichſten und ver-
dorbenſten Sklaverei ſind. Er reißt Witze, wie es einem Sklaven in der
großen Weltkomödie, wo es gar keine ernſthafte Angelegenheiten giebt,
zukommt, und daß er aus der Liebe eine Narrheit und aus dem Hauſe
ein Serail machen will, ſtimmt auch ganz gut zu dem allgemeinen

Sklavenstaat seiner Zeit.¹) Nun kommt Hegel und aus ihm die wirkliche ernstliche Befreiung von dem alten Joch und bem furchtbaren Druck
sklavischer Gedanken in Religion und Staat; er und seine Pajazrolle
wird: verworfen. Das versteht er nicht. „Sie greifen mich mit der
Tugend an!" sagt er mir jedesmal, wenn er mich sieht, „und ich war
doch grade bamals am tugendhaftesten, ich verheirathete mich eben!"
Ich muß lachen über diese Auffassung; aber wenn ich ihm sage: mit viel
mehr, als mit der Solidität eines Philisters, mit der Freiheit und der
ernstlichen Poesie der Freiheit greift man Sie an, so kommt er wieder
auf seinen Gedanken zurück; seine Persifflage, seine Witze, sein Atheismus,
seine Schriften gegen den Despotismus, d. h. seine Witze auch über
Religion und die alten Staatsformen, das wäre die Freiheit, während
alles Witzreißen immer nur die Freiheit des Sklaven ist, des Bajazzo,
den der Herr Stallmeister mit der Peitsche haut und der ihm nun dafür
eins anhängt durch eine Redensart. Ein Possenreißer kennt die Freiheit
nicht, und mit Possen läßt sie sich nicht erobern. Es ist wahr, daß seine,
ich meine Heine's, Satiren gegen die politische Misere besser sind als
seine Satiren gegen die Liebe, die Poesie, die Religion. Diese politische
Misere verdient zunächst die Satire, und man kann sich's nicht verhehlen,
daß vor der Hand eine andere Befreiung als die Witzreißerei dem großen
Haufen, für den der Poet schreibt, nicht möglich ist. So elend sind wir
wirklich wieder geworden, daß Heine's Zeit, wenigstens theilweise, noch
einmal kommen würde, wenn er mehr solche Gedichte machte wie das:
„Nachtwächter mit langen Fortschrittsbeinen" und wie das an Herwegh,
welches ich Dir hier mitschicke.²) Es ist wohl wahr, man muß sich täuschen,
um einem großen „Bedientenschwarm" begeisterte Freiheitslieder zu dichten.
Wer aus dem Himmel fällt, kann nur Witze reißen. Herwegh hat
daher in letzter Zeit, wie es scheint, auch nur Satiren gemacht, und es
wäre möglich, daß hierin Heine ihn überträfe. Will man sich nun nicht
die Augen zuhalten, so muß man mit der Neuheit der Jugend an die
Poesie kommen, um immer von Neuem den Aufschwung zu versuchen
und immer von Neuem eine Welt voll Eis sich auf die Flügel zu laden.

---

¹) Vgl. zum Vorhergehenden Ruge in H. J. 1838 Nr. 25 ff. S. W. III 1 ff.
Späterhin ändert sich sein Urteil: Heine ist ihm der freieste Deutsche nach Goethe,
der moderne Aristophanes, ein Jüngling ohne Fehl und Tadel, der Tyrtäus unserer
deutschen Wollenschlacht. So rührt wohl auch Heines Urteil, daß Ruge ein Philister
sei, (s. Letzte Gedichte und Gedanken. Hamburg 1869, S. 218) aus der ersten Zeit
ihrer persönlichen Bekanntschaft her.

²) Ersteres ist an Dingelstedt gerichtet, letzteres beginnt: „Mein Deutschland
trank sich einen Zopf." Vgl. Heines Werke. Bd. XVII (Zeitgedichte) S. 218. 227.

Ich habe ihn, den Heine, in dem politischen Genre bestärkt. Kann er dergleichen gute Sachen mehr publiciren, so mag er übrigens sein, was er Lust hat, man muß es anerkennen. Man erkennt damit zugleich ein großes Unglück der Menschheit, den Verlust der Freiheit und aller ihrer höchsten Güter an; aber es wäre noch viel schlimmer, wenn man sich diese Thatsache verheimlichen wollte.

Ich habe dies längst gewußt und gesagt, ja, ich habe es drucken lassen; aber ich kann Dir nicht beschreiben, welch' eine widerwärtige Stimmung mir der Anblick dieses in Heine personificirten Verhältnisses in der Seele zurückließ. Der kleine Dr. Wolff, der mich im Kaffee= hause traf, fragte mich wiederholt, worüber ich denn so verstimmt wäre, und ich mußte es ihm zuletzt nur gestehn. Er ist ein Verehrer Börne's. Er verstand also die Pointe sehr gut: „Und Patroklus liegt begraben, doch Thersites kehrt zurück!" Börne's Grab ist aber ein wahrer Wall= fahrtsort geworden. Der Wächter auf dem Père la chaise sagte: Ce poëte allemand est bien aimé. Il a [sic] fait un vrai pélerinage vers son monument. Schwerlich wird man Heine's Grab einst so ehren und besuchen. Börne hat die Achtung seiner Feinde und die Liebe aller freien Menschen mit in's Grab genommen. Dieser Kirchhof liegt hoch auf dem Berge, eine wahre Stadt der Todten, die jene der Lebendigen tief unter sich hat. Die Aussicht von Börne's Büste ist schön; sie dreht ihr aber den Rücken zu: es ist ganz richtig. . . . .

Charlier ist hier und hat mich richtig aufgefunden. Er hatte in Dresden schon gelobt, er wolle mich hier zu sich einladen und führte das vorgestern aus. Wir aßen am Place de la Bourse in einem Garten sehr gut zu Mittag und gingen dann in's Théâtre français, wo die Rachel in einem schlechten Racine'schen Stück, Bajazet, sehr gut spielte. Die Rachel ist nicht schön. Wir saßen vielleicht zu nah in einer Stalle de l'orchestre, die 7 Francs für jeden kostete, und konnten daher genau sehn, wie abgelebt die junge Dame [1]) aussieht. Sie spielt aber meister= haft, ohne viel Geschrei und Bewegung, aber mit der größten Beherr= schung der Rolle und ihrer selbst. Sie spricht eine sonore laute Stimme und läßt einen jede Silbe deutlich vernehmen. Mir entgeht aber bei den schlechteren Schauspielern vieles, und ich sehe jetzt erst ein, wie mangel= haft ich das Französische verstehe, wenn ich's nicht wie schwarz auf weiß vor mir habe. Die übrigen Theater will ich mir aufsparen, bis Her= weghs und Fröbels kommen.

---

[1]) Sie war 1821 geboren.

Sonntag um 1 Uhr—3 war nun die Vorlesung der Mad. Tristan. Es 'waren 13 junge Leute zugegen, und ich habe mit großem Interesse die Franzosen reden gehört. Neben mir saß ein Hutmacher auf dem Sopha. Ein großer Mann, wie Bakunin aussehend, und mit schwarzen Fingern. Er holte ein Papier hervor und las eine lange, aber durch und durch vernünftige und wirklich practische Abhandlung vor, die an keinem Puncte von seiner Frage abwich, wie die Union ouvrière zu begründen und die Bildung und das Interesse der Rohen für die Bildung zu begründen wäre. Er zeigte, daß alle Versuche zur Union, die nicht an die Noth der Arbeiter und ihre Bedrängniß unmittelbar anknüpften, kein Interesse erregen und keinen allgemeinen Erfolg haben könnten. Dagegen wollte die Tristan und 2 junge Herren, die ich nicht kenne, die aber völlig ihrer Ansicht waren, lieber von der Bildung, vom Unterricht und von der Begründung einer großen Kasse durch 16 Sgr. Beitrag von jedem Ouvrier ausgehn. Sie denken dabei an Schulen und Spitäler. Der Hutmacher aber meinte, daß solche Beiträge, die rein aus Patriotismus fließen sollten, unmöglich allgemein, ja fast gar nicht zu erlangen sein würden. Der Hutmacher ist der Practiker, die andern waren Theoretiker und wollten von der Theorie anfangen. — Uebrigens ist die Tristan nur Eine Form und ein neuer Anfang dieser menschenfreundlichen Bemühungen. Die Handwerker haben eigne Journale und sind sehr eifrige Denker. Eins der Journale heißt La ruche (Bienenkorb). Es kommt monatlich heraus und würde ohne Zweifel viel öfter erscheinen, wenn nicht öfter erscheinende Journale so enorme Cautionen erforderten.

Von Herzen und mit vielen Küssen

ganz Dein

Arnold Ruge.

——— ———

212.

An seine Gattin.

Paris, 20. Sept. 43.

Liebes gutes Haus, den Wechsel hab' ich erhalten.
Du klagst und Mutter lamentirt, doch will [ich] euch nicht schelten.
Ich kann Euch nicht mehr schreiben, als ich weiß, und wenn ich zu nichts

Bestimmten entschlossen bin, kann ich Euch natürlich nichts bestimmtes schreiben.....

Natürlich schreibe ich nicht über ungelegte Eier, weil die Briefe unsicher sind: auch wenn sie nicht auf den Posten geöffnet werden, kommen leicht unberufene Augen darüber, und ich wiederhole Dir, was Du vergessen hast, wir wollten ja über diese Sache nicht corresponbiren, sondern mündlich verhandeln.....

Du erhältst nun einen nicht diplomatischen Brief, der lauter Haupt- und Staatsgeschäfte enthält. Vergleiche ihn mit den vorigen, und ich zweifle nicht baran, daß Du die unwichtigen Beschreibungen vorziehn wirst. Du schreibst übrigens sehr gut und vernünftig. Wenn ich von Ort zu Ort vertrieben werde, wenn man mir die Früchte meiner Arbeit raubt, wenn man die Wahrheit Gift und die Freiheit Bosheit nennt — so dächte ich, wäre das nicht meine Schuld. Gestern hat ein Franzose, der auch fromm ist, von mir gesagt: Ce Mons. Ruge, je ne suis pas d'accord avec lui, mais il est doux comme un ange. Und wahrlich, man hat sich über meine Gebuld und Sanftmuth auch in Deutschland nicht zu beklagen. Wenn Ihr also klagen wollt, so klagt über die Unterdrücker der Freiheit und Wahrheit, nicht über mich, und vergeßt nicht, was der gute Franzose, er heißt Matin, gesagt hat.....

Erinnere mich zu Hause an Auteuil, die Frau Strauß und Guizot, den ich bei der Gelegenheit gesehn habe. In den Zeitungen wirst Du finden, daß er Paris bombarbiren will. Die Bomben aber sind noch nicht fertig, auch fliegen sie nicht so weit, daß sie mich hier treffen könnten. Du kannst also auch darüber ruhig sein.

Grüße Mutter freundlich und bedenkt, daß Ihr es mit meinen Feinden haltet, wenn Ihr mir statt Ihnen die Ohren voll lamentirt. Es ist eine Ehre für Euch, daß Ihr von der geschichtlichen Bewegung mit betroffen werdet. Macht Euch dieser Ehre durch edle Haltung würdig, besonders in einer solchen Lauferei, wie in der Frage, wo man wohnen soll, um frei zu sein.

Grüßt die guten kleinen Häuser und haltet sie in Ordnung, bis ich komme.

Ganz der Deinige

A. Ruge.

213.

An Ludwig Ruge.

Dresden, den 18ten Oct. 1843.

Lieber Bruder, Gestern Abend bin ich zurückgekehrt ....

Daß ich auf einige Jahre nach Paris gehe, ist nicht zu vermeiden und auch in keiner Hinsicht eine Sache zum Bedauern. Es sind in Paris noch an 100,000 Deutsche, also mehr als in Dresden, und daß man in geistiger Hinsicht eher unter diesen als hier seine Rechnung findet, wenn man auch nur an Deutsche denken wollte, kann man im Voraus wissen, auch wenn man es nicht erfahren hat. Dann aber sind die Franzosen und ihre Litteratur ganz und gar nicht zu verachten, im Gegentheil, sie sind zu studiren. Auch für meine Frau ist dies neue Leben sehr gut und der beste Umgang an der Marx, der Mäurer, der Herwegh, der Strauß, vielleicht später auch der Fröbel im Voraus gesichert, von den vielen Künstler- und Handwerkerfamilien, die meist sehr respektabel sind, gar nicht zu reden. Bei alledem leb' ich dort billiger, wenn ich will, als hier und ebenso angenehm. Nun erinnere Dich an meine hiesige Stellung nach dem schnöden Votum der Kammer, d. h. des ganzen sächsischen Volks, und nach der Durchführung der preußischen Unterdrückung aller, auch der halbfreien Presse. Auch diese Maßregel ist eine preußisch-nationale. Die Presse in ganz Deutschland wird nicht durch einen oder zwei Beamte, nicht durch den König unterdrückt, sie ist unterdrückt mit Willen und im Namen des Volks, der Schriftsteller, der Gelehrten, der Bürger, der Soldaten, der Bauern.

Wollte ich also rein persönlich nach meinen Angelegenheiten und meiner Stellung fragen, so bin ich hier nicht angenehm und nicht activ zu placiren. Ich müßte doch Alles auswärts drucken. Denn Du wirst selbst wollen, daß ich fortfahren soll litterarisch zu arbeiten ....

Nun weißt Du sehr gut, daß die litterarische Wirksamkeit keine deutsche, sondern eine allgemeine ist. Die Philosophie ist im Deutschen keine andere Wahrheit, die Freiheit in Berlin keine andere in ihrem Wesen und Begriffe als in Paris. Hegels, Mirabeau's, St. Justs, Börne's Grab ist die ganze Erbe, und ihre Thaten gehören dem menschlichen Geschlecht.

Ich habe daher in Paris eine Buchhandlung und ein Journal gegründet, und wenn die Deutschen in Deutschland nicht mit schreiben und nicht mit lesen und nicht mit zahlen wollen, so werden schon die Deutschen unb die Menschen in Frankreich ganz allein die Sache aufrecht erhalten. Aber ich müßte mich sehr irren, wenn nicht jedes wahre und gute Wort, dessen Aechtheit nun endlich die freie Presse verbürgt, in Deutschland nur einen desto stärkeren Anklang finden sollte. Nie war unsre Journalistik und unsere Philosophie und Publicistik so verwahrlos't; nie war es nöthiger die Menschheit von dem entehrenden Schmutze, in dem die deutsche Indolenz sie einmal wieder gestürzt hat, zu reinigen als jetzt.

Alle Wirksamkeit, die ich bei der Stadt und Polizei haben könnte, ist sehr gering gegen den Beruf im Dienste der geistigen Befreiung, das Beispiel der freien deutschen Presse mitten in dieser Schmach zu geben, und Du wirst uns zutraun, daß wir uns nobel und zur Zufriedenheit aller edlen Männer aus der Affaire ziehen werden.

Die Sache ist größer, als daß kleinliche Rücksichten dabei zu nehmen wären. Ich bin aber sehr froh, daß Agnes heroisch und Mutter völlig vernünftig mir folgen . . . .

So sieht es aus. Ordentlich für Deutschland wirken kann ich, wenn ich anders Beruf zur politischen Schriftstellerei habe, nur außer Deutschland. Daß dies für Deutschland nicht allzu ehrenvoll ist, glaube ich so lange, als die Gegner mich selbst für eine Schande und Schmach des deutschen Namens erklären, hoffe aber den Proceß schließlich zu gewinnen.

Von ganzem Herzen

Dein treuer Bruder

Arnolb.

1844.

214.

An seine Mutter.

Paris, den 28ten März 1844.

Liebe Mutter, wir schicken Dir mit der Caspari einige Kleinig=
keiten, auch für Ludwig die 2 ersten Lieferungen der Jahrbücher. Diese
werden zugleich die letzten sein, denn erstlich kann Froebel die
Sache nicht fortsetzen und 2tens habe ich mich mit Marx überworfen und
zwar, als es gar nicht mehr nöthig und die Redaction durch Froebels
Lähmung von selbst schon aufgehoben war. Beim Erscheinen des ersten
Heftes wurde ich krank und habe daher weniger dabei thun können, als
ich gewollt und gesollt hätte. Deswegen sind auch einige ungehobelte
Sachen mit aufgetischt, die ich sonst corrigirt hätte, die nun aber so in
der Eile mitgegangen sind. Der Druck stockte fortdauernd, und es fehlte
an Manuscript. Ich bin jetzt vollkommen wieder gesund. Ich wünschte,
daß wir Geld und Kräfte genug hätten, um eine Zeitung zu gründen oder
eine Broschüren=Buchhandlung. Vor der Hand ist nun der Anfang der
Deutsch=französischen Jahrbücher ein Buch, und es sind ganz merkwürdige
Sachen darin, die in Deutschland viel Aufsehn machen werden. Die
Fortsetzung wäre schwer gewesen. Es sind so wenig Schriftsteller, und
die wenigen, die da sind, vertragen sich wie Hund und Katz. Eine
Parthei kann man nicht organisiren. Hier am allerwenigsten. Vielleicht
ist es auch so ganz gut. Das Gemeinsame und Aechte in den ver=
schiedenen Schriften ist doch nur das Wirksame, und dadurch entstehn
denn später Partheien. Die Deutschen hier sind alle etwas anbrüchig

und am allerwiderlichsten, wenn sie nun noch rechte Deutsche sein wollen. Vor allen schlimm sind die deutschen Communisten, die alle Leute dadurch befreien wollen, daß sie sie zu Handwerkern machen, und das Eigenthum durch Gütergemeinschaft und gerechte Vertheilung aufzuheben denken, dabei aber für den Augenblick selbst alles Gewicht auf das Eigenthum und sonderlich das Geld legen. Das Eigenthum kann man gewiß auf- heben, wie es in der Familie für die aufgehoben wird, denen es an nichts fehlt und für die das Ganze administrirt wird. Allerdings leben die Menschen am besten, die sicher sind immer mit allem Nöthigen ver- sehn zu werden und dann rein ihren Zwecken, der Ausbildung und der Arbeit, nachgehn können — die Jugend. Und gewiß kann man alles Alter abschaffen und die Menschen mit der ewigen Jugend zur ewigen Freiheit führen, wenn man die Situation der Jugend verewigt, ohne die Jugend zu knechten und ohne die Menschen alt zu machen durch den elenden Kampf um die bloße Existenz. Die Jugend kann ihre eignen Geschäfte besorgen und viel arbeiten, sogar ohne knechtisch zu arbeiten. — Aber eine Gütergemeinschaft unter Menschen, die auf den Genuß ihres Antheils den heftigsten Nachdruck legten, wäre das Gegentheil von dem Leben der Jugend, der freien und wohlgezogenen, unbefangenen Welt. — Die jetzigen Menschen werden keine freie Welt erzeugen, eine Jugend muß ihnen über den Kopf wachsen, die sich und ihre Welt permanent erklärt.

Die Franzosen, die Du schon als die liebenswürdigste Einquartirung hast kennen gelernt, sind auch hier unendlich liebenswürdig . . . .

Von ganzem Herzen

Dein

Arnold.

———

215.

An Feuerbach.[1]

Paris, den 15ten Mai 1844.

Lieber Freund. Mit Ihrem Urtheil über unsern Anfang der Zeit- schrift,[2] der zugleich ihr Ende ist, haben Sie mich nicht überrascht. Ich

---

[1] Diesen Brief verdanke ich Herrn Dr. Karl Grün in Wien.
[2] Vgl. den Brief vom 20. Juni 1843 in Feuerbachs Briefwechsel I S. 358. und den Brief an Wigand aus dem Jahre 1844 S. 362.

sagte meinen jüngeren Mitarbeitern diese Wirkung vorher und hätte nichts lieber gewünscht, als meinen „Plan" in Form und Haltung des Ganzen realisirt zu sehen; aber es war unmöglich ohne sie und ebenso unmöglich anders, als wie es geschehen ist, mit ihnen zu arbeiten. Dadurch ward allerdings von vornherein ein Zwiespalt gegeben, der sich aber lange nicht zerstörend gezeigt haben würde, wenn eine äußerliche Realisirung des Plancs gelungen wäre. Die Handlung erklärte, nicht fortfahren zu können, und ließ uns im Stich. Mein Plan vom Jahr 1843, auf dem Wege der Subscription ein Kapital zur Gründung einer großen Verlagshandlung für Deutschland in Paris zusammenzubringen, war gescheitert. Fröbel fing nun dennoch — obgleich ich es für un-möglich hielt und ihn noch einmal ernstlich fragte — den Druck unsers Journals an; und als er nicht fortfahren konnte, fanden wir natürlich keinen neuen Verleger dieser hochverrätherischen Sachen. Der alberne Hochverrath, der, wie Heine sagt, in Deutschland es höchstens dahin bringt, daß er einen Bürgemeister vertreibt und .... dem Könige von Bayern[1]) die Fenster einschlägt, war nun gleich zur Vogelscheuche für die Philister geworden, obgleich er das Geringste in dem Hefte ist, denn erstlich existirt er gar nicht, weil z. E. Heine kein Bayer ist, und zweitens ist die englisch-französische Social-Theorie viel radicaler als die Auflehnung gegen die deutschen Bürgermeister. Der Hauptübelstand bei der ganzen Unternehmung war der Mangel an Geld und die Abgelegenheit von Paris. Marx, mein Mitredacteur, kämpfte immer mit Verlegenheiten und erwartete mit Unrecht seine Hülfe von dem Unternehmen. Alsdann ist er eine eigne Natur, die ganz zum Gelehrten und Schriftsteller geeignet, aber zum Journalisten vollständig verdorben ist.[2]) Er liest sehr viel; er arbeitet mit ungemeiner Inten-sivität und hat ein kritisches Talent, das bisweilen in Uebermuth aus-artende Dialektik wird, aber er vollendet nichts, er bricht überall ab und stürzt sich immer von neuem in ein endloses Büchermeer. Er ge-hört seiner gelehrten Disposition nach ganz der deutschen Welt an, und seiner revolutionären Denkweise nach ist er von ihr ausgeschlossen. Ich habe schon lange ein lebhaftes Interesse an ihm genommen, und es ist

---

[1]) Heine hatte in den „Deutsch-französischen Jahrbüchern" (S. 41 ff.) die von ihm selbst als das Sanglanteste, was er je geschrieben, bezeichneten „Lobgesänge auf König Ludwig" erscheinen lassen, vgl. Werke XVII 237 ff.

[2]) Ueber die Katastrophe der D.-f. Jahrbücher f. Ruges S. Werke V 133 ff.; ebenda wird Marx von Ruge ein auflösendes, sophistisches Naturell, dessen praktische Talente er sehr überschätzt habe, genannt.

mir jetzt die Unannehmlichkeit widerfahren, daß gerade dies mich mit ihm entzweit hat. Unwillkürlich mußte ich mich dabei an Daumer und dessen excessive Empfindlichkeit erinnern; Marx ist womöglich noch gereizter und heftiger, am meisten, wenn er sich krank gearbeitet und drei, ja vier Nächte hinter einander nicht ins Bett gekommen ist. Als er heirathen wollte, fragte er mich brieflich, ob ich nicht die Redaktion des Schweizerboten, die Herwegh doch augenscheinlich nicht zu führen verstünde, ihm verschaffen könne, da er noch auf eine Einnahme denken müsse. Ich antwortete ihm, daß dies wohl nicht gehn würde, daß man ja aber ein neues Organ der Art in Zürich oder Brüssel gründen könne, und daß ich Lust dazu hätte, ihn also aufforderte Theil daran zu nehmen, und jedenfalls 500 Thlr. davon ihm als Redaktionshonorar ausbedingen wollte. Dies ist nun geschehn, wie Sie wissen. Vom October an hat auch Fröbel bezahlt, was er stipulirt hatte, endlich, was hier das Bürcau an Schriftsteller- und Redaktionshonorar schuldig war, ist zuerst an Marx, der es am bringendsten brauchte, entrichtet, sodann sind hier so viel Exemplare verkauft, daß die übrigen Theilnehmer und ich selbst bereits fast ganz zu ihren Forderungen gelangt sind. Aber die ganze Sache ist fehlgeschlagen, und obgleich ich Fröbel 6000 Thlr. dazu geborgt habe, indem ich mit in das Zürcher litterarische Comptoir als Commanditär getreten bin, obgleich ich diese Summe und dazu die Einnahme von dem Journal nun verloren habe, was hier in Paris eine sehr empfindliche Sache ist, so macht nun Marx mir den Verlauf dieser Angelegenheiten zum Vorwurf und verlangt so circa, ich solle fortfahren „Buchhändler zu sein, was ich durch die Verbindung mit Zürich sei," wofür ich mich aber nie gehalten. Wäre nun Marx durch mich zur Emigration verleitet worden, so hätte die Sache einen andern Anstrich; wäre er in pecuniärer Noth geblieben, so wäre immerhin seine Ansicht zu begreifen. Er ist aber, von vornherein zur Auswanderung genöthigt und entschlossen gewesen, mit seiner Wendung hieher durchaus nicht unzufrieden; außerdem haben ihm seine Cölner Freunde 1000 Thlr. geschickt und scheinen das alljährlich wiederholen zu wollen. Ich bin nun in der That sehr froh, daß mein gescheitertes Project, sofern es auch den Zweck hatte, Marx zu helfen, jetzt doppelt ersetzt ist; aber ich habe große Verdrießlichkeiten von seinem wahrhaft abgeschmackten Haß gegen mich gehabt. Es scheint, er möchte das Verhältniß zu mir gerne bis auf die Erinnerung los sein, weil es ihn drückt, daß ich mich für ihn verwendet, und weil er jetzt einsieht, daß er sich in meinen Mitteln geirrt hat; denn unser Zeitschriftenplan ist gescheitert. Er trennte sich

durch einen förmlichen Absagebrief von mir und ergriff dazu die Gelegen=
heit, wo ich mich allerdings vielleicht zu heftig über Herweghs Syba=
ritismus [1]) und Blasirtheit, in der er von seinem öffentlichen Character
abfällt, ausgelassen hatte. Er vertheidigte Herwegh mit der Genialität
und versprach sich eine große Zukunft von ihm. Das ist möglich.
Denn Herwegh ist bei alledem sehr fleißig, und so wenig philo=
sophisches Talent er hat, so leicht faßt er auf, und er hat ja
bereits gezeigt, daß er Formtalent besitzt.[2]) Nur ist er leider körperlich
sehr herunter, und die Blasirtheit ist der Poesie nicht günstig, es müßte
denn die Satire sein, zu der ihm aber alles Talent fehlt und die er
Heinen nicht streitig machen wird. Herwegh hat nichts Bestimmtes
vor als eine Reise in die Schweiz und andre theure Projecte, die sein
Schwiegervater theils genehmigt, theils verwirft. Marx dagegen will
die Geschichte des Convents schreiben und hat das Material dazu auf=
gehäuft und sehr fruchtbare Gesichtspunkte gefaßt. Die Kritik der hegel=
schen Rechtsphilosophie läßt er wieder liegen.[3]) Er will den Pariser
Aufenthalt zu jener Arbeit benutzen, was ganz richtig ist.

So unangenehm mir nun diese Zerwürfnisse sind, von denen ein
Fremder und Uebelwollender nach allen Seiten hin das Schlimmste
sagen könnte, und über die jeder eble Mensch zum wenigsten die Achseln
zucken wird, ja, die wirklich keine Anwendung der Freiheit, sondern ihres
entschiedenen Gegentheils sind: dennoch bedauere ich meinen Umzug
nicht. Glücklicher Weise kann ich mich halten; jedenfalls bleib' ich noch
eine gute Weile in Frankreich und, so lange ich es öconomisch vermag,
in Paris. Man lernt hier sehr viel. Selbst das Ausbrechen der
Charactere in alle möglichen Extravaganzen, selbst die abgeschmackten
Phantasieen vom Weltuntergange und vom 1000 jährigen Reich des
Communismus haben ihr Lehrreiches, ihre Bedeutung, ja sogar eine
theilweise Berechtigung. Man muß diese Zustände vernünftig studiren,
nicht in die Galle gehn lassen, und ich bemühe mich nach allen
Richtungen der Sache beizukommen.

Die Deutschen und ihre Untugenden, namentlich ihre kleinliche
Cliquensucht in dem großen Paris und ihr unpolitisches, egoistisches

---

[1]) Vgl. Alfred Meißner, Geschichte meines Lebens. Wien und Teschen 1884.
Bd. II S. 149.

[2]) Herwegh hatte in den Deutsch=frzf. Jahrb. (S. 149) sein Gedicht „Verrat!"
abdrucken lassen. Das Trefflichste vielleicht, was bis jetzt über Herwegh geschrieben
ist, sind die beiden Aufsätze von Vischer, Kr. Gänge. 1844 II 282 ff.

[3]) Vgl. „Zur Kritik der Hegel'schen Rechtsphilosophie, von Karl Marx" D.=fr. J. 71.

Treiben neben dem bedeutenden Partheimesen der Franzosen — das ist eine exceptionelle Sache.

Dagegen die Societät und die Politik des officiellen Frankreichs dieser Societät gegenüber, das Alles ist mir so neu, und ich finde in Theorie und Praxis soviel Bedeutendes, daß ich fast nicht weiß, wo ich anfangen und wo aufhören soll. Was ich neuerdings gelesen, Fourier und die Communisten, hat im Kritischen viel Grund, im Organischen ist es immer höchst problematisch, und Sie haben ganz Recht, ehe man das Wie sieht, ist von einer neuen Realität nicht viel zu halten. Die Köpfe sind confus geworden, und die socialistischen Parteien reden bis jetzt nicht klarer, als sie denken. Weder die complicirten Vorschläge der Fourieristen noch die Eigenthumsaufhebung der Communisten sind klar zu formuliren. Beides läuft immer auf einen förmlichen Polizei- oder Sklavenstaat hinaus. Um den Proletarier von der Noth und von dem Druck der Noth geistig und körperlich zu befreien, denkt man an eine Organisation, die alle Menschen an dieser Noth und diesem Druck theil= nehmen läßt. Man muß die Forderung zugeben, daß die Verwahrlosung der Menschen um jeden Preis aufgegeben werde, und wenn es nöthig ist, daß die Bevorzugten dafür leiden, so muß man auch dies zugeben. Ist nun aber das practische Problem damit gelös't? Ist die Freiheit erreicht, wenn die Noth wie der Ueberfluß von Staatswegen gleichmäßig vertheilt werden? Und werden die Menschen humaner sein, sobald die einen so erleichtert, die andern so belastet sind? Die Communisten sagen „ja" und träumen sich ein Paradies, sobald sie durch die nächste Revolution an's Ruder kommen, wie sie glauben. Aber die Communisten sind von der Humanität und vom wirklichen Communismus so weit entfernt, daß es weder intellectuellen noch geselligen Reiz hat, mit ihnen zu leben. Die Deutschen wenigstens sind nichts als arme, beschränkte Menschen, die hier ihr Glück, d. h. Vermögen zu machen suchen und, so lange sie nicht dazu gelangen, es vom Communismus erwarten. Die französischen Ouvriers haben mehr Masse und darum mehr Geist; sodann ist der Franzose überhaupt humaner, und es wäre wohl möglich, daß eine be= deutende geistige Bewegung aus diesen Elementen entspränge, daß eine wirkliche, wenn auch nur theilweise, sporadische, städtische Bildung der Ouvriers (das sind alle Arbeiter) eine wirkliche Reform der Gesellschaft herbeiführte.

Aber die Frage ist dann immer noch die alte: Wie ist die Bildung allgemein zu machen, wie die Befreiung jedes Menschen zu realisiren? Es ist nach meiner Meinung das ewige Problem der Geschichte, es ist etwas Großes, daß man jetzt so direct darauf losgeht, es ist ein Symptom von der höchsten Wichtigkeit, daß die Ouvriers denken, lesen, studiren, Zeitungen und Broschüren ediren, die nicht zu verachten sind. Die Gesellschaftsreform ist der practische Pendant zum theoretischen Humanismus in der Religions-Kritik. Aber weder das Paradies ohne alle Noth und ohne allen Druck, noch die Freiheit der allgemeinen und reellen Humanität läßt sich je erreichen, am wenigsten durch eine Revolution wie die von 1793. — Diese beiden Dinge, hört man hier gleichwohl mit der entschiedensten Zuversicht aussprechen: 1) den Untergang der jetzigen Bourgoisie-Herrschaft durch blutige Katastrophen und 2) den Aufgang des 1000jährigen Reiches der wirklichen Freiheit und Gleichheit. Die nationalöconomischen Studien der Socialisten sind hiebei der practische Nutzen.

In der ganzen Haltung Frankreichs steckt in allem Ernst noch der katholische oder der christliche Tic. Der Eudämonismus ist eine ganz richtige Forderung, ihm aber mit politischer Phantasie ohne Ortssinn, ohne Sachkenntnis Genüge thun zu wollen und das Alles am liebsten mit den Waffen in der Hand — das ist ein diesseitiges Christenthum. Noch mehr — alle Partheien berufen sich direct auf das Christenthum. Cabet stiftet jetzt eine Petite Colonie fraternelle in der Nähe von Paris (eine Actiengesellschaft ohne Aufhebung des Eigenthums und der Familie, die er aber doch communistisch findet), und zugleich kündigt er an: Le vrai Christianisme suivant Jésus Christ, un volume en 16, 1 Franc höchstens kostend, der nachweisen soll, „daß Christus die größten Anstrengungen für die Fraternité und Communauté gemacht habe".... Und Cabet hat es gar kein Hehl, daß er antireligiös ist. Er spricht so, weil man's so hören will. „C'est le seul moyen d'agir sur la France", sagt er. Die Humanitaires, seine Gegner in der Communisten-Fraction, deren Vorsprecher Dezamy[1]) heißt, welche ohne Religion und ausgesprochene Materialisten sind, finden daher auch den erbittertsten Widerstand. Dezamy ist neulich wegen „Pantheismus," denken Sie sich den Unsinn, zu 6 Wochen Gefängniß verurtheilt worden!!

Wenn die Revolution wieder auftritt und wieder siegt, so findet sie immer wieder nur den alten Wust in allen Köpfen, und ein neues 1793 würde ihn nicht wegräumen. Die theoretische Befreiung Frankreichs ist

---

[1]) Dezamy gab den Almanach De l'organisation sociale heraus; Ruge nennt ihn einen Materialisten, welcher alle Consequenzen des Prinzips der totalen Gemeinschaft offen zugebe. Vgl. Werke V 77 ff.

noch erst zu unternehmen. Wir Deutsche sind, namentlich durch Ihre Kritik der Religion, den Franzosen ungemein voraus.

Guerrier ist nun fertig mit der Uebersetzung Ihres Buches:[1]) allein ich glaube, daß der erste Versuch mislungen ist. Die Franzosen, die das Manuscript gelesen haben, finden es unfranzösisch und fehlerhaft. An andern Orten haben andre Männer sich ebenfalls vorgenommen, Ihr Buch zu übersetzen. Es sind Nationalfranzosen, denen es wahrscheinlich besser gelingt. Doch weiß ich seit einigen Wochen nichts mehr von dem Schicksal der Arbeit des Herrn Guerrier, der, wie es scheint, Communist geworden und durch Marx mit den übrigen deutschen Communisten stark gegen mich in Harnisch gebracht ist, mich also nicht mehr besucht. Da ich es nun vorziehe, die Cafés dieser Herren ebenfalls zu vermeiden, um nicht gelegentlich maltraitirt zu werden, denn ihre Liebe ist gänzlich ins Gegentheil umgeschlagen, seit sie sehn, daß ich offenbar kein Communist, sondern höchstens ein „Bourgeois" sei — so kenne ich die Schicksale der Uebersetzung nur so weit, als ich die Uebersetzer veranlaßt habe, ihre Arbeit einem Franzosen, der nicht gegen die Materie ist (er ist Atheist), Herrn Schoelcher[2]), mitzutheilen. Vorher hatte ein anderer Freund von mir, Herr Ribbentrop,[3]) (beide sind wirklich Franzosen trotz ihrer deutschen Namen, Schoelcher versteht sogar kein Wort Deutsch) sich, wie ich oben bemerkt, ausgesprochen. Was Schoelcher, der Schriftsteller ist (er hat über die Sclavenfrage 3 Bände geschrieben), dazu sagt, weiß ich noch nicht.

Das politische Leben ist diesen Augenblick sehr schläfrig. Der König soll bei guter körperlicher Gesundheit manchmal etwas irre reden. Ja, es hieß neulich sogar, in Neuilly sei er plötzlich verschwunden und weit auf der Chaussée fortgelaufen, um nur mal wieder allein auszugehn; denn es wäre seine fixe Idee, daß er das wohl könnte, wenn man ihn nur gehn ließe. Er findet sich gefangen gehalten, und man muß ihm zugeben, daß er alle Ursache hat, diese Idee zu fassen.

Wenn Sie herkommen und mein Gast sein wollen, werden Sie mir eine große Freude machen. Auch würde ich Sie nicht geniren, die per-

---

[1]) Guerrier war als Marinearzt mit in Indien gewesen; vgl. auch den Brief Ruges an Feuerbach vom 19. Aug. 1843 in Feuerbachs Briefwechsel I 360.

[2]) Victor Schoelcher, geb. 1804, wirkte nach der Rückkehr von einer Reise aus Amerika für die Sklavenemancipation, veröffentlichte, von einer Reise nach den Antillen zurückgekehrt, 1842 „Les colonies françaises;" 1848 war er unter Arago Unterstaatssekretär, jetzt ist er Senator. Vgl. Ruge „Victor Schoelcher und seine Schriften über die Antillen." S. W. V 159 ff.

[3]) Vgl. Feuerbach a. a. O. 366.

sönliche Bekanntschaft meiner alten Freunde zu machen. Nur freilich müßten Sie Sich die Hexenprobe, ob Sie Communist wären oder nicht, gleich mir gefallen lassen. Cabet: „Monsieur, êtes-vous communiste?" — Der Besuch: „Oui, monsieur." — Cabet: „Communiste Icarien?" — Der Besuch: „Je n'en suis pas assez instruit." — Cabet: „Ah, monsieur, il faut s'informer, c'est une question grave." — Aber lassen Sie Sich Ihre Unwissenheit nicht abschrecken, im Gegentheil kommen Sie grade deswegen. Herzliche Grüße an all die Ihrigen.

Von Herzen

Arnold Ruge.

—

216.

An seine Mutter.

Paris, den 19ten Mai 44.

Liebe Mutter,

.... Als Fröbel und das Litterarische Comptoir ihre Druckereien still stehn lassen mußten aus Mangel an Geld und weil sie zu viel unternommen, da hörten natürlich die Jahrbücher auf und damit auch die äußerliche Verbindung der hiesigen Kolonie. Erst wurde Fröbel alles Unheil aufgebürdet; dann sollte ich schuld sein, und Marx, der mit mir in einem Hause wohnt, schrieb mir einen groben Brief, wodurch er sich förmlich von mir trennte und Herweghs Parthie nahm, d. h. er vertheidigte Herwegh gegen dasselbe, was er ihm immer vorgeworfen hatte, daß er nämlich an den hiesigen Verführungen zu Grunde geht und hier, wie Marx sich ausdrückt, sein Capua gefunden hat. Paris ist sehr verführerisch. Die Läden, die Carossen, die schönen Zimmer der Reichen, die Blumenläden, die Frauenzimmer — und allen diesen Lockungen ist der Freiheitsdichter unterlegen. Es ist eine Dummheit, aber es ist wahr, und was das Schlimmste dabei ist, von all' den Herrlichkeiten hat er sich doch immer mit dem Geringsten behelfen müssen. Du glaubst nicht, was für eine abgeschmackte Verschwendung in Kleidern (Röcke zu 100 Thlr., alle Tage frische Handschuh'), in Blumen (einzelne Blumen zu 3 Louisb'or), im Essen, in der Einrichtung, im Fahren und Reiten die lächerlichen Leute .. ausführen. Das Schlimmste bei der

Geschichte ist aber die Weibergeschichte. Liszt, der Musikus, hat hier eine Courtisane, die Gräfin b'Agoult,[1]) die um seinetwillen ihrem Manne mit sammt ihren Kindern durchgegangen ist und nun auch von Liszt Kinder hat.[2]) Des Liszt ist nun die Person, die wirklich von der ordinärsten Sorte ist, auch überdrüssig geworden und hat sich den armen Teufel, den Herwegh, angeschafft. Es ist eine alte, große, plumpe und höchst unanständige Person .... Den eitlen und schwachen Herwegh hat sie in den Zeitungen gelobt und seine schönen Augen gepriesen, dann setzt sie sich ihm zu Füßen, legt ihren Kopf auf seine Kniee und bewundert den unsterblichen Dichter, der noch so jung ist, den aber leider die Philosophen und Politiker verführten. Und diesem Unwesen giebt der Held sich hin! Was ist nun daraus gefolgt? Kein Bissen schmeckt ihm mehr, seine Beine tragen ihn nicht um die Ecke seiner Straße, er ist ganz herunter, die Frau weint und beneidet ihre Nebenbuhlerin, die doch wohl was Besondres sein müßte, weil sie einen solchen Geist zu fesseln vermöchte. Sie klagt, daß er so schwach wäre, und — daß sie ihn schonen müßte. Der Arzt hätte gesagt, er hätte nicht heirathen sollen. Und nun heirathet er 2. Geistig ist er bis zur Verrücktheit blasirt, d. h. er denkt, daß alles Lumperei ist, und hat nicht mehr Courage, als er Kraft hat; es fehlt ihm an beidem gänzlich ....

Eines Abends bei Marx kam nun die Rede auf diese Geschichten. Ich war grade damit beschäftigt, die Jahrbücher wieder in Gang zu bringen und ärgerte mich über Herweghs Lebensart und Faulheit. Ich nannte ihn im Eifer wiederholt einen Lumpen und erklärte, wenn man heirathete, müßte man wissen, was man thäte ... Marx schwieg und nahm zärtlich von mir Abschied. Den andern Morgen schrieb er mir: „Herwegh sei ein Genie und hätte eine große Zukunft vor sich; es hätte ihn indignirt, daß ich ihn einen Lump genannt, meine Ansichten von der Ehe wären dagegen unmenschlich und philiströs". Seitdem sahn wir uns nicht wieder; dagegen lebt er mehr als früher mit Herwegh, nicht ohne jugendliche Abentheuer, obgleich beide von einander wissen, was sie trennt, nämlich daß jeder sich für das größte Genie hält. Marx maltraitirt sie und verachtet ihn; er hat ihn und die deutschen Handwerker nur an sich gezogen, um eine Parthei und Leute zum Knechten zu haben. Mich haßt

---

[1]) M. C. S. de Flavigny, Gräfin b'Agoult (1805—1876), trat als Schrift-stellerin unter dem Namen Daniel Stern auf.

[2]) Die eine war mit Emile Ollivier, die andere, Cosima, erst mit Hans von Bülow, dann mit Richard Wagner vermählt.

er so sehr, daß ich ihm fortbauernd im Kopf stecke, obgleich ich auf seinen
Absagebrief nur geantwortet habe, „daß wir uns nicht wie die Puppen
in dem Marionettenkasten zu trennen brauchten, und daß ich mich freuen
würde, wenn er sein Princip bewiese und durchsetzte; mein Urtheil über
Herwegh wäre im Verlauf des Gesprächs entstanden und nicht stärker
als seine Urtheile gewöhnlich. Wir könnten uns, wie Leute von guter
Gesellschaft, mit Manier trennen." — Seitdem habe ich mich immer
mehr überzeugt, daß er vor Hochmuth und Galle toll ist. Es ärgert ihn,
daß ich auf dem Titel voranstehe. Es ärgert ihn, daß ich mit ihm zusammen genannt werde und daß ich ihn gewissermaßen ins Publicum
eingeführt. Das Albernste aber ist, daß ich gehalten sein sollte, mein
Vermögen an die Fortsetzung der Zeitschrift zu wagen, da ich doch gänzlich
ohne alle Kenntniß des Buchhandels bin . . . .

. . . . Ihr müßt Euch mit meinen Schriften besonders in Acht nehmen.
Du weißt, daß sie Fleischer in Cleve zur Untersuchung gezogen haben
wegen angeblicher Verbreitung der Deutsch-französischen Jahrbücher. Sie
werden genug verbreitet. Was ich aber allein schreibe, werde ich auch
zu verantworten wissen. Ich bin zu alt geworden, um auf einzelne
Scandalosa der Potentaten Gewicht zu legen; die Theorieen sind der
Freiheit nützlicher als die kleine Praxis der Satire und selbst als der
directe Angriff, der über Nacht wieder vergessen ist . . . .

Von Herzen

Dein

Arnold.

217.

An Fleischer.

Paris, rue Vanneau 38. 20. Mai 44.

Lieber Herzensfreund, Nicht aus Vergeßlichkeit und ebensowenig
aus Entfremdung, sondern aus Reflexion, um Ihren Aufpassern nichts
in die Hände zu liefern, hab' ich Ihnen während der Dauer der Redaction der Deutsch-franz. Jahrbücher nicht geschrieben. Ich werde Ihnen
mit irgend einer Gelegenheit ein Exemplar zuschicken. Heute wurd' ich
doppelt lebhaft an Sie erinnert. Zuerst durch die Notiz, daß man Sie
wirklich um unsertwegen verfolgt und erfolglos verfolgt hat, weil wir

keine Verbindung in der letzten Zeit unterhalten. Sodann durch die
Nachricht von dem Tode Echtermeyers,[1] unsers gemeinschaftlichen
alten Kameraden und Freundes. Das alte Uebel hat sich an einer
andern Stelle wieder aufgethan, und er ist unter großen Schmerzen
gestorben. Wir haben uns im Herbste, als ich aus Paris wieder nach
Dresden zurückkam, wiedergesehn und freundlich mit einander verkehrt,
was mir jetzt eine angenehme Erinnerung ist. Er war ein bedeutender
und ein guter Mensch, und wenn seine Papiere in geschickte Hände,
z. E. in die von Hiecke[2] kommen, oder wenn Sie Sich ihrer annähmen,
so möchte noch manche seiner Arbeiten der Welt nützlich werden. Er
hat in der Litteratur-Geschichte zuletzt noch allerlei entdeckt, was wichtig
ist, und er hat es in Aphorismen meistentheils zu Papier gebracht.

. . . . Sie werden nun neugierig auf Pariser Nachrichten sein, und
ich will sie Ihnen mittheilen von Anfang an. Ich fand, daß es hier
nicht so theuer sei, als man es gewöhnlich macht, und zog nach vielen
Schwierigkeiten her. Die Reise ging ungemein glücklich im December
bei dem schönsten Wetter, und die Unfälle, Pferdestürze und dergleichen
hatten doch am Ende nichts auf sich. Hier angekommen, war ich der
Meinung, daß Froebel wohl nicht die Mittel haben würde, die Jahrbücher zu drucken, denn hier erfuhr ich, daß die Liberalen in Köln und
Königsberg uns nicht unterstützen wollten, und die 6000 Thlr., die ich
in die Zürcher Handlung eingeschossen, konnten nicht weit reichen. Ich
fragte daher nach genommener Rücksprache mit Marx nochmals bei
Froebel an, ob er denn noch könne und wolle, und schlug ihm eine
Association mit einem Bekannten von mir zum Zweck des Pariser
Etablissements vor, falls er allein nicht könnte. Er schrieb, wir sollten
nur anfangen, und schickte 2000 Fr. in Wechseln. Sie wissen, daß wir
nur 2 Monat erscheinen lassen konnten, denn im Lauf derselben bekam
Fröbel eine andre Ansicht von der Lage der Handlung und erklärte,
er könne nicht fortfahren. Nach einigen vergeblichen Versuchen, einen
neuen Verleger zu gewinnen, gaben wir die Sache ganz auf. Marx
trennte sich, als er gar nicht mehr nöthig war, förmlich von mir, Herwegh
ist kein Philosoph, er bewegt sich nach jedem Winde, Heine kennen Sie;

---

[1] Echtermeyer starb am 6. Mai 1844. Ruge legte diesem Briefe einen von
ihm geschriebenen Nekrolog bei, welcher in der Mannheimer Abendzeitung vom
1. Juni (Nr. 130) erschien; er ist S. W. VI 137 ff. wiederabgedruckt.

[2] R. H. Hiecke (1806—1861), damals Konrektor am Domgymnasium in
Merseburg; er hat sich besondere Verdienste um den deutschen Unterricht erworben.

feine politifchen Satiren find gut, aber man kann weiter nichts mit ihm anfangen. Alle Partheiwirkfamkeit von Deutfchen in Paris ift unmöglich. Die Verhältniffe ifoliren hier die Fremden, und es bleibt nur übrig, wie ich gleich vermuthete, daß jeder für fich lebt, arbeitet und fchreibt. Ich bin immer noch nicht genug eingelebt, um durch franzöfifche Bekanntfchaften die Deutfchen zu erfetzen, finde aber manche fehr angenehme und habe die fociale Richtung der Litteratur eifrig ftudirt, um hier allmählich ganz au fait zu kommen. Später werb' ich diefe Studien benutzen. Für den. Augenblick lebe ich fehr einfam und benfe darauf mich fo einzurichten, daß ich hier einige Jahre die Gefchichte ruhig mit anfehn, wenn nicht mitmachen kann. Paris gewährt Alles. Der Frühling ift hier fo fchön, als das Menfchenleben lehrreich, und es bereitet fich in der Stille des Augenblicks, die man eifrig benutzen muß, um fich zu unterrichten, eine neue, fehr ernfthafte Zukunft vor.

Einiges kann man zum Guten beitragen durch Einführung der deutfchen Philofophie in Frankreich und der franzöfifchen in Deutfchland. Zu beidem gehört aber viel Arbeit, vornehmlich ift es ein Hinderniß, daß man nicht franzöfifch fchreiben kann. Man fühlt dies um fo lebhafter, weil der Hauptmangel der franzöfifchen Progreffiften ein theoretifcher ift. Namentlich können fie mit den Pfaffen nicht theoretifch fertig werden, weil fie ihnen die Religion zugeben, und die Religion zugegeben, muß man doch Pfaffen haben, und wenn man Pfaffen hat, muß man doch die Jugend von ihnen verderben laffen. So gefchieht es denn auch. Ebenfo können fie mit den politifchen Confervativen (z. E. dem Globe) nicht fertig werden, ohne radical zu philofophiren, und das thun in der officiellen Oppofitionspreffe felbft die Ultras nicht. Es herrfcht eine philofophifche Verkommenheit und Verzagtheit, die fehr widerwärtig ift, und je religiöfer fie reden, defto weniger Vertrauen haben fie zu ihrer Sache.

26. Mai. Die Bewegung ift immer rapid. Ein Thema wird fchnell confumirt, aber es folgt daraus nicht, daß es erfchöpft würde. Die Frage mit dem Klerus ift nicht gelöf't; die Unterrichtsfrage kann nicht gelöf't werden, fo lange die Religion anerkannt wird; die Allianzfrage mit England kann eben fo wenig gelöf't werden ohne die Socialrevolution in beiden Ländern. Aber es ift vergeblich, alle diefe Fragen länger als einige Tage auf der Woge der Discuffion zu erhalten ....

Außer den zerftreuten Humaniften und Ausläufern der deutfchen Philofophie, die für die philofophifche und publiciftifche Zukunft mehr oder weniger thätig find, finden fich hier noch 2 Kategorieen von Deutfchen,

23

die Correſpondenten und die Handwerker. Peide haben im Weſentlichen
den Erwerb und die Exiſtenz im Auge — ſodann bekennen ſich die einen
zu allen möglichen Fahnen, die andern meiſt zum Communismus. Aber
das Bekenntniß hat gar keinen Werth. Denn ſie wiſſen von oben bis
unten nichts mit dem Problem zu machen. — Im Fall einer Revolution,
wo die untern Claſſen zur Herrſchaft kämen, würden wir indeſſen diesmal
unter den Franzoſen Organiſationsverſuche ganz merkwürdiger Art erleben. Die Franzoſen wiſſen viel beſſer, was ſie wollen, und denken viel.
Die Deutſchen in Paris haben bisher außer Börne wenig genug gedacht,
ſo günſtig das Terrain auch iſt. Von den Correſpondenten iſt ein Blatt
hier gegründet worden, das ſie „Vorwärts" nennen, und das möglichſt
traurig, noch trauriger als die deutſchen Blätter in Deutſchland, exiſtirt.
Dieſe Leute ſind ohne alle Kenntniß und Bildung und ſchreiben unter
Preßfreiheit ſo dumm, wie ihre Brüder in Deutſchland unter Cenſur....

Mit Marx ſeh' ich mich leider gar nicht. Er iſt mir aufs Aeußerſte
aufſäſſig, ohne, wie es ſcheint, recht zu wiſſen, warum? Ich meinerſeits
warte ruhig das Ende dieſer Raſerei ab. So kann ich Ihnen nichts von
ihm ſchreiben, als daß er zuletzt eine Geſchichte des Convents zu ſchreiben
vorhatte und ſeine Frau mit dem ſehr jungen Töchterchen vorläufig nach
Trier geht. Herweghs gehn wieder auf die Wanderſchaft. Er iſt unendlich blaſirt und ohne allen Halt. Auch Herwegh ſehe ich nicht mehr.
Vielleicht kommt er noch wieder zu Verſtande. Doch iſt es ſehr zweifelhaft, da er ernſtlich am Kopf leidet und mehr einem Schatten als einem
Menſchen ähnlich ſieht. Mündlich mehr über dergleichen. Antworten
Sie mir doch bald.

Von Herzen

der Ihrige

A. Ruge.

rue Vanneau 38.

— · -

218.

An Stahr.

Paris, 28ſten Mai 44.

rue Vanneau 38.

Lieber Freund,

Dein Brief iſt den 24ſten von Oldenburg abgegangen, Du ſelbſt haſt
ihn nicht datirt. Ich beantwort' ihn umgehend, wie Du es wünſcheſt,
und hoffe alſo von meinen alten Freunden Dich zuerſt wiederzuſehen.

Denn ich rathe Dir nicht ab; im Gegentheil, meine Frau trägt mir auf
Dir zu schreiben, sie könnte es nicht erwarten Dich hier zu sehn, um
Dich wegen Deines Abfalls von uns in Dresden zu rüffeln; und wenn
sie fertig ist, so will ich anfangen und Dich wegen Deines Patriotismus,
und daß Du Chorus mit den deutschen Zeitungen und sonstigen Pferden
machst, maltraitiren. Denn daß einem hier der Zorn ausginge, denke
nur nicht, und daß ich keine Gelegenheit finden werde ihn auszulassen,
ebenso wenig. Was aber psychologisch motivirt ist, das ist überhaupt
motivirt, versteht sich, wenn die Psyche eine menschliche und honette ist.
Doch, „Pfäfflein, fürcht' Dich nit," komm her, „sag' dein Sprüchlein,"
d. h. gesteh', wie der Schatten Achills,[1]) daß hier die Welt ist, wo es sich
verlohnt zu leben, daß aber in Deutschland selbst das Schaafblut der
Freiheitskriege die Todten nicht zum Reden gebracht hat, weil — „die
Deutschen so niederträchtig sind, als sie sich zeigen."[2]) Du wirst denken,
daß ich ohne Maulkorb nicht mehr ausgehn kann, und Du sperrtest mich
gewiß in den Souffleurkasten, wenn ich in Oldenburg wäre; es ist aber
nur die Wuth über Dich, die ich allmählich auszutoben suche, um hinterher
persönlich desto heiterer und liebenswürdiger zu sein. Aber es wäre
perfid, wenn ich Dir nichts hätte merken lassen und dann mit meiner
ganzen Familie über Dich hergefallen wäre, sobald ich Dich hier gehabt
hätte.

Doch im Ernst, altes vorzügliches Haus, so sehr Du mich in Dresden
durch Deine Vernachlässigung gekränkt hast (und eben daß ich mir aus
Deiner Vernachlässigung etwas gemacht habe, beweist Dir, daß ich viel
auf Dich hielt), so gern seh' ich Dich hier. Ich selbst bleibe so lange
hier, als ich mich hier halten kann, und ich hoffe es lange genug zu
können, um meine Kinder wenigstens in einer freien, gebildeten Welt
einzubürgern und — doch das ist Unsinn — eine menschliche Gestaltung
Deutschlands abzuwarten. Du triffst mich also hier, wenn ich nicht
vorher sterbe.

Echtermeyers Tod erinnert einen daran, daß man sterblich ist.
. . . . Ich habe selbst über Echtermeyers Leben geschrieben und ihm einen

---

[1]) Der Schatten des Achilleus spricht zu Odysseus in der Unterwelt (Odyssee
XI 480 ff.):

> „Lieber ja wollt' ich das Feld als Tagelöhner bestellen,
> Einem dürftigen Mann, ohn' Erb' und eigenen Wohlstand,
> Als die sämmtliche Schar der geschwundenen Todten beherrschen."

[2]) Im März 1843 (s. Werke IX 119) hatte Ruge an Marx geschrieben: „Der
deutsche Geist, soweit er zum Vorschein kommt, ist niederträchtig."

Platz angewiesen, den sie nicht für den ihrigen auszugeben den Muth haben sollen. Seinen Anspruch an den Namen eines freien Mannes habe ich bewiesen, und wenn sie nicht zufrieden sind, so habe ich noch Beweise in meiner Mappe, die seinen Republicanismus und seinen revolutionären Willen außer allen Zweifel setzen. Da ich leider das Thema für die Censur schreiben mußte (ich hab' es an die Mannheimer Abendzeitung geschickt), so ist es in dem gewöhnlichen Clairobscür gehalten, d. h. ich habe die Dummköpfe nicht dumm, die Feigen nicht elend, die Preußen nicht Schinderknechte und die Sachsen nicht ihre Bedienten genannt: ich habe gesagt, die Sachsen hätten nicht den Muth der Existenz, und die Preußen seien „Obscuranten, Abtrünnige von der theoretischen Freiheit" — welche herrliche Redensarten! aber welch' eine niederträchtige Welt, die sie hören will! Ich habe den Philistern, die nun Echtermeyern zu Ihresgleichen und ihre stillen Verdienste womöglich zu einer Analogie mit den seinigen machen wollen, zugerufen: „Patroclus wird bei den Griechen begraben werden!" und das wird er . . . .

Du meinst so circa, ich hätte einen dummen Streich begangen, als ich Deutschland verließ; aber Du wirst Dich hier überzeugen, daß es hinter'm Berge auch noch Leute giebt, und es ist genug, wenn ich meinen Freunden treu bleibe und meine Freunde die Eine Sache aller Völker: Freiheit und humane Freiheit mit mir verfolgen. Hat die Wahrheit, hat die Freiheit ein Vaterland, oder ist die ganze Erde das einzig würdige Denkmal des Geistes, der sich befreit, indem er sie gestaltet?[1]) Das Vaterland ist die Fahne des Zwiespalts der Völker; die Freiheit ist das Zeichen ihrer Versöhnung. Die Fichtische Beschränktheit hat ein Ende. Alle die schönen Redensarten beweisen nichts, wenn sie nicht erfüllt werden, und die Deutschen haben ihren Unverstand in Sachen der Freiheit seit den Freiheitskriegen hinlänglich bewiesen . . . . Nichts gefährlicher, als mit vornehmen Redensarten und mit Witzen sich über eine evidente Sklaverei zu täuschen. Was ist die Freiheit? Das Gesetz. Wer macht das Gesetz? Der Landesherr. Wer execuirt das Gesetz? Der Landesherr und die Landjunker. Welches Volk ist ein Urvolk und weiß doch nicht anders, als daß Freiheit und Knechtschaft synonym sind? Die Deutschen. Welches Volk hat die Buchdruckerei erfunden und darf sie nicht gebrauchen? Die Deutschen. Welches Volk hat das Schießpulver erfunden und ein halbes Schock und viele tausend lebendige Herren? Die

---

[1]) Vgl. hierzu und zum Folgenden: „Der Patriotismus." S. W. VI 237 ff.

Deutschen. Fichte ist der Vater dieser Beschränktheit, die den undeutschen Titel führt „Deutscher Patriotismus" statt „Deutsche Landesherrlichkeit." Aber auch die Landesherrlichkeit erregt keinen Anstoß. Fichte ist in Berlin von der Revolution abgefallen und Hegel desgleichen. Dulce est desipere in loco.

Alle eure politischen Gespräche nützen zu nichts. Die politischen Thaten sind schrecklich versäumt und die gewagten feige verrathen worden. Jetzt ist es zu spät. Nur der Pöbel hat jetzt noch eine Chance. Er fragt nach seinem Leben nichts, und weiter hat er nichts. Wird man ihn emancipiren, wenn er die Schlacht gewinnt? Wird er sie gewinnen, wenn er gleich von vorn herein verrathen wird? Denn die politische Feigheit in Deutschland übersteigt alle Begriffe. Lieber Freund, wir haben nicht Athem genug, um den Tag der deutschen Freiheit zu erleben. Man wird uns als Unterthanen zu Grabe tragen, selbst wenn „die Berliner den Faden verlieren." Ein künftiges Geschlecht wird erst die Früchte unserer Arbeit ernten.

Zunächst müssen die Deutschen von den Franzosen die Kritik der politischen und civilisirten Welt und die Franzosen unsere Kritik der Religion und Philosophie lernen. Und Du wirst Dich überzeugen, wenn Du herkommst, daß hier ungeheure Schätze zu heben sind. Wie unwissend ist die deutsche Gelehrsamkeit und wie bigott die französische Freiheit! ....

Von Herzen

Dein

A. Ruge.

219.

An Fröbel.

Paris, 4. Juni 1844.

Lieber Freund.

.... Gestern wohnte ich einer Salonsunion bei einem Deputirten bei. Die Vorgänge in der Schweiz[1]) und die Angriffe des Clerus in Frankreich machen großen Eindruck. Alle Partheien sind auf ihrer Hut,

----

[1]) Im Kanton Wallis hatten die Freisinnigen im Kampfe mit den Ultramontanen am 21. Mai eine blutige Niederlage am Trient erlitten.

und der National hat sich mit großem Gewicht gegen die Fanatiker und Pfaffen erklärt. Er wird immer radicaler im Religiösen.

Die „Reform" gewinnt eine große und breite Basis der Unterstützung und wird täglich wichtiger, obgleich es immer noch an dem nöthigen Schriftstellerfond fehlt....

Die Bauers sind vor Eitelkeit toll, und doch lies't man ihren ewig aufgewärmten Kohl nicht.

M[arx] ist ein „Genie", d. h. ein Narr geworden, und die abgeschmackteste Geniepointe steckt unserm alten Freunde H[erwegh] ebenfalls im Kopf, der übrigens in einer tiefen Misere steckt und nirgends ein noch aus weiß. Sie werden das in der Nähe sehn. Seine Frau hat ihm zum Geburtstag eine Reitpeitsche zu 100 Francs geschenkt, und der arme Teufel kann weder reiten noch hat er ein Pferd. Er will alles „haben," was er sieht, einen Reisewagen, Gentlemanskleider, einen Blumengarten, die neuen Meubels der Ausstellung, enfin den Mond, und es fehlt ihm in der That der Verstand und die Gesundheit. Wenn er wieder arm und gesund wäre, dann könnte er doch wieder das „leichte Gepäck"[1]) und das „Glück der frischen Bergluft," „die Alpenrosen" und die „Freiheit" besingen. So ist aller Glaube an sich und die Welt zum Teufel — das größte Unglück, was einen Menschen vor seinem Tode treffen kann. Unterdessen wird die Democratie mit der Egalité der Menschen Ernst machen und die Usurpatoren jeder Art, auch die Monopolisten des Talents und der Poesie, lächerlich erscheinen lassen. Es wäre gut, wenn die jungen Leute so viel wären, als sie sich einbilden zu sein. Man würde immer noch nicht zu viel an ihnen haben.

Meine herzlichsten Grüße!

Ihr

A. Ruge.

220.

An Fleischer.

Paris, 9ten Juli 44.

Mein theurer Freund,

.... Jetzt tritt der unselige Kitzel des „Genie's" und der „avancirtesten Stellung" ein und verdreht den Menschen die Köpfe. Was sagen

---

¹) „Gedichte eines Lebendigen" I p. 17.

Sie dazu, daß diese Dummheiten wieder aufkommen und Pointen werden? Statt sich zu freuen, sein Genie mit in die Wagschale zu werfen, soll die ganze Parthei das Genie anbeten. Als wenn man die alten Götzen nur stürzte, um neue aufzurichten! Und am Ende, was will der größte Götze sagen? Man wirft ihn ja doch nur ins Feuer, wenn die Zeit um ist, wo man ihn nicht durchschaut hatte. Immer aber ist die „Geniesucht" besser als reine egoistische Faulheit. Man kann jedem seinen Sparren lassen, wenn er nur was leistet. Dies also ist zunächst die Frage. Von Herwegh erwart' ich weniger als von Marx, wenn Marx sich nicht eher tobtarbeitet, als seine Arbeiten fruchtbar macht und publicirt. Herweghs Brief an den König, sein Ansingen der Poeten, seiner Rivalen, seine Prosa über Sallet in den 21 Bogen,[1]) seine mißglückten Epigramme,[2]) seine Blasirtheit, die ihn hier befallen, ja seine körperliche Zerrüttung — Alles das ist eine traurige Gegenwart, der man wohl eine bessere Zukunft wünschen, aber kaum prophezeihen kann. Er hat vielmehr gewöhnliches Poeten= als politisches Interesse. Sie hätten das gewiß so wenig geglaubt, als ich bis vor einigen Monaten. Marx hat sich in den deutschen hiesigen Communismus gestürzt — gesellig heißt das, denn unmöglich kann er das traurige Treiben politisch wichtig finden. Eine so particelle Wunde, als die Handwerksbursche, und nun wieder diese anderthalb hier eroberten, zu machen im Stande sind, kann Deutschland aushalten, ohne viel daran zu boctern. Ja die Aufstände, wie die Schlesischen, befestigen nur das alte Philisterregiment und schieben eine allgemeine Bewegung hinaus bis zum jüngsten Tag der Eroberung.

Ich habe die Hoffnungen des deutschen Communismus nie getheilt. Ein unpolitischer Communismus, und von einem solchen kann hier nur die Rede sein, ist ein tobtgebornes Product. Die deutschen Handwerker, die das Eigenthum so lange aufheben wollen, als es ihnen selbst daran fehlt, können den alten Verhältnissen noch viel weniger widerstehn, als dies früher die Burschenschafter konnten. Soll der Communismus es zu etwas bringen, so muß er in Verbindung mit einer politischen Bewegung auftreten. In Frankreich, wo politische Bewegungen möglich sind, in Berlin, wo sie kaum möglich sind, ist der Communismus, als mitwirkendes Element, nicht ohne Bedeutung. Doch halte ich den Pariser Communismus jetzt noch für sehr schwach und den Berliner für

---

[1]) „Einundzwanzig Bogen aus der Schweiz, herausgegeben von Georg Herwegh." Erster Theil. Zürich und Winterthur. 1843. p. 269.

[2]) Doch wohl die „Xenien." (Gedichte eines Lebendigen II 93 ff.)

gänzlich unbedeutend. Etwas anders ist es mit der ganzen social-reformistischen Parthei. Die ist sehr wichtig und sehr ausgebreitet in Frankreich. Sie greift immer weiter um sich, und es wird dahin kommen, daß sie die Republik nicht länger entbehren kann. Alsdann wird, vielleicht von Stufe zu Stufe, der Communismus an die Tagesordnung kommen; er wird aber alsdann auch politisch, das heißt eine Staatsform sein. Man wird alle Geschäfte zu Staatsgeschäften erheben und jeden Spießbürger in jeder Arbeit, in jeder Intention auf die Gemeinde und das öffentliche Wohl beziehn können.

Es ist klar, daß die wesentliche Bewegung der geselligen und politischen Entwicklung in Frankreich und England zu erwarten steht. Ich sage nicht, daß Deutschland in zweiter Linie nicht Theil daran nehmen werde, aber in erster gewiß nicht, denn ihr werdet dort keine politischen Bewegungen haben. Ihr acceptirt die totale Knechtschaft, und es giebt eine Masse, deren träger Geist diese totale Knechtschaft und ihre Bequemlichkeit aufrecht erhält, ohne selbst zu herrschen. Unter diesen Umständen entsteht kein Streit über die Herrschaft, keine politische Bewegung. Die Deutschen wollen nichts sein und nichts in ihrem eignen Namen thun. Eine Empörung der Proletarier wäre unter solchen Verhältnissen nichts als ein Skandal. Denn es würde sich niemand finden, um selbst die siegenden Proletarier zur Herrschaft zu bringen. Es sind keine politischen Köpfe vorhanden und keine politischen Gewohnheiten in den Menschen. Die ärgsten deutschen Revolutionärs sind immer noch Deutsche, sind ohne politischen Glauben, ohne politischen Sinn und ohne politisches Talent.

Alles, was Deutschland fehlt, findet sich dagegen in England und Frankreich. Auch die communistische Doctrin ist im Deutschen schon wieder ausgeartet. Weitling hat nur die Handwerker im Kopf, einen Handwerkerbund und -Staat. Dagegen haben die französischen und englischen Doctrinärs gleich den ganzen Erdkreis im Sinn. Die Doctrinen sind aller Beachtung werth, und ich beschäftige mich mit dieser Litteratur ganz ernstlich. Hier in Frankreich ist also erstlich eine doctrinäre Entwicklung, die alle Klassen berührt, dann eine politische Lage, die ebenfalls Jedermanns Sache ist, endlich eine Menge thätiger und tüchtiger Partheichefs, die immer neue heranbilden durch ihr bloßes Beispiel und auch durch das Leben der Litteratur und der öffentlichen Gewalten. Deutschland kann fürs Erste selbst in der Doctrin nicht originär sein (selbst Marx' Arbeiten in den Deutsch-frz. Jahrbüchern sind französischen Ursprungs), weil wir das Erworbene hier und in England erst verdauen müssen, und weil die avancirten Verhältnisse für uns noch nicht exiftiren, die hier bereits wieder untergehn wollen. Nun kennen Sie mein Interesse für die politische und gesellige Bewegung. Es zog mich daher zuerst unbewußt in dies Centrum. Jetzt fesselt mich eine ganz neue Welt mit allen möglichen Interessen, mit denen der Bildung und mit denen der activen Entwicklung. Sie glauben nicht, wie schwerfällig hier auch der expediteste Deutsche noch erscheint. Gleich die Form ist unendlich vorgeschritten. Dann aber auch der ganze humane Inhalt, die Kritik der Gegenwart, die Benutzung der Geschichte — Alles ist für uns unendlich lehrreich, und die Preßfreiheit erlaubt alle Studien zu benutzen und zu publiciren. Wenn es ein Vaterland geben soll, so ist das Vaterland der Bildung und der Freiheit das wahre. Daß aber nicht ein rohes Volk, sondern die Befreiung desselben aus seiner Rohheit und aus seiner volksthümlichen Rohheit der Zweck und das Princip sein müsse, darüber sind wir wohl einig. Zudem wird keines Volkes Schicksal isolirt entschieden, am wenigsten das Schicksal Deutschlands. Da Berlin nicht das Centrum Deutschlands hat werden wollen, so ist es unstreitig in Paris, wo Deutschlands Loos nach wie vor entschieden wird. Wäre aber auch die deutsche und französische Geschichte nicht so eng verflochten, so ist es doch klar, daß die Philosophie kein Vaterland hat, so wenig als die Freiheit und das Denken ein nationales Prärogativ ist. Dies ist der philosophische Grund. Der politische Grund, allen Patriotismus zu zerstören, ist die Freiheit. Die wiedererwachten Volksgeister, die Napoleon stürzten, sind die Protestation der Dummheit gegen die Revolution. Diese Dummheit nannte sich selbst Freiheit, aber sie war nichts als die Unabhängigkeit der dummen Völker. Unabhängigkeit von einem Tyrannen ist eine elende Freiheit; — man hat dafür auch nur Abhängigkeit von Philistern eingetauscht. Bildung, Humanität im Staatsleben und ein Staatsleben, das die Gesellschaft durchdringt — man sieht, wie wenig die siegreichen Nationalen davon wissen und wissen wollen. Ohne den Sturz des Patriotismus kann Deutschland nicht für die Freiheit gewonnen werden. Mit dem Patriotismus kann man es gegen jede Freiheit hetzen wie einen treuen Hund.)

Die Deutschen müssen den Humanismus als allgemeine Freiheit der menschlichen Gesellschaft, als Kritik der Civilisation von den Franzosen, die Franzosen die Kritik der Religion von uns annehmen. Ich werde darüber ein Buch schreiben, um nicht mit Broschüren die Buchhändler zu ermüden, die Buchhändler, die nicht aus Propaganda, sondern nur aus Interesse die Sachen vertreiben. Wie viel oder wie wenig ich damit wirken kann, weiß ich in der That nicht. Es ist eine große Masse von Schriftſtellern dazu nöthig, und es will ſich bis jetzt noch nicht recht was zuſammenfinden. Aber anfangen muß man, und ich werde es thun auf die verſchiedenſte Weiſe mit einem Mal.

Da mich Marx verläßt, ſo weiß ich niemand, von dem ich noch etwas mit in die Sammlung aufnehmen könnte; auch denke ich darauf, der Publication den ephemeren Charakter zu nehmen und mancherlei von dem, was ich früher gearbeitet, ſpäter damit zu vereinigen. Viel= leicht findet ſich dafür ein Publicum.

Die Kölner haben für Marx perſönlich etwas gethan. Er ſollte hier ſchreiben, und er hatte den Plan einer Politik im Kopf, den er aber leider noch nicht realiſirt hat. Dann wollte er die Geſchichte des Convents ſchreiben und hat enorm dazu geleſen. Jetzt ſcheint auch das wieder zu liegen. Eine Zeitſchrift kann er nicht leiten, dazu iſt er zu umſtändlich. Es wäre auch Schade, wenn er nicht Bücher ſchriebe. Nun, wir müſſen das abwarten.

Werden Sie denn nun herkommen? Ich wünſchte es ſehr. Meine Frau vereinigt ihre Bitten mit den meinigen. — Wie ſchön könnten wir dann Alles mit einander beſprechen, und wie lange würden Sie Sich mit Vergnügen an Paris erinnern! Es verdient wahrlich ſeinen Ruf.

Herzliche Grüße auch an Ihre Frau von uns.

Ganz der Ihrige

A. Ruge.

Stahr wollte kommen. Es iſt aber heute ſchon der 9te Juli, und er iſt noch nicht da. Anfang Juli wollte er hier ſein.

221.

An Stahr.[1]

Paris, 11. Juli 44.

.... Es werden ſich neue Fichtes finden, die eben ſo ſchlechte Reden über die Freiheit halten und eben ſo ſchlechte Reſultate haben, nämlich unabhängige Fürſtenthümer ſtatt eines freien Volkes. Fichte

---

[1] Einzelne Sätze dieſes Briefes ſtimmen wörtlich mit dem Briefe vom 28. Juli 1844 S. W. VI 190 ff.

wußte früher, damals als er über die Revolution schrieb, was Freiheit
ist; in Berlin hat er es natürlich vergessen und weiß nur noch, was
„Nationalität" ist. Diese Nationalität habt Ihr nun, wohl bekomm's!
Sie besteht barin, daß nicht Napoleon, sondern Mieg und Schmidt und
Hinz und Kunz Euch Gesetze geben; Menschen, die gar nicht existiren in
der Geschichte der Menschheit, sind Eure Herrn. Hättet Ihr doch Napoleon
behalten! . . . .

Du drohst mir mit einer Ausstoßung aus der deutschen Nation.
Hast Du je gehört, daß man einem gedroht hat, man werde ihn zum
Gefängniß hinaus werfen? Oder soll ich fortfahren, deutscher Journalist
zu sein? Nachdem der Bundestag mich persönlich verboten? Also aus-
ländischer Journalist für Deutschland? Das geht nicht, 1) weil es zu
theuer ist, 2) weil die Deutschen es nicht verlangen und mit dem Bundestage einverstanden sind, 3) weil es an freien und zugleich partheifähigen
Männern fehlt, 4) weil ich die Journalistik jetzt lange genug getrieben
habe. Also was folgt, das ich nun noch thun kann? Leben, studiren,
schreiben, frei zu werden und zu machen suchen. Ich wüßte nicht, was
sonst noch. Und denkst Du, daß alles dies hier in Paris schlechter geht
als in Dresden? Wenn es finanziell möglich ist — und ich suche es zu
machen — so ist es gewiß an keinem Orte der Welt möglicher als
hier . . . .

Du thust mir Unrecht, wenn Du meinst, ich wäre erbittert: Les
hommes sont ce qu'ils peuvent être: toute haine contre eux est injuste,
et un sot porte des sottises comme un sauvageon[1]) des fruits amers.
Ein unterjochtes Land kann unmöglich eine wahre und freie Litteratur,
es kann nicht einmal freie Gedanken haben. Das ist zu allen Zeiten
der Fall gewesen . . . . So wagt Helvetius den französischen Despotismus
nicht Despotismus zu nennen, ja, er widerruft alles, was in seinem
Buche[2]) gegen das Christenthum wäre, obgleich es gar keinem Zweifel
unterliegt, daß sein ganzes Buch mit dem Christenthum wirklich so un-
verträglich ist, als es die Pfaffen rochen. So hat Kant nie seinen
Republicanismus, Hegel nie seinen Atheismus rein herausgesagt.
Warum? Die Luft macht leibeigen. Der Boden macht frei, den ein
freies Volk bewohnt . . . .

Ueber Heine bist Du ebenfalls sehr im Dunkeln. Seine politischen
Satiren sind darum gut, weil wirklich Stoff zur Satire vorhanden, und

[1]) Wildling.
[2]) De l'esprit erschien 1758; im folgenden Jahre wurde es auf Befehl des
Parlaments öffentlich verbrannt und Helvetius zum Widerruf genötigt.

er witzig genug ist ihn zu benutzen. Diese Ironie hat einen Inhalt; die Freiheit, die nicht existirt, kann sich zu der Existenz nur ironisch verhalten. Er macht viele hübsche Satiren und muß mit diesem Genre nothwendig noch einmal Glück machen; wenn die Gegenwart zu niederträchtig wäre, dann bei den Nachkommen. Er ist einer, der jetzt dichten kann. Er hat keinen Enthusiasmus und braucht keinen zu seinem Witze. Wenn die Witze an der Tagesordnung sind, so ist die Freiheit hinter die Coulissen gegangen . . . . Herwegh dagegen, der nun sieht, daß in Deutschland durch seine Lyrik kein Freiheitspathos realifirt werden konnte, ist in die traurigste Blasirtheit verfallen. Er kneipt en grand seigneur und läuft alten Weibern nach. Er kann jetzt nichts Neues dichten. Die communistischen Unruhen in Schlesien müßten ihn denn anregen. Aber auch darin ist ihm Heine zuvorgekommen. Höre . . . .[1])

Ich will morgen ein Exemplar der Revue an Dich abgehn lassen . . . . Ich gebe Dir zu, daß das Unternehmen gescheitert ist. Auch insofern ist es gescheitert, als ich nicht im Stande gewesen bin, meinen Plan, den Du nun gelesen hast, auszuführen, und nicht die Schriftsteller zu finden sind, die ihn ausführen könnten. Die doctrinären Sachen in der Revue sind wichtig, aber sie sind ganz verkehrt stylisirt, theils zu roh, theils zu künstlich; zu roh die nicht von Marx, zu künstlich Marxens Epigramme. Seine Aufsätze haben diese Form. Man hätte im Verlauf diese Unform und Ueberform verlassen müssen; der Verlauf ist nun ausgeblieben. Ich konnte beides nicht hindern. Erstlich mußte ich die andern singen lassen, wie ihnen der Schnabel gewachsen war, zweitens war ich selber krank, drittens kam mir das Sitzenbleiben mit der Buchhandlung so unerwartet wie jedem andern . . . . Viele Grüße von mir, auch von meiner Frau, die Dich noch zu rüsseln hofft . . . . darüber, daß Du zu den „Nationalen“ abfällst und mit Mosen und den Propheten unter die Biedermänner gehst. Antworte mir bald.

A. Ruge.

---

[1]) Es folgt hier Heines Gedicht „Die armen Weber.“ Vgl. Heines Werke Bd. XVII 249; vgl. auch K. Biedermann „Dreißig Jahre deutscher Geschichte.“ Bd. I S. 157 f.

222.

An seine Mutter.

Paris, 28. August 1844.

Liebe Mutter. .... Ich lege Dir 2 Briefe von Duncker und Schwarz bei, aus denen Du siehst, wie sich die alten Freunde weiter entwickelt haben. Nun bin ich auch den kleinen Bernays[1]) los, der bisher immer hin- und herlief und sich jetzt überzeugt hat, daß ich die alte Welt noch viel zu gut finde, namentlich die wilden und heimlichen Esel, und dergleichen nicht billige.... Vorgestern sah ich den alten Oehlenschläger,[2]) den Poeten und Professor aus Copenhagen, und kam unglücklicherweise mit ihm in Streit, weil ich sagte, die Griechen und Italiener wären schöner und gescheidter als die Deutschen. Er ist ein Däne und schwärmt für den Norden, wozu er Deutschland noch mit rechnet. Rußland will er aber nicht in den Kauf nehmen ....

223.

An seine Mutter.

Paris, den 6ten October 1844.

Gestern vor'm Jahr, liebe Mutter, reis'te ich von hier nach Deutschland ab, um herzuziehn, heute bin ich ziemlich fest entschlossen wieder zurückzukehren und höchst wahrscheinlich nach Dresden, wo ich für diesen Fall mir mein Bürgerrecht habe reserviren lassen. Frankreich ist viel schöner und humaner als Deutschland, Paris der interessanteste Punkt der Welt; aber es würde mir hier auf die Länge zu theuer, und ich bin nicht im Stande, wie ich gedacht habe, mich hier so einzubürgern, daß ich hier etwas verdienen könnte. Dennoch will ich bis im

---

[1]) Ferdinand Coelestin Bernays, Herausgeber des „Vorwärts", hatte für die Deutsch-frz. Jahrbücher geschrieben: „Schlußprotokoll der Wiener Ministerial-Konferenz vom 12. Juni 1834 c." (S. 126 ff.) und „Deutsche Zeitungsschau" (S. 215 ff.).

[2]) Adam Gottlob Oehlenschläger (1779—1850), war 1805 in Deutschland und dort in Verkehr mit Fichte, Schleiermacher, Goethe und Tieck gewesen; seit 1810 war er Professor der Aesthetik in Kopenhagen. Vgl. über Ruges Unterhaltung mit ihm S. W. V 409 ff.

Juni künftigen Jahres hier bleiben und mich nach allen Seiten hin unterrichten. . . . Seit dem Scheitern aller der Pläne, die ich auf Paris und meine damaligen Freunde gebaut hatte, betrachtete ich mich wieder als einen Fremden und einfachen Reisenden in Frankreich. Ich habe seitdem die Franzosen in und außer Paris kennen zu lernen˙ gesucht und ihre Litteratur schätzen gelernt. Die Rohheit und Gemeinheit der hiesigen Deutschen dagegen lehrt einen die Philister der Heimath und ihre philisteriöse Humanität schätzen. Denn die hiesige Genialität der Deutschen ist theils Verrücktheit, theils Niederträchtigkeit, immer Gewissenlosigkeit. Man kann das nur mündlich mit Beispielen belegen. Meine Achtung und Liebe zu den Franzosen hat sich dagegen keineswegs vermindert, sondern nur ge= steigert. Ich würde gern in Paris bleiben, wenn es sich thun ließe, aber es ist durchaus unmöglich, da ich durch Fröbel und durch die Tollheit, in der die Jahrbücher untergegangen sind, die Hälfte an den Einkünften verliere, auf die ich gerechnet hatte. . . .

Du betrachtest uns also von heute an nicht als Auswanderer, sondern als Reisende, und wirst Dich um so mehr über unsere Fahrten freuen. Wir sind gestern von einem Ausfluge nach Orleans und die Loire hinunter bis Tours zurückgekehrt.[1]) Die ganze Fahrt mit Dampf kostete uns noch nicht 7 Louisd'or, und dabei sind wir immer noch als Unerfahrene hie und da theurer weggekommen. Du kannst Dir gar keine Vorstellung machen von der Schönheit und Milde des Landes und des Klimas und von der Liebenswürdigkeit der Leute, die dieses Paradies be= wohnen. Alle Ufer voll Wein, alles Garten mit Mandeln, Feigen und andern Südfrüchten. Dann wieder schöne weite Wiesen voll Vieh von stattlichem Wuchs. Im October noch heiße Sonne, und alles so elegant gebaut und gehalten. Wir waren in Oleans bei einem Hugenottischen Pastor, Herrn Duchemin, der sich sehr eifrig nach der deutschen Philo= sophie und Theologie erkundigte, und der darum für Preß= und Lehr= freiheit war, weil „die Pforten der Hölle nicht den Sieg davon tragen und Gott Alles richtig regieren würde," was sehr merkwürdig ist, wenn man bedenkt, wie stiefväterlich Gott in Frankreich mit diesen armen Teufeln von Hugenotten verfahren ist. Ein anderer Pfaff' sagte mir, sie bekehrten viele Katholiken und würden noch ganz Frankreich bekehren, ein ganz lächerlicher Glaube. Es wäre auch ein rechtes Malheur, wenn sie es könnten. Merkwürdig war es nun, wie der Mann, Herr Duchemin, uns in die katholische Kirche führte, wo eine schwarze

---

[1]) Zum Folgenden vgl. „Eine Fahrt in die Touraine". S. W. V 347 ff.

und eine weiße Jungfrau Maria angebetet wurde. Die schwarze thut die meisten Wunder. Hier war er nun auch Ketzer; er konnte sich des Mitleids nicht enthalten, und es fiel ihm nicht ein, daß er selbst einen schwarzen und einen weißen Mann, den Herrn der Höllen- und der Himmelspforten, anbetet. Er segnet den Kaffee und den Thee, das Brot und die Butter, wenn es zum Frühstück geht. Ich habe mich sehr gut mit ihm unterhalten und hoffe, daß er meine Unchristlichkeit nicht gemerkt hat, obgleich ich ihm ganz offen den Stand der Dinge in Deutschland erzählte. Nur das Eine verschwieg ich, daß ich selbst zu denen gehörte, die nur Eine Vernunft für möglich hielten, die des Menschen. Von dem König von Preußen hatten sie die besten Hoffnungen. Beide Pastoren meinten, er würde vielleicht seinen Willen kriegen, daß sich alle deutschen Christen um ihn vereinigten; il est pieux, er ist fromm, sagten sie. . . .

Der Prozeß gegen den Redacteur des „Vorwärts," einen gewissen Bernays, ist noch nicht eröffnet. Es wird nicht viel dabei heraus kommen, höchstens jagt man ihn fort. Das „Vorwärts" ist durch ihn noch schlechter geworden, als es schon war.

Fleischer war 3 Wochen bei uns. Er ist sehr steif geworden, doch glaub' ich, daß er es ehrlich mit mir hält. Es war mir sehr verdrießlich, daß er mit Marx und Consorten verkehren mußte. Er kannte Marx von Cöln her und butzt sich mit ihm. Das gab viel unangenehme Erörterungen, da Marx ein ganz gemeiner Kerl und ein unverschämter Jude ist, der kein Mittel unversucht ließ, um Fleischer glauben zu machen, ich sei eben so niederträchtig wie er und seines Gleichen. Jetzt weiß ich, daß ich niemand wieder zu mir ins Haus lasse, der nicht ganz auf meiner Seite ist. Denn nichts ist ärgerlicher, als einen Gast zu haben, dessen Freundschaft man sich alle Tage von neuem erkämpfen muß.

Viele herzliche Grüße.

Von ganzer Seele

Dein treuer Sohn

Arnold.

224.

An Fröbel.

Paris, den 16ten October 1844.
30bis rue Notre Dame de Lorette.

Lieber Freund,.... Unser Dresdner Plan und die Pariser Litte=
raturprojecte sind gescheitert. Wenn eine zweite Aufathmung des deut=
schen Genius zu erwarten ist, so kann Zürich immer noch einmal eine
Rolle dabei spielen; ich halte es daher für wesentlich, daß Sie mit Ihrem
propagandistischen Eifer das Heft frei in der Hand behalten, daß Sie
Sich aussparen und vor allem, daß Sie sich consolidiren. Benutzen wir
die Zwischenzeit zu stiller Sammlung der geistigen und materiellen Kräfte,
der Erfahrung und der Routine. Wir werden dann weiter kommen, als
wir das erste Mal gekommen sind. Ziehen wir also den Karren all=
mählich wieder aus dem Dreck, und fangen wir ganz bescheiden wieder
von vorne an!

Das Weiterführen der Bewegung in der Richtung des Enthusiasmus
ist schon seit mehreren Monaten unmöglich, das Herunterfinken in eine
Kritik ohne Charafter und ohne Gewissen und in eine Satire ohne alle
Sympathie für große gemeinsame Aufschwünge ist ein vorübergehendes
Spiel der Verzweiflung und des herzlosen Individualismus. Wie wird
sich die Sache wenden?

Es ist gar nicht zweifelhaft, daß ein Zusammennehmen aller dis=
paraten Elemente und namentlich die Aufnahme des französischen sozial=
öconomischen in das deutsche isolirt=theoretische Wesen einen neuen, tiefer
greifenden Effect in Deutschland hervorbringen wird, als die philosophische
Bewegung, die wir hinter uns haben, erreichen könnte.

Dies bereitet sich in und für Deutschland vor. Es ist zugleich eine
neue Formbildung. Wir werden uns der französischen Klarheit und
Humanität befleißigen müssen.

Ich habe an den Studien, die ich hier mache, viel Freude; und wenn
ich die ursprünglichen Verbindungen vergesse, so glaube ich für meine
Person meinen ursprünglichen Plan nur um so sicherer zu erreichen.
Man verliert seine Zeit, wenn man Pläne für Andere macht, die mehr
als eine äußerliche Handlung, die Studien= und Bildungspläne sind.
Aber man erreicht seine Absichten im Fluge, wenn sie mit dem allgemeinen
Bedürfniß zusammentreffen. Sie werden in einigen Monaten die Bei=
spiele zu dieser ars poetica vor sich sehn. Vielleicht sprechen wir uns

noch vorher; da ich nicht auf die Natur reise, so macht mir der Winter keinen Unterschied.

Aus Berlin habe ich viele interessante Mittheilungen. Heine's Wintermärchen ist voller Witz, Geist, Cynismus und, wie gewöhnlich, Subjectivismus. Natürlich muß er damit jetzt viel Glück machen. Es ist die gelungene Satire, wie Herweghs Epigramme, die mislungen waren. Aber es wäre schlimm, wenn die Satire und Aristophanes redivivus, so viel Geist auch dazu gehört, um nur einen Anklang davon zu geben, unser letztes Wort wären. Poetisch ist dies eben so wenig möglich, als philosophisch die Kritik das letzte Wort ist — versteht sich, daß weder der Poet ohne Witz, noch der Philosoph ohne Kritik sein darf.

Philosophie und Poesie ist nur insofern Auflösung, als die Auflösung Condensation ist; und die Wirkung, das Wort des Räthsels zu finden, gleicht vollkommen der Macht des Enthusiasmus. Beide realisiren den Menschen, soweit der Schwung seiner Zeit ihn trägt . . . .

Bakunin ist jetzt hier, wie Sie wissen, immer noch guter Hoffnung und guter Dinge, ein unverwüstlicher Humor; aber sein Schicksal scheint mir das zu sein, daß er nur gesellig, nicht öffentlich zur Existenz kommt. Es fehlt ihm nichts im Salon, es fehlt ihm überall in der Wissenschaft und in der Atmosphäre der — fremden, ihm wenigstens nicht heimischen Litteraturen. So schwer es ist, in seiner eigenen Sprache die Herzen aller Hörer zu zwingen, so unmöglich ist es vielleicht, in Einer fremden, geschweige denn in mehreren, dies zu thun. Dagegen ist es belohnend, seine eigene Form an einer fremden, vollendeteren auszubilden. Fink[1] könnte manchmal etwas freier übersetzen; im Ganzen liest sich das Buch gut, und ich zweifle, daß Buhl ihn übertrifft. Diese Berliner sind keine großen Künstler, und die es sind, z. E. Kopisch und Gruppe,[2] sind ohne Bildung und Freiheit im Sinne der Philosophie.

Doch genug. Leben Sie wohl! Schreiben Sie mir über meinen Vorschlag oder Einfall, wenn Sie wollen.

οὐκ ἀγαθὸν πολυκοιρανίη· εἷς κοίρανος ἔστω.[3]

Arnold Ruge.

---

[1] G. Fink gab eine Uebersetzung von Louis Blanc's „Geschichte der zehn Jahre 1830—1840" heraus.

[2] Kopisch hatte Dante übersetzt und italienische Volkslieder herausgegeben; von Gruppe war erschienen: „Die römische Elegie." 2 Bde. Leipzig 1838.

[3] „Nimmer Gedeihn bringt Vielherrschaft; nur einer sei Herrscher!" Citat von Ilias 2, 204.

225.

An Fleischer.

Paris, 20. Oct. 1844.
30 bis rue Notre Dame de Lorette.

.... Bakunin hat mich hier besucht. Er ist schon so sehr dem Deutschen entwöhnt, daß er Fehler über Fehler macht und die Worte nicht mehr findet.... Bakunin ist immer der alte liebenswürdige Kerl. Ich lasse ihm gern seine Freiheit, und seine liederlichen Confessionen sind als slavisches Erbtheil vollends in Paris nicht in Anschlag zu bringen. Hier im Quartier Montmartre geniren mich seine Verbindungen mit dem Faubourg St. Germain nicht im Geringsten. Er sagte, er ginge nicht mehr ins Estaminet und wäre sehr fleißig. Deutschland wird er nicht wieder besuchen, selbst wenn die Revolution in 3 Monaten wirklich erfolgt, wie er vermuthet, also im Februar schon alles communistische Einrichtungen trifft.

Ich muß gestehn, daß ich allmählich auch daran denke, eine andre öconomische Einrichtung zu treffen, obgleich ich nicht 3, sondern 6 Monate, nämlich Ostern, zum entscheidenden Zeitpunct gewählt habe. Sollte Bakunin recht haben und der Communismus schon in 3 Monaten die Verfassung der Welt sein, so bin ich es sehr zufrieden, meiner Privatöconomie überhoben zu sein; nur muß ich gestehn, das ich Bakunins' Oeconomie für keine sehr öconomische und die der dii minorum gentium für etwas schmutzig halte. Man kann mit diesen Schweinen nicht in Industrie und Oeconomie sociale leben; oder werden sie sich im Phalanstère und in dem Palais de la communauté besser waschen als in der Industrie morcelée? — In der That, wenn das Baden und Waschen mit auf den Etat gesetzt und als Gemeindeangelegenheit betrieben wird, was es alsdann wird, so gewinnt eine Menge Menschen ein menschlicheres Aeußeres.

Haben Sie meines Bruders Schwägerin kennen gelernt? Sie ist mit Seydel,[1] dem Verfasser der Staatskünstelei und Staatskunst in den Jahrbüchern, verlobt. Schade, daß Sie diesen Mann in Berlin nicht mehr vorgefunden haben. Er würde Ihnen noch besser als selbst Duncker gefallen haben. Duncker geht in dem Universitätskram unter.[2] Die kleinen Umtriebe der Professorenwelt reißen sehr hin,

[1] Vgl. S. 302.
[2] Duncker war seit October 1842 außerordentl. Professor in Halle.

wenn man einmal darin steckt. Seydel dagegen hat viel staatsmännische
Freiheit und neben großer Detail- und Personenkenntniß einen sehr
freien Blick....

Von Herzen wie sonst

der Ihrige

A. Ruge.

226.

An seine Mutter.

Paris, den 23. Oct. 44.

30 bis rue Notre Dame de Lorette.

.... Wegen meiner litterarischen Streitigkeiten mache Dir keine
Sorge. Ich werde diesen Lumpen nicht unterliegen; das Publicum
durchschaut bie Charactere immer, und die Art und Weise, wie ich bisher
geschrieben und gelebt habe, läßt es sich nicht schlecht machen. Die
Zukunft aber habe ich in meiner Gewalt. Eher würde ich den Spaten statt
der Feder ergreifen, als eine andere Sprache führen wie die, welche mir
meine Stellung in der Welt verschafft hat, die Sprache, die rein im Dienst
der guten Sache steht. Meine Person ist Bauer und Marx und wer
sonst sich noch daran macht, nicht erreichbar, denn sie ist mir nie der
Zweck und das Augenmerk gewesen. Meinen Ansichten aus früherer
Zeit bin ich zum Theil selbst entwachsen. Aber die Lehre, daß Gemeinheit und Niederträchtigkeit, Rohheit und Liederlichkeit das Wahre und
Freie wären, — die nehme ich für mein Theil nicht an und prophezeihe
den Schurken, die so die Freiheit schänden, nichts als einen schnellen
Untergang durch ihre eigne Verruchtheit und Verrücktheit. Man muß
die Carricaturen der eignen Richtung immer sich selbst überlassen. Man
kann nicht ohne Kraftverlust gegen sie auftreten. Selbst die Excesse
machen den Gegnern der Freiheit zu schaffen, denn sie machen die
Mäßigung und die wahre Form populär. Wie die Mistöne in der
Musik die Harmonie nur um so schöner machen, die ihnen folgt, so ist
es auch hier. Die Verrücktheit findet Anhänger, aber die ganze Welt
verrückt zu machen ist nicht einmal dem Christenthum gelungen. Man
hat sich den Unsinn immer vernünftig ausgelegt, wo man ihn nicht tapfer
weggeworfen hat....

Dein

Arnold.

24*

227.

An seine Mutter.

Paris, d. 12. Nov. 1844.

.... Du siehst, liebe Mutter,[1] wie Agnes sich goldne Berge träumt und vollends von der Zukunft Deutschlands! Damit hat es leider gute Wege. Man muß sich überall mit der Gegenwart einrichten, und wäre sie auch so schlecht als die unsrige. Ich kann nun vollends in Deutschland keinen äußerlichen Erfolg erwarten; glücklich genug, wenn die Reactionäre mich nicht persönlich verfolgen! Das Publicum schützt seine Advocaten noch lange nicht, und wollten die Regierungen so brutal sein, wie die Philister es wünschen und zulassen, sie könnten Scheiter= haufen und Schaffotte aufrichten, so viel sie möchten, von den Gefängnissen gar nicht zu reden. Sachsen ist noch ziemlich neutraler Boden; aber eben diese Neutralität verspricht dem keine glänzende Zukunft, der sich auf sie angewiesen sieht. Die schweinische, egoistische und gemeinpersönliche Richtung, die hier und in Berlin die Freien und Communisten einge= schlagen, bringt mir einen gründlichen Ekel gegen dies Gesindel bei. Sie sind eben so nichtswürdig als ihr Gegensatz in den deutschen Zeitungen. Zum Glück erschöpft sich die Welt nicht in diesen beiden Cliquen und Gegensätzen, obgleich unsre Zeit schuld daran ist, daß immer eine Ver= worfenheit die andere überbietet, die uncensirte die censirte und die censirte alles Mögliche.

Die Heinischen „Neuen Lieder" sind ebenfalls eine Probe unsres geistigen Elends, und je wahrer diese Satiren sind, desto kläglicher steht es um die Freiheit und um die Menschheit, die sie hervorgebracht. Ich habe im Telegraphen eine Kritik darüber geschrieben, es ist aber nicht wahrscheinlich, daß sie erscheint, da ich seit 3 Wochen nichts davon höre oder sehe.....

Von Herzen

Dein

Arnold.

---

[1] Die folgenden Zeilen sind die Nachschrift zu einem Briefe von Arnolds Gattin an dessen Mutter.

228.

An Fleischer.

Paris, 30 bis Notre Dame de L. 23. Nov. 44.

Mein vielgeprüfter Freund,

.... Ich lese Chateaubriands vie de Rancé, des Stifters des Trappistenordens, und bewohne ein Zimmer, das ich füglich, wenn auch nicht für einen Sarg, wozu es zu sonnig ist, doch für eine Haubenschachtel ausgeben könnte. Sind Sie nun mit mir zufrieden? Doch Scherz bei Seite, wie merkwürdig, daß dieser Mann, der die Reaction mit seinem Genie du Christianisme[1]) so geistreich eingeleitet, nun am Rande des Grabes[2]) fast zum Skeptiker wird. Auch die andern Christen, wie Quinet,[3]) der einen Unterschied zwischen Ultramontanismus und Christenthum macht, kommen auf Voltaire zurück; sehr gern möchten sie von uns Deutschen etwas wissen, wenn es nicht so langwierig wäre. Edgar Quinet ist auf der Stelle, wo wir mit der Vertheidigung des Protestantismus und der christlichen Bildung 38 und 39 waren. Es lag uns nichts an diesen Kategorieen, aber wir hielten sie für brauchbar, um unsern Wein in ihre Fassung zu füllen. Dann fragte sich's, was ist Religion? und wie wir damals sagten: Treue gegen die Idee, Charakter, praktisches Pathos — so nennt sie Quinet jetzt Liebe zum Guten, verve und sève morale. Die Kritik der Religion ist von den Franzosen politisch und belletristisch lange vor uns geübt, aber als mit systematischer Religionsphilosophie werden sie noch einmal sich damit befassen müssen; es drängt Alles darauf hin.

Versäumen Sie nicht Custine über Rußland[4]) zu lesen. Wie merkwürdig ist hier nun wieder die Schilderung der gebildeten Russen! Man sieht immer Bakunin vor sich, als wenn er ihm gesessen hätte. Ich traute meinen Augen nicht. Meine Ausnahme sind' ich hier als Typus wieder! So allgemein ist die Kultur in den vornehmen Familien. Sie wissen über Alles superiör zu sprechen. Lesen Sie das Buch und überzeugen Sie sich. Nur freilich werden wenige unter ihnen Hegelianer sein, und den Unterschied des Charakters setz' ich natürlich voraus.

---

[1]) Erschien 1803.
[2]) Chateaubriand starb am 4. Juli 1848 im Alter von 80 Jahren.
[3]) Edgar Quinet (1803—1875), hatte 1844 veröffentlicht: L'ultramontanisme ou la société et l'église moderne.
[4]) Astolphe Marquis von Custine hatte 1843 herausgegeben „La Russie en 1839."

Bakunin hab' ich einmal bei mir gesehn. Wir unterhielten uns über
Herwegh, der wieder hier ist, und Bakunin, der ihn sehr liebt, schien
mich mit ihm aussöhnen zu wollen. Doch ist das nicht gut thunlich, da
wir uns nicht feind sind, sondern nur nicht zu einander passen. Ich
sagte ihm, daß ich Herwegh zuletzt besucht hätte und nun seinen Besuch
erwarten würde, ich glaubte aber nicht, daß er kommen würde. Bakunin
versicherte, er spräche immer mit der größten Freundlichkeit, wenn er auf
mich käme, und ich bedauerte, daß diese Spannung existirte, erklärte mich
aber unzufrieden mit Herweghs Richtung und Poeteneitelkeit, die ihn vorzüglich an die S[tern?][1]) gefesselt. Bakunin meinte sehr fein: „Freunde
kritisirte man nicht." Ich: „Aber wenn man von den Freundinnen der
Freunde angegriffen wird, so wird man kritisch gegen den Freund, unter
dessen Augen solche Angriffe geschrieben sind." Bakunin: „Herwegh
ist ein nobler Charakter." Ego: „Er ist nobel, aber er sollte mehr
Charakter sein." Bakunin: „Wie so?" Ego: „Er fällt von sich ab in
seinem jetzigen Leben und in der Blasirtheit, denn seine Poesie, was
poetisch an ihm war, das ist sein Glaube, sein Pathos." Bakunin:
„Sie werden doch seine Neigung zur S[tern] nicht auf die Moral ziehn
und seine Verzweiflung an Deutschland oder an der Politik — nun das
ist eine Calamität Deutschlands, wenn er es Ursach hat, und seine eigene,
wenn er sich irrt." Ego: „Jedem stehn seine Neigungen frei, so lang'
er sie nicht engagirt hat; wenn aber eines Menschen ganze öffentliche
Existenz die Zuversicht ist, so nimmt er sich privatim mit der Blasirtheit kläglich aus. Oeffentlich streckt er Pückler in den Sand, privatim
ist er Pückler bis zum Leichengeruch des Patscholi und zur Quengelei
über das Essen herunter. Uebrigens ist es nicht nöthig, daß Deutschland
hoffnungsvoll sein muß, um einem Menschen seine Positivität und sein
Pathos zu erhalten; in der Politik ist es nicht anders als in der ganzen
sittlichen Welt. Der Dichter darf sich durch die Existenz der Calamität
nicht niederschlagen lassen. Dichten heißt eben die Calamität aufheben,
nicht in der Existenz, aber im Kunstwerk. Wenn also unser Freund noch
Mark in den Knochen hat, so wird er auch wieder an's Werk gehn."
Bakunin: „Er hat viele hübsche Verse aus der Schweiz mitgebracht
und ist ganz erfrischt zurückgekehrt."

Ich sagte, daß nichts wünschenswerther wäre als das. — So ungefähr unterhielten wir uns. Sie sehn Bakunin's noble Rouerie in
der Freiheit zur Liederlichkeit, die er für jeden in Anspruch nimmt —

---

[1]) Vgl. S. 359.

nicht de facto, das kennen wir — nein, als Maxime, und dabei diese Liebenswürdigkeit und Humanität! Man schämt sich seiner Engherzigkeit, und doch ist mir die Lieberlichkeit als Maxime und die Blasirtheit als geniale Aristocratie so widerwärtig als die permanent erklärte Kräße, während ich es begreife, daß einer einmal zur Kräße gekommen sein kann, so oder so, ohne daß er darum ein Schwein per Maxime ist.

Vor einigen Wochen kam auch Heine wieder Er hat mich besucht. Er wünscht, daß ich ihm in Deutschland etwas beistehn möchte, weil er es schmerzlich empfindet, daß er sich damals mit dem Buch über Börne um allen Credit gebracht. Denken Sie, er bat mich sogar, ich möchte Stahr über seine Gedichte schreiben. Er fürchtet, daß Stahr ihn noch einmal verbonnern hilft. Denn verbonnern müssen sie ihn, er ist zu „übermüthig,“ zu hochverrätherisch, zu gottlos. Sie wissen, daß ich seine Satiren für gut halte, ohne seine Niederträchtigkeit gegen Börne und Frau Strauß und was er sonst dergleichen fähig ist, zu vergessen; ich habe über die „Neuen Lieder“ und „Die Reise durch Deutschland“ ein paar Worte an den Telegraphen geschickt; vielleicht werden sie darin abgedruckt, vielleicht sind sie nicht censurfähig; ich habe den Sinn für dies edle Institut ganz verloren, ohne daß ich eigentlich hier in die Uebung gekommen wäre. . . .

Aber sagen Sie mir, warum greifen Sie meinen Nachbar Ribbentrop an? Er ist ein Aristocrat von Geburt und Erziehung. Er ist gebildet und umgänglich, . ja er ist humaner als unsre hiesigen Freunde, mit denen zusammen wir den Humanismus zum Princip und System erheben wollten. Der humanste nach ihm wäre Bakunin, der nur die Menschen verachtet und verächtlich behandelt, die ich nicht so zu behandeln Lust habe. Ribbentrop ist so gut als Böbkin und besser als die meisten andern Nachbarn und Kneipgenossen von Bakunin; aber Bakunin fand Bernays unter aller Würde, als er ihn damals in unserer Gesellschaft traf, und er ertrug und erträgt ihn jetzt, da er, Bernays, glücklicher Weise nicht mehr in mein Haus kommt. In Dresden machte er es so mit Dr. Köchly und Keßler, und mit wem ging er selbst um? Mit Bülow und Baron Ploch und mit der Dresdener Aristocratie. Das Volk studirte er auf der Vogelwiese. Ribbentrop seh' ich allerdings jetzt öfter und plage mich sogar manchmal mit seinen Problemen, die keine sind; aber ob einer umgänglich und human ist, das ist eine ganz andre Frage, als ob er Geist hat oder bedeutend ist. Die öffentliche Bedeutung unsres Freundes Bakunin wird mir aber nach und nach eben so problematisch als die von Ribbentrop. Es sind nun schon so viele Jahre vergangen über den Plänen, die er ausführen will, daß ich fürchte, es vergehn auch die übrigen Jahre auf diese Art. Indessen ist immerhin seine Privatbedeutung etwas Gutes und seine Person sehr liebenswürdig. Nur ist so eine deutsche Freundschaft, die mehr auf der Gewöhnung zu einander als auf der „Bedeutung" beruht, nicht mit ihm möglich, für seine Russen wohl, aber für mich nicht, weil leider zu mir ihn auch die „Bedeutung" geführt hat, die er mir zuschrieb, als er nach Dresden kam."

Vischer hat seine Aufsätze aus den Jahrbüchern gesammelt[1]) und eine Vorrede dazu geschrieben, die sehr schwäbisch und kleinstädtisch ist. Diese Clique von Schwaben in Schwaben ist ihm die Welt, und Hochverrath ist es von uns gewesen, daß wir Bauer gegen Strauß schreiben ließen; wir hätten Strauß „gemishandelt". Wie dumm! Es ist nie anders als mit Achtung und Anerkennung von Strauß gesprochen worden, selbst von Bauer nicht. Bauers Verdienst kann er durchaus nicht entdecken, und nichts ist ihm von diesem Menschen übrig als seine jetzige hohle und haltlose Dialektik. Richtig nennt er die Schwaben „Hyperdeutsche" oder Ultradeutsche (ich citire nicht wörtlich).[2]) Die Solidität und die Langsamkeit ist zu groß; aber die Solidität ist gegen die Hyperkritik, gegen die Kritik der Kritik, gegen die reine Sophistik allerdings golden und die Langsamkeit gegen das rasche Ankommen im Nichts der Sittlichkeit und im Nichts des Wissens allerdings eine Tugend. Sie werden wieder sagen, Sie wären hierin ruhig und exspectativ, ich irritirt. Ja, ich bin irritirt gegen das schwäbische und ultradeutsche Wesen sowohl, als gegen die infame Proclamation der Willkür, weil mich beides im Innersten verletzt, mir die Kühnheit zum Skandal und die Haltung zur Philisterei verzerrt; und dennoch ist weder eine Kunst noch eine Wissenschaft noch eine Tugend auf der Welt ohne Haltung und ohne Kühnheit. Wenn ich's erlebe, so profitir' ich noch von dieser Erfahrung, und allerdings weiß' ich weder das erste Ergreifen des humanisirten Princips noch den Hemmschuh gegen die absolute Willkür zurück. Es ist verrückt, der Welt beweisen zu wollen, daß nun plötzlich kein Mensch ein wirklicher Mensch ist oder „alles, was ist, das ist unvernünftig." Dagegen muß man nothwendig den alten Gegensatz aussprechen, und

---

[1]) „Kritische Gänge" (Tübingen, 1844); zum Folgenden vgl. besonders S. XII f. Vischer sagt da, die H. J. hätten ein Übereilungsprinzip in sich getragen, in welche sie sich zuletzt so überstürzten, daß sie untergegangen wären, wenn sie auch nicht ein Gewaltstreich gemordet hätte.

[2]) Vischer nennt sie S. XV „potenzierte Deutsche."

leider wird dieser Zauberspruch Hegels reactionär, sobald man auf ihn pointirt. Die Wahrheit ist: Alles Unvernünftige ist vernünftig und alles Vernünftige unvernünftig; das heißt aber einmal theoretisch, das andre mal practisch verfahren. Die Theorie, die Alles unvernünftig findet, ist verrückt, denn sie ist selbst im unvernünftigen „Alles,“ hat also kein Kriterium mehr; die Praxis aber, die nicht mit der ganzen Geschichte brechen wollte, wenn wirklich ein radicaler Schritt zu einem neuen Princip gethan ist, würde nicht von der Stelle kommen.

Zum Menschen kommt die Theorie zurück; — um nun die Welt auf diesen ihren Grund zurückzuführen, muß sie allerdings total erneuert werden; aber sie wäre unfähig sich zu reformiren, wenn sie nicht ihren Grund, die Vernunft, selbst in der faulen Existenz noch an sich hätte. Merkwürdig, wie die Schwaben gleich reactionär wurden, als sie uns selbst an unsern Fehlern, der Bauerschen Hohlheit und Willkür (die aber in den Jahrbüchern nur noch Anlage und latent war), angriffen. Schlag auf Schlag folgte die Restauration der Theologie, der Romantik u. s. w. Denn da sie es merkten, daß sie nur eine Carricatur der Reaktion waren, gingen sie wieder vorwärts, eine alberne Polka! Wissen Sie, daß es eben so gefährlich für mich wäre, wenn ich jetzt die gewissenlose Kritik und die liederliche Auflösung angreifen wollte? Ich werde sie im Gegentheil, so sehr ich sie hasse, in Schutz nehmen und sie ausbreiten, wie man den Mist auf die Felder fährt. Ich habe darum Heine's Gedichte nicht an ihrer schwachen Seite angegriffen, obgleich ich sie kenne. Ich habe ihre Stärke einseitig hervorgehoben und den faulen Fleck, seine innerste Schweinerei, nur mit einem Spaß berührt. Ich werde nicht gegen Herweghs Blasirtheit, nicht gegen Bauers Unwesen schreiben. Man darf seiner eigenen Parthei Extravaganzen nicht in Schutz nehmen, aber auch nicht verfolgen. Man muß aber positiv die Haltung in Thaten ausprägen, wenn man es vermag. Ich erinnere Sie an Göthe's Selbstbeschränkung nach der Sturm- und Drang-Periode. Das ist jetzt zu wiederholen. Glücklich, wem es gelingt. Alle Stürmer par excellence haben das Schicksal des Kapaneus[1]) und der Terroristen. Heine's Satiren sind aber darin positiv, daß sie eine Realität treffen ....

Gestern nahm ich O. Wigand's Vierteljahrschrift, 3. Theil, von Renouard, mit, weil er in Preußen verboten ist. Der Artikel, der den Grund des Verbots enthält, ist gegen die Jesuiten und behauptet, daß

---

[1]) Kapaneus, einer der Sieben gegen Theben; als er beim Sturm auf die Stadt die Mauer erstieg und sich dabei rühmte, selbst der Blitz des Zeus werde ihn nicht von derselben vertreiben, wurde er vom Blitz erschlagen.

Alles unter der Oberleitung dieser frommen Leute stände, auch der König v[on] Pr[eußen] und Schelling. Denken Sie, dieser Aufsatz ist von Kapp und war vorm Jahre hier, um in den Deutsch-französischen Jahrbüchern zu erscheinen. Er ist zu dumm und zu schwafelig, ohne alle Thatsachen ganz à la Kapp und à la Professeur, so zopfmäßig als möglich. Kapp weiß den Teufel von den Jesuiten und von den Verbindungen, aber er riecht sie und macht sich zum Marat dieser Verräther. Wie können solche Dummheiten auch nur ein Verbot nach sich ziehn? Ich konnte sie nicht hinterwürgen, weder im Manuscript noch im Druck. Wigand hat 4 Louisdor dafür bezahlt und denkt, daß Feuerbach den albernen Aufsatz geschrieben hat. Feuerbach hat ihn wohl an Wiegand geschickt. Denn zu Feuerbach's Schwächen gehört seine Anerkennung Kapp's oder vielmehr der Kapp'schen Schriftstellerei,[1] wegen der Kapp'schen Persönlichkeit, die alle Achtung verdient, und wegen der Gelehrsamkeit Kapp's, die aber seine Schrift abgeschmackt macht.... Marx hat mehrere Kleinigkeiten im V[orwärts] geschrieben, anonym und ohne Werth, immer in dem alten geschraubten Hegelschen Jargon und mit seinem hohlen Hochmuth. Ob seine Brochüren und Bücher fertig sind, weiß ich nicht. Soviel ist klar, daß er an eine Universität gehörte. Er hat was von Echtermeyer und Kapp zugleich, anders als gelehrt kann er nicht wirken, und alle Mühe Kunstwerke zu schaffen wird nur .... Hieroglyphen für die Masse hervorbringen, wie die epigrammatische Einleitung in die Rechtsphilosophie. Warum giebt es bei uns in Deutschland keine Publicistik? Das wäre eine Aufgabe für ihn, wie die Rheinische Zeitung es beweis't. Aber auch diese Aufsätze sind für die Stubirstube und für die Kanzlei, nicht für die Masse. Das Project mit dem unseligen Vorwärts ist kindisch. Jetzt spuckt man schon aus, wenn es nur genannt wird, und man hat vollkommen recht es zu thun. Auch die Franzosen sind au fait. Der Proceß gegen B[ernays] scheint aus Verachtung vor dem Organ liegen zu bleiben. Heinzens Buch[2] war auch, in Fragmenten für die Jahrbücher bestimmt, in unsern Händen. Es ist unbegreiflich, wie rasch die Verfol-

[1] Bereits 1841 hatte Ruge an Feuerbach geschrieben (L. Feuerbach's Briefwechsel I 335): „Kapp .... ist zu nichts zu brauchen, er hat keine Form, keinen Takt und keine Sicherheit." Vgl. dagegen Feuerbach an Kapp (Briefwechsel zwischen L. Feuerbach und Chr. Kapp) S. 241 f. und S. 244.
[2] Peter, genannt Karl Heinzen (1809—1880), hatte um diese Zeit herausgegeben: „Die preußische Bureaukratie." Er war zuletzt Sekretär der Aachener Feuerversicherungsgesellschaft, begab sich aber, weil er fürchtete in Folge seines Buches verhaftet zu werden, zunächst nach Belgien, dann nach der Schweiz.

gung auf die secundäre Waare herabsinkt, wenn die principielle wegfällt;
doch mag viel Aergerniß für die Beamten darin stehn. Heinzen trägt
sich schon lange mit diesem Kinde, und nun muß die Geburt so schmerzlich sein! Ein guter Stil ist sehr gefährlich, sagte damals Börne; wenn
also Heinzen deutlich und interessant, namentlich im Detail, gewesen ist,
so ist die populäre Form, grade wie bei den 4 Fragen, wohl der Haupt-
anstoß. . . . .

Von Herzen

Ihr

A. Ruge.

229.

An Fröbel.

[Paris, November 44.]

. . . . Pruß Comödie[1]) ist ledern, vielleicht aber ein guter Verlags-
artikel, wie auch sein Märchen, was nicht minder schlecht war. Der
wahre Aristophanes ist Heine. Die andern haben alle keinen Witz, um
satirisch zu wirken. Hoffmann noch am meisten. Ein sehr geistreiches Buch
ist: „Der Einzige und sein Eigenthum" von Stirner bei Wigand.[2])
Die Schriftsteller werden immer kühner, die 2 Hefte der Deutsch-frz. Jahrbücher sind lange surpassirt durch Heines Gedichte und durch Stirners
Buch, die 2 bedeutendsten Erscheinungen der letzten Zeit. Das Vorwärts
geht ein, wenn es nicht 30,000 Frcs. Caution leistet. Es hätte
diesen Schritt längst von selber thun sollen. Wer nicht zu leben weiß,
muß sterben.

NB. So lange ich beim Litter.-Comptoir betheiligt bin, können Sie
Marxens etwanige Bücher nicht drucken, wenn er sie Ihnen ja anbieten
sollte. Sie wissen ohne Zweifel, wie ich mit diesem Menschen stehe. . . .

A. Ruge.

---

[1]) Die politische Wochenstube.
[2]) Max Stirner (Pseudonym für Kaspar Schmidt, 1806—1856), war eine Zeit
lang Gymnasiallehrer in Berlin gewesen.

230

An Fröbel.

Paris, 6. Dec. 1844.

Lieber Freund.... Ich habe es geflissentlich vermieden, Sie über meine hiesigen gewesenen Freunde und den endlosen Knäuel von kleinen Feindseligkeiten und großen Gemeinheiten, dem ich durch den Umzug in dieses Quartier endlich entgangen bin, aufzuklären. Ich werde Ihnen dies auch jetzt noch sparen können, wenn Sie meinen allgemeinen Ver- sicherungen Glauben beimessen wollen, was ich hoffe. Zuerst bin ich nicht gegen Sie verstimmt oder mißtrauisch; aber ich sehe aus Ihrem Briefe, daß es möglich wäre, daß ohne mein Vorwissen plötzlich ein „gutes Buch" von Marx, der nicht leicht etwas Schlechtes schreiben wird, im Litterarischen Comptoir erscheinen könnte; und es ist dies ein ganz besonderer Fall. Ich rechne auf Ihre Freundschaft, wenn ich Ihnen sage, daß die Befürchtung, Sie möchten durch Herwegh bewogen werden von Marx etwas zu drucken, mir durch den Kopf gegangen ist, und daß ich nicht einmal geglaubt habe, Sie wären dazu eventuell von selbst bereit. Sie schreiben mir, um mir alle Illusion zu benehmen, Sie wüßten von mei- nem Verhältniß mit Marx so gut als gar nichts; und dies erklärt mir Ihre Unbefangenheit. Marx hat, trotz meiner Bemühungen die Differenz in den Schranken des Anstandes zu halten, sie überall zum Exceß ge- trieben, er schimpft überall in beliebigen Ausdrücken auf mich, er hat zuletzt seinen Haß und seinen gewissenlosen Ingrimm drucken lassen, und alles das warum? Ich bin ihm die Ursache des gescheiterten Plans, er denkt nicht an die Excesse, die er auch da zum Principe machen und durchsetzen mußte; er verfolgt mich also eine Zeit lang als „Buchhändler" und als „Bourgeois." Endlich ist es dahin gekommen, daß die tödtlichste Feindschaft fertig ist, ohne daß ich meinerseits einen andern Grund weiß als den Haß und die Verrücktheit meines Gegners. Er ist jedesmal von irgend einem Haß besessen, und so lange ich ihm im Kopfe spuke, kann er ohne Injurien gegen mich nichts schreiben. Aber auch abgesehen da- von, er würde denken, mich zum Narren zu machen, wenn er bei uns was drucken lassen könnte, ohne mein Vorwissen und wider meinen Willen, und er würde sich eher erschießen, als daß er es mit meiner Bewilligung thäte.

Ich wehre es Ihnen nicht, von Ihrem Rechte gegen mich Gebrauch zu machen, aber Sie haben zwischen mir und Marx, zwischen seiner und meiner Freundschaft zu wählen. Jeder Mann, der unser Verhältniß kennt, wird Ihnen das bestättigen; ich hoffe aber, daß ich der Zeugen nicht bedarf, da hier ja weiter nichts nöthig ist, als daß ich in allem Ernst von Ihrer Seite keine empfindlichere Beleibigung er= fahren könnte, als ein Buch von **Marx** mit der Firma, an der ich Theil habe.

Wollen Sie Sich die Sache anschaulich machen, so stellen Sie Sich vor, als wenn Sie bloßer Commanditär wären und die Handlung druckte plötzlich Bluntschli's Schriften.[1]) Sie werden sagen: Bluntschli ist mehr als mein persönlicher Feind. Ich erwidere Ihnen: Das ist Marx auch, von Ihnen und von mir. So wie Bauer unser persönlicher und principieller Feind zugleich ist. Bauer ist der Feind unseres Charakters und unserer Principien; und Marx ist nur die potenzirte Bauer'sche Rich= tung, die gewissenlose, die grundlose Kritik, die Characterlosigkeit, die Untreue. die Wüstheit als Maxime. Daß beide sich zum Extrem des Liberalismus, zum Liberalismus als Exceß, als communistischem und critischem Exceß, bekennen, kann die Gegner des Excesses und der Verrücktheit nicht be= stimmen, sie für Freunde zu erkennen. Man wird den Exceß in seiner eigenen Richtung nicht angreifen, man würde dadurch reactionär, aber man wird ihn gehn lassen und zu seinen Consequenzen kommen lassen, zur Selbstvernichtung. Marx bekennt sich zum Communismus, er ist aber der Fanatiker des Egoismus und mit mehr heimlichem Bewußtsein als Bauer. Der heuchlerische Egoismus und die geheime Genießsucht, das Christusspielen, das Rabbinerthum, der Priester und die Menschen= opfer (Guillotine) kommen daher sogleich wieder zum Vorschein. Der atheistische und communistische Fanatismus ist wirklich noch der christ= liche. Zähnefletschend und grinsend würde Marx alle schlachten, die ihm. dem neuen Babeuf,[2]) den Weg vertreten. Er benkt sich dies Fest, da er es nicht feiern kann. Der Egoismus im Fanatismus ist der schuld= bewußte und sündige; der Egoismus, der sich frei zu sich bekennen darf, ist der reine, der nicht wie der Vampyr vom Blut des Menschen lebt, den [er] für „Ketzer,“ „Unmensch,“ „Buchhändler,“ „Kaufmann,“ „Kapitalist,“ „Bourgeois“ .... u. s. w. erklärt. Der Egoismus eines Niederträchtigen ist niederträchtig, eines Fanatikers heuchlerisch, falsch und blutgierig, eines

---

[1]) In dem einzelne ausgezeichnete Bemerkungen enthaltenden Aufsatze: „Die Confusion des Schweizer Nationalismus“ (S. W. VI 322 ff.) sagt Ruge, Bluntschli sei beschränkt und diene eifrig der Reaction.

[2]. Fr. N. Babeuf (1764—1797), war das Haupt einer communistischen Ver= schwörung unter der Directorialregierung in Frankreich.

honetten Menschen honett. Denn jeder will und muß sich selbst wollen, und indem es wirklich jeder will, gleicht sich das Uebergreifen aus. Ich habe Ihnen Stirners (Schmidts) Buch gelobt.[1]) Er kritisirt den Communismus sehr gut und entwickelt, daß erst der erwachte Egoismus der Unterdrückten die wahre Quelle der Bewegung ist. Er zeigt, daß die Kritik immer Dogmatik ist, aber er vergißt, daß auch bei ihm der „Egoismus" wieder Dogmatik und System ist. Der offne Egoismus ist wahr, der Egoismus als Geheimlehre, wie bei Marx und Bauer, ist Heuchelei u. s. w. Stirner sagt: „Die Eigenthumslosigkeit (Lehn, Fremdheit, Jenseits) ist das Wesen des Christenthums, und erst der Eigner, der mit Bewußtsein sich besitzt und Alles als sein betrachtet, ist frei vom Christenthum." Wenn aber Stirner das Gute und das Böse, die Sittlichkeit und die Sprache, in der sie niedergelegt ist, problematisch machen will: so ist das als allgemeiner Zustand Tollheit und nur im besonderen Fall wahr. Der Einzelne — und seine besondere Lage kann ihn aus der Sitte herauswerfen — muß souverain entscheiden, versteht sich, auf seine Gefahr. Das Buch ist bei aller Einseitigkeit eine befreiende That. Sie müssen es lesen, sobald Sie können. Schlagen Sie Sich die Kapitel über den Liberalismus — den er als Gegensatz gegen den Egoismus abhandelt — auf, wenn Sie zu dem Ganzen keine Zeit haben.

Doch um wieder auf unsern Hammel, den Rabbiner in partibus des Communismus zu kommen: Sie sind sehr im Irrthum, wenn Sie Marxens Empfehlung der Everbeckschen Uebersetzung Feuerbachs für unbefangen halten. Erstlich hat Guerrier sie gemacht; zweitens verstehn Everbeck und Guerrier die Sache, die Philosophie, nicht; drittens wußte Marx, daß mehrere Franzosen von competentem Urtheil die Uebersetzung für unfranzösisch und ungenießbar erklärt hatten; endlich habe ich selbst gesehn, daß sie sogar grammatisch nicht fehlerfrei war. . . .

Buchhändlerisch werden Marx's Bücher nie ein Schatz sein. Er ist eine unpopuläre Natur; seine Quelle schmeckt dem Publicum so wenig als Bauers Ingrimm. Die Synoptiker finden kein Publicum, sie existiren.

Die 2 Hefte der Jahrbücher sind nun allerdings eine zerrissene Existenz. Mein Programm und die Excesse, die ihm folgen, meine Pläne von vollendeten Schriften freier Männer und die folgenden Aufrufe zum Sklavenkriege und vom Standpunkt der „entlaufenen Sklaven" — das Alles wird noch durch die späteren Differenzen verstärkt. Ich weiß nicht,

---

¹) Zum Folgenden vgl. „Der Egoismus und die Praxis: Ich und die Welt." (S. W. VI 117 ff.)

ob man auf ben gescheiterten Plan noch mit Interesse zurückkommen wird. Ungefährlich ist bies Wrack, weil es ein Wrack unb geflissentlich auf ben Stranb gejagt ist; zubem ist ber Fanatismus wiberlegt unb hoffentlich wiberlegt ihn auch bie Geschichte. Ich wünsche bas so sehr, baß ich meine eigenen Sachen, bie bavon angesteckt sinb, jetzt mit Wiberwillen ansehe....

Meine besten Grüße!

Ganz ber Ihrige

A. Ruge.

231.

An seine Mutter.

Paris, 17ten December 1844.

Liebe Mutter, Dieser Tage werbe ich aufsagen unb schon im April, ben 15ten ober 16ten, nach Dresben abreisen. Im May treffen wir bann bort wieber ein, unb sobalb wir in Orbnung sinb, kommst Du zu uns. Ich würbe noch einige Monate zugegeben haben, wenn es nicht so hünbisch theuer wäre, unb wenn nicht bie beutschen Angelegenheiten eine ganz unerwartete Wenbung nähmen. Vielleicht wißt Ihr es bort selbst nicht so, wie wir hier in Paris. Vor einigen Tagen ließ mir ber Prinz Paul von Würtemberg,[1] ein alter Mann, ber schon 30 Jahre hier lebt, burch einen ehemaligen Mitarbeiter an ben Jahrbüchern, einen Stuttgarter, sagen, ich möchte ihn boch mal besuchen. Er hatte sich in ben Kopf gesetzt, baß ich ein Preuße sei, unb knüpfte gleich an mein Preußenthum an, um mir bie Nachricht mitzutheilen, baß ber König eine Constitution zu geben beschlossen hätte. Du weißt wohl, baß schon lange bie Rebe bavon ist, jetzt aber ist schon ein Schritt geschehn. Der König hat seinen Entschluß an alle auswärtigen Höfe mitgetheilt, unb Oestreich ist aufs Entschiebenste bagegen aufgetreten, selbst ber hiesige Hof nimmt bie Nachricht kalt auf, unb ber König von Würtemberg unb bie übrigen kleinen constitutionellen Könige 2c. haben ach unb weh geschrieen. Sie fürchten,

---

[1] Herrn Dr. Klüpfl verbanke ich bie Mitteilung, baß Prinz Paul (1785—1852) ber jüngere Bruber bes Königs Wilhelm sowie ber Vater bes unlängst in Berlin verstorbenen Prinzen August von Würtemberg gewesen unb zuletzt zum Katholicismus übergetreten ist. Über seine Begegnung mit Jean Paul s. Nerrlich, Jean Paul u. s. Zeitgenossen (Berlin 1876) S. 95.

[2] Vgl. Biebermann a. a. O. I 174 f.

daß sie republicanisch werden müssen, wenn Preußen constitutionell wird.
Die Constitution ist fertig, die Ausschüsse sollen sie bescheert kriegen und
zugleich die Weisung, sie ohne Discussion anzunehmen. Wie es scheint,
werden die Ausschüsse für die Reichsversammlung erklärt werden. Es
ist eine große Aufregung in der diplomatischen Welt; alle alten Verhältnisse werden zweifelhaft, und die neuen kann kein Mensch berechnen.
Der Prinz Paul wußte nur so viel, als die Diplomaten wissen; die
Hauptschwierigkeit, daß nämlich die neue Versammlung kein Wort reden
kann, ohne ganz Preußen auf den Kopf zu stellen, machte ich ihm erst
klar. Aber die Geschichte scheint nicht mehr aufzuhalten zu sein. Auf
Oestreichs Vorstellungen hat der König geantwortet, daß er nicht anders
könne und seinen Entschluß als die einzige Rettung betrachten müsse; die
Ereignisse seien auf dem alten Wege nicht mehr zu beherrschen; im
Gegentheil, die Regierung werde beherrscht und brauche ein moralisches
Gewicht auf ihrer Seite, um nicht in dem Strudel fortgerissen zu werden.
Die Geschichte steht seit vorgestern in den Zeitungen. Der Siècle vom
15ten erzählt sie aus einer diplomatischen Quelle, die von der meinigen
nur die Verschiedenheit hat, daß sie rein französisch ist. Hier wird alles
bekannt, und wenn es von 2 Seiten bekannt wird, dann kann man es
glauben.

Du wirst Dich wundern, wie ich zu diesem neuen Bekannten, von
den Communisten zu dem Prinzen komme. Ohne die Sinnesänderung
Sr. Majestät wäre ich ihm auch nicht eingefallen; jetzt war es ihm
interessant, über die neuen und zukünftigen Dinge mit einem zu reden,
der sie so lange herbeizuführen gesucht hat. Es war eine scheinbar sehr
freie und ungenirte Unterredung, in Wahrheit sprach aber keiner seine
Meinung aus, sondern suchte nur die des andern sich aussprechen zu
lassen. Ich hatte es dabei am bequemsten, da ich alle Gedanken der
Aristocratie kenne, er aber unmöglich wissen kann, was ich jetzt denke,
da ich meine Gedanken durch Studien und Erfahrungen seit Jahr und
Tag wesentlich verändert habe. Auch ist es merkwürdig, daß diese
Männer, die ganz aus Theorieen zusammengesetzt sind, dennoch die Theorieen so lange verachten, bis sie von der Masse angenommen sind. Daher
erklärt es sich, daß der alte Herr jetzt gerne wissen möchte, was denn
nun in den preußischen Köpfen steckt, und was zum Vorschein kommen
werde. Uebrigens ist er voll von Kenntnissen, die er aus seinem Um-
gange hat, und die er sehr gesprächig mittheilt.

Auf jeden Fall entsteht in Deutschland im nächsten Jahr eine große
Bewegung, und Preßfreiheit u. s. w. muß nothwendig daraus folgen.

Du siehst, daß ich doppeltes Interesse habe, sobald als möglich, d. h. sobald die Jahreszeit es erlaubt, wieder zurückzukehren. Auch wäre es für Nauwerck[1]) wohl zu überlegen, ob er unter den jetzigen Umständen nicht Berlin doch vor Dresden den Vorzug geben will, so sehr ich mich auch dazu freuen würde, ihn in Dresden zu treffen . . . .

Das unselige Vorwärts geht jetzt rückwärts. Bernays, der scandalöseste Redacteur, ist zu 300 Francs Strafe und 2 Monaten Gefängniß verurtheilt worden. Man wollte ihm einen Klapps auf die Finger geben; und es hat merkwürdig angeschlagen, er ist ganz außer sich und überlegt, an welchem Baum er sich aufhängen soll. Man erstaunt über solche Helden, die vor 2 Monat Gefängniß die Hörner einziehn. Der Eigenthümer des albernen Blattes sieht jetzt ein, daß er in schlechten Händen gewesen ist, und bittet mich, ich möchte mich seiner annehmen; er bereut es, daß er Marxens niederträchtige Ausfälle gegen mich zugelassen, auch Bakunin habe dagegen protestirt. Denke Dir, Bakunin, den ich von Sibirien und allen Teufeln mit vielem Gelde gerettet, schließt sich hinter meinem Rücken an dies Gesindel an und sucht mir nachher weiß zu machen, er hätte die Sachen gar nicht gelesen, die er mitredigirt hat. Du brauchst es mich nicht erst versichern zu lassen, daß ich nie wieder mit dieser ganzen Gesellschaft in Verkehr treten werde; jede Nachricht, die sie verbreiten könnten, ich würde ihnen Beiträge geben, ist erlogen. Sie haben die Absicht, da das 3 Tagesblatt unterdrückt wird, wenn es keinen Stempel und Caution zahlt, eine Revue zu machen. Es ist aber unmöglich, da die, welche schreiben, dumm und unwissend sind, und die, welche nicht dumm und genug unterrichtet sind, nicht schreiben können oder nicht schreiben mögen. Denn diese Schreiberei in dieser Schweinegesellschaft bringt weder Geld noch Ehre ein, und beides ist ihr Hauptzweck, wenn sie sich bemühen. Niemand liebt das Geld mehr als diese elenden Declamatoren dagegen; niemand ist neidischer auf das Eigenthum Anderer als diese Gegner alles Eigenthums; niemand ist eifersüchtiger auf sein Eigenthum als diese Edelmüthigen, die gar keins bestehn lassen wollen. Die Aufhebung des Eigenthums ist ihr Universalmittel; als wenn dann die Faulen, die Schlechten, die Dummen mit einem Schlage fleißig, gut und gescheidt würden! Es ist aber klar, daß man allen Leuten des Morgens den Kopf abschlagen und nur im Schlaf als Schlafmütze ihn wieder aufsetzen lassen müßte, wenn man das Eigenthum wirklich aufheben wollte. Bei der ganzen Wirthschaft kann nur eine

---

[1]) Vgl. den folgenden Brief.

vernünftigere Staatswirthschaft und eine öconomische Verbesserung durch allgemeine Einrichtungen, aber keine Oeconomie ohne alle Privat= wirthschaft herauskommen, denn jeder Einzelne braucht seine Utensilien und muß sie in Ordnung halten.

Wir haben uns übrigens fortdauernd unseres Entschlusses, in diese Gegend gezogen zu sein, sehr zu erfreuen. Wir sind ganz unbelästigt, auch von allen Nachrichten, und lassen die Menschen, die uns nichts an= gehn, gern ihre Thaten thun, ohne sie zu erfahren. Auch Bakunin belästigt mich nicht mehr. Denn seitdem ich seine Treulosigkeit kenne, ist es mir lieb, daß er ganz seiner Wege geht....

Das Buch von Max Stirner (Schmidt), den Ludwig ja wohl auch kennt (er war den Abend bei Walburg¹) und saß uns gegenüber), ist eine merkwürdige Erscheinung. Viele Parthieen sind ganz meisterhaft, und die Wirkung des Ganzen kann nur befreiend sein. Es ist das erste leserliche philosophische Buch in Deutschland; und der erste zopflose, völlig ungenirte Mensch wäre erschienen, wenn ihn nicht sein eigener Sparren wieder genirte, nämlich der Sparren der Einzigkeit. Ich habe eine große Freude daran gehabt, daß die Auflösung nun zu dieser totalen Form gelangt ist, wo keiner auf irgend etwas unbesehens mehr schwören kann. „Verlaß Dich auf Dich selbst;" „wer sich auf andre verläßt, der ist schon verlassen genug," sagt das Sprichwort. Wenn die Denkungsart um sich greift, so kriegt der deutsche Charakter eine ganz andere Wendung als bisher. Uebrigens darf man die „Einzigkeit" oder die Eigenthümlich= keit noch weniger zur firen Idee werden lassen als die Aufhebung alles Eigenthums. Eine Auflösung der allgemeinen Auflösung, die in die Gemüther hereinbricht, ist das nächste, was nöthig ist, und wozu die Aussicht auf politische Bewegung und Praxis den Weg vorzeichnet.

Viel Glück zum neuen Jahr!

Dein

Arnold.

---

¹) Wahrscheinlich der S. 286 erwähnte Versammlungsort der Berliner „Freien."

232.

An Nauwerck.[1])

Paris, den 21. Dec. 44.
30 bis rue Notre Dame de Lorette.

.... Ich bitte Sie, Sich von meiner Mutter die Nachrichten über die diplomatische Bewegung wegen der preußischen Constitution mittheilen zu lassen. Neues hab' ich seit gestern nicht darüber erfahren. Doch wird es Sie interessiren, daß die determinirtesten unter den Aristocraten und selbst L[ouis] Ph[ilippe] eine Art Weltuntergang in der Lage des Königs von Preußen sehn; sie glauben an die Unvermeidlichkeit einer politischen Bewegung und fürchten, daß z. E. alle kleinen Fürsten darin untergehn und das Königthum wieder einen Ruck erleidet. Dagegen glauben die Republikaner an keine Möglichkeit einer preußischen und deutschen Bewegung. „Nicht einmal eine Adelsconstitution," rief Marast[2]) aus, „wird octroyirt werden. Die Kabinette geben es nicht zu; und wenn's mir der König von Preußen selbst sagte, ich glaubte es doch nicht." Sehn Sie, so denkt der Franzose von uns, und wir müssen gestehn, daß er es nicht ohne Grund thut. Schon im Tacitus erscheinen wir mit unsern Fürsten, und da Constitution und Abschaffung der Herren einerlei ist, so wäre eine wirkliche Constitution allerdings gegen alle deutsche Historie.

23. Dec. Ich wurde in meinem Briefe durch Besuche unterbrochen.

[Ruge erzählt im Folgenden, daß er mit einem derselben eine neu erfundene Druckmaschine und eine Copiermaschine gesehen; er fährt fort:]

Man nennt hier diese Vorrichtung Revolutionsmaschine; und sie würde allerdings die Preßfreiheit ziemlich ersetzen, wenn einmal bei Kleinem eine Eroberung politischer Freiheit anfinge. Wenn es im Großen getrieben wird, so ist sie überflüssig. Die kleinen Ungesetzlichkeiten sind,

---

[1]) Karl Nauwerck, geb. 1810 zu Salem in Lauenburg, von 1836 bis 44 Privatdozent an der Universität Berlin für Arabisch und Geschichte der Philosophie, von 1846 bis 48 Stadtverordneter in Berlin, 1848/49 Mitglied des ersten deutschen Parlaments in Frankfurt und Stuttgart für Berlin, seit 1849 in der Schweiz. Er war eifriger Mitarbeiter der D. J. gewesen; ebenso finden sich in den Anekdotis Aufsätze von ihm.

[2]) Redakteur der Tribüne; Herr Dr. Nauwerck, dem ich auch die vorstehenden biographischen Notizen verdanke, nennt ihn „leidenschaftlichen und leidensvollen republikanischen Hauptkämpfer unter Louis Philippe".

wie die Attentate, darum machtlos, weil es sich um eine Aenderung des gesetzgeberischen Bewußtseins handelt. Wo keine Republikaner sind, kann es keine Harmodius geben; wo die Masse nichts Freies lesen will, ist die Sitte der Preßfreiheit nicht einzurichten. Um aber Experimente zu machen mit dem Bewußtsein der Masse, das schwer zu erkennen ist, können Tirailleurs ausgeschickt werden, und dazu sind solche Privatdruckereien .... ganz hübsch. ...

Gestern wurde ich theils durch den Sonntag, theils durch einen Besuch bei Victor Hugo gestört. Natürlich ist mit dem Manne nichts anzufangen; er interessirt sich für Deutschland, aber er versteht kein Wort Deutsch, und obgleich er jünger ist als ich, so scheint er doch nicht mehr aus seinem Hexenkreise herauszukönnen. Mich interessirten die Menschen, die man bei ihm sieht, und die Ansichten, die dort herrschen. Theils ist es Litteratur und ziemlich alle Art, Feuilletons-, Roman-, lyrische, dramatische, theils Philippistische Politik, die dort verhandelt wird. Da ich an Allem keinen schicklichen Antheil nehmen konnte, so ist es klar, daß ich wie in der Loge eines Theaters dasaß. Man kann das aber, denn es kümmert sich niemand um einen, wenn man sich nicht zudrängt. Victor Hugo hat es mit allen Pouvoirs gehalten. Er hat auf die Geburt Heinrich IV. ein Gedicht gemacht, er ist Bonapartist gewesen,[1]) er ist jetzt völlig gewonnen und wird Pair werden. Seine Frau, eine noble, hübsche Dame, sprach sehr hart über Madame Thiers, die sich bei der Königin in einen Sessel hingerekelt und gegähnt und fast geschlafen hätte. C'est mal élevé ça. Ne la pourrait on pas mettre à la porte? „Non, ce n'est pas convenable, c'est même pas possible,“ sagte er. „Peut-être c'est de la haute politique, d'outrager la royauté. Le roi est l'homme le plus exposé en France. Il est absolument sans défense contre les inconvéniances des hommes ou necessaires ou possibles. Voilà la question.“ So unvernünftige Gedanken Victor Hugo über den Inhalt der Poesie zum Theil an den Tag gebracht hat, so vernünftig spricht er über die sprachliche Form und über die Abhängigkeit des Schriftstellers vom Usus. Die Franzosen sind aber darin zu pedantisch eingeschränkt, man braucht ein Wort nur verkehrt zu sprechen, ... gleich verstehn sie es nicht. Victor Hugo werde ich nicht wieder aufsuchen, dagegen die politischen Salons einigermaßen kennen zu lernen [suchen].

---

[1]) 1819 hatte die Akademie von Toulouse Victor Hugos Ode auf die Bildsäule Heinrichs IV. gekrönt; später dichtete er zur Verherrlichung Napoleons Ode à la colonne und Napoléon II.

Theilen Sie meiner Mutter mit, daß ich in einigen Tagen über Straßburg nach Zürich reise. Ich werde 8—10 Tage dazu brauchen. Ich muß Fröbel durchaus sprechen.

Ihre Ansicht über Stirner theile ich nicht. Von Fichte unterscheidet er sich durch das Aufgeben der Metaphysik: Ich ist er selbst; von Feuerbach durch das Aufgeben auch der Theologie des Humanismus, die ihre Mönche, ihre Priester, ihre Fanatiker, ihre Robespierres hat, so gut wie die alte Religion der Ascese; von Helvetius endlich durch die Voraussetzung einer neuen Welt und durch den Radicalismus. Helvetius läßt den Staat auf den amour propre gebaut sein, er kritisirt aber weder den Staat noch dies Princip desselben. Er ist systematischer Sensualist und Schüler der Engländer. Stirner dagegen hat wirklich für die deutsche Bewegung etwas gethan. Sowohl die Immanenz-Frage als die politischen Formen derselben, den Liberalismus, führt er weiter. Der Gegensatz: Liberalismus und Egoismus, ist richtig, und es ist nicht zweifelhaft, daß erst eine Form des Bewußtseins, die den wirklichen, empirischen Menschen, jeden von uns, zum Werkmeister macht und machen kann, einen Aufschwung giebt. Es ist schon so und ist immer so gewesen. Aber es ist nicht minder wahr, daß der Liberalismus wie das Christenthum alles in die Zukunft schiebt. Und doch

> Was du von der Minute ausgeschlagen,
> Giebt keine Ewigkeit zurück.

Die Hoffnung ist die Verfassung des Schwachen, wenn sie nicht die Fortsetzung der existirenden Erfüllung ist. Und niemand erfüllt sich etwas, der nicht fortdauernd selbst darauf losgeht und zugreift, wo die Sache zu erobern ist. Stirners Buch kann nur glücklich wirken, so unhaltbar Vieles auch ist, z. E. die Ersetzung des Staats durch den „Verein" — Worte und nichts weiter! Der Verein der Egoisten ist allerdings der Staat des Helvetius; aber das ist nicht die Stärke des Buchs, es ist die schwache Seite. Er möchte das Allgemeine zerschlagen, um den Egoisten allmächtig zu machen, aber zum Verein gehören zwei, und erst zwei vereint haben den Einzigen gemacht. Der Titel hat etwas Komisches; der Text ist voll Humor. Man müßte das Buch souteniren und propagiren. Es ist eine Befreiung von der dümmsten aller Dummheiten, der „socialen Handwerkerdogmatik," diesem neuen Christenthum, das die Einfältigen predigen, und dessen Realisirung ein niederträchtiges Schaafsstallleben wäre. Heß, Grün, Marx, Everbeck, Engels[1] und

---

[1] Vgl. S. 395.

selbst die Bauers sind bornirte Apostel des „Heils" der **absoluten Oeco-nomie.** Ohne Zweifel wird eine große öconomische Verbesserung möglich sein, wenn die Sklaverei überall vertilgt wird, auch der Pöbel und die Rohheit; aber das öconomische Evangelium und die Religion des Huma-nismus und die dürren Dogmen: „Hebt das Eigenthum auf," „alle sollen arbeiten" — mußten kritisirt, sie müssen discreditirt werden. Damit unterbricht man die Geschichte und ist, wie das Christenthum, unfähig eine neue zu machen. Der Mensch, der sich fühlt und geltend macht, der Egoist, der sich nicht numeriren und scheeren läßt, bringt erst wieder Energie und Poesie in die Misere. Wenn alle miserabel sind, kann man die Misere nicht aufheben. Stirner hat aber vom Socialismus die Dummheit angenommen, daß er aus der wirklichen Welt herauswill. Er führt das unglücklichste Beispiel an, das Christenthum, dessen Versuch der Welt zu entfliehen damit endete, den Kaiser zu bekehren, und dessen Gütergemeinschaft in die Verschlingung der ganzen Welt durch die Kirche umschlug, ganz abgesehen davon, daß jeder soviel nahm, als er kriegen konnte . . . .

Ganz der Ihrige

A. Ruge.

1845. 1846.

233.

Paris, den 26sten Januar 1845.

Liebe Herzensmutter,

Nur wenige Worte! Ich bin am 22sten wieder hier eingetroffen. Bald hätt' ich Dich besucht, ich war in Heidelberg. Doch hier in Paris war ich kaum wieder eingetroffen, als man mir ein Decret des Ministers des Innern vorlegte, welches mir befahl in 24 Stunden Paris und Frankreich sofort zu verlassen. Stell' Dir vor, Preußen hat es durchgesetzt, daß Guizot 12 Deutsche, man weiß noch nicht welche, aber nach einer Liste, die der Gesandte übergeben hat, verweis't. Ich habe mich natürlich an meine Gesandtschaft gewendet, und, wie es scheint, so wird sich alles redressiren. In der Hauptsache wird nichts geändert, d. h. wir reisen in der besseren Jahreszeit ab, und ich denke, daß die sächsische Regierung mich als Staatsbürger anerkennen und gegen weitere preußische Zumuthungen schützen wird. Klärt sich dies in 8 Wochen vollständig auf, so ist Alles in Ordnung; wo nicht, so gehn wir für den Sommer nach Zürich.

Ich theile Dir dies gleich mit, damit Dich die Zeitungsdummheiten nicht irre machen. Es versteht sich, daß die Vorwärtser alle dabei sind, Heine, Marx u. s. w. Heine glaubt es noch nicht, aber er steht auf der Liste. Er ist aber naturalisirt, also nicht auszuweisen. Die Schriftstellerei der unberufenen Schweinigel wird damit zu gleicher Zeit aufgehoben, und wenn Herr von Arnim, der preußische Gesandte, mich consultirt hätte, ich würde ihm im Interesse der Freiheit zu diesem Schritt gerathen haben, denn eine Blamage der Opposition ist eine Niederlage der Opposition, und das Vorwärts war nichts weiter.

Das Ministerium steht sehr wackelig. Montag entscheidet sich mein Bleiben und das seinige zu gleicher Zeit. Vielleicht bleiben wir doch noch alle beide, wenn auch nicht länger als eine kleine Frist. Denn Guizot muß diese Arbeit nun bald satt haben. Es ist eine saubre Couleur, mit der er regieren muß, fast noch schlimmer als meine ehemaligen Genossen. Ich hätte in seiner Stelle längst die Geduld verloren.

Montag Mittag werd' ich noch einige Worte hinzufügen, wie die Geschichte abgelaufen ist, ob ich abreisen muß, oder ob ich bleiben kann, bis ich Alles mit mir nehme. Ich vermuthe, man wird gegen mich die Expulsionsordre zurücknehmen, da ich weder Preuße noch Communist bin, und eins von beiden muß man doch sein, um auf diese Requisition hin vertrieben zu werden.

28ͭᵉⁿ, Dienstag. Gestern erhielt ich die Antwort, daß ich später eine definitive Antwort erhalten sollte und vorläufig bleiben könnte.

Zu gleicher Zeit ist das Ministerium Guizot gestürzt. Es hatte gestern nur 3 Stimmen. Seine Entlassung ist noch nicht publicirt. . . .

Grüße alle 1000 mal. Apropos! Die Constitutionsgeschichte ist doch wahr.[1] Das Project ist ja hier, und die es mir erzählt haben, haben es gelesen. Der Prinz von Preußen hat protestirt, aber der König, der jetzt durch die Constitution Alles wieder einbringen will, was er versäumt hat, ist constitutionell und läßt sich nicht von seinem Plane abbringen. Daß man in Berlin nichts weiß, ist richtig. Es soll eine Ueberraschung werden und ist nur in den engsten Kreisen verhandelt worden.

Die Unruhen der niedern Klassen haben viel zu dem Entschluß mit-gewirkt. Ohne alle Stütze im Volk glaubt man diesen bösen Symptomen nicht begegnen zu können.

Im Februar und März wird sich Alles enthüllen. Unsere Rückkehr fällt etwas später, wenn Eure Angelegenheiten schon am hellen Tage verhandelt werden . . . .

Von Herzen

Dein

Arnold.

---

[1] Vgl. Biedermann a. a. O. S. 177.

234.

An seine Mutter.

Paris, den 9ten Febr. 1845.

Liebe Herzensmutter,

Es freut mich, daß mein Brief noch zeitig genug angekommen war, um Dich vor unnöthigen Beunruhigungen zu schützen; die Zeitungen und die Gerüchte machen immer Alles möglichst interessant und gewaltig. Ich habe den Aufschub bis zur bessern Jahreszeit erreicht; die Zurücknahme der Maßregel habe ich nicht erreicht, weil der sächsische Gesandte mir nicht Wort gehalten und nicht geschrieben hat. Seine Unterredung mit Guizot hat natürlich nicht die nöthige Wirkung hervorgebracht, wenn er überhaupt eine andere hat erreichen wollen als den Aufschub. Nun schreibt mir Ludwig, man wolle mich in Deutschland später erst recht verfolgen. Das ist wohl möglich; aber es ist auf jeden Fall nur das erste Aufbrausen dieser großen Polizeibewegung, die Preußen sehr mit Unrecht gegen mich hervorruft, und es werden bald größere Interessen diese kleinen Maßregeln in den Hintergrund drängen. Ich gebe es noch nicht auf, 1) das Decret gegen mich zurückziehn zu lassen, 2) nach Dresden zurückzukehren. Das Erste hoffe ich durch Thiers oder einen andern von den einflußreichen Männern dieser Richtung zu bewirken; im schlimmsten Fall bei dem neuen Ministerium. Denn es ist ganz unmöglich, daß Guizot fortregieren sollte: vorgestern hatte er eine Stimme mehr, gestern eine weniger als die Opposition, und heute geht es mit Null auf. Allemal, wenn die Kugeln gezählt und die Niederlage proclamirt wird, erschallt ein allgemeines Hohngelächter. Es ist klar, daß diese Art von Unter-stützung, die die Kammer ihm gewährt, keine ist. Erlange ich aber auch die Zurückziehung der Maßregel nicht, so werden wir doch nicht vor der guten Jahreszeit zu reisen brauchen.

Zweitens, unsre Rückkehr nach Deutschland kann sich wohl etwas verziehn und verzögern, aber es leidet keinen Zweifel, daß ich sie mit der Zeit bewirke, ohne große Verfolgung zu erfahren. Du siehst, daß meine Nachrichten über die Umgestaltung der preußischen Verhältnisse wahr sind. Die deutschen Zeitungen fangen jetzt an Geständnisse zu machen, und heute ist ja der Tag der Eröffnungen der Stände. Wenn Du diesen Brief liest't, wird Berlin schon ganz voll von der neuen liberalen Aera sein, und es wird meinen Freunden nicht schwer werden, mir in den neuen Verhältnissen unter den Politikern solche

Freunde zu machen, wie sie z. E. Fichte zu seiner Zeit auch
gehabt. Es ist unmöglich, daß sich in Preußen ein Aufschwung geltend
macht, ohne daß die Philosophie, die Bildung und die freie Presse ihn
bildet. Man führt jetzt das aus, was die Jahrbücher Jahre lang umsonst
gepredigt. Es ist also jetzt nicht mehr umsonst gewesen. Es kann nun
wohl sein, daß man eine Weile noch mit mir mault und mir grade die
verwahrlos'te Freiheitsbewegung zuschieben möchte; allein das kann nur
so lange dauern, als man das Publicum durch polizeiliche Maßregeln
über meine Schriften täuscht. Mit der Preßfreiheit und mit dem nächsten
Buch, das ich drucken lasse, hört das auf, und Du wirst es noch erleben,
daß ich über alle diese kleinen Rankünen Herr werde....

Mit treuer Liebe
Dein
Arnold.

235.

An Ludwig Ruge.

Paris, den 30ſten März 1845.

Lieber Ludwig, Für Deine freundliche Nachricht sage ich Dir
meinen besten Dank.... Dennoch werde ich zunächst nicht nach Deutschland zurückgehn, weil ich immer noch dieselben Gründe wie bei meinem
Wegziehn für das Ausland habe. Ich fühle mich zu sehr im Gegensatz
mit der Bildung und Verfassung des deutschen Volks, um nicht überall
anzustoßen und unangenehm berührt zu werden; und ich habe keine
Ursach, diese Unannehmlichkeit zu verewigen, da ich meine Studien und
Arbeiten überall ruhiger und eben so erfolgreich fortsetzen kann. Hätte
ich Hoffnung auf die Constitution, d. h. dächte ich, daß die, welche jetzt
möglich ist, wegen der Bildung der Menschen und wegen der Absichten
der Staatsmänner möglich ist, eine Befreiung aus dem alten, verdorbenen
Staats- und Dienergeist sein würde, so könnte ich für diese Hoffnung
viel Unangenehmes erdulden. Das glaub' ich aber nicht, und darum
liegt es mir viel mehr am Herzen, selbst in einer leichteren Atmosphäre
zu athmen und dabei neue Arbeiten vorzubereiten, als an der schweren
Lage Eurer officiellen Luft zu rütteln oder gar unter ihrem Druck zu
erliegen. Nur große Erschütterungen und ernstliches Unglück kann die
deutschen Philister zur Besinnung bringen. Alsdann werden sie sich nach

honetteren Gedanken umsehn und wunderbar gelehrig werden, während
sie jetzt mit der gemeinsten Landjunkerphilosophie auskommen können.

Ich kann aber auch nicht gut hier bleiben, obgleich es mir nicht
verwehrt und mit großen Anstrengungen wohl möglich zu machen wäre.
Ich mag mich nicht in Speculationen und Agnes nicht in die Entbehrungen
stürzen, die unser Vermögensstand uns hier auferlegen würde, wenn
wir für immer bleiben wollten. Ich habe daher um Neujahr mir die
Schweizer Verhältnisse, Localität und Preise angesehn und ziel' vorläufig
nach Zürich . . . .

Von Herzen

Dein

Arnold.

236.

An Fleischer.

Zürich bei Erni, am Zeltweg, b. 27. Mai 1845.

Lieber Freund,

. . . . „Die heilige Familie"[1]) hab' ich gelesen. Ich sehe, daß ich nicht
der einzige bin, da Sie es auch gethan. Ohne Zweifel haben die Herrn
Verfasser Ihnen ein Präsent mit dem Werke gemacht. Schade, daß die
Litt. Zeitung[2]) kein Gibraltar war. Am Schluß des Buchs findet sich,
daß sie von selber aus Mangel an Lesern und Schriftstellern eingegangen
ist.[3]) Die eingeflochtenen Abhandlungen wären besser für sich allein
erschienen als in dieser gehässigen und gemeinen Brühe, mit der der
frühere intimste Freund überschüttet wird, und nicht der mächtige, schädliche, nein, der todte und der gefangene. Dem Tropf, dem Engels,[4])
war B. Bauer und das Selbstbewußtsein vor einigen Monaten noch
das Orakel, plötzlich ist das Orakel verlegt und die Bauers sind dumme
Jungen geworden.

---

[1]) „Die heilige Familie oder Kritik der kritischen Kritik. Gegen Bruno Bauer
und Consorten. Von Friedrich Engels und Karl Marx." (Frankfurt a. M. 1845.)

[2]) 1843 und 1844 gab Br. Bauer heraus „Allgemeine Litteraturzeitung."

[3]) Der Schluß des o. a. Buches lautet: „Historische Nachrede. Wie wir nachträglich erfahren haben, ist nicht die Welt, sondern die kritische Literaturzeitung
untergegangen."

[4]) Fr. Engels (geb. 1819, Socialist, hatte von Manchester aus für die D.-frz.
Jahrb. (S. 86 ff.) geschrieben „Umrisse zu einer Kritik der Nationalökonomie;" 1845
erschien sein Hauptwerk: „Die Lage der arbeitenden Klassen in England."

Heß hat in den „neuen Anecdotis" des albernen Grün[1]) einen albernen Auffatz über Jung-Hegelthum und Socialismus drucken lassen. Ich sey zurückgeblieben, als in Paris der „practische Socialismus" mir entgegengetreten sei, und hätte nicht die Fähigkeit gehabt „an Eine Idee Alles zu setzen," d. h. die Deutsch-französischen Jahrbücher herauszugeben und darin gegen mich und mein Programm schreiben zu lassen und am Schlusse ein Proletarier zu sein. Denn eine andere Idee als die meinige ist ja nach seiner eigenen Behauptung der Communismus oder radicale Socialismus, wie er vornehmer und klüger sagt; und eine andere Praxis des Socialismus als die Gemeinschaft dieser greulichen Judenseelen und ihrer Genossen gab es doch wahrlich und giebt es noch jetzt in Paris nicht. Heß wird die communistische Diplomatie in Preußen nicht lange spielen. Läßt man ihn gehn, so erschöpft er sich. Denn er ist leer und blauen Dunstes voll.[2]) Er hat die Philosophie der That erfunden. Welch' eine alberne Phrase und welch' eine traurige Praxis, diese Polizei im Namen der Armen, — und alles das ohne wirkliche Kenntniß und Stellung in der Wirklichkeit aus der blauen Doctrin, der logischen Socialtheorie heraus! Das Wort Socialismus selbst ist ein überflüssiger Nebel. Warum nicht Communismus oder öconomische Revolution?

Uebrigens ist es ein großer Irrthum, daß die materiellen, reellen Interessen für sich ein Agens abgeben und Geschichte machen könnten. Die Bewegung spricht überall dagegen, und man fängt sogar wieder von der Religion an, um ja dem Idealismus recht gründlich zu huldigen.

Merkwürdig sind die Einseitigkeiten in den Theorieen, nachdem Hegel im Ganzen die Nothwendigkeit der beiden Seiten doch wohl bewiesen hat. Aber noch verkehrter als die Einseitigen und Abstracten, zu denen Heß gehört, sind die Sophisten, Marx und Bauer, die dadurch universell zu werden suchen, daß sie alles Mögliche nach Belieben und nach Lust beweisen. Dahin gehört auch Stirner und sein Egoismus.

Der humane Inhalt muß auch human zum Vorschein kommen. Würde nur endlich einmal Ernst aus unserer Gährung und die Gefahr auf beiden Seiten eine Lebensgefahr!

Was ich will? Charaktere, Menschen, reelle Conflicte und reelle Einseitigkeiten, aber im ernsthaften Kampf um die Freiheitsfragen. Können

---

[1]) Sie erschienen in Darmstadt.
[2]) Vgl. Ruges Polemik gegen Heß S. W. IX 365 ff.; dagegen Heine, Briefe II 363.

wir dieses in Deutschland haben, so wird es noch wieder der Mühe werth mitzuleben; sonst ist die Geschichte ennuyant.

Für die Litteratur ist die Kunst das, was für die reelle Entwickelung der Character ist. Beides fehlt uns jetzt, und das eine fehlt, weil das andere nicht vorhanden ist. Der Künstler giebt sich die Mühe, seinen Gegenstand bis zur Vollendung auszubilden, der Character, seinen Zweck unabläſſig zu verfolgen und zu realiſiren. Man ist über den Zweck des Handelns und über den Inhalt, der auszuprägen wäre, einig; aber die Energie, die der Maſſe mitgetheilt werden muß, damit der Character von ihr getragen und die Kunstwerke von ihr in Schutz genommen werden, diese will ſich noch nicht finden. Unterdeſſen muß man ſich die Mühe nicht verdrießen laſſen und ſich noch glücklich preiſen, wenn man frei und ungehudelt arbeiten kann. . . .

Wir ſind hier ſehr geſund geworden. Man lebt auf dem Lande, und welch' ein Land! Hoffentlich ſehn wir uns hier wieder, und ohne Marx und Bakunin, deren Betragen gegen mich mir immer noch leid thut. Wie gern wüßte ich nichts von ihrem Character oder vielmehr von ihrer Characterloſigkeit! Doch ist dieſe Art Sophiſten und Roués ein nothwendiges Phänomen unſerer aufgelöſ'ten, entgötterten und noch nicht humaniſirten Zeit. Il faut qu'on connaiſſe ça.

Von Herzen

Ihr

A. Ruge.

237.

An Fleiſcher.

Mein lieber Freund,

Heinzen[1]) bittet mich Sie für ſein Unternehmen zu intereſſiren. Ich halte es für ſehr an der Zeit und freue mich der Gelegenheit, Ihnen für Ihren freundlichen Brief zu danken und von mir ein Lebens- und Freundſchaftszeichen zu geben.

Ich hoffe, Sie nehmen Theil. Sie werden freilich wieder anonym verfahren müſſen; aber es hilft nichts, man muß auch ſo operiren.

---

[1]) Heinzen, der ſeit dem Frühjahr 1845 in der Schweiz lebte, gab 1846 die Vierteljahrsſchrift „Die Oppoſition" (Mannheim) heraus.

Ich bin im Augenblick im heftigsten Arbeiten, um mein Buch über Paris und die „neuesten" Richtungen[1]) fertig zu machen. Hoffentlich hab' ich Ihren Beifall, ohne daß ich Communist im andern Sinne sein kann, als es jeder Republicaner und radicalfreie Mensch sein muß, d. h. daß er die reelle Befreiung Aller wirklich will. Die blaue Gemeinschaft ohne Separatfreiheit, die Aufopferung des Individuums kann aber nie zur Befreiung des Individuums führen. Weder den Staat noch den Egoismus noch das Eigenthum kann man im Begriff und in seiner Wahrheit aufheben; man kann nur alle drei realisiren und wahr machen. Man kann überhaupt nur so reformiren.

Von Bak[unin] höre ich, daß er jetzt in die Gegend der großen Zeitungen gezogen ist, also wohl endlich in seinen alten Tagen anfängt thätig zu werden . . . .

Von Herzen
Ihr
A. Ruge.

Zürich, 15. August 45.

— — — —

238.

An Fleischer.[2])

Zürich, den 13ten December 1845.

Lieber Herzensfreund und „möglicher Mann!"

Wie überhäufen Sie uns mit Wohlthaten und Liebenswürdigkeit, Sie und Ihre vortreffliche Gemalin, die ich mir freilich immer noch als Söphchen, wenn auch in der ersten Haube der ganz jungen Frau, wie ich sie zuletzt gesehen habe, vorstellen muß!

Meine Frau haben Sie ganz in Ekstase gesetzt. Sie tanzte umher und rief aus: „So lange hab' ich nichts geschenkt bekommen, und jetzt so schöne Sachen!"

Doch wie kann ich Ihnen, der Sie nicht mehr an's Eigenthum („an die Kategorie") glauben, diese craffen Wirkungen des neuen Eigenthums

---

[1]) Die im 5. und 6. Bde. der Werke enthaltenen „Studien und Erinnerungen aus den Jahren 1843 bis 45."

[2]) Dieser Brief stimmt vielfach wörtlich mit dem „A . . 3 . . =r." überschriebenen S. W. IX 399 ff. überein.

ober Besitzes so lebhaft schildern! Immer vergißt man sich noch und redet die alte Sprache der alten „egoistischen Welt" statt der gemein-nützigen Sprache des Himmels auf Erden, wo die Kategorieen: „Staat, Eigenthum, Privat- und Criminalrecht, Moral, Civilisation, Handel, Industrie und Religion" verschwunden sein werden!

Lieber Freund, mit den Kategorieen wollten wir wohl umspringen: nicht umsonst haben wir die Dialectik studirt: beweisen konnten die alten Sophisten alles, auflösen können wir alle Kategorien, immer langt die Bestimmtheit nicht aus, und das Weiterbestimmen reißt alles in den ewigen Wirbel der Welt und des Geistes hinein. Aber wie schlimm ist es mit den Existenzen! Wie langwierig, bis die Alten den Jungen und bis die dummen Jungen den klugen Jungen Platz machen! Es freut mich nur noch, daß Sie zwischen den Kategorieen, die Sie sicher im Kopf, und den Menschen und Dingen, die Sie nicht ganz in Ihrer Gewalt haben, unterscheiden.

Ich bin entschieden reactionär gegen die Sophisten und Communisten. Ich verlange, daß die Dialectik ein Gewissen und der Communismus Ehre und Achtung vor der Persönlichkeit andrer ehrenhafter Leute im Leibe haben solle.

Das Gewissen der Dialectik ist die wahrhaft allgemeine Vernunft und die Sicherheit, durch alle Entwickelung nur immer wieder zu ihr zurückzukehren; es ist der Universalismus Hegels, der auch aus dem Verrücktesten wieder die Vernunft extrahirte. Die einseitige Dialectik weis't nur die Unvernunft in allen Existenzen nach und ist die geflissent-liche Unterdrückung ihres eignen Bewußtseins von der Vernunft in ihnen.

Die Fouriersche Kritik der Civilisation, die daraus gestohlenen Sophistereien der deutschen Communisten sind von dieser Art.

Der Communismus will sodann das Allgemeine als solches realisiren und abstrahirt von der Realisirung desselben im Einzelnen. Die Ehre des Einzelnen durch diese Verwirklichung, den Eigennutz, eine solche Ver-wirklichung zur Anerkennung zu bringen, kennt er nicht. Stirner hat ganz recht, wenn er ihm vorwirft: „Dem Communismus seien alle Menschen Lumpe." Richtig ist es, alle Lumpe zu Ehren zu bringen, unrichtig, alle Menschen von Ehre zu Lumpen herabzuwürdigen, damit alle gleich versorgt und gleich zur Arbeit angehalten würden durch — die wohlweise allgemeine Gesellschaft.

Um nun nicht selbst ungerecht gegen Fouriers Sophisterei und gegen die Ehrlosigkeit des Communismus zu werden, muß man zugeben, daß die Kritik der Civilisation, des Staats und des Eigenthums als Besinnung über ihre jetzigen mangelhaften Formen sehr zu beachten und sehr vernünftig ist, daß aber die Auflösung der Person, die diese Sache sich assimilirt und diese andre nothwendig besitzt, die ihren Kopf und ihr Herz für sich hat, die nothwendig „Egoist" bleibt, eine Verrücktheit ist; daß die Auflösung der Kategorie „Staat," d. h. des gemeinsamen Willens vereinigter Personen (Egoisten, wenn Sie wollen), eben so toll ist, denn jede Gesellschaft, die als Gesellschaft handelt (und sie kann es nicht vermeiden dies zu thun, sobald sie existirt; sie muß sich äußern, wäre es auch nur, daß sie ihre Existenz behauptete), muß einen gemein=samen Willen haben und aussprechen. Die ganze Civilisation endlich oder die ineinandergreifende Arbeit der verschieden beschäftigten Menschen läßt sich nie aufheben, nur nach einem höheren Princip anders ein-richten. Die Gesellschaft kann die Einsicht und den Willen haben und ausführen: den Menschen zum Zweck aller Arbeit und alle Arbeit zu einem ehrenvollen Geschäft im Namen des Staats, zum Behuf der Ent-wicklung der Menschheit, d. h. wieder aller Einzelnen zu erheben. Weiter zu gehn ist Wahnsinn, weil die Aufhebung und Auflösung der ver-nünftigen, freien, ehrenhaften Person Wahnsinn ist.

Der Enthusiasmus für den unmöglichen Communismus, der Eifer der absoluten Sophisten — beides ist fanatischer Wahnsinn. Der En-thusiasmus für die Realisirung der freien, ehrenhaften, vernünftigen Einzelnen, die humane Voraussetzung der Vernunft in jedem andern Menschen — ist Gewissen und Religion. Diese Ansicht hat ein Ideal, in dessen Dienst sie ihre Dialectik giebt; dies Ideal ist einfach und human genug, um die Welt zu ergreifen, aber es ist hoch genug, um einen unendlichen Kampf, eine immer erneuerte Arbeit zu erfordern.

Doch ich erschrecke vor meiner eignen Verstocktheit in der Reaction. Noch ist ein Funken progressistischer Ehre in meinem Herzen, aber bald wird auch der todt sein; ich werde den Communisten und Sophisten öffentlich ihre Verrücktheiten vorrücken, ja, ich habe es schon gethan in meinem Buche, das ich Ihnen über Stuttgart mit dem nächsten Post-packet zusenden werde. Lesen Sie meine Ketzereien und setzen Sie mir den Kopf zurecht, wo es nöthig ist . . . .

Mit treuer Freundschaft

der Ihrige

A. Ruge.

239.

An Pruh.

Zürich, ben 14. Januar 1846.

Mein theurer Freund.

Dein lieber Brief ist vom 15. December. Erst heute erhalt' ich ihn. Denke Dir vor allen Dingen, daß ich Dir gut bin und recht von Herzen, bas andere ist Nebensache. Allerdings hab' ich Dir es übel genommen, als Du meinen langen Brief über die Pariser Geschichten unbeantwortet ließest und alle die übrigen Hallenser nie · eine Silbe von sich hören ließen. Das hab' ich Dir mit übel genommen, daß die andern schwiegen; denn Du warst es ja, der mich zum Schreiben aufforderte, und nun ich es that — ließt Ihr mich sitzen. Jetzt seh' ich nun wohl, woran es hängt. Ihr glaubt, ich sei gestorben; und nun ich wieder aufwache, geht es mir wie jenem Manne in Wallis. Er war durch einen Felssturz mit seiner Sennhütte verschüttet. In dem engen Thal hatte sich ein großer Fels so über seine Hütte gelehnt, daß sie unversehrt blieb. Er hatte Käse, und der Bach floß fort, an dem die Hütte lag. Nach ³/₄ Jahren grub er sich den Bach entlang an's Licht. Als er in sein Dorf kam, war die Walliser Geschichte auf einem ganz andern Fleck; seine Frau hatte sich wieder verheirathet, und er paßte nicht mehr in dies neue Leben; alle Leute flohen vor ihm, der Prediger, obgleich ein Lichtfreund, denn er freute sich, nicht mit verschüttet zu sein, exorcirte ihn und beschwor ihn: „Bleib Du im ew'gen Leben, mein guter Kamerab." Der Mann aber setzte seine Existenz durch, nachdem das Dorf das Loch inspicirt hatte, aus dem er hervorgekommen war. — So räthst Du mir weil ich die Zeit nicht mehr verstehn würde, nicht wieder in Eure aufgeklärten, vaterländischen Gegenden und in die begoutanten Verhältnisse, denen Du selbst je eher je lieber den Rücken kehrtest, zurückzukehren. Du sprichst Deinen Exorcismus sehr freundlich, aber Du sprichst ihn doch. Wenn ich Dir nun das Loch zeige, aus dem ich wieder ins Dorf komme, so wirst Du Dich zufrieden geben grade wie die Walliser. Ich denke an keine andre Wirksamkeit als an die litterarische.

Zuerst, mein lieber Freund, hast Du mich mit Deiner Brille gelesen. Dein und mein beutsches Vaterland ist die deutsche Freiheit, die Philosophie, die Poesie und der freie Staat; und unser altes patriotisches Amt, das wir, wie Cato, nur mit dem Leben niederlegen, ist: Videant cives et tribuni plebis, ne quid respublica detrimenti capiat. Für

26

unsere geistige Freiheit, die wir errungen, und für unsre politisch-sociale, die wir erstreben, habe ich mich deutlich genug in meinem Buche erklärt; daß ich von der einen oder der andern abgefallen sei, wirst Du mir gewiß nicht vorwerfen. Es ist nur möglich, daß ich mit der Ausführung meines Buches mich vergriffen, mit der Intention hab' ich es nicht; ich glaube auch nicht mit der Ausführung. Denn ich finde doch, daß ich selbst die Bären, die mit dem alten Brummbaß des deutschen Patriotismus bei Brockhaus und Cotta gegen mich zu wüthen versucht, mit meinem Humanismus zahm mache. Sie wissen nichts besseres zu sagen, als was sie aus dem Buche selbst abschreiben. Erst die Communisten, die die Humanität in ihre Rohheit, nicht in die Ablegung derselben setzen, werden eine eklatante Opposition machen, wenn sie Wort halten und die Zeit nicht noch einmal mit ihnen durchgeht. Sie haben mir ihre Drohung schon insinuirt. Die Wendung gegen den deutschen Geist, aus dem heraus die Verachtung aller freien und die Anwendung aller despotischen Gesetze, die Deutschland hat, aufrecht erhalten wird, ist nicht zu vermeiden. Jede Opposition ist diese Ketzerei, die Du verwirfst. Practisch zeigt sich auch jetzt schon diese Wendung gegen die ganze bisherige deutsche Duselei in dem Verfahren von Struve's,[1]) welches Epoche machen wird, auch wenn Struve dabei untergeht. Gewiß hast Du seine Prozesse und seine Hochverrathsklagen gegen die Uebertreter der Staatsgrundgesetze und der völkerrechtlichen Principien von 1813 und 15 gelesen. Vor diesem ganz neuen und ganz ketzerischen Geist muß man eben so viel Hochachtung haben als vor Jacoby's Muth und Beispiel. Gegen ein Volk aber, welches auch diese Männer wieder im Stich ließe, könnte man nur noch einmal seinem Zorn den Zügel schießen lassen; und nur dieser Zorn wäre dann patriotisch. Hoffentlich ist er nicht nöthig. Du weißt, daß ich damals in Paris Jacoby's Broschüre habe drucken und dann besorgen lassen;[2]) und nun sagt mein Freund Helbig in den Brockhaus'schen Unterhaltungsblättern[3]), ich spräche gegen Jacoby's könig-

---

[1]) Gustav von Struve (1805—1870), lebte damals als Advokat in Mannheim und gab das „Mannheimer Journal" heraus. Nachdem er einige Schriften über Phrenologie und deren Geschichte hatte erscheinen lassen, veröffentlichte er 1845 „Briefwechsel zwischen einem ehemaligen und jetzigen Diplomaten;" im folgenden Jahre „Politische Briefe" und „Das öffentliche Recht des Deutschen Bundes." Zum Folgenden vgl. Ruges Brief vom 16. Januar 1845 an den Redakteur der „Opposition." S. W. IX 344 ff.

[2]) Vgl. auch) „Urtheil des Ober-Appellations-Senats 2c." (D.-frz. J. 45 ff.).

[3]) Karl Gustav Helbig, geb. 1808, seit 1835 Oberlehrer an der Kreuzschule zu Dresden. Der oben erwähnte Aufsatz befindet sich in Nr. 7 des Jahrganges 1846;

liches Wort „im Deutschen," weil ich die gute Uebersetzung und den guten
Eindruck des Französischen und die Präcision dieses publicistischen Stils
der Franzosen, der uns noch erst zu erobern ist, lobe. Welche Klugheit
dieser Patrioten! Haben wir denn Publicisten, und kann man ohne
Preßfreiheit dies Genre haben und cultiviren? Ebenso wenig wie
Jacoby Royalist ist, ist Struve ein unbedingter Verehrer der Bundesacte; aber ich bin weit entfernt davon, die Operationsbasis des „königlichen Wortes" und das bewunderungswürdige publicistische Talent
Jacoby's zu verkennen, weil ich es französisch in den Debats publiciren
ließ; und wer sollte nicht Struve von Herzen hochachten, daß er auch
nur das badische Preßgesetz und die Bundesacte zu einer Wahrheit zu
erheben sucht?

Schon hieraus, mein theurer Freund, siehst Du, daß ich in aller
Ferne Euren Kämpfen nicht fremd geblieben bin, und daß ich dort, wo
ich war, das gethan habe, was Ihr zu Hause nicht thun konntet, wenn
es auch noch so wenig zu sagen hat, was mir gelang; die publicistische
Wirkung der Deutsch-französischen Jahrbücher wäre ganz eklatant geworden, wenn ich nicht von den Treulosen, diesen moralischen und
wissenschaftlichen Sophisten, mit denen ich alliirt war, verrathen worden
wäre. Du weißt, daß in meiner Krankheit im Widerspruch mit meinem
Programm und hinter meinem Rücken, aus einer förmlichen Conspiration
heraus, die 2 Hefte entstanden. Ich habe dies nicht weiter ventilirt,
weil man selbst das Extrem seiner Parthei und selbst ihre Excesse schonen
muß und außerdem mit Persönlichkeiten nur immer beide Theile sich
zum Amüsement der Zuschauer blamiren.

Aus meinem Buche siehst Du sodann, daß ich nicht zu den Ver-
bissenen, nicht zu den Tollen gehöre, sondern daß ich eine positive Einführung des freien, humanen und schönen Geistes, der aus unserer
Bildung hervorgehen muß, versuche und erstrebe. Du wirst finden, daß
ich Doctrin und möglichst anziehende Mittheilung vermische und die
philosophische Befreiung, die politische Emancipation mehr voraussetze als
fordere, da ich ja hier weder den Wurm der Romantik noch den Schergen
der Polizei hinter mir und in mir hatte. Dennoch hab' ich die Gegner
nicht insultirt, vielmehr ignorirt und komöbirt. Du bist so freundlich,
mir meine Mängel nicht vorzurücken und nur im Allgemeinen meine
Intention und Opposition gegen den deutschen status quo und seinen

---

vgl. Ruges Brief „An den patriotischen Magister K. G. Helbig in Dresden.
S. W. IX 235 ff.

Geist, den Patriotismus, verfehlt zu finden. Feuerbach ist noch einen Schritt weiter gegangen und hat die Intention und auch die passende Form anerkannt. Du weißt, daß ich auf Leute, wie Ihr seid, alles Gewicht lege; ich freue mich, wenn Ihr sagt: „Ja, das ist richtig. Man muß die neue Aufklärung jetzt positiv in schönen Kunstwerken und freien Büchern der Welt und Nachwelt sichern. Natürlich erringt nicht jeder gleich die Palme der Vollendung." Feuerbach bedauert nur meinen Bruch mit den „Communisten," — weil er die Communisten wegen ihres richtigen Prinzips „der Aufhebung der Sklaverei" sehr hoch anschlägt, was ich auch thue. Er aber verzeiht ihnen darüber ihre Mystik, was ich nicht thue. Denn eine religiöse, mystische, rohe Emancipation der untern Klasse ist nur die Schöpfung eines neuen Tyrannenthums, und mit Robespierre und Caesar, mit Marius und Oconnel oder Cromwell gewinnt man keine wirkliche Freiheit. Man muß nothwendig die Mystik, die Tollheit der Communisten, bekämpfen und nur die wahre Verwirklichung des Princips anerkennen.

Endlich, wenn ich nun gezeigt hätte, daß ich nicht ganz unpractisch bin und sowohl meine „Irrfahrten," als auch was dabei zu lernen mir vergönnt war, in usum delphini „des deutschen Vaterlandes" (— hol euch alle der Teufel! — Eures Götzen, der mich am Ende in all' seiner Rohheit noch einmal verschlingen wird, wie er es schon 1824 gethan —) verwandt habe — so bleibt mir noch Dein Vorurtheil übrig: Ich sei gegen Wislicenus,[1] Ronge,[2] und was sich an diese Bewegungen anknüpft.[3] Ich habe von Paris einen langen Brief an Wislicenus geschrieben. Es scheint, daß er nicht richtig bestellt ist, sonst wüßtest Du, daß ich von Anfang an die Conflicte für wichtig und für die Realisirung der Geistesfreiheit gehalten habe, „weil sie die

---

[1] Gustav Adolf Wislicenus (1803—1875), war 1824 zu 12 Jahren Festungsarrest verurteilt, 1829 begnadigt worden. Seit 1841 Prediger in Halle, hielt er 1844 in Köthen einen Vortrag und gab 1845 „Ob Schrift, ob Geist?" heraus, in Folge dessen er sich einigen Colloquien unterwerfen mußte und schließlich (1846) suspendiert wurde. Ruge war bereits auf seiner Studentenwanderung nach Halle mit ihm in Merseburg zusammengetroffen (vgl. A. fr. Z. III 281 f.) und widmete ihm im Juni 1846 den II. Band der S. Werke.

[2] Johannes Ronge, geb. 1813, war seit 1840 Kaplan in Grottkau gewesen, wegen des Aufsatzes „Rom und das Breslauer Domkapitel" 1843 seines Amtes entsetzt worden und hatte am 1. Okt. 1844 auf Anlaß der Trierer Rockfahrt den Brief an den Bischof Arnoldi geschrieben.

[3] Vgl. zum Folgenden Ruges „Drei Briefe über die deutsche religiös-politische Bewegung von 1845." S. W. IX 322.

Masse mitnehmen," was die Philosophie unmittelbar nicht kann und auch nicht will. Ich habe dies Verhältniß auch in meinem Buche berührt; aber ich konnte nicht ausführlicher auf dies Thema eingehn, weil ich dafür hielt, daß ich diese Männer nicht mit mir in Verbindung bringen und selbst nicht mit meiner Ansicht von ihrer eigentlichen Stellung hervortreten dürfte, — um sie nicht zu compromittiren. Ich konnte auch darum nicht weiter, als ich andeutungsweise that, auf diese Dinge eingehn, weil sie nicht zur Sache gehörten und eine eigne Behandlung für sich in Anspruch zu nehmen das Recht haben, schon darum, weil sie der Uebergang zu einem andern Genre, zur — Praxis sind. Ich würde Dir gegenüber nicht gerne gestehn, daß ich grade in dieser Bewegung den Anfang einer politischen und socialen Befreiung, der Realisirung unsrer Bildung erblicke, daß ich also durchaus nicht gering davon denke; wenn Du nicht selber diese Ansicht aussprächst. Denn ich würde fürchten Deinen litterarischen und poetischen Sympathieen wehe zu thun, und ich weiß ja, wie empfindlich die Dichter, diese zarten, schönen Seelen, sind. Aber Du bist hier ganz in meinem Fall. Du bist litterarisch wirksam und kannst an .ben religiösen Bewegungen und an politischen Localkämpfen nicht mehr Antheil nehmen, als ich in Halle, in Dresden und endlich hier, z. E. in Constanz, gethan, wo ich bei Gründung der neuen Gemeinde durch Ronge und Dowiat[1]) als Laienbruder still und subordinirt, wie sich's gehört, assistirt habe. (!!) Schließlich packte ich dem Dowiat seinen katholischen Priesterrock in seinen Koffer unter allgemeiner Heiterkeit; denn noch vor wenig Monaten hätte ich mich verschworen, daß so etwas nur Eugen Sue erfinden, nicht die philiströse Geschichte ausführen könnte.

Dies ging so zu. Dowiat, der ein genialer und liebenswürdiger Junge ist, schrieb mir hieher und bat mich (Ronge hatte den Brief ebenfalls unterschrieben), ich möchte doch nach Constanz kommen, um sie dort zu treffen. Fröbel und Siegmund, die grade hier bei mir zum Thee waren, gingen mit, und wir haben einige höchst aufregende und angenehme Tage mit diesen ungemein liebenswürdigen und keineswegs unpractischen jungen Reformatoren verlebt. Ronge ist eine persönlich sehr gewinnende Figur, ein kleiner Mann mit einem edlen Gesicht und mit einer merkwürdigen Contenance. Er spricht gut, wie es die Gelegenheit giebt. Er hat immer etwas Geschicktes bei der Hand. Er ist immer nobel, und ich habe den Tact und die Besonnenheit schätzen gelernt,

---

[1]) Deutsch=katholischer Prediger.

womit er Weffenberg,[1] Kuenzer und die Anhänger diefer halben
Männer fowohl als die Maffen behandelte. Man fah und hörte ihn
gern, man wurde von feinen Reden begeistert und wirklich weiter gebracht
und befreit. Dowiat ist jünger und versieht es alle Augenblicke. Er
haßte den Philister und tyrannisirte ihn; wenn er aber ins Geschirr
ging und predigte oder Toaste oder Antworten auf die Anreden aus-
fprach, so riß er Alles zu ganz eklatanter Aufregung mit sich fort. Er
hat einen großen Eindruck gemacht, wie er einem Schweizer auf eine
wohlgemeinte Rede mit einem vierdoppelten Toast antwortete: einem
Pereat Rom, den katholifchen Jefuiten, den proteftantifchen Jefuiten und
dem Petersburg im Norden im Gegensatz zu der Petersburg im Süden.
Die ganze Verfammlung der Philister war außer sich vor Freude, viele
tranken bis in den hellen Morgen und vergaßen alle Reglements des
Churgaus fowohl als der Constanzer Ehrenfesten.

Ronge ist nicht so klar wie Dowiat in der Theorie. Freier als
irgend ein Rationalist find beide. Practifch ist Ronge viel ficherer,
aber Dowiat hat durch die feltfame Stellung, mit feiner Durchbildung
katholifcher Pfaff zu fein, eine große Selbstbeherrschung gewonnen.

Nur diefer Bruch mit dem Katholizismus, mit der Religion, die den
ganzen Menschen opfert, ist die totale Wiederherstellung des freien
Menschen. Es ist immer sociale und geistige Befreiung in Eins, wenn
auch die freie Gemeindeverfaffung, die fie ganz nach der Städteordnung
sich gaben, nicht wäre. Dann wäre schon die Abschaffung der Dogmen
und des Coelibats eine ganz neue humane Basis: die Bildung der Zeit
und die menschliche Existenz.

Wenn es möglich ist, die Lichtfreunde[2] zu diefer Bewegung zu erheben, so ist das allerdings ein großer Fortschritt. Ich fürchte aber, daß
die proteftantifchen Antipathieen gegen den Namen „Katholik" das unmöglich machen, daß also vorher eine Secte der Lichtfreunde, wie in
Königsberg,[3] entstehen und sich zu der geistigen Freiheit der Deutsch-

---

[1] Ignaz Heinr. Karl Frhr. v. Weffenberg (1774—1860), war feit 1801 General-
vikar von Constanz; 1817 zum Bistumsverwefer gewählt, wurde er vom Papste
nicht beftätigt. 1827 verlor er, als das Bistum Constanz aufgelöft war, feine Stelle
und lebte feitdem als Privatmann in Baden.

[2] Die Lichtfreunde find die Vorläufer der Freien Gemeinden; der Verein
wurde 1841 durch den Prediger Uhlich auf Anlaß des Sintenisfchen Streites
)f. S. 208) geftiftet.

[3] Durch Julius Rupp gegründet, welcher wegen feiner Erklärung gegen das
Athanasifche Symbolum am 8. Dez. 1843 feines Amtes entfetzt worden war.

katholiken¹) erheben muß, um dann später — was nicht lange zu dauern braucht — sich mit den Deutschkatholiken zu vereinigen.

Ich habe mich persönlich überzeugt, daß diese Reformer sowohl die philosophische Befreiung als auch die politische durch die preußische Gemeindeordnung sehr gut verbaut hatten und mit sehr viel Bewußtsein anwendeten. Auch ihre Freundschaft zu mir (um der theoretischen Freiheit willen, zu der ich ihnen mit verholfen hätte, und wofür sie mir dankten) hat mir große Freude gemacht. „Man sieht doch, wie und wo?" Ronge's schriftstellerische Versuche sind sehr schwach. Vornehmlich die Briefe, der erste und der letzte. Aber es ist Thorheit, ästhetisch, logisch und philosophisch dergleichen zu meistern und mit der abstracten Aberweisheit der Kritik darüber herzufahren, wie der Esel von Florencourt²) dies neulich gethan. Ich hätte große Lust ihm den Kopf dafür zu waschen, wie auch dem abgeschmackten Menschen, dem Gervinus,³) der „seinen großen Mann" in diesen Dingen vermißt und die Schriften der größten Männer, z. E. die Philosophen, zu lesen nicht Verstand genug, die Verdienste der practischen Männer einzusehen nicht Liebe genug hat: jeder Zoll ein Hofrath und Philister!

Das ist ganz dieselbe Superklugheit der „Wessenberg" und der „Kuenzer;" nur daß er durch die Litteratur doch einigen Instinct für die völlig freie und humane Bildung und einen solchen Inhalt der Religion oder des Idealismus gewonnen hat. Göthe und Schiller in ihrer absoluten Humanität und Freiheit hat er nicht begriffen, weil er das Philosophische an ihnen nicht versteht.

Du gehörst zu denen, die unsre Zeit wirklich verstehn und ihre Freiheit reproduciren können, Du mußt das Ding immer von neuem wieder angreifen, und es ist auch nöthig, daß dem nichtswürdigen Gesindel sowohl der alten brutalen Professorenwelt als auch der dummen Belletristik (cf. Dingelstedt und Schücking⁴) in den Zeitungen), der Kopf zertreten wird.

---

¹) Durch Ronge und den Vikar Czerski in Schneidemühl, welcher sich im Aug. 1844 von den „Irrlehren der römischen Hierarchie" losgesagt hatte.

²) Gegen Fr. v. Florencourt's „Politische, kirchliche und literarische Zustände in Deutschland" (Leipzig 1840) war Ruge bereits in den H. J. (1840 Nr. 281 f.) aufgetreten; vgl. ebenda Nr. 292 f.

³) Gervinus gab 1845 heraus „Mission der Deutschkatholiken," 1846 „Die protestantische Geistlichkeit und die Deutschkatholiken." Vgl. die scharfe Polemik Ruges in dem Briefe vom 23. Nov. 1845 an den Redakteur der „Opposition," S. W. IX 351.

⁴) Beide schrieben für die Augsburger Allgem. Zeitung; ersterer war Mitarbeiter der H. J. gewesen.

Ich sehe wohl ein, daß es schwierig ist, für die bewußte Befreiung in der Journalistik Organe zu finden; doch hätte man Wigands Vierteljahrsschrift und manches dergleichen gewiß besser benutzen können, als geschehen ist.

Mich selbst fürchten die Behörden wie das Feuer, mich, den begrabenen Walliser sowohl als den Revenant durch das Loch der litterarischen Wirksamkeit. Ich habe daher nicht die Prätention, daß das deutsche Volk mich gegen die vaterländische Unfreiheit und Willkür schützen solle, wie es Dich und alle andern ja auch nicht schützt. Aber ich würde in Sachsen keine Gelegenheit haben, mit Euch und den gegenwärtigen populären Männern darüber zu zürnen, im Gegentheil, ich wäre — wie Du aus dem ganzen Briefe siehst — mit Euch in der völlig gleichen Lage. Wenn wir aber verschiedene Arbeiten und Pläne zu Tage brächten, so wäre ja das eben so wenig ein Hinderniß unserer Freundschaft, als es bisher gewesen. Du irrtest Dich gewiß über meine Ansicht von der Zukunft nur darum, weil Du alle die Spezialitäten, auf die ich oben hingedeutet, nicht gewußt, ja nicht einmal für möglich gehalten hast. Namentlich sollst Du aber nicht denken, daß ich von Deinen Thaten gering denke, im Gegentheil, ich wundre mich über Dein Talent, Deine Beweglichkeit und Deinen enormen Fleiß und nehme Theil an jedem schönen und gelehrten Product von diesen Deinen drei Tugenden. Dennoch gebe ich Dir Recht, daß ich keine politisch practische Anknüpfung in Sachsen hätte und auch nicht suchen würde, wenn man mich nicht vielleicht so oder so dazu zwänge. Deutschland ist wirklich in der üblen Lage, daß erst ganz außerordentliche Erschütterungen eine wirkliche politische und practische Freiheit, ein souveränes und reell existirendes Volk erzeugen können. Diese Erschütterungen werden eintreten. Die Thermometer aller Länder und des „deutschen Vaterlandes" ebenfalls stehn sehr nah am Siedepunkt; ein sonniger europäischer Tag, und es kommt viel Verborgenes zu seinen Consequenzen.

Bis dahin aber ist es erlaubt keinen Patriotismus zu haben, selbst wenn Du es sehr stark wünschen solltest. Ein bestimmtes Medium der Wirksamkeit und der Verständigung kann niemand, einen ganz durchdrungenen Sprachschatz kann der Künstler, Philosoph und Schriftsteller nicht entbehren; aber schon Amerika beweis't genug, daß man mit Kampf und Entbehrungen sein Vaterland wechseln kann; und willst Du den guten Chamisso, wie die Knaben den Schlemihl, mit Steinen werfen, weil er seinen Schatten, seinen Patriotismus, verloren hatte? Wenn man zu Hause die Freiheit verliert, so entbehrt man gern alle Vortheile

der Heimath, um die Freiheit in der Fremde wiederzufinden; und der
Eine Moment, den freien Boden eines freien Volkes, den Platz, wo das
Jahrhundert seinen Sieg erfocht, zu betreten, dieser Eine Moment ist
mehr werth als viele Jahre einer poesielosen heimischen Knechtschaft.
Kein Sklave kann sich die Freiheit denken: und wer sie sich erkämpft,
den überrascht sie mit ganz neuen Phänomenen. „Die Nationalitäten"
sind nur Existenzen der Freiheit, wie die einzelnen Charaktere; macht
man sie zum Prinzip, so begeht man eine Brutalität. Nicht mein
Genre, sondern meine Vernunft ist das Princip der allgemeinen Welt
der Menschen. Das Genre des Individuums, der klobige Charakter der
Existenz und das Auftreten einer Existenz gegen die andere ist der Charakter der brutalen Welt der Thiere. Aber ich zweifle keinen Augenblick
daran, daß Du selbst keinen andern Patriotismus nur als den für eine
wirklich freie Nation verlangst. Könnte man z. E. das existirende Preußenthum nicht mit der Freiheit überwinden, so wäre keine Hoffnung Preußen
vom Untergang zu retten.

„Es giebt kein Vaterland" — habe ich nicht gesagt; aber man muß
nicht das Vaterland, wie 1813 und 15, zum Princip machen, sondern
die Freiheit; und das wahre Vaterland des Freiheit suchenden Menschen
ist die Parthei. Die Parthei geht durch die Völker, und wenn Du noch
so viel Gewicht auf das Vaterland legst, Du wirst nie der Thatsache
entgehn, unter der wir jetzt erliegen, daß die Partheien der Reaction in
allen Völkern aufs engste verbunden sind und gegen ihre freien Volks-
genossen im Namen ihrer reactionären Parthei verfahren. Gegen diese
cosmopolitische Verbindung der Despotie und des Jesuitismus sollten
wir nicht über die Linie unserer Dörfer hinausgehn? Welche Thorheit!
Ein freier Franzose ist mir lieber als ein deutscher Reactionär, weil er
zu meiner Parthei gehört und dieselbe Idee verfolgt, der auch ich nach-
strebe. Wie einfach, wie nothwendig! Wie kannst Du nur bei dem
Köder der Reaction, dem Patriotismus, bleiben, an den doch jetzt kein
Mensch mehr beißen sollte! Wie kannst Du den Strick lieben, an den
sie Dich aufhängen wollen? Dieses Deutschthum quand même?

Schon in Deinem Briefe an Herwegh, den Du mir mit nach Paris
gabst, erklärtest Du Dich gegen die „Abstraction vom Vaterlande," während
es sich doch gerade darum handelt, für unsere Parthei eine größere Macht
und eine freiere Basis zu gewinnen, also uns das Vaterland erst zu
erobern, in dem gerade wir Schriftsteller rechtlose Paria's sind, und in
dem wir doch das Amt der Braminen zu verwalten haben. Unser
Vaterland, die gesicherte geistige und persönliche Freiheit der Deutschen

abstrahirt man uns leiber nur zu sehr. Nur durch die Bildung mäch=
tiger Partheien können wir zu einem Vaterlande gelangen, und es ist
jetzt entschieden, daß die Regierungsparthei des despotischen Systems
weder die Parthei der Philosophie noch der Kunst ergreift, wenn diese
ihr nicht dienen wollen, sondern die Wege weisen. Der alte Patriotismus
schlägt sich überall ganz auf die Seite der Unterdrücker.

Hier in Zürich ist z. B. Follen mit 6 Sonetten von der klobigsten
altdeutschen Doctrin: frisch, frei, fröhlich, fromm, Gott, Vaterland u. f. w.
aufgetreten,[1] in denen er unter andrem behauptet, „die Deutschen
würden die Schweine mit ihren Kindern mästen, wenn sie
nicht an die Unsterblichkeit glaubten." Ich habe in Gemeinschaft
mit Heinzen darauf geantwortet und ihn verdienter Maßen prostituirt.
Der Kerl ist unerhört gemein; Du mußt seine Sonette lesen. Wir
senden Euch die unsrigen zu, die seinigen werdet Ihr wohl auf dem
Museum haben. Einen solchen Inhalt des von Dir und Herwegh
gefeierten Freiheitshelden hätte sich niemand vermuthet, und den Er=
zählungen seiner Umgebung würde es niemand geglaubt haben, was er
jetzt selber drucken läßt. Ebenso ist der kleine Weidig=Schulz[2] ein
geschworner Feind der Philosophie und hat die unglückliche Idee, Hegel
und alles, was davon herkommt, vernichten zu wollen, seitdem Heinzen
und ich ihm gesagt haben, man würde seine Witzreißerei über die Philo=
sophie mal prostituiren, da er offenbar nichts von der Sache verstände.
Doch sind wir auf gutem Fuß mit ihm, und ich brachte ihm eine Kritik
seiner Ansichten, die ich ihm vorlesen wollte. Seine Frau, die klüger ist
als er, wollte die Sache hören, er nicht. Wir sollten nur drucken, was
wir wollten; er werde dann repliciren. Nun hängt seit vielen Wochen
Damocles' Schwert über seinem kahlen Haupte, und das genirt ihn.
Er hält eifrig zu Follen, und Follen sucht eine poetisch = ästhetisch=
religiöse Opposition gegen die „Nichtswüthrige" zu machen; er hat schon
wieder 12 Sonette aus seinem Hackbrett hervorgehen lassen, die er, wie
Schulz sagt, drucken lassen will. Mir ist der Epigrammen= und
Sonetten-Kampf auf hiesigem Terrain unbequem. Man hat neulich einen
Schustergesellen wegen eines Ausdrucks in einem Privatbriefe, der gegen

---

[1] „An die Gottlosen = Nichts = Wütheriche, fliegendes Blatt von einem Ver=
schollenen" (Heidelberg 1845); vgl. Ruges „Blätter zum Lorbeerkranz eines
„„Verschollenen."" Wanderbuch (Leipzig 1874) S. 186 ff., vor allem aber S.
Werke IX 283 ff.

[2] Vgl. den Briefwechsel von Schulz und Ruge S. W. IX 186 ff.; desgl.
Ferd. Freiligrath. Ein Dichterleben in Briefen (Lahr 1882) II 162, 170.

die Religion ging, weggejagt, und wenn Follen es dahin brächte, daß ihm einer eine populäre Philippica gegen die Philosophie und gegen mich speciell fabricirte (er sucht den Gottfried Keller,[1]) einen guten, unbefangenen Kerl, dazu zu bringen, wahrscheinlich ohne Erfolg), so wär' ich die längste Zeit Abt hier gewesen ꝛc. Die Methode, mit so ungleicher Sonne und ungleichem Winde einen in die Discussion zu ziehn, um einen vertreiben zu lassen — Follen will mich und Fröbel hier los sein — ist infam. Ueberhaupt kann man sich keinen Begriff davon machen, wie dieser Mann die Leute tractirt, und was sie ihm alles hingehen lassen. Ich klopfe ihm nun mit Keulen auf den Kopf, und vorläufig freuen sich alle, die er getreten hat. Zuletzt aber wäre es möglich, daß er doch seinen Zweck erreichte, was ihm dann freilich einen ganz von seinem bisherigen verschiedenen Ruhm in Deutschland eintragen würde. Denn es versteht sich, daß wir: Fröbel, Heinzen und ich, die nöthigen Schritte thun würden, um die ganze liberale Parthei über ihn aufzuklären, wozu seine Briefe ganz allein hinreichen, wenn er nicht etwa in den folgenden Sonetten fortfährt, das Schwein in ihm selber zu publiciren. Ja, so ist es, dieser Freund Herweghs protestirt gegen seinen eignen guten Namen und tritt wie Görres und Menzel und Maßmann mit allen Schrullen der Reaction, versteht sich auch mit dem deutschen Patriotismus, ja sogar mit dem deutschen Rock und mit dem Gelüst hervor, uns als Atheisten vertreiben zu lassen; er nennt das: „uns den Schutz der liberalen Parthei entziehn," zu der er sich demnach rechnet, ganz wie Menzel, nicht ganz so wie Görres und Leo, seine Brüder. Unsre Epigramme wird Dir Jurany zuschicken. Freiligrath[2] ist gegen Follen, so sehr dieser sich auch um ihn bemüht. Heinzen rannte neulich bei Freiligrath persönlich mit Follen zusammen und griff ihn aufs Entschiedenste an. Heinzen ist ein tapfrer, nobler Mensch. Freiligrath ist ein Mensch von vielem Fond; philosophisch ist er nicht ganz orientirt, aber er hat den Instinct der Freiheit und wird ohne Zweifel in diesem scharfen Conflict sich sehr bald noch entschiedener gegen Follen entscheiden, ohne grade seine religiösen Schrullen, die er noch zu

---

[1] Vgl. dessen Sonette „Auch an die „„Jchel."" Gedichte (Heidelberg 1846) S. 99 ff. Zwei davon sind, teilweise geändert, mit der Überschrift „Den Zweifellosen" abgedruckt in den Gesammelten Gedichten (Berlin 1884) S. 115 f.; ebenda S. 111 findet sich auch vom Jahre 1847 das Sonett „An A. A. L. Follen." Interessant sind Ruges Bemerkungen über Keller S. W. IX 292 ff.

[2] Ruge hatte H. J. 1839 Nr. 5 ff. Freiligraths Gedichte angezeigt; Pfingsten 1845 hatte er ihn zum ersten Male besucht; vgl. Ferd. Freiligr. ꝛc. p. 162.

haben scheint, gleich aufzugeben. Follen's Angriffe sind übrigens speciell durch meine Schrift, die ich ihm zierlich eingebunden und mit einer freundlichen Aufschrift schenkte, um ihn von seinen Vertreibungsversuchen gegen mich, die er besavouirte, nachdem sie gescheitert waren, gänzlich zurückzubringen, [veranlaßt]. Ich habe nur das Gegentheil damit erreicht. Jetzt ist die Probe zu machen, wer das hiesige Publikum gewinnt, und diese Probe ist für uns nicht künstlerisch oder principiell, sondern politisch schwierig, weil die regierenden Liberalen eine ungeheure Angst vor Strauß, Atheismus und Socialismus haben. Wenn er ihnen be- ängstigende Citate aus meinem Buch auszieht, so ist das verdrießlich und gefährlich. Dazu kommt, daß ich zu dieser Praxis im Grunde gar keine Luft habe. Aber es heißt hier Ambos oder Hammer. Uebrigens ist Follen enorm verhaßt bei den Schweizern. Also Beramo! wie die Neapolitaner sagen.

So muß ich überall Stänkereien machen und finden. Erst in Halle, dann in Paris, jetzt hier; und ich sehe nun wohl, daß der Spectakel jetzt erst recht losgeht. Doch versteht es sich, daß ich aus meiner bis- herigen Praxis soviel gelernt habe, die Controversen möglichst principiell und allgemein zu halten. Nur gegen Follen wäre es Unsinn, das Princip zu premiren. Die Sache ist rein persönlich, und man braucht hier in Zürich nur principiell zu werden, um sich selbst zur Thür hinaus- zuwerfen. Von den Communisten erwarte ich die principielle Haltung nicht; im Gegentheil, sie erkundigen sich überall nach meinen speci- ellen Verhältnissen, um diese mit in die Debatte zu ziehn. Ich vermuthe aber, sie werden nichts erfahren, da ich alle Brücken zu ihnen abgebrochen habe. Auch Herwegh scheint mit ihnen gebrochen zu haben. Neulich sandte er Heinzen ein vortreffliches politisches Gedicht, auch will er wieder eine Sammlung herausgeben von lauter empörerischen Gedichten. Ich habe ihn in Paris zuletzt nicht mehr gesehn; jetzt stehn wir uns vielleicht etwas besser: wenigstens von meiner Seite ist es wieder dahin gekommen, daß ich unbefangen, wie am Anfange, bin.

Hier lebt sich's im Uebrigen sehr hübsch. Wir sind im Sommer in den Bergen gewesen und haben die schöne Umgebung reichlich genossen. Jetzt fahren die Kinder auf den Pfützen Schlittschuh. Es ist kalt, aber der See ist noch offen. In der Nacht haben wir bis 12 Grad Kälte; am Tage 3, wenn die Sonne durchkommt.

Die Kinder sind hier stark und gesund geworden; auch meine Frau und ich selbst befinde mich ganz wohl. Dennoch kann ich es Dir nicht ersparen, lieber Freund: sobald die Umstände es erlauben, kehre ich nach

Sachsen, wahrscheinlich nach Dresden, zurück. Meine Gründe werde ich Dir mündlich auseinandersetzen; meinen alten Humor wirst Du wieder finden, ich rechne auf den Deinigen ebenso. Alsdann ist es klar, daß ich hin und wieder einige Unbequemlichkeiten haben werde; aber die freiwillige Knechtschaft, die man über sich nimmt, und deren Aufhebung man mit Bewußtsein den Göttern anheimstellt, ist eine andere als die angeborne, der man nie entronnen war.

Doch ich schreibe Dir keinen Brief, sondern ein Buch. Also sei es endlich genug! Grüße alle unsre Freunde herzlich und erzähle ihnen das Nöthige. Auch Deiner Frau empfiehl mich und Agnes aufs freundlichste.

Von Herzen

Dein

A. Ruge.

240.

An E. v. Bobelschwingh.[1]

An
Seine Excellenz den Herrn Minister
des Innern und der Polizei

von Bobelschwingh

in Berlin.

Gesuch des Dr. Arnold Ruge in Zürich um Aufhebung der gegen ihn verfügten polizeilichen Maßregeln und um Wiedergestattung des freien Verkehrs mit seinen Angehörigen in Preußen.

Excellenz,

In den letzten Monaten meines Aufenthaltes in Paris zu Anfange des Jahres 1845 wurde ich irrthümlicher Weise der Gegenstand einer polizeilichen Verfolgung, welche der Minister im Februar, nachdem ich ihn durch die Intervention des Grafen Hünolstein von der Richtigkeit meiner Reclamationen überzeugt hatte, zurückzog. Ich erfuhr bei der Gelegenheit in den Büreaux und Salons, daß Herr Guizot zu der Vertreibung der deutschen Schriftsteller durch das Anbringen der Ge-

---

[1] Ernst von Bobelschwingh-Velmede (1794—1854), seit 1844 Kabinettsminister, nach dem Austritt des Grafen Arnim-Boitzenburg Minister des Innern.

sandtschaft Sr. Majestät des Königs von Preußen bewogen worden war; und zwar hatte zu diesem Schritte des Herrn von Arnim das kleine Blättchen „Vorwärts" den Anlaß gegeben, ein Journal, mit dessen Geranten und Redacteuren ich in principieller, persönlicher, und ich brauche nicht zu sagen, auch in ästhetischer Feindschaft lebte, seitdem ich nicht im Stande gewesen war meine Ansicht von einer gehaltenen Preßfreiheit durchzusetzen, die ich in dem Programm der Deutsch-französischen Jahrbücher selbst für diese Publikation vergebens gefordert hatte. Ich vermuthete nun, da diese Verhältnisse durch die Publikationen selbst so wie durch das Verfahren der französischen Behörden notorisch und durch die Königl. Sächsische Gesandtschaft für mich geltend gemacht waren, da ich seit zehn Monaten in Paris lediglich meinen Studien lebte und nichts mehr drucken ließ, die Königl. Preußischen Behörden würden ebenfalls von der Verfolgung meiner Person zurückgekommen sein und meine schriftstellerische Stellung von einer mir gänzlich fremden Form und Richtung namenloser junger Leute absondern.

Leider war dies nicht der Fall. Uns freundliche Männer in Berlin, denen ich persönlich und aus meinen Publikationen bekannt war, warnten mich bei meiner beabsichtigten Rückkehr nach Dresden, wo ich zu diesem Zwecke mir mein Bürgerrecht durch die Stadtverordneten reservirt habe, die Preußische Grenze zu betreten,

„da es im Werke sei, mich zu verhaften und in Preußen in „einen Preßprozeß zu verwickeln. Selbst nach Sachsen dürfte „ich vor der Hand nicht zurückkehren, da Preußen auf meine „Auslieferung bringen und Sachsen gewiß darin nachgeben „würde."

Ich habe mich seit 1841 in Dresden niedergelassen und bin dort seit 1842 Bürger geworden, darauf wurde ich zum Stadtverordneten und zum Mitglied der Polizeideputation gewählt; es ist also nicht zweifelhaft, vornehmlich da ich, 1802 geboren, bei meiner Erwerbung des Dresdener Bürgerrechtes das 40ste Jahr überschritten hatte und durch die Zeugnisse der Hallischen Behörden mein nicht mehr militärpflichtiges Verhältniß nachweisen konnte und nachgewiesen habe, daß ich wirklich Sächsischer Staatsangehöriger bin. Ich kann also nicht glauben, daß selbst wirklich begründete Beschwerden Preußens gegen meine Person anders als vor den Behörden des Königreichs Sachsen ihre Erledigung hätten finden können. Dennoch wollte ich die Befürchtungen und Warnungen meiner Freunde, die mir die Wahrheit ihrer Angaben aufs Eindringlichste versicherten und ihr Wort zum Pfande setzten, nicht verachten.

Ich beschloß den Sturm sich legen zu lassen, und ging, weil mir Paris zu theuer wurde, nach Zürich.

Da nun die Zeit heranrückt, wo ich nach Sachsen zurückzukehren denke, finde ich wieder die alten Antworten auf meine Anfragen in Berlin mir im Wege stehen; und noch vor einigen Monaten wurde mein Buch: „Zwei Jahre in Paris," von dem ich Ew. Excellenz bitte Notiz zu nehmen, und welches ich bei aller Heterodoxie in politischer und religiöser Hinsicht mit geflissentlicher Ruhe und Mäßigung abgefaßt habe, „auf Reclamation Preußens" unterdrückt.

Ew. Excellenz werden in dem Punkte der freien Diskussion und selbst der Kritik der Behörden durch die Presse einen großen Ruhm davon tragen, wenn Sie die ursprünglichen Ansichten St. Majestät wieder aufnehmen; und sollte selbst diese theoretische Freiheit von einzelnen Excessen begleitet sein und in ihrem Verlaufe zur Constituirung eines großen Reiches, dessen Glieder jetzt noch unvereinigt auseinander liegen, führen: weder den König, noch die Staatsmänner, welche die wirkliche Macht der Zeit auf ihrer Seite zu haben wünschen, würde der Erfolg gereuen. Seit Peels letztem großem Entschluß[1]) darf man wieder Idealist werden und auch von Deutschland und seinen Politikern ein ähnliches Wunder hoffen. Männer, denen ich vertrauen darf, geben mir nun den Rath, mich direkt an Ew. Excellenz mit dem Gesuch zu wenden um

„Aufhebung der polizeilichen Maßregeln, die etwa gegen meine „Person verfügt sein sollten,"

und ich habe keinen Anstand genommen dies zu thun, da ich von meiner Seite niemals vorausgesetzt habe, daß prinzipielle Opposition und persönliche Fehde identisch sei, auch keineswegs befürchte, daß der Unmuth, den man vor einigen Monaten gegen die Schriftsteller und Oppositions-männer in Preußen und Sachsen an den Tag legte, dauernd sein werde. Was vermögen die Schriftsteller unter Censur? Zu keiner Zeit, und selbst bei der freisten Diskussion nicht, sind es die Schriftsteller allein, die den Zeitgeist machen: die Kirche, die Schule, die Künste, das städtische und industrielle Wesen im Frieden, die großen Conflikte in Kriegszeiten bilden eine Stimmung, eine Ueberzeugung ganzer Gemeinden und Völker, welche dann in Schrift nur ihren Wiederhall, ihren Ausdruck, vielleicht ihre Verstärkung findet; nie aber wird ein Autor wirken, der nur wider

---

[1]) Sir Robert Peel (1788—1850), stand von 1841—1846 an der Spitze des englischen Ministeriums; er hatte 1845 freisinnige Bills im Kirchen- und Erziehungs-wesen eingebracht.

ben Strom schwimmt. Auf der andern Seite muß der Theoretiker und Schriftsteller der erste sein, welcher aus den Banden des geltenden Volks-geistes sich befreit; nur so können sich neue Mittelpunkte bilden, die Zeit über sich selbst zur Besinnung kommen und die menschliche Freiheit, unter der hohen Form unserer Civilisation, eine Realität werden.

Die Bildung, die Preußen seit Friedrich II. mit raschen Schritten erreicht hat, kann unmöglich noch lange zum Schweigen bestimmt sein, und wenn irgend eine Zeit es beweist, daß der freien Bewegung des theoretischen Geistes und eines öffentlichen, constituirten Staats- und Volkslebens die Ausbrüche der Unbildung, der fanatischen Religiosität und des blinden Patriotismus nicht vorzuziehen sind, so ist es doch gewiß der Augenblick, in dem wir leben.

Ich will Ew. Excellenz nicht mit weiteren Ausführungen ermüden. Ich hege die Hoffnung, Ew. Excellenz werden es eines großen Staates unwürdig finden, einen oppositionellen Schriftsteller darum zu verfolgen, weil er in seinen Schriften die Ansicht geltend macht, mit seinen Prinzipien werde der Staat frei und mächtig sein. Denn dies und nichts anderes ist der Sinn aller philosophisch-politischen Publikationen, die ich mit Rücksicht auf Preußen habe ausgehen lassen. Meine Bitte ist also:

„Ew. Excellenz wollen die gegen meine Person etwa erlassenen „polizeilichen Verhafts- und Verfolgungsbefehle zurückziehen und „mir die Erlaubniß, durch Preußen zu reisen und in Preußen „ungehindert meine Angehörigen zu besuchen, wieder ertheilen, „also die Gesandtschaft Sr. Majestät in der Schweiz zur Visirung „meines Passes für Preußen autorisiren."

Ich brauche nicht hinzuzufügen, daß ich diese Verkehrsfreiheit nicht zu Conspirationen und geheimen Verbindungen zu benutzen gedenke, da meine schriftstellerische Thätigkeit und die von Anfang an offene Art, wie ich meinen Ansichten Eingang zu verschaffen gesucht habe, mich von einem ähnlichen Verdachte gänzlich frei spricht.

Mit vorzüglicher Hochachtung gegen

Ew. Excellenz

Dr. Arnold Ruge.

Hottingen bei Zürich, ben 10ten März 1846.

241.

An Ludwig Ruge.

Zürich, den 30. April 46.

Lieber Ludwig,

Eben erhalt' ich Deinen zweiten Brief über Leipzig, den ersten hab'
ich gleich richtig erhalten, warum sollt' ich auch nicht? Er enthielt ja
nur die Abschrift der Antwort von Bobelschwingh.

Diese Antwort enthält eine Verweisung aus Preußen bei Androhung
der Behandlung nach Preußischen Gesetzen. Da ich nun diese Behandlung
hinlänglich kenne, so werde ich mich wohl hüten nach Preußen zu gehn
und in Sachsen die nöthigen Schritte thun, um dort nicht in Weitläuftig-
keiten verwickelt zu werden. In Sachsen hat man nicht die Absicht mir
in den Weg zu treten. Man hat die Verlängerung meines Bürgerrechts
nicht hintertrieben und die „2 Jahre[1])" nur auf Ansuchen Preußens
verboten.

Da man mich aus Preußen fernhalten will, so ist man dort gewiß
nicht der Ansicht auf meine Auslieferung bringen und Sachsen zu einem
Aufgeben seiner Rechte zwingen zu wollen. Man würde das auch wegen
des Landtags nicht gut können.

Daß ich übrigens nicht sofort, sondern erst im Herbst zurückkehren
will, weißt Du wohl.

Ganz ohne Gefahr ist die Rückkehr immer nicht. Ich werde mich
auch in den unglücklichen politischen Verhältnissen immer unbehaglich
fühlen; wenn es übrigens öconomisch nothwendig wird, so werd' ich diese
Gefahren und Unannehmlichkeiten nicht scheuen. Eine direct politische
Wirksamkeit ist in Deutschland nicht möglich. Sind doch selbst Jacoby's
vortreffliche Broschüren ohne Wirkung geblieben! Preußen ist schon
untergegangen, es würde als russische Provinz eben so frei als jetzt sein,
und es ist nicht zu verkennen, daß die Menschen weder die Einsicht noch
den Muth haben, um sich aus dieser verzweifelten Lage einer absoluten
Nullität herauszureißen.

Unter solchen Umständen kann man nur weitaussehende Hoffnungen
und nahe Befürchtungen haben. Selbst günstige Ereignisse, z. E. ein

---

[1]) Die „Studien und Erinnerungen aus den Jahren 1848—45" des 5. und
6. Bandes der Werke waren ursprünglich unter dem Titel „Zwei Jahre in Paris"
erschienen.

Sieg der Liberalen in Frankreich), würden wenig wirken, weil niemand vorhanden ist, der sie benutzen könnte.

In Berlin müßten unter den höheren Beamten Männer von Einsicht und Gewicht existiren und dann die Oberhand gewinnen, um die Freiheit zu retten; aber auch sie würden furchtbare Hindernisse in der Indolenz der Massen und in dem alten preußischen Ungeist, der ohne Zweifel im Militär spukt, zu überwinden haben.

Unterdessen darf man die Hände nicht in den Schooß legen, man muß wenigstens die theoretische Ehre unserer Zeit zu retten suchen, und dies wird ohne Zweifel gelingen. Je lästiger die Obscuranten durch die Despotie werden, die sie ausüben, um so empfänglicher werden die Menschen für die freien Gedanken.

Unsere Nachkommen mögen dann vielleicht die Früchte unserer Arbeit erndten, wir selbst erleben gewiß noch eine höchst miserable Periode, die Steigerung der jetzigen Misere . . . .

Ganz

Dein

Arnold.

242.

An seine Mutter.

Vevey am Genfersee, den 14ten August 1846.

Liebe Mutter. Wir sind seit 16 Tagen auf der Reise im Gebirge, um Abschied von der Schweiz zu nehmen, deshalb bist Du so lange ohne Nachricht geblieben. Vorgestern trafen wir unsre Freunde Ribbentrop und Schoelcher in Genf. Sie sind heute in Chamounix und am Fuße des Montblanc; wir waren schon dort und blieben deswegen am Genfersee und auf dem See, wo alles zum Bleiben einladet. Heut' Abend erwarten wir unsre Reisegefährten zurück, sie werden von Chamounix über die Savoyer Alpen nach Wallis gehn und uns hier im Pays de Vaud wiedertreffen. Wir haben eine große Freude gehabt unsre Pariser Bekannten wieder zu sehn, und noch mehr freue ich mich auf die Fortsetzung der Reise nach Zürich, wobei wir uns nach Bequemlichkeit über Alles, was uns interessirt, unterhalten können. Ribbentrop besonders interessirt sich sehr für mich und meine Bücher; er hält aber die Deutschen doch noch für schlimmer, als sie sind. Während ich überzeugt bin, daß

der jetzige traurige politische Zustand nur ein Resultat der politischen
Dummheit und Kindheit sowohl der Anführer als der Angeführten (in
jedem Sinne) ist, denkt er sich die Parthei der Reactionärs als böse,
verstockt und rachsüchtig. Ich weiß es wohl, und die Zeitungen lehren
es ja täglich, daß ohne Härte und Grausamkeit das alte System mitten
in einer neuen Welt nicht aufrecht zu erhalten ist; dennoch wäre die
reactionäre Parthei ohne Gewalt zur Raison zu bringen, wenn die freie
Parthei nur als Parthei handelte und spräche; ja ihr ganzes Handeln
brauchte nur im Sprechen zu bestehn, aber sie müßte wissen, was sie
sagen muß. Jacoby und Struve haben es ihnen deutlich genug gesagt;
die Parthei aber sagt es nicht mit Nachdruck ihnen nach, ja sie wagt es
nicht einmal eine förmliche Parthei zu sein; da darf man sich denn nicht
wundern, daß die reactionäre Parthei, die wirklich constituirt ist und
mehrere Könige an ihrer Spitze hat, überall mit ihrem Widerstande durch=
dringt. Auf der Reise findet man nur hin und wieder eine Zeitung.
Wir waren nach dem Bade Leuck im Wallis gekommen und hatten uns
nur um die Berge, die Gletscher und die Wasserstürze bekümmert. . . .

Das Wallis ist zur Hälfte von Deutschen bewohnt, den Ober=
wallisern. Diese sprechen besser deutsch als selbst die Zürcher; es sind
meist große Leute, aber die Natur läßt sie nicht los. Ein harter Lehm=
boden, hohe, brennende Felswände, reißende Bergwässer und die Rhone,
die das ganze Thal verwüstet. Diese Menschen sind in anderer Art an
ihr hartes Land gebunden als die Pommern; sie haben einige Aehnlich=
keit mit ihnen. Gegen die Unterwalliser, die Franzosen und gebildeter
sind, ließen sie sich durch ihre Priester aufhetzen und schlugen viele in
jenem grausamen Ueberfall todt.[1] Wir haben die Schlachtfelder dieses
grausamen Bürgerkrieges, dessen Resultat die Verwüstung und Verarmung
des schönen Rhonethals ist, mit Wehmuth angesehen. Wallis hat seit
dem Bau der Simplonstraße durch Napoleon keine wesentlichen Fort=
schritte in der Naturüberwindung gemacht, und die Rhone, die es dies
Jahr so furchtbar verwüstet, weil die Hitze die Gletscher so stark aufthaut,
wäre so leicht einzudeichen. So wie Wallis aufhört und das Waadtland
anfängt, folgt die Rhone ihrem Bette, das Land ist cultivirt, der Wein
angebunden und gestutzt, die Bäume gepflegt und in Reihen gesetzt: man
ist wieder in der Welt kultivirter freier Menschen. Und hier in
Wiwis wohnen wir jetzt in dem schönsten Hotel,[2] das ich bis jetzt gesehn

[1] Am Trient in Unterwallis, am 21. Mai 1844 (vgl. S. 357).
[2] Auf der Adresse befindet sich der Stempel des noch heut existierenden Hotels
des trois couronnes.

habe. Der Mensch bereitet sich selbst seine Stätte, keine aber menschlich ohne die Freiheit. In Lausanne kamen wir zu dem 10ten Aug., wo das Verfassungsfest gefeiert wurde. Alles tanzte im Freien, und nach dem Feuerwerk und Tanz um 1 Uhr zog die ungeheure Menschenmasse mit Fackeln durch die Stadt an den See hinab; es ist ein Anblick, der an Griechenland erinnert: junge Bursche mit ihren Mädchen und Fackeln: dazu diese schöne, große Natur. Welch' eine Wüstenei des Lebens und Daseins ist dagegen das arme Deutschland, ein großes Wallis!

In wenigen Wochen sehn wir [uns] wieder in Eurem Wallis und erinnern uns dann dieser schönen Augenblicke im Waadtlande. . Morgen, wenn die Pariser angekommen sind, treten wir die Rückreise an. Leb' wohl! . . . . Auf Wiedersehn!

Von Herzen

Dein

Arnold.

243.

An Fröbel.

Leipzig, — Nov. 1846.

Lieber Fröbel,

Dein Prospect ist im Druck.[1] Zwei Sätze hab' ich geändert . . . . der Titel ist jetzt gut.

Sollte Flegler das machen können? Duncker war hier, er meinte, Flegler schriebe nicht schlecht. Das wäre schon viel werth, da er den Gegenstand kennt.

Selbst für's Alterthum ließe sich am Ende noch einer gewinnen. Ich meine Hertzberg in Elbing,[2] der gelehrt und frei ist. Wenn er nur populär sein kann. Den guten Willen hätte er reichlich . . . .

An die 2 Berliner mußt Du Dich wenden. Vielleicht kann Dir auch Humboldt noch wen zuweisen. Vielleicht protegirt er das Unternehmen durch irgend einen Brief oder dergleichen.

---

[1] Aus den folgenden Briefen ergiebt sich, daß es sich um eine encyklopädische Hausbibliothek handelt.

[2] Wilhelm A. B. Hertzberg (1813—1879), seit 1845 Director der Realschule in Elbing, gab 1843—45 den Properz heraus.

In Berlin ist auch noch der Physiker, der über Meteorologie populäre Vorträge gehalten und schön zu schreiben weiß — ein junger Mann, den ich persönlich kenne, und der nicht doctrinär verdorben ist — der Name fällt mir nicht gleich ein, so was wie Dove (?) Mit dem müßte man auch anknüpfen.[1]

Nebenbei schreib' Wigand eine Charakteristik eines Schweizer Politikers. Nimm doch Bluntschli und die Jesuiten. Er verdient Deine Rache. Den Einfluß der 39 Bewegung auf Luzern und die jetzige Lage zu schildern ist sehr wichtig . . . .

Man sprengt in Zürich das Gerücht aus, Du gingest nach Nordamerika. Schick' doch Deine Adresse in die Neue Zürcher Zeitung, damit die Herren oder vielmehr Narren sich beruhigen . . . .

A. R.

---

[1] Gegen Dove „Die neuere Farbenlehre 2c." hatte Michelet (H. J. 1838 Nr. 305 ff.) geschrieben.

1847.

244.

An Stahr.

Leipzig, den 1. Jan. 47.

.... Hier schicke ich Dir die vier Bände, die „2 Jahre" sind 5—8;[1] die folgenden Bände, darauf speculir' ich, wirst Du dann doch kaufen und alle honetten Leute in Oldenburg zwingen, es für nothwendig zu erachten, diesen klassischen Schriftsteller in ihrer Bibliothek zu haben...'. Ich habe alle meine Zeit in Zürich darauf verwandt und namentlich die Litterar-Geschichte (Unsre Poesie und Philosophie im genetischen Zusammenhange) als eine Reihe charakteristischer Darstellungen unserer Heroen behandelt.[2] Jeder spricht möglichst in seiner Sprache und an dem Ort, wo er durchbricht und wirkt. Schiller ist namentlich auch als der Philosoph, der das Absolute (als freies Kunstwerk oder freie Schönheit) zuerst als eine Realität begreift und begeistert darstellt, hervorgehoben. So, denk' ich, holt man die Weisheit aus dem Actenstaube hervor. Weg mit den Schulfüchsen, die sich nach Facultäten absperren und Lessing und Schiller aus ihren Geschichten ausstreichen, nachdem sie alle ihre Weisheit aus ihnen abgeschrieben; aber auch mit denen muß man ein Ende machen, die in unsern Klassikern den Kern gar nicht zu entdecken vermochten: den Kern des großen, weltreformirenden Humanismus.

---

[1] Es handelt sich um die sämtlichen Werke.
[2] „Unsre Klassiker und Romantiker seit Lessing." S. W. Band I. In diesen Band ist auch das Manifest „Der Protestantismus und die Romantik" aufgenommen.

Wigands Epigonen III. Theil enthalten 4 Briefe von mir,[1] die ich Dich bitte zu lesen. Du mußt voraussetzen, daß darin jede Silbe berechnet ist. . . .

Dabei benutze ich die Gelegenheit den Humanismus und die Kunstform, die ich in den Pariser Studien der Philosophie zu geben versucht, zu vertheidigen. Du findest meine Absichten bis zur äußersten Evidenz darin ausgesprochen. Ich lege viel Werth auf diese Briefe. Dergleichen haben wir bis jetzt im Deutschen nicht.

Diese und einige Polemiken aus den gesammelten Schriften, z. E. gegen Kirchner und Sack,[2] wird man nicht übertreffen können. Ich will diese Lumpe unsterblich machen und noch einige andere dazu: aber sie müssen eine Seite der Idee oder der Kunstbewegung sein. Mit den Theologen mag ich nichts mehr zu thun haben.

Meine Reise nach Paris ist kein Verlassen der deutschen Freiheit. Du weißt, man wollte meinen Namen verbieten, und Sachsen mußte mich knechten. Sachsen war froh, daß ich ging, und ich wollte nicht mit Sachsen in Streit kommen. Ich habe mich ruhig unterworfen und kein Wort gegen meine Regierung geschrieben. Ich hatte vielmehr die Absicht eine factische Preßfreiheit zu etabliren, ich suchte Lamartine und andre freie Politiker zu gewinnen und schrieb selbst so, daß man es hätte lesen und existiren lassen müssen. Aber die Rohheit der Marx, Vernays 2c., die mit Gewalt die Methode, den Leuten ins Gesicht zu schlagen und die Eitelkeit, immer die neueste Mode zu halten, also damals Communisten zu sein, festhielten — diese Rohheit und die Perfidie, mit der sie mich um die Redaction zu betrügen suchten, das waren die Ursachen, warum die Deutsch-französische Revue nicht gelang. . . . Nun war ich gleich entschlossen. Ich arbeitete eifrig für mich und verfolgte mein Aperçu die französische Kunstform auf die Principfragen noch mehr anzuwenden, als es bisher geschehen war.

Die „2 Jahre" sind eine Frucht der französischen Studien, die Briefe in den Epigonen eine Frucht der englischen, namentlich der Junius Briefe, und Du wirst nicht sagen, daß sie nur nachgeahmt sind. Ich bin dabei, diese großartigen Kunstproducte, die 1000 mal besser als Shake-

---

[1] „Offene Briefe zur Verteidigung des Humanismus." (S. 244 ff.) Sie bilden einen Teil der unter gleichem Titel im 9. Bande der Werke (S. 101 ff.) erschienenen 14 Briefe.

[2] „E. Kirchner, des Quintus Horatius Flaccus Satiren 2c.:" vgl. S. W. III 61 ff. „Die Politik des Christen K. G. Sack in Bonn." S. W. IV 192 ff.

speare wirken müssen, wenn sie verstanden werden, zu übersetzen und drucken zu lassen. [1])

Aus Dummheit hat man die Politiker der Engländer und Franzosen versäumt und nur ihre Dichter benutzt. Es ist Zeit diese Versäumniß nachzuholen. . . .

Unsre Litteraturepoche — welch' eine Halle voll Heroen! Nicht wahr, wir wären Hunde, wenn wir nicht frei würden? Und doch, Du siehst, die Asinomanie des Deutschthums fängt wieder an, und die Politiker fehlen überall, vornehmlich in Preußen. . . .

Es sind drei, vier Generationen junger Philosophen, die Herz und Kopf auf dem rechten Fleck haben. Jetzt erst wird eine glänzende, frische Welt der Freiheit zum Vorschein kommen. Alter Freund, wir dürfen nicht zurückbleiben! Lies in der Leipziger Revue Kuno Fischer [2]) gegen die Sophisten! Das ist ein liebenswürdiger Junge und ein herrlicher Republicaner im Reich der Theorie. . . .

Prutz wird Dramaturg in Hamburg. [3]) Ich hab' ihn einige Mal gesehen. Er ist aber ein Gegner der religiösen Reformatoren und despicirt diese Männer mit Unrecht. Da ist nicht das Feld der Genies, sondern der Praxis, und die Leute scheinen nicht ungeschickt zu wirken, auch sind sie frei in ihren Principien. Beides ist der Mühe werth und mehr als ein — Dichter. Es müßte denn sein, daß der Dichter beides auch wäre, nicht nach altdeutschem Stil ein „Sänger und ein Held," sondern ein Philosoph und ein Republicaner, wie der Schwabe Schiller. . . .

Von Herzen

Dein

A. Ruge.

---

[1]) Vgl. S. W. Bd. VIII.

[2]) Ernst Kuno Berthold Fischer, geb. 1824, hatte seit Ostern 1844 in Leipzig Philologie, dann Theologie und Philosophie in Halle studiert. Der oben erwähnte Aufsatz „Moderne Sophisten" war vornehmlich gegen Stirner gerichtet. Er wurde, da inzwischen die Revue einging, im 5. Bande der Epigonen (1848 S. 277 ff.) wiederabgedruckt.

[3]) Er gab als solcher „Dramaturgische Blätter" heraus.

245

An Fröbel.

Leipzig, 1. Febr. 47.

Lieber Freund,

Vorgestern hat mir der Rath publiciren lassen: „Das Ministerium wolle sich der Etablirung des Verlagsbureaus von mir nicht widersetzen, dafern ich

1) mein Verhältniß zu der Buchhandlung Julius Froebel u. Comp. in Zürich aufgäbe,

2) dies nachwiese.

Bis dahin solle mit Ertheilung des Bürgerrechtes Abstand genommen werden."

Ich habe Koch beauftragt einen Vertrag zur Auflösung der Firma Julius Froebel u. Comp. zwischen uns zu entwerfen. Da ich voraus-setze, daß Du diesen Schritt unter allen Umständen gebilligt haben würdest, so ist es natürlich jetzt ganz recht ihn zu thun, um die Firma, die ich errichte, von der alten zu trennen, die wir ja im Grunde schon aufgegeben haben....

Meine schönsten Grüße an Dich und Deine Frau! Auch gratulir' ich zu Deinen aristocratischen Bekanntschaften; nur freilich halt' ich nicht viel davon, mehr thut es Wigand, und er mag wohl recht haben. Es ist gut, daß sie sich überzeugen, daß Schweizer und Politiker auch Menschen sind.

A. Ruge.

246.

An Kuno Fischer.[1]

Leipzig, den 19. Febr. 47.

Lieber Freund,

.... Ueber Feuerbachs Antithesen haben Sie ganz Recht. Auch die immer wiederkehrende Opposition, z. E. im Wesen des Christenthums,

---

[1] Im 4. Bande der Epigonen (1847 S. 95 ff.) veröffentlichte Fischer unter dem Namen „Frank" den ausgezeichneten Aufsatz „Arnold Ruge und der Humanismus."

ist ein Mangel der Form und der Sache. Dennoch ist er ein großer Restaurator der freien Philosophie. Er wählte die Form des massiven Characters, um die Hegel'sche Form der universellen Dialektik zu durchbrechen. Er ergriff muthig die Eine Seite und machte der Allerweltgerechtigkeit jener Zeit ein tragisches Ende.

Es ist gewiß gut, wenn man ihn noch eine gute Weile ruhig fermentiren läßt. Die Hegelianer der früheren Generationen kommen ihm nicht bei, schon weil sie kein Herz und keine ästhetische Kraft haben. Sie sind ja eben deswegen von ihm und mit Recht geschlagen worden. Rößler[1]) grüßt Sie bestens. Ich desgleichen.

Ganz der Ihrige

A. Ruge.

247.

An Fröbel.

Leipzig, den 25ften Febr. 1847.

Lieber Freund,

.... Mit der Bibliothek gilt es nun Charakter und Festigkeit zu entwickeln. Ich denke, wir machen die Sache so.

Wir bleiben streng in der Folge der Bände und laden uns keine Arbeit auf, die wir nicht gleich verwerthen können. Aber mit einer „Darstellung des Weltgebäudes," also mit Nr. 4, anzufangen möchte nicht unrichtig und merkantilisch gut sein. Der Kosmos und das Werk des Dorpaters[2]) wären dabei zu benutzen, und vielleicht machte uns das Snell in Jena,[3]) wenn Mädler nicht selbst will. Hast Du ihn schon gefragt? ....

---

[1]) Constantin Rößler, jetzt Geh. Regierungsrat und Direktor des litterarischen Bürcaus des Kgl. Preuß. Staatsministeriums. Derselbe hat mir die später folgenden Briefe Ruges an ihn zur Disposition gestellt und dazu folgende Erläuterungen gegeben. Er lernte Ruge 1841 in Halle kennen, als er dort Student war. (Vgl. S. 232.) Im Herbst 1846 traf er, im Begriff nach Leipzig zum Zweck der Habilitation überzusiedeln, mit Ruge in Zürich zusammen; in Leipzig stand er mit ihm vom Herbst 1846 bis Mai 1848, wo Ruge nach Frankfurt abreiste. in fast täglichem Verkehr.

[2]) Joh. Heinr. v. Mädler (1794—1874), seit 1840 Professor der Astronomie und Direktor der Sternwarte zu Dorpat; er hatte 1841 herausgegeben: „Populäre Astronomie" (Berlin).

[3]) Karl Snell, geb. 1806, seit 1844 Professor der Mathematik und Physik zu Jena.

Jedenfalls müssen wir den Ton angeben. Doch schreiben einige Physiker gut, z. E. Burmeister,[1]) wahrscheinlich auch Snell. Snell ist aber vielleicht nicht gelehrt genug und nicht berühmt. Burmeister oder Maedler wäre das Beste für die Beschreibung des Weltgebäudes.

Fürs Mittelalter und was dahin gehört wollen wir Hagen in Heidelberg[2]) engagiren. Ich werde an Hagen und Hertzberg schreiben.

Wenn Dir viel daran liegt Humboldt zu sprechen, so laß Dir von ihm eine Audienz bestimmen, und wenn Tag und Stunde festgesetzt ist, reise ohne Weiteres nach Berlin mit einer Eisenbahncharte. Vermeide einen auffälligen Bart und Mantel, gieb Dich unterwegs nicht zu erkennen, und ich wüßte nicht, warum Du nicht ohne Weiteres hin= und zurückkommen solltest . . . .

Heute beziehn wir das Comptoir. Verlagsbureau Rosenstraße bei Hofmann . . . .

Rößler und Fischer wollen bei der Bibliothek mitarbeiten, Rößler die Ethik, Fischer etwas Philosophisches.

Prutz . . . schreibt für's Individuum und die Natur gegen den Humanismus. Ich muß diesem Schülergefasel antworten[3]) und bin gleich damit fertig. Die Freundschaft ist am Verlöschen, ...

A. R.

248.

An Kuno Fischer.

Leipzig, d. 27ten Febr. 1847.

Lieber Freund,

. . . . „Kunst und Philosophie in unsern Tagen" wäre ein vortreffliches Thema. Der böse Einfluß der Schellingschen Schule, die Verrücktheiten der Malerei und Poesie, Overbeck, Schadow,

---

[1]) Hermann Burmeister, geb. 1807, seit 1842 Professor der Zoologie in Halle, jetzt Professor und Direktor des Naturhistorischen Museums in Buenos Ayres.

[2]) Es ist doch wohl der seit 1821 als Professor in Berlin lebende Fr. Heinrich von der Hagen (1780—1856) gemeint.

[3]) Vgl. den 1847 an Prutz gerichteten Brief S. W. IX. 252 ff.; desgl. Prutz: „Vaterland? oder Freiheit? Brief an einen Freund." (Kleine Schriften ꝛc. Merseburg 1847 I 64 ff.)

Cornelius wäre die negative Seite. Die positive dann die Rückkehr zum freien Princip, und wo sich das in Poesie und Malerei ausgedrückt findet, endlich wie die Philosophie noch wirken wird, indem sie das ganze Leben umgestaltet und alles Profane und Verworfene daraus entfernt, überall den Menschen und seine Verhältnisse adelt und humanisirt, der Kunst aber dazu bedarf, um das Wahre im Ideal zu verewigen und in die Gemüther auszubreiten. Die Kunst als ernsthafte, ethische Form und Staatsangelegenheit an der Stelle des jetzigen Kultus, die Perspective der „neuen Kunst,“ die gereinigten Dionysien.

Wollen Sie dies Thema nehmen? Es ist eins der wichtigsten. Sie können auch die negative Parthie ganz weglassen oder ganz kurz nur zur Folie nehmen. Dann wäre es gut viel kürzere Abtheilungen zu machen und nicht gar zu vornehm zu schreiben, namentlich gar keine philosophische Kunstsprache zu gebrauchen, weil dazu dem Publicum der Schlüssel fehlt, vielmehr in einer rein künstlerischen Form zu schreiben. Das ist ja ohnehin in Ihrem Geschmack. Wollen Sie die Briefform wählen? Oder findet sich ein Gegenstand, um daran eine Polemik zu knüpfen, wie das damals Lessing that gegen Göze? So eine bestimmte Beziehung belebt und zwingt zur gemeinfaßlichen Deutlichkeit....

Meine besten Grüße!

Von Herzen
der Ihrige
A. Ruge.

Herrn
Kuno Fischer, stud. philos.
in Halle.

249.

An Fröbel.

Leipzig, den 9. März 1847.

Lieber Freund, Bei Humboldt bist Du gut angekommen; Du willst ihm das Erbrecht und die Unsterblichkeit nehmen; er hat es wohl gemerkt! Wie ist es möglich, bei so umfassender Naturkenntniß solche Illusionen zu hegen! Er wird sehr bitter gegen das Unternehmen und hält uns nicht mit Unrecht die Unfügsamkeit und das Niefertigwerden der Gelehrten entgegen....

Die politischen Bilder¹) werden heute fertig gedruckt, ich habe eben den Schluß gelesen; die poetischen²) wirst Du haben. Versöhne nur Blöde³) wegen meiner Polemik gegen Prutz. Du findest die inculpirten Stellen angeführt: er hetzt gradezu die Patrioten auf mich. Hier galt es zu sterben oder zu siegen, und ich denke, wir siegen. Für Blöde ist die Alternative, wen er lieber auf dem Platze bleiben sieht, ob mich oder Prutz, d. h. ob die Freiheit unserer Tage oder die Duselei von 1813, deren elende Wirkungen ich hinlänglich kenne, um sie nicht womöglich im Keime zu ersticken. Prutz mag sich bekehren, was ich ihm auch gerathen habe . . . .

Dein

A. R.

250.

An Kuno Fischer.

Leipzig, den 14ten März 1847.

Lieber Freund,

. . . . Rößler hat Ihnen Stirners Antwort gebracht.⁴) Der Mohr ist unzurechnungsfähig. Es ist gewiß gut, wenn Sie Stirner in einem Briefe antworten und ihn über seine Hauptdummheit noch einmal gründlich stolpern lassen. Vorzüglich verdrießlich ist es diesen Leuten, wenn man ihren Mangel an Genialität und Witz nachweis't, denn zuletzt läuft es darauf hinaus, daß sie genial und die andern Esel sind. Auch die dumme Stufenleiter des Fortschritts der Philo= sophie durch Strauß, Bauer, Feuerbach, Stirner, Individuum ist eine fixe Idee in diesen Köpfen. Sie verwechseln die theologische mit der philosophischen Bewegung oder auch die Praxis der Willkür mit der Praxis der Freiheit. Die theologische Bewegung oder die Be= wegung der Religionsphilosophie ist positiv und progressiv; die Praxis der Willkür, der „Despotismus der Individuen über die Gesetze des

---

¹) Politische Bilder aus der Zeit. 2 Bde. Leipzig 1847.
²) Poetische Bilder aus der Zeit. 2 Bde. Leipzig 1847. 1848.
³) Schwager von Prutz.
⁴) Im 4. Bande der Epigonen (S. 141 ff.) erschien unter der Überschrift „Die philosophischen Reaktionäre" eine „G. Edward" unterzeichnete Polemik wider „Die modernen Sophisten von Kuno Fischer" sowie die Replik des letzteren „Ein Apologet der Sophistik und „„ein philosophischer Reaktionär.""

Geistes" ist kein Fortschritt, sondern ein Rückfall, keine Genialität, sondern eine Dummheit, weshalb denn auch die Sophisten geistlose Subjecte sind, eben so wie die Jungdeutschen in der Poesie....

Meinen schönsten Gruß!

Ganz der Ihrige

A. Ruge.

251.

An Pruß.

Leipzig, den 14ten März 1847.

Lieber Freund,

Ich sende Dir hier die Antwort auf Deinen Fehdebrief, der mich überrascht hat.

Ich kann meine Richtung nicht aufgeben; die Aufhebung der patriotischen Bornirtheit ist nöthiger als je, der Anschluß an Frankreich und England gegen die Barbaren geht mit unerbittlicher Nothwendigkeit vor sich, und er kann nur etwas werth geachtet werden, wenn die gemeinsamen Freiheitsprincipien, „die allgemeine Logik der Freiheit" klar wird.

Du machst Dich nun sehr wider meine Wünsche zum Sündenbock des gedankenlosen Nationalismus.

Der Augenblick ist für Dich entscheidend. Von ganzer Seele wünsche ich, daß Du ehrlich der Unsrige bleibst. Man wird die kleine mislungene Emeute gegen die Philosophie verzeihn, wenn Du die große Bewegung unserer Tage von jetzt an als Philosoph betrachtest und förderst. Du kannst Dich darauf verlassen: Il y a quelque chose là dedans.

Mögen wir uns im Principe finden, so verlieren wir uns nicht aus dem Herzen!

Dein

Arnold Ruge.

252.

An Kuno Fischer.

Lieber Freund,

.... Pruß hat mir geschrieben. Er stellt der „Geschichte" die Entscheidung anheim und glaubt nicht, daß Deutschland zu den freien Völkern
hinübergetrieben werde, während wir doch offenbar in diese Bewegung
schon verwickelt sind, wäre es auch nur durch die preußische Constitution.
Er hat wieder verstanden, es solle kein Patriotismus sein, sondern nur
Interesse für alle Staaten. Er bringt es nicht dahin, zu begreifen,
daß der Inhalt des Interesses für den eignen Staat das allgemeine
Interesse, die allgemeine Freiheitsdialektik sein könne. Dennoch findet
er, ich schulmeistere ihn zu sehr, worin er freilich insofern Recht hat,
als an ihm überhaupt Hopfen und Malz verloren ist.

Die Schulmeisterei, die man hätte weglassen können, bezieht sich
aber mehr auf irgend welche Politiker, die den Gegensatz zu verstehn
noch nicht zu verstockt sind.

Sie kommen wohl über Leipzig, wenn Sie nach Hause gehn.

Also auf baldiges Wiedersehn!

A. Ruge.

Leipzig, 23. März 1847.

— — —

253.

An Fröbel.

[Frühling 1847.]

Lieber Freund,

Wir wollen nur Einen Band, wenn auch bis 25 Bogen, machen[1]. ...
Es ist nicht zweifelhaft, daß wir aus Platen, Heine, [den] Unpolitischen
Liedern einige abdrucken dürfen. ... Das Lied von Uhland könnte
anfangen, als Uebergang zu der neuen Art der „oppositionellen" Lyrik,

---

[1] Es handelt sich um die von Ruge (Leipzig 1847) herausgegebenen Sammlung: „Die politischen Lyriker unserer Zeit. Ein Denkmal mit Portraits und
kurzen historischen Charakteristiken."

während Körner patriotisch ist. Hier schlägt der Patriotismus schon
um. Das Historische macht die Sache schon imposanter, weil es die
Opposition als nothwendig erscheinen läßt, denn alle werden sie doch nicht
so toll sein, wie es Herwegh etwa sein soll.

Einige gute von Keller kann man wohl nehmen, nur nicht zu viel,
denn es ist doch immer dieselbe Leyer. Auch bei Herwegh muß man
die Blamage, z. B. „Reißt die Kreuze,“[1]) was doch unterm Affen ist, weg=
lassen.... Dies Jahr wird uns schwer werden. Wir müssen alle Kräfte
aufbieten, namentlich die Bibliothek ja zur rechten Zeit in Gang bringen,
damit wir nicht auch das nächste Jahr noch verlieren.

Die Liberalen haben — kein Geld; au contraire, sie möchten, daß wir
ihnen was zu verdienen gäben. Verstand haben sie auch nicht; wie
sollen sie nun siegen?....

A. Ruge.

254.

An Fröbel.

[Mai 1847.)

Lieber Freund,

Wir warten mit Schmerzen auf Dein Stück.[2])

Ich sende Dir Band 10 der gesammelten Schriften, den Schluß dieser
Sammlung, tantae molis erat, und die Novellen.

Die Virginie[3]) kennst Du zum Theil; lies sie schnell aus und gieb
sie dann Freytag.[4]) Ich freue mich auf seine Kritik, die er mir schreiben

---

[1]) Das Gedicht „Aufruf“ (Ged. eines Lebendigen I 53 ff.) beginnt mit dem
noch einigemal wiederkehrenden Refrain:
„Reißt die Kreuze aus der Erden!
Alle sollen Schwerter werden,
Gott im Himmel wird's verzeih'n!“
[2]) „Die Republikaner;“ es erschien 1847 in Leipzig, wurde zunächst in Leipzig,
1848 in Mainz und Zürich aufgeführt. Einzelne Scenen sind abgedruckt in Ruges
„Poetische Bilder,“ Band II 95 ff.
[3]) Virginie Belleval, abgedruckt in „Revolutionsnovellen von A. Ruge.“ Leipzig
1850. 2. Teil S. 238 ff.
[4]) Gustav Freytags „Der Gelehrte“ erschien im 2. Bande (S. 3 ff.) der „Poe=
tischen Bilder.“ Ebenso gab Freytag in Ruges Verlagsbureau 2 Bände „Drama=
tische Werke“ heraus.

wird. Du weißt, er geht auf die Motive ein und folgert aus Charakteren und Situationen, was abstracte Kritiker nicht thun.

Auch Deine Meinung interessirt mich sehr. Doch plage Dich nicht mit der Sache, wenn Du occupirt bist.

Im 10. Bande findest Du die Aesthetik des Komischen in einem Grade vermenschlicht, daß es ein neues Buch ist.

Die Absolutheit im Ethischen und die verschwiegene Absolutheit der Natur, die innere und äußere Unendlichkeit, sind metaphysische Voraus= setzungen; die Verwandlung des äußern Gegenstandes in eine Darstellung der Freiheit oder der geistigen Absolutheit ist im Aesthetischen eine Lösung des Zwiespalts, daher eine absolute Befriedigung, während in der Praxis und in der Theorie immer neue Schranken entstehn und immer neue Lösungen nöthig machen, also keine abgeschlossene, volle Befriedigung erreicht wird.

Laß Dich aber nicht durch die Lockung der ästhetischen Befriedigung aus dem Interesse an dem practischen Kampfe herauswerfen.

Die ecclesia militans hat wenig gute Mitglieder.

Meine schönsten Grüße!

A. Ruge.

255.

An Kuno Fischer.

Leipzig, 18. Mai 1847.

Lieber Freund,

. . . . Der vereinigte Landtag[1]) spielt allerdings eine traurige Rolle, und es ist wenig damit gewonnen, daß sich alle Parteien blamiren, da sich ein König nur blamirt, wenn er abdankt. So lang er Herr bleibt, scheint es, kann er jeden Widerspruch und jede Unmöglichkeit becretiren, ohne daß es im Princip etwas ändert: „car tel est notre plaisir!" Der Landtag hat die Logik nicht gelesen und kennt daher die Nothwendig= keit der Entwicklung, den Gegensatz, nicht. Er hatte das Recht, das Gesetz, die Meinung der Welt für sich, und er beginnt damit, sich in

---

¹) Am 11. April war der erste Vereinigte Landtag Preußens im Weißen Saale des Königl. Schlosses eröffnet worden.

ben Widerfinn und in das Unmögliche zu fügen; womit anders kann er
enden, als sich zu blamiren?

So richtig Sie den Landtag auffaffen, fo wahr ist es, was Sie
über Junius fagen, auch den Mangel feiner Kenntniß der Philofophie.
Doch wird man dafür durch die fchönen practifchen Löfungen: die Logik
der ethifchen Welt, die faft immer die Probe halten, entfchädigt. Auch
das ist ein guter Gedanke Ihres Briefes, daß Sie die principielle Be•
wegung des Freiheitsbegriffs in der deutfchen Philofophie in die allgemeine
Wiffenfchaftslehre mit hineinnehmen wollen. Die Gefchichte hat immer
den Vortheil, daß fie ein fchon bekanntes, wirkliches Intereffe, eine
Wirklichkeit, die zugegeben ist, vorstellt. Zeigt fie fich nun noch als
logifch gerechtfertigt, fo imponirt fie vollends, und die Vernunft gewinnt,
was der Haufe haben will, die Autorität.

Neulich fagte mir einer: „Jetzt ist die Sache ganz klar; aber eben
darum ist fie mir verdächtig!" Er ist von des Königs Liebe zum
Mysterium oder zu dem ungelöf'ten Widerfpruch angesteckt; und die
Maffen sind gut daran, wenn beide Theile gelten und Sinn und Unfinn
ebenbürtig nebeneinander wohnen: dann brauchen fie fich für nichts zu
entscheiden. Sich dagegen für die klare Sache und für die volle Vernunft
zu entfcheiden, das halten die meiften Menfchen für fo gefährlich, daß fie
dazu eines Beifpiels bedürfen, wo man es ungestraft gewagt hat.

Ich laffe den Junius drucken. Sie follen bald Bogen davon be=
kommen. Faft alles paßt auf unfre Zeit und Potentaten. Von den
damaligen Pietiften fagt er: „Ist einer einmal entfchloffen zu glauben,
fo bestärkt ihn die Abfurdität feiner Doctrinen in feinem Zutrauen;" und
„die Gedanken diefer Leute find zu abfurd, als daß fie fo leicht davon
laffen follten. Es giebt Profelyten vom Atheismus, von der Superstition
giebt es keine!" . . . .

Zu der Academie müffen Sie etwas fchreiben[1]) . . . . Könnten Sie
nicht grade im Gegensatz zu der . . . . Doctrin . . . ., wie die Thronrede
alle ihre Pointen einbalfamirt hat,[2]) fchreiben: „Die Logik der ethifchen
Welt" und die zeugende Vernunft in allen ethifchen Verhältniffen, deren
Encyclopädie jetzt klar wird, nachweifen? . . . . Sie wiffen, daß ich das
dritte Tafchenbuch nennen will:

---

[1]) Fifcher fchrieb dafür (S. 128 ff.) „Ludwig Feuerbach und die Philofophie unferer Zeit."

[2]) Diefelbe enthielt u. a. die Worte: „Kein Stück Papier foll fich zwifchen den Herrn Gott im Himmel und diefes Land drängen wie eine zweite Vorfehung."

Die Academie,
ein philosophisches Taschenbuch,

das erinnert an die Griechen und ihre Form. Und sollte unsre deutsche
Charakterlosigkeit auch uns den Barbaren überliefern, das Eine werden
wir retten: die Philosophie und die Form. Unterdessen verlieren wir
den Muth nicht! Selbst das Preußische Bundes-Preßgesetz, welches
noch schlimmer als das Patent vom 3ten Februar,[1]) nämlich eine völlige
Zerstörung des Buchhandels und der Journalistik ist, indem sie eine
Polizeicommission nach Leipzig senden wollen, die jeden täglich soll heim-
suchen können, — und das nennen sie Preßfreiheit! — wird hoffentlich
zur Aufklärung über diese Politik dienen. Der Entwurf ist in Abschriften
hier. Hoffentlich wird er zum Druck kommen, ehe er seinen Druck beginnen und diese teuflische Zerstörung aller, auch der letzten Quellen der
Freiheit bewirken kann. Es ist das Ernsthafteste, was man sich denken
kann, das frechste Attentat auf unsre höchsten Besitzthümer des Geistes.
Ich erwarte, daß dieser sein Charakter den Plan in der Geburt ersticken
wird, sobald er publik wird....

Ganz der Ihre

Herrn R.
Dr. Kuno Fischer
zu Winzig in Schlesien.

256.

An Pruß.

Leipzig, den 19. Mai 1847.

Lieber Pruß,

Du versprachst herüber zu kommen. Es ist aber durch Duncker
ein Querstrich dazwischen gekommen, der ganz verdrießlich ist, da es sich
auf einen Irrthum Dunckers basirt....

Ich wünsche, daß wir diese verdrießliche Geschichte ruhen lassen. Du
wirst vollkommen zufrieden sein, wenn ich Dir sage, daß ich jene Meinung

---

[1]) Am 3. Februar 1847 erschien ein königliches Patent nebst einer Reihe von
einzelnen Erlassen, wodurch die sämtlichen preußischen Provinziallandtage auf den
10. April zu einem „Vereinigten Landtag" nach Berlin berufen wurden. Vgl.
Biedermann a. a. O. 172 ff.

28*

weder hege noch als die meinige ausgesprochen habe. Was an der
Geschichte Deiner Concessionen in Berlin wahres ist, weißt Du am
besten; auch weißt Du, daß diese Geschichte discutirt wurde, und wie sie
es wurde.

Daß ich aber keine Notiz davon nahm und sie nicht positiv gegen
Dich wendete, siehst Du aus meiner Polemik, die vollkommen davon
abstrahirt und nur Deine Vertheidigung der unpolitischen, vaterländischen
Doctrinen, die allerdings reactionär im prägnanten Sinne ist, mit der
auch Pitt die Franzosen und die Revolution wirklich schließlich besiegt
hat, angreift.

Diese Doctrin wird schon wegen ihrer Dummheit noch einmal siegen.
Man braucht ihr gar nicht beizustehn. Aber die Vernunft der Cannings,
der Peels und der Hegel schleppt sie immer mit sich und wird von ihr
gebändigt, ehe sie sich's versieht.

Also das möge nun nur kommen!

In beiden Puncten: im Persönlichen, worin ich unschuldig, und im
Principiellen, worin Du sehr schuldig bist — war ich Dir die Wieder-
anknüpfung schuldig, wenn ich nicht abstract und gewissenlos handeln
wollte. Denn ich erkenne es an, daß es unrecht ist, Menschen wegen
theoretischer Irrthümer gleich practisch zu — guillotiniren oder parteilich
zu ächten.

Du wirst Deiner Neigung nach nie zur andern Seite gehören,
wenn Du auch weder die politische Praxis noch die logischen Studien
verbauen kannst.

Deine Blätter über das Theater[1]) hat mir Wigand gegeben. Du
hast es schwer, damit zu interessiren; doch wird das Einzelne Dir helfen.
Börne's Sachen kennst Du. Bei manchen Einseitigkeiten, wie viel
Schönes! Das ist nun immer noch möglich. Ich bin neugierig, was
Du mit den Neueren anfängst. Hast Du die Kritik über Hebbel und
über Uriel Acosta von mir und Rößler in der Revue gelesen? ....

Ich gebe eben die Uebersetzung der Junius=Briefe heraus. Nimm
Dir die Zeit sie zu lesen. Sie sind mehr werth als die ganze englische
Poesie, und vorzüglich jetzt in dieser politischen Sauerei.

Grüß' Deine Frau und laß uns [mehr] miteinander, als wider
einander gehn. Nicht Hectors Motto εἰς οἰωνός ꝛc.,[2]) sondern die

---

[1]) Dramaturgische Blätter (s. S. 424).
[2]) Ilias 12, 243 lautet: εἰς οἰωνὸς ἄριστος, ἀμύνεσθαι περὶ πάτρης. (Ein
Wahrzeichen nur gilt: das Vaterland zu erretten.)

Prophezeihung „Die Wahrheit wird euch befrein" muß man durchsetzen wollen, wenn auch beiden Erfindern ihr Motto mißglückt ist.

Leb wohl!

Freundschaftlichst

A. Ruge.

257.

An Kuno Fischer.

Leipzig, 23. Juni 47.

Lieber Freund, Seit ich Ihnen geschrieben, ist allerdings eine große Begebenheit vor sich gegangen,[1] die glänzende Haltung des allgemeinen Landtags in den drei Curien und sogar in den vereinigten Sitzungen, die unerhörte Niederlage der christlich=germanischen Minister, die superiore politische Haltung der Oppositionsführer — kurz es ist eine politische That vom ersten Range, daß diese so gewählte und so geleitete Kammer so viel Willen zur Freiheit, so viel Tact der Declaration und so viel Consequenz des Verfahrens an den Tag legt. Seit dem 31. Mai ist die Preßunterdrückung nicht mehr möglich, wenn sie auch versucht werden sollte. Nicht einmal beim Bundestage geht sie durch, sie ist bereits vorläufig durchgefallen.

.... Die Schlesische Zeitung hat Recht. Man mag jetzt thun, was man will: aus allem wird die Preßfreiheit entspringen und die politische Freiheit dazu.

Das Erwachen der Menschen seit den Berliner Debatten in ganz Preußen ist eklatant. Nun darf man sich zwar keine Illusionen machen und sich vorstellen, daß der Despotismus sich ohne Weiteres selbst aufheben werde; aber es ist sehr deutlich, daß man nicht ohne Weiteres gegen den Strom schwimmen will.

Der dritte Februar existirt nur noch als Ruine: der 31. Mai existirt noch nicht als Gesetz, die Principien der Beschlüsse seitdem sind aber unvermeidlich, weil sie die vergessenen und verrathenen Gesetze der freien Periode Preußens in Anspruch nehmen und nun zum lebendigen Gesetz, zur Lebensordnung des öffentlichen Wesens erheben wollen. Was erst an sich Gesetz war und ist, muß es jetzt nothwendig im Fürsichsein

---

[1] Zum Folgenden vgl. Biedermann a. a. O. 187 ff.

werden, weil die Majorität es dafür erkennt, und diese Erkenntniß muß sanctionirte Lebensordnung werden, weil sie es einmal de facto und mit solcher siegreichen Uebermacht gewesen ist. — Es ist eine Revolution. Es ist die Wiederherstellung der progressistischen Epoche und der glorioseste Sieg über die Reaction. Mag er nun noch allerhand Hemmungen auf seinem Wege erfahren, der Strom ist da, und er wird sein Bette finden.

„Daß die Principien confus und die Details langweilig verhandelt werden" — muß man strenge genommen zugeben; das ist aber nicht zu vermeiden, wenn eine solche Masse ihren Willen ausdrücken und zu einem möglichst einmüthigen Willen bewogen werden soll. Man muß sich noch wundern, daß die Royalisten, z. E. Thadden, ausgelacht und die Jroniker, z. E. Vincke,[1]) nicht für Hochverräther erklärt werden. Das wäre 1842 und 43, ja 1846 und selbst vor dem Landtage 1847 noch geschehn. Hätte ein Mensch solche Dinge drucken lassen, wie es jetzt die Staatszeitung thut, welche Casematte wäre tief genug für ihn gewesen?

Wenn Sie ganz klare Principien verlangen, so verlangen Sie zu viel. Selbst die klaren Köpfe müßten der Bildung der Masse nachgeben und gewisse Dogmen, die den gebildeten Pöbel leiten, eben um ihn damit zu leiten, ergreifen. Wer nun nicht als Philosoph „compromittirt" ist, thut sehr wohl, den Ruf eines freien Denkers zu vermeiden und dagegen die Freiheit der vulgären Gedanken, die bogmatisches Eigenthum einer solchen Versammlung sind, zu acceptiren.

Es ist köstlich, wie die Romantiker dociren und als „Theoretiker" und „Philosophen" persifflirt werden, während die Jroniker in Wahrheit die Philosophen sind. Die doctrinäre Narrheit, die gar kein Publicum als in ihren albernen Phantasieen hat, blamirt sich colossal.

Die Academie wird vorbereitet. Auch das politische Taschenbuch, 2ter Theil. Julian Schmidt[2]) macht den Landtag.

Die Logik der ethischen Welt muß man von der systematischen Philosophie trennen und gleich mit der Thür ins Haus fallen. Aus Junius Politik, aus Junius Briefen, aus dem griechischen und römischen, aus dem englischen und französischen, aus dem schweizerischen Leben (Briefe in den politischen Bildern) müßte man kurze Capitel machen,

---

[1]) Ernst Fr. Georg Frh. v. Vincke (1811—1875), verfocht im Vereinigten preußischen Landtage die streng konstitutionelle Ansicht nach englischem Vorbilde gegenüber den feudalständischen Restaurationsneigungen; er reichte an der Spitze von 139 Abgeordneten beim Landmarschall eine „Declaration der Rechte" ein.

[2]) Er leitete seit März 1847 in Leipzig mit Kuranda die Grenzboten.

wie im Contrat social, eben so concis, so populär, so einfach und so kurz.

Man sagte: Die vernünftige Bewegung des freien Menschenlebens ist überall dieselbe (um den allesbeherrschenden Logos an die Spitze zu stellen), und erörterte dann die nothwendige Organisation des Staates, dessen Formen in allen freien Verfassungen wiederkehren: „Gemeinden und verbündete Gemeinden" bis in infinitum: das Völkerrecht.

Dabei müßte das historische und systematische Material, wie es in Junius Briefen (die ich Ihnen mitsende), in der neuen Politik, in Hegel, in der Historie von Athen, von Frankreich, England, Nordamerika, Schweiz vorliegt, zu fast belletristischer Leichtigkeit verklärt werden und doch nicht fehlen, sondern zur Belebung benutzt werden ....

Ihre Reise nach Paris kommt hoffentlich zu Stande. Halten kann sich ein junger Mensch dort nur als Erzieher. Es ist nicht zu rathen, sich in eine solche Privatcarrière zu werfen. Sie werden die Universität nicht vermeiden können und in Paris nicht zu lange bleiben dürfen, um sich den Geschmack am Dociren nicht zu verderben[1]) ....

Grüßen Sie Ihren Herrn Vater![2])

Ganz der Ihrige

A. Ruge.

.... Ihre Polemik gegen Stirner habe ich wiederholt mit großem Vergnügen gelesen. Nur haben Sie Sich versehen in dem à tout prix berühmt werden. Er sagt das von dem Individuum, nicht von Ihnen. Indessen, sagt Lessing, wenn er es auch nicht gesagt hat, so muß er doch dafür gezüchtigt werden.

---

[1]) Nachdem Kuno Fischer 1847 in Halle promovirt, war er vom Januar 1848 bis Aug. 1850 Hauslehrer in Pforzheim und habilitirte sich Michaelis 1850 in Heidelberg.

[2]) Fischers Vater war Prediger.

258.

An Rößler.

Leipzig, b. 30. Juli 1847.

Lieber Freund,

Es ist gut, daß Sie bald mal wiederkommen. Der kleine Schmidt[1]) ist wild geworden; wir müssen ihn von neuem wieder einfangen.

Hebbel war rasend und wild über die Kritik, und seine Frau, eine heroische, hübsche Dame,[2]) schwur ihn (Schmidt) zu erschießen ....

Ich suchte Hebbel zu überzeugen, daß er sehr anerkannt würde, und daß der Wahnsinn nur litterarisch gemeint sei. Alles verfing nichts. Es war eine Tragödie.

Hebbel hat sehr bedauert Sie nicht zu treffen. Uebrigens ist er, wie alle Poeten, incurabel und sehr empfindlich. Die Formlosigkeit und die Unschönheit, das Enorme und das Unversöhnte — sind Vorwürfe, die er mehr beherzigen sollte. Wenn er theoretisirt, so antwortet er auf Alles richtig. Er weiß recht gut, daß die Conflicte relativ berechtigt und die Idee, die dadurch klar wird, die Versöhnung enthält. Die Tragödie sei historisch, und fast giebt er zu, daß sie immer dadurch entsteht, daß der Held zu früh oder zu spät kommt, als Progressist oder als Retrograder in dem allgemeinen Fluß versinkt. Aber seine Tragödien sind doch wahrlich nicht historisch. Auch der Diamant ist[3]) nicht dafür zu erkennen, obgleich er es sagt ....

Herzliche Grüße!

A. Ruge.

259.

An Fröbel.

Leipzig, 19. Oct. 1847.

Lieber Freund,

Nimm Dich vor systematischen und poetischen Plänen in Acht. Die Dramen werden Dir schwerlich gelingen ....

---

[1]) Julian Schmidt.
[2]) Die ehemalige Schauspielerin Christine Enghaus.
[3]) Ein 1847 erschienenes Lustspiel.

Du bist als Politiker und Publicist zu einer glücklichen Virtuosität gelangt; es ist schade, daß Du so schnell davon abspringst.

Ich begreife den Reiz der Neuheit, aber die Gefahr ist nicht gering, und unsre Publication, die politischen und poetischen Bilder, haben darunter gelitten . . . .

Nun ist Dresden ein Künstlernest, und Du wirst allmählich die Lust zur Publicistik verlieren und Artist werden.

Ich sage nicht, daß Du nicht die Kunstform und nicht die philosophischen Interessen verfolgen solltest, aber Du solltest die Publicistik nicht versäumen.

Dazu kommt noch, daß die angewandte Philosophie, die Ethik und Publicistik, der offenbare Fortschritt der Philosophie ist, den die Welt auch ohne directe Anknüpfung an die kategorische Form der letzten Philosophie jetzt macht.

Eben kommt Althaus.[1] Ich schließe. Sieh', daß Du mit dem Gelde auskommst. Ich denke, künftiges Jahr soll Alles besser gehn, und [Du] mußt herkommen, damit Du nicht zum Künstler par excellence wirst.

Ganz der Deinige

A. Ruge.

Althaus grüßt Dich herzlich.

260.

An seine Gattin.

Leipzig, 10. Dec. 47.

Liebe vortreffliche Lucie,

. . . . Ich fange jetzt an Poet zu werden und will die letzten 5 Jahre meiner Jugend, denn dafür gelten sie mir, die jetzt kommen, dazu anwenden, die große Masse für unsre große Sache zu gewinnen. Der glänzende Sieg unserer Partei in der Schweiz[2] erhebt viele Träge; es

---

[1] Theodor Althaus hatte im Verlagsbureau herausgegeben: „Weltgeschichte für die Jugend." In den Poetischen Bildern (II 127 ff.) erschienen Gedichte von ihm.

[2] Nach dem Gefecht vom 23. Nov. hatten die Sonderbundstruppen (im Herbst 1843 waren Luzern, Freiburg, Zug und die Urkantone, später auch Wallis, zu einem Sonderbunde zusammengetreten) die Flucht ergriffen und auf die Nachricht von dieser Niederlage auch der in Luzern tagende Kriegsrat des Sonderbundes, die Regierung von Luzern und die Jesuiten.

wird nun noch alle Tage besser kommen, und wir wollen nichts versäumen, um alle Herzen für uns zu haben, wenn die Verwicklungen sie
drängen sich zu erklären.

Selbst Neapel ist aufgestanden und schließt sich der Bewegung
Italiens an: es hat ganz neue Demonstrationen gegeben. Thiers im
Constitutionel verspottet allerliebst den Esel Guizot, der dem Sonderbund
eine Gesandtschaft sendet und ihn nirgends mehr antrifft, der, um nicht
„allein" zu sein, zu seinen Feinden übergeht und mit diesen gegen sich
selber ficht. Es ist köstlich. Eine solche Blamage der ekelhaften Groß-
mäuler ist noch gar nicht dagewesen . . . .

Ach, ich denke auch fortwährend an das gute Lamm [1]) und am
meisten daran, daß wir seinem tragischen Humor unrecht gethan. Er ist
ganz und gar körperlich gewesen. Der Mensch ist alles, was er ist, ganz,
und es steckt Alles im Blute und im Leibe. Darum ist es auch so Unrecht, gegen Verbrecher so zu wüthen. Wo man bedauern und nachhelfen
sollte, da tyrannisirt und verabscheut man. Das Lamm hatte wohl
Ursache zu seinen tragischen Phantasieen, sie wohnten in seinem Kopfe,
sie waren die Einrichtung seines Kopfes selbst. Wie gut, daß wir den
Humor hatten, seine Unarten nie ernstlich zu nehmen und immer nur
zur Aufheiterung seines Gemüths hinzuarbeiten.

Grüße den guten Kammerrath. [2]) Er wird nun wohl daran glauben,
daß ich im Andenken der Nation noch existiren werde, wenn alle seine
Minister vergessen sind. Denn diese Bücher müssen noch viele Köpfe
befreien und viele Herzen begeistern; und doch ist schon etwas geschehn.
— An Feuerbach hab' ich geschrieben. [3]) Ich dedicire ihm den 10ten Band,
wie Du siehst . . . .

Von Herzen

Dein

Ruge.

---

[1]) So wurde der am 3.). Nov. gestorbene Sohn Alexander (vgl. S. 322) genannt.
[2]) Vater von Ruges Gattin (vgl. S. 43).
[3]) Der Brief findet sich in Feuerbachs Briefwechsel nicht vor.

www.ingramcontent.com/pod-product-compliance
Lightning Source LLC
Chambersburg PA
CBHW052332110726
47901CB00005B/1211